뫼비우스
분면을
떠도는

한국문학을
위한
안내서

뫼비우스 분면을 떠도는 한국문학을 위한 안내서
—존재의 변증법 5

펴낸날 2016년 8월 31일

지은이 정과리
펴낸이 주일우
펴낸곳 ㈜문학과지성사
등록번호 제1993-000098호
주소 04034 서울 마포구 잔다리로7길 18(서교동 377-20)
전화 02)338-7224
팩스 02)323-4180(편집) 02)338-7221(영업)
전자우편 moonji@moonji.com
홈페이지 www.moonji.com

ISBN 978-89-320-2891-0 93800

이 도서의 국립중앙도서관 출판예정도서목록(CIP)은 서지정보유통지원시스템 홈페이지
(http://seoji.nl.go.kr)와 국가자료공동목록시스템(http://www.nl.go.kr/kolisnet)
에서 이용하실 수 있습니다. (CIP제어번호: CIP2016020016)

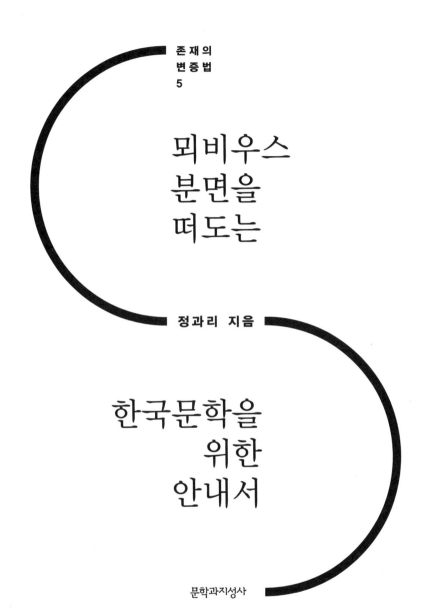

존재의
변증법
5

뫼비우스
분면을
떠도는

정과리 지음

한국문학을
위한
안내서

문학과지성사

하늘을 나는 기술, 아니 그보다는 요령이라는 게 있다.

요령은 땅바닥을 향해 몸을 던지되 그 땅바닥이라는 목표물을 놓치는 것이다.

날씨 좋은 날을 골라서 한번 시도해보라고 여기에는 쓰여 있다.

첫 부분은 쉽다.

요구되는 자질은 그저 체중을 전부 실어 앞으로 몸을 던지되, 아무리 아파도 상관하지 않겠다는 마음 자세뿐이다. [……]

난항은 바로 이 두 번째 부분, 즉 땅바닥을 놓치는 데 있다.

한 가지 문제는, 땅바닥을 우연히 놓쳐야 한다는 것이다. 의도적으로 땅바닥을 놓치려고 애써봤자 소용없다. 왜냐하면 놓치지 못할 테니까. 반쯤 떨어지다가 갑자기 정신을 다른 데 팔아야 하고, 그래서 더 이상 추락이라든가 땅바닥이라든가 실패할 경우에 겪게 될 크나큰 아픔 따위를 생각하지 말아야 한다.

—더글러스 애덤스, 『은하수를 여행하는 히치하이커를 위한 안내서』(책세상, 2005)

책머리에

우울한 밤의 열적은 관능이
우리를 두른 꽃들의 수반으로부터 새어나고
공원의 마로니에들 그리고 고풍의 떡갈나무들
제 눈물 젖은 가지 아래 부드러이 흔들리고 있네
　　　　　　　　　─알프레드 뮈세Alfred Musset, 「뤼시Lucie」

　시사적이고 이론적인 성격의 글들을 모아 묶는다. 지난 25년 동안의 생각의 진땀이 굳어 밤톨이 된 것들이다. 왜 진땀인가? 읽어보시면 아시겠지만 비판적 감정들이 먹구름처럼 깔려 있다. 시와 소설을 읽을 때의 즐거움은 한발에 처했고 사회·문화 현상으로서의 문학과 문화를 공격하는 방아의 피댓줄을 돌리느라고 경황이 없다. 내가 사랑하는 사람들과 노는 데 몰입하질 못하니 관자놀이가 당기고 눈알이 벌게지고 입술에 경미한 쥐가 난다. "저리 가거라, 뒤태를 보자." 이런 가락을 홍얼대는 대신에, "으으윽……" 이런 마음을 독자들이 청취할 수 있는 언어로 만들기 위해 에너지를 곱으로 들일 수밖에 없는 것이다.

진땀으로 빚은 것이긴 하지만 부디 밤톨이길 소원한 것인데, 잘 알다시피 먹을 수 있는 밤톨은 가시로 보호되고 있다. 현미가 제 껍질 근처에 독을 깔아놓듯, 내 진땀들의 일부도 내 글을 먹을 이를 찌르려는 침으로 변했을 것이다. 살면서 그게 삶이라는 생각을 점점 더하게 된다. 상처받았다고 무릎을 까 내보일 까닭이 생각보다 흔하지 않다. 문제는 어떻게 먹고 먹히느냐일 것이다. 잘 잘라 먹으면 타자를 내 안에 살게 해 내부의 화학변화를 통해 나를 변신시킬 수 있을 뿐만 아니라 상대방의 수명을 연장해줄 전정(剪定)으로 작용할 수도 있다. 먹고 먹히는 걸 무서워하거나 그런 현상을 무조건 타기하는 마음은 실은 변신 공포증에 불과한 것이다. 그리고 한국 사회에서는 이 병증이 꽤 감염적이다. 나 또한 그 두려움의 장막 안으로, 다시 말해 피해자의 순진한 척하는 가면 뒤로, 꼭꼭 숨고 싶었던 적이 부지기수였다. 요즘 광고를 흉내 내, "전신 마비 두 통 주세요"라고 주문하는 꼴과 다를 바 없다. 내 글이 혹시 누군가를 공격한다면 그 역시 결국 내가 잘 먹히기 위해 준비된 것이다.

이런저런 기회에 산만하게 쓴 글들이지만 꼴을 갖추어보았다. 이 꼴에 일관성이 있느냐의 여부는 내 25년 동안의 삶에 내가 그것을 부여하는 데 성공했는가에 대한 대답이 될 것이다. 아마도 세부 주제들이 전 시기에 걸쳐 골고루 관심을 받았다기보다 얼룩소의 거죽처럼 시기별로 편중된 분포를 보이고 있다면, 그것은 그동안의 내 삶에 세상의 압력이 매우 강했다는 것을 의미한다. 내 의식과 문학적 실천은 분명 그로부터 자유로울 수가 없었다. 그러나 지난 세기의 금언이었던 "존재가 의식을 결정한다"는 마르크스의 말은 유보적으로만 진실이라는 게 오늘날 나의 판단이다. 차라리 "존재는 본질에 선행한다"는 사르트르의 말이 더 정확하지만 그 진술은 반쪽만을 말하고 있다. 실상은 이렇게 말해야 할 것이다. 존재가 의식을 촉발한다; 그리고 의식은 존재를 바꾼다. 이 언명만이 필연과 자유가 하나로 합류하는 통로를 뚫을 수 있다.

그렇다는 것은 이 책에 실린 글들이 일반론의 형식을 띠고 있긴 하지만 1990년 이후에 근본적 차원에서 진행된 세상의 변화에 대한 응답으로서 씌어진 것이며, 동시에 그럼에도 불구하고 그 변화를 수용하는 방식으로가 아니라 그것을 문학적으로 성찰하고 재구성하려고 노력하는 과정 속에서 태어났다는 것을 가리킨다. 제1부에 실린 정보화 사회에 관한 글들이나, 제2부의 문화사회학적 현상으로서의 한국문학에 대한 다양한 언급들이나, 과학·문화·출판·사회 층위의 이런저런 화제들에 대한 제4부의 개입들은 모두 사안 그 자체에 대해서라기보다 그들에 대한 문학적 응전, 더욱 좁혀서는 한국문학의 진화라는 관점에서 기술된 것들이니, 그것은 내가 바로 '문학하는 사람'으로서 내 나날이 그렇게밖에 살지 못하게 정해진 까닭이다.[1]

이 얘기를 새삼스레 강조하는 것은 내가 여전히 문학이 나와 더불어 나와 비슷하든지 전혀 닮지 않았다든지에 상관없이 제대로 살기 위해 애태우는 모든 지적 생명들에게, 구원까지는 아니더라도, 동행과 동참의 지평을 열어주리라 믿기 때문이다. 내가 만일 지난 25년 중의 첫 10

---

1) 제1부의 정보화 사회에 관한 글들이 '정보화 사회의 태동기'의 현상에 집중되어 있다는 것에 섭섭해할 독자들이 있을 것이다. 2000년대 들어 내가 디지털 문명에 대한 관심으로부터 멀어진 것은 본문에서 말한 대로 시절의 압력과 관계가 있다. 그러나 그럼에도 불구하고 나는 디지털 문명의 근본적인 성질은 태동기로부터 거의 변하지 않았다고 생각한다. 때문에 디지털 문명에 대한 나의 비판적 궁리는 여전히 유효하다는 것이 내 판단이다. 독자는 가장 최근에 씌어진 1부의 마지막 글을 통해서 그러한 나의 관점을 재확인할 수 있을 것이다.

여 년 기간 중에 그 믿음을 버렸더라면 제3부에 실린 글들은 씌어질 수 없었을 것이다. 그 글들은 모두 한국문학을 해외에 소개하는 자리에서 발표된 것들로서, 내가 이 일들을 이행해야 할 의무라고 생각해왔던 것은 방금 앞에서 말했듯 근본적 차원에서 세상이 바뀐 것과 깊은 관련이 있다. 그 변화를 짧게 서술하면 이렇다. 정보화 사회의 도래를 즈음해서 인간은 다중(多重)적 존재로 살기 시작했다. 개체이자 동시에 연결망으로서. 세계화가 전개되면서 삶의 장소도 국가 단위에서 세계 단위로 바뀌었다. 생명에 대한 관념은 개체 중심적이거나 인간 중심적인 상태를 훌쩍 넘어서버렸다. 게놈 지도 등이 제공한 확장된 지식에 기대어서 보면 사람의 삶은 자연의 삶의 특화된 일부에 지나지 않게 된다. 근본적인 차원에서는 사람이 하는 일이 개미가 하는 일과 다르지 않고 심지어 물이 흘러가는 것과도 다르지 않다(그러나 이런 생각은 '지적 설계론'이라든가 프리초프 카프라Fritjof Capra류의 물리학과 동양 사상의 일치를 찾는 환상 같은 것과는 거리가 멀다. 오히려 내 생각은 그런 환상들 자체가 비버의 생존을 위한 부지런 떪과 다르지 않다는 것이다). 하지만 근본이 같다 하더라도 개개 종의 삶은 특정한 진화의 계기에서 자기만의 고유한 삶의 형식을 갖는다. 따라서 인간의 삶을 파악하기 위해서 모르모트를 통해 얻은 지식을 그대로 대입할 수는 없다. 다만 후자는 의미 있는 비교 대상으로 기능한다. 모든 현상들은 서로에 대해 참조적이라는 점에서 동류다. 다시 말해 그게 생물이든 제도이든 모든 '있는 것'들에서는 (심지어 없는 것들에서조차도) 자율성과 상관성이 동시적으로 활성화된다. 이런 다중적 삶을 잘 살아내려면 안으로 조밀해지면서 동시에 밖으로 열려 나가는(희박해지지 않아야 한다는 조건으로 보자면, 파문을 일으키듯) 존재 양식을 스스로 만들어나가야 한다. 지구상의 지적 생명은 전반적으로 그런 국면에 다다른 것이다. 나는 잠정적으로 이를 뫼비우스 국면이라고 부르고자 한다. 물론 안과 밖이 유통하는 이런 형상에는 클라인 씨의 병도 있고, 또 '다양체manifold'라는 일반적인 개념도 있다. 다만 '뫼비우스의 띠'라는 용어가 한국인에게 특별히 인지적이기 때문에 그것으로 은유할 뿐이다.

한국문학에게도 유사한 변화가 일어났다. 탄생 후 지금까지 한국어의 자율성에 힘입어서 국가(언어 공동체로서의) 단위로 생장하던 한국문학은 이제 세계문학의 은하에서 제 삶을 다시 정위해야만 하는 신생의 항성으로 창발하게 된 것이다. 이제 "한국문학은 한국인이 한국어로 한국인의 경험을 바탕으로 쓴 문학"이라는 고전적인 정의를 폐기해야 할 때가 온 것이 아닌가? 이런 고민을 시작하기도 전에 작가, 시인들에게는 아주 현실적인 사안들이 전혀 새로운 양태로 나타나기 시작했다. 누군가의 작품이 외국어로 번역되어 해외에서 회자되기 시작하고, 그런 사건들에 대해 여론이 일고 기관이 설립되고 매개 장치와 중개자가 형성되고, 점점 더 많이 작가, 시인 들이 바깥에 자신을 알리거나 견문을 넓히러 비행기를 타고, 다른 나라의 문인들과 교류하는 일이 잦아지고…… 그리고 무엇보다도 보통 사람인 독자들이 한국문학과 해외문학을 같은 진열대 위에 올려놓고 비교하면서 고르기 시작한 것이다! 그리고 우리는 시방 그 실제적인 결과들을 '한국문학의 침체'라는 이름으로 치르고 있는 중이다.

그러니 이것은 문자 그대로 새 운명이다. 한국문학은 위상기하학적으로는 세계문학의 구도 내에 위치하는 독자적 단위로 존재할 수밖에 없게 되었는데, 실용통계학상에서는 세계문학의 변방에 외따로 표류하는 알쏭달쏭한 오리 새끼 신세로 살아가고 있다. 이 두 모습 모두가 오늘의 한국문학의 '진실'이다. 그리고 이 진실은 그 양태 자체가 모순으로서 한국문학의 돌연변이를 위한 동인으로 기능해야 할 요동적 환경으로 작동하고 있다. 한국문학이 뫼비우스 국면에 돌입했다고 말하는 소이다. 이 시간적 단위를 공간화하면 한국문학의 새로운 출항의 풍경이 시야에 들어온다. 이제 막 세계문학이라는 우주의 제1분면으로 진입하는 한국문학의 셔틀들을 상상해보자. 지금은 그렇게 단편들의 유영으로 나타나지만 언젠가는 한국문학의 함선이 통째로 문학 우주의 도킹 스테이션에 정박하고 마침내는 그 스스로 선회하는 하나의 항성으로 정착하여 공전하는 행성들에 세계의 문인과 독자 들이 쉼 없이 방문하고 이동하는 때가 와야 할 것이다. 그제는 한국문학의 특수성이 보편성으로 전화하고, 한국문학의 지역적 담론이 일반 이론의 한 자율적 유파로서 쟁명할 것이다. 이 인공 생명의 자연 생명으로의 우주적 진화에 한 줌의 힘을 보태는 일이 어찌 즐겁지 아니하랴?

만일 그때가 오지 않는다면? 한국문학이 진화를 멈추었다고밖에는 달리 판단할 수가 없으리라. 그런 일이 당연히 일어날 수 있으며 세계문학의 올림퍼스에서 내려보자면 수많은 실종 사건 중의 하나일 뿐이라고 말하진 말자. 한 종의 소멸은 하찮은 게 아니라 생명 전체의 진화 가능성의 폭이 그만큼 줄어든다는 것을 가리킨다. 세계문학의 시대에서 한국어와 한국문학의 존재 이유는 그런 관점에서만 성립한다. 때문에 한국문학과 생존을 하나로 이어놓은 사람의 입장에서는 최선을 다해 그의 영생을 도모해야만 하는 것이다.

이렇게 일반론은 20세기의 흔한 교범들이 그랬듯 교리로서 군림하는 게 아니라, 때마다의 구체적 행위들을 통합하고 정련하고 농축하여 피어낸 정화(精華)다. 그것이 보편의 한껏 심심한 얼굴을 하고 있어도 그 표정의 결 사이로는 그것이 이루어지는 과정의 생생한 이론적 체험이 물살을 타는 물고기들처럼 펄떡이고 있다. 그것을 독자들이 실감해주기를 바라는 건 모든 글쓴이들의 소망이다. 나 또한 그 소망을 욕망으로 바꾸어 심장을 간질인다.

2016년 8월
정과리

차례

제4장 문학의 더듬이는 굽이도누나

제 0 장

위기가 아닌 적이 없었다, 그러나 때마다 위기는 달랐다
── 위기 담론의 근원, 변화, 한국적 양태

1. 위기의 항존성(恒存性)

'위기'라는 말은 아주 빈번히 쓰이는 말 혹은 개념이다. '경제 위기' '금융 위기' '재정 위기' '정치적 위기' '교육 위기' '한국문학의 위기' '국가 위기' '시스템의 위기' '북핵 위기' '쿠바 미사일 위기' '외환 위기' '패전 위기' '멸종 위기' '파혼 위기' '경질 위기', 「가문의 위기」, '총체적 위기' '국지적 위기' '반복적 위기' '위기 국면' '위기 상황' '위기일발' '위기 극복' '위기 대응' '위기관리' '위기 상담', 「위기의 주부들」, '위기 가정', 「위기탈출 넘버원」, '위기의 남자' '위기의 여자' '새로운 위기' '여전히 위기' '또다시 위기' '되풀이되는 위기' '항존하는 위기'……

필자는 '위기'라는 단어가 다른 추상명사나 고유명사와 비교해 얼마나 많이 사용되고 있는지 'Google'을 통해 검색해보았다(2013년 6월 9일 오후 5시 기준).

언어	종류	단어	횟수
영어	기준단어	crisis	376,000,000
	추상어 1	love	5,240,000,000
	추상어 2	freedom	457,000,000
	추상어 3	equality	77,100,000
	시사어 1	presidential election	424,000,000
	시사어 2	mortgage loan	168,000,000
	시사어 3	Sexual harassment	82,300,000
	고유명 1	Angelina Jolie	242,000,000
	고유명 2	Obama	483,000,000
	고유명 3	Oprah Winfrey	105,000,000
프랑스어	기준 단어	crise	30,800,000
	추상어 1	Amour	219,000,000
	추상어 2	liberté	75,000,000
	추상어 3	égalité	20,500,000
	시사어 1	les présidentielles	95,700,000
	시사어 2	dépression économique (crise éconimique)	7,890,000
	시사어 3	harcèlement sexuel	10,800,000
	고유명 1	Juliette Binoche	7,740,000
	고유명 2	Hollande	53,600,000
	고유명 3	Bernard Pivot	1,110,000
한국어	기준 단어	위기	64,100,000
	추상어 1	사랑	384,000,000
	추상어 2	자유	240,000,000
	추상어 3	평등	75,100,000
	시사어 1	대선	30,200,000
	시사어 2	북핵	883,000
	시사어 3	성추행	14,700,000
	고유명 1	이효리	38,600,000
	고유명 2	박근혜	43,300,000
	고유명 3	혜민	3,510,000

얼핏 생각했을 때 '위기'는 우리의 일상용어가 아니다. 현재의 특별한 관심사도 아니다. 언어별로 차이가 나기는 하지만, '위기' 'crisis' 'crise'라는 단어는 '사랑' 'love' 'amour'라는 압도적인 보편어를 제외하고는 현재의 특별한 관심사를 앞지르며, 현대의 인류가 가장 일상적으로 사용한다고 추정되는 관념어들과 경쟁하고 있음을 알 수 있다. 한국어의 경우는 다음과 같다.

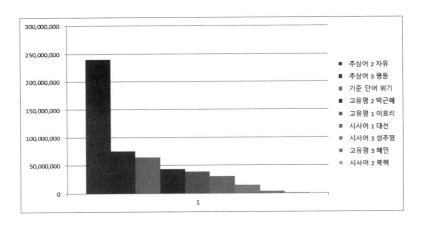

우리는 이러한 데이터를 통해 두 가지 사실을 확인할 수 있다. 하나는 그 언어의 항존성이다. '위기'는 인류의 집단 무의식 깊은 곳에 뿌리내린 항상적 관념 중의 하나라고 할 수 있다는 것이다. 다른 하나는, 첫 문단의 다양한 활용 사례에서 드러나는데, 그 개념의 '의존성'이다. '위기'는 관형어나 부연(敷衍)어를 달고 있을 경우에만 사용될 수 있다는 것이다. 가령 '사랑'이라는 개념은 '위기'와 마찬가지로 우리의 집단 무의식을 지배하고 있는 항존어다. 그런데 그 단어는 빈번히 독립적으로 사용된다. "사랑은 오래 참고 사랑은 온유하며 시기하지 아니하며 사랑은 자랑하지 아니하며 교만하지 아니하며……"로 이어지는 「고린도전서

13장」은 그 대표적인 사례다. 반면, '위기'는 독립적으로 사용되는 경우가 없다. 그것은 어떤 경우에라도 '무엇'의 '상태' 혹은 '성질'로서 존재할 뿐이다. 즉 '사랑'은 스스로 주어일 수 있으나 '위기'는 그럴 수 없다. 그렇다는 것은 '사랑'이 각 주체들의 의지를 초월한 상태로 상정될 수 있는 데 비해, 위기는 주체가 해결해야 할 사안으로 주어진다는 것을 가리킨다. 이러한 사실들의 확인으로부터 길어낼 수 있는 의미는 무엇인가?

우선, 저 개념의 항존성으로부터, 우리는 '위기'라는 개념이 인류의 진화에 적극적인 촉매로서 기능한 항상적 개념이었다는 걸 추정할 수 있다. 즉 그것은 현재적 차원에서 우리의 집단 무의식에 깊이 잠복해 있을 뿐만 아니라 인류의 역사를 통틀어 지속적으로 되풀이되어온 용어 혹은 개념이 아닐까? 과연, 그렇다. 아르멜르 드브뤼Armelle Debru에 의하면 '위기'는 그리스어 동사 'krino'에서 유래하는데, 그것의 가장 오래된 의미는 '걸러내다' '분리시키다'였다. 그리고 그 의미가 확장되어 '판단하다' '선택하다' '잘라내다' 등의 뜻으로 쓰이게 된다.[1] 이 개념은 군대와 의학에서 광범위하게 유통되어, 히포크라테스 학파의 가장 근본적인 두 개념 중의 하나가 된다(또 하나의 근본 개념은 '체질humeurs'이다). 히포크라테스 학파는 질병의 경과를 대체로 다음과 같은 단계로 나눈다.[2]

---

1) 『의학적 사유에 관한 사전Dictionnaire de la pensée médicale』, sous la direction de Dominique LECOURT, Paris: P.U.F., 2004, pp. 297~300.
2) http://fr.wikipedia.org/wiki/Hippocrate#cite_ref-jones464859_20-0. 이 기술은 다음 문헌에 의거한다: W. H. S. Jones, *Hippocrates Collected Works I*, Cambridge: Harvard University Press, 1868; 그러나 '위기'라는 말은 질병의 세 단계의 곳곳에서 쓰이고 있다는 것을 드브뤼는 말하고 있다. 우리는 그러한 사실을 *Hippocrate*(par Le D' Ch. V.

(1) 체질의 퇴화; (2) 화농(열의 반작용); (3) 위기(과잉된 체질의 배출)

 '위기'는 "질병이 진행하는 가운데 어느 특정한 순간에 모든 것이 뒤흔들리는" 사태를 말한다. 이때 "질병은 승리해 환자를 무너뜨리거나, 아니면 정반대로 치유의 자연적 과정이 진행된다".

 이러한 '위기' 개념은 현재 우리가 그것에 부여하고 있는 의미와 거의 다를 바 없다. 국립국어원의 『표준국어대사전』에 의하면 '위기'는 "위험한 고비나 시기"다. 또한 한국에서 발행된 가장 큰 자전인 『漢韓大辭典』은 '위(危)'라는 어휘가 '높다'와 '위태롭다'라는 뜻을 중심으로 19갈래의 의미로 쓰여왔으며, 이 중 '위기(危機)'는 "위험한 때나 고비, 또는 잠재된 위험"이라는 뜻으로서, 『三國志, 魏志』에서부터 이미 쓰였고, "위기일발"은 "한 가닥의 머리털에 매달린 일천균(千鈞)의 무거운 물건이 금방 끊어질 듯한 상태를 비유"하는 말로서, 당(唐)의 시인, 한유(韓愈)에 의해 표현을 얻었음을 알려주고 있다.[3] 어느 한문학자는, 위기의 '위'는 "원래 임금의 방심을 경계하기 위해 옥좌의 우측에 두었던 '의(欹)라는 기구'를 상형한 것"인데, "의는 '물을 담는 도구로 물이 모자라면 기울고 알맞으면 수평을 유지하고 넘치면 뒤집어지'는 정교한 물건[으로],

---

Darembert, Paris, 1864)의 제1장, "DES FRISSONS, DES FIÈVRES, DU DÉLIRE"(http://remacle.org/bloodwolf/erudits/Hippocrate/cos1.htm)에서 확인할 수 있다. 하지만, 존스의 단계와 드브뤼의 설명 사이가 근본적으로 모순된 것은 아니다. 드브뤼는 병 진행의 세 단계를 "위기의 증상들" "위기와 예후" "위기의 날들"이라고 명명해, 모든 단계에 '위기'라는 말을 포함시키되, 세번째 단계 "위기의 날들jours critiques"이 증상의 결과가 드러나는 국면으로 보고 있다. 실질적으로 존스의 단계 설정과 다를 바가 없는 것이다.
3) 단국대학교 동양학연구소, 『漢韓大辭典』 제2권, 단국대학교 출판부, 1999, pp. 966~68.

임금이 정사(政事)를 펼 때 매사에 공평하지 않으면 그것이 기울거나 뒤 집어지듯 국가가 '위태'해진다는 경고(警告)를 담았다"는 해석을 전하면 서, "이 해석이 최초의 한자인 갑골문의 글자 형태에 가장 충실한 학설 로 보인다"[4]고 토를 달고 있다.

이상 살핀 바에 따라 우리는 '위기'라는 용어 혹은 개념이 아주 오래 전부터 오늘날까지, 그리고 편재적으로 거의 같은 뜻으로 사용되어왔 음을 알 수가 있다. 그것은 '어떤 사태'의 '결정적이라고 판단된 변화의 국면 또는 그런 상황'[5]을 뜻한다.

따라서 우리는 위기를 인류의 항존적 어휘의 차원에 위치시킬 수 있 으며, 그 차원에서 '위기'란 특정한 시간대의 "불연속적 구조"[6]로서 '결 정적인 변화의 계기'로 작용하는 국면 또는 상황을 뜻한다고 정의할 수 있다. "위기는 결정적 순간, 정확하게는 '임계적 국면(평형 유지의 국면)' 이 천칭을 기울게 하는 운동의 최초의 작은 움직임이 된다는 의미에서 의 결정적 순간이다."[7] 결국 '위기'는 변화에 대한 인간의 기대 혹은 불 안, 또는 예측의 정신 상황을 동반하는 것, 혹은 그런 정신 상황이 돋보 이게 하는 상황 또는 국면이라고 할 수 있을 것이다.

4) 김언종, 『한자의 뿌리』, 문학동네, 2001, p. 701.
5) "갑작스러우면서도 결정적인 변화의 계기"('crise' in *Le grand Robert de la langue française*, at http://www.lerobert.com); "결정적 계기moment décisif"(『철학의 개념 들, 사전*Les notions philosophiques, dictionnaire*』, sous la direction de Sylvain Auroux, Paris: P.U.F., 1990, p. 510).
6) *Les notions philosophiques, ibid.*, p. 509.
7) *ibid.*, p. 510. 이 서양인들의 '천칭' 비유와 동양의 '의(䜣)' 기원론은 놀랍도록 유사하다.

2. 위기의 근대적 의미: 위기는 기획이다

그러나 시대가 변화함에 따라 '위기' 개념의 함의에도 중요한 변화가 깃들은 듯하다. 우리는 이미 '위기'가 별도의 주어를 필요로 한다는 점을 확인한 바가 있다. 위기는 그냥 위기가 아니라 '무엇'의 위기다. 우리는 위기의 그러한 활용을 보편적으로 확인할 수 있다. 한 예로, 식민지 시기 조선 지식인들의 다음과 같은 발언들을 훑어보기만 해도 그렇다: "생활의 위기"[8] "조선인(의) 위기"[9] "구문화의 위기"[10] "국가존망지추라는 위기"[11] "무서운 위기에 처한 조선 사람"[12] "국가적 위기"[13] "자기 사상의 위기"[14] "조선문단의 위기"[15] "조선어 철자법 문제의 위기"[16] "자본주의의 위기"[17] "프로문단의 위기"[18] "창작의 위기"[19] "푸로문학의 위기"[20]……

'위기' 개념이 주어를 필요로 한다는 것은 주어의 변화에 따라 위기

---

8) 송진우, 「사상개혁론」, 『학지광』 제5호, 1915년 5월.
9) "현하 조선인이 의식(衣食)문제로 연하여 생사가 위기일발에 있는 것은……", 노익근, 「신경제를 부진케 하는 3대 원인」, 『학지광』 제13호, 1917년 7월, p. 19.
10) 「구문화의 중심지인 경북 안,례 지방을 보고」, 『개벽』 제15호, 1921년 9월.
11) 김윤경, 「부인참정권문제」, 『신여성』 제8호, 1923년 10월.
12) 전영택, 「조선문화에 대한 기독교의 책임」, 『신생명』 3호, 1923년 9월.
13) 김동환, 「애국문학에 대하여」, 『동아일보』, 1927.05.12.~19.
14) 황규섭, 「학지광 갱생의 의의」, 『학지광』 제29호, 1930.
15) 정진석, 「조선문단의 위기」, 『연희 8호』, 1931년 12월.
16) 신남철, 「조선어 철자법 문제의 위기에 대하야」, 『신계단』, 1932년 12월.
17) "금일 자본주의 사회는 전세계적으로 ……의 위기에 빠져 있다.", 백철, 「1933년도 조선문단의 전망」, 『동광』 제40호, 1933년 1월.
18) 이헌구, 「프로문단의 위기」, 『제1선』, 1933년 2월.
19) 현민, 「창작의 위기 기타」, 『중앙』, 1933년 11월.
20) 안함광, 「조선푸로문학의 현단계적 위기와 그의 전망」, 『예술』 제2호, 1935년 4월.

의 양태가 달라질 수 있다는 것을 암시한다. 만일 그렇다면 '위기'라는 개념은 인류의 전사를 통해 쓰였고, 따라서, '위기'에 대한 사람들의 강박관념은 항존해왔으나, 때와 장소에 따라서 그 관념의 쓰임새 및 효과는 다를 수도 있었을 것이다. 그리고 그렇다면, 그 차이는 인류사의 가장 결정적인 변화의 시기, 즉 위기의 시기였던 '근대'의 등장기에 가장 두드러지게 나타났을 가능성이 클 것이다. 과연 르보 달론느Revault D'Allones는 근대 이전의 '위기' 개념과 근대 이후의 '위기'를 나눈 다음에 두 시간대에서의 '위기'의 차이를 이렇게 설명한다.

그리스어 krisis는 판단, 걸러냄, 분리, 결정을 의미한다. 그것은 어떤 불분명한 과정의 진화 속에서의 결정적 순간을 가리키는데, 그 순간, 진단과 예후, 그리고 운이 좋으면 위기로부터의 탈출까지도 가능해진다. 반면 오늘날의 '위기'에는 비결정성, 더 나아가 결정 불가능성의 인장이 찍혀 있다. 우리가 우리 시대에서 느끼는 것은, 더 이상 잘라낼 것도 결정할 것도 없다는 것이다. 왜냐하면 위기는 항구적인 것이 되었기 때문이다. 우리는 더 이상 그로부터의 출구를 볼 수가 없다. 위기는 그렇게 팽창해서 우리 실존의 한복판인 동시에 규범으로 존재한다.[21]

근대에 들어, 위기는 항구화되고 그럼으로써 위기는 결정의 대상이 아닌 것, 오히려 우리의 삶을 결정하는 것이 되었다는 것이다. 현상적 진단으로 말할 것 같으면 이러한 진술은 우리를 난감하게 한다. 위기의

---

21) Myriam Revault D'Allones, 『끝없는 위기. 시간의 근대적 체험에 대한 에세이*La Crise sans fin. Essai sur l'expérience moderne du temps*』(coll. La couleur des idées), Paris: Seuil, 2012, p. 9.

출구가 없다니? 평생 공포와 불안에 떨면서 살란 말인가? 그러나 저자의 속내는 그런 저주와 무관하다. 우리는 무엇보다도 위기가 항구화되었다는 것이 무슨 말인가를, 즉 저 현상적 진단의 원인으로서 제시된 것이 무슨 의미인지를 물어야 한다. 저자는 이어서 말한다.

왜 '위기'를 말하는가? 정확하게 말하자면, 근대로부터 시작된 단절이 지식과 권위의 근간 자체를 침범했고 그리하여 그 자신의 정당성에 대한 끊임없는 질문을 끌어내기 때문이다. 공동체와 전통으로부터 상속된 기왕의 모든 의미화들로부터 해방되려는 근대인들의 의지는, 이의를 제기할 수 없을 정도로 확실한 증거의 가치를 갖는 일방적인 의미란 없도록 만들었다. 확실성의 지표들의 와해는 3중의 단절 혹은 3중의 위기를 통해 나타난다: 토대의 위기, 규범성의 위기, 정체성의 위기. 근대에 이러한 단절이 공공연한 사실이 되면서부터 자신의 규범성을 스스로 찾아야 하는 필연성이 발생한다. 이제 그것은 반성적 거리를 취하는 방식을 통해서, 즉 자신의 존재와 가치, 그리고 시간의 흐름 속에 자신이 참여하는 일에 대한 끊임없이 쇄신되는 질문을 통해서만 주어질 수 있을 뿐이기 때문이다.[22]

이 진술은 '위기'의 항구성이 "근대인들의 의지"로부터 비롯되었다는 것을 가리키고 있다. 위기는 재앙이 아니라 기획이었던 것이다. 왜 이런 위험한 기획이 필요했는가? 바로 "공동체와 전통으로부터 [……] 해방"되기 위해서. 그렇다면 왜, 공동체와 전통으로부터 해방되려고 하는가?

---

22) *ibid.*, pp. 11~12.

위 진술을 거꾸로 해석하면, "자신의 규범성을 스스로 찾아야 하는" 걸 "필연"으로 만들기 위해서.

그렇다. 위기는 근대적 주체들, 즉 인간들이 세상의 문제를 스스로 떠맡기 위해서였고, 또한 이 후자는 그 노역을 통해서, 인간이 자신의 "존재와 가치"를 확인하기 위해서였던 것이다. 그러한 자신에 대한 확인은 유한자 인간에게는 끊임없는 도전으로서 제기된다. 위기의 항구성은 그로부터 비롯되었던 것이다. 그런 의미에서 '근대인의 [여러 종류의] 기획[들]'과 '위기'는 "같은 실체들로서 공존consubstantielle"[23]하는 것이다.

그리고 역시 같은 의미에서 근대인들의 기획으로서의 '위기'는 결국 '호기(好機)'인 것이다. 위기를 통해서 근대인들은 자신을 입증할 기회를 잡은 것이니 말이다. 그러니 1680년경부터 진행된 유럽 사회에서의 근본적인 정신적 변화를 다룬 폴 아자르Paul Hazard의 기념비적인 저서의 제목이 『유럽 의식의 위기』[24]인 까닭을 이제는 알 수가 있다. 그는 「서문」에서 매우 격정적인 목소리로,

이보다 더 큰 전환, 더 갑작스런 변화를 찾을 수는 없을 것이다. 기존적인 체계, 17세기인들이 그렇게도 견고하게 지키던 삶의 원리 —— 예컨대 통제, 권위, 도그마 등등 —— 를 그 후 세대들은 조롱하고 무시하기에 이르른 것이다. 이전 세대들이 기독교를 절대 원리로 떠받들었다면,

---

23) *ibid.*, p. 12.

24) Paul Hazard, *La crise de la conscience européenne*(1680~1715), Livre de poche, 2009(최초 출간년도: Fayard, 1961); 『유럽 의식의 위기』 I · II, 조한경 옮김, 민음사, 1990 · 1992.

이후 세대들은 그것의 적이었다. 이전 세대들이 신의 원칙을 신봉했다면, 이후 세대들은 자연의 원칙을 신봉했다. 이전 세대들이 불평등한 사회적 체계에 순응했다면, 이후 세대들은 평등의 실현을 제일의 목적으로 삼 았다.[25]

는 얘기를 숨 가쁘게 이어가면서, 이 새로운 전환의 최초의 표식을 "안정에서 변화로" 생각의 중심점을 이동시켰다는 데에서 찾았다. 왜 변화인가? "온통 인간이 무엇을 믿어야 하고, 무엇을 믿지 않아야 하는 가에 대한 의문들"이 몰아쳤기 때문이었다. 그 질문 이후, 인간들이 한 일은 "신〔을〕 우리의 능력권 밖에 있는 하늘 나라 한쪽에 내던져버리" 고 "인간만이 유일한 모든 것의 유일한 척도"로 여겨지게 하고 "인간만 〔을〕 유일한 존재 이유"[26]로 만드는 것이다. 아자르에 의하면, 그러한 정 신적 전환이 무수한 사유인들을 통해, "17세기가 끝나기도 전에 밀려 〔와〕 18세기 전반에 걸쳐 전적이고 철저한 운동"[27]으로 전개되었고, 그 운동이 궁극적으로 프랑스 혁명으로 이어졌다.[28]

그러니까 세상에 대한 근본적인 질문은 세계의 주도권을 넘겨받기 전 의 불가피한 전 단계이다. 전 세상의 해답이 아무것도 해결해주지 않았

---

25) 폴 아자르, 『유럽 의식의 위기 II』, 조한경 옮김, 민음사, 1992, p. 7. 아자르의 저서는 원래 두 권으로 출간되었다. 조한경은 이 중 제2권부터 번역했고, 그 번역본에『유럽 의식의 위기 I』이라는 제목을 붙였다. 그로부터 2년 후에 출간된 '원저 제1권'에 대한 번역본은 『유럽 의 식의 위기 II』라는 이름을 가지게 되었다. 이 글에서 인용된 판본은 통합본이다.

26) 같은 책, p. 9; Paul Hazard, *op.cit.*, p. 7.

27) 같은 책, p. 295; Paul Hazard, *ibid.*, p. 295.

28) "1760년을 전후한, 또는 1789년의 프랑스 혁명을 지칭하는 소위 혁명적이라고 하는 모든 사 상들은 이미 1680년대에 일반적인 것이었다. 이미 그때부터 어떤 정신의 종이 울리고 있었 다. 그것의 모태가 되고 있는 문예부흥과 나중에 프랑스 혁명에 무기를 제공한 1680년의 의 식의 전환은 아무도 부정할 수 없는 역사적 에포크였다"(같은 책, p. 10; Paul Hazard, p. 9).

기 때문이다. 그러면 위기와 불안이 오고, 그리고 그 위기와 불안을 떠 맡는 주체가 태어난다. 하지만 그것뿐이 아니다. 근대인들은 그러한 위기와 불안을 자신들의 고유한 속성으로 만들었다. 그럼으로써 위기는 항구적으로 갱신되었고 더불어 그 위기를 떠맡을 주체도 항구적인 변화의 흐름 속에 놓이게 되었다. 아니 차라리 변화가, 변신이, 인간의 존재 양태 그 자체가 되었다. 이러한 변화의 가장 화려한 스펙터클을 보여준 철학자는 라이프니츠Leibniz였다고 아자르는 말한다. 그는 "위기의 순간에 이르면 어김없이 거기를 벗어나" 다른 존재로 변신하였다. "마르지 않는 역동성"[29]이 그의 "존재 이유"였다.

그러나 이보다도 더 관심 깊게 살펴보아야 할 것은, 도대체 이러한 위기/호기의 전환을 인간은 어떻게 치러내는가,라는 물음일 것이다. 그저 "위기를 호기로 바꿔!"라고 외치기만 해서 그런 일이 일어나지는 않았을 것이다. 인간은 자신의 어떤 능력의 활성화를 통해서 그 일을 해내야만 할 것이었다. 그 질문에 대답한 사람은 바로 이 정신 전환의 절정에 위치하는 존 로크John Locke였다. 그는 바로 그것이 '감각'이라고 말한다.

전체적인 재구성을 위해 필요한 한 가지가 있다면 그것은 감각sensation이었다. 감각은 밖에서 정신을 두드려 깨워, 그것을 가득 채운다.[30]

아자르는 로크가 '불안'에 과도한 집착을 했다는 점을 지적한다. "우

---

29) 같은 책, p. 262; Paul Hazard, *ibid.*, p. 206.
30) 폴 아자르, 『유럽 의식의 위기 I』, p. 24; Paul Hazard, *ibid.*, p. 231.

리를 행동하게 하는 것은 주어진 어떤 것이 아니라 부재하는 어떤 것이다."[31] 그리고

> 사람은 있어야 할 어떤 것이 없을 때 불안을 느낀다. 있어야 할 어떤 것이 없어서 안타까운 마음, 그것을 우리는 욕망이라고 부르며, 그 욕망의 크기에 따라 불안의 정도도 달라진다. 그런데 그 불안이란 것은 인간의 활동과 근면성을 자극하는 유일한 자극제는 아니라고 하더라도, 적어도 주요한 자극제라는 점은 여기에서 지적하고 넘어가고 싶다 ……
> ―로크, 『인간 오성에 관한 시론』, 1690, II권, XX장[32]

그는 인간의 '불안'이 '욕망'에서 비롯한다는 것을 적시하고, 그 불안을 위협이 아니라 기회로 받아들였을 뿐 아니라, 그것을 '기회'에서 '자극'으로 바꾸었다. 다시 말해 그는 이 위기를 호기로 전환시키는 결정적인 운동체가 인간의 실존 체험 그 자체라는 것을 간파했던 것이다. 『끝없는 위기』의 저자 역시, 바로 '위기'의 기획의 근본적인 원천은 우리의 감각적 체험임을 적시한다. "'위기'라는 용어는 시대 전체의 혼란과 긴장을 가리킬 뿐 아니라, 동시에 그 혼란들을 감각하는 주관성의 출현을 드러낸다."[33] 그리고 "'위기' 개념을 특징짓는 것은 그것이 객관적 현실 그리고 우리가 그에 대해 갖는 체험과 불가분리로 연결되어 있다는 것이다. 위기는 근대인의 산 체험vécu이다".[34] 푸코 역시, '계몽'의 본질

---

31) 같은 책, p. 181; Paul Hazard, *ibid.*, p. 380.
32) 같은 책, p. 180에서 재인용; Paul Hazard, *ibid.*, p. 380.
33) Revault D'allones, *op.cit.*, p. 11.
34) *ibid.*, p. 15.

을 '감히 알려할 것[용감히 너의 오성을 사용하라(sapere aude)]'이라는 '신조'에서 찾은 칸트에게서, "근대성의 '태도'"라고 명명할 수 있는 것의 초안을 본다. 그에 의하면 근대는 무엇보다도 '태도'로서, 그것을 태도로 간주할 때, 근대성이 현실과 맺는 관계의 양상이 부각된다. 즉 '근대'란 "특정한 사람들이 행하는 자발적 선택, 생각하고, 느끼고, 또한 행동하고 처신하는 방식[으로서]. 이것은 한편으로 행하는 자의 '소속됨'을 가리키면서 동시에 그 자체가 과제로서 제출된다".[35] 즉 이 신조는 "인간이 집단적으로 소속되는 과정이자 동시에 직접 실행해야 하는 용기 있는 행위"가 되어, "인간은 그 과정의 요소들이자 동시에 집행자"로서 존재하게 되며, "인간들은 그 과정에 소속되어가는 만큼 그 과정의 행위자가 된다".[36]

그러니 이 "전체적 재구성"의 기제이자 "산 체험"의 기관으로서의 '감각의 탄생'이 프랑스 혁명 언저리에서 서양문학의 한복판에서 솟아오른 것은 우연이 아니다. 마리보Marivaux의 일련의 작품들은 세상에 살아 있다는 느낌, 그런 산 사람을 보고 확인한다는 느낌으로 가득 차 있다. 그의 유명한 대목을 인용해보자.

실비아 농담은 그만두시지. 점을 쳤더니 내 남편 될 사람은 지체 높은 사람이라고 했거든. 그 점에서는 나는 한 푼도 양보할 생각이 없다네.

도랑트 원, 이런. 내가 그 사람이라면 그 예언으로 곤란 좀 겪었겠는

---

35) Michel Foucault, *Dits et écrits — Tome 4. 1980~1988*, Paris: Gallimard, 1994, p. 568: 앞의 책, p. 100에서 재인용.

36) Michel Foucault, *Philosophie — Anthologie établie et présentée par Arnold I. Davidson et Frederic Gros*(coll. Folio/Essais No. 443), Paris: Gallimard, 2004, p. 861.

데. 하지만 나는 점 따위는 믿지 않지. 그렇긴 해도. 네 얼굴을 보니 그럴 만하다.

실비아 (혼잣말로) 이 사람은 지칠 줄을 모르네…… (목소리를 높여) 그만두시지. 너를 그냥 제껴놓는 예언이 네게 무슨 상관일까?

도랑트 그렇다고 그게 내가 널 좋아할 거라고는 말 안 했걸랑.

실비아 안 했지. 하지만 네가 얻을 건 없다고는 말했지. 그건 내가 입증할 수 있어요.

도랑트 너, 세게 나가는구나. 리제트야. 그 도도함이 썩 어울린다. 예언이 나를 쫓아내거나 말거나 네 얼굴을 보고 있자니 좋다. 진작에 내가 그런 사람을 보고 싶었지. 네가 예언으로 행운을 얻는다면, 나는 잃어도 좋아.

실비아 (혼잣말로) 기대하진 않았지만, 이 남자는 정말 나를 놀라게 하네. (목소리를 높여) 너 누구니? 말 참 잘한다.

도랑트 돈이 많지는 않은 교양인의 아들이지.

실비아 그래, 네 신분이 지금보다 더 나은 것이었다면, 하고 나도 바라마지 않아. 그리고 정말 도와주고 싶단다. 운명이 네게 정말 가혹하구나.

도랑트 내 생각엔 말이야. 사랑이 운명보다 더 가혹한 걸. 세상의 부를 몽땅 가지는 것보다 네 마음을 얻을 수만 있다면, 하는 게 내 마음이야.

실비아 (혼잣말로) 이제 천만다행으로 얘기가 끝나가는구나. (목소리를 높여) 부르기뇽, 네가 무슨 말을 해도 나는 화내지 않아. 하지만 이제 그만해. 네 주인에게로 돌아가렴. 그럼 내게 사랑 타령하는 거 안 해도 될 거야.

도랑트 너야 말로 내게서 그걸 느끼지 않게 돼서 다행일걸.[37]

결혼 상대자와의 만남을 앞두고 상대방을 알아보기 위해 각자 하인으로 분장함으로써 벌어진 이 우스꽝스러운 대화에서 두 인물이 발견하는 것은 바로 타인의 생생함이자 동시에 타자의 생생함을 느끼는 자신의 생생함이다. 조르주 풀레Georges Poulet는 마리보의 이 인물들에게서 넘쳐나는 느낌들sentiment을 보면서, "마리보에게 있어서 사랑이 우리를 우리들로부터 튀어나오게 한다면, 그것은 동시에 우리를 우리 자신에게로 되돌아가게 한다. 왜냐하면 인물들이 타자를 통해서 겪는 느낌은 그 자체가 그 자신에 대해서 겪는 느낌으로 변형됨으로써만 신속한 완성에 다다를 수 있기 때문이다. 그것은 타자의 발견을 넘어 자신의 인식이 되는 순간에서야 완전해진다"[38]고 말하면서, 이러한 느낌의 "강렬함은 이제 막 태어나는 감미로운 느낌을 그 정반대의 느낌으로 변화시킨다. 다시 말해 연장, 지속, 지속의 방식에 대한 느낌으로 변화시킨다. '내 사랑은 그때 내게 생겨났다기보다 오래 지속되었던 것처럼 다가온다'"[39]고 덧붙인다.

근대의 초엽에 근대인들이 세계의 주권을 신으로부터 인간에게로 돌리면서 가졌던 생생한 실존감은 이제 항구적인 살아 있음의 감각으로, 즉 나날의 느낌으로 인간의 육체 안에 깃들게 된다. 그러니까 감각 기관의 발명과 더불어서 위기/호기의 변증법은 인간의 자연스런 일상으로

---

37) Marivaux, 『사랑과 우연의 놀이*Le Jeu de l'Amour et du Hasard*』, 1막 7장, 1730〔초연〕.
38) Georges Poulet, 『인간 시간에 대한 연구/2*Etudes sur le temps humain/2*』, Paris: Édition du Rocher, 1952, p. 20.
39) *ibid.*, p. 23.

뿌리내릴 수 있었던 것이다.

　아마도 우리는 감각의 탄생의 저편에서, 다시 말해, 이 항구적인 위기/호기의 변증법이 끝 간 데에서, 감각 초월의 경험을 만나게 된다는 것을 부기해야 할 것이다. 바로 스테판 말라르메Stéphane Mallarmé는 자신의 선배들이 개발한 체험으로서의 감각이 생생한 사유로서의 감각으로 초월하는 광경을 그린다. 그는 「운문의 위기crise de vers」라는 글에서, 일상적이고 세속적인 감각의 진부함을 한탄하는 한편, 그걸 넘어서는 예술적 형상의 출현을 가장 감각적이고도 가장 사색적인 것으로서 이렇게 묘사한 바 있다.

　　나는 "꽃이여!"라고 말한다. 그러자, 내 목소리가 어떤 가두리도 멀리 밀어놓는 망각 저편으로, 잘 알려진 꽃받침과는 다른 어떤 것으로서, 모든 꽃다발의 부재인 그윽한 관념 그 자체가 선율을 타고 솟아오른다.[40]

　감각이 순수한 사유가 되는 순간이 부재에 대한 가장 실존적인 느낌의 순간이 되는 것, 이다. 진정한 것은 존재하는 것들을 부재시키는 작업(그것이 "어떤 가두리도 멀리 밀어놓는"의 뜻이다)을 통해서 순수한 관념으로서 떠오른다는 것을 보여주는 이 대목을 자세히 풀이할 시간은 없다. 다만 우리가 이 사태를, 저 위기/호기의 변증법의 계속적인 지양/종합의 최종단에서 발생한 것으로 본다면, 서양문학은 감각의 탄생과 감각 초월의 두 극단 사이를 끊임없이 요동해왔다고 말할 수는 있을 것

---

40) Stéphane Mallarmé, *Œuvres complètes*(coll. Pléiade), Gallimard, 1945(원본 출간년도: 1895), p. 368.

이다. 그리고 그 관점에서 본다면 말라르메의 저 순수 관념은 감각의 바깥에 있는 것이 아니라 오히려 가장 생생한 감각으로서의 관념이라는 것을 짐작할 수 있을 것이다.

3. 위기의 전환을 위해 한국문학이 짜낸 고안: '질 수 없는 자의 신비주의'와 '질 수밖에 없는 자의 현실주의'

서양문학이 위기/호기의 변증법 속에서, '감각의 탄생'과 '초월적 감각'의 사이에서 진동했다면, 한국의 근대문학은 어떠했을까? '근대적인 것'의 밀려옴 속에서 한반도의 사람들을 포함한 동아시아의 사람들이 존재 상실의 위기와 동시에 새롭게 밀려온 것에 대한 강렬한 매력을 느낀 것은 누구나 잘 아는 바와 같다.

일반적으로 많은 연구자들이 조선 후기, 특히 개항을 전후한 시기의 한국 사회가 구조적으로 위기에 처해 있었다고 말하고 있다. 실제로 개항을 전후한 19세기 후반은 대내적-대외적 조건의 변화로 인해 사회 전반에 걸쳐 급격한 변동이 있었던 시기였고 그러한 변화는 여러 형태의 갈등과 대립을 또한 수반하였다. 대내적으로는 주로 전통 국가의 한계, 즉 왕조 체제 운영상의 구조적 문제점이 가장 두드러지게 나타났고 대외적으로는 일본의 정치 경제적 침략이 구조적 위기를 심화시켰다.[41]

---

41) 박명규, 『한국 근대 국가 형성과 농민』, 문학과지성사, 1997, p. 77.

이 구조적 위기가 마냥 파국과 재앙에 대한 절망과 공포, 불안만을 야기한 것은 아니다. 한반도의 사람들은 그 구조적 변화 속에서 본래 자기 것이 아니었던 것을 적극적으로 수용함으로써 세계에 대한 그들의 전망을 만들어나갈 수 있었다. 그런 의미에서 1919년 3월의 한반도 사람들은 일제의 점령에 맞서서 독립을 요구한 것일 뿐만 아니라 일제의 점령을 받아들임으로써 독립을 요구할 수 있게 된 것이기도 하다. 일제 강점은 일종의 '거세'와도 같았다. 본래 자신이 가지고 있었던 형편없이 자그마한 것(늙은 왕조로서의 유교적 질서라는 것)을 잘라내는 절차가 거기에 개입되어 있기 때문이다. 그리고 대신 들어선 큰 물건을 수락하되, 동시에 그것과 경쟁하는 과정에 곧바로 돌입하게 되었던 것이다. 한반도의 사람들에게 진정한 삶의 실체는 지금 눈앞에 주어진 것(일본) 너머에 위치하는 어떤 다른 것(서양)으로 보였을 것이기 때문이다. 한반도의 사람들은 근대에 진입하는 순간, '업둥이enfant trouvé'의 단계를 생략한 채 바로 '사생아le bâtard'가 되었던 것이다.[42] 그리고 그 사생아는 진짜 아버지가 누군지 '안다고 가정된' 사생아였다. 한국문학에 '부친 살해'의 욕망보다는 부친을 상상적 대상의 자리에 넣는 일이 빈번했던 것[43]은 그런 사정하에서다.

그렇기 때문에 한반도의 지식인들에게 위기/호기의 변증법은 쉽게 수용되는 관념일 수 있었다. 우리는 식민지 시기의 뛰어난 문학인들의

---

42) '업둥이' '사생아'의 개념에 대해서는, *Roman des origines et origines du roman*(Marthe Robert, GRASSET, 1972: 『기원의 소설, 소설의 기원』, 김치수·이윤옥 옮김, 문학과지성사, 1999) 참조.

43) 이에 대해서는 좀더 상세한 탐구를 통한 증명 절차가 필요할 것이다. 졸고, 「꿈 이야기: 한국적 모더니티의 한 심연 — 이청준의 「날개의 집」을 빌려」(『글숨의 광합성』, 문학과지성사, 2009)는 그 가정에 대한 첫번째 확인 작업이다.

다음과 같은 발언들에서 그러한 사실을 확인할 수 있다.

조선 민족에게 천재일우의 호기회요 아울러 사생 여부가 달린 위기[44]

일 기회 — 위기일발의 찰나 — 를 응용하여 장면을 일전[45]

동시에 시의 상실, 시의 위기라는 것이 결코 근대시 그 전체의 위기가
아니라 이미 역사적으로 반근대화한 부르주아 시 그것의 위기 급(及) 상
실이며 이 위기는 자본주의의 체제적 지배의 위기의 반영[46]

근대의 사회 기구의 위기와 함께 정신주의 관념론에 입각한 근대 문화
가 스스로 위기의 비명을 지르게 되고, 객관주의를 표방하던 프로 문학
등이 비생산성을 폭로하게 되자, 그리고 파시즘이라는 세기말적 흑조가
문화의 세계를 야만적으로 유린하게 될 때에 네오, 휴맨이즘은 문화의
옹호와 인간성의 재건을 목표로 하야 나타나게 된 것이니 현실적 불안을
그들 자신의 생존적 불안으로 체험한 양심적 지식인들은 불안문학 불안
철학 등의 고뇌적 반성을 통하야 불안으로부터 재건에를 목표로 주관주
의와 객관주의를 자체 안에서 지양 극복함으로써 새로운 문화를 창건할
수 있는 것으로서 네오, 휴맨이즘을 빚어내기에 일은 것이다.[47]

---

44) 이광수, 「우리의 이상」, 『학지광』 제14호, 1917년 11월.
45) 김동인, 「소설에 대한 조선사람의 사상을」, 『학지광』 제18호, 1918년 8월.
46) 임화, 「담천하의 시단 1년」, 『신동아』 제50호, 1935년 12월.
47) 김오성, 「휴맨이즘의 문학의 정상적 발전을 위하야」, 『조광』 제20호, 1937년 6월.

그 과정을 동시적인 것으로 보건(이광수, 김동인), 아니면 부정적인 것의 제거와 바른 것의 지킴으로 보건(임화), 혹은 현존하는 것들의 종합으로 보건(김오성), 또는 사회 운동의 차원에서건(임화, 이광수), 소설적 전개의 층위에서건(김동인), 현 단계 문학의 방향에 대해서건(김오성), 위기는 항상 호기의 계기로서 제시되고 있는 것이다.

그러나 그럼에도 불구하고, 한국문학, 더 나아가 한반도의 사람들에게 위기→호기의 이행이 그렇게 순조로울 수는 없었을 것이다. 그것은 무엇보다도 낯선 것을 '이식'하는 작업을 경유해야만 하는 것이었다. 따라서 그것이 자연스러울 수는 없는 것이다. 동아시아 3국 중 서양과의 만남을 가장 앞서서 실행하고, 서양의 문물을 체화하는 일에 열심이었던 일본의 경우에도 그러한 근대를 '소화'해내는 게 얼마나 어려웠던가는 다음 두 문단의 비교가 잘 보여준다.

－ 나 오늘 오후 랑글랭과 결국 잤어./그는 어깨를 으쓱했다. 마치 '그건 당신 문제야'라고 말하려는 듯이. 그러나 그의 몸짓, 그의 얼굴의 긴장된 표정은 그러한 무관심과 어울리지 않았다. 그녀는 맥이 다 빠진 얼굴로 그를 바라보고 있었다. 수직의 불빛에 의해 광대뼈가 도드라져 보였다. 그도 어둠 속에서 그녀의 시선을 무심히 바라보았다. 한마디 말도 없이. 〔……〕 그녀는 침대에 앉아 그의 손을 잡았다. 그는 손을 빼려고 하다가 그냥 두었다. 하지만 그녀는 그 움직임을 느꼈다./－ 당신, 괴로워?/당신은 자유롭다고 내가 말했잖아. 더는 물어보지 마. 그는 쓰라림을 느끼며 그 말을 덧붙였다./강아지가 침대 위로 뛰어올랐다. 그는 그녀에게서 손을 뺐다. 강아지를 쓰다듬으려는 듯이./'당신은 자유로운 사람이야.' 그는 반복했다. '나머지는 중요하지 않아.'/－ 여하튼 나는 결국 당

신에게 그 말을 해야만 했어. 나로서도 마찬가지야./- 그래.[48]

　'지로, 실은 부탁이 있는데./'에, 그걸 들을 셈으로 일부러 따라온 거니까 천천히 말씀하세요. 할 수 있는 일이라면 뭐든지 할 테니./'지로, 실은 좀 말하기 힘든 거라서./'말하기 힘든 거라도 저한텐 상관없지요./'그래, 난 널 믿으니까 말하지. 하지만 놀라지 마라./[……]/'그러면 솔직히 말하겠는데, 네가 나오의 정조를 시험해봐다오./'나는 '정조를 시험한다'는 말을 듣고 정말 놀라고 말았다. 당사자로부터 놀라지 말라는 주의가 두 번 있었음에도 불구하고, 너무나 놀랐다. 그저 어안이 벙벙하여 멍한 기분이었다./'어째서 새삼 그런 표정을 짓지?' 하고 형이 말했다./나는 형의 눈에 비친 내 얼굴을 참으로 한심하게 느끼지 않을 수 없었다. 그야말로 형제의 입장이 요전에 만났을 때와는 서로 맞바뀐 데에 불과했다. 그래서 얼른 마음을 다잡았다./'형수의 정조를 시험하다니, ― 관두는 게 좋겠습니다./'어째서?'/'어째서라뇨, 너무 바보 같지 않습니까?'/'바보 같다니, 뭐가?'/'바보 같지 않을진 몰라도, 그럴 필요가 없지 않습니까?'/'필요가 있으니까 부탁하는 거다.'[49]

　앙드레 말로의 인물과 나쓰메 소세키(夏目漱石)의 인물들 사이의 결정적인 차이는 무엇인가? 그것은 말로의 인물들이 직접 자유를 감행하는 데에 비해 후자의 인물들은 그러지 못한다는 것에서 나오지 않는다.

---

48) 앙드레 말로André Malraux, 『인간 조건La condition humaine』, in Romans(coll. Pleiade), Paris: Gallimard, 1976(원본 출간년도: 1933), p. 347.
49) 나쓰메 소세키(夏目漱石), 『행인』, 유숙자 옮김, 문학과지성사, 2001(집필년도: 1912~1913), pp. 128~29.

오히려 한쪽은 그게 고통이든 희열이든 전적으로 실감하고 있는 반면에, 다른 쪽의 인물들은 그렇지 않다는 것이 핵심이다. 한쪽의 사람들에겐 타인에게 상처를 입히는 일조차 자신의 자유의 행사로서 치를 수 있는 것이고 또한 타인으로 인한 상처라 할지라도 그것이 자유의 행사인 한, 스스로에게도 그걸 감당해내야 하는 일이 자신의 '자유'의 몫으로 주어진다. 반면 다른 쪽의 사람들에게는 막연한 충동들은 넘실대는데 그 충동들에 어떤 이해 가능한 까닭도 자연스런 동작도 주어지지 않는다. 어쩌면 이러한 불투명성이 일본인의 의식 속에 내내 강박관념으로 자리 잡았는지도 모른다. '근대의 초극'이라는 기상한 논리로 그들이 치달았던 걸 생각하면.

일본의 사정이 그러하다면 한국문학의 사정도 그 못지 않았을 것이다. 샤를 보들레르Charles Baudelaire에게서처럼 "자연이 〔곧바로〕 사원La nature est un temple"50)일 수는 없었을 것이다. 물론 많은 사람들이 그런 '근대화'가 '당연히' 가능하다고 믿었다. 노력만 하면 된다고 생각했었다. 그러나 최인훈의 표현을 다시 빌리자면, "서양 제국주의자들이 인류에게 끼친 무한한 해독, 그건 금덩어리를 실어 갔다든가, 상품을 팔아먹었다든가, 그런 게 아니라고 난 생각합니다. 원주민들의 영혼을 골탕 먹인 것, 경험적인 것을 선험적인 것처럼 위장한 것"51)인 것이다. 실제로는 어떤 독한 결심이 그것을 억지로 맞추려고 하지 않는 한, 위기/호기의 변증법은 작동하지 않았다.

---

50) 「만물조응Correspondances」, 『악의 꽃Les Fleurs du mal』, in Charles Baudelaire, Œuvres Complètes I — texte établi, présenté et annoté par Claude Pichois(coll.: Pléiade), Paris: Gallimard, 1975(원본 출간년도: 1857), p. 11.

51) 최인훈, 「크리스마스 캐럴」, 『크리스마스 캐럴/가면고』(최인훈 전집 6), 문학과지성사, 2008(최초 집필년도: 1963~1966), p. 168.

한국문학에서 이 감각을 가장 강렬하게 열망한 인물은 아마도 「광장」의 이명준일 것이다. 그는 흔히 말하듯 바깥에서 들어온 두 개의 이데올로기에 희생된 사람이 아니다. 무엇보다도 그는 그 이데올로기를 자신이 내장한 고유한 것으로 만들려고 했었다. 그리고 그것을 위해서는 '위악'도 서슴지 않았다.

악한? 맞았어. 더 듣기 좋게 악마라고 불러줘. 내 생애에 단 한 번 악마가 될 수 있는 기회를 빼앗지 말아줘. 난 악마가 돼봐야겠어. 이런 북새통에 자네 한 사람쯤 풀어주는 건 지금 내가 가진 힘으로도 넉넉해. 허지만 안 하겠어. 신파는 않겠어. 옛날 은인의 외아들을 목숨을 걸고 풀어주는 공산당원. 안 돼. 그러면 나는 끝내 공중에 뜬 몸일 뿐이야. 이런 기관에 온 것도, 내가 자원한 일이야. 나는 이번 싸움을 겪어서 다시 태어나고 싶어. 아니 비로소 나고 싶단 말이야. 이런 전쟁을 겪고도 말끔한 손으로 돌아가고 싶지 않다는 거야. 내 손을 피로 물들이겠어. 내 심장을 미움으로 가득 채워가지고 돌아가야겠어. 내 눈과 귀에, 원망에 찬 얼굴들과 아우성치는 괴로움을 담아 가져야겠어. 여태껏 나는 아무것도 믿지 못했어. 남조선에서 그랬구, 북조선에 가서도 마찬가지였어. [……] 지금 나에겐 아무것도 없어. 무엇인가 잡아야지. 그게 무엇인가는 물을 게 아니야. 싸움에서 빈손으로 돌아오는 자는 바보뿐이야. 바이블에 나오는 게으른 종처럼. 전리품을 긁어모아야지. 당이 나눠주는 전리품을 바랄 수는 없어. 내 손으로 뺏어야 돼. 나의 남은 생애를 쓰고도 남을 전리품을. 옛날부터 싸움이란 그런 거야.[52]

52) 최인훈, 「광장」, 『광장/구운몽』(최인훈 전집 1), 문학과지성사, 2008(최초 발표년도: 1961),

이 위악이 없었으면 명준은 허깨비에 지나지 않게 된다. 위악을 통해서라도 그는 실존하는 자로서 "탄생"[53]해야만 하는 것이다. 그것은 김승옥의 소설에서 감각이 태어나는 계기에 어떤 음모 혹은 작위가 개입되는 것과 마찬가지다.

한 교수님은 쓸쓸히 웃으셨다. 가을 햇살이 내 에나멜 구두 콧등에서 오물거리고 있었다./형이 나와 누나에게 어머니를 죽이자는 말을 처음 끄집어냈을 때도 내 발가락 사이로 초가을 햇살이 히히덕거리며 빠져나가고 있었다.[54]

그러나 명준은 "자기와 몸 사이에 짜증스런 겉돎"이 있다는 걸 이겨내지 못하고 결국 '태식'을 풀어주며, 김승옥의 인물들은 바깥의 눈으로 보자면 코믹하기 이를 데 없고, 내부의 시선으로 쏘아보자면 청승맞기 이를 데 없는 괴이한 '희비극'에 직면하고야 만다. 한국문학에서 위기에 대한 감각은 '감각의 위기'를 동시에 수반하고 있었던 것이다.

그러니까 실은 '독한 마음'을 먹는 것만으로 무엇이 해결될 수 있는 건 아니었던 것이다. 무엇보다도 감각의 사안이라면. 다시 말해 실존적 체험의 사안이라면. 한국인은 한국인 나름의 방식으로 근대를 체화하는 방식을 만들어내야만 하는 것이다.

---

pp. 169~70.
53) 같은 책, p. 170.
54) 김승옥, 「생명연습」, 『무진기행』(김승옥 소설전집 1), 문학동네, 2009(전집 초판본: 2004; 최초 발표년도: 1962), p. 42.

한국문학은 그 체화의 알고리즘을 개발하지 못했던 것인가? 이러한 질문은 다시 한국 근대문학의 초엽으로 우리를 이끌고 간다. 그곳에서 한반도의 사람들은 최초의 근대적인 위기에 직면했을 것이다. 그 안에서 펼쳐진 최초의 대응 기제가 그 이후의 근대 한국인들의 문학적 삶에 근본적인 방향을 제공했을지도 모른다.

　　과연 우리는 그 안에서 아주 상이한 두 개의 대응 기제를 만나게 된다. 한용운과 김소월이 그 둘이다. 그 둘을 대응 기제라 말하는 것은 "빼앗긴 들에도 봄은 오는가"류의 낭만적 한탄을 넘어서 위기에 응전할 방법적 태도를 갖추었기 때문이며, 그 둘의 대응 기제가 상이하다고 말하는 것은 실제로 그 방법적 태도가 서로 대극을 이룰 정도로 판이하기 때문이다. 간단하게 말하면 한용운의 방법적 태도는 "님은 갔지마는 나는 님을 보내지 아니하였"[55]다는 것이며, 김소월의 그것은 "나보기가 역겨워/가실 때에는/죽어도 아니 눈물 흘니우리"[56]겠다는 것이다. 전자는 님의 떠남이라는 사태를 인정치 않고 있는 데 비해 후자는 그 사태를 고스란히 수락하고 있다. 이러한 양극적 태도의 각각을 가리켜 한용운의 태도를 '질 수 없는 자'의 태도라 부르고 김소월의 그것을 '질 수밖에 없는 자'의 태도라고 부를 수 있을 것이다.

　　실제로 중요한 것은 이 태도들 자체가 아니라 이 태도들이 낳게 될 결과들, 즉 타자의 지배하에 살게 되는 주체의 삶의 원리일 것이다. 한용운의 '질 수 없는 자'는 바로 그 자리에서 그러한 태도가 일종의 '광기'에 휩싸이는 것을 직면한다. "제 곡조를 못 이기는 사랑의 노래[가] 님의

55) 한용운, 「님의 침묵」, 『님의 침묵, 조선독립의 서 외』(한용운 전집 1), 신구문화사, 1973, p. 42.
56) 김소월, 「진달내꼿」 『진달내꼿』, 賣文社, 1939(최초 출간년도: 1925), p. 190~91.

침묵을 휩싸고 〔돌〕"았던 것이다. 그러나 시인은 거기에 두 가지의 방법적 보완물을 덧붙이게 되는데 그 하나는 "'님'만 님이 아니라 기룬 것은 다 님이다"[57]라는 말이 가리키듯이, 자신의 소망을 무차별 은유 속으로 집어넣는 것이다. 이 무차별 은유의 효과가 어떠한지에 대해서 우리는, 이미 미셸 푸코Michel Foucault를 통해서 '유사성'의 에피스테메로 사유한 르네상스인들이 이루었던 '풍요'를 알아보았던 만큼,[58] 충분히 짐작하고도 남는다. 이 무차별 은유는 궁극적으로 만물을 '님'으로 만드는, 적어도 '님'의 흔적으로 만드는 괴력을 발휘하고 있는 것이다. 두번째 방법적 보완물은 그 효과를 먼저 보고서야 알아차릴 수 있다.

바람도 없는 공중에 수직의 파문을 내이며 고요히 떨어지는 오동잎은
누구의 발자취입니까.
〔……〕
연꽃 같은 발꿈치로 가이없는 바다를 밟고, 옥 같은 손으로 끝없는 하
늘을 만지면서 떨어지는 날을 곱게 단장하는 저녁놀은 누구의 시입니까.
타고 남은 재가 다시 기름이 됩니다. 그칠 줄 모르고 타는 나의 가슴

57) 한용운, 「군말」, 앞의 책, p. 42.
58) 미셸 푸코Michel Foucault, 『말과 사물—인문과학의 고고학Les Mots et les choses—Une archéologie des sciences humaines』(coll. bibliothèque des sciences humaines), Paris: Gallimard, 1966, pp. 32~59. 푸코는 '유사성'의 에피스테메가 가진 다혈증적이면서도 동시에 빈약한 성격을 지적하면서, 그 빈약성이 풍요를 낳게 되는 단순하고도 신기한 알고리즘을 이렇게 설명한다. "앎의 요소들 사이의 가능한 연결의 형식은 겨우 첨가일 뿐이다. 〔그런데〕 이로부터 방대한 지식의 열들이 태어나면서 또한 이로부터 그 단조로움이 야기된다. 기호와 그것이 지시하는 것 사이의 연결로서 '유사성'을 제시함으로써 16세기의 앎은 언제나 똑같은 것만을 아는 운명에 처해지게 되는데, 그러나 그 똑같은 것은 무한한 도정 속에 놓여 결코 도달할 수 없는 기나긴 계획 속에만 인지된다"(p. 45).

은 누구의 밤을 지키는 약한 등불입니까.[59]

여기에서 '님'은 전혀 예기치 않은 곳에서 신비한 형상으로 재림하고 있다. 이 효과를 야기할 유일한 알고리즘은 다음과 같다: 님의 탈환이 주체에게 제공할 삶의 형상을 상상적으로 선취하되 그 위에 시니피앙만 보이게 하는 반투명 보자기를 씌워 독자로 하여금 시니피에를 찾아보는 상상을 직접 발동케 하는 것이다. 때문에 독자의 상상적 기능이 극대화됨으로써 님과의 만남의 가능성이 무한한 모험의 대양을 제공한다는 것이다. 우리는 이것을 '질 수 없는 자의 신비주의'라고 부를 수 있을 것이다.

그러나 이 신비주의는 한 가지 방향으로 고정된다는 제한을 가지고 있다. 그것은 '님'은 무조건 만나기로 되어 있고, '님'과의 만남은 무조건 행복할 것이라는 미래의 틀 안에 가두어진다는 것이다. 님과 만날 가능성의 경우의 수는 무한하지만, 이 경우의 수는 오직 1렬로만 늘어서 있다. 다른 만남의 방식은 허용되지 않는다.

한편 김소월의 방법론은 어떠한가? 앞에서 그의 태도를 "죽어도 아니 눈물 흘리우리다"로 규정지었는데, 실은 이 태도가 '태도'임을 간취해야만 한다. 즉 이 태도는 그 자체가 주체의 삶을 규정하는 것이 아니라, 어떤 효과를 자아내는 일종의 내기라는 것이다. 이 내기의 형식은 떠나는 님으로 하여금 자신[의 편린들]을 "즈려 밟고 가"보라는 것이다. 즉, 주체가 그 내기를 통해 거는 것은, 떠나는 자의 정당성에 대한 자가시험(自家試驗)이다.[60] 그러니까 이것은 패배주의도 아니고 운명의 수락

59) 한용운, 「알 수 없어요」, 같은 책, p. 43.

도 아니며, 인고의 미학도 아니다. 이것은 아주 교묘한 합리성의 계획에 따라 짜인 현실주의이며, 운명적인 패배 앞에 직면한 자가 자신의 운명을 규정한 존재를 대화의 장 속으로 끌어내는 적극적인 유인책이다.

4. 결론을 대신하여

아마도 그 이후의 한국문학은 이 '질 수 없는 자의 신비주의'와 '질 수밖에 없는 자의 현실주의' 사이에서 끊임없이 요동한 듯이 보인다. 그렇다는 것은 이 사이의 긴장을 넘어서는 새로운 방법론이 더 개발되지 못했다는 암시를 포함한다. 그렇게 짐작하는 까닭은 이 근대 초엽 이후 한국에 닥친 가장 중요한 두 번의 위기에서 유사한 대응 혹은 유사한 고민이 발생하는 것을 목격할 수 있기 때문이다. 근대 이후의 두번째 위기는 당연히 '해방'일 것이다. 이 해방이 한국인이 자기 능력으로 이룬 것이 아니었던 만큼, 해방된 한반도 사람들은 당연히 해방된 세계의 주인이 될 수 있는 '능력'과 '자격'을 물어야만 했었다. 대체로 '능력'이 있으면 '자격'이 없었고, '자격'이 있으면 '능력'이 없는 게 상례였다. 문제는 현상이 아니라 문제 그 자체였다. 거기에 더욱 진지하게 접근해야만 했던 것이다. 그러나 한국인들은 그럴 여유를 갖지 못했던 것 같다. 「해방전후」[61]의 봉합술, 즉 과거를 접어두고 새 조국의 건설에 동참하라는 참여 독려의 메시지가 거의 유일한 해답인 것처럼 받아들여진 것을 보면.

---

60) 이에 대해 나는 「'진달래꽃'이 민요시가 아니라 근대시인 까닭」(『문학관』 54~55호, 한국현대문학관, 2012년 가을호·겨울호)에서 자세히 풀이하였다.

61) 이태준, 『문학』, 1946년 8월; 『까마귀』(한국문학전집 21), 문학과지성사, 2006.

그 메시지에는 새 조국의 건설이라는 명제도 있었고, 실체도 있었으나 해명은 없었다. 그게 진정 새 조국의 청사진이 될 수 있는지에 대한. 이 것은 '질 수 없는 자의 신비주의'의 엷은 복제본일 뿐이었다. 놀라운 것 은 '질 수밖에 없는 자의 현실주의'가 그 이후의 문학에서 잘 찾아볼 수 없다는 것이다.

또 하나의 위기는 '현실사회주의의 몰락'이라는 세계적 위기인데 이 여파는 원파동과 거의 비슷한 강도로 한국문학에 불어닥쳤다. 그러나 그에 대한 진지한 사유는 찾기가 쉽지 않다. 최인훈이 『화두』[62]에서 그 사태 자체를 고민하고 있는데, 놀랍게도 최인훈의 고뇌는 바로 「해방 전후」가 제시한 처방이 근본적으로 불가능하게 되었다는 데서 오는 것 이었다.[63] 물론 그는 그것을 결정적인 처방으로 받아들이는 대신 숙고 해야 할 문제로서 받아들였다. 『광장』은 그에 대한 그 나름의 유의미 한 대응이었을 것이다. 그러나 문제틀은 다른 게 없었다. 이러한 사실은 「해방전후」의 처방이 한국문학에 얼마나 결정적이었는가를 보여주면 서, 동시에 한국문학의 상상력이 얼마나 빈약한가를 쓰게 확인시킨다.

[2013]

---

62) 최인훈, 『화두』 전 2권(최인훈 전집 제14, 15권), 문학과지성사, 2008(최초 출간년도: 민음 사, 1994).
63) 최인훈은 「해방전후」가 가진 문제점을 정확히 인지하고 있었다: "「해방전후」에 대해 할 말은 다한 것이 될까? 그럴 것 같지는 않다. 주인공이 해방 직전에 지녔던 역사 감각에 관대하고, 해방 직후의 사상적 입장을 호의적으로 시인할 수 있으면서 한 가지 걸리는 것이 있다. 지금 눈앞에 벌어진 사태와, 해방 직전까지의 자기의 처신 (의식 속에서와 현실에서의) 사이의 격 차에 대한 감각이 부족하지 않은가 하는 점이다. 좀 계면쩍어야 하지 않았을까? '이상적 현 실—이상적 자아'라는 대응식(式)이 떠오른다. 완전식이다"(『화두 2』, p. 70).

제 1 장

정보화
사회의
태동과

문학의
생존

벌거숭이 지식인[1]

─ 한국 지식인의 위상: 어제와 오늘

1. 다혈증 속의 지식인

오랫동안 한국의 지식인은 사회 변동의 전위에 서 있었다. 개화기 이후 지속적으로 한국 사회에 닥친 불행과 위난은 한국의 지식인들을 불가피하게 정신적이고 정치적인 구심점의 자리에 위치시켰다. 하지만 그것이 단순히 민족애와 도덕심의 함유량이 지식인들에게 더 많기 때문은 아니었다. 한국 지식인에게 부과된 역할의 과잉에는 적어도 세 가지의 동인이 놓여 있었다.

우선, 지식인의 영향력이 두드러졌던 조선 사회의 기운이 개화기 이

---

[1] 이 글은 한국 지식인에 대해 비판적인 '의도'로 접근한 글이다. 그러나 어쭙잖게나마 필자 자신이 그 지식인 대열의 한 모퉁이에 끼어 있는 한, 지식인에 대한 비판은 곧 필자 자신에 대한 반성이기도 하다는 것을 밝혀두고자 한다.

후에도 여전히 수그러들지 않았다. 조선 사회는 지식인 정치의 한 표본이었다. 로마의 황제 안토니우스는 "왕이 철학자이고 철학자가 왕일 때 인민은 행복하여라!"라고 외쳤지만, 실제 그러한 이상이 구현된 곳은 서양이 아니라, 왕이라는 항목이 꼭 들어맞지 않는다 하더라도 어쨌든 동양이 끝 간 데였다. 서양의 전근대 사회에서 귀족과 지식인이 분리되어 있었던 데 비해 조선 사회에서는 귀족과 지식인은 하나였으며, 그 조건에 뒷받침되어 한 이상적 이념의 엄존 아래 많이 공부한 자가 통치의 권한을 부여받았다. 지자와 현자와 치자가 삼위일체를 이룬 사회였다. 일제 강점으로 인하여 조선 사회가 단숨에 무로 환원되었을 때에도 지식인의 비중은 약화되기는커녕 더 강화되었다. 조선 사회의 쇠락과 더불어 그것을 대체할 집단이 성숙해 있지 않았던 때문이었다. 김용섭의 '경영형 부농설'이나 강만길의 상업자본주의와 송찬식의 수공업 발달사가 시사하는 바와 같은 자본주의의 맹아가 설혹 있었다 하더라도 경제적 집단들은 대체 이념을 제출하지 못하였다. 더욱이 근대적인 의미에서의 사회·경제적 집단들은 조선 사회의 붕괴와 함께, 겨우 태어났다고 말할 수까지는 없다 하더라도, 아무튼 재조직되었고 그 재조직된 형태 위에서 성장하였다. 그들은 결정의 수준에 이르지도 못했고 말할 것도 없이 이데올로기의 수준, 즉 지배의 수준에도 이르지 못하였다. 그것이 국권 회복의 몫을 고스란히 지식인들에게 남겨준 큰 요인이 되었다.

다음, 국권의 상실과 함께 지식인들은 정상적인 상승의 길을 차단당하였다. 그들에게는 극단적인 양자택일이 남아 있었다. 현실과 타협하여 부당한 권력에 봉사하든가, 아니면, 지식인의 길을 포기하든가 둘 중 하나였다. 그것은 한국의 지식인들에게 '불행한 의식'을 심어주었다. 『삼대』의 '조상훈', 『토지』의 '이상현'을 통해 명료하게 표현된 그 불행한 의식은 그러나 제3의 길을 발견함으로써 지양될 수 있었다. 그 길은 잘못 세워진 질서를 전복하는 것이었다. 그 길은 크게 준비론과 투쟁론으로 나뉘어 적지 않은 갈등과 싸움을 낳았지만, 근본적으로는 같은 목표를 향한 것이었다. 불행한 의식의 탈출구는 곧 변혁으로 난 터널이었다. 지식인들은 사회 변동의 최선두에 '자발적으로' 서게 되었다.

다음, 한국의 비극을 야기한 힘은 내적 모순보다도 외적 침입이 압도적이었다. 요컨대 그것은 닥친 것이었고 원하지 않는데 주어진 것이었다. 한국인들에게 광범위한 '수난 의식'을 퍼뜨린 그 사정의 또 하나 중요한 측면은 그 외부의 무대 뒤가 미지라는 것이었다. 우리를 침략한 것은 일본이었는데 그 일본에 힘을 준 것은 서양이었다. 그 서양은 용모와 관습과 학문이 전혀 낯선 세계였다. 그 세계는 우리와 그 사이에 생활의 루트가 열린 적이 없던 외계였다. 김승옥이 날카롭게 부각시켰던 큰 코배기에 대한 놀람, 바로 그것이 서양과 눈이 마주친 한국인의 첫 반응이었다. 기괴한 그 세계의 힘은 그러나 그 자체로서는 중성이었다. 악은 그 힘을 일찍 배운 이웃이었지 그 힘 자체가 아니었기 때문이다. 이웃의 악에 대항하려면 우리도 그 힘을 빨리 알고 배워야 했다. '동도서기'론으로 요약되는 그러한 경향은 서양이라는 미지의 세계에 대한 앎의 욕구를 증대시켰고 그것을 수행할 집단은 다름 아닌 앎으로 생존하는 자, 즉 지식인이었다. 지식인들의 대대적인 일본 유학 붐은 그래서 생긴 것이고, 이광수류의 어설픈 계몽주의가 그토록 한국 청년들을 열광시켰던 것도 다 이유가 있었다.

한국의 지식인들 위에서 붉게 익은 이 다혈증을 지식인들이 맹목적으로 앓은 것은 물론 아니었다. 그들은 무엇보다도 그것에 자기 성찰의 기제를 설치할 줄 알았다. 위 세 가지 동인이 겹쳐지자 지식인들의 몸은 기이한 몸살에 시달릴 수밖에 없었다. 무엇보다도 그 세 동인들이 서로 길항하는 힘들이었기 때문이다. 정신적 유산과 불행한 의식 사이에 끼인 지식인은 전통에 대한 모멸감과 싸우지 않을 수 없었다. 그것이 한국의 지식인들이 자신을 돌아보게 된 첫 계기가 되었다. 그 모멸감 위에서 유산은 의무에 대한 강박관념으로 바뀌었다. 과거는 지켜야 할 명예가 아니라, "墳墓에계신白骨까지내게血淸의原價償還을强請"(「門閥」)[2]하는 지긋지긋한 부채였다. 그와 병행하여 그 모멸감은 제3의 동인, 즉 미지에 대한 동경에 박차를 달아주었다. 변혁의 원천은 오로지 밖에서 올 수 있었다. 그리하여 그것의 다양성 자체가 유일의 절대성으로 수용되었다. 1920년대 초반 온갖 문예사조의 도입은 그 사정을 상징적으로 드러낸 사건이었으며, 그것은 최근까지도 여전히 맹위를 떨친다. 헤겔주의, 종속이론, 마르크스-레닌주의, 모순론, 알튀세리즘, 세계체제론, 신비평, 구조주의, 포스트모더니즘, 포스트식민주의…… 하지만, 지식인들의 이 끝없는 유랑은 거꾸로 그들이 받아들인 절대성과 한국 사회의 불일치, 아니 차라리 그것과 지식인 자신의 몸의 불일치를 반증하고 있었다. 그것들은 그들의 몸에 길들여지지 않았다. 전범의 체계는 사실상 허망한 심연일 뿐이었다. 그것은 한국 지식인들에게 두번째 성찰의 계기를 제공하였다. 이상에게서 다시 그 표현만을 빌려 오자면, "이육중한크리스트의別身을暗殺하지않고서는내門閥과내陰謀를掠奪당할까봐참걱정"(「肉親」)[3]인 사태가 벌어졌다. 다시 한 번 과거가 되살아났다. 그러나 복고된 것은 아니다. 그것은 음모를 동반하고 있었다.

---

2) 김주현 주해, 『정본 이상 문학전집 1: 시』, 소명출판, 2005, p. 112.
3) 같은 책, p. 115.

음모는 부활된 과거 안에 미지에 대한 추구를 은밀히 심어 재조직하는 데에 있었다. 그것은 크게 두 가지 방향으로 나타났다. 주체화의 방향과 이상화의 방향이 그 둘이었다. 주체화란 곧 "주어진 것을 자기 것으로 주체화"[4]하려는 움직임이었다. 그것은 한편으로 위에서 지적된 바와 같은 모순에 끼인 지식인들의 "내적 패배"를 내적으로 극복함으로써 외적 억압에 비판적으로 대응하는 지식인 상의 내면적 재구성, 즉 지성주의로 드러났고, 다른 한편으로 외국의 영향을 제 것화하려는 외향적 수용성, 즉 학문적 열기로 나타났다. 1970년대 국학을 향한 열망, 전통의 계승과 극복에 대한 노력들, 일본을 경유하지 않은 외국 문헌의 번역 운동, 물질적 토대, 즉 생활의 구체성에 근거해 한국 사회를 재해석하려는 모든 시도들은 그러한 지성주의와 학문적 열기가 행복하게 결합한 지점들에서 나타났다.

그 바깥 측면에 수용된 사상의 이상화가 놓여 있었다. 그것이 자유주의이었건 마르크스주의였건 그 상호 간의 갈등에도 불구하고 수용된 사상들은 두루 한국의 지식인들의 몸으로 들어오면서 이상화되었다. 그 이상화의 가장 부정적인 측면이 타자의 말을 무슨 뜻인지도 모르고 되뇌는 앵무새주의에 있으며 그 경향이 한국 지식계의 풍토를 천박하게 만드는 중요한 요인이 된 것은 분명하였으나 진지한 지식인들은, 아니 차라리, 그러한 위험을 내적 성찰의 심지로 삼을 줄 알았던 지식인들은 수용된 사상 그 자체를 맹목적으로 따르지 않고 더욱 그것을 철저화시켰다. 안에 깃든 타자와 몸의 어긋남, 그 몸살에 대한 깨달음이 지식인들을 그렇게 나아갈 수밖에 없게 하였다. 우리 문학사에서 『광장』의 출

---

4) 김병익, 『지성과 반지성』, 민음사, 1974, p. 16.

현이 갖는 의의는 바로 거기에 있었다. 그것은 주어진 두 이데올로기 사이에 끼인 회의하는 지식인을 보여주었기 때문이 아니라 주어진 이념을 가장 철저하게 실천해보려 한 지식인의 능동적이고도 비극적인 운명을 형상화한 데에 있었다. 그 움직임은 문학을 넘어 현실로 넘쳐 흘렀다. 4·19의 교수 데모, 1970년대의 언론 투쟁, 1988년의 시국 선언문들과 그로부터 태동한 민주화교수협의회, 그리고 김지하·김남주 등을 비롯해 수많은 정치적 순교자들의 희생은 바로 그러한 이상화의 실제적인 산물이었고, 한국의 사회변혁 운동의 핵심에 언제나 관여하였다.

2. 지식인의 빈곤

1990년 동·서독을 분리시키는 장벽이 붕괴되었다. 이듬해, 소비에트 연방이 와해되고 러시아, 우크라이나, 아르메니아, 우즈베크, 카자흐스탄 등등의 공화국들로 분열되었다. 냉전 체제의 한 진영이, 혹은 근대 세계를 양분해온 두 이데올로기의 한쪽이 역사와 정치의 지도에서 급격히 지워지고 있었다. 철학의 지도는 여전히 그것의 공간적 산포를 표시하고 있었지만 어쨌든 그곳들도 심각한 타격을 입지 않을 수 없었다. 현실사회주의와 본래적인 의미에서의 그것을 엄격히 구별하고 세계지도를 다시 그리려고 한 잠재적 사회주의의 표식지들에도 위기의 신호등이 깜박거리게 되었다. 그것은 중성자 폭탄처럼 모든 방어벽을 소리 없이 뚫고 휩쓸고 지나갔다.

지진이 일어난 곳으로부터 6,615킬로미터 떨어진 한국에도 사라호는 어김없이 도착하였다. 한국의 비판적(혹은 변혁적) 지식인들이 마르크스주의와 맺고 있는 연관은 한국의 사회구성체가 복잡하듯이 아주 복합적이었지만 대부분은 이상적인 차원에 놓여 있었다. 그 대부분의 지식인들이 참조한 틀은 살아 있는, 다시 말해 군림하는 사회주의가 아니라, 죽은, 영감의 원천으로서의 마르크스였다. 자유 검토의 정신과 항상 등을 맞대고 있는 원전으로의 회귀와 같은 뜻에서의 원전의 추구였다. 그것은 비약적으로 성장한 자본주의 경제와 독재정치 체제가 한 묶음이 되어 진행되었던 한국 현대사가 낳은 구조적이고 병발적인 모순들에 대한 항의로부터 불붙어 독재에 대해 민주화를, 관료에 대해 시민을, 자유경쟁에 대해 만민 평등을, 투기에 대해 노동을, 천민성에 대해 인간의 존엄을 대안으로 제시하였다. 그 항의와 대안이 마지막으로 이룬 결실은 1987년 6월 항쟁이었고 그것은 지식인들에게 그들이 제시한 대안을 실행에 옮길 계기로 인식되었다.

그러나 한국에 불어닥친 세계사적 변동에 휩쓸리면서 그 꿈은 희한하게 멀어지고 있었다. 물론 개혁은 이미 방긋 얼굴을 내밀고 있었다. 문민정부의 출범과 더불어서 개혁에는 가속도마저 붙었다. 그러나 그것은 한국의 지식인들이 본래 예기치 못했던 변화를 동반하고 있었다. 우선, 이월(移越)의 문제에 봉착하였다. 원래의 꿈에 따르자면, 지식인이 체현한 삶의 이상은 다른 집단에게로 떠넘겨져야만 했다. 추상적으로는 민중이, 직접적으로는 노동자가 그 집단이었다. 이제는 그들이 주체가 되어야 했다. 그러나, 이월은 이루어지지 않았다. 1988년 말부터 터져 나온 각종의 노동운동은 경제적 수준면, 즉 권한 투쟁과 임금 인상 투쟁의 선을 넘어서지 못하였다. 적어도 세 가지의 요인, 노동 계급 자체의 분화, 노동 운동권 내부의 분열, 그리고 노동 문제를 자본주의 경제의 한계 내에서 묶어두려는 자본가들의 끈질긴 노력이 한데 겹쳐져서 그 수위는 엄격히 조절되고 있었다. 그렇다면, 민중은? 그것이야말로 현실의 무대에서 아예 퇴장하고 있었다. 이 추상적이기 짝이 없는 집단의 범주는 더 이상 계산되지 않았고 그 용어 자체가 옛말이 되어가고 있었다. 1980년대에 민중은 모든 움직임의 원천이었다. 그것은 그 자체로 거대한 정치적 원심력이었다. 그러나, 단 몇 년 사이에 그것은 증발하였다. 그것이 당연하다는 생각도 물론 있었다. 저 오랜 꿈이 이제 실현되려고 하는 즈음에 민중이라는 추상적 용어가 차지하고 있던 자리를 이제 더할 나위 없이 현실적인 계급이 대신하게 되었다고 생각한 것이다. 그러나 앞에서 보았듯이 계급은 분화되고 조절되고 있었다. 게다가 사회 구성은 생산의 단일 기준으로는 더 이상 측정되지 않을 만큼 복잡한 분열·조합을 진행하였다. 단순히 '소비'가 주 작용 개념으로 덧붙은 것만이 아니었다. 소비사회를 움직이는 것은 소비를 욕망케 하는 문화적 기구들의 대팽창이었다. 결정의 최종 심급에서 경제는 더 이상 재판관이 아니라 피고인이 되었다. 인간의 물질적 활동의 총화로서 경제는 그 자체로 욕망의 덩어리였다. 당연히 계급은 사회적 핵심의 자리에 정착하지 못하였다. 계급은 표류하였다. 그것은 나병처럼 무너지고 그 계급의 형이상학들도 흩어져버렸다. 몇몇 사람들은 그 자리에 새로운 '시민'을 앉히려고 하였다. 그러나, 그것은 민중이라는 용어가 그랬던 것처럼 막연하기 짝이 없었고, 더욱이 민중이 확보하고 있었던 계급을 시민은 갖고 있지 못했다. 도대체 무엇을 토대로 그 범주를 확정 지을 것인가? 교육? 부의 정도? 문화 향유의 수준? 전자 제품 보유량? 준법정신?…… 그러나 이 모든 것들은 선명하게 그어지지 않았고 복잡하게 뒤섞여 있었다. 뿐만 아니라, 그것들은 현존하는 사회의 기준에 근거해 있는 것들이었다. 민중이 그러했듯이 새로운 시민 개념은 새로운 사회를 '향해' 있는 것이어야 했다. 그러나 이른바 '시민'은 그 새로움의 물질적 표지들을 찾을 수 없었다.

한 시인의 직관적인 표현을 빌리자면, "혁명이 시작되기도 전에 혁명〔은〕진부해졌다".[5] 그렇게 지리멸렬해지고 있을 때 불어닥친 동구권의 바람은 혼란한 지식인의 머리를 헤집고 지나갔다. 아예 혼을 빼버렸던가? 바람이 지나간 머리엔 어느새 긴장성 두통이 만성적으로 내습하였다. 다시 한 시인의 날카로운 직관에 기대어보자. "중심이 있었을 땐 敵이 분명했었으나 이제는 활처럼 긴장해도 겨냥할 표적이 없"[6]었다. 서서히 대학의 정치 집회는 적막해졌고 공허한 메아리만을 남겼다. 일부의 지식인은 지난날의 표적을 다시 정조준하려고 애썼으며, 또 다른 일부는 회심을 시도하였다. 환경이 새로운 문제로 등장하였고 민족의 복원을 위한 실제적인 행동들도 개시되었다. 지난날의 사회과학이 거세하였던 '인간'이 다시 접종되었다. 그러나 그 모든 시도들을 세상은 앞질러나갔다. 정부는 바깥으로부터의 호소를 통제하였고 민족은 탁월한 문화 상품으로 가공되어 의사-역사 소설들 속에서 약진하였다. 민족은 독점되었고 또 만인의 요리로 상에 올랐다. 전자가 손잡이에 해당하고 후자가 펼친 꼴에 해당한다는 점에서 그것은 부채와 같은 모양이었는데, 그 부채는 무협소설 속의 그것처럼 무서운 무기였다. 그것은 민족의 의미에 대한 탐구를 가리웠으며, 한 번의 부침으로 다른 시도들을 날려보냈고 한 번의 당김으로 민족의 훼손을 분하게 여기고 민족의 부활에 애태우는 저 한국인의 집단적 파라노이아를 통째로 빨아들였다. 지식

5) 최영미, 『서른, 잔치는 끝났다』, 창작과비평사, 1994, p. 28.
6) 김중식, 『황금빛 모서리』, 문학과지성사, 1993, p. 40.

인들은 그 광풍의 힘과 속도를 따라잡을 수 없었다. 전자의 작은 한 걸음은 후자의 큰 백 걸음 속에 뭉개지고 빨려 들어갔다. '인간'의 접종도 이미 표류하고 있는 사회과학에 유효한 안정제가 되지 못하였다. 회심이 열어놓은 구체적 물상과 감각 들에 대한 진지한 탐구가 조그맣게 시도되고 있는 사이에, 이미 세상은 회심을 넘어 전향으로 치달았다. "어제까지 학생운동을 영웅적인 투쟁으로 떠받들던 사람들이 좌경과 폭력을 이야기하고, 어제까지 남북 정상회담을 열렬히 예찬하던 언론들이 남북 대화의 이적성을 운위하며, 어제까지 자본주의 사회의 한계를 지적하던 사람들이 자본주의의 지극한 숭배자로 재등장"[7]하는 사태가 일어났다. 그리고 무슨 일이 벌어졌던가? 『문학과사회』 지난 호의 서문은 오늘의 사태를 이렇게 요약하고 있다.

지난여름 동안에 우리가 이 땅에서 본 것은 구시대를 방불하게 만드는 맹목적이고 폭력적인 현실이었다. 우리는 반공 이데올로기가 국가 권력과 지식인, 그리고 최근 들어 더욱 강력하게 권력 기관의 모습을 띠기 시작한 언론들에 의해 어떻게 국민에게 강요되는지를 똑똑히 보았으며, 이 같은 강요된 현실을 거부한 사람들이 어떤 심리적·실제적 불이익을 받게 되는지를 또한 분명히 보았다. 진지한 성찰도, 확실한 검증도, 일관된 논리도 없는 말들이 책임 있는 위치에 있는 사람들에 의해 무책임하게 마구 내뱉어졌고, 그 말들은 한결같이 여론, 국민 정서, 소신과 용기 등의 이름을 빌어 국민 위에 군림했다. 그렇지만 정작 그 말들이 낳을 결과를 진지하게 고려하거나 책임질 준비가 되어 있는 사람들은 아무도 없

---

7) 문학과사회 편집동인, 「이번 호를 내면서」, 『문학과사회』 1994년 여름호, p. 963.

었다.[8]

    여전히 변하지 않는 세상을 새삼스럽게 다시 돌아보기 위해 이 대목을 인용한 것은 아니다. 인용문이 시사하는 것은 이념의 붕괴와 더불어 지식인의 비중은 쇠잔하기는커녕 더욱 커졌다는 것이다. 그러나 그 양태와 방향은 완전히 뒤바뀌어 있다. 예전의 지식인 대부분이 잠재적으로 반체제적이거나 비체제적이었다면 오늘의 많은 지식인들은 체제 강화에 '자발적으로' 가담하고 있다. 이른바, 헤르베르트 마르쿠제Herbert Marcuse의 '도구적 이성', 혹은 김병익이 '지성인'과 구별되는 의미로 사용한 기능적 지식인들이 부쩍 증가하고 있는 것이다. 아니, 그 이상이다. 오늘날 지식인들의 위상은 단순히 권력에 봉사하는 선에 자리하고 있는 것이 아니라, 권력 생산의 수준에 놓여 있다. 1980년대 후반 이후의 권력의 차원에서 일어난 가장 의미심장한 사건들은 언론과 정치 집단, 언론과 산업 간의 싸움, 그리고 이산가족 찾기와 환경 운동 등에서 나타난 언론의 사회적 선도성이다. 그 싸움은 가진 자와 못 가진 자 사이 혹은 체제와 반체제 사이의 싸움, 즉 탄압과 저항의 양태로 드러난 것이 아니라 가진 자들끼리의 싸움, 즉 알력과 갈등의 양태로 드러났으며, 그 선도는 가령 일제하의 물산장려운동과 같이 독립 즉 변혁의 전략적 일환으로 나타난 것이 아니라 이른바 '공익' 주도의 경쟁적 양태로 드러났다. 이 사건들은 한편으로 권력이 단일하지 않고 복수적이라는 사실을 상기시키며, 다른 한편으로 이 권력들의 다툼에 문화 생산자들이 자율적 집합체를 이루며 가담하게 되었다는 것을 보여준다. 오늘날

---

8) 같은 책, pp. 962~63.

문화적인 것의 팽대와 짝을 짓고 있는 이 현상 속에서 지식은 더 이상 물질적 삶 저편도 이편도 아니었다. 그것 자체가 물질이고 권력이 되었다. 옛 격언 그대로 아는 것이 힘이 되었다. 그러나, 옛 격언이 함의하는 바와는 달리 그 문장은 문자 그대로의 의미를 띠게 되었다. 아는 것이 힘을 획득하는 데 유리하게 작용하는 것이 아니라 앎 자체가 힘이 된 것이다.

그렇다면 한국의 지식인은 그 오랜 강박관념으로부터 해방될 절호의 기회를 맞이하고 있는 셈이다. 근대 이후 한국 지식인의 다혈증은 이제 정상적인 정열로 행복하게 표출될 수 있게 된 것이라 할 수 있으니 말이다. 지식인들은 이제 하나의 고전적 전망, 즉 개혁이 실행되는 세상에서의 자아와 세계의 일치를 확신하고 이 세상의 테두리를 넓게 확장시키고 깊게 심화시키는 일을 떠맡게 된 것일까? 그러나 위 대목을 인용한 이유가 그것만이 전부는 아니다. 또 하나, 인용문이 가리키고 있는 것은 그 힘의 형성과 행사에 뒷받침되어야 할 자기의식의 부재다. 권력 생산의 길에 앞다퉈 진입한 지식인들, 혹은 지식 기구들이 보여주고 있는 것은 자기의식이 아니라 온갖 양태의 자기부정이다. 권력들 간의 다툼 속에서 유리한 자리를 차지하기 위한 자기선전과 유혹, 그것을 위해 조직적으로 생산해내는 불순분자들에 대한 야비한 정신적·물질적 폭력, 그리고 폭력의 '지나침'(?)이 눈에 띄었을 때도 "일체의 사과" 한마디 없는 오만…… 그런 것들이 오늘의 지식인 혹은 지식 기구의 낯모습이다.

연전에 복거일이 주창한 '보수주의 논객'은 여전히 오지 않고 있다. 한국의 보수적 지식인들엔 실무자만 있고 논객은 없었다. 부당한 권력에 봉사했기 때문이다. 그러나 이제 공공연하게 정당한 권력 생산에 참여하고 있는 지금도 자신의 행동을 논리적으로 납득시킬 수 있는 변론을 펴고 있는 사람은 보이지 않는다. 복거일이 그 글을 쓰면서 역점을 두었던 것은 지식의 장에서 중요한 것은 심정적 윤리보다 사회에 대한 해석의 틀과 세계에 대한 비전이라는 것, 즉 아무리 폭력적인 정권이라 하더라도 그 나름의 원칙과 전망이 있다는 것이며, 그리고 그 원칙과 전망들 사이에는 합리적이고 공개적인 경쟁이 있어야 한다는 것이었다. 그러나 그 원칙과 전망은 해명되지 않고 강요되고 있으며 합리적이고 공개적인 경쟁은 난무하는 폭력 속에서 싹을 틔우지조차 못하고 있는 것이다. 자유주의자의 보수주의에 대한 이 배려 및 권유 자체가 지나치게 자유주의적인 것이었던가?

김병익은 독재 권력의 탄압에 맞서 언론의 자유를 위해 싸우던 1970년대에 지식인의 모습을 이렇게 감동적으로 표현하였다.

한 사람이 스스로 지성인임을 선언하는 것은 전폭적인 비극성을 내포한다. 그는 자신의 내부를 끊임없이 동요시키는 현세적 유혹과 자신의 선언을 줄기차게 회의시키는 타인의 무관심과 싸워야 한다. 남들이 차분한 행복감 속에 젖어 깊은 잠을 자는 동안 그는 절망적인 고독 속에 불면의 고통과 씨름을 해야 하며 대낮에도, 간밤에 미진한 악몽에 시달려야 한다. 남들은 풍성한 빛과 열을 즐기는 태양 아래서 그는 한구석 어둠의 조각을 찾아다녀야 하며 깜깜한 밤중에 한 줄기 별빛을 찾아 율리시즈와 같은 방랑을 계속해야 한다. 보통 사람들이 무심하게 혜택을 향유하고 있을 때 그는 그 혜택을 증오하며 그 혜택 뒤에 놓인 결함의 그림자를 꼬집어내야 한다. 세계, 그것은 평범한 사람에게 힘든 낙원이겠지만 그에겐 '즐거운 지옥'이다.[9]

9) 김병익, 『지성과 반지성』, 민음사, 1974, p. 64.

그러나 이제 그러한 지식인은 보이지 않는다. 전폭적인 비극성은 코미디로 추락하였고 현세적 유혹과의 싸움은 현세적 유혹의 창조로 반전하였다. 즐거운 지옥은 이제 욕망이 샘솟는 낙원으로 대체되었다. 한 언론학자의 말대로 이른바 "이념의 그레셤 법칙"[10]이 무차별적으로 작동하고 있다. 모든 옛이야기는 단순 과거로 굳어져 풍화하고 있다. 비용의 어투를 그대로 실어, 저 옛날의 눈은 어디 있는가? 오늘의 이른바 '후일담 문학'들이 그 허망하고도 집요한 옛사랑의 그림자를 찾아 헤매고 있을 뿐이다. 그리고, 남은 것은 빈곤뿐이다. 고뇌의 빈곤, 논리의 빈곤, 현실성의 빈곤, 수의 빈곤…… 지식인의 시공 복합체를 구성하는 네 면의 썰렁한 빈곤이 있을 뿐이다.

3. 한국 지식인의 내적 모순

그러니까, 어떤 어두컴컴한 세계가 가로놓여 있다. 1980년대와 오늘 사이에. 다시 말해, 앞 절의 맨 앞에 붙은 길쭉한 말없음표 속에. 그 세계를 가정하지 않는다면, 지금의 예기치 못한 변화를 도저히 이해할 수가 없다. 그 이념의 내용이 어떠하든 그 '지위'가 지식인에게 현실 초월적 기능을 담당케 하던 고전적 형상이 지식인 자신에 의해서 배반당하고 있다면, 그 고전적 기능 자체에 어떤 모순 혹은 한계가 잠복해서 번식해왔다고 가정하지 않을 수 없다.

---

10) 강준만, 「언론은 왜 공안정국을 원하는가」, 『문화저널』, 1994년 10월, p. 34.

어떤 모순, 어떤 한계? 오늘의 가난한 지식인들은 그에 대한 나름의 발설되지 않는 대답을 내리고 있는 것처럼 보인다. 그 대답은 오늘의 빈곤에 대한 반작용이기라도 한 듯, 옛날의 고투와 열정에 대한 근본적인 의심으로 나타난다. 혁명이 진부해졌다고 내뱉은 시인은 제 모습을 돌아보면서 "내가 운동보다도 운동가를/술보다도 술 마시는 분위기를 더 좋아했다는 걸/그리고 외로울 땐 동지여!로 시작하는 투쟁가가 아니라/낮은 목소리로 사랑노래를 즐겼다는 걸"[11] 자조적으로 고백한다. 이러한 자기모멸은 의외로 지식인의 집단 무의식의 아주 중요한 부분을 차지하고 있다. 임지현은 최근의 한 논문에서 동구권 붕괴의 근본적인 까닭을 "도식적 존재론으로부터 당위로의 위험한 논리적 비약을 보편 과학의 이름으로 정당화한" 스탈린주의의 지배에 두면서 그것이 "인문적 사고의 창조적 반란 행위를 질식"시키고 지식의 모든 분야를 "이념적 도구"로 전락시켰다고 비판하는 한편, 에필로그에서 몇 가지 사례를 제시하면서, 한국 지식인의 "초급진적 이론과 전근대적 에토스의 모순된 조합"에 대해 괴로운 질문을 제기한다. "이념은 장식이고 그것〔학연, 지연 등의 연줄〕이야말로 우리의 의식 밑바닥에 있는 참모습"이 아닌가 하는 것이다. 그 괴로운 질문에 대해 진정한 인문 정신으로의 복귀, 즉 "지속적으로 이데올로기를 지향하고 추구하면서도 동시에 끊임없이 이데올로기의 해체를 도모해야 한다"[12]는 당위론적 명제가 유효한 해결책을 제시해줄 수는 없다. 정말 그렇다면, 그 '모순된 조합'의 세부 풍경에 대해 탐구하는 것만이 해결에 이르는 길이 될 수 있을 것이다.

---

11) 최영미, 같은 책, p. 10.
12) 임지현, 「마르크스주의에 대한 몇 가지 인문적 단상」, 『세계의 문학』 1994년 여름호, pp. 89~93.

정말 그렇다면? 이 대목은 우리를 삽시간에 칼날 앞에 서게 한다. 저 아랍 궁정의 비밀 통로에 숨어 있는 무시무시한 유리 작두 같은 것. 통째로 몸이 끊어지지 않고 통과하기 위해서는 무작정 뛰어넘어서도 안 되고 기어가서도 안 된다. 질문과 판단이 하나가 되어서 한 걸음 한 걸음씩 나아가지 않으면 안 된다. 말을 바꾸면, 오늘의 사태와 더불어 삐져나오는 이러한 심리적 반작용을 속으로 꿍꿍 앓아서도 안 되지만 동시에 그것이 그리는 한국 지식인의 모습을 그것의 전체로 받아들여서도 안 된다. 그러한 태도는 마치 지난날의 독재 정권을 단순히 탐욕만 있는 이리 떼로, 또 다른 독재 정권을 『동물 농장』의 돼지 무리로 치부하는 어리석음과 똑같은 우를 범하는 일이 된다(어쨌든 박정희 씨는 자기의 독재가 훗날의 역사에 의해서 평가될 것이라고 확신하였다). 그것은 하나의 중요한 '경향'으로 이해되어야 하며, 그 실제가 질문되어야 하고, 한국 지식인의 구조적 위상 속에서 해석되어야 한다.

다행히도 임지현은 그 경향에 '전근대적 에토스'라는 이름을 부여함으로써 그것을 단일하고 절대적인 사태가 아니라 구조적 그물의 한 코로 이해할 수 있는 가능성을 제시한다. 그가 그러한 이름을 붙이면서 제시한 사례는 학연, 지연 등의 비합리적 유대망이다. 그것에 '전근대적 에토스'라는 이름이 붙은 한 아마도 그것은 더 많은, 다양하면서도 연관적인 예들을 동반할 것이다. 심정적 연대감(비과학성), 유교적 윤리 의식, 외양 추구(겉멋 취향, 저 예학의 끈질긴 지속?), 집단적 도취……

이 문제에는 '정말 그러한가?'라는 물음을 제기하기가 어렵다. 사람들이 저마다 피부로 느끼기는 하지만 그에 대한 정밀한 실증적 조사를 하기가 지극히 어렵기 때문이다. 정신분석을 조금만이라도 아는 사람이라면, 그에 대한 앙케트가 무수한 거짓말의 누적과 변주로 화려해질 것임을 능히 짐작할 수 있을 것이다. 이청준의 '전짓불'이 날카롭게 부각시킨 것처럼 보이지 않는 곳으로부터의 양자택일의 요구가 항상 되풀이되었던 한국인에겐 더욱 그렇고, 자기 검열이 체질화될 수밖에 없는 지식인들에겐 더더욱 그렇다. 그렇다고 해서 그것의 실제적인 지표들을 조사할 것인가? 그러나 그것은 드러나고 드러나지 않는 광범위한 영역에 산재해 있다. 그것은 부의 수준(게다가 부의 수준을 어떻게 측정할 것인가? 이 막대한 '중산층'을 보라. 그 한 단어는 모든 사람들을 끼우는 거대한 클럽이다), 지위의 분포를 통해서 나타날 뿐만 아니라 말투와 몸짓, 걸음걸이, 식사 태도, 화장실의 예절, 손님 접대 방식, 아기 낳는 법……등등 무수한 동작과 양태 들에 뿌려져 있는 것이다.

그러니까 이러한 진단을, 실제 조사는 미래의 사회학자들에게 맡기기로 하고, 우선 하나의 진단으로서 받아들이기로 하자. 진단으로 받아들인다 함은 단순히 하나의 견해로 받아들인다는 것이 아니라 추론이 가능한 증상으로 받아들인다는 것을 말한다.

'전근대적 에토스'라는 진단은 우선 지식인에게만 해당하는 것이 아니고, 한국인 일반에게 지적될 수 있는 것이다. 한국인들에게 폐기된 사회의 심성이 여전히 남아 있다는 것은 무엇을 의미하는가? 근대 이후 한국 지식인이 '다혈증'을 앓을 수밖에 없었다는 앞의 얘기로 돌아가기로 하자. 이 다혈증은 지식인들을 한국인 일반으로부터 격리된 존재가 아니라 그것의 선두 혹은 중심으로 내밀고 끌어당겼다. '진리의 상아탑' '학문의 자유' 등등 지식인을 둘러싸고 매번 부상하는 독립 선포의 언어들은 실제론 분별의 장치이자 동시에 보호막의 기능을 담당할 뿐이다. 그것은 가드레일인 것이다. 실제로 지식인은 언제나 대중의 불씨였고 대중의 거울이었다. 제도적 지식인이 "물질적 번영을 위한 국민의 에

네르기의 총동원이라는 지상명령에 종속"[13]되어 있었다면, 비판적 지식인은 민족의 주체성 회복이라는 지상명령에 종속되어 있었다. 한국 지식인에게 부과된 가장 큰 임무, 즉 '주체성'의 실현은 지식인을 한국인 일반과 맞닿아 있게 하는 유일한 역선(力線)이었다.

그런데 그 주체성은 두 개의 모순된 성분으로 구성되어 있었다. 그것은 '회복'되어야 할 것이자 동시에 '형성'되어야 할 것이었다. 다시 말해 어제의 영광이자 동시에 내일의 희망이었고, 이미 찬연히 살아 있는 것이자 동시에 갓 자라난 새싹이었다. 그것은 박물관에서 기림받아야 할 것인데 거리에 내던져진 것이었고 동시에 싱싱하게 피어날 것인데 벌써 굳고 굽은 것이었다. 그것은 결국 한국인들이 과거의 끝없는 재생산 작업에 참여할 수밖에 없었다는 것을 뜻한다. 옛날의 유산은 폐기되거나 보존될 것이 아니라 항상 재창조되고 있었다. 그리고 그 재창조의 역할을 지식인들이 맡았다. 그러나 그 재창조는 집요한 폐기 혹은 보존의 욕구와 맞물려 있었다. 때문에 그것은 언제나 같은 형태, 같은 내용으로 거듭나거나 거듭 버려졌다. 한국인의 집단 무의식을 분석한 책들이 『한국인의 의식 구조』류의 한국적 풍속과 서양적 사유의 차별성만을 부각시키는, 게다가 그것도 드물기 짝이 없는, 업적만을 남기고 있는 것은 무엇을 의미하는가? 정말로 중요한 것은 동일성과 차이가 아니라, 이질적 세계와의 충돌을 통해서 전개되는 '변화'다. 불행하게도 한국의 지식인들은 그 변화에 대한 추적을 거의 수행하지 못하고 있다. 그 한계를 지식인에게만 돌릴 일이 아니다. 좀더 중요한 것은 한국인의 '주체성'이 반복강박의 장소였다는 것이다. 그리고 그것이 대중의 볼록 거울인 지

---

13) 정명환, 「대학에 관한 객담」, 『문학과사회』 1994년 가을호, p. 976.

식인으로 하여금 그 영원한 동일성을 괴물스럽게 확대시키도록 만들었던 것이다.

그러나 그럼에도 불구하고, 실질적으로 한국인의 집단 무의식은 체험의 차원에서 이미 변화를 수행하지 않을 수 없다. 어떤 식으로든 맞춰 살기 때문이다. 한국의 소설가들은 그것의 덩어리진, 즉 개념화되지 못한 형상들을 벌써 보여주었다. 김승옥이 「역사(力士)」에서 보여준 유교적 윤리와 청교도적 윤리의 기묘한 결합이 낳은 상류 계층 가족의 생활 습관, 김원일의 성장소설들이 반성적으로 부각시키고 김성동이 폭폭하게 앓고 박완서가 고집스럽게 표출하는 '어머니됨'의 현대사적 의미, 이른바 한국적 여성주의의 확대와 변주, 그리고 윤흥길의 해학소설이 드러내고 있는 서민적 웃음의 기묘한 변화…… 실로 반복강박의 장소는 동시에 무의식의 사슬들이 지속적으로 이어져나가는 물길이었다.

그렇다면, 다시 물어야 한다. 지식인들이 그러한 변화를 추적하지 못한다는 것은 그들의 실천적 한계를 뜻하는 것은 아닌가? 우리는 '주체성 회복'의 열정이 '이상화' 경향과 짝을 이루고 있음을 말했었다. 무엇에 대한 이상화인가? 미지에 대한 이상화. 그러나, 이미 절대적인 확신으로 받아들여진 것의 이상화. 그 이상화가 순교자적 행동을 낳는 한편으로 실제에 대한 감각상실을 동시에 낳지는 않았을까? 우리는 그에 대한 비판적 지적들을 이미 이리저리 찾을 수 있다. 여기에서는 실증적이고 논리적인 두 지적을 들어보기로 한다.

1988년의 한 서평에서 정운영은 한국의 마르크스주의 저작물 번역·출판 실태를 꼼꼼히 검토하면서, "레닌의 저작이나 그것에 대한 입문서가 마르크스의 엥겔스의 저작이나 그것에 대한 해설서보다 더 빨리 그리고 더 많이 소개"되었으며, "운동의 전략이나 그 실천적 차원의 필요에서 부여된 번역의 우선 순위"[14]가 매겨짐으로써 "지식과 미적 가치의 생산이 정치적 이해에 일임"되고 있는 현상과 그에 수반되는 "비자본주의적 지향의 서적을 판매하기 위해 자본주의적 수법을 동원한다는 아이러니"[15]를, 그의 출판 운동에 대한 뜨거운 애정에도 불구하고, 날카롭게 지적했다. 실제에 대한 무감각은 곧 자기에 대한 부정으로 통하지 않는가? 또 다른 분석: 복거일은 마르크스주의 체제의 몰락의 원인을 "지식의 비효율적 이용"[16]에서 찾아 그 여섯 가지 세목을 소개하고 있다. 그리고 그 한국적 영향의 하나로서, 한국의 젊은 지식인들 중에 "우리 사회의 부정적 측면들에 대한 비판에는 아주 능숙하지만, 사회를 운용하는 데 필요한 지식은 제대로 배우지 못한 사람들이 아주 많"[17]게 되었다는 것을 지적한다. 다시 말해 한국의 지식인들에겐 논객만 있고 실무자는 없는 게 아닌가? 한국의 보수주의자들 속에 실무자만 있고 논객이 없는 것과 똑같은 형태로.

　이 두 지적 속에 숨어 있는 각 논자들의 이념적 입장들은 지나가기로 하자. 여기는 그것을 셈할 자리가 아니다. 우리가 이 실증적이고 논리적인 글들을 통해서 보는 것은 한국 지식인의 이상화의 두 가지 부정적 양태들이다. 이상화가 이상의 첨탑 위로 솟구칠 때 그것은 순교자적 행동을 낳는다. 그러나 이상적인 것의 세속화, 혹은, 퇴행적 전유, 다시 말해 프로이트의 어휘를 빌려, '자아의 이상'이 '이상적 자아'로 재귀할 때 그것은 권력을 가진 자에게는 파시즘과 스탈린주의가 공히 보여주

---

14) 정운영, 「마르크스와 엥겔스 저작의 부분적 출판에 붙이는 몇가지 의견」, 『문학과사회』 1988년 여름호, p. 497.
15) 정운영, 같은 글, p. 502.
16) 복거일, 『진단과 처방』, 문학과지성사, 1994, p. 145.
17) 복거일, 같은 책, p. 154.

듯이 "가공할 무지와 폭력"을 휘두르게 하고(광란화된 자기 긍정), 권력을 갖지 못한 자에게는 자기부정을 낳는다. 이중적인 방향에서의 자기부정. 한편으로는 권력에 대한 투쟁이 권력에 대한 욕망으로 치환되는 방향에서의 자기부정이며, 다른 한편으로는 실제에 대한 망각이 가속화되면서 자신의 현실적 토대를 스스로 붕괴시키는 방향에서의 자기부정. 전자의 양상은 한 급진적 문학지에서 대표를 제명하는 우발적 사건으로부터 노동운동권의 내적 분열이라는 구조적 위기에 이르기까지 광범위하게 나타났고, 후자의 양상은 "미국말식으로 노래하는 한국말"[18]에 '민족'의 영광된 고대 국가가 등장하자 무조건 그것을 예찬하는 논설이 나오는 웃지 못할 해프닝으로부터(그 반대편에는 임의로 창조된 언어를 가지고 일본 고대 왕조를 우리의 것이라고 강변하는 작업들을 지속적으로 선전하는 보수 언론의 '조직적' 해프닝이 있다) 이른바 개혁의 헤게모니를 공식 기구에 빼앗기고 오늘의 사태 앞에서 당황과 방황 속에 표류하는 지식인 집단의 근본적 위기에 이르기까지 사방으로 퍼져 흐른다.

자아의 이상은 이상적 자아로 필연코 변경될 수 없는 법일까? 더욱이, 급박한 현실적 과제가 그의 역선으로 작용한 한국 지식인에게는? 그것이 그들을 그러한 '상상적 단계' 속에, 다시 말해 현실의 역-구조의 어둠 속으로 침윤시키는 것일까? 그렇다면, 한국 지식인의 담론은 학생의 담론에 불과했단 말인가? 학생의 담론은 무엇인가? 그것은 거리에 진출한 지식인의 담론이 아니다. 그것은 현실 생산이 차단된, 그럼으로써, 상상적인 모든 것을 현실의 방식으로 재구성하여 절대화하는 역-

---

18) 서정인, 「붕어」, 『작가세계』 1994년 여름호, p. 143.

구조의 담론이다.[19] 그것은 모든 앎이, 모든 상상이 발생하는 순간 곧바로 하나의 행동으로 전화하는 즉각성의 담론이며, 진리라고 여겨진 것이 아닌 모든 것은 거짓이 되는 '전체 아니면 무'의 담론이며, 그 때문에 진리라고 여겨진 것의 점증적인 첨예화가 진행되어 하나의 특이점 속으로 빨려 들어가는 소진의 담론이다.

1980년대 지식인의 언어는 이미 청년 학생의 언어에 포섭되고 있었다. 1980년대의 '야비' '아방/타방론'이 학생운동권 내부의 극단적 이상화를 향해 던져진 다이너마이트였다면, 『사회구성체와 사회과학 방법론』류의 원전의 개념적 도식화가 지식인들을 머쓱하게 만들면서 고전적 지식인의 본래적 기능, 즉 자기 성찰과 세계에 대한 구성적 이해를 지식의 장에서 지워버리고 있었다.

4. 지식인에 대한 도전

한국의 지식인들에게 또 다른 변동, 어쩌면 더욱 근본적일 수 있는 변동이 닥치지 않았다면, 그의 옛 위상이 이렇게 급격히 무너지지 않을 수 있었을지도 모른다. 그 변동은 크게 두 가지로 나타나고 있다. 하나는 문화 산업의 괴물적 팽창과 더불어 나타난 대중의 대규모적인 반란이며, 다른 하나는 정보화 사회와 더불어 진행된 '지식' 개념의 변모다.

---

19) 이에 대해서는 졸고 「근본 지향의 문화」(『존재의 변증법 2』, 청하, 1986)를 참조해주길 바란다.

1) 대중의 반란

이른바 대중을 호명하고 대중을 동원하는 문화 산업은, 빨치산의 문화 공작대로부터 상업광고에 이르기까지, 중대한 선전과 선동의 기능을 담당하고 있다고 여겨져왔다. 문화는 대중을 이끌고(유혹하고) 각성케(환상을 갖게) 한다. 요컨대 문화는 신비화가 장기인 마술사였다.

그러나 오늘의 문화 산업의 특징은 대중을 동원하지도 대중을 호명하지도 않는다. 여전히 그 신비화의 마술에 기댄 출판 문화운동의 이 처참한 퇴조를 보라. 연전에 한 일간지의 문학 담당 기자는 대중을 외면하고 있는 실험 문학에 대해서 한 줌도 안 되는 독자를 가지고 무엇을 할 것인가하고 비아냥댄 적이 있는데 이제는 대중을 준거로 삼아 팽창해온 문화운동이 그 한 줌을 그리워해야만 하는 사태에 직면한 것이다. 지금 동원과 호명은 일당이 보장된 선거나 정치적 행사에서나 효과를 가질 뿐이다.

오늘날의 문화 산업이 하는 일은 그런 게 아니다. 그것은 문화 산업 자체의 발전의 논리적 결과이기도 하다. 우선은 문화 산업이 정치권력에 대한 종속이라는 초기의 양상에서 벗어나 자율적 생산 기구로 독립해간 과정이 있다. 그리고 그 독립이 진행되면서 문화 산업은 자가 팽창의 궤도에 접어들게 되었다. 그러나 그렇게 되자 그것은 곧 자신의 한계에 봉착하게 되었다. 공급이 수요를 넘쳐흐르게 된 것이었다. 문화 산업은 대중의 울타리를 더욱 넓히는 일에 우선 착수하였다. 여성용 재화가 남성에게로까지 확대되었다. 유행의 울타리가 점점 더 연령을 낮추어갔다. 서적의 구매자는 장래의 입시생인 국민학생으로, 대학 팽창과 더불어 불어난 고학력 주부로 확대되었다. 이 수요 창출 전략은 그러나 수요의 고갈을 향해 나가는 길이었다. 왜냐면, 더 이상 유혹할 대중이 남아

나질 않을 것이기 때문이다. 거기서 문화 산업의 전략은 결정적으로 선회하였다. 그것은 이제 대중을 창조하기 시작하였다. 그 창조는 기본적으로 상호 연관적인 두 가지 방향으로 개진되었다. 질적 세분화가 그 하나라면, 생산자로서의 대중의 참여가 그 둘이었다. 전자의 방향을 통해, 연령·직업·성·계층·취향 등등에 대한 차별화가 진행되고 각각 상이한 특이 상품들의 개발과 저마다 다른 유인 전술이 창출되었다. 한국인 각 개인은 더 이상 한 사람의 국민이길 넘어서, 강아지를 좋아하는 십대이고, 미혼의 사무직 회사원이며, 머리가 희어지기 시작하고 아내를 사랑하긴 하지만 권태가 점점 몸을 나른하게 만드는 사십대였고, 정년퇴직하긴 했지만 아직도 일할 기운이 넘쳐나는 육십대였다. 부드러운 맥주를 좋아하는 사람과 쌉싸름한 맥주를 좋아하는 사람이 같은 술좌석에서 각자 다른 상표의 술을 먹게 되었다. 이른바 X세대의 창출은 그러한 질적 세분화가 가장 큰 성공을 거둔 경우였다. 그것은 연령층의 확대라는 전기적 전략과 연령층의 차별화라는 후기적 전략이 절묘하게 맞아떨어진 경우였다. 그러나 이렇게 질적 세분화가 개입하게 되자, 문화 산업은 대중들의 변별성을 부추기지 않을 수 없었고, 그것은 곧 대중을 단순한 소비자의 위치에 머물게 할 수가 없었다. 질적 차이가 다른만큼 대중은 저마다 그에 합당한 문화의 잠재력을 보유한 자가 되어야했다. 그러지 않으면, 문화 산업의 이 각종의 유혹은 거짓과 기만에 불과할 것이었다. 문화 산업은 불가피하게 대중을 사업의 협력자로 끌어들일 수밖에 없었다. '킨 사이다' 효과로부터 시작해서 평범한 생활인이 광고에 일상적으로 출연하게 되었다. 주부 모니터가 방송에 등장하기 시작하였다. '내가 찍은 비디오' 경연이 매주마다 벌어지게 되었다. 모두가, 너도 나도 스타가 되었다.

그리고 무슨 일이 나타나는가? 보수적 지식인에게나, 상업적 지식인에게나, 비판적 지식인에게나 다 위협이 되는 상황이 벌어지기 시작하였다. 대중이 이제 자신을 생산하기 시작한 것이다. 물론 대중은 문화 기구의 매개를 거치지 않고는 자신을 생산할 수 없다. 그러나 이제는 문화 기구가 대중에 의해 계속 창출되고 있다. 외국의 문물이 지식인을 통해서가 아니라 대중을 통해서 유입되기 시작하였다. 대중은 방송국을 뭉개고 넘어 압구정동으로 진출하였다. 압구정동을 우습게 여기게 된 이들은 홍대 앞에 그들의 새 문화 거리를 건설하였다. 그런가 하면 선량한 중산층들이 부동산과 증권에 몰려들기 시작하였고, 모두가 알게 모르게 투기의 한 코에 연루되었고 주택 조합의 사기 사건들이 꼬리를 물었으며, 깡통 주식이 패가망신을 불렀다. 어머니의 방에는 한국의 겨울을 혹서로 뒤바꿔줄 밍크코트가 걸리고, 아들의 방에는 일본 여배우의 사진이 랩 음악에 맞추어 머릿결을 날리게 되었지만, 어머니와 아들은 서로에게 무관심하게 되었다. 저마다 자기 생산에만 빠져 있기 때문이었다. 이 대중의 자기 생산에서 소외된 사람들의 복수가 단속적으로 내습하게 되었으나, 이미 중독된 자들은 관심조차 두지 않았다. '내가 좋아서 한다'는데 누가 참견할 것이며, 그들이 보기에 그런 자들은 단지 '미친놈들'에 지나지 않았다. 미친놈은 어느 세상에나 있게 마련이었다 (광고에서 나타난 근원적 변화의 징후 한 가지: '나만의 지성'을 선언했던 마라 백작 부인은 이제 그녀의 아기에게 스텝 로열을 먹이며 이렇게 뽐내고 있다: "내 아기는 달라요, 당연히 특별히 키워야죠!." 더 이상 공동의 윤리, 보편적 규범은 먹히지 않는다. 자기 자신만이 먹히고, 자기 자신만이 먹는다).

이런 희화화는 대중의 자기 생산을 한번의 웃음으로 지나쳐도 될 코미디로 여기게 할 위험이 있다. 그러나 오늘의 현실이야말로 코미디가 일상화된 시대라는 것은 TV를 켜보는 것으로 충분히 알 수 있다. 세상의 모든 저녁이 폭소의 불꽃놀이를 벌이지 않는가? 그리고 이 코미디의 일상성이야말로 지식인에게 위협적인 것이다. 더 이상 대중의 거울 역할을 지식인이 담당할 수 없게 되었다는 것. 그리고 지식인은 더 이상 대중의 움직임을 해석할 장비를 갖지 못하게 되었다는 것. 이번엔 아주 진지한 예를 한 가지 들어보자. 얼마 전 북한의 핵 개발 문제로 한국에 전쟁이 날 것처럼 온 세계가 시끄러웠다. 외국의 교포들은 앞다퉈 고국의 친지에게 전화를 걸어 안부를 묻고 이민을 권하였다. 그러나 정작 한국 사람들에겐 실감으로 오지 않았다. 그 무관심에 대한 식자들의 놀람이란! 필자는 퇴근 도중에 한 라디오 방송 프로그램에서 "개혁의 실패와 부조리의 만연으로 국민들이 모두 자포자기의 상태에 빠지게 되었기 때문"이라는 한 논설위원의 분개 어린 해설을 들었다. 지식인의 발언이 거꾸로 한 편의 코미디였다. 그 얘기를 듣고 다른 사람들에게 전했더니 모두가 웃었다. 물론 이런 예는 극단적인 경우다. 다른 해석들도 있다. 한국의 국민 수준이 이제는 위기를 의연하게 받아들일 만큼 높아졌다는 해석도 있었다. 그러나 의연한 받아들임은 무관심과 다르다. 지나친 경제적 풍요(?)로 인해 정치적 감각을 상실했다는 한탄도 나왔다. 그러나 어느 해석도 납득할 만하거나 검증 가능한 해석을 내놓지는 못하고 있었다. 그 방송을 들은 지 며칠 후인가 필자는 그 문제에 대해 청취자의 의견을 듣는 라디오 프로그램을 듣게 되었다. 얼마나 많은 사람이 의견에 참여하려고 했는지는 모르겠으나, 일단 접속된 사람들의 의견은 좀 놀라운 것이었다. 무관심하기는커녕 아주 강한 민족적 감정을 드러내고 있었다. 주된 의견은, 같은 동포끼리 해결할 수 있는 문제를 미국이 강제로 개입해서 한반도에 거짓 '위기'를 조장하고 있다는 것이었다.

미국의 패권주의에 대한 분노였다. 아나운서와 해설자가 당황해하는 표정이 보지 않아도 역력했다. 그리고 그다음 날인가, 일간신문에서는 강남 지역의 부유층들이 전쟁에 대비해서 라면을 사재기하고 있다는 기사가 실렸다. 이 다양한 반응들을 어떻게 해석할 것인가? 위에서 든 예들은 그 자체로 너무나 많은 해석의 가능성을 갖고 있는 고립된 예들이다. 이 예를 두고, 부유층은 공포에 떨었고 일반 시민은 한민족의 자존을 지키려는 당당한 자세를 보여주었다고 해석한다면, 그것 또한 코미디가 될 것이다. 그 일반 시민은 누구란 말인가? 오후 퇴근 시간에 한가로이 라디오 방송국에 메시지를 송신할 사람들은 어떤 집단에 속하는가? 그들은 계층의 기준으로는 분류될 수 없을 것이다. 그리고 얼마나 많은 사람들이 스스로 뚜렷한 의견을 '드러낼 의사'를 가지고 있다고 말할 수 있는가? 단순한 분위기, 혹은 느낌으로 말할 것 같으면, 무관심이 주조였다.

차라리 사람들은 한편으로(정치적으로는) 무감각했고 다른 한편으로(민족적으로는) 분노했으며, 또 다른 한편으로는(개인적으로는) 만일의 사태에 대비해 생필품을 챙겼다고 말하는 것이 더 나을지도 모른다. 다시 말해, 대중은 그 자체가 모순덩어리였다. 그러나, 이 모순덩어리가 뚜렷하게 말하고 있는 일관된 이야기가 있다면, 그것은 대중은 더 이상 그보다 우월한 어느 다른 집단의 지시에 수동적으로 따라가기를 거부한다는 것이다. 그렇다면 대중은 이제 저 오랜 이상주의자들의 열망대로 '대자적' 주체로서 서게 되었다는 것인가?

그러나 그것은 앞에서 이야기된 전반적인 문화적 '타락'을 설명할 수가 없다. 각각 표방하고 있는 이념이 무엇이든 모든 지식인들이 한결같이 걱정하고 있는 이른바 '도덕성'의 상실도 여전히 불가해한 것으로 남는다. 저 대자적 주체들이 어떤 방식으로 집결하고 행동할 수 있는가에 대해서도 약속된 전망은 보이지 않는다.

우리는 차라리 약호가 달라졌다고 말하는 게 더 나으리라. 전통적인 지식인의 '약호'와 대중의 '약호' 사이에 뛰어넘을 수 없는 단절이 그어졌다고. 위의 사례와 비슷한 서양의 예를 들고 있는 장 보드리야르Jean Baudrillard의 말을 들어보기로 하자.

여러 차례의 혁명들과 한 세기 혹은 두 세기에 걸친 정치적 교육이 지난 지금, 신문, 조합, 당, 지식인 들, 그리고 민중을 교화시키고 동원하는 데 쓰여진 모든 종류의 에너지들에도 불구하고, 여전히 봉기하는 1천 명과 '수동적'인 상태로 남아 있는— 수동적일 뿐만 아니라, 솔직히 말해 흥에 겨워 그리고 왠지도 모르면서, 인간적이고 정치적인 드라마보다도 축구 시합을 더 좋아하는—2천만의 사람들이 있다는 이 희한한 사태에 대해 뭐라고 질문을 던질 것인가? 이러한 사실이 종래의 분석을 한 번도 뒤흔들지 못하고, 거꾸로 무소불위의 권력에 의한 대중 조작이라는 관점 혹은 무지의 혼수상태 속에 무기력하게 빠져 있는 대중이라는 관점을 강화하기만 해왔다는 것은 흥미로운 일이다. 그런데 이 어떤 것도 사실이 아니라, 둘 다 속임수인 것이다. 권력은 아무것도 조작하지 않고 대중은 헤매지도 현혹되지도 않는다. 권력은 축구에 쉽게 책임을 지움으로써, 게다가 그것에 대중의 우중화라는 악마적인 책임을 부과함으로써 만족해한다. 그것은 권력에게 여전히 권력으로서 남아 있다는 환상을 부추긴다. 그리고, 더욱 무서운 사실을 회피케 한다. 즉, 이러한 대중의 무관심이란 그들의 진정하고 유일한 실천이라는 것, 어떤 꿈꾸어야 할 이상, 개탄해야 할 무엇도 없고, 그들에게 제공되는 저 빛나는 이상들에

대한 참여의 거부와 집단적 보복만이 있다는 적나라한 사실을. 오직 그 안에서 분석되어야 할 그것을.[20]

보드리야르의 분석은 그러나 대중에게서 "문화, 지식, 권력, 사회적인 것을 빨아들이고 무화시키는" 반-전략만을 봄으로써 한국의 현실을 무화시키고 있다.

대중은 모든 사회적 에너지를 빨아들이는데, 그러나 더 이상 그것을 굴절시키지 않는다. 그것은 모든 기호들, 모든 의미를 빨아들이지만 더 이상 그로부터 어떠한 것도 반송하지 않는다. 그것은 모든 전언들을 빨아들이고 그것들을 소화한다. 대중은 모든 질문들에 반향하지만, 그 질문들은 그에게 동어반복적이고 순환적인 하나의 대답으로서 제기된다. 대중은 참여하지 않는다. 다양한 흐름과 검사 들에 의해 투과됨으로써 대중은 대중을 이룬다. 대중은 흐름, 정보, 규범 들의 좋은 전도체로서 만족하는데, 한데 모든 흐름, 모든 정보, 모든 규범들이 그를 통과한다. 그리고 그럼으로써, 사회적인 것을 그것의 절대적인 투명성으로 되돌리는 것이니, 이제 남아 있는 사회적인 것과 권력의 효과들이란 이 포착할 수 없는 핵자 둘레를 떠도는 성좌에 불과한 것이다.[21]

그러나 오히려 우리가 지금의 대중들에게서 보는 것은 지식, 권력과 대중적인 것의 경쟁이다. 전도체로서의 대중, 모든 것들이 투명하게 투

---

20) 장 보드리야르Jean Baudrillard, 『침묵하는 다수의 그늘 속에서, 혹은 사회적인 것의 종말A l'ombre des majorites silencieuses ou La fin du social』, Denoël/Gonthier, 1982, p. 19.
21) 같은 책, pp. 33~34.

과하고 있는 이 대중 속에는 하나의 흐름, 하나의 정보, 하나의 규범이 서서히 붉게 익어가고 있다. 특권화된 무엇이 모든 것을 그 안으로 빨아들이며 점점 굵어지는 도관으로 뻗어나간다. 백 년 동안의 갈증을 마침내 해갈할 듯이 도도히 꿈틀거리며 뻗어나가고 있는 그 도관은, 가령 『무궁화꽃이 피었습니다』(김진명, 새움, 1993)의 경우처럼, '북한의 통일 전략과 흡사하다'는 보수 언론의 무시무시한 위협에도 아랑곳하지 않는다. 저 옛날 지식인들이 앓던 다혈증은 이제 대중에게로 옮아 붙었으며, 더욱 빠르고 더욱 세차게 확산되어나간다. 마침내 "모든 강은 바다로 흘러갔"으며, 바다 그 자체가 포효하는 바다로 온종일 끓어넘친다.

　이러한 점이 한국인에게만 해당될 것인가? 이를테면 여전히 '아메리칸드림'을 끝없이 재생산하고 있는 미국인들은 어떠할 것인가? 또는 보드리야르가 예거하고 있는 클라우스 크루아상Klauss Croissant의 국제 인도 사건을 외면한 채 프랑스인들이 열광하고 있었던 축구 시합이 만일 월드컵의 프랑스팀 시합이 아니었다면 어땠을까?

　어찌 됐든, 이 대중의 자가 생산은 증폭하고 있다. 참여를 거부하고 권력에 대해 앙갚음을 하기는커녕, 한국적 상황 속에서 그것은 아주 특이한 방식으로 권력에 참여하고 있다. 그 참여가 본래의 권력 혹은 이제 지배의 자리에 발돋움한 지식 권력과의 타협·공모의 가능성을 열어놓는다. 하나의 단적인 보기: 보수 언론이 주도하는 환경 운동은 휘장을 두르고 팸플릿을 뿌리며, 목청 높여 외치는 것으로 나타나지 않는다. 그것은 환경을 놀라게 하기 충분한 전기·전자 장치를 동원한 대규모 쇼로 나타난다. 그것은 부드럽게 말하고 신나게 논다. 신나게 놀면서 지금 환경이 죽어가고 있다고 호소한다. 연기가 피어오르고 불빛이 빠른 속도로 돌아가며 모두가 손뼉 치고 환호하는 가운데 환경이 죽임을 당하고 구원을 받는다.

그렇다면 비판적 지식인들은? 그들은 대중과 타협할 물질적 힘을 가지고 있지 못하다. 대중의 소외는 지식인의 소외로 옮아간다.

2) 정보화 사회의 대두

이념의 퇴조, 대중의 도약은 비판적 지식인을 소외시키는 한편으로 지식 자체의 변모를 향해간다. 그 변모의 첫번째 항에 지식의 중성화가 놓인다. '선지 후행'이든 '지행합일'이든 앎과 함이 유기적으로 연관되었던 옛날의 지식 자체에 변모가 일어난 것이다. 그러나 그렇다고 해서 순수한 앎만이 남았다는 것은 아니다. 이제 지식의 혈관에는 피가 흐르지 않게 되었다. 그리고 정보화 사회의 대두는 피보다 훨씬 미끄러운, 다시 말해 폭발적이지 않고 순환적인 기름을 그 안에 주유하게 되었다. 지식은 정보와 솜씨(처리 능력·기제)로 분화되었다. 앎과 함이 동전의 양면처럼 맞붙어 있다면, 정보와 처리는 엄격히 분절된 두 개의 절차로 나누어진다. 옛날의 지식이 한 개인의 재산이자 능력이었다면, 이제는 누구나 공유할 수 있으며 다양하게 조작할 수 있는 정보가 무한히 넘쳐흐른다. 각각의 지식이 한 세계를 표상하고 있다면, 이제 정보처리자들은 세계를 표상하지 않고 모의(模擬)한다. 세계의 무한한 프랙털이 파노라마화된다. 그로부터 실체가 차지하고 있던 자리를 관계가 대신하게 된다. "모든 범주의 인터페이스와 연관 체계가 결정적인 중요성을 획득하였다."[22]

---

22) 피에르 레비Pierre Lévy, 『지식의 공학—정보화 시대에 있어서의 사유의 미래*Les technologies de l'intelligeuse-L'avenir de la pensée à l'ère informatique*』, Seuil, 1990, p. 196.

그런데, 이 정보 처리의 주체는 여전히 단일한 '개인'에게로 귀속될 것인가? 인지심리학의 발달은 인간의 심리가 의식적인 행동뿐만 아니라 다양한 수의 인지 체계 모듈로 구성되어 있음을 밝혀주었다.

이 무수한 인지 체계 모듈들은 캡슐화되어, 자동적이고 아주 신속하게 행동한다. 이것은 무엇보다도 이 모듈들이 의식의 통제를 벗어나 있음을 뜻한다. 그들의 결과가 우리 정신의 주의 지대에까지 도달할 수도 있다. 그러나 이 모듈들에 의해 작동하는 절차들은 우리에게 완전히 불투명한 채로 남아 있으며, 모든 통제의 시도를 빠져나간다.[23]

가령, 모든 소리를 인간은 하나의 언어로 받아들인다. 의식이 그것을 소음이라고 판단하기 이전에 무의식은 이미 언어를 독해하고 있다. 또는 수험생은 라디오를 들으면서 영어 단어를 암기한다. 인간의 지식은 다종다양하게 분화되고 교차하며, 그것들의 절차는 의식적이라기보다 무의식적이다. 인지심리학의 관점에 의하면, '의식'이란 단지 "단기 기억의 부분적 게시를 책임지는 대리인"에 지나지 않는다. 의식의 통일성은 더 이상 설득력을 갖지 못할 뿐 아니라, 실존하지 못한다. 이러한 인간 심리의 내적 분화는 동시에 인간의 몸을 다양한 외부의 체계들이 가로질러 지나가고 있다는 것을 뜻한다. 인간은 더 이상, 한 사람의 개인이기를 멈추고 거대한 우주적 기계 장치의 한 매듭으로서만 존재한다. 피에르 레비Pierre Lévy는 그 사정을 두고 "의식은 개인적이지만, 사유는 집단적이다"는 명제로 표현한다.

---

23) 피에르 레비, 앞의 책, p. 188, 이하 인용은 같은 책.

누가 사유하는가? 엄청나게 복잡한 어떤 그물이 복잡하게 사유한다. 그리고, 그것의 각 매듭은 또한 저마다 이질적인 부분들의 식별 불가능한 얽힘이며, 그리고 그래서 일종의 끝없는 프랙털의 전개 속에 놓인다. 이 그물의 행위체들은 그들이 타자들에게서 받아들이는 것을 모든 방향으로 끝없이 번역하고 되풀이하고 자르고 굴절시키기를 멈추지 않는다. 단일 주관성의 점멸하는 작은 불꽃들이 복잡한 광야 위의 도깨비불처럼 그 그물을 날아다닌다.[24)]

더 이상 개인의 사유는 존재하지 않고 집합체의 사유만이 존재한다. 그 집합체의 사유는 사람의 의식 일반, 사유 일반에 연관되는 것이 아니라, 인간 인지 체계의 특정한 부분들에 반향한다. 개인은 기관들로 분해되고 각 기관은 거대한 그물망 속에 복잡하게 반향하면서 재구성된다.

형이상학의 종말. 인간은 세계에 대한 '선천적 관념'을 가지고 태어난다는 합리주의적 믿음의 종말. 우주를 하나의 개념으로 환원할 수 있다는 전망의 소멸. 옛날의 지식이 궁극적으로 기대어 있던 모든 것의 종결? 인간-주체, 주체가 놓고 주체가 해석하고 주체가 변형시키는 세계-대상의 종결?

그러나 이 모든 인간적인 것의 종말을 인간은 그 자신의 의식의 중심부로 끌어당긴다. 여전히 인간은 그의 의식이 자신의 무의식적 움직임과 외부의 복잡한 연관망을 통제하고 해석하고 주도할 수 있다는 '거대

---

24) 피에르 레비, 같은 책, p. 196.

한 환상'을 버리지 않고 있다. 그 환상이 없어진다면, 종말에 대한 반성 자체가 주어지지 않을 것이다. 정보화 사회는 그러한 인간의 환상과 세계의 불가해한 복잡성이 절묘하게 만나는 하나의 지점을 창출해내었다. 퍼스널 컴퓨터가 그것이다. 인간의 조작 속에 놓이는, 그러나 그것을 단순한 도구로만 쓰면 인간을 무참하게 낙담시키고 공포에 질리게 만드는, 그러나 여전히 인간의 유용한 도구로서 끊임없이 인간 앞에 모습을 드러내는 기계. 그 기계에 대한 유혹과 그 기계에 대한 공포의 동시성이 정보화 사회에 대한 오늘의 지식인의 표정을 압축하고 있다.

5. 끝나지 않는, 끝날 수 없는 질문

의도적으로 냉소적이고 의도적으로 비관적인 이상의 모든 얘기들은 한편의 가상 현실의 게임일 수도 있다. 그러나 냉소와 비관 저 너머로 뛰쳐나가자는 생각이 없다면, 그 게임이 시작되지도 않으리라. 여전히 거대한 환상, 누구나 라파엘의 작업을 대신할 수 있다고 말함으로써 가슴속에 자신의 라파엘을 품은 사람들, 그 자기모순을 앓는 자들만이 그 게임의 행위자가 될 수 있을 뿐이다. 그러니 냉소와 비관은 자신에게 던져진 낚싯밥과 같은 것이다. 자기 성찰과 세계의 구성적 이해에 대한 믿음이 정치 앞에서의 위기, 대중 앞에서의 위기, 기술 앞에서의 위기라는 3중의 위기 속에서 무너지고 있는 오늘의 지식인의 위상을 바로 자기 성찰과 세계의 구성적 이해의 방식으로 다시 질문하는 것. 붕괴되는 것을 가지고 붕괴의 원인과 붕괴의 장래에 대해 질문하는 것. 그러니 결코 끝나지 않는, 끝날 수 없는 질문 속에 스스로를 가두어버리는 것. 더 나아가기 위해서? 지식인의 고전적 형상을 부수고 다른 무엇으로 다시 태어나기 위해서? 아니면, 지식인의 본래의 기능을 여전히 되살리면서 새로운 사회에 적응해내기 위해서? 그것도 아니라면, 또 무엇을……?

[1994]

프리암의 비상구

> 그래도 나무는 자라고 있다 靈魂은
> 그리고 敎訓은 命令은
> 나는
> 아직도 命令의 過剩을 용서할 수 없는 時代이지만
> 이 시대는 아직도 命令의 過剩을 요구하는 밤이다
> 나는 그러한 밤에는 부엉이의 노래를 부를 줄도 안다
> — 김수영, 「序詩」

1. 이독제독(以毒制毒)

"문학에는 숙명적으로 〔……〕 곡예사적 일면이 있다"[1]고 말하면서 김수영은 그 한 예로 "얼마 전에 죽은 꼭또의 문학"을 든다. 그러고는 뜬 금없이 곡예로부터 죽음으로 관심을 옮겨 꼭또처럼 죽지 못한 자신을 한탄한다: "빨리 죽는 게 좋은데 이렇게 살고 있다, 나이를 먹으면 주접 이 붙는다", 주절주절.

글을 다 읽어본 후에 알 수 있는 것이지만, 「반시론」의 이 서두 또한 지독하게 교묘한 곡예다. 그것이 지독한 이유는 죽음을 담보로 하고 있 기 때문이고, 교묘한 까닭은 죽지 못해 사는 인생을 한탄하는 척하면 서 목숨 걸고 문학하는 시인의 모습을 도발적으로 현시하고 있기 때문

---

1) 김수영, 「반시론」, 『시여, 침을 뱉어라』, 민음사, 1975, p. 63.

이다. 그 지독한 교묘함은 "우리의 시의 과거는 성서와 불경과 그 이전까지도 곧잘 소급되지만, 미래는 기껏 남북통일에서 그치고 있다"[2]라고 질타하는 대목에 와서 절정에 달한다. 죽음의 출렁쇠판을 굴러 그는 어느새 미래로 도약하는 것이다. 죽지 못해 사는 삶은 죽음의 배수진을 치면서 미래의 딱딱한 지붕을 뚫고 치솟아 오른다.

문학의 죽음이 상투어가 되어버린 오늘, 문학인들의 미래도 기껏 죽음에서 그치고 있다. 죽음은 물리적 사실이기 이전에 유행성 질병이다. 그 질병을 오래 앓으면 머리카락이 빠지고 얼굴이 백 년도 더 늙어 보이게 된다. 쭈글쭈글해진 얼굴을 짙은 화장으로 감추려 하면 화장독이 그 얼굴을 평생 돌이킬 수 없게 만든다. 실로 문학의 위기는 문화 산업의 화려한 외출과 더불어 왔다. 어느 것이 먼저 상대방을 유혹했는지 모르지만, 그들은 이상(李箱)의 절름발이 부부보다도 더 우스꽝스러운 꼴로 거리를 휘젓고 다녔다. 이 코믹한 동행이 한바탕 요란을 떨고 지나간 문학판은 이제 쓸쓸한 여운을 남기고 잦아들고 있다. 적막의 한여름. 관성의 법칙에 따라 작품 생산량은 오히려 더 늘고 있으나, 독자들은 더 이상 문학을 찾지 않고 여가를 찾는다. 소설로 포장된 포르노그래피가 일간지에까지 침범하는가 하면, 한동안 읽히던 의사-추리소설들도 무협소설에게 자리를 내주고 있다고 출판 전문지는 전하고 있다.[3] 정말, 이제는 죽음의 쓸쓸한 뒤풀이만 남겨놓은 것인가? 「박씨부인」의 기적은 한갓 옛이야기에 있을 뿐인가?

김수영은 미래를 말하면서 과학을 거론하였다. 기껏 남북통일에서

2) 같은 책, pp. 75~76.
3) 최성일, 「몰락한 추리소설 '권토중래' 이룰까」, 『출판저널』 196호, 1996년 7월 20일, p. 10.

그치지 않으려면 과학이 있어야 한다. 기껏 죽음에서 그치지 않으려 해도 과학이 필요할 터이다. 그 과학은 후일담 소설식의 오기 부리기로는 발전하지 않는다. 과학도 일종의 윤리고 자세다. 의지가 있는 자만이, 상상력이 있는 사람만이 새로운 과학의 발견을 이루었다는 것은 과학사의 몇 쪽만 들추어봐도 알 수 있는 일이다. 그런데 의지란 오기가 아닌 것이다. 낡은 자신을 버리고 새로운 것을 얻고자 하는 마음은 낡은 것에, 그것도 바로 굳어버린 자신에 대해 집착하는 마음과는 도저히 화해할 수가 없는 것이다. 신경숙의 『외딴방』(문학동네, 1995)은 그 점에서 모범적인 대답을 들려준 희귀한 성과다. 자기의 컴컴한 심연을 뿌리째 들어내는 독한 마음이 없으면 죽음의 질병을 치유하기란 요원한 일이다. 『외딴방』은 게다가 그 심연의 정체가 무언가가 되고 싶다는 독한 욕망임을 보여주었다. 나를 키우겠다는 인간주의적 환상이 곧 나의 어둠을 만든다. 그러니까, 어둠을 안 만드는 활동이란 없다. 모든 물질이 반-물질을 가지듯, 모든 의지는 저의 부정성을 키운다. 문학의 위기를 구원하고자 하는 이 모색도 또한 독한 욕망과 싸우는 독한 마음을 가져야 한다. 그러지 않으면 문학 이기주의라는 함정에 빠지고 만다.

2. 반근착절(盤根錯節)

　나는 누군가를 훈계하는 듯한 이런 글투가 짜증스럽다. 도대체 누가 누구를 탓한단 말인가? 나이가 들수록 세상이 못마땅하고 잔소리가 는다. 주접스러워진 것이다. 그런데도 이 짜증을 견뎌야만 한다. 오늘의 문학인의 꼴은 갑자기 변해버린 세상 앞에서 어쩔 줄 몰라 하는 당황 그 자체다. 그리고 당황은 황당을 부르는 법이다. 많은 사람들이 문화 산업으로의 바빌론 유수를 자청하는가 하면, 교양 프로그램의 교사로 전신하고 있다. 시인 아무개 씨의 문학 강좌: 문학을 하려면 연애를 하라, 어쩌구저쩌구. 내 꼴도 황당하기는 마찬가지다. 나는 근 반년 동안 긴 글을 한 편도 쓰지 못했다. 호흡이 턱턱 막혔던 것이다. 이 황당한 해프닝들로부터 탈출하려면 끊임없는 질책이 필요하다. 가능하다면 자주 우리 시대의 문학인들과 나 자신을 향해 신경질을 부려야 한다. 이제 "명령의 과잉을 용서할 수 없는 시대"는 어둠 속으로 서서히 퇴장하고 있다. 그러나 그럼에도 불구하고 "이 시대는 아직도 명령의 과잉을 요구하는 밤이다".

그 명령, 이 짜증은 그러나 과학적으로 제출되어야 한다. 과학은 사태를 활동적으로 재구성해내는 작업이다. 죽음 속에서 부패하고 있는 문학에 활기를 부여하는 것, 그것을 할 수 있는 것은 과학뿐이다. 그러니, 도대체 무엇이 문제인가?를 물어야 한다. 문제의 틀을 제대로 짤 때만 허망한 대답들의 철책을 뚫고 나갈 수 있다.

지금 그 질문은 두 가지로 분화된다. 하나는 문학의 죽음을 독촉하는 것은 무엇인가가 될 것이다. 다른 하나로, 문학은 저의 죽음 속에서 무엇을 할 수 있는가가 그 둘이 될 것이다. 그것을 차례로 짚어나가기로 하자.

그 전에 먼저 거론되어야 할 문제가 있다. 이 글은 문학의 죽음을 기정사실로 받아들이고 시작하였다. 그런데, 정말 문학은 죽은 것인가? 반대 의견도 만만치 않다. 현상적으로 보아 문학작품이 이렇게 많이 쏟아져 나온 적이 없었다. 1970년대에 소설만을 써서 생계를 유지했던 작가는 최인호 하나뿐이었다. 그러나 지금은 무수히 많은 작가들이 소설을 전업하면서도 그럭저럭 살림을 꾸려나가고 있다. 뿐인가? 출판사들은 작가 모셔가기 경쟁으로 이전투구를 한다. 언제부턴가 선인세 지불이 낯설지 않은 관습이 되었다. 게다가 세계화의 붐을 타고 우리 작가들도 외역하며 자신의 문학 세계를 세계 만방에 고할 수 있는 터전도 서서히 마련되어가고 있다. 그러나 문학의 양적인 팽창에서 유일한 증거를 구하는 낙관론자들이 애써 무시하는 것이 있다면 바로 문학의 존재론적 삶이다. 더 이상 문학이 예전의 방식으로 존재하지 않는다는 것이야말로 직시해야 할 문제다. 저 옛날 문학은 가난했으나 가난은 곧 문학의 특권이었다. 문학은 빈곤을 선택함으로써 부의 축적에 혈안이 된 사회의 질주에 제동장치 역할을 할 수 있었으며, 동시에 문화적 권력을 움켜쥘 수가 있었다. 권력에 저항하는 권력이라는 이 특이한 권력이 정말 신탁의 공간이었는가는 나중에 얘기하기로 하자. 어쨌든 문학은 그로부터 생의 원동력을 얻었고, 그 힘으로 사회에 대한 폭넓은 반성적 기능을 수행할 수 있었다.

오늘의 문학은 가난의 때를 벗고 풍요의 양식에 길들여져가고 있다. 그것이 곧바로 문학의 죽음을 뜻한다고 말할 수는 없다. 천천히 말하기로 하자. 그것은 문제의 틀을 짜면서 자연히 밝혀질 것이다.

많은 사람들이 대체로 동의하고 있는 하나의 문제는 문학이 예전처럼 문화의 중심에 서 있지 않다는 것이다. 언제부터인가 문학은 유일한 문화적 열망의 대상이기를 그쳤다. 한국에서는 그것을 유일한 지성적 열망의 대상이기를 그쳤다,라고 고쳐 말해야 할지 모른다. 왜냐하면 이광수류의 계몽주의거나 「빼앗긴 들에도 봄은 오는가」의 데카당스[당시 문학인들이 내세운 주의나 문학사가들의 명명과 관계없이 상화(尙火)야말로 위대한 데카당스였다]거나 1980년대 민중주의의 노동해방문학이거나 근대 이후 문학은 언제나 개벽 근처로 사람들을 휘몰아간, 가장 힘차게 펄럭이는 깃발이었기 때문이다. 어쨌든 그 깃발은 이제 고개가 꺾인 상태다. 혹자에 의하면, 깃발을 펄럭이게 할 바람이 멎었기 때문이다. 현실사회주의의 몰락과 한국의 민주화 그리고 경제 성장은 한국인들에게 그의 고통의 근원을 불투명하게 만들었다. 도대체 우리는 고통하고 있기는 한가? 그러나 사람들에게 고통의 제스처는 본능적인 것이고 상시적인 것이다. 고통의 집단적 참여만이 세상을 뒤흔들고 세상을 항진케 한다. 지금 당장 여론조사를 해보라. 1만 달러 국민소득을 이룩한 한국인들의 가슴은 삶의 희열로 충만해 있지 않다. 거의 모든 사람들이 저의 직업을 한탄하고 지금의 현실에 불평을 늘어놓는다. 어떤 세상에서도 그 세상의 존재들은 오만과 편견, 긍지와 원한을 엉클어진 실타래처럼 꼬고 있다.

그러니까, 문학의 주변화는 자신의 문제이지, 바깥의 결과가 아니다. 누군가가 여전히 세상을 '씹고' 있다. 그러나, 그것을 꼭 문학으로 하지는 않는다. 그러면 도대체 무엇으로 하는가? 흔히 거론되는 것은 영상이다. 이미지가 문자를 삼켜버렸다는 것이다. 특히 TV의 발달이 인각해놓은 이 고정관념은 다음과 같은 논리의 사슬을 만든다:

이미지는 플라톤적인 힘을 가지고 있다;
이미지는 그 직접성으로 인하여 이미지를 현실 그 자체로 착각게 한다;
이미지는, 따라서, 사유를 부재시킨다.

이 논리는, 그러나, 심각한 오해를 안고 있다. 기본적인 사항을 우선 지적기로 하자. 문학의 위기가 인구에 회자된다면, 그것은 종의 소멸을 둘러싼 얘기가 아니다. 문학이 죽는다고 해도, 그 기능을 이미지가 대신할 수 있다면 문학의 죽음을 슬퍼할 까닭은 없다. 문학에서 밥을 구했던 사람들만이 잠시 초조할 뿐이고 그들도 곧 변신할 것이다. 중요한 것은 종의 교체거나 문화적 경쟁의 문제가 아니다. 문학의 죽음이 의미 심장할 수 있다면, 그것은 그것이 세상의 죽음을 초래할 때다. 이 전제 다음에 위의 논리들을 검토하기로 하자. 가장 먼저, 이미지는 플라톤적인 힘을 가지고 있는가? 움베르토 에코Umberto Eco가 제출한 이 명제[4]는, 사람들이 일반적으로 수긍하는 것과는 달리, 조심스럽게 검토되어야 한다. 에코는 이 명제에 대한 증거로서 솔 워스Sol Worth가 쓴 「이미지는 노No라고 말할 수 없다」를 예로 든다: "'일각수는 존재하지 않는다'라는 말을 내가 할 수 있다 하더라도, 만일 일각수의 이미지를 보여줄 수 있다면 일각수는 엄연히 존재한다."[5] 그리고 이어지는 추론을 통해 '내가 보는 일각수는 하나의 일각수에서 보편적인 일각수로 옮겨간다'. 이 증거와 추론이 그릇되었다고 말할 수는 없다. 이미지는 언제나 실재를 단박에 지시한다. 백문이 불여일견이라고 하지 않는가? 내가 UFO를 보았다면 그 순간부터 외계인은 실재한다(UFO의 본뜻이 '미확인 비행 물체'인 것과 상관없이). 그러나, 그렇다고 해서 모든 이미지 문화가 문학을 압도했었던가? 물론, 인간의 역사를 통틀어 이미지는 항상 실재로서의 힘을 발휘해왔다. 중세에서의 글과 이미지의 관계를 생각해보자. 중세는 세계어로서의 라틴어가 각 지역의 지방어들로 대체된 시대였다. 그만큼 글의 세속화는 강화되었는데, 그러나 그때에도 글은 이미

---

4) 움베르토 에코Umberto Eco, 「최후의 날에도 가장 든든한 벗」, 이희재 옮김, 『출판저널』 95호, 1996년 5월 20일, p. 20.
5) 같은 글, p. 19.

지의 권위 안에 갇혀 있었다. 가령, 중세 소설의 고문서 판본에는 주제 단락의 첫 글자가 항상 특이한 그림으로 표현되었다. 그리고 그것은 글자의 모양이 곧바로 어떤 실재를 환기시킨다는 것과 관련이 있었다. 가령 "X는 그 기호가 십자가의 모습을 하고 있다는 사실에 의해서 예수 그리스도의 이름을 뜻하게 된다"[6]. 신적 부권의 대리인들이 엄숙한 교사로 군림했던 시대인 중세가 미술과 건축의 시대가 된 것은 당연하다. 모든 문화적 표현은 지상적 존재들 사이의 소통이 아니라 천상의 오묘한 뜻을 수직의 손가락으로 가리키는 알레고리였다. 이미지가 갖는 이러한 방향적 세계관은 근대에 들어서도 별로 달라지지 않았다. 푸코는 15세기부터 20세기까지의 회화를 지배해온 두 가지 원칙에 대해 말한다. 첫째 원칙은 "조형적 재현과 언어적 지시 사이의 분리"[7]다. 둘째 원칙은 "유사와 확언의 등가성"[8]이다. 첫째 원칙은 잠시 제쳐두기로 하자. 둘째 원칙은 근대 이후의 회화에서도 중세적 실재 재현의 기능이 그대로 지속되었다는 것을 보여준다. "하나의 형상이 어떤 것과 닮으면 그것으로 충분하게, 회화의 게임 속으로 '당신이 보는 것은 이것이다'라는 분명하고 진부하며 수천 번 되풀이된 그러나 거의 언제나 말이 없는 언표가 끼어들어온다."[9]

그러니 이미지는 정말 플라톤적인 힘을 지속적으로 발휘해왔다고 할 수 있다. 그러나 근대 회화에서 푸코가 말한 첫째 원칙이 왜 필요했을까? 즉, 재현과 지시 사이의 분리가 왜 일어났는가? 내가 보기에 그것

6) 로제 드라고네티Roger Dragonetti, 『중세에서의 문자의 생애La vie de la lettre dans le Moyen Age』, Seuil, 1980, p. 64.
7) 미셸 푸코, 『이것은 파이프가 아니다』, 김현 옮김, 민음사, 1995, p. 51.
8) 미셸 푸코, 같은 책, p. 54.
9) 같은 책, p. 54.

은 원칙이기 이전에 불가피한 결과다. 미술사가 빅토르 스토이키타Victor Stoichita는 근대 세계의 여명기에 미술에서 어떤 변화가 일어났는가를 추적한다. 그 변화의 일차적 양상은 중세적 알레고리로부터의 해방이다.

근대 세계의 여명기에 그림은 세속화된다. 그것은 제의적이고 호교론적인 기능에서 일탈하고, 그 기능에 의해서 그에게 정확히 할당되었던 고정된 전시 장소와 지정 취득자로부터 벗어난다. 그게 무엇이든 상품의 양상에 따라, 그것은 공급과 수요에 의해서 결정되는 교환가치의 회로에 들어선다. 달리 말해, 화가들은 점점 더 특별한 주문자를 위해서 작업하지 않게 되고, 익명의 소비 시장을 위해 작업하게 된다./거래될 수 있는 대상으로서의 이러한 그림의 해방은 상상의 공간에서는 도상학의 교체를 안쪽의 짝으로 갖는다. 풍경들, 정물, 예전엔 사적(史蹟, historia)과의 관계에서 부속적이고 주변적이었던 동기들, 그래서 장식(parerga: 작품 외적인 것hors d'oeuvre)이라고 지칭되었던 동기들이 완전히 개별적인 주제로서 형성된다. 그것은 전통적 주제에 붙어 있던 경건, 이야기, 교화의 기능에 대해 회화적 가치가 선행하게 되었다는 것을 표지한다.[10]

근대의 미술이 신성의 표상으로부터 자연 묘사로 옮겨갔다는 이 지적 자체는 새삼스러운 것이 아니다. 그러나 이어지는 스토이키타의 발견은 놀람을 자아내기에 충분하다. 미술이 신의 권위로부터 해방되자 화가들은 바로 자신을 의식한다. "'손으로 사유한다'고 해서 대접을 받

---

10) 미셸 테보즈Michel Thévoz, 「「시녀들」 뒤의 줌Zoom arrière sur *Les Ménines*」, 『비평 *Critique*』 N° 563, 1994년 4월, p. 227.

거나 혹은 거꾸로 경멸당하기도 한 북쪽의 화가들이 이제부터 그들 자신의 이익을 위해 화실을 차리고, 의도적으로 풍경 혹은 정물을 그리는 일을 실천"하면서, 그와 동시에 "회화의 자기-주제화"가 시작된다. 그 자기-주제화는 "문이나 벽 구멍을 통해서 바라 보이는 제2의 무대를 박아 넣는 것으로 혹은 상상의 공간 속에서 그 본래의 구도를 예시하거나" 하는 방식을 통해 나타났으니, 벨라스케스의 「시녀들Les Ménines」은 가장 전형적인 예다. 이것은 무엇을 말하는가? 나는 미술에 대해 문외한이기 때문에 「시녀들」을 둘러싼 푸코, 필립 코마르Philippe Comar, 위베르 다미쉬Hubert Damisch, 그리고 내가 지금 인용하고 있는 테보즈 등의 상충하는 논쟁적 해석들을 따질 능력은 없다. 다만, 확인할 수 있는 것은 근대의 새벽에 미술은 신의 권위로부터 해방되었지만 그와 동시에 자신에 대한 물음에 직면하게 되었다는 것이다. 미술의 '거울 단계'가 시작된 것이다. 그리고 그것은 미술에만 적용되는 것은 아니다. 모든 문화의 내적 분열, 즉 주체의 분열이 근대와 더불어 진행되었으니, 그것은 인간 자신의 분열과 동의어다. 인간이 신으로부터 해방되었을 때 권력을 쟁취한 포만감으로 뿌듯했던 것만은 아니다. 흔히 르네상스의 문화를 '풍요'로 규정하고 있으나, 그 풍요 뒤에는 이제 어디에서도 공통의 진실을 찾을 수 없다는 것으로부터 오는 인간의 불안이 엄습해 있었던 것이다(실로 르네상스 시대는 끔찍한 내란의 시대이기도 하였다. 신교도들에 대한 성-바르텔레미 학살을 주도한 사람은 "당대 예술의 수호자" 카트린 드메디시스였다). 자기에 대한 확신과 자기에 대한 고뇌는 동시적으로 발생한다. 마르트 로베르Marthe Robert가 정확히 알고 있었듯이, 근대인은 로빈슨 크루소일 뿐 아니라 돈키호테이기도 하다.

진실 장소의 불확정성을 뤼시앵 골드만Lucien Goldmann은 파스칼Pascal

의 용어를 빌려 '숨은 신'이라 수식하였고, 그것을 '간접화'로 정의하였다. 푸코가 언명한 근대 회화의 첫째 원칙은 이 간접화의 반영이자 동시에 시원적 재현(직접성)의 기능을 유지하려는 적극적 전략이기도 하였다. 왜냐하면, 이 첫째 원칙은 궁극적으로 둘째 원칙, 즉 유사와 확언의 등가성으로 수렴되기 때문이다. 그럼에도 불구하고 간접화는 회화의 위상에 중요한 변화를 야기하지 않을 수 없다. 이제부터 이미지는 그 자체로서 실재를 가리키지 못한다. 그것은 언표로부터 도장을 받아야만 한다.

분명 이로부터 중요한 전도가 일어났다. 철학자-화가-시인으로 이어지는 플라톤의 위계질서에 돌이킬 수 없는 혼란이 일어나, 철학자들은 폭발하였고(칸트, 헤겔, 니체가 연 결코 화해할 수 없는, 아주 이질적인 길들), 시인이 화가를 압도하게 되었다. 이미지는 언어에게 문화의 권력을 내주게 된다. 그리고 언어는 이제 말이 아니라 문자다. 왜 문자인가? 문자는 점착과 확산의 힘을 가지기 때문이다. 문자는 신이 사라진 시대에 진실을 담보할 수 있는 유일한 기제였다. 선험적 진리가 사라진 시대에도 삶의 보편적 뜻을 구하고자 할 때, 그럴 수밖에 없을 때, 사람들이 기댈 수 있는 것은 집단의 역사적 경험이기 때문이다. 문자는 집단의 역사적 경험에 뿌리내리고 그것을 퍼뜨리는 데 가장 맞춤한 물건이었다. 문자는 말의 권위를 제 것으로 찬탈하면서 거기에 확산력을 추가함으로써 매체의 패권을 쥘 수 있었다.

그러니, 이미지가 플라톤적인 힘을 가지고 있다 하더라도 근대 이후 이미지는 문자에게 늘 예속당할 수밖에 없었다. 이데아가 모습을 감추었으니 말이다. 아무리 역발산의 힘을 가졌어도 들을 산이 없다면 그 힘은 쓸모없는 것이다.

그렇다면, 이미지가 플라톤적인 힘을 가지고 있다는 것은 오늘의 문제와 별 관련이 없다. 사실 사람들이 요란스럽게 이미지의 세상을 축복하거나 저주할 때에도 그들이 염두에 두고 있는 것은 회화가 아니다. 그런 얘기를 할 때 사람들은 마치 회화는 이미지 예술이 아닌 듯이 말한다. 문제의 본질을 잘못 파악하고 있기 때문이다. 문제는 다른 데에 있다. 이미지의 힘을 제 것화하면서 활동하는 무엇이 문제인 것이다.

두번째 항목으로 넘어가기로 하자. "이미지는 그 직접성으로 인하여 이미지를 현실 그 자체로 착각게 한다." 얼핏 이 진술은 "이미지는 플라톤적인 힘을 가지고 있다"의 산문적 치환인 듯이 보인다. 그러나 중요한 차이가 있다. 앞에서는 실재의 재현이 문제가 되었다. 그 재현이 가상에 불과하다는 것은 의식되지 않았다. 물론 그 어원이 가리키듯이, 저 옛날부터 모든 이미지는 가상이다. 그러나 가상과 원본 사이에는 근접성의 끈이 맺어져 있었다. 여기에서는 오히려 단절이 초점이 된다. 이 단절은 근대 이후 세계의 숙명이다. 그러니까 두번째 진술과 더불어 오늘의 이미지 문화에 다가가게 된다.

이 차이에 대한 인식은 문제의 근본으로 진입하는 통로이기도 하다. 실재와 이미지 사이의 단절을 봉합하는 것이 비판적 지식인들을 공포에 질리게끔 만드는 것이다. 이 통로, 다시 말해, 솔기의 미세한 틈새는 두 가지 차원으로 열린다. 하나는 오늘의 문제는 이미지가 아니라 이미지와 실재의 공모라는 것이다. "매스 미디어는 문화 속에 이미 현전해 있는 태도와 가치들을 사육한다. 그것은 한 문화의 성원들 사이에 이 가치들을 존속게 하고 확산시키며, 그럼으로써 문화를 단단히 매어놓는다"[11]는 조지 거브너George Gerbner의 '사육 이론'이거나 "지리가 지도를 선행하는 게 아니다. 또한 지리가 지도 없이 생존하는 것도 아니다.

오히려 지도가 지리를 선행한다"[12]는 유명한 보드리야르의 명제거나 비판적 문화 이론들이 암묵적으로 동의하는 것은 이미지 혹은 모사가 문제가 아니라 "오늘날 이미지의 세상, 다시 말해, 가상들, 모의들의 세상이 된 까닭은 현실성이라는 신비 효과를 그것들이 끊임없이 발생시키기 때문"[13]이라는 사실이다. 여전히 이미지는 "의미와 재현의 생산 공장"으로서 씩씩하게 돌아간다. 그러나, 여기에서 그쳐서는 안 된다. 실재와 맞닿은 수직의 기둥은 이미 무너져버렸다. 그럼에도 불구하고 이미지가 여전히 플라톤적인 힘을 갖게 된 이 사태는 무엇인가? 어째서 이런 일이 일어났을까? 이것을 두고, 사람들은 여전히 실재를, 다시 말해 보편적 진실을 추구하기 때문이라고 말하는 것은 대답이 될 수 없다. 지금의 물음은 어떻게 이런 일이 가능하게 되었을까, 다시 말해 무너져버린 수직 기둥이 다시 나타난 이 마술의 비결은 무엇인가,라는 것이다. 이 마술이 현혹에 불과하다고 해서 그것을 부인한다는 것은 문제의 방치에 지나지 않는다. 이미지의 세계를 "의미와 재현이 사라지는 곳, 따라서 실재의 부인과 현실 원칙의 부인이라는 치명적 전략의 장소"[14]로 재설정하는 보드리야르의 의견에 내가 동의하지 않는 것은 그 때문이다. 개인의 결단으로 가능하다 하더라도 집단적 실천의 차원에서 실재와 현실 원칙은 결코 부인되지 않는다. 실재를 가리키는 것, 그것이 이미지의

---

11) *Encyclopaedia of Journalism and Mass Communication*(Om Gupta, 2006, p. 14)에서 재인용.

12) Jean Baudrillard, *Simulacres et simulation*, Paris: Galilée, 1981, p. 10.

13) 정과리, 「이미지면 어떻고 아니면 어떠냐」, 『씨네21』 52호, 1996년 5월, p. 96; 「이미지냐 현실이냐는 잘못된 문제다」, 『문명의 배꼽』, 문학과지성사, 1998, p. 78.

14) 장 보드리야르Jean Baudrillard, 「인생은 여행이다La vie est un travelling」, 『과학과 미래 Science et Avenir』, 1995, p. 117.

유일한 존재 이유이기 때문이다. 현실 원칙의 부인은 그 실재 지시 기능의 실존에 근거해서만 가능하다. 다시 말해, 그것은 반성의 제스처 이상도 이하도 아니다.

그러니까 좀더 신중하게 물어야 한다. 이 마술이 어디에서 왔는가? 어떤 조작이 개입되지 않았다면 그것이 가능할 리가 없다. 그리고 이것이야말로 중요한 것이다. 사기꾼에게도 사기의 규칙은 있는 법이다. 다시 말해 조작은 그냥 부인될 것이 아니다. 조작의 법칙을 따져야만 한다.

그것을 따질 때 왜 대부분의 사람들이 비판적 지식인들의 경고에 아랑곳없이 이미지와 모의의 세상의 도래를 문명의 축복으로 받아들이고 있는지 이해할 수 있으며, 또한 그때, 이미지가 문제가 아니라 다른 무엇이 문제라는 지금까지의 주장을 납득할 수 있다. 단도직입적으로 말하자. 이 조작은 인간의 발명이며, 그 발명은 인간의 거대한 집단적 욕망에 뒷받침되어 진행되었다.

다른 자리에서 했던 말을 그대로 인용하기로 한다: "[사진, 영화, 멀티미디어(혹은 컴퓨터 동영상)으로 이어지는] 이미지 문화의 발전사에는 명백한 연속성이 있으며, 그 연속성은, 내가 보기에, 유한성을 극복하려는 인간의 욕망에 뒷받침되어 있다. 마셜 맥루한Marshall Mcluhan이 지적하였듯이, 본래 사람들이 사진에 열광했던 것은 역사를 보관할 수단을 거기에서 발견했기 때문이었다. 그리고 사람들이 영화에 열광했던 이유도 그와 다를 바 없다. 1895년 12월 28일 파리에서 영화가 처음 대중 앞에 시연되었을 때, 잡지 『라 포스트La Poste』는 '이제 저마다 소중한 이들을 정지된 형태에서가 아니라 움직임 속에서 찍어놓는다면, 죽음은 더 이상 절대적이길 그칠 것이다'라고 썼다. 사진이 죽은 개인사를 보관케 했다면, 영화는 그것을 '산 채로' 사육하는 방법을 제공해주었다. 그리고 컴퓨터 동영상은 과거의 관리를 넘어서 미래까지 선취할 수 있도록 해준다."[15] 이미지 문화의 발달사를 꿰고 있는 연속성의 이름은 바로 불로초의 욕망이다. 인간이 신으로부터 유일하게 물려받지 못한 유산이 있다면 그것은 불멸이었다. 이미지 문화의 발달사는 그 불멸을 부착하기 위한 인간들의 끈질긴 노력의 궤적 그 자체다.

그러나 여전히 이미지는 하나의 환상일 뿐이지 않은가? 사람들이 얻게 되는 것은 불멸에 대한 환상이지 불멸 그 자체는 아니지 않은가? 그리고, 결국 그것은 사람들을 가상에의 집단적 마취 혹은 환각을 유도하는 것은 아닌가? 앞에서 제시한 제3의 명제: "이미지는 사유를 부재시킨다"와 관련된 물음이다. 그것을 나는 둘로 나누어보았다. 첫번째 문제, 즉 불멸의 문제는 간단한 문제가 아니다. 그것은 생명 단위의 질적 개편과 관련돼 있는 것이기 때문에 함부로 단정할 수 없다. 만일 미래의 생명 단위가 개체 단위로부터 집합 단위로 바뀌게 된다면 그때는 정말 불멸을 정복할 날이 오지 않겠는가(마치 지금 우리가 손톱을 깎는 일을 슬퍼하지 않듯이)? 그러나 이런 미래학은 내 능력 밖의 일이다. 다만, 두번째 문제는 비교적 손쉽게 접근할 수 있는 문제다. 그것은 미래를 점치는 것이 아니라 오늘 일어나고 있는 현상을 따지는 것이기 때문이다. 이 문제에 대해 나는 단호히 잘못된 질문이라고 말할 수 있다. 다시 말해 이미지는 사유를 부재시키지 않는다. 오히려 사유를 제고(提高)한다. 이미지의 역사의 마지막 자리를 차지하고 있는 컴퓨터 동영상이 무슨 이미지를 만드는가를 생각해보자. 그것은 전통적인 이미지가 아니라, 뉴

---

15) 정과리, 「미래의 영화에도 심연이 있다」, 『씨네21』 65호, 1996년 8월, p. 96; 『문명의 배꼽』, pp. 90~91.

메리칼 이미지다. 다시 말해 현실 속에서 발견되거나 상상되는 이미지가 아니라, 이미지 부호들(가령, RGB 색상 체계)의 합성과 변형에 의해서 창조되는 이미지다. 그런데, 뉴메리칼 이미지는 컴퓨터 그래픽에서 흔히 볼 수 있는 기이하고 환상적인 그림만을 창출하는 것이 아니다. 그것은 과학적 발견을 이끌어내는 데 아주 효과적인 수단이기도 하다. 가령, 1982년 발명된 '터널 효과 현미경'은 "원자의 표면 구조에 접근하여 우리에게 친숙한 이미지의 도움을 받아 그것을 3차원의 구조로 재현한다".[16] 굳이 이런 첨단 과학을 말하지 않더라도, 19세기 말 사람들은 말이 질주할 때 두 발을 동시에 땅에서 떼는 순간이 있는가를 확인하기 위해 타임 랩스 카메라를 필요로 하였다. 이미지가 과학적 인식의 증대에 필수 불가결하다는 그 사실만으로도 이미지는 "지식의 지렛대levier intellectuel"다. 그러니, 이미지가 사유를 억제한다는 것은 잘못된 추리다. 그 오류 추리는 어떤 실재가 이미 선험적으로 존재하고 있다고 생각하는 데서 온다. 그런 실재란 사실 없는 것이다. 세상 존재들의 의지·활동과 무관한 현실은 존재하지 않는다. 다시 말해 모든 현실은 세상의 존재들, 다시 말해, 바위, 나무, 사람, 공기, 강물, 기계 기타 등등이 집단적으로 참여한 상상 활동imagination의 결과다. 실재는 '구성된' 실재다. 그러므로 이미지가 현실을 착각게 한다,라는 진술은 엄밀한 의미에서 정확한 것이 아니다. 문제는 이미지가 현실을 활동적으로 재구성했는가, 소진적으로 재구성했는가의 문제다.

---

16) 장 피에르 에메Jean-Pierre Aimé, 「분자의 풍경Paysage moléculaire」, 『과학과 미래』, p. 60.

3. 노마지지(老馬之智)

이제 무엇이 문제인가가 좀더 분명해졌다. 오늘날 문학을 주변으로 밀어내면서 문화의 중심으로 들어서는 것은 이미지 그 자체가 아니다. 더 나아가 이미지와 실재의 공모도 아니다. 그것은 이미지의 실재 재현의 힘을 적절히 이용하고 있는 '조작'이다. 그 조작의 구체적인 이름은 무엇인가? 컴퓨터 동영상에서의 이미지는 뉴메리칼 이미지라는 것을 유념해보자. 그것이 전통적인 이미지가 아니라는 것은 바로 디지털 조작, 혹은 정보 프로그래밍을 통해 창조되는 이미지라는 것을 뜻한다. 다시 말해 오늘날 문화의 핵심을 차지하고 있는 것은 디지털 조작이다.

컴퓨터 동영상은 이미지 문화의 발달사의 완성이다. 여기에서 완성은 그 발달사의 종결을 의미하는 것이 아니다. 그것은 이미지 문화의 양적 팽창이 컴퓨터 동영상에 와서 질적 도약을 야기했다는 점에서 쓰인 것이다. 어떤 도약인가? 그 이전의 이미지 문화·예술은 발견되거나 상상된 이미지를 다루었다. 그 발견, 상상은 가시적 세계에 토대를 두고 있었다. 그러나 컴퓨터 동영상의 이미지는 디지털 조작에 의한 합성 이미지다. 그것은 가시적 세계를 초월한다. 영화「포레스트 검프」에서 죽은 닉슨과 포레스트 검프가 악수하는 장면을 상기하기 바란다. 사람을 그 자리에서 바로 피카소풍의 조각으로 변형시키는 영화「워락」의 장면도 상기하기 바란다. 작년 영화 탄생 1백 주년 기념행사의 일환으로 영화의 탄생사를 재구성하면서 앙드레 라바르트André S. Labarthe는 영화의 세 가지 기본 요소를 '공간, 시간, 우연'으로 파악하였다.[17] '우연'은 카메라의 이미지가 근본적으로 발견되는 이미지임을 암시한다. 컴퓨터 동영상은 그 우연을 합성으로 대체한다. 그 대체를 통해서 발견되는 이미지는 창조되는 이미지에게 자리를 넘겨주게 된다. 이제 못 만들 이미지는 없다. "모든 것이 가능하게 되었다."

이 디지털 합성에 의해 인간에게 새로이 열린 문화 지평이 있다. 가상 현실virtual reality과 양방향성interactivity이 그것이다. 가상 현실의 등장은 인간이 미래를 선취할 수 있음을 보여준 사건이었다. 드디어 인간은 불멸의 경험까지는 아니더라도 최소한 불멸의 형식은 마련한 것이다. 여기에서 가상 세계의 창조가 '모의, 가상 들의 세계로의 함몰'을 초래할 것이라는 의견에 대해서는 논의를 생략하기로 하자. 나는 그런 의견에 별로 동의하지 않는데, 왜냐하면 모든 가상 현실 놀이를 궁극적으로 뒷받침해주는 것은 실재에 대한 신앙 혹은 절망이기 때문이다.

나로서는 불멸의 형식을 마련했다는 것(그것이 실질적인 불멸을 향한 출발 신호이든, 영원히 못 이룰 그것에 대한 강박적 놀이이든)이 더 중요해 보인다. 그리고 이 형식은 '양방향성'에 의해 실질 내용을 갖춘다. 실로 양방향성은 오늘의 컴퓨터 산업이 가장 표 나게 선전하는 것이다. '가상 현실'에 대한 열광이 먼저 있었으나, 서서히 지배적인 자리를 차지하고 있는 것은 전자다(인터넷은 그것의 가장 대표적인 토포스다). 양방향성이란 사실 적절한 역어는 아니다. 직역하면 '상호 능동성'이며, 그 직역이 단어의 함의를 훨씬 가깝게 표현한다. 모든 개개인들이 동등한 주체의 자격을 가지고 세계 구성의 공간에 참여한다는 것, 그것이 양방향성이 주는 환상이다. 내가 전자 산업의 발달보다 퍼스널 컴퓨터의 발명

---

17) André S. Labarthe, 「공간, 시간, 우연, 혹, 눈L'espace, le temps, le hasard, le noir, la neige」, 『영화 수첩Cahiers du Cinéma』, 1995년 3월, pp. 50~53.

을 혁명적 계기로 생각하는 것은 그 때문이다. 퍼스널 컴퓨터의 발명과 함께 지구호의 키가 각각의 개인들의 손에 쥐여지게 되었다. 그리고 미하일 바흐친Михаил Бахтин의 대화 이론에 맞춤한 상호 작용의 대화형 정보 체계를 통해 개인들의 평등하고 자유로운 교환이 실제화되는 것이다.

자유, 평등, 박애라는 근대주의의 완결을 보는 듯하다. 그것이 실현될 터와 인종이 드디어 갖추어졌다. 이제 이 방향으로 밀고 나가기만 하면 된다. 언젠가는 기필코 외우주까지 도달하리라. 그러니 사람들이 정보화 사회의 도래에 홀리지 않을 이유가 없는 것이다.

그러나 사공이 많으면 배가 산으로 올라간다. 모든 개인들이 저마다 평등과 자유를 구가하면서 세계 구성에 참여할 날은 정말 올 것인가? 아니, 이미 온 것인가? 바로 여기에 무서운 환상이 숨어 있다. 다른 글들을 통해 이미 몇 차례 지적한 바 있듯이 정보화 사회가 제공한다고 주장되는 자유와 평등 뒤에는 근본적인 구속이 은폐되어 있다. 사용자의 접근을 불허하는 장소들이 계층구조를 이루며 층층이 놓여 있기 때문이다. 컴퓨터를 워드 프로세서로 사용하는 사람에게는 사용하는 워드 프로세서의 작동 절차가, 인터넷에서 정보 사냥을 하는 사람에게는 하이퍼텍스트 작성법이, 하이퍼텍스트를 작성할 수 있는 사람에게는 좀더 저수준의 언어 프로그래밍이, 그리고 프로그래머들에게는 운영체제 자체가 결코 넘어설 수 없는 숙명적 조건이 된다. 그러니 양방향성이며 가상 현실은 실상, 우물 안의 헤엄, 손바닥 안의 근두운에 불과한 것이다.

바로 이 때문에 컴퓨터 산업에서의 싸움은 규격specification에 관한 싸움, 다시 말해 게임의 규칙에 관한 싸움으로 점철된다. '윈도 95'(마이크로소프트), 'OS/2'(IBM), '매킨토시' '넥스트' 간의 운영체제 싸움은 사실상 윈도의 일방적 승리로 끝나가고 있다고 해도 과언이 아니다. 그것은 윈도가 다른 운영체제에 비해 기능이 월등해서가 아니라, 윈도상에서 작업을 하는 컴퓨터 인구와 프로그램, 그리고 라이브러리를 압도적으로 확보하고 있기 때문이다. 또 다른 예: 컴퓨터 음악의 규격을 미디 MIDI라고 하는데, 미디는 서양의 7음계를 바탕으로 만들어진 규격이다. 덕분에 컴퓨터 음악에서 5음계에 근거하고 있는 한국 국악은 왜곡되고 변질될 수밖에 없다. 그것은 국악인들에게 국악의 종말에 대한 공포를 자아낼 수 있다. 작년 문화체육부에서 주최한 「뉴미디어 시대의 문화정책과제」 심포지엄(1995년 10월 17일)에서 실제로 한 음악인이 이 문제를 제기했으나, 이른바 지도자급 인사인 주최 측 발언자에 의해 일방적으로 묵살되었다.

그러니까 문제는 정보화 사회 자체도 아니다. 그것의 존재태가 문제인 것이다. 이 존재태는 아주 무서운 계급 분열이 정보화 사회에서 진행될 것임을 암시한다. 그 분열은 유례가 없는 새로운 계급 분열이다. 앞서 인용했던 글에서 에코는 '책과 컴퓨터가 결코 화해 불가능한 문화들이 아니라는 것'을 주장하기 위해 컴퓨터도 문자로 씌어진다는 것을 증거로 든다: "틀림없이 컴퓨터는 우리로 하여금 이미지를 생산하고 편집할 수 있게 해주는 도구이다. 명령 또한 아이콘을 통해 이루어진다. 그러나 마찬가지로 분명한 사실은 컴퓨터가 무엇보다도 문자에 바탕을 둔 도구라는 것이다./컴퓨터 화면에는 단어와 문장이 등장한다. 컴퓨터를 사용하려면 우리는 읽고 쓸 줄 알아야 한다. 새로운 컴퓨터 세대는 놀랍게 빠른 속도로 글을 읽는 데 익숙해 있다."[18] 에코의 천진난만

---

18) 움베르토 에코, 앞의 글, p. 18.

한 발언(아마도 그는 프로그래밍을 시도조차 해보지 않은 게 분명하다)이 간과하고 있는 것은 컴퓨터에서의 문자는 공동체 전체의 집단적이고 장기적인 활동의 결과로 형성되는 것이 아니라는 것이다. 물론 여기에서 내가 말하는 문자는 특정의 공간 내에서 '사용되는' 문자가 아니다. 그것은 그 공간의 신진대사를 가능케 하는 규칙으로서의 문자를 말한다. 그 문자, 그 언어는 종래의 언어와 달리 소수의 전문가 혹은 제작자에 의해서 만들어진다. 그리고 규격 싸움에서 승리한 언어가 사용자들을 거느리게 된다. 사용자들의 상호 대화의 놀이는 배후의 전문가 집단이 그 형식을 결정하고 원격 조정하는 원형 투기장 안의 놀이에 불과한 것이 된다. 바로 이것을 깨달아야 한다. "제때에 깨닫지 못한다면, 사람들은 결국 상인과 기술자 들의 고유한 논리가 독점적으로 우리의 기억과 우리의 이미지를 결정하도록 방치할 수밖에 없게 된다."[19)

중세의 대립이 신분 대립이었고 근대의 대립이 자본/노동의 계급 대립이었다면, 새로운 사회의 대립은 제작자(전문가)/사용자(일반인)의 대립이 될 것이다. 신분 대립이 출신에 근거하고, 계급 대립이 생산수단의 소유에 근거했다면, 전문가/일반인의 대립은 지식의 소유, 아니 좀더 정확히 말해 정보 체계의 소유가 기준이 될 것이다. 물론, 어느 시대나 분열은 있을 수밖에 없으며 분열이야말로 생의 원동력이다. 중세에 농민 반란이 있었고 근대에 노동자 투쟁이 있었듯이 새로운 사회에서도 싸움은 계속될 것이다.

그러나 새로운 사회의 대립의 구조적인 특성은 이런 일반 논리를 쉽게 수긍케 하지 않는다. 우선 새로운 문명 사회의 대립이 지식을 기준으

---

19) 필립 케오Philippe Quéau, 『가상 세계*Le Virtuel*』, Paris: Champ Vallon, 1993, p. 96.

로 하고 있다는 것은 의미심장하다. 정보 시스템의 소유자는 피지배자 집단을 무지 속에서 사육할 방법마저도 안다. 실제로 컴퓨터 회사들이 내놓는 상품들(소프트웨어와 하드웨어를 막론하고)에는 그 회사의 지식 수준으로 충분히 가능한 좀더 편리한 기능들이 일부러 누락되어 있거나 감추어진 경우가 많다. 그것은 그 기능에 대한 수요, 자사 제품의 독점 강화 등의 여러 사정 및 전략에 비추어져 결정된다. 가령, '한글 윈도 95'에서는 악센트가 붙는 유럽 특수 문자의 표기와 인식이 불가능하다. 다만 마이크로소프트사에서 출시한 몇몇 제품들에 한해서만 그 기능을 별도로 제공하고 있다. 운영체제 수준에서 할 수 있는 일을 개별 프로그램의 수준에서 처리하는 이유는 무엇인가? 윈도에서 돌아가는 타사 제품은 그 기능을 갖출 수 없다는 것이 결정적인 까닭이 아닐까? 현재 인터넷 탐색기의 두 경쟁 제품은 '넷스케이프Netscape'와 마이크로소프트사의 '인터넷 익스플로러Internet Explorer'다. '한글 윈도 95'상에서 넷스케이프로는 유럽어 사이트를 검색할 수 없다. 악센트가 붙은 철자가 있는 곳마다 화면이 보기 흉하게 깨지기 때문이다.

결국 이러한 사정은 새로운 사회의 지배 기구가 어느 시대보다도 더 용이하게 피지배 집단을 길들일 수 있다는 것을 암시한다. 시스템의 소유자는 시스템 이용자들이 편리하게 그 시스템을 사용할 수 있도록 모든 배려와 노력을 기울인다. "사용자의 손끝에 닿기"는 운영체제 시장을 독점한 회사의 모토다. 다만, 사용자들이 시스템의 구조에 접근하는 것만은 사절이다. 물론 그 사절도 적당히 해야 한다. 매킨토시는 시스템의 완벽한 은폐 때문에 시장 경쟁에서 완패하였고, 마이크로소프트사는 하드웨어의 공개 덕분에 양산되어 다수의 사용자를 확보한 IBM PC 호환 기종들에 힘입어서 마침내 IBM마저 누르고 패왕의 자리를 차지하였다. 시스템의 계층화가 발달한 것은 그런 사정하에서다. 그 계층화에 의해서 시스템의 구조는 조금씩 열리고, 깊이 들어갈수록 접근 가능한 인원을 축소시킨다. 뿔고둥의 나선 회전 구조, 바로 이것이 전문가/일반인 대립의 기본 구조다.

나는 바로 이 때문에 '사용자 자강 운동'이, 다시 말해, 사용법뿐 아니라 시스템을 자발적으로 익히고 시스템 구성에의 참여를 요구하는 시민운동이 있어야 한다고 생각하는 쪽이다. 실제로 그 운동이 있다. 리처드 스톨먼Richard Stollman이 주창한 '그누GNU 프로젝트'가 그것이다. 소프트웨어의 무상 제공과 프로그램 원본Source의 완전 공개를 기본 목표로 내세운 운동이다. 그런데 이 프로젝트는 리눅스Linux라는 자체 운영체제를 개발했음에도 불구하고 컴퓨터 공간 내에서의 대중적 시민운동으로 발전하지는 못하고 있다. 리눅스가 중형 컴퓨터 시스템에서 돌아가는 유닉스Unix와의 호환을 위해 개발되었고 따라서 도스DOS와 윈도를 운영체제로 사용하는 일반 사용자들이 접근하기는 용이하지 않다는 것이 일차적인 이유가 될 것이다. 그러나 그 운동의 대중화를 방해하는 구조적인 제약 요인이 더 중요한 것으로 보인다.

그 구조적 제약 요인이란 정보화 세계의 매체가 갖는 구조적 특성을 가리킨다. 나는 앞에서 질적 도약을 이룩한 새로운 문화의 핵심이 이미지가 아니라 디지털이라고 말했다. 디지털이란 수학적(이진법으로 이루어진) 정보의 조작을 통해서 대상의 자유로운 합성과 변형을 가능케 하는 것을 말한다. 이것은 여지껏 한 번도 존재한 적이 없던, 구조적으로 아주 새로운 것이며, 따라서 세계를 바라보는 시각에 대한 근본적인 변화를 야기한다. 간단히 말해서 아날로그는 재료와 생산물의 성질이 같은 데 비해, 디지털은 다르다는 것이 초점이다. 디지털 합성을 통해서 사람들이 보는 화려한 그래픽의 재료는 색이 아니라 색에 관한 수학적 정보다. 하이퍼텍스트는 인터넷 여행자들에게 문자와 함께 입체 동영상과 스테레오 음향을 보여준다. 그러나 하이퍼텍스트의 원본은 어떤 입체 영상이나 음향을 포함하고 있지 않다. 원본은 일반인들이 해독하기 어려운 논리적 기호들과 문자의 복잡한 조합으로 이루어져 있다. 일반 사용자들은 그 원본의 존재를 알 수가 없다. 생산과 향유 사이에 근본적인 단절이 있는 것이다. 그러니, 일반 사용자들이 시스템의 구조에 접근하려는 욕망은 구조적으로 통제받는다. 디지털 조작의 구조적 특성이 제작과 사용 사이에 결코 넘어설 수 없는 빗금을 긋고 있다는 것은 무엇을 말하는가? 나는 다른 글들을 통해 그것을 디지털 문화가 근본적으로 자기반성 장치를 내장하고 있지 않다는 것을 뜻한다고 해석하였다. 자기반성은 나날의 일상에 대한 반성이 아니다. 그것은 자기 삶의 본원적인 뜻에 대한 질문을 동반하는 것이다. 그런데 그것은 제작과 사용, 생산과 수용의 일치를 통해서만 가능한 것이다. 생산자가 동시에 수용자가 될 때, 생산자의 내부에 그것을 검열하는 내부의 적이 있을 때 발생하는 활동인 것이다. 디지털 문화에서는 그런 내적 분열 대신에 외적 분리가 있다. 그 분리에 의해서 생산은 수용을 의식하지 않고(생산의 확대라는 차원에서 정보화할 뿐이다), 수용은 생산의 동작 절차를 엿볼 수 없다. 자기반성, 즉 내적 분열은 그렇게 봉합된다.

그누GNU의 뜻은 'GNU not Unix'다. 이 자기 포함적 용어를 정보화사회가 구조적으로 내장하고 있지 않은 자기반성적 장치를 장착시키려는 의지의 비유로 읽을 수도 있다. 그 의지가 어떤 열매를 맺을 수 있을 것인가는 컴퓨터 사용자의 관점에서 숙고되어야 할 문제다. 아마도 영화가 등장했을 때 사진이 죽음의 지시체로 제 기능을 바꾸고 컴퓨터 동작 그림이 등장하자 영화가 이미지의 진실이라는 문제에 직면했다는 것은 그 문제에 대한 어떤 암시를 줄 수도 있을 것이다. 이미지 문화는 제 죽음에 직면하여 저 자신을 돌아볼 수 있게 되었다. 그러나, 이 문제에 대한 더 깊은 탐구는 내 능력 밖의 일이다.

대신 나는 아주 먼 길을 우회해서 문학으로 되돌아온다. 앞의 문제는 동시에 디지털 문화에 의해 주변으로 밀려나고 있는 문학의 존재 이유를 다시 되묻게끔 하는 문제이기도 하다. 디지털 문화가 구조적으로 결여하고 있는 자기반성적 장치를 애초부터 내장하고 있는 것은 바로 문자 문화였다. 우선 매체의 특성이 그렇다. 글에선 쓰는 글이 곧 읽는 글이 된다. 이 일치에 의해 글에는 내적 분열이 필연적으로 새겨진다. 이 특성은 말과도 다르다. 물론 하는 말과 듣는 말은 같은 말이다. 그러나 말은 허공을 떠돌며 흩어져 날아가버린다. 말은 말하는 자와 듣는 자를 부각시킨다. 그러나 글은 물리적 지속력 때문에 쓰는 자와 읽는 자로부터 일탈해 독립성을 갖는다. 문학사회학이 문학 생산과 수용의 사회학이 아니라 생산-텍스트-수용의 사회학인 것은 그 때문이다. 글에 의해서 글쓴이와 읽는 이는 간접화된다. 바로 이것이 인간 시대에 글을 매체의 중심에 놓게 한 요인이었다.

간접화의 시대를 관념철학자들은 신 없는 시대, 즉 의사 보편성의 시대로 규정하였다. 실로 글은 신 없는 시대에 익명의 의사 보편성을 드러내는 최적의 장소였다. 그 점에서 그것은 기억과 계몽의 아주 유용한 도구가 될 수 있었다. 그러나 인간 시대는 동시에 내적 분열의 시대였다고 나는 앞에서 지적하였다. 문자 문화는 간접화의 특성 자체로 말미암아 내부의 적을 만들게 된다. 의사 보편성은 결코 진짜 보편성이라는 확신을 줄 수 없으며 따라서 보편성을 둘러싼 빛과 어둠의 지대를 만들어낸다. 이렇게 해서 문자 문화는 자신과 닮았으면서도 아주 강력한 적을 만들어내게 된다. 문학이 바로 그것이다. 문학은 현실적 이성에 대항해 '꿈꿀 권리'를 요구하였고 지상적 진리에 대해 '상상적 진실'의 세계를 내세웠다. 그럼으로써 문학은 문자 문화의 완성이자 동시에 가장 강력한 비판자가 되었다. 한편으로, 지배적 문자 문화는 문학을 그들이 아직 갖고 있지 못한 것에 대한 보충으로 받아들였다. 즉, 지금의 의사 보편성에 실질을 제공해줄 가능성을 문학에게서 찾았던 것이다. 세상은 문학에게 꿈꿀 권리와 상상적 진실 탐구를 허용해주었다. 실증주의 문학사의 대가인 귀스타브 랑송Gustave Lanson은 언젠가 '문학을 보편적 가치가 사라져버린 시대에 종교를 대신할 수 있는 유일한 것'이라고 말했었다. 그것은 바로 이와 같은 문맥 위에 놓이는 발언이다. 그러나 다른 한편, 문학은 세상이, 그리고 세상을 주도하는 문자 문화가 여전히 못마땅했다. 문학인들은 결코 화려한 만찬을 세상으로부터 얻지 못했다. 소금 뿌린 주먹밥을 뜯어먹으며 문학은 거짓 지식을 유포해 부를 독식하는 세속적 문화에 대해 끊임없이 욕을 퍼부어댔다. 세상은 그런 문학이 껄끄러웠고 그래서 통제해야 했다. 달래고 써먹는 짓을 되풀이하게 되었고, 그에 비례해 문학은 바깥으로 향했던 비판을 자기의 내부로 돌렸다. 19세기 중엽부터 문학은 상상적 진실의 추구이기를 넘어서서 '언어의 문제학'이 되었다.

그 내력이 근대문학사의 전 과정에 맞먹는다. 그러니까, 문학은 내적 분열, 즉 자기반성이라는 구조적 특성을 거듭해서 심층화해왔다. 문자 문화가 세계의 중심에 버티고 있는 한, 그것은 지속적으로 되풀이될 것이었다. 그러나 문자 문화가 세계의 중심에 서 있던 시대는 이제 사라져가고 있다. 디지털 문화의 입장에서 보면 문자 문화의 이 내적 분열은 거추장스럽기 짝이 없다. 그에게는 오직 앞으로만 활짝 열린 질주만이 중요한 것이다. 내부 분열은 그 질주, 생산성으로 들끓는 확산에 대한 귀찮은 훼방꾼에 다름없다. 그 훼방꾼을 제거하는 작업은 문화의 전 부면에서 한창 성행 중이다. 문화는 더 이상 전통적 의미에서의 문화가 되지 못한다. 문화는 문화 산업이 된다.

그러니 문학의 죽음은 곧바로 자기반성의 죽음을 뜻한다. 문학의 죽음을 슬퍼해야 할 이유도 여기에 있다. 이 죽음과 더불어 오직 삶만이 있으리라. 삶의 뜻을 새기는 모든 기제는 작동을 멈추리라.

그러나 희한한 사태가 일어난다. 정보화 사회에도 문학은 죽지 않는다. 문자 문화는 소멸하여도 문학만은 살아남는다는 게 내 확신이다(상형문자는 사라지지만 미술은 살아남듯이). 왜 그런 일이 벌어지는가? 정보화 사회에 혹은 문화 산업에 치명적인 결여가 있기 때문이다. 그 결여는 곧 꿈꿀 능력의 부재, 다시 말해 전면 질주의 방향성의 부재를 말한다. 디지털 합성에 의한 이미지를 나는 창조되는 이미지라고 말했다. 그 말은 좀더 섬세하게 씌어져야 했다. 그 창조는 우연으로부터 가시적 근거를 제거한 데서 온다. "현실의 참을 수 없는 무게로부터의 해방"이 시작된 것이다. 그러나 그 해방, 그 비행에 재료를 제공해주는 것은 현실 밖에 있는 어떤 무엇이 아니다. 재료는 현실의 진부함들뿐이다. 그 진부함들을 이진수의 정보 단위로 해체한 후에 뒤섞어 합성하는 게 디지털 창조의 비법인 것이다. 때로 그 합성은 예기치 않았던 아주 새로운 세계를 정말 창조해낸다. 과학적 발견의 대부분은 그렇게 해서 이루어진다. 되풀이되는 실험의 돌연변이가 발견의 다른 이름인 것이다. 그러나 과학적 발견이 그런 계기를 만난다 해도 사회적 삶의 체계는 그것을 진부함 속으로 통합한다. 디지털 문화 혹은 정보화 사회 자체가 문제가 아니라 그 존재태가 문제라는 것의 참뜻이 여기에 있다. 새로운 사회는 불멸의 형식을 갖추었을 뿐 불멸의 내용을 채우지 못했다. 그리고 그 불멸의 형식은 소수의 전문가들에게 독점된다. 그 독점은 자기반성 장치의 부재라는 그 특성 때문에 재빨리 틀을 갖추고 그 틀의 확산을 향해 솟아오른다. 실로 앞으로만 활짝 열린 질주는 동시에 완벽하게 틀 지워진 질주다. 한결같은 6면체의 철근을 촘촘히 쌓아 거대한 건축을 이루는 그것. 그러니 '빅 브라더'가 도래할 확률은 어느 때보다도 높아졌다(명령의 과잉을 용서할 수 없는 시대는 다른 양태로 재림한다). 무한대의 자유와 풍요와 평등이 구가되는 사회를 완벽한 시스템으로 구축하는 것. 그곳의 자유는, 그러나 시스템에 갇힌 자유일 뿐이고, 그것이 가져오는 새로움은 언제나 새로움의 흉내일 뿐인 것이다(나는 여기에서 디지털 문화가 마련한 불멸의 형식이 결국은 도달하지 못할 불멸에 대한 강박적 놀이라는 의견 쪽으로 가까이 간다). 꿈꿀 권리는, 다시 말해 새로움을 만들어낼 권리는 자신에 대한 근본적인 부정을 행할 결심이 있는 존재에게만 주어진다. 삶의 기본 형식을 버리지 못하는 존재는 결코 새로움을 만들지 못한다.

디지털 세계는 문학을 그리워할 수밖에 없다. 부정적인 방향에서든, 긍정적인 방향에서든. 세계의 성화로서든, 세계의 불안으로서든. 그것이 여전히 문자 문화의 상징이었던 문학을 여전히 살아 있게 한다. 아니, 정확히 말하자. 문학은 여전히 사는 게 아니다. 엄격하게 말해, 문학의 죽음은 끝나지 않는다. 문학은 문자 문화의 종말과 더불어 그의 생을 차압당한다. 그러나 그럼에도 불구하고 산다면, 그는 죽음의 형식으로서 살 수밖에 없다. 자신의 죽음에 대한 증거로서, 동시에 불멸을 꿈꾸는 인간 문명의 뒷무대에 컴컴히 도사린 죽음의 투시로서.

그것뿐일까? 이 죽음의 증언이자 투시는 새로운 연대를 향해 열려 있다. 새로운 사회에 자기반성 장치를 내장시키는 사업, 시스템의 향유가 아니라 그것의 구성에 참여하고자 하는 운동과의 협동 말이다. 그것은 오직 문학이 저의 죽음을 죽음의 형식으로 살아내는 데서 가능하다. 왜냐하면 그것은 바로 반성적 양식의 죽음을 거듭 환기시키는 방식으로 실존할 테니까 말이다. 처음 문학이 탄생했을 때도 죽음의 시대가 아니었던가. 헥토르가 죽고, 그의 시체가 적의 진영에 남았을 때, 트로이의 왕 프리암은 탄식한다: "내 불행은 완성됐도다. 광대한 트로이에서 나는 용맹한 자식들을 낳았지만, 하나도 남지 않았구나. 신기에 가까웠던 메스토르며 제 병거 위에 서면 불같이 용맹하던 트로일로스며 심지어 인간들 가운데 으뜸이었고 인간의 자식이라기보다는 불멸자의 자식이라고 믿어졌던 헥토르마저도. 아레스신이 내게서 그들을 빼앗았도다. 이제 남은 건, 무능쟁이, 거짓말쟁이, 춤쟁이들뿐이로구나. 이 놈들은 박자 맞춰 땅을 두드리거나 제 고장에서 기른 양과 염소 새끼 들을 훔치는 재주나 있을 뿐이로다."[20] 그리고 그는 자식의 시체를 거두러 아킬레스의 진영으로 간다. 현자 이데아Idée를 동행하고. 그 출행을 호머는 이렇게 묘사한다: "현자 이데아가 앞서서 사륜마차를 끄는 노새들을 몰아간다. 그 뒤로 늙은 왕은 채찍을 휘두르며 말을 급히 몰아 도시를 통과해나간다. 그 모습이 죽음 앞으로 질주하는 것 같아서, 그의 측근들은 길게 오열하며 그를 뒤쫓는다."

프리암과 이데아의 출행은 죽음 속으로의 전진이며, 그 모습만으로도 죽음의 행진이다. 제우스의 명령을 받은 헤르메스가 그들 앞에 나타

20) 호메로스Homeros, 『일리아드—오딧세이』, Paris: Pléiade/Gallimard, 1955, p. 520.

나 뭐라 말했던가? "막 수염이 자라나기 시작한 청년 왕자의 모습으로" 나타난 헤르메스를 프리암과 이데아가 두려워 피하려 하자, 헤르메스는 말한다. "그대는 이제 젊은이가 아니오. 그리고 그대를 수행하는 사람도 늙었소. 그런데 왜 당신들 앞에 처음 나타난 이 사람을 피하려 하시오." 지혜(프리암)도 사상(이데아)도 늙었다. 더 이상 저 하늘의 별빛이 지상 존재들의 갈 길을 가리켜 보여주던 시대는 끝났다. 그러나 종말에 임한 자들은 그 종말을 사는 지혜를 찾는다. 프리암은 죽음의 길을 되짚어감으로써 헥토르의 시체를 거두어 장례를 치른다.『일리아드』의 마지막 장이 장례 절차의 묘사로 이루어진 것은 우연이 아니다. 죽음을 삶의 한 형식으로 만드는 것, 거기에 그 뜻이 있는 것이다. 그 과정을 호머가 기록한다. 그리고 젊은 헤르메스와 같은 무엇이 태어났다. 낮과 밤이 태어나고, 문학이 역사를 살기 시작하였다.

[1996]

유령 시대
── 디지털의 점령

세상에 유령이 많기도 하다. 많다 보니, 목숨 질긴 것들도 있다. 칼 마르크스Karl Marx의 유령도 그렇다. "하나의 유령이 유럽을 횡행하고 있다. 공산주의라는 유령이다. 그것을 쫓기 위해 늙은 유럽의 모든 권력들이 한데 뭉쳐 개 사냥을 나섰다."[1] 그 유명한 「공산당 선언」의 첫 문장이다. 같은 무렵에, 파리의 산보객flâneur, 보들레르도 도시의 유령을 보았다.

그러나 대기 속에 불온한 악마들이
사업가들처럼 느릿느릿 깨어나
창문과 처마를 두드리며 날아다닌다.

---

[1] Karl Marx, *Œuvres I*, traduit par M. Rubel et L. Evrard, Gallimard/Pléiade, 1965(최초 출간년도: 1848), p. 161.

바람이 뒤흔드는 박명(薄明)을 뚫고
거리엔 '매음'이 불을 밝힌다.
그녀는 개미 떼처럼 저의 통로를 연다.
사방에서 그녀는 비밀 도로를 낸다.
그녀는 진창의 도시 한복판에서
인간의 양식을 훔치는 한 마리 벌레처럼 움직인다.[2]

  마르크스의 후예들이 1989년 이후 멸종되었다고 말하지는 말자. 현
실사회주의의 몰락 이후에도, '역사의 종말'을 어느 기관원이 외쳐대고
나서도, '고스트 버스터즈'가 새로운 도시의 찬송가가 되었다 할지라도,
꿈을 갉아먹는 벌레-인간들은 '마르크스의 유령(잘 아시다시피 이것은
데리다의 책 제목이다)'을 끊임없이 불러내고 있으니 말이다. 또한 보들
레르의 시구에서 "사업가들처럼"이란 말이 나왔다 해서, 저 "불온한 악
마들"을 곧바로 사악한 부르주아의 알레고리로 읽는 우를 범하지는 말
자. 보들레르는 근대성을 "일시적인 것, 달아나는 것, 우연한 것"[3]으로
보았다. 다시 말해 근대는 환영들의 세계다. 그러나 부르주아["왕, 입법
가 혹은 상인"(「1846년의 살롱」)][4]가 바로 그 환영 세계의 유령은 아니
다. 그들은 그 환영들의 세계에서 "콜렉션, 박물관, 회랑들"을 만드는
사람들이다. 그들은 환영들로부터 유용성을 뽑아내는 사람들이다. 실
제의 유령은 바로 이 환영의 세계 "한복판에서" "사방에 비밀 도로를

---

2) Charles Baudelaire, "Le Crépuscule du soin", *Les Fleurs du Mal*, Le livre de poche,
   1972(최초 출간년도: 1857), p. 102.

3) Charles Baudelaire, *Ecrits sur l'art 2*(1855~1870), Le livre de poche, 1971, p. 150.

4) Charles Baudelaire, *Ecrits sur l'art 1*(1846~1855), Le livre de poche, 1971, p. 141.

뚫고" "인간의 양식을 훔치는 벌레처럼 움직이는 자"다. 그가 바로 보들레르가 정의한 댄디다. "이 왕성한 상상력을 가지고 태어난 고독자는 인간들의 거대 사막을 가로질러 여행하면서 순수한 산보객보다 더 높은 목표, 즉 상황으로부터 도피하는 기쁨과는 다른 목표를 세운다. 그는 '근대성'이라고 불리는 무엇을 찾는다. 그에게 중요한 것은 유행으로부터 역사성 속에 은닉되어 있는 시적인 것을 드러내는 것, 일시적인 것으로부터 영원한 것을 뽑아내는 것이다."[5]; "우리 대부분, 특히 자기들의 사업에 유용하지 않다면 자연이란 없다고 생각하는 사업가들은 생활의 진짜 환상적인 부문을 짓눌러버린다. [반면] G 씨는 그것을 끊임없이 빨아들인다. 그는 그것을 기억하고 있으며, 눈앞에 생생하게 떠올린다."[6] 보들레르가 사업가들의 그것이 아니라, 바로 자신의 사업이라고 생각한 근대성, 그것은 환영의 세계 한복판에 유령들을 불러오는 것이 아니라 할 수 없다. "근대성은 상품 세계의 환영들, 그것들의 현시된 형태들(즉, 박물관, 살롱, 콜렉션, 만국박람회, 아케이드) 안에 내재하는 일종의 '바로크적 현상학'의 형태를 띠는 것으로서, 이 모든 건축물들 한복판에서 그것의 구성은 무의식의 역할을 한다. [……] 자신의 욕망의 대상을 유혹하고 극화하고 살아 움직이게 하며 동시에 화석화하여, 그 대상은 언제나 새로 태어나고 동시에 죽음에 파먹히게끔 하는 이것. 바로 이 메두사의 시선, 사람들이 공포로 뒤섞인 매혹 속에서 회피하는 그리스인들의 축사(逐邪, apotropaïque)의 지대야말로, '근대성'에 대한 보들레르적 개념과 알레고리의 시적 체험(이 둘은 똑같은 상상력의 철학에

5) Charles Baudelaire, *ibid.*, pp. 149~50.
6) *ibid.*, p. 154.

서 출발한 것이다)의 동시적 근거를 이루는 것이다."[7] 따라서 유령은 부르주아가 아니라, 바로 시인의 미적 대상 그것이 아니겠는가? 과연, 시 「어떤 유령」의 1부는 그것을 정확하게 보여준다.

운명이 진즉에 나를 귀양 보냈던
깊이 모를 슬픔의 지하 창고에서
어떤 장미색 기쁨의 빛도 들어온 적이 없는 그곳에서
오직 침울한 여주인인 '심야'만이 있는 그곳에서,

나는 신이 빈정거리며, 제기랄, 암흑 속에서
그림 그리도록 선고한 화가와도 같구나.
음산한 식욕의 요리사가 된 내가
내 심장을 죽으로 끓여 떠먹는 그곳에서,

때때로 품위 있고 화사한 어떤 유령이
꿈꾸는 듯 오리엔탈풍의 자태로
눈부시게 눕고 또 늘어지나니,

그가 제 모습을 완전히 드러낼 때면,
나는 나의 아름다운 방문객을 알아본다.
그녀다! 검은 그러나 환히 빛나는.[8]

7) Christine Buci-Glucksmann, *La raison baroque — De Baudelaire à Benjamin*, Galiléé, 1984, pp. 227~28.

아마도 벤야민이 보들레르의 유령을 무엇보다도 '군중'으로 지목했다면, 그것은 엉뚱한 일이 아닐 것이다. 그는 「태양」 첫 구절에 나오는 "유령의 무리"를 "행인들이라는 무형(無形)의 무리, 거리의 군중"[9]에 대입하였는데, 그것은 위 시구의 유령, "그녀"와 언뜻 어울리지 않는 듯하다. 그러나 시를 가만히 읽어보자. "어떤 장미색 기쁨의 빛도 들어온 적이 없"고, "오직 침울한 여주인인 '심야'만이 있는" "슬픔의 지하 창고"에서 난데없이 유령이 하나 나타났다면, 그 유령이란 바로 암흑 혹은 '심야', 그녀가 변신한 것일 수밖에 달리 누구일 수가 없는 것이다. 전기적 관점에서 읽으면 흑인 창녀 '잔 뒤발'일 게 분명한 "그녀"는 바로 군중의 응축물이 아닐 수 없다. 그러니까 벤야민은 옳게 보았다. 그는 마르크스와 보들레르의 텍스트를 겹쳐놓음으로써, "보들레르의 시가 어떻게 정치·경제적 조건들을 새겨놓는가를 보여주고 이 두 저자가 공통된 담론 상황 안에 위치했던 것은 모순되는 일이 아님을"[10] 밝혀 보였던 것이다.

어찌 됐든 19세기에 태어나 장수한 이 유령들은 불법적인, 혹은 비합법적 유령들이다. 동시에, 유령을 알리는 사람, 즉 말하는 주체가 공포와 환희의 동시성 속에서 그의 출몰을 공표하는 유령이다. 그렇다는 것은 이 유령들이 근대 부르주아 사회를 위협할 무서운 적대자로서 나타났다는 것을 뜻한다.

그 유령들 중 하나는 20세기 초엽에 실존의 무대에 등장하였다. 그리

---

8) Charles Baudelaire, *Les Fleurs du Mal*, Le livre de poche, 1972(최초 출간년도: 1857), pp. 188~89.
9) 발터 벤야민, 『발터 벤야민의 문예이론』, 반성완 옮김, 민음사, 1983, p. 130.
10) Margaret Cohen, *Profane Illumination — Walter Benjamin and The Paris of Surrealist Revolution*, University of California Press, 1993, p. 225.

고 20세기 말엽에 명부(冥府)로 재추방되었다. 다른 하나의 유령은 20세기 초엽에 변신의 기술을 체득하였다. 그는 삶과 죽음의 중간 지대를 살기 시작했다. 그는 다중의 삶(현실의 반사경, 탈현실의 통로, 세상의 위안, 세상의 마지막 평계 혹은 꿈)을 살게 되었다. 그는 차츰 무기력의 기이한 활력, 즉 물신의 비자발적 준동의 삶을 살아가고 있었다.

무엇이 그것들을 매장하고 귀신 들리게 하는 것일까? 그보다 더 강력한 유령이 출현했기 때문이었다. 우리가 지금 살펴볼 디지털이라는 유령이 그것이다. 그것은 진짜 유령이다. 다시 말해, 실존태를 결코 가지지 않는, 오직 헛것으로서만(일시적으로만, 소멸적으로만) 존재한다. 그러나 동시에 그 유령은 세상의 장부에 떳떳이 등록되어 있다. 즉, 이 유령은 합법화된 유령이다. 이 유령들은 기어코 자신이 실물이라고 말한다. 그것이 19세기의 유령들과 결정적인 차이를 이룬다. 또한 그럼에도 불구하고, 이 유령의 전령들은 공공연하게 이것과 19세기 유령들과의 친족성을 주장한다. 19세기 유령의 꿈, 요컨대 평등과 자유를 오늘의 유령이 '실체적으로' 제공한다고 말이다. 그러나 19세기의 유령은 "장미색 기쁨의 빛 하나 새들어오지 않는 지하 창고"에 유폐되어 있었지만, 오늘의 유령은 장미빛 환상을 도처에 흩뿌린다. 백설처럼. 코카인처럼. 어찌된 일인가? 어째 같다는 말인가?

디지털의 유령이 세계의 가족으로, 그것도 가문을 책임질 전도유망한 식구로 입양되게 된 과정의 핵심에는 디지털 컴퓨터의 발전이 놓여 있다. 그러나 그것만으로 오늘의 열광과 오늘의 광휘를 다 설명하지 못한다. 디지털이 생장의 조건으로 선택한 혹은 발명한 두 개의 숙주가 있다. 그 숙주들이 더불어 발전하지 않았다면, 그리고, 제가끔 생장한 그것들이 어디에선가 또한 만나 디지털의 공간을 빅뱅시키지 않았다면 디지털 문명은 단지 첨단의 과학자들과 기업 수뇌부의 관심사였을 것이다. 또한, 디지털은 전혀 새로운 인생관 혹은 새로운 인간-세계를 창조하였다. 그 새로운 세계가 지구인들을 유혹하지 않았다면 혹은 지구인들이 앞다투어 그 세계로 이주해가지 않았다면, 디지털이라는 이름은 단지 수학자들의 책상 위에 머물러 있었을 것이다.

그 두 숙주는 퍼스널 컴퓨터와 하이퍼텍스트다. 그 세계관은 실시간, 쌍방향성, 가상 현실이다. 디지털과 이것들의 발전사를 약술해보자.

1. 1928년 독일의 수학자 다비드 힐베르트David Hilbert가 "어떤 수학적 문제든 해결할 수 있는 분명한 자동적인 방법 혹은 절차가 있을 수 있는가"라는 질문을 던지다; "결정의 문제Entscheidungsproblem"라고 불린 이 문제에 대해 1936년, 영국의 수학자 앨런 튜링Alan Turing이 「계산 가능한 수와 그것의 '결정의 문제'에 대한 적용에 대하여」라는 논문에서, "거의 면적을 차지하지 않는 무한한 길이의 테이프와 그 테이프로부터 상징들을 읽어낼 유한한 구조를 가진 장치로 이루어진" "인간의 지도 없이 방정식을 수행할 수 있는" "튜링 머신"을 소개하다. 계산에 대한 최초의 근대적 개념, 즉 디지털이 착상되다[11]; 1950년, 튜링은 「계산 기계와 지능Computing Machinery and Intelligence」[12]을 발표하다. 이 논문에서 튜링은 "기계도 생각할 수 있는가?"라는 질문을 도발적으로 던지다. 물론 답은 예스. 튜링은 있을 수 있는 반론들을 열거하고 조롱하듯

---

11) http://www.comlab.ox.ac.uk/activities/ieg/e-library/sources/tp2-ie.pdf
12) Duglas R. Hofstadter & Daniel C. Dennett (ed.) *The Mind's I—Fantaisies and Reflections on Self and Soul*, Basic Books, Inc., Publishers, 1981, pp. 53~68.

반박하다(1인극이었으니까). 이 논문에서 "디지털 컴퓨터"의 이론적 초석이 세워지다.

2. 튜링 이후 디지털은 이론과 실천 양방향에서 괄목할 만하게 팽창한다. 아마도 연어의 종족들은 디지털 컴퓨터의 모천으로 가기 위해, 1820년 영국 수학자 찰스 배비지Charles Babbage에 의해 착상된 "미분 기계"와 "분석 기계"로까지 거슬러 올라갈지 모른다. 그러나 모든 정보를 이진수화하고 그것을 내재적으로(즉, 천공카드를 쓰지 않고 프로그램의 내장을 통해) 처리하는, 순수한 의미에서의 디지털 컴퓨터의 개념은 1945년 요한 폰 노이만Johann Ludwing von Neuman에 의해 착상되었다; 착상의 수준에서가 아니라 실용의 수준에서 최초로 성공한 디지털 컴퓨터는 1946년의 '에니악ENIAC: Electronic Numerical Integrator And Computer' 이다. 에니악의 무게는 2만 7천 킬로그램이었고, 1만 8천 개 이상의 진공관을 장치하고 있었으며, 대체로 군사적 목적으로 활용되었다; 1948년 '전화회사 벨'은 진공관을 트랜지스터로 대체한다. 무게가 엄청나게 감소하고, 상업적 활용의 길이 크게 열린다; 1960년 실리콘이 트랜지스터를 대체한다. 다양한 기능을 하나의 장치에 담는 통합 회로 기술이 비약적으로 발전한다. 컴퓨터의 개인화 길이 열리다; 1975년, 최초의 퍼스널 컴퓨터 알테어Altair가 탄생하다. 인텔 8비트 8080 프로세서와 256 바이트의 램RAM을 사용하다. 그러니까 오늘날 일반화된 퍼스널 컴퓨터의 기본 모형이 이때 만들어졌다; 1977년, 스티브 잡스Steve Jobs와 스티브 워즈니악Steve Wozniak이 출시한 8비트 '애플Apple II' 컴퓨터가 대대적인 성공을 거둔다. 이미 1976년의 '애플 I'에서 단일 보드를 만들어낸 두 사람은 '애플 II'에 와서, 프린트 기판의 마더보드(프린트 기판이란 대량 복제가 가능해졌다는 것을 뜻한다), 전원, 키보드, 케이스, 설명서, 카세

트 테이프, 게임 '브레이크아웃Breakout'을 포함한 일체형 퍼스널 컴퓨터를 탄생시킨다. PC의 대량생산의 기틀이 마련되다; 1981년 IBM이 퍼스널 컴퓨터를 만들다. 하드웨어 규격의 공개와 탑재 소프트웨어의 외부 개방(운영체제인 도스의 제작은 장래 '마이크로소프트'를 이끌 빌 게이츠가 하청받았다)에 의해, 수많은 클론 업체들을 탄생시키며 PC의 대중적 확산을 불붙이다; 1983년 '애플' 사가 최초의 '그래픽 유저 인터페이스'를 담은 'LISA'를 발표하다. 이듬해 '매킨토시'를 발표하다. 이후, 컴퓨터는 게임 프로그램을 담은 계산기라기보다, 그 자체가 하나의 작고도 거대한 장난감이 되다; 1999년 현재 퍼스널 컴퓨터는 64bit 80586 마이크로프로세서, 기본 메모리 128M, 하드디스크 10GB, 64bit 사운드 카드, 3차원 그래픽 카드 등의 사양을 갖는다.

3. 디지털 컴퓨터의 개념은 이론적 차원에서도 발전한다. 그것의 단초는 튜링이 1950년 논문에서 제기한 '기계도 생각할 수 있는가?'라는 질문에 압축되어 있다. 이미 대답을 함축하고 있는 그 질문은 학문적으로는 인지과학Cognitive Science의 수립으로, 실천적으로는 인공지능Artical Intelligence에 대한 구상으로 나타난다. 인지과학자는 인공지능 신봉자이고, 인공지능 신봉자는 인지과학에서 양식을 구한다. 역사가들은 1956년 케임브리지와 다트머스에서 새로운 목소리의 주인공들(허버트 사이먼Herbert Simon, 놈 촘스키Noam Chomsky, 마빈 민스키Marvin Minsky, 존 매카시John McCarthy)이 두 차례 만난 일을 현대 인지과학의 기본 노선이 될 개념들이 개진된 결정적인 사건으로 본다. 인지과학의 기본 가설은 "인간의 그것을 포함해 지능은 본질적으로 계산처리computation와 닮았다"[13]는 것이다. 그것은 "세계는 특정한 '절차들'을 통해 존재하고, 지능 활동은 이 절차들을 재현할 수 있는 능력을 전제로 한다"고 주장

한다. "지능을 가진 어떤 존재가 어떤 상황에 대해 수행한 '재현'이 정확하면, 그의 행동은 성공한 것"이라고 할 수 있다. 이 관점에서 세상의 모든 사건들은 '계산 가능성'의 영역 안으로 수렴된다. 인간의 지능이 그러하다면, 논리의 집합체인 기계, 즉 컴퓨터가 인간이 하는 일을 언젠가는 모두 대신할 수 있을 것이다[여기에서 인간 두뇌의 활동 양식, 즉 뉴런 복합체의 전달 회로에 근거한 병렬처리적 방식과 컴퓨터의 처리 방식, 즉 디지털 부호 조작을 통한 직렬 처리 방식 간의 차이는 간단히 무시된다. 아니, 현재의 수준에서 전자에 대한 해명이 지극히 불완전함에도 불구하고 언젠가는 통합되리라는 신념이 그 차이를 봉합한다. 사이먼의 다음과 같은 발언은 그 봉합의 전형적인, 그리고 오만한, 예다: "우리는 기저에 있는 생리학적 기제를 모방하려고 노력하지 않고도 디지털 컴퓨터가 인간 사고를 기호화 과정(정보 과정) 수준에서 면밀히 흉내 내도록 프로그램을 만들 수 있다"[14]). 전자 문명이 지수함수적으로 발전해왔기 때문에 인지과학자들의 신념은 여전히 기세등등하다. '인간은 프로그램된 장치가 아니다'라는 반론은 인지과학자들의 신념에 대한 가장 전형적인 반대 의견이다. 그러나 더글러스 호프스태터Douglas Hofstadter는, "컴퓨터는 무엇을 원할 줄을 모른다[즉, 의지를 갖지 못한다—인용자]"는 아서 사뮤엘Arthur Samuel의 주장에 대해, 이렇게 말한다. "당신은 '자동 프로그래밍된 장치'가 아니다. 그러나 당신은 여전히

---

13) Francisco Varela · Evan Thompson · Eleanor Rosch, *L'Inscription Corporelle de l'Esprit — Sciences cognitives et expérience humaine*, traduit de l'anglais par Véronique Havelange, Seuil, 1993, p. 73.

14) Herbert A. Simon, "Literary Criticism: A Cognitive Approach", *Stanford Humanities Review*, V.4 T.1, 1994; 「문학비평: 인지과학적 접근」, 정상준 옮김, 『문학과사회』 1995년 겨울호, p. 1462.

욕망들의 감각[자동적으로 분류하는—인용자]에 따라 행동하고 있으며, 그리고 그것은 당신의 정신을 떠받치고 있는 육체적 기반으로부터 솟아난다. 그와 마찬가지로 기계도, 어떠한 마술적 프로그램이 난데없이 메모리 속에 출현하지는 않음이 사실이라 할지라도, 언젠가는 '의지'를 가질 것이다. 기계는 당신-인간과 똑같은 까닭에 의해서 의지를 가질 것이다. 그 까닭이란, [인간이든, 기계이든] 다층적 수준의 하드웨어와 소프트웨어에 근거한 구성체이고 구조이기 때문이라는 것이다. 이로부터 도출되는 교훈: 사뮤엘의 논거는 결국 인간과 기계의 차이에 대해 어떤 것도 말해주지 않는다. (실로, 의지는 기계에 내장될 것이다Will will be mechanized)."[15] 호프스태터는 교묘하게도 의지를 욕망의 흐름과 동일시한다. 그 점에서 그는 근대 의식철학에 대한 강력한 반론자다. 그러나 동시에 욕망의 흐름을 의지와 동일시한다는 점에서 그는 근대 의식철학의 극단에 놓인다. '기계도 사유할 수 있다'는 것은 '모든 것은 의식이다'라는 뜻이다. 그것은 그가 욕망의 흐름 자체가 복잡한 생과 사의 투쟁 속에 놓여 있다는 현대 철학자들의 생각에 무지하다는 것을 뜻하는 것일까? 어쨌든 다시 희한하게도 그는 기계도 '의지'할 수 있다,라는 근거를 '몸'의 존재에서 찾고 있다. 이 몸의 존재는 휴버트 드레퓌스Hubert Dreyfus에게서 볼 수 있는 것처럼 정반대의 견해를 낳을 수 있다. 아무튼 인지과학자의 신념에 의거하면, 기계가 못할 게 없다. 인간만의 고유한 창조 영역인 문학·예술마저도. 1990년, 허버트 사이먼은 문학비평을 인지과학의 틀 안에 가둘 수 있다고 호기롭게 주장하였다.[16]

---

15) Douglas R. Hofstadter, *Gödel, Escher, Bach: An Eternal Golden Braid*, Vintage Books, 1989, p. 686.
16) Herbert B. Simon, *ibid*.

4. 앞에서 기술했듯이 디지털 문명은 퍼스널 컴퓨터의 발명을 통해서 비약적으로 발전하였다. 나는 이 점을 누누이 강조해왔는데, 적절한 반응을 받아보지 못했다. 사람들은 대체로 디지털 문명의 현란함과 그에 대한 막연한 공포에만 몰두해 있다. 그것의 존재 양식에 대해서는, 지금 많은 이들이 그것을 몸의 일부처럼 쓰고 있는데도, 정작 무관심하다. 이상한 일이다. 아무튼 이에 대한 논의는 잠시 미루자. 지금은 역사를 공부하는 시간이니까. 퍼스널 컴퓨터가 디지털 문명의 '세계 내적 실존'을 확고히 하였다면, 그것의 외부적 확산을 가능케 한 것은 또 다른 공간 기제다. 그 공간 기제는 하이퍼텍스트라는 괴상한 물건이고, 이 하이퍼텍스트들의 세계적 규모의 연결망이 인터넷이다. 1960년 하버드 대학의 사회학과 석사 과정에 있던 테오도어 홀름 넬슨Theodor Holm Nelson은 작가들에게 글을 자유롭게 검토·퇴고할 수 있도록 해주는 텍스트 처리 시스템을 고안하면서, 거기에 하이퍼텍스트라는 이름을 붙인다. 넬슨에 의하면, 하이퍼텍스트는 무엇보다도, "비선형적 글쓰기"로서의 "문자 기계"[17]다. 넬슨은 '맥도날드 체인'의 형태, 서비스 방식, 분위기를 그대로 본 딴 하이퍼텍스트망, '재너두Xanadu'를 꿈꾼다. 하이퍼텍스트 개념은 다양한 방식으로 응용되고 디지털의 세계를 향해 전방위적으로 뻗어나간다. 재닛 피데리오Janet Fiderio는 하이퍼텍스트를 다음과 같이 정의한다:

하이퍼텍스트는, 가장 기본적인 수준에서는 연관된 접속 경로를 사용하여 사용자를 여러 정보 화면에 연결시켜 주는 자료 관리 시스템

---

17) "Overview", in *ibid.*; http://www2.iath.virginia.edu/hfl0037.html

(DBMS: Database Management System)이다. 가장 발전된 수준에서의 하이퍼텍스트는 집단 작업, 커뮤니케이션 그리고 지식 취득을 위한 소프트웨어 환경이다. 하이퍼텍스트 생산물은 두뇌의 저장 능력을 모방하는 한편으로, 빠르고 직관적으로 참조 경로에 접근해 정보를 검색한다.[18]

하이퍼텍스트는 텍스트이자 동시에 가변 시스템이다. 발전된 수준에서의 하이퍼텍스트는 통신망을 통해 연결된 전세계인들이 공동으로 참여하는 거대 정보 시스템이다. 거기에서 참여자들은 정보를 등록하고 검색하고 교환하고 변형하고 수정하고 덧붙이고, 추가 정보의 문을 열어놓는다. 요컨대 참여자들은 하이퍼텍스트를 통해서 정보를 가꾼다. 세계 정보 네트워크, 즉 인터넷은 1960년대부터 이미 구상되고 설치되었지만 각 접속 지점의 자료들이 포장된 선물 상자처럼 각각 독립되어 있었다. 이 '고퍼Gopher' 형식의 한계 때문에, 인터넷은 널리 활용되기보다 대략 1990년 초반까지 "학문적이고 군사적인 목적"으로 쓰인다. 1989년 영국의 컴퓨터 과학자 팀 버너스-리Tim Berners-Lee가 '유럽입자물리연구소CERN'에서 세계에 흩어져 있는 연구팀들의 정보 공유를 위해, '월드 와이드 웹www'을 개발한다.[19] 고퍼와 WWW의 근본적인 차이는 각 연결 마디node의 정보가 파일 형태로 가두어져 있는가, 아니면, 직접 개방되는가에 있다. 그 차이는 결정적이다. WWW에 와서 접속자들은 인터넷상의 모든 문서, 그리고 접속자들과 '직접' '실시간으로' 접촉할 수 있게 되었다. 이러한 직접적인 실시간 만남을 가능케 하는 것은

18) Theodor Holm Nelson, *Literacy Machines*, Mindful Press, 1994; http://www2.iath.virginia.edu/elab/hfl0037.html; http://u-tx.net/ccritics/lm0.html

19) Microsoft Encarta 98 Encyclopedia Deluxe Edition, 1997.

WWW의 멀티미디어 수준의 문서이며, 그 멀티미디어 수준의 문서는 HTTP(Hypertext Transfer Protocole) 규약에 따르는 HTML(Hypertext Markup Language)에 의해 작성·포맷된 것이다. 하이퍼텍스트의 본질은 그러니까, 접속자 간의 즉각적인, 빈틈없는, 충만한 만남이다. 야콥 닐센Jakob Nielsen의 하이퍼텍스트 정의는 그 점을 정확하게 가리키고 있다: "하이퍼텍스트는 비-선형적 글쓰기이다. 즉, 각각의 마디가 일정한 양의 텍스트 혹은 다른 정보를 포함하고 있는 '방향 체제를 내장한 글'이다. [……] 진짜 하이퍼텍스트는 또한 사용자들로 하여금 그들 자신의 요구에 따라 정보 공간을 자유롭게 이동할 수 있다는 느낌을 줄 수 있어야 한다. 이러한 느낌을 정확히 정의하기란 어렵다. 그러나 그것은 탐색에 있어서의 반응시간이 짧아야 한다는 것, 그리고 항해 중 부하(負荷)를 거의 느끼지 않아야 한다는 것을 포함하는 것만은 틀림없다."

하이퍼텍스트를 기반으로 하는 WWW는 인터넷 이용자를 급증시킨다. 1969년 12월 인터넷 호스트(정식 IP 주소를 가지고 있는 컴퓨터 시스템) 수는 네 개에 불과했으나, 1989년 1월엔 8만 개로 늘어났으며, 1994년 이후 아주 가파른 상승 곡선을 타면서 1999년 1월 현재 호스트 수는 4,323만 개다. 도메인 수도 1989년 3천9백 개에서 1997년 7월에는 130만 1천 개로 늘어난다. WWW 웹 서버의 수도 1993년 130개에서 1999년 3월 현재 438만 9,131개가 되었다.[20] 홉스의 연표를 보면, 1989년 이후 WWW의 성장은 거의 매년 두 배씩의 증가를 보이는 2차 함수 포물선을 그린다. 불과 10년 사이에 가상 공간은 현실 공간을 압도하게 되었

---

20) Robert Hobbes Zakon, *Hobbes Internet Timeline*, http://www.zakon.org/robert/internet/timeline/

다. 이 추세는 더욱 강화될 것이다.

　디지털 공간의 세계관은 이 하이퍼텍스트로부터 나온다. 실시간, 양방향성, 가상 현실이 그 핵심 항목들이다. 이 항목들은 근대적 세계관의 핵심 항목들을 한편으로 훌쩍 건너뛰면서, 다른 한편으로 완성한다. 가상 현실의 태동은 근대의 실재에 대한 고전 물리학적 믿음(시간과 공간이 확정되어 있다는)을, 양방향성은 근대 의식철학의 주체-객관의 이분법을, 실시간은 근대 합리주의적 세계관(부분들이 적정한 질과 양을 가지고 알맞게 상호 배열되어 전체의 조화에 참여하고 있다는)을 추월한다. 동시에 이 항목들은 근대 세계의 이상을 완성한다. 그 이상이란 바로 자유, 평등, 박애라는 19세기 이래 공공연하게 현시된, 모든 이데올로기가 자신의 기치로 삼았던 그 이상이다. 물론 그 이상을 어떤 이데올로기도, 어떤 정치 체제도 충족시키지 못했다. 기껏해야 동화적 수준에서의 그림들이 간간이 그려졌을 뿐이다. 근대는 그 이상을 공공의 목표로 처음 제시하였고, 동시에 그것의 억지 기술을 정교하게 발전시켰다. 그 점에서 근대는 모순의 시대다. 근대가 모순의 시대라는 것은 그 시대가 분열에 기초해 있다는 것을 가리킨다. 이상과 현실의 괴리; 주체와 객체의 분열; 그리고 간접민주주의(의회민주주의: 즉, 시민과 대표자의 분리); 자본과 노동의 대립; 물 자체와 현상의 분리; 순수이성(논증)과 실천이성(요청)의 어긋남…… 디지털의 예찬자들은 전자 문명이 이 근대의 모순을 마침내 해결할 수 있게 되었다고 주장한다. 그렇다는 것은 근대가 이상의 차원에 유보했던 것, 즉 초월성의 영역에 놓았던 것을 내재성의 차원으로 끌어내릴 수 있다는 것을 뜻한다.[21] 과연 그럴지도 모른다. 실시간은 인간을 환경의 제약으로부터 해방시킨다. 그것은 근대의 민주주의적 이상이 불가피하게 선택할 수밖에 없었던 간접민주주의 제도의 한계를 극복하고, 실시간대 직접민주주의를 가능케 한다.[22] 가상 현실은 사회적 삶의 면이 무수한 겹을 이루며 쪼개지고 덧쌓일 수 있다는 가능성을 열어놓았다. 이로써 꿈은 현실의 대립 혹은 보완으로서가 아니라, 선점된 미래로서 현실 안에 실존하게 되었다. 그리고 양방향성은 존재들을 한 공간에서 동시에 모두 주체로 만든다.

실로 장밋빛 환상이다. 생각해보면, 이 장밋빛 청사진은 근대의 쌍생아이자 근대의 가장 강력한 적대자였던 문학의 동경이기도 하였다. 하이퍼텍스트에 대한 신앙은 곧잘, 그것과 전위적 문학의 유사성에 대한 열띤 주장으로 이어진다. 문학도 하이퍼텍스트도 비선형적 글쓰기를 지향한다. 그것은 근대 문자 체계의 선형성이 내포한 각종의 이데올로기로부터의 해방을 꿈꾼다. 의미의 단일성으로부터 해방되어 다의적 풍요의 세계로; 진술의 독백 체제로부터 벗어나 대화 공간으로; 발신자→수신자의 일방성으로부터 발신/수신자 들의 상호성으로; 읽을 수 있는lisible(의미 해독signification을 기다리는) 텍스트로부터 쓸 수 있는 scriptible(의미 생산significance을 촉발하는) 텍스트로……

19세기의 유령과 20세기 말의 유령은 이렇게 만나나 보다. 그러나 이 표면적 유사성 뒤에는 결코 건널 수 없는 단절이 있다. 그 단절은 문학은 어쨌든 글이라는 지극히 자명한 사실에 놓여 있다. 문학은 문자의 숙명을 벗어날 수가 없다. 문자의 이데올로기를 벗어나려는 문학의 온갖 꿈, 기획, 투기는 모두 "'작게 뭉쳐져서' 문자의 내부 공간에 갇혀

---

21) Pierre Lévy, *L'Intelligence Collective — Pour une Anthropologie du Cyberspace*, Éditions La Découverte, 1995, p. 64.
22) *ibid*., p. 83.

있"[23]다. 19세기의 유령이 스스로의 유령됨을 고백할 수밖에 없는 이유가 여기에 있다. 그렇다는 것은 문학의 존재태는 그가 거부하는 것과 그가 꿈꾸는 것 사이의 '긴장'이지, 그가 꿈꾸는 것을 향한 그가 거부하는 것으로부터의 해방이 아니라는 것을 뜻한다. 앞에서 인용했듯 하이퍼텍스트의 충분조건은 "반응시간이 짧아야" 하며, "항해 중 부하를 느끼지 않아야" 한다는 것이다. 문학은 정반대다. 그것은 차라리 반응시간으로만 가득 차 있으며, 부하가 곧 존재다. 문학의 풍요는 이 치명적인 느림과 무거움을 통해서만 생산된다.

하이퍼텍스트에는 문학의 숙명, 저 끈질긴 자기의식이 깃들지 않는다. 문학이 불법의 영역에 유폐된 유령인 데 비해, 하이퍼텍스트는 합법의 지대에서 활약하는 공민이다. 그것도 잘 나가는 공민이다. 그것은 무엇보다도 사람들로 하여금 물리적 제약으로부터 해방시켜주는 길이자 체제다. 존재의 무거움(법칙)은 활동의 가벼움(자유)으로 바뀐다. 그러니까 그것의 진화는 자유의 내재화 과정, 탈법의 법제화 과정이다. 하이퍼텍스트와 더불어 인간은 가장 생생한(실존하는) 자유(탈존재)다. 그것은 인간의 개인주의적 이상의 문턱에 마침내 진입하는 듯이 보인다.

그러나 이 공간은 또한 유령의 공간이다. 살아 있는 유령이란 도대체 어떻게 가능한가? 재앙의 흔적이나 저주의 징표로서가 아니라 축복의 물증으로서 출몰하는 유령은 실존인가, 가상인가? 가상 현실은 기껏해야 통신망 내의 제한된 현실이고 화면 속의 동작 그림에 불과하다는, 즉, 가상에 불과하다는 거친 반론은 이제 설 자리가 없을 것이다. 왜냐

---

23) 정과리, 「문학 언어의 미래, 문자와 비트 사이」, 김기택 외, 『21세기 문학이란 무엇인가』, 민음사, 1999, p. 623.

하면 가상 공간은 실제 "효과를 생산"[24]하기 때문이다. 그러니까 물음은 좀더 깊은 곳에서 진행되어야 한다. 그것은 디지털 공간이 진짜냐 가짜냐가 아니라, 그 공간 속에 사회적 존재들이 어떻게 참여하는가,라는 시각에서 질문되어야 한다.

나는 이에 대한 걱정스런 답변들을 누차 제출했다.[25] 여기에서는 요약과 더불어 좀더 논지를 진전시켜보겠다. 우려의 항목들은 가상 공간에서의 개인의 존재 양태, 디지털 절차의 의미, 디지털 공간의 계층 구조의 의미 등으로 나누어진다.

디지털 공간의 장밋빛 청사진은 개인의 자유의 만개에 대한 기대 속에서 그려졌다. 그런데, 정말 이 공간에 개인이 있는가? 우선 구조적으로 디지털 공간은 개인의 실체성과 자기 충족성에 대한 개인주의적 지향과 비각이 진다. 네트워크는 각각의 그물코에 잠정적인 포스트 이상의 의미를 부여하지 않기 때문이다. 네트워크에서는 정착이 아니라 움직임이, 확정성이 아니라 변화 가능성이 더 큰 비중을 갖는다. 이러한 공간에서 개인이란 확정되지 않는 집단적 흐름의 하나의 위치로서만 값을 갖는다. 분명 디지털 공간은 탈개인적 공간이다. 인텔-마이크로소프트의 사실상의 독점 체제에 대한 가장 강력한 도전자인 선 마이크로시스템스의 HPC(High Performance Computing) 기획은 바로 네트워크의 탈개인적 혹은 탈개체적 특성에 착안한 기획이다. 그 기획에 의하면, 각 개인이 다양한 장치(디스크 드라이브, CD-ROM, 기타 주변기기)를 갖추고 있어야 할 이유가 없다. 계산과 저장을 위한 대부분의 기능을 네트

---

24) Pierre Lévy, *Qu'est-ce que le virtuel?*, Éditions La Découverte, 1995, p. 19.
25) 정과리, 같은 글; 『문명의 배꼽』, 문학과지성사, 1998; 이 책에 수록된 「프리암의 비상구」를 참조.

워크가 담당하고 사용자는 단말기를 통해 정보를 이용하기만 하면 된다는 것이다.[26] 이 야심만만한 기획은 그러나 장래가 그리 밝아 보이지 않는다. 무엇보다도 이 기획은 전자 문명이 왜 퍼스널 컴퓨터를 통해서 비약적으로 발전했는가,라는 문제를 간과하고 있기 때문이다. HPC 기획은 디지털 공간의 탈개인적 속성 혹은 경향을 예리하게 포착한 것이다. 그것이 네트워크상의 각 마디에 위치하고 있는 개인들에게 좀더 용이한 다량의 정보 접근을 가능케 하겠지만, 그러나 정보 검색 혹은 멀티미디어 향유는 디지털 공간 팽창의 필요조건이지 충분조건이 아니다. 실체로서의 개인의 관점에서 보면 중요한 것은 정보 검색이 아니라, 그것의 소유와 조작이다. 자기 것으로 만든다는 것, 그리고 일단 소유된 것은 자유롭게 조작할 수가 있다는 것, 그 두 욕망을 단순 네트워크는 충족시켜줄 수가 없다. 공유되는 정보는 사유재산이 아니며, 또한 조작이 쉽지 않다. 공유재산에는 사유재산과는 아주 다른 원칙이 개입한다. 사유재산에는 자유 변용의 욕망(재테크의 욕망)이 작동하지만, 공유재산은 사회적 합의의 원칙을 필요로 한다. 한데, 이 사회적 원칙을 누가 정하는가? 피에르 레비는 근대 사회가 원칙적으로 탈영토화의 방향을 연 사회, 즉 자유와 상호성의 조건을 마련한 사회인데도 불구하고 그것이 "상품 사회"가 되고만 까닭을, '자본'에 의해 지배되었기, 즉 "소수의 지도자, 제도 들에 의해 통합되고 관료 제도에 의해 관리되거나, 투기적 열병에 의해 융합되었기"[27] 때문이라고 보았다. 근대 상품 사회는

---

26) www.sun.com/solutions/hpc/sunhpc.html 및 접속 경로들을 참조.

27) Pierre Lévy, *L'Intelligence Collective — Pour une Anthropologie du Cyberspace*, Éditions La Découverte, 1995, p. 64.

"추상적 시간과 획일적 시각표"[28]에 의해 지배된 사회였다. 그러나 근대 사회의 이 모순을 정보화 사회라고 해서 벗어날 수 있다고 확신할 어떤 근거도 없다. 오히려 보이지 않는 통제는 더욱 강화될 수 있다. 한편으로 는, 이 역시 자주 강조한 것이지만 그리고 곧이어 다시 한 번 말해지겠 지만, 디지털 공간은 구조적으로 끊임없이 '알 수 없는 배후'에 의존하 기 때문이며, 다른 한편으로 디지털 공간이 제공하는 개인적 환상이 그 배후를 쉽사리 잊게 만들기 때문이다. 네트워크상에서의 언어폭력 및 음란물의 범람은 이 개인적 자유에 대한 환상과 보이지 않는 배후의 관 리 사이의 틈새로부터 발생한다. 네트워크상의 참여자들의 현재적 위 상은 익명이자 동시에 개인이다. 신원이 감추어져 있다는 점에서 익명 이면서 동시에 자신의 욕망을 네트워크의 환경이 허락하는 최대한도로 펼칠 수 있다는 점에서 가장 개성적인 개인이다. 그리고 이 구조는 좀처 럼 바뀌지 않을 것이다. 디지털 공간은 개인들의 자유로운 활동을 원리 로 삼는 자유주의의 정치적·경제적 전략에 의해 지배되고 있기 때문이 다. 그렇기 때문에 개인의 책임의 문제가 제기된다. 네트워크는 책임의 원리를 내재하고 있지 않다. 그것을 바깥으로부터 부착해야만 하는 것 이다. 피에르 레비가 그의 인류학을 거듭 윤리학으로 이동시키고 있듯 이, 진지한 사유인들은 "이론과 윤리학이 동시에 필요"[29]하다는 것을 절박하게 느낀다. 그러나 이것이 단지 책임의 문제일 뿐인가? 더 나아가 디지털 공간에서의 '개인'의 존재태에서 결정적인 문제는 '경험'의 문제 가 아닐까?

---

28) *ibid.*, p. 177.
29) Albert Borgmann, *Holding On to Reality*, The University of Chicago Press, 1999, p. 6.

가상 현실은 분명 또 하나의 현실이다. 게다가 이 현실은 고전적 현실에서는 불가능한 동시적 상호 접속의 현실이다. 이는 분명한 물리적 현상이며, 이에 비추어 우리는 가상 현실이 꽤 민주적인 공간이라고 말할 수 있다. 그러나 그 동시성과 상호성의 양태를 질문하면 사정은 복잡해진다. 가상 공간의 충만함을 가능케 하는 것은 무엇인가? 매켄지 워크McKenzie Wark는 가상 공간의 의미를 이렇게 설명한다: "이 가상의 지리 공간은 더 현실적이라거나 덜 현실적이라거나 한 것이 아니다. 그것은 다른 종류의 감각이다. 그 다른 종류의 감각은 인접성의 규칙에, 즉 '현장에 있다'라는 규칙에 묶여 있지 않은 사태에 대한 감각이다."[30] 워크의 긍정적 어조와 관계없이 우리는 이 진술을 냉정하게 따져볼 필요가 있다. 현장의 '불요함'은 가상 공간에서는 모든 것이 "즉각적으로 내면화되는"[31] 공간임을 가리킨다. 말을 바꾸면, 가상 공간에서 모두가 주체라는 것은 원리적인 차원에서 주체에 의한 대상의 파괴가 없는 공간이라는 것을 뜻한다. 그것을 실질적으로 보장해주는 것은 공간 참여자들이 저마다 확보하고 있는 포스트다. 가상 공간의 흐름은 그 포스트를 일시적이고 잠정적인 부표로 설정하고 있으나, 공간 참여자에게 그곳은 아주 단단한 벙커고 내면의 성채다. 주체에 의한 대상의 파괴가 없다는 것은 문자 그대로의 뜻으로는 무척 긍정적으로 들린다. 그러나 행복이 그렇게 일방적으로 주어지는 현실은 실제로 없다. 있다면, 그 공간은 주체가 스스로에게 부여한 이미지, 즉 자아로 충만한 공간이 될 수 있을 뿐이다. 그러니까, 그 공간에는 타자가 없으며, 주체와 타자 사이의

---

30) McKenzie Wark, *Virtual Geography: Living with Global Media Events*, Bloomington, Indianapolis: Indiana Vniversity Press, 1994, p. vii.
31) 정과리, 『문명의 배꼽』, 문학과지성사, 1998, p. 170.

긴장과 상호 작용도 없다. 가상 공간에서 흔히 찬미되는 쌍방향성은 실질적인 만남이 없는 소음과 불빛 들의 혼잡한 엉킴이 될 뿐이다. 그곳에서 개인들은 너무나 단단해서 타자가 뚫고 들어갈 어떤 통로도 허용하지 않기 때문이다. 그렇다면 디지털 공간 내에서 각 개인들에게 경험은 가능한가? 왜냐하면, 경험이란 세상, 즉 타자와의 만남이며, 타자와의 교섭을 통한 자아와 타자의 동시적 변화이기 때문이다.

벤야민은 근대의 문자 체계가 참된 경험을 차단한다고 보았다. 그는 그 까닭을 이렇게 설명한다: "신문의 의도가, 신문이 제공하는 정보들이 독자들의 경험의 일부가 되도록 하는 데에 있었다면, 신문은 이러한 의도를 달성하지 못했다고 해야 할 것이다. 그러나 신문의 의도는 이와는 정반대이며, 그리고 이러한 정반대의 의도는 달성되고 있다. 신문의 본질은 독자들로 하여금 그들의 경험에 영향을 미칠지도 모르는 영역으로부터 제반 사건을 차단시키는 데 있다. 저널리즘적인 정보의 원칙들, 예컨대 새로움, 간결성, 이해하기 쉬울 것, 그리고 무엇보다도 각각의 소식들 사이에 연관성이 없다는 점은 신문의 편집 및 문체와 더불어 그러한 목적에 기여하고 있다. [……] 정보가 경험을 차단하는 또 다른 이유는 그 정보가 '전통' 속으로 들어가 그 일부가 되지 않기 때문이다. 신문은 대량의 발행 부수를 가지고 발간된다. 따라서 어떠한 독자도 다른 사람이 갖지 못하는 정보를 가지고 있다고 자랑스럽게 말할 수 없게 되었다. [……] 옛날 얘기가 정보라는 것에 의해 대체되고 정보가 센세이션이라는 것에 의해 대체되는 가운데 경험은 점차로 위축되어왔다."[32]

이 진술이 문자 제도를 겨냥하고 있다고 해서 이것이 새로운 문명과

---

32) 발터 벤야민, 『발터 벤야민의 문예이론』, p. 123.

는 무관하다고 말할 수 있을까? 벤야민의 진술 속에서 우리는 지식의 발달사를 꿰고 있는 근대 이후 오늘까지의 명백한 연속성을 볼 수 있다.[33] 벤야민이 지적하고 있는 것은 지식의 정보화이고, 그 정보화는 생체험과 전통으로부터의 분리, 경험과의 시·공간적 단절을 야기한다. 디지털 공간에서 만끽하는 환상적인 경험은 그렇다면 어디로 간 것인가? 그것은 앞의 논의를 수용한다면, 기껏, 자아만의(그의 포스트에서), 자아를 위한(그의 욕망에 맞추는 방향으로), 자아에 의한(검색의 자유와 사유화를 통해서) 편집화된 경험에 불과한 것이 아닐까?

정보의 구성 체험이라고 말할 수 있는 멀티미디어 수준의 하이퍼텍스트는 디지털 공간의 꽃이라 할 수 있다. 그것은 경험을 차단하기는커녕 최대의 경험 기회를 제공하는 듯이 보인다. 앞 문단은 그러나 그 경험은 조작된 경험일 수도 있다고 말한다. 하지만 모든 경험은 실제 구성 체험이다. 문제는 구성의 방식이고 구성에 참여하는 주체들의 존재 양태다.

지식의 정보화는 디지털의 핵심 기술로부터 유래한다. 그것이 무엇인가? 모든 실존물들을 이진수의 계량적 단위들로 분해한 후에 합성한다는 것. 그것이 아날로그와 디지털의 근본적인 다름이다. 아날로그/디지털의 상식적인 정의는 다음과 같다. "각 신호들이 시간적인 연속성을 가지고 흐름을 형성하는 형태를 띠"[34]는 것, 혹은 "연속적인 범위 안에 놓인 수치들을 참조하는 것"을 아날로그라 한다면, 디지털은 "스위치의 '켬'과 '끔'을 나타내는 이진수를 조작"[35]해 정보를 구성하고 전달하는

---

33) 이 연속성의 밑바닥에 있는 것은 유한자 인간의 불멸에 대한 욕망이다. 이에 대해서는 이 책에 수록된 「프리암의 비상구」를 참조해주기 바란다.
34) 최혜실 편, 『디지털 시대의 문화 예술』, 문학과지성사, 1999, p. 27.

것이다. 가령, 「엔카르타」가 제공하고 있는 다음과 같은 예는 아날로그와 디지털의 차이에 대한 이해를 도와줄 수 있을 것이다. 전기 스탠드에 단지 on/off 스위치만 있으면 이것은 디지털 방식이라고 할 수 있다. 그런데 거기에 제광 장치가 있어서 밝기를 조절한다면, 그 부분은 아날로그 방식이다. 미세한 수준에까지 디지털을 적용할 수 있을 때, 디지털은 아날로그에 비해 훨씬 효율적이다. 디지털은 아날로그와 달리, (1) "신호 과정에서의 손실과 왜곡을 줄일 수 있"[36]으며; (2) "정보를 디지털로 표현한다는 것은 정보의 자유로운 논리적 활용과 가공이 가능하다는 것"[37]을 뜻한다. (1)은 (2)의 결과다. 그리고 (2)는 그것이 정보의 표준화-중성화(이진수 정보로의 전환) 절차를 통한 분해와 합성의 절차를 밟기 때문이다. 표준화는 분해를 통해서 모든 실존물들이 공통된 요소 단위로 환원된다는 것을 뜻하며, 중성화는 그 환원을 통해서 본래의 실존물이 가지고 있던 질적 성격이 무화된다는 것을 뜻한다. 그러나 합성의 절차에서 디지털은 다시 본래의 실존물을 복원한다. 그것은 개체화되고 질적 특성을 회수한다. 그렇다면 무슨 문제가 있겠는가?

그러나 분해·합성의 과정은 그것의 기술, 즉 특정한 논리적 알고리즘을 요구한다. 그런데 그 알고리즘은 정보 단위들 내부에 없다. 왜냐하면 디지털에서 모든 정보는 궁극적으로 중성화되어 있기 때문이다. 그렇기 때문에 분해·합성은 항상 존재물 바깥에 놓인 기술(자)의 조작을 거친다. 이것을 나는 디지털 생산물은 근본적으로 배후에 의존한다, 는 말로 표현하였다. 이것이 디지털과 아날로그의 또 다른 결정적인 차이다. 아

---

35) Microsoft Encarta 98 Encyclopedia Deluxe Edition, 1997.
36) 최혜실 편, 같은 책, p. 28.
37) 같은 책, p. 51.

날로그는 왜 손실의 위험성에 노출되어 있는가? 그것이 시간의 풍화 작용, 공간의 압력, 타자의 간섭 그리고 주체 자신의 회의에 항상 시달리기 때문이다. 그렇다는 것은 아날로그가 자기부정의 구조를 자체 내에 내장하고 있다는 것을 가리킨다. 근대가 문자 제도와 문학이라는 가장 적대적인 쌍둥이를 낳았던 것은 그 때문이다.[38] 그래서 아날로그는 자신의 질적 속성에 근거한 반-특성에 대한 투쟁으로 점철되어 있다. 반면, 디지털은 다른 구조를 갖는다. 디지털이 구조적으로 배후에 의존하고 있다는 것은, 동일 위상 내의 참여자들은 상호적일 수 있지만, 그 배후 구조와의 관계는 일방적이라는 것을 뜻한다. 응용프로그램 사용자는 프로그램 사용법에, 프로그램 사용법은 프로그램 제작자에게, 프로그래머는 프로그램 언어와 운영체제에게, 운영체제는 하드웨어 규격에게, 하드웨어는 기술 문명의 진화 수준에 혹은 과학기술의 발달 수준에…… 끝없는 겹을 이루어가면서 앞 항목들은 뒤 항목에 비가역적으로 지배된다. 이 계층구조는 방사형이 아니며, 도약을 허용하지 않는다. 무슨 말인가 하면, 문학에서처럼(혹은 문자의 내부 공간에 단단히 뭉쳐진 문학적 이탈과 풍요의 활동처럼) 여러 겹들이 한꺼번에 동시에 소통할 수 있거나 혹은 중간층을 건너뛰어 직관적인 방식으로 표층과 심층이 만나거나 하는 일이 일어날 수 없다는 말이다. 프로그램은 프로그래밍 언어에 종속된다. 프로그래밍 언어는 그 자체로서는 독립적이지만, 항상 운영체제에 근거해서 자신의 알고리즘을 변경해야만 한다. 운영체제는 하드웨어 규격이 허용할 때에만 발전할 수 있다. 이 계층구조는 단절적이고 일방적이다. 하지만 이러한 계층구조가 그저 일방적이기만 하

---

38) 이 책에 수록된 「프리암의 비상구」를 참조.

다면, 간접적인 방식으로 가역적일 수도 있을 것이다. 그 계층의 경로가 빤히 보이니까 그에 대한 저항이 거세게 일 수 있다는 것이다. 소비자 보호 시민운동 같은 것이 그것이다. 혹은 이 일방적인 계층의 이어짐은, 마치 "지구는 둥그니까/자꾸자꾸 나가면/온 세상 어린이들 다 만나고 오겠네"라는 가사처럼, 배후의 배후의…… 배후로 자꾸자꾸 가다 보면 온 문명 환상들을 다 만나고 제자리로 돌아오는 어떤 순환의 고리를 발견할 수 있을지도 모른다. 그러나 여기에 두 가지 문제가 있다. 하나는 디지털 문명의 배후 구조는 그렇게 일방적이지 않다는 것이고 다른 하나는 우리가 당면한 문제는 배후 구조의 끝이 보이는가 아닌가, 의 문제가 아니라는 것이다. 우선 앞의 문제에 대해: 이 계층구조 안에 문제의 심각성이 놓여 있다는 것을 예리하게 간파한 사람은 문명 비판자들이 아니라 거꾸로 인지과학자들이었다. 튜링의 명제를 직접적으로 잇고 있는 호프스태터가 대표적인 이다. 그는 이 계층구조의 궁극에는 끝이 있다고 주장한다. 그는 디지털 공간의 양방향성이 주체들의 혼란을 야기할지도 모른다는 우려를 일축하며, "모든 뒤엉킨 계층구조 밑에는 하나의 파괴되지 않는 층이 놓여 있다"[39]라고 말한다. 가령, 두 개의 손이 서로를 그리고 있는 마우리츠 에스허르Maurits Escher의 드로잉에서 그리기의 주체는 누구인가,라는 질문을 던질 수가 있다. 호프스태터는 하나도 이상할 게 없다고 말한다. 우리의 신체적 구조가 그것을 가능케 하고 있다는 것이다. "예를 들어 당신이 샤워룸에 있다고 해보자. 당신은 당신의 오른손으로 왼손을 씻고, 또 거꾸로도 그렇게 하고 있는 것이

---

39) Douglas R. Hofstadter, *Gödel, Escher, Bach: An Eternal Golden Braid*, Vintage Books, 1989, p. 686.

다."[40] 그러니까, 실제로 혼잡한 것은 계층구조가 아니다. 왼손과 오른손은 서로에 대해 다른 계층에 있지 않다. "서로 뒤엉킨 계층구조tangled hierarchy"라고 말하고 있음에도 불구하고 호프스태터가 정작 보고 있는 것은 같은 층 내에서의 엉킴(양방향성)이다. 그리고 신체 일반의 구조, 배후의 구조는 따로 떨어져 있으며, 단단하고 확실하다. 이 왜곡과 더불어 호프스태터는 한 가지 중요한 사항을 빠뜨리고 있다. 우리의 신체 구조와 달리 디지털 공간에서의 계층들 사이에는 완벽한 단절이 있다는 것이다. 손은 신체의 일부다. 그러나 프로그램은 프로그래밍의 생산물이지 프로그래밍의 일부가 아니다.[41] 프로그래밍은 프로그램의 보이지 않는, 범접할 수 없는 배후다. 호프스태터의 왜곡과 누락을 포함해서 읽는다면, 호프스태터는 디지털 공간이 배후에 의해 지배되고 있다는 우리의 주장을 역설적으로 반증한다. 이 왜곡과 누락과 착오에 힘입어서 호프스태터의 논증은 소박한 낙관론으로 전개된다. 그는 "파괴되지 않는 층의 존재"를 정치의 차원으로 확대시킨다. 그는 워터게이트 사건에서 조사를 추진하려는 사법부와 조사를 강제로 막으려는 닉슨의 충돌을 해결한 것은 "시민 일반의 반응"[42]이었다고 주장한다. 그 시민 일반의 반응이 정치의 "파괴되지 않는 층"이라는 것이다. "국민은 무엇이 자명한가에 대한 직관적인 감각을 가지고 있다."[43] 이것이 호프스태터의 주장이다. 한 사회의 구성원이 '선험적으로', 그리고 '궁극적으로' 선한 의지를 가지고 있다는 믿음은 말 그대로 믿음에 불과할 뿐 논증될

40) *ibid.*, p. 697.
41) 이 책에 수록된 「문학 언어의 미래, 문자와 비트 사이」를 참조.
42) Douglas R. Hofstadter, *ibid.*, p. 693.
43) *ibid.*, p. 694.

수 없는 것이다. 유럽에서라면 사소한 치정 사건으로 관심조차 끌지 못했을 클린턴-르윈스키 사건을 전 지구를 진동시키는 섹스 스캔들로 만드는 것도 '선한 의지'의 소산인가? 성기 절단 사건의 가해자이자 동시에 피해자인 한 건달이 돈방석에 앉는 것도 그러한가? 게다가 이 이상한 집단적 편집증은 저절로 형성되는 게 아니라, 이른바 민주주의 제도를 이끄는 '상류사회'에 의해 알게 모르게 조성되고 강요되어온 것은 아닌가? 청결에 대한 병적인 집착 때문에 금주법을 제정하여 역설적이게도 마피아를 융성시킨 청교도 상류사회 말이다.

그러나 정치의 문제를 물고 늘어질 필요는 없다. 호프스태터는 전자 문명이 결코 혼란 속에 빠지지 않을 것임을 증명하기 위해 유추의 대상에 불과한 정치를 추론의 증거로 끌어들인 것일 뿐이다. 정치는 실은 한갓 비유일 뿐이다. 한데, 정치의 차원에서 벌어지는 사태가 정말 디지털 문명 내부에서 일어나는 것이다. 오늘의 정치와 디지털 문명은 매우 닮았다. 그 사태는 이렇다: 앞에서 운영체제는 하드웨어 규격에 의존한다고 했으나 실제로 컴퓨터 세상을 지배하는 것은 인텔-마이크로소프트 연합 체제, 운영체제-하드웨어의 연합 체제다. IBM이 운영체제 하청을 빌 게이츠에게 준 순간부터 그 혼란은 시작되었다. 본래는 하드웨어의 싸움이었다. 그 싸움에서 매킨토시는 화려한 그래픽 유저 인터페이스에도 불구하고 하드웨어 규격의 폐쇄성 때문에, 그것을 공개한 IBM 호환 기종에게 시장 경쟁에서 밀리게 되었다. 그러나, 그렇다고 해서, 그것이 IBM의 승리를 가져다준 것은 아니었다. 아이로니컬하게도 IBM도 덩달아 쇠퇴의 길을 걷게 되었으니, 하드웨어 규격의 공개 때문에 훨씬 저렴한 클론 제품을 만드는 기업들이 우후죽순으로 창업하였기 때문이다. 이 과정에서 이득을 본 것은 운영체제를 제공한 마이크로소프트와

IBM 계열 컴퓨터의 CPU(x86계열) 제작사인 인텔이었다. 그리고 마이크로소프트사가 매킨토시의 그래픽 유저 인터페이스를 엇비슷이 흉내 내어 만든 윈도 95에 와서 마이크로소프트-인텔 연합의 반-독점 체제는 거의 확정적인 것이 되었다(매킨토시의 창설자 스티브 잡스는 그래서 노상 불평한다. "윈도, 그것도 운영체제야?" 그러나 매킨토시뿐인가? IBM의 OS/2며, 잡스가 애플사에서 축출당했을 때 절치부심으로 만든 넥스트가 두루 '윈도'보다 월등한 유저 인터페이스를 구현하였다. 그러나 그것들은 이식 소프트웨어의 부족으로 시장 경쟁에서 패배할 수밖에 없었다. 기술적 완성도에서 앞선 자가 아니라, 규격을 선점한 자에게 지배권이 돌아간다).

그러니까, 디지털 문명의 계층구조는 완전히 끝을 드러내지도, 순환하여 최초의 자리로 돌아오지도 않는다. 그 끝없는 고리의 어느 부분에선가 강력한 '잡아챔'이 일어나서, 그것의 흐름을 재편성하고 관리한다. 그 잡아챔이 일어나는 자리는 교묘한 조작과 협상이 전개되는 자리다. '파괴되지 않은 밑바닥 층'은 존재하지 않는다. 호프스태터의 환상은, 정보·지식·정치 기타 등등 인간사의 핵심적 사안들이 두루, 가장 깊은 (혹은 상위의) 레벨(기술적 진보의 층)로 들어가면(올라가면) 표면의(혹은 가장 낮은) 레벨(시민 의식의 층)과 맞물려 순환한다고 생각한 데 있었다. 그러나 실제로는, 가장 깊은/높은 층의 어느 부분에 차단 막이 형성되어, 정보의 수로를 역전시키는 것이다. 그 댐의 고지를 점령한 자들이 전체 흐름의 조절과 관리의 기능을 담당하고, 그들의 이해관계에 의해서 디지털 문명의 전체가 재구성된다.

그자들이 누구인가? 바로 가장 깊은 혹은 높은 층에서 사활을 건 싸움을 하는 자들이다. 거기에서 일어나는 것은 '별들의 전쟁'이며, 보통 사람들은 이 전쟁에 대한 어떤 간섭권도 갖지 못한다. 여기에서 우리는 두번째 문제로 넘어간다.

바로, 디지털 문명에서 중요한 것은 끝이 보이느냐, 아니냐가 아니라, 각각의 계층들 사이에 건널 수 없는 단절이 존재하며, 각 계층들은 하위 계층에 대해 포함관계를 가진다는 것이다. 사용자는 프로그램의 구성 원리를 모르며, 프로그램 작성자는 운영체제의 핵심 기제에 대한 정보를 얻지 못한다. 디지털 문명 속에는 수많은 계층들이 겹을 이루고 있으며, 아주 다양한 영역들이 심야의 별들처럼 삶의 우주를 빼꼭히 채우고 있다. 그런데 이 각각의 성층과 부면 들이 모두 그 측면과 하위의 부면·성층에 대해 단절적이다. 도미니크 볼통Dominique Wolton은 인터넷의 정보가 각 개인의 터미널을 감싸는 방식을 살펴보고는 다음과 같이 결론을 내린다: "이 새로운 정보 서비스의 핵심 사항은 민주화를 향한 노력이 아니라, 문제 해결이 가능한 다양한 영역의 특성에 따르는 정보의 전문화다."[44] 이 전문화는 궁극적으로 "정보, 오락, 서비스, 인식이라는 네 영역에 있어서의 사회문화적 불평등"을 초래한다. 그 각 성층, 부면 들의 단절성 때문이다. 다시 되풀이하자면 디지털 공간의 양방향성은 동질적 공간 내에서의 양방향성일 뿐이다. 그 동질적 공간에서는 타자와의 접촉마저도 주체의 이미지를 강화하는 데에 쓰인다. 정치적 차원에서 이러한 전문화의 단절성은 전문가와 일반인 사이의 불평등을 사방에서 야기한다. 그 불평등의 구조는 궁극적으로 가장 높은/깊은 성층의 기구들, 거대 네트워크 관리 기구, 운영체제와 하드웨어 독점 기구들의 강력한 영향 속에서 형성된다. 이 별들은 그런데 공개된 기구들

---

44) Dominique Wolton, *Internet et après — Une théorie critique des nouveaux médias*, Flammarion, 1999, p. 99.

인데도 불구하고 실체가 보이지 않는다. 디지털은 끝끝내 유령이다.

디지털의 승리는 사실상 완성되었다. 적어도 완성 도중에 있다. 길게 보아서 약 반세기 동안에, 짧게는 최근 10년 사이에 이 모든 일이 벌어진 것이다. 이 추이를 역전시키는 것은 불가능하다. 모든 이가 이 흐름 속에 함께 놓여 있다는 것은, 정도의 차이를 제외한다면, 명백한 진실이다. 따라서 내가 이 새로운 역사의 그림을 아무리 암울하게 채색한다 하더라도, 그것은 생존의 한 선택 혹은 방법론일 따름이다. 내가 가장 우려하는 것은 이 디지털 문명이 그 본래의 단절적 구조 때문에 자기반성의 장치를 내장하고 있지 않다는 것이다. 전자 상거래의 증가로 대표되는 최근의 압도적인 상업주의적 경향은 우리의 우려를 더욱 깊은 골로 몰아가고 있다. 그러나 우리는, 불연속적 피드백의 장치가 부착되도록 노력해야 한다. 디지털 문명 내부에서 그러한 작업들이 전혀 없었던 것은 아니다. 하지만 그럼에도 불구하고 나는 몇 가지 이유로 다시 한번 그 시도들에 의미를 부여하는 작업을 포기하였다. 그것들 앞에서 나는 계속 망설이고 있다. 이것이 디지털 공간의 새로운 시민운동이 될 것인가, 아니면, 한때의 호기심이 대부분을 차지하는 열병으로 그칠 것인가. 하지만 일반 독자를 위해서 그 시도들을 소개할 필요는 있어 보인다. 어차피 이 자리는 역사를 말하는 자리니까.

디지털 문명에 대한 반성적 노력들은 크게 두 가지로 나눌 수 있다. 하나는 리처드 스톨먼에 의해 시작된 그누 프로젝트이고 다른 하나는 전위적 문학·예술가들에 의해 시도되고 있는 순수 하이퍼텍스트 실험이다. 일종의 디지털 사회주의운동이라고 할 수 있는 '그누 프로젝트'는 1971년 리처드 스톨먼에 의해 처음 구상되었고, 1984년 핀란드의 대학생 리누스 토르발스Linus Torvalds가 처음 개발한 리눅스를 커널Kernel을 기반 운영체제로서 채택하고, 곧이어 프로그램 제작 도구로 'GCC 컴파일러'를, 문서 편집기로 '이맥스Emacs'를, 기본 문서 포맷으로 '라텍스LaTex'를, 그래픽 유저 인터페이스로서 'X Windows'를 갖춤으로써 디지털 공간 내의 본격적인 사회운동을 개시하게 되었다.[45] '소프트웨어 자유공개Free Software'운동이라고도 불리는 '그누 프로젝트'의 핵심 철학은 다음과 같다: "여하한 목적에서든 프로그램을 사용할 수 있는 자유(자유 0)"; "프로그램의 동작 원리를 배우고 그것을 적절하게 응용할 수 있는 자유(자유 1)"; "프로그램의 복사본을 배포하여 이웃을 도울 자유(자유 2)"; "프로그램을 개선하고, 개선본을 공개하여, 공동체가 이득을 얻을 수 있도록 할 자유(자유 3)".[46] 이 명제만으로도 우리는 이 운동이 현재의 디지털 자본주의(사유재산주의)에 대한 아주 첨예한 대안 운동임을 알 수 있다. 이것이 그러나 성공할 수 있을지는 아직 불확실하다. 최근 언론은 "미국 시사주간지 『타임Time』이 실시하고 있는 20세기의 인물 선정 인터넷 투표에서 리눅스 개발자인 리누스 토르발스가 '컴퓨터 황제' 빌 게이츠 MS사 회장을 앞섰다"는 사실을 보도했다. 그것은 리눅스 사용자가 최근 급증하고 있다는 사실에 비례한다. 그렇다고 해서, 그것이 리눅스를 생활의 차원에서 수용하고 있는 사람이 많아지고 있다는 것을 증명하는 것은 아니다. 전위적 문학·예술가들에 의한 순수 하이퍼텍스트 실험은 극히 소수의 사람들에 의해 산발적으로 전개되고 있다. 그 실험은 하이퍼텍스트의 내적 속성, 즉 비선형성, 분기성,

---

45) http://www.gnu.org/gnu-history.html
46) http://www.gnu.org/philosophy/free-sw.html

더 나아가 탈영토성을 철저하게 밀고 나가보는 방식으로 실천된다. 앞에서 하이퍼텍스트는 근대의 개인주의의 신화와 결합함으로써만 지구를 점령할 수 있었다는 것을 밝혔다. 순수 하이퍼텍스트 실험은 그러한 문명의 계략으로부터의 이탈을 기도한다. 때문에 그 시도는 드물고, 어렵고, 접속자 수도 거의 없다. 이 작업은 아직 역사를 쓸 때가 되지 않았다. 다만, 이것이 전 시대의 전위적 실험과 만난다는 것은 지적해두기로 하자. 그 작업은 가장 완전한 탈-주체에 대한 꿈을 주체 자신의 모든 노동과 사유를 통해서 실천하고 있기 때문이다.

자끄 엘륄Jacques Ellul은 기술 문명이 사회 구성원들에게 야기할 의식의 변화를 아주 음울하게 그렸다: "어떤 수준에서건 명징하게 고려된 섬세한 사유의 거의 전적인 소멸; 구체적이고 실질적인 의미에서 포착된 인간에 대한 관심의 공동화(空洞化); 선과 기술적 진보의 동일시; 아주 복잡하고 다양한 이해관계들의 조합(경제/정치/사회의 고전적 구분은 사라진다); 하나의 상황을 종합적으로 포착할 능력의 상실, 더 나아가, 설혹 상황의 한계를 극복할 수 있다 할지라도, 지속성과 넓이를 가진 차원을 획득할 능력의 상실; 마지막으로, 지나온 길을 분석하고 그 원인들을 식별하여 오류를 교정할 수 있는 능력의 망실."[47] 이 그림이 옳든 그르든 이 재앙을 피해야 한다는 것만은 명백하다. 그리고 그것은 순수한 논증으로 예측될 수 없는 것이기 때문에, 지금은 무엇보다도 "윤리"가 절실한 때다. 그러나 어떤 윤리인가? 피에르 레비가 역설하듯 인식의 지도를 그리고, 그 지도 속에 사람들을 식민하는 지식의 윤리인가? 오히려 정반대의 길이 필요하지 않을까? 다시 말해 디지털 문명을

---

47) Jacques Ellul, *Le bluff technologique*, Hachette, 1988, p. 289.

몸의 체험으로 만드는 길 말이다. 왜냐하면, 디지털 문명의 미래학이 부정적이라면, 그것은 접근을 구조적으로 차단하는 단절적 계층구조가 설치되어 있기 때문이다.

디지털 문명이라는 이 현란하고 합법적인 유령이 끝끝내 유령인 것은 좋은 몸을 얻지 못해서다. 나는 컴퓨터의 고장을 하소연하는 친구에게 본체를 뜯어보기를 권한다. 두려워하지 말라고 부추긴다. 컴퓨터의 내장은 구역질 날 정도는 아니라고 말한다. 나는 웹 에디터로 홈페이지를 만드는 후배에게 기왕이면 하이퍼텍스트의 소스source를 직접 조작하라고 충고한다. 더 나아가 시간이 나면, 간단한 프로그래밍 언어를 배워보기를 권한다. 12년 동안 수학 문제를 풀어온 사람한테는 그리 어려운 일도 아닐 것이라고 말한다. 사용법을 익히기보다는 제작법을 익히는 것이 감추어진 배후로 뚫고 들어가는 길이기 때문이다. 디지털 문명도 연인처럼 자주 만져야 한다. 그러지 않으면 토라진 그가 언제 '미저리'를 저지를지 모른다.

〔1999〕

문학 언어와 멀티미디어

1. 문학의 위기인가, 문학 언어의 위기인가?

어떤 제목이든 다 그렇지만, 이 글의 제목의 둘레에도 은근한 긴장감이 감돌고 있다. 장르적 시각에서 보자면 문학 언어와 멀티미디어는 별개의 매체들이다. 그러나 사회적 시각에서 보자면, 같은 장(場) 내의 경쟁자들이다. 무엇보다도 사회적 커뮤니케이션의 저수준low level 영역에 대한 다툼이 이 둘의 사안이다. 저수준의 영역이란 삶의 기본적 규약, 좀더 일반적인 용어로 말하자면 기반 체제를 가리킨다.

언어가 경제구조와 마찬가지로 하부구조infra-structure를 이룬다는 아이디어를 제공한 사람은 소련의 독재자 스탈린이었다(『마르크시즘과 언어학Marxism and Linguistics』, New York International Publishers, 1951). 그는 세 가지 명제를 제시하였다. (1) 언어는 상부구조가 아니라, 하부구조다; (2) 언어는 "계급적 성격"을 갖지 않는다; (3) 언어의 문법 체계와 그것의 기본 어휘 목록이 언어의 근거, 즉 그것의 특별한 본성을 이룬다. 그의 의도는 1국 사회주의 체제를 정비하는 과정에서 다민족의 문화적 차이를 러시아어 안에 흡수하려는 것이었는데, 그 의도에 의해서 스탈린의 기묘한 해석이 나타난다. 언어가 계급적 성격을 갖지 않는다는 것이 그것이다. 만일 언어가 하부구조라면 언어는 당연히 계급적 성격을 갖지 않을 수 없다. 스탈린은 계급적 성격을 없애기 위해서 하부구조를 삶의 보편적 환경이란 뜻으로 대체해버린다. 그러나 언어에 대한 보편적 능력competence은 있어도 보편 언어는 없다. 그 보편 언어의 제도적 양상은 랑그langue인데 이 랑그 자체가 사회적 산물이며 거의 무의식적인 의도하에 현존하는 언어적 양태들을 재구성한 것이다. 능력도 랑그도 모두 인공적인 것이며, 다만 능력은 오랜 진화의 과정 속에서 인간의 자연으로 바뀐 것이고, 랑그는 세상의 역사가 변화하면서 항상 인공적인 성격을 버리지 않으면서 부단히 대체되어왔을 뿐이다.

그렇다면 언어가 하부구조라는 것은 무엇인가? 그것은 그것이 삶의 기본을 이룬다는 말이다. 그것이 계급적 성격을 갖는다는 말은 삶의 기본은 하나가 아니며 여럿이고 그것들 사이에는 힘의 경쟁이 있다는 뜻이다. 언어가 하부구조라면, 그것은 여러 집단들 간의 힘의 균형 및 갈등을 밑바닥의 차원에서 조성하고 있는 것 중의 하나다. 이 점이 중요하다. 하부구조로서의 언어는 하나가 아니다. 그것은 언어는 단순한 도구가 아니라는 것을 뜻한다. 그것은 도구이기 이전에 집단적 삶의 투영이고 응축이다. 그리고 그 삶이란 세계관과 생활의 합이며, 좀더 정확하게 말해, 세상에 대한 인식·감정·동경의 실천적 실현태다. 삶 전체가 그런 것과 마찬가지로 언어는 이데올로기고 무의식이다.

이 점을 유념할 때 우리는 현금의 문학의 위기는 실질적으로 문학 언어의 위기라고 말할 수 있다. 그렇다는 것은 그것이 또한 문학 환경의 위기라는 것을 가리킨다. 왜냐하면 문학 언어의 위기는 곧 문학이 생존할 수 있는 근거의 위기이기 때문이다. 그 근거를 문자가 아니라 멀티미디어가 대체하려고 하고 있다. 앞의 논의를 연장시킨다면 언어든 멀티미디어든 저수준의 매체는 보편적인 것이 아니라 특수하다. 그것들은 각각 하나의 무의식이고 이데올로기다. 따라서 멀티미디어의 기승과 문학 언어의 빈사를 가로지르는 화살표는 무의식들의 격렬한 투쟁이다. 우리가 문학 언어의 위기에 대해 말할 때 물어야 하는 것이 이것이다. 문학 언어의 위기는 어떤 무의식의 절멸 위협인가? 멀티미디어의 기승은 어떤 무의식의 팽창인가?

2. 문학 언어/일상 언어/멀티미디어

문학 언어와 멀티미디어의 차이를 말하기 전에 문학 언어와 일상 언어의 차이를 되새기자. 문학 언어와 멀티미디어가 모두 일상 언어를 대타적 존재로서 의식하고 있으며, 따라서, 일상 언어와의 관계의 차이를 짚을 때에만 문학 언어의 존재 의의와 멀티미디어의 존재 의의 사이의 차이를 가늠할 수 있기 때문이다.

문학 언어가 일상 언어에 대한 위반이라는 관점은 비교적 최근에 생겨난 것이다. 예전에 문학 언어는 일상 언어의 모태(중세 혹은 문자 성립기)이거나 그것의 보완(근대)이었다. 일상 언어와 문학 언어 사이의 행복한 관계가 깨지고 적대적 관계로 바뀐 것은 근대의 제도적 성립(일상화) 이후 그것이 자신의 모순을 노출시켰을 때부터다. 경제적으로는 자본/노동의 분열과 독점자본주의화, 정치적으로는 서양 민주주의를 뒷받침하고 있는 제국주의적 성격의 표면화, 사회적으로는 개인들(이것이 근대의 행동 주체고 표상이다)의 점차적인 익명화로 나타난 이 모순은 문화적으로는 문자 언어의 제도관리적 특성의 강화로 나타났다. 문자 언어는 기본적으로 두 개의 상반된 성격을 동시에 포함하고 있었다. 하나는 문자 매체의 물리적 단일성으로부터 오는 민주적 성격이고 다른 하나는 매체의 기호적 특성, 즉 간접성으로부터 오는 추상화다. 그것의 물리적 단일성은 매체가 곧 담론이 된다는 데에 있다(음운 단위의 문자는 아직 담론이 아니다. 최소한 형태소를 갖출 때 비로소 문자는 담론이 된다. 그러나 인류는 음운 단위의 문자를 매질로 형태소 이상의 문자를 매체로 분할하는 놀라운 방법을 고안하였다. 마르티네가 2차 분할이라고 명명한 것이 그것이다. 이 2차 분할을 통해 문자는 표현 능력이 원리상 무한대가 된다). 문자만큼 "매체는 메시지다"(맥루한)라는 규정이 가장 잘 들어맞는 것도 없다. 게다가 문자에는 문자 공동체의 역사적 경험이 각인되어 있다. 문자가 말과 다른 점은 후자가 권위에 의지하는 데 비해 전자는 경험을 내장한다는 것이다. 매체가 곧 담론이기 때문에 각종의 동일률이 문자에 적용된다. 글쓰기는 곧 글의 의미다. 즉, 형태가 의미다; 쓴 글이 곧 읽는 글이다; 문자는 쓴 자와 읽는 자가 원칙적으로 동일한 담론 상황에 놓여 있다는 것을 전제로 한다. 또한, 권위에 의지하지 않고 경험을 내장하기 때문에 문자는 원리적으로 문자 공동체 모두의 소유다. 이런 특성들은 모두 문자가 기본적으로 민주적 성격을 포함하고 있다는 것을 가리킨다. 그러나 문자는 동시에 간접다. 문자는 현실을 대체하는 기호이지, 현실 그 자체가 아니다. 그 간접성은 간접화 기술을 발달시켰고 그 결과 세계를 관리하는 수단으로서의 성격을 강화하였다. 문자는 권위주의적 세계의 첨병이 된다.

이 문자, 제도로서의 문자에 대해 문학은 이중적인 관계를 맺게 된다. 문학 언어의 모태는 문자다. 그러면서 문학 언어는 문자 제도의 해방을 꿈꾼다. 그 해방의 꿈은 한편으로 현존하는 문자 제도 및 사회 제도의 신비화로 나타나기도 하고, 다른 한편으로 현존하는 문자 제도 및 사회 제도의 억압성을 고발하고 새로운 세계를 꿈꾸는 양태로 나타나기도 했다. 19세기 이래 문학의 보편적 태도가 된 후자의 태도가 꼭 문자의 민주적 성격을 강화하고 그것의 권위주의적 성격을 삭제하려는 움직임으로 전개된 것은 아니다. 발자크가 자신의 왕당파적 입장과 별도로 부르주아의 진출을 예찬하는 소설을 쓰고 귀스타브 플로베르Gustave Flaubert가 오직 하나의 사건·사물에는 하나의 맞춤한 단어만이 있다고 생각했을 때 그것들은 분명 문학 언어가 민주화의 움직임과 보조를 같이한다는 것을 증명한다. 그러나 플로베르가 부르주아를 멸시하고 저 일물일어의 생각을 신념으로 밀고 나갔을 때 그것은 가장 권위적인 세계, 현존하는 가짜 권위의 세계가 아니라 진정한 권위의 세계를 추구하는 것이다. 문학 언어로 이루어진 상상 세계는 그러니까 평등과 진실에 대한 염원으로 짜인 것이며, 그것은 모두(평등)와 하나(진실)의 동시성이라는 모순으로 이루어진 세계다.

멀티미디어는 어떤가? 멀티미디어는 문자 언어의 간접성을 직접성으로 바꾼다. 그럼으로써 그것은 투명한 매체이고자 한다. 그렇다는 것은 멀티미디어가 무엇보다도 의미의 직접적 교환을 목표로 하며, 그런 의미에서 문자보다 훨씬 민주적인 지향을 갖는다고 할 수 있다. 게다가 멀티미디어에서는 매질과 매체가 다르다. 멀티미디어의 매질은 최소 정보 단위로서의 비트이며 그것의 조작·합성의 결과가 멀티미디어다. 즉, 매체(멀티미디어)와 매질(비트)은 물리적 성질상 전혀 닮지 않았으며, 매체는 매질의 조작과 합성을 통해서 생산된다. 정보산업 기술의 발달은 비트를 다루는 능력을 향상시켰다. 그리하여 창조의 권리가 특별한 천재로부터 일반 시민으로 하강하고 확산된다.

3. 문학 언어의 존재 의미

문학 언어가 일상 언어를 위반할 때 그것은 후자에 대한 위협으로 작용한다. 그것은 진정한 커뮤니케이션을 꿈꾸거나(상징의 숲을 가로질러 가는 것), 혹은 반-커뮤니케이션으로 달아난다(롤랑 바르트Roland Barthes). 커뮤니케이션의 진실성을 회복하려는 방향은 언어의 형이상학, 다시 말해 언어의 충만을 이루려는 움직임을 낳으며, 반커뮤니케이션으로 달아나는 방향은 언어가 의미의 용기로 기능하는 것을 부인하고 순수한 언어만의 거울 반사를 지향한다. 그 어느 방향이든 문학 언어를 끌고 가는 것은 부정의 정신이다.

반면, 멀티미디어는 일상 언어를 대체하려고 한다. 그렇다는 것은 멀티미디어는 커뮤니케이션의 확장으로서 출현했다는 것을 가리킨다. 그 확장은 표면적으로는 문자 언어의 추상성으로부터의 해방, 즉 즉각적이고 감각적인, 실물감 있는 의미의 교환을 지향한다. 그러나 이것은 함정이다. 왜냐하면, 멀티미디어가 제공하는 어떤 실물감도 실제로는 '가공'된 것이기 때문이다. 다만 그 '가공'의 과정이 은폐되어 있을 뿐이다. 이것은 멀티미디어를 끌고 있는 이데올로기의 특성을 드러낸다. 그 이데올로기 혹은 무의식을 요약하면 다음과 같다.

첫째, 커뮤니케이션의 확장이라는 점에서 멀티미디어는 현존의 매체를, 더 나아가, 현존 사회를 부족한 것으로 여긴다. 그리고 그 부족을 메우고, 삶의 영역을 넓히려고 한다. 그런데 부족에 대한 강박증이 팽창하는 대신 근본적인 부정의 이데올로기는 좀처럼 깃들지 못한다.

둘째, 역설적이게도 멀티미디어의 실존태는 현존 사회의 해체를 작업한다. 어떻게 그러한가? 이중으로 그러하다. 멀티미디어의 실물감이 가공된 결과라고 앞에서 말했다. 그리고 가공의 과정은 은폐된다고 말했다. 이 말은 섬세하게 수정되어야 한다. 가공 과정의 은폐는 멀티미디어의 수용자에게는 은폐된다. 가공 과정의 참여자에게는 당연히 은폐되지 않는다. 뿐만 아니라, 그에게 가공 과정은 결과물보다도 더 중요한 것이 된다. 왜냐하면, 알고리즘의 조작에 따라 생산물은 무한히 변형될 수 있기 때문이다. 무한한 생산물은 중요한 것일 수 없다. 언제라도 다시 만들면 되기 때문이다. 반면, 생산 알고리즘 자체는 중요하다. 왜냐하면 좋은 알고리즘만이 좋은 생산물들을 만들 수 있기 때문이다. 그래서, 이 가공 과정은 창조의 과정이 아니라, 실상 모의의 과정이다. 생산물은 규격으로부터 태어난 규격이고, 가공 과정은 규격의 적용이다. 가공자의 인격은 옛날처럼 작품에 투영되지 않고 규격에 사로잡힌다. 창조의 열정은 아이디어로 대체된다.

여기에서 근본적인 변화가 모습을 드러낸다. 멀티미디어 생산의 주체는 개인이 아니라 규격 혹은 알고리즘이라는 것. 좀더 넓혀 말하면, 정보화 사회의 주체는 개인이 아니라 정보화 사회 자체라는 것. 이것은 자동 메커니즘이라는 것. 1970년대의 사회학자들이 2차 세계대전 이후의 사회를 '조직적 자본주의'의 사회 혹은 '자동 관리 메커니즘'의 사회라고 명명했던 것이 마침내 실현되고 있는 것이다.

또한 멀티미디어 수용자의 입장에서 보면 가공 과정은 은폐된다. 게다가 이 은폐는 계층화되어 있다. 이에 대해서는 여러 차례 말했으므로 되풀이하지 않겠다. 다만 이 은폐에 의해서 수용자는 생산 과정을 알 수 없다는 것을 다시 한 번 강조하기로 한다. 그렇다는 것은 수용자는 작품을 볼 때 생산자를 보지 못한다는 것을 뜻한다. 그가 보는 것은 물건일 뿐이다. 실존이 꿈틀거린 궤적이 아니다. 단지 물건만을 볼 때 우리는 아름다움에 대해서조차 그 밑바닥에 스며 있는 삶에 대한 고뇌와 열망을 보지 못하고 그냥 아름다움만을 본다. 그 아름다움은 그러니까 다른 삶을 향한 희원이 아니라 이미 공인된 아름다움, 다시 말해 미학 자체를 갱신하는 아름다움이 아니라, 규격화된 아름다움이다. 멀티미디어의 발달이 기능주의적 세계관의 팽창과 보조를 같이하는 것은 그 때문이다.

이렇다는 것은 궁극적으로 멀티미디어의 팽창이 점차로 개인을 말소하고 있다는 것을 뜻한다. 그런데 그렇게 되면 이 사회는 유지될 수가 없다. 그래서 멀티미디어의 세계는 애초부터 개인성의 신화를 거듭 부착한다. 그것이 퇴화된 자리에 개인성이라는 남근을 끊임없이 심으려 한다.

문학도 그 신화를 유지하는 데 써먹을 가장 좋은 수단이다. 문학이 멀티미디어가 팽창하는 이 시대에도 의연히 존재하고 있는 것은 그 때문이다. 최고의 적대자가 가장 훌륭한 동반자이기 때문이다.

문학은 이 개인성의 신화의 한복판에서 자라면서 그것 자체에 대한 질문으로 저의 온 역사를 채웠다. 그 역사는 세계 부정의 역사이며 자기부정의 역사였다. 문학이 멀티미디어에 의해서 써먹히고 있다면, 문학의 입장에서는 그 써먹힘을 부정의 계기로 활용할 기회를 가지고 있다고 할 수 있다. 늘 해온 얘기지만, 멀티미디어가 압도하는 사회에서의 문학의 존재 의의는 거기에 있다.

[2000]

문학 언어의 미래, 문자와 비트 사이
── 이성복, 최윤, 송경아, 김설을 중심으로

1. 어떤 신앙 고백

이성복은 어디선가 예술가의 초상을 이렇게 그린 적이 있다.

예술가로서의 삶의 완성의 문제는 나에게 완성된 예술보다 훨씬 중요
하게 생각된다. 한 예술가로서 살아간다는 것은 무엇을 의미하는가. 이
물음에 대한 우회적인 대답으로 나는 내 자신에게 언제나 매 순간 죽어
야 한다고 타이른다. 이때 죽는다는 것은 언젠가 그날, 나는 죽어야 한
다는 명확한 사실을 기억하는 것이며, 그럼으로써 지금 내가 살고 있는
이 삶을 죽은 그날의 나, 마지막으로 세상을 바라보는 내가 되어 바라보
는 것이다. 나는 매 순간 죽어야 하고, 그럼으로써 나의 삶, 혹은 현실의
풍경들은 되살아나야 한다. 내가 죽음으로써만이 이 세상은 현전하고,
존재하고, 기억된다. 나의 삶은 나의 것이며, 동시에 나의 것이 아니다.[1]

이 진술은 한 시인의 문학관을 넘어서서 문자 예술의 본성nature이라고 할 수 있는 것에 대한 중요한 암시를 담고 있는 것으로 보인다. 우리는 이 진술에서 몇 개의 명제들을 떼어낼 수가 있다.

(1) 예술은 완성된 삶이 아니라 삶의 완성이다.
(2) 예술가는 매번 죽어야 한다.
(3) 예술가가 죽음으로써 세상은 현전하고 기억된다.

이 명제들은 제가끔 돌출한 것이 아니라, 논리적 이음의 형식을 갖추고 있다. (2)는 (1)이 촉발시켰을 독자의 의문에 대한 "우회적인 대답"이며, (3)은 (2)의 뜻풀이다. 하지만 그것들 사이에는 언뜻 이해하기 힘든 논리적 비약이, 아니 차라리 죽음과 삶의 절벽들을 번갈아 세우는 단애가 놓여 있다. 우리가 위 선언을 문자 예술의 본성을 휘감는 자락으로 보는 것은 이 논리적 비약들에 가시(可視)의 그리고 촉지(觸地)의 다리를 놓을 수 있기 때문이다. 거기를 지나가 보자.

우선, (1)은 예술과 생의 일치를 말한다. 예술은 그저 '아름다운' 것이 아니다. 예술은 생을 통과해간 인간의 실존의 두께고 깊이의 다른 이름이다. '완성된 예술'이 아니라 '예술가로서의 삶의 완성'이 중요한 것은 그 때문이다. "문학은 영혼의 싸움의 기록"[2]인 것이다. 예술과 생의 일치는 그러나 아주 상투화된 담론 중 하나며, 따라서 다양하게 해석

---

1) 이성복, 『그대에게 가는 먼 길』, 살림, 1990, 단장 757; 『네 고통은 나뭇잎 하나 푸르게 하지 못한다』, 문학동네, 2014, p. 275.
2) 이성복, 같은 책, 단장 822; 『네 고통은 나뭇잎 하나 푸르게 하지 못한다』, p. 301.

될 수 있다. 그것은 흔히 예술과 삶 사이에 '선후 관계'를 두어, 삶을 똑바로 인식해야 한다는 선-의무를 요구하기도 한다. 가령, "민족을 생각하지 않는 시는 시가 아니다"라는 어느 문학 단체의 흑판에 씌어진 명제가 그런 경우다. 그때 시는 '민족 생각'과 공집합을 이루는 것만이 살아남는다. 예술이 삶의 부분 집합이 되는 것이다. 그러나 이성복의 단장(短章)은 정반대다. 시인은 느닷없이 죽음의 필연성을 들고 나온다. 웬 죽음인가? 찬찬히 읽어보면 그 죽음은 생의 완성으로서의 죽음이다. 그러니까 예술가가 이루는 생의 완성은 더할 것도 덜할 것도 없는, 그래서 그것이 한 번 성취되면 어떤 미련도 없는 죽음으로 이어지는, 그런 완성이다. 다시 말해, 예술은 생의 전체다. 예술과 삶은 그렇게 완벽하게 포개진다. 아니, 포개져야 한다. 그 포개짐은 그러나 살아 있는 한 인간이 바랄 수 없는 불가능한 꿈이다. 왜냐하면, 인간은 기껏해야 세상의 아주 작은 단위에 불과하기 때문이다. 공간적으로 그는 작으며, 시간적으로 그는 짧기 때문이다. 인간이, 그가 시인일지라도, 생의 전체를 살 수는 결코 없다. 한데, 예술이 그렇게 한다면, 그것은 예술가가 스스로의 '인간'을 버림으로써, 저 인디언들의 포틀래치potlatch처럼 자신을 상실시켜 세상에 증여함으로써다. '죽음'의 참된 뜻이 여기에 있으며, (3)의 부연(敷衍)은 그래서 나온다. 예술가가 생을 완성할 때 그는 이미 '나'가 아니다. 나는 타자다. 나는 하나의 타자je suis un autre가 아니라 타자 그 자체다je suis l'autre.

이 오만하고 비장한 열정이, 필경 그 본래의 뜻인 수난으로 이어지고 말 그 열정passion이 도대체 어디에서 오는 것인가? 한 시인의 손끝에서 이 말이 피어 나왔지만, 그러나 이것은 집단적 목소리다. "자신의 생명의 끄나풀을 제 손에 움켜쥔 수공업자들, 그들은 역사와 지리의 이곳저곳에서 색다른 얼굴로 나타나지만 실상 단 한 사람에 불과할 것이다. 기어코 자신의 가능성이 되려는 몸부림과 아우성이 그들의 가변적인 이름과 형색을 거두어 가고, 자신의 육신을 또 다른 두 팔로 추켜올리려는 치명적인 힘이 그들을 하나이게 한다. 마비된 일상의 근육에서 탈출하려는 자들이 오직 생이라는 유일한 샘으로부터 그들의 피를 길어 올리는 것이다"[3]라고 바로 시인 스스로가 말하고 있지 않은가? 이 집단적 결사체는 한데, 군대도 프리메이슨도 아니다. 그들은 결코 한 자리에서 회합하지도 않으며 공동의 선언문을 작성하지도 않고, 비트도 구축하지 않는다. 그들 각각은 단독(單獨)이어서(왜냐하면, 제 한 몸으로 생의 전체를 이루고자 하므로) 서로 만날 일이 원리적으로 없다. 그들의 행동의 양태도, 세계에 대한 비전도 형형색색이다. 그런데도 그들은 결정적인 한 가지를 공유하고 있고, 그러나 그것은 언제나 자기 고백의 형태로만 나타난다. 그러니까, 저 집단적 목소리는 일종의 집단 무의식이다. 널리 퍼져 있으나, 이미 체내에 깊숙이 스며든 이후라서 어떤 의식적 분발도, 어떤 의식적 공동체도 기념 행사에 지나지 않는, 아니 차라리 그 본래적 성격을 훼손시키는, 혹은 약탈하려는 음모일 수도 있는 그런 정신의 공동 유산인 것이다.

저 집단 무의식이 어디에서 왔는가? 물론 어떤 것도 하늘에서 떨어지거나 땅에서 솟아나지 않는다. 그것은 저의 토양과 뿌리를 가지고 있다. 인간이 스스로를 단독자의 몸으로서 생 전체와 비등(比等)케 하기 위한 조건을 갖추었을 때다. 그때가 언제인가? 혹은 그런 나라가 어디에 있는가? 잘 아시다시피, 그 시간은 근대고 그 장소는 민족국가다. 근대는

---

3) 이성복, 「천씨 행장」, 『꽃핀 나무들의 괴로움』, 살림, 1990, p. 18.

신의 시대로부터 출분한 인간의 시대이며, 인간이 스스로에 근거하여 이룬 닮은 자들의 공동체가 세상 전체의 크기와 비견될 수 있을 만큼 커진 것이 바로 민족국가니까 말이다. 그때 거기에서 인간은 '호모 페렌스Homo Ferens', 즉 초자연적인 어떤 힘에도 의지하지 않고 저 자신에 근거해서만 세상을 떠받친 자, 아틀라스의 자손이 된 것이다. 물론 저 근대, 저 민족국가는 연대기의 어느 한 지점과 딱 들어맞지는 않는다. 그것은 차라리 복수의 시간 줄기들의 저마다 다른 시간대들의 복합체다. 철학사에서 그것의 기점은 17세기(데카르트)며, 심성사와 유럽의 정치사에서 그것은 르네상스(자아와 타자의 동시적 발견, 민족국가의 탄생)이고, 문화사에서 그것은 18세기(계몽주의)고, 사회사에서 그것은 19세기(민주제도의 정착)다. 또 과학사에서 그것의 기점이 15세기(뉴턴)라면, 표현사에 있어서 그것은 훨씬 이전인 12세기(소설의 탄생)였다. 이 다양한 시간 줄기의 상이한 시간대들을 하나로 꿰는 바늘이 있는데, 그것이 바로 개인과 동의어로서의 '인간'이며, 그때 인간이란 인식능력, 자유의지, 상상력, 실천력 등등 세상을 주관할 수 있는 각종의 능력을 내장한 개별 생명 단위를 뜻한다. 하지만 이 인간의 자기 발견과 자기 확신은, 르네상스의 개념을 빌려 말하건대 이 팡타그뤼엘리즘Pantagruélisme(라블레Rabelais)은 지복한 결말을 미리 '예정'하지는 않았다. '자신의 생명의 끄나풀을 제 손에 움켜'쥐었다 할지라도, 인간이라는 새로운 종족이 치명적으로 결여하고 있는 것이 있었으니, '유한성'이 바로 그것이다. 그 유한성은 이중적이다. 우선, 공간적인 유한성: 세상의 구성적 단위가 개인이 되는 순간, 많은 문화 연구가, 비평가 들이 지적하고 있듯이, 세상과 진리 사이에 균열이 발생한다. 내가 꾸미고 내가 이룬 이 세계는 타인들에게도 참인가? 정치적으로 선택의 수량화, 경제적으로 분업의 체계화, 사회적으로 다양성의 조건화, 그리고 정신적으로 절대성의 소멸로 특징 지워지는 이 균열 속에서, 이제 세상은 원자화된 개인들의 그것이 되고, 이제 사람들은 고독을 실존적으로 체감하기 시작한다. 『광장』(최인훈)의 '이명준'이 툭하면 "외로워서 저러는 거야"라는 말을 뱉었던 까닭이 무엇인가? 이명준이야말로 한국문학사상 최초의 근대인이며, 따라서 외로움의 생래적 조건을 안고 있기 때문이다. 그러니 이 원자화된 세계가 닮은 자들의 공동체가 되기 위해서는 이질성을 유사성으로, 더 나아가 유사성을 잠재적 동일성으로 바꿔줄 무언가가 있지 않으면 안 되었다. 다음, 시간적인 유한성: 세상을 가꿀 권한이 인간에게 귀속되는 순간, 다시 말해 인간이 '신과 같이 될' 가능성이 주어지는 순간, 인간은 신에 견주어 결핍하고 있는 것에 대한 강박관념에 시달리게 된다. 그 결핍이 있는 한 인간에게 주어진 가능성은 한갓 희망 사항일 뿐이었기 때문이다. 무엇보다도 가장 큰 결핍은 불멸의 문제였다. 인간은 죽을 수밖에 없는 운명에 처해진 것이다. 아무리 세상을 저의 의지와 지능과 힘으로 꾸며놓았다 한들, 죽음이 그에게 예정되어 있는 한, 그 세상은 궁극적으로 저의 것이 아니었다. 필립 아리에스Phillipe Aries가 『죽음의 역사』에서 간명하게 밝히고 있듯이, 신의 품으로의 귀의를 뜻하는 '친숙한 죽음'은 어느새부턴가(12세기부터!) 공포의 대상으로 서서히 바뀌게 되고, "인간이란 집행유예 상태에 놓여 있는 죽음의 존재이며, 죽음은 인간 자신의 내부에 상존하면서 인간의 야망을 깨부수고 즐거움을 망가뜨린다는"[4] 통증 같은 생각이 인간을 지배하게 된다. 아리에스가 프랑수아 비용François Villon을, 그리고 피에르 드 롱사르Pierre

---

4) 필립 아리에스, 『죽음의 역사』, 이종민 옮김, 동문선, 1998(원본 출간년도: 1975), p. 46.

de Ronsard의 너무도 유명한 '가요(Mignonne, allons voir si la rose……)'
를 왜 빠뜨렸는지 의아하긴 하지만, 문학사의 줄기를 따라가 보아도 우
리는 그러한 사정을 쉽게 확인할 수 있다. 역사가가 말하는 중세의 '친
숙한' 죽음은 비용(『유증시Les lais』)에 와서 처음으로 객관화되기(자신
에 대한 연민과 타인들에 대한 희롱의 수단으로서) 시작하며, 롱사르에게
와서 불가해한 사건으로 인지되기 시작한다(그래서 그는 말하는 것이다.
"꺾으세요, 꺾으세요, 당신의 젊음을./늙음이 곧 당신의 미모를 이울게 하
고야 말 거예요." 죽음이라는 불가해한 사건에 맞서 생을 서둘러 보석으로
만들고 싶어 하는 르네상스 시대 사람들의 초조감이 이 짧은 시구에 명징하
게 압축되어 있다).

그러니까 무엇인가가 인간 시대의 도래와 더불어 함께 발달해서 인
간을 도와주지 않으면 안 되었다. 그 무엇에는 다시 이중의 조건이 붙는
다. 우선, 그것은 소통(공간적 한계로부터의 해방)과 보존(시간적 한계의
보충)의 기능을 담당할 수 있는 것이어야 한다. 다음, 그것은 정령들과
신에게서 떠난 인간 자신의 발명품이 되어야 한다. 왜냐하면, 신을 버렸
을 때 인간은 신과의 교통을 가능케 해주었던 영매(靈媒)들도, 복화술,
현몽, 방언, 백설 공주의 거울 혹은 마법의 구슬 기타 등등의 모든 도
구들도 함께 추방했기 때문이었다.

오직 인간 스스로의 발명에 의한 소통과 보존의 도구, 옛날의 영매를
대신하되, 사람(들 간)의, 사람에 의한, 사람을 위한 매체는 무엇인가?
우선은 언어, 실제로는 '문자'가 바로 그것이 아닐 수 없다. 근대의 공간
적 발명이 사회계약론이고 시간적 발명이 역사라면, 사회계약론은 바
로 매체를 통한 대화이며, 역사는 무엇보다도 기록이다. 근대적 제도의
사방에 존재하고 거기 그 자리에서 운동하는 것은 문자였다. 문자에 기

대어 인간은 폐쇄적 순환의 세계로부터 해방될 수 있었고, 문자를 통해 인간은 유일의 보편적 가치가 사라져버린 세계의 실질적인 주재자로 정착할 수 있게 되었다.

2. 문자, 실존의 총화

옛말에 이르기를, "태초에 말씀이 있었다"고 하였고, "황하에서 그림이 나왔고 낙수에서 글이 나옴으로써 성인은 이것을 본떴다"[5]고 하였다. 말은, 다시 말해, 세상의 뜻을 나르는 이 희한한 반딧불들은 인류가 자신을 기억하는 가장 먼 지점에서부터 존재하였다. 그러나 말씀은 아직 문자가 아니고 성인의 본뜨기는 범인의 일구기와 매우 다르다. 말이 문자로, 성인이 인간으로 넘어가는 순간, 세계의 근본적인 전환이 일어나고, 곧바로 '장기 지속'의 상태로 들어간다. 문자 탄생의 사건은 그것을 여실히 보여준다. 빅뱅의 시간만큼 그것도 단숨에 이루어졌던 것이다.

잘 아시다시피 최초의 문자는 기원전 3천 년경의 수메르인들의 쐐기 모양 문자cuneiform였다. 이 원시적인 매체는 그러나 훗날의 자신의 근본적인 속성을 이미 내장하고 있었다. "농축산물의 수확량을 기록"[6]하는 데에서 출발한 최초의 문자는 처음에 사물들의 형상을 본떠서 만들어졌다. 그러나 곧 기호의 음성적 자질phonétisme에 인류는 주목하기 시

5) 김인환 역해, 『주역』, 나남출판사, 1997, p. 511.
6) 장 보테로Jean Bottéro, 『메소포타미아Mésopotamie』, Gallimard, 1987, p. 13.

작하였으니, "즉, 각각의 기호는 사물, 대상 들에 관계할 뿐만 아니라, 이 대상들의 이름, 각각 음소들의 집합에 의해 표현되는 단어들에 관련되"[7]도록 하는 방향으로 발전하였다. 여기에 결정적인 변화가 있었다. 이제, "수메르어의 각각의 음절 요소는 하나의 수메르어 단어를, 그리고 이 단어 너머의 하나의 '실재'를 표상"[8]하는 것이다: "완전히 알파벳화한, 다시 말해, 단어의 음성 분석에 근거하고 그것을 더 이상 쪼갤 수 없는 요소들에까지 밀고 나간 문자 체제가 가진 제1의 기능은 무엇인가. 그것은 소릿말로서는 일시적인 생존밖에 할 수 없고, 의미 개념으로서는 내성적이고 비육체적인 실재만을 가질 수밖에 없는 것을 물리적으로 정착시켜준다는fixer 데에 있다. 글쓰기는 따라서 무엇보다도 우리의 사유와 사물에 대한 관점을 옮기는 말parole에 객관적인, 독립적이고 지속 가능한 실존을 부여하는 기능을 갖는다. [……] 사유는 그것 없이는 아무것도 아니다. 그리고 **그것은 사유에 물질성과 지속 외에 어떤 다른 것을 덧붙이는 게 아니다**"(pp. 126~27, 강조는 인용자). "씌어진 이름으로 정체성을 완전히 부여받게 된 존재들은, 그렇게 이름 지워진 현실로부터 모든 풍요를 발견하고 인식하는 게 자유롭게 되었다"(pp. 124~25). 소통과 전승의 기능 저 너머로 문자는 세상과 인간의 합치를 가능케 하는 것이었다. 좀더 정확하게 말하자면, 그것은 인간의 모든 세상 초월의 의지와 작업들에 물리적 현존을 부여해주었던 것이다. "정보들을 생산하고, 그것들을 전승시키고 그것들을 항구적으로 저장시키는 것, 주체의 자유로운 정신, 불멸성에 대한 주체의 소원, 대상의 악의적

---

7) 장 보테로, 같은 책, p. 116.
8) 같은 책, pp. 121~22.

인 관성과 그것의 열의 소멸로의 경향에 대항하는 것 등등. 새기는 글쓰기 즉 각명 문자는 이렇게 본다면 자유의지의 표현이다."[9]

문자가 무엇보다도 '새김글'이라는 데에 주목한 빌렘 플루서Vilém Flusser의 진술은 의미심장하다. 문자와 인간의 자유의지는 불가분리의 관계에 놓인 것이었다. 문자는 인간 능력의 물리적 현존을 확증한다. 아니 거기에서 그치는 것이 아니었다. 이미 문자는 인간의 보조자의 위치를 넘어선다. 책의 역사는 그 점에 대해 중요한 시사를 던진다. "로베르 에스티엔느Robert Estienne는 페이지, 특히 문장의 이어짐(페이지가 넘어가는 곳에서의)을 처리하는 방식을 발견했다. 페이지의 자의성은, 읽기 편하도록 독자의 부담을 덜어주어야 할 필요를 강화했던 것이다. 본문 페이지는 흰 여백을 첨가시키고 검은 부분들, 즉 소제목(페이지 하단이나 상단에 붙는 제목─인용자)과 주석의 글씨 크기를 작게 만듦으로써 밝게 드러날 수가 있었다. 계몽주의 철학에서와 마찬가지로 조판술에서도 특정한 단순화를 거침으로써 밝음의 승리가 일어난다. 이 밝음의 수사학은 본문의 언술을 외재적 보증물들로부터 해방시켜주고, 언술이 자신의 담론의 물리적 선들을 다양하게 꾸밈으로써 스스로를 보증할 수 있도록 해준다."[10] 계몽주의 시대에 나타난 이 놀라운 진화는 문자가 마침내 자가생식의 역사를 시작했다는 것을 보여준다. 문자는 이제 '말씀(앞선 위인들의 권위)'에도 '이미지(진리의 '사건', 즉 가상적 현존)'에도 도움을 받지 않고 스스로 의미를 전개시키기 시작한 것이다. 이로써 문

9) 빌렘 플루서Vilém Flusser, 『디지털 시대의 글쓰기』, 윤종석 옮김, 문예출판사, 1998, pp. 34~35.
10) 로제 로페르Roger Laufer, 「책의 공간Les espaces du livre」, 『프랑스 출판의 역사 제2권 '승리하는 책, 1660~1830'*Histoire de l'Édition Française T.2. Le Livre triomphant*: 1660~ 1830』, Promodis, 1984, p. 128.

자는 인간의 도구일 뿐만 아니라, 인간적인 것 그 자체가 되었다.

그러니 근대의 예술을 문자 예술이 주도한 것은 우연이 아니었다. 거꾸로 말해, 저 앞의 시인이 죽음을 대가로 제 몸과 세상의 맞바꾸기를 천명한 고백문에서 문자 예술의 본성을 우리가 보았던 것도 우연이 아니다. 문자는 실존의 총화고, 생의 전체성을 자신의 몫으로 점유한 자는 바로 근대인이었기 때문이다. 그로부터 문자 예술은 근대 예술의 상징이자 초자아로서 군림하게 된 것이다.

하지만, 문자의 제도 혹은 문자 문화와 문자 예술은 아주 다른 것임을, 아니 차라리 적대적임을 유의할 필요가 있다. 근대가 유발한 또 하나의 특이한 사건은 근대적 현상은 그것이 무엇이든 '내분'을 야기한다는 것이 그것이다. 경제의 층위에서 자본주의의 기본 원칙은 자유경쟁이다. 그것은 개인의 인정을 전제로 한다. 그러나 이 자유경쟁이 벌어질 시장은 무차별한 익명의 세계다. 여기에서 한 개인이 하나의 물건에 투여했던 일체의 인간적 가치들은 궁극적으로 상품들의 교환가치로 전화된다. 정치의 민주주의는 비판적 사회학자들에 의하면, '자동 관리의 메커니즘'에 의해 작동되는 거대 조직의 사회로 발전한다. 그러니까 근대적 현상들은 그가 태어난 환경과 내재적 모순을 가진다. 행위자와 환경의 분열을 구조로 갖는 시대, 그것이 '근대modernity'다. 문자의 경우도 마찬가지다. 프랑스 혁명이 국민(의무)교육제도를 정착시켰다면, 그것은 시민들의 체제 구성 능력을 전제로 하고 또 그것을 키우는 것을 목표로 하는 것이다. 그러나 문자 문화는 이중적으로 개인의 지적 성장 및 발현을 통제하였다. 우선, 절대적 진리 체계가 사라진 상태에서 언로가 확장되면서 전달력을 가진 모든 문자적 표현들이 동등한 가치를 지니게 되었다. 그것은 담론의 민주주의에 문자가 기초로 놓였음을 가리킨다. 그러나 실제로 벌어진 양상은 '민주주의'라는 개념이 주는 환상과는 무관하게 나타났다. 지적 우열을 가릴 절대 기준이 없는 상태에서 모두가 문자의 공간에 동등한 자격으로 참여하는 것이 원칙적으로 허용되자마자, 문자 문화는 곧바로 시장경제의 논리에 종속된다. 궁극적 결정의 기준이 문자 문화가 담은 내용의 진실성에 있지 않고, 그것의 매력에 놓이게 되었다는 것이다. 아마 발자크의 소설, 『사라진 환상 Les illusions perdues』만큼 그 꼴을 리얼하게 묘사한 소설도 드물 것이다. 그 소설이 보여주는 바에 의하면, 19세기의 언론은 모든 비평들이 몇 푼의 돈과 개인적 욕망과 그리고 여자를 위해 날조되는 복마전이다. 다음, 이렇게 시장 논리에 지배되자마자, 경제에서의 자유경쟁이 독점을 강화한 것과 마찬가지로, 지배 권력들(거대 자본, 국가 권력, 대형 언론 등등)이 형성되어 문자 문화 전반을 암묵적으로 지배하게 되었다. 이 이중적 양상은 그 자체로서 모순적이다. 전자는 탈중심적인 데 비해 후자는 새로운 중심들을 형성한다. 그 두 모순적 양상의 괴이한 접합을 통해 문자 문화의 상징적 의의는 영원한 유보 상태에 놓이게 된다.

근대의 상징적 매체로 군림한 문자가 동시에 시대에 대해 그리고 자신에 대해 가장 강력하게 저항할 쌍둥이 형제(문학)를 낳게 된 사정이 여기에 있다. 자본주의 사회의 도래와 함께 출현한 낭만주의적 조류는 그 모순을 가장 여실하게 반영한다. 낭만주의를 개화시킨 것은 무엇보다도 감수성의 해방이다(고전주의가 규칙의 수립과 그에 대한 구성원들의 순응인 것과 반대로). 그것은 개인의 자유를 용인할 때에만 가능한 것이고, 따라서 낭만주의는 분명 근대의 산물이다(어떤 프랑스 문학사가들이 낭만주의의 도래를 문학의 혁명이라고 부르는 것은 그 때문이다). 하지만 낭만주의는 동시에 세상과의 극단적인 불화를 뜻한다. 낭만주의자들은 한결같이 근대적 현상 전반에 대해 적대감을 표하고 중세로의 복귀를 열망하거나(샤토브리앙), 자연으로 돌아가고자 하거나(루소), 혹은 어두컴컴한 비의의 세계로 몰입하였다(위고, 랭보).

문학인들이 스스로에게 '저주받은 시인'의 낙인을 찍고 상상적 진리의 세계로 내적 망명을 떠난 것이 근대 초엽이었다. 그리고 그 망명은 오늘까지도 계속되고 있다. 그러나 우리의 관심은 그 망명의 역사가 아니라, 그 망명의 형태다. 그것을 우리는 이렇게 간단하게 말할 수 있다: '문자에 반대하는 것은 문자다.' 나는 그것을 두고 문자 문화에는 '자기 반성 장치가 내장되어 있다'는 명제로 요약한 바가 있다. 그 내장의 구조적 조건은, 사회·역사적으로는 이념과 실제의 괴리고, 물리적으로는 쓰는 글이 곧 읽는 글이 된다는 것이며, 형태학적으로 문자는 대화를 내재한 독백이라는 것이다. 사회·역사적 조건에 대해서는 앞에서 말한 바와 같지만, 물리적·형태적 조건은 약간의 풀이를 요구한다. 우선, 물리적 조건에 대해: 쓰는 글이 곧 읽는 글인데, 그러나 쓰기가 방출하는 의미와 읽기가 흡입하는 의미가 다를 수 있다. 왜? 여기에서 물리적 조건은 사회·역사적 조건과 순환한다. 쓰기와 읽기의 괴리는 절대이념의 죽음과 더불어 모든 의미가 각 개인에게로 귀속되었기 때문이다. 이로부터 의미의 불확정성이 발생한다. 단일하고 정확한 의미가 구조적으로 결핍되는 것이다. 따라서 글에서는 어떤 확언도 주저를 동반한다. 어떤 긍정도 부정을 내포하고, 어떤 확신도 의혹을 유발한다. 다음, 형태적 조건에 대해: 문화적 작업들 중에 글만큼 고독한 것은 없다. 미술이나 음악은 풍경을 혹은 소리 그 자체를 재현한다. 그러나 기호는 언제나 "무엇을 대신하는 것(에코)"이며, 문자는 순수 기호다. 즉, 글은 언어 그 자체를 재현하는 게 아니라, 어떤 생각 혹은 사건을 대신해서 표현하는 것이다. 표상체와 직접적으로 관계하는 다른 매체들과 달리 언어는 간접화 매체다. 그러나 바로 그 사실로 인해서 언어는 근본적으로 대화를 전제한다. 언어 활동은 여러 사람이 공유하는 약호에 매이기 때문이다. 글은 독백의 형태로 진술되지만 대화를 내재한다. 글과 말의 차이가 여기에 있다. 말도 물론 대화다. 그런데 말의 대화는 외현된다. 글의 대화는 간접적인 데 비해 이것은 직접적이다. 그리고 그로 인하여 역설적이게도 말은 말하는 자에게 귀속된다. 문자의 위험성을 논한 『파이드로스*Phèdre*』에서 플라톤이 문자를 말의 권위에 종속시키기 위해 말에서 특히 강조한 것이 무엇이었던가?

그러나 중요한 것은 누가 말하는가, 그리고 그가 어느 나라 출신인가를 아는 게 중요하다. 사실을 있는 그대로 말하는가, 아닌가를 아는 것만으로는 충분하지 않은 것이다.[11]

말은 궁극적으로 '말씀'으로 수렴되며, 그 말씀의 권위는 말하는 자로부터 나온다. 말은 "주체를 전제로 하는 행위"인데, 그러나, "이 행위 속에서 주체는 다른 주체를 전제한다고 말하는 것으로는 충분치 않다. 왜냐하면 차라리 주체는 그 행위 속에서 스스로 타자인 존재로서 자리 잡기 때문인데, 그것은 한 주체가 그 자신이 되기 위하여 다른 주체에게 자신을 의탁한다는, 두 주체의 역설적 통일 속에서 그리 된다".[12] 그러니까 말은 독백으로 수렴되는 대화다. 반면 글은 대화를 내면화한 독

---

11) 플라톤, 『파이드로스*Phèdre*』, 275b, traduit par Paul Vicaire, Société d'Édition *Les belles lettres*, 1985, p. 84.
12) 자크 라캉Jacques Lacan, 『문집*Ecrits*』, Seuil, 1966, p. 351.

백이다. 독백으로 수렴되는 대화는 사유들의 차이를 지우지만, 대화를 내면화한 독백은 사유들을 끝없이 분화시킨다. 말이 사유의 분수라면 글은 사유들의 샘이다. 말이 뜻의 은유라면 글은 뜻을 끝없이 유보시키는 환유다. 말이 궁극적으로 명사(명제)라면, 글은 결코 최종의 수신처를 갖지 못하는 '의미하다'라는 동사다.

물론 이는 지나치게 도식적이고 원리적인 구분이다. 실제로 말과 글 각각의 구체성 속에는 아주 다양한 분화가 있으며, 세상에 드러나는 언술의 형태는 대부분 글과 말의 혼합물들이다. 모든 원리주의가 독단주의인 것처럼, 도식적 구분은 현실을 왜곡하기 일쑤다(이 점은 글의 미학, 즉 문학의 예술성에 대해 말하면서 다시 논의될 것이다). 이 원리적 구분을 그대로 밀고 나가면, 오늘날 우리가 의미하는 바로서의 문학, 즉 반성적 기제로서의 언어 예술이 '글'에 국한된다고까지 주장할 수 있는데, 그러나 실제 모든 글이 반성적 기능을 수행하는 것은 아니다. 오히려 대부분의 글들은 의미의 경계선으로서 기능한다. 글들은 좋은 생각과 나쁜 생각을 구획 짓고, 금기와 칙령을 발표하며, 진리에 대한 강박증으로 잔뜩 달아올라 있다. 그렇게 되는 사정이 글이 궁극적으로 음성 중심주의, 즉 "소리의 현존성"(데리다)을 제공하는 말에 종속되어 있기 때문이라는 의견을 따른다면, 문학, 즉 문자 예술은 그 종속으로부터 해방되어 글쓰기의 원형적 형태를 추구한다고 할 수 있을 것이다. 그 추구 속에서 문학은 이중적 반성을 수행한다. 대타적으로는 현실 비판적이며, 대자적으로는 자기 지시적이다. 타자 비판과 후자의 내연이 두루 반성적인데 왜냐하면, 그가 비판하는 현실(근대)이 실은 자신의 동족이기 때문이며, 이 동족 비판은 말로부터 유래하였다는 자신의 태생적 운명을 거부하려는 움직임과 구조적으로 연결되어 있기 때문이다. 그러나 바로 이 지점에서 문학의 반성은 항구적인 위기의 상태에 놓이게 된다. 왜냐하면, 태생적 운명의 거부는 자기 존재의 뿌리를 헤집는 것이기 때문이다. 이 반성은 내일의 향상을 위한 오늘의 점검이라는 뜻에서 쓰인 반성이 아니다. 문학의 반성은 자신의 존재 근거 자체에 대한 부정이다. 말에 대한 글의 예속은 문자 탄생의 빅뱅기에 이미 있었다. 그것은 단지 글이 말의 확장으로서 발생했다는 사실을 가리키는 것이 아니다. 문제는 글이 자율성을 획득하는 순간이다. 앞의 논의를 상기해보자. 그 순간은 바로 사람들이 문자 단위의 '음성적 자질'에 주목한 순간이며, 그때부터 문자는 스스로 개념, 이념 들을 대표할 수 있게 되었다. 그러니, 말에 대한 글의 종속은 문자의 DNA에 새겨져 있는 것이다. 또한 그러니, 글의 자신의 '기원'에 대한 부정, 즉 말에 대한 부정은 글 그 자신에 대한 부정, 즉 자신의 '현존'에 대한 부정일 수밖에 없는 것이다.

문학의 반성은 따라서 자기 저주다. 문학이 시대(근대)를 부정할 때 그만큼 문학의 생존은 위협받는다. 문자 문화에 저주를 퍼붓는 만큼 문자 예술의 토양도 줄어든다. 우리가 앞머리에서 인용했던 시인의 '죽음'은 여기에 와서 적나라한 진실에 도달한다. 그 진실은 "나는 매 순간 죽어야 하고, 그럼으로써 나의 삶, 혹은 현실의 풍경들은 되살아나야 한다. 내가 죽음으로써만이 이 세상은 현전하고, 존재하고, 기억된다"는 진술에 비장하게 표현되어 있다. 바로, 문학의 생의 터전은 '궁지(窮地)'라는 것. 이 궁지로부터 문학은 결코 벗어날 수 없고, 오직 저의 온몸을 태워 자신의 운명적 공간을 백일하에 드러내거나, 아니면 저의 온몸을 최대의 밀도로 압축하여 검은 구멍이 됨으로써 세상 전체를 빨아들이는 수밖에 없는 것이니, 두 경우 모두 문학은 죽음으로써만 새 세상의 통로를 열 수가 있는 것이다.

3. 문자와 비트

오랫동안 문화의 중추로서 기능해왔던 문자가 더 효율적인 다른 매체에 의해 위협받는 시대에 우리는 살고 있다. 그것은 잘 알다시피 정보의 최소 단위로서의 비트다. 그러나 단순히 사실 확인만으로 그치면 그 차이의 의미가 제대로 밝혀지지 않는다. 비트의 등장이 있기 위해서는 문자의 독재에서 벗어나고자 하는 다른 매체에 대한 욕구의 아주 긴 역사가 놓여 있다. 그 역사는 다양한 욕망들이 뒤섞임으로써 전개되었다. 우리는 앞에서 문자가 인간의 존재론적 한계(시·공간적 유한성)에 대한 보충으로서 등장했음을 보았다. 한데 '보충'은 근본적인 해결이 아니다. 그것은 한계를 한계대로 놔둔 상태에서 그 한계가 유발하는 인간적 결핍들을 상쇄시키는 역할을 한다. 가령, 근대의 인간은 문자를 수단으로 역사를 발명함으로써 필멸의 한계를 '보충'하였으나 그것이 결코 인간 개개인들의 실제적인 불멸을 가능케 하지는 못한다. 이러한 보충의 성격을 '간접성'이라는 말로 대체할 수 있다면, 문자는 존재적으로도 간접적이지만 존재론적으로도 간접적이다. 다른 매체에 대한 욕망은 바로 문자의 간접성을 극복하려는 욕망이다. 다시 말해, 그 욕망은 직접성에 대한 욕망이다. 진리와의, 실재와의, 현실 그 자체와의 직접적인 만남이 문제가 되었던 것이다.

이 직접성의 욕망은 그러나 사실상 실현 불가능한 것이다. 그 실현 불가능한, 그러나 그 때문에 더욱 불타오른 욕망은, 따라서 숱한 매체들의 발굴 시도를 야기하였다. 문자가 한번 발명된 이후 꽤 오랫동안 장기 지속한 반면, 직접성의 매체는 거듭 중심을 이동시켜왔다. 그것은 두 가지 방향으로 나타났다. 여러 사람들이 익히 알고 있는 한 가지 방향은 시청각 매체의 발달이다. 사진(정지 영상) → 영화(동영상) → 유성 영화 (영상과 음향의 결합) → TV(대중화: 공간 정복)로 이어진 그 방향은 오늘 날까지 지속적인 발전을 거듭해왔다. 그러나 이 발전은 마지막 경계를 돌파할 수 없었다. 플라톤의 우화를 상기하자면, 이미지는 진리의 모 사일 뿐이고, 스크린은 결국 차폐막에 지나지 않았다. 또 하나의 방향 은 진리를 직접적으로 지칭할 수 있는 언어의 개발이다. 그 입장에서 보 자면, 문자는 인간적인 것들 일체와 뒤섞여 있어서, 역사와 상황의 때 로 한껏 더럽혀져 있었고, 따라서 결코 진리를 밝히는 데 적합한 매체 가 아니었다. 논리실증주의자들의 대수 언어를 향한 집념은 그렇게 해 서 나왔다. 하지만 이 방향 역시 저의 희망에 족할 수 없었다. 왜냐하면, 그것은 추상화의 방향이었고, 추상화가 진행되면 될수록 그것은 본래 그 욕망이 솟아난 인간 세계로부터 벗어나버렸기 때문이었다. 대수언어 의 집념은 결국 진리를 신의 영역에 영원히 격리시키는 일에 지나지 않 았다.

그리고 비트가 등장하였다. 매체 발달사의 측면에서 보자면, 비트 는 시청각 매체와 대수 언어의 변증법적 통일의 결과다. 비트는 대수 언 어와 마찬가지로 삶의 때를 벗겨내는 과정을 동반했는데 그러나 그것 을 추상화를 통해서가 아니라 중성화(실체값을 갖지 않는 0,1)를 통해서 해냈다. 다시 말해, 비트는 대수 언어가 신(의미의 절대성) 쪽으로 간 것 과 달리, 거꾸로 인간 이하(무의미)로 간 것이었다. 그런데 이 중성적 전 위들로 인간 사실 일체를 분해하자마자 합성의 무제한적 가능성이 탄 생하였다. 그 합성의 결과는 놀랍게도 생생한 감각물(이미지, 음향, 기 타 등등)들의 자유 변조·생성이었다. 디지털이라고 불리는 이 분해·합성의 절차는 시청각 매체의 꿈을 추월하였다. 영화의 특수 효과에서 선명하게 나타난 그 추월성은 시청각 매체가 끝내 매여 있었던 현실 지시성의 한계를 마침내 돌파했다는 것을 의미한다. 디지털은 가장 생생하게(즉, 리얼하게) 세상을 재현하면서 동시에 현실 외부의 모든 것을 창조할 수 있게 되었다. 시청각 매체의 실감과 대수 언어의 실재성을 동시에 거머쥐게 된 것이다(지나가는 길에 덧붙이자면, 실감과 실재는 모두 서양 언어에서 한 단어 reality로 표현된다. 그것은 삶의 현상 그 자체를 절대성의 자리에 위치시키고자 하는 인간의 욕망을 그대로 반영한다. "현실적인 것은 이성적인 것이고, 이성적인 것은 현실적인 것이다"라는 헤겔의 명제는 그 욕망의 대표 상징의 하나다). 예전에 썼던 표현을 다시 빌리자면, 이제 "모든 것이 가능하게 되었다".

이 디지털 형상의 최소 단위인 비트를 통해 이제 인간은 자신의 유한성을 넘어서게 되었는가? 드디어 불멸의 지위에 오를 수 있게 되었는가? 보기에 그렇고, 생각하기에 그렇지 않다. 보기에 그렇다는 것은 실제 우리 눈앞에 디지털의 놀라운 창조가 매일 향연처럼 벌어지고 있기 때문이다. 이제는 단지 스크린 속에서의 천변만화가 아니라 생활 그 자체의 나날의 창조가 일어나고 있는 것이다. 그것은 3중의 해방으로 나타난다. 우선 공간적 제약으로부터의 해방: 세상의 교류에서 거리는 더 이상 장애물로 나타나지 않는다. 인터넷이라는 전지구적 통신망에서 뚜렷하게 나타났듯이, 모든 교류는 거리에 상관없이 실시간real time으로 진행된다. 다음, 시간적 제약으로부터의 해방: 문자가 역사를 만들었다면 디지털은 미래를 선취하였다. 문자의 역사 만들기가 인간의 시간적 전개에 의존할 수밖에 없다면(역사는 인간이 산 만큼만 씌어질 수 있다), 디지털의 미래 선취는 더 이상 시간의 양에 의존하지 않는다. 디지털을 통하면, 어떤 미래도, 아니, 어떤 미래들도 모두 인간의 것이 된다. 마지막으로, 인간관계의 해방: 근대는 인간의 시대이자 동시에 인간들의 지배와 예속의 시대다. 그것은 과거의 권위주의적 유산을 그대로 물려받았기 때문이 아니라 인간의 시대란 곧 신과 같이 되려는 인간의 욕망의 시대였기 때문이다. 유한자가 무한자가 되려 할 때, 그 공백의 자리에 온갖 서열이 새겨지게 된다. 그 서열은 인간이 마침내 정점에 도달했을 때 소멸하리라 가정되었는데, 그 정점의 통로를 실제로 뚫은 것이 바로 디지털이다. 그로부터 디지털망의 핵심적 표지로서 쌍방향성 interactivity이 떠오른다. 그곳에서는 발신자와 수신자가 따로 없다. 작가와 독자도 따로 없다. 모두가 발신자이자 동시에 수신자이며, 작가이자 동시에 독자다. 피에르 레비 등이 들린 표정으로 주장하는 것처럼 마침내 저 그리스·로마 시대 때 시민들만의 특권이었던 직접민주주의가 인간 모두의, 인간 그 자체의 권리이자 삶으로서 부활할 토대가 마련된 것이다(문자 시대의 정치학은 간접민주주의이며, 그것은 문자의 간접성과 동형적 관계에 놓인다).

그런데 왜 생각하기에는 그렇지 않은 것인가? 이 한계 없는 직접성의 실현이 궁극적으로 주체의 바깥에서 일어나는 사건이기 때문이다. 그것은 우선, 디지털의 사건이 주체의 경험이 될 수 없다는 것을 뜻한다. 이 말은 의혹을 불러일으킬 수 있다. 주체에게 가장 생생한 실감을 제공하는데 어떻게 주체의 경험이 될 수 없다는 말인가? 예를 들어보자. 통신망 속의 교류에 대해: 인터넷은 개인들의 다각적이고 다층적인 무한 교류를 가능케 한다. 그러나 여기에 두 가지 문제가 있다. 한 개인이 인터넷에 참여할 때 그는 개인인가? 다시 말해, 신원이 확실하고 뚜렷한 성격과 의지를 가진 개체 생명인가? 아니다. 거기에 당신은 익명으로 참여한다. 당신은 이미 연령, 신분, 지위, 학벌 등을 포기할 준비가 되어 있다. 당신만의 고유한 개성은 어떠한가? 분명 통신망에는 개성적인 목소리들이 들끓는다. 하나하나의 발언들은 모두 독특한 목소리들이다. 그러나 이 개성적인 소리들에는 그 소리를 떠맡고 있는 몸이 부재한다. 그러다 보니, 통신망 안에는 소리 그 자체들이, 다시 말해, 날감정들이 난무한다. 간혹 정돈된 목소리가 있긴 하지만, 또한 그 수량이 꽤 되긴 하지만, 그러나 날감정들과 구분될 표지를 가지고 있지 않기 때문에 함께 묻혀버린다. 궁극적으로 통신망 안의 이야기 공간은 소음의 공간이다. 그리고 그러다 보니, 저마다 독특성으로 포장되어 있는 하나하나의 목소리들은 가만히 들여다보면, 이미 이야기된 것들의 조합들이다. 그 조합이 약간의 변이를 거치면서 끝없이 재생산되고 있는 것이다. 그 목소리가 그렇다는 것은, 통신망 내에 참여하는 주체가 개체 생명이 아니라 스스로 분해·합성의 가능성으로 가득 찬 조립 생명이라는 것을 말한다. 엄격하게 말해, 거기에 개인은 없다. 정돈되지 않은, 생각들의 끝없는 흐름만이 있을 뿐이다.[13] 다른 하나의 문제는, 통신망 안의

---

13) 아마도 이에 대한 가장 강력한 반론은 신문명 예찬자들이 애용하는 역사적 비교일 것이다. 문자가 처음 출현했을 때도 비슷한 비판과 우려가 있었다는 것이다. 가령, 하이퍼텍스트의 가장 영향력 있는 예찬자인 조지 P. 랜도George P. Landow는 "14세기에 교실에서 개인적 책 읽기가 금지"되었다는 역사적 사실을 들면서, "우리는 새로운 테크놀로지와 그에 연관된 실행들에 대한 저항을 쉽게 상상할 수 있다. 왜냐하면, 그 이후 7세기 동안에도 그러한 저항은 별로 변하지 않았기 때문이다"(『하이퍼텍스트: 현대 비판 이론과 테크놀로지의 조우*The Convergence of Contemporary Critical Theory and Technology*』, The Johns Hopkins University Press, 1992, p. 163)라고 말한다. 그러나 이러한 역사적 비교는 사안들의 비대칭성을 고려하지 않은 단순화의 위험에 빠질 수 있다. 독서의 발달은 개인의 능력과 그에 대한 개인들의 자각과 더불어 진행된 것이며, 지배 질서는 이 개인들의 능력 및 활동이 탈제도의 방향으로 가는 것을 두려워했던 것이다. 반면, 오늘날 새로운 테크놀로지는 개인의 신장이 아니라 궁극적으로 개인의 분해를 촉진하고 있다. 더욱이 랜도가 자신의 증거로 인용하고 있는 폴 상제Paul Saenger(「시간의 책들 그리고 후기 중세에 있어서의 독서 습관」)

직접민주주의는 통신망의 운영체제에 예속되어 있다는 것이다. 그 예속은 그 운영체제의 운영자와 참여자 사이에 엄격한 단절이 있음을 뜻한다. 가령, 인터넷 사용자는 예전에 기억해두었던 사이트를 다시 방문할 경우, 그곳이 알 수 없는 이유로 폐쇄된 경우를 종종 만날 수 있다. 이는 수평적 교류망이 한쪽의 폐쇄로 단절되는 경우인데, 이러한 사태는 수직적으로도 가능하다. 즉, 통신망의 운영 기제가 폐쇄되면, 통신망 참여자들은 일제히, 일거에 '부재'당한다. 이 극단적인 예는 통신망 내의 직접민주주의가 사실상 운영체제라는 상위(上位) 단계 체제의 정치·경제적 입장에 의해 유도·조절될 수 있으며, 궁극적으로 거기에 종속된다는 것을 보여준다. 이는 실로 중요한 문제인데, 이것이 단순히 디지털 문화의 우연한 현상이 아니라, 매체 자체의 구조적 성격에 의해 유발되는 필연적 현상이기 때문이다. 우리는 앞에서 디지털 문화의 기본 절차를 분해·합성으로 보았다. 그 분해·합성을 가능케 하는 것은 중성화라는 희한한 화학식이다. 그 중성화(의미 소거 작용)를 바탕으로 한 분해

는 비슷한 제목의 글(「중세의 책 읽는 방식」, 『프랑스 출판의 역사』 제1권 '정복하는 책', Promodis, 1982, pp. 131~41)에서 오히려 다른 증언을 하고 있다. 즉, 그 글에 의하면, 중세의 대학 규칙들은 학생들이 그들의 책을 가져오도록 규정하고 있었으며, 책을 살 돈이 없었던 학생들에게 도서관이 책을 빌려주었다. 학생의 독서 환경이 자연스럽게 조성되었으며, 학생들은 "강의 도중 개인적 독서를 통해 교수로부터 정통 교리를 듣는 한편, 그것과 자신이 (책에서 읽은) 성직의 권위에 적대적인 사람들의 관점을 은밀히 비교할 수 있었다". 또한, "중세 말의 교수들은 자신이 눈앞에 보이는 학생들뿐만 아니라 외부의 독자들에게도 말을 건네고 있다는 것을 충분히 알고 있었다". 중세의 교회가 금지한 것은 개인적 책 읽기가 아니라 "연금술에 대한 서적", 즉 질서를 위태롭게 할 수 있도록 판단된 종류의 서적들이었다. 그러니까, 이 시대에 대학, 교수, 학생이 모두 책의 유용성을 각자 확신하고 있었고(물론 각자 동상이몽일 수 있겠으나), 그들 사이에 상당히 활발한 상호 상승 작용이 일어나고 있었음을 알 수 있다. 따라서, 랜도의 증거 인용은 어떤 왜곡을 동반하고 있다. 이러한 단순화와 왜곡을 피하는 길은 양 문화의 구조적 차이를 엄격히 따지면서 비교하는 것이다. 구조가 다르면 현상도 다르고 나타나는 반응 및 영향도 다르다.

·합성의 결과는 놀랍게도 의미로 충만한 음향·영상물들이다. 따라서, 이 사이, 즉 중성화된 자료(정보)를 의미 있는 지식으로 변환시키는 데는 특별한 프로그래밍 절차가 개입되어 있을 수밖에 없다. 그런데 이 프로그래밍은 두 극점들 속에 내재되지 않고 별도로 작동한다. 두 극점, 즉 정보들bits과 음향·영상물은 각각 어떤 프로그램도 내장하지 않고 있다(이것은 문자 문화에서 쓰는 글이 곧 읽는 글이어서, 두 극점이 한 차원 안에 공존할 뿐만 아니라, 동시에 그 의미의 발신·수신의 방식도 글에 내재되어 있다는 것과 극단적인 차이를 이룬다). 간단히 말해, 디지털 문화에는 구조적으로 원본source과 현상본text이 다르다. 즉, 디지털 문화에는 언제나 배후가 있다. 좀더 정확하게 말하면, 끝없이 배후들이 있다. 즉, 비트라는 미세 단위로부터 전지구적 네트워크에 이르기까지 아주 무수한 자율적 영역들이 있고, 그 영역들은 동심원의 파문을 그리며 퍼져나가고, 그 동심원들 사이는 구조적인 울타리들에 의해 계층적으로(디렉터리를 이루면서) 가로막혀 있다. 이 세상에서 사람들은 각각의 층에서 무한한 자유를 누리고 있다고 착각하지만, 그러나 언제나 그보다 한 단계 위에 놓인 층의 피조작 단위로서 존재한다(이런 점에서 디지털 문화는 양파와 동형이되 방향이 거꾸로 된, 바깥으로 열어나갈수록 미지의 무대가 가로막는 구조다).

디지털 문화의 직접성은 구조화된 직접성이다. 구조화된 직접성은 주체의 위상에 결정적인 영향을 미친다. 디지털 문화의 주체는 환상적 주체다. 각 영역의 직접민주주의, 쌍방향 교류, 무한 확장이 근본적으로 폐쇄적이기 때문이다. 직접성은, 접시 위에 놓인 육회처럼, 환상 위에 놓인 리얼리티다.

다음, 디지털 문화의 주체에게 자유는 선택 대상이긴 하지만 구성 대상은 아니다. 여기에서 또 다른 예로 넘어가 보자. 영화는 가상 현실이 실제의 체험이 될 수 있다는 것을 자주 보여주었다. 현실적으로 불가능한 것을 가상 현실 속에서 가능케 하는데, 그러나 그 체험은 단순히 꿈이나 심리적 도취가 아니라, 물질적이고 육체적인 실감을 준다. 이 가상-실물 체험을 인상적으로 보여준 거의 최초의 영화가 「토탈리콜Total Recall」이라는 점에서 이것을 토탈리콜적 경험이라고 말할 수 있다. 이 토탈리콜적 경험이 육체적 실감을 주는 것은 분명하다. 그러나 그 육체적 실감은 실제의 체험과 결정적으로 다른 점이 하나 있으니, '미리 가정된 체험'이라는 것이 바로 그것이다. 미리 가정된 체험이라는 점에서 그것은 닫힌 체험이다. 가령, 「스트레인지 데이즈Strange Days」에서 '기억장치'를 팔고 다니는 레니 네로Lenny Nero가 고객을 유혹하기 위해 결정적으로 꺼내는 아이템은 "어떤 위험도 없습니다"라는 보장이다. 어떤 경험도 가능하지만, 그 경험의 효과는 유일하다. 가상-실물 체험은 궁극적으로 쾌락만을 제공한다. 그에 비해, 실제의 체험은 예측 불가능성을 속성으로 갖는다. 그렇다는 것은 그 체험이 느낌의 불확정성 위에서 전개된다는 것을 뜻한다. 이로부터 실제 체험의 이중의 양상이 나타난다. 하나는 실제의 체험은 고통과 쾌락의 복합체라는 것이다. 다른 하나는 느낌의 불확정성 때문에 주체는 그 체험에 '구성적으로' 참여한다는 것이다. 가상 실물 체험이 쾌락으로 귀결하고 주체가 거기에 '선택적으로' 참여한다는 것과 그것은 다르다.

물론 우리는 「플라이The Fly」의 악몽을 알고 있다. 텔레포팅teleporting의 사고로 파리와 인간의 합성물이 되어버린 세스 브런들Seth Brundel의 경험은 문자 그대로 지옥 그 자체다. 그러니, 가상-실물 체험에 왜 고통이 없겠는가,라고 반문할 수 있을 것이다. 이 세번째 예에서 우리는 좀더 깊은 논의로 들어간다. 가상-실물 체험에도 고통은 있다. 한데 그 체험은 고통이거나 쾌락이거나이지, 고통과 쾌락의 복합체가 아니다. 그 것은 주체가 텔레포팅 이전과 이후에 있지만, 그것 내부에 있지는 않기 때문이다. 다시 말해, 주체는 프로그래밍 앞에 혹은 뒤에 있을 뿐, 프로그래밍과 동시에 함께 있지는 못한다. 물론 숱한 시행착오를 거쳐 프로그램은 수정될 것이고, 파리와 인간이 합성되는 우연한 사고의 확률은 줄어들 것이다. 그러나 그것은 이미 주체의 한계를 벗어난다. 사건에 참여하고 있는 순간 속의 주체는 프로그램에 어떤 손도 쓸 수 없기 때문이다. 시행착오의 몫은 그 주체의 배후에 있는 존재다.

가상 현실은 주체의 사건이 아니다. 그것은 비-주체, 주체-배후의 사건이다. 여기에서 세번째 예는 첫번째, 두번째 예와 둥그렇게 맞물린다. 이 둥근 원환의 둘레를 우리는 다음의 문장들로 늘어놓을 수 있다. (1) 디지털 문화는 끝없이 배후에 의존한다; (2) 따라서, 디지털 문화의 주체는 선택 주체이지 구성 주체가 아니다; (3) 동시에 디지털 문화의 주체는 개체 생명이 아니라 조립 생명이다. 왜냐하면, 주체 행동의 필요 조건은 선택만도 구성만도 아니라 선택과 구성 모두이기 때문이며, 따라서, 사건의 대리인으로서의 (선택) 주체는 사건 구성자로서의 배후와의 이형 배합을 통해서만 존재할 수 있기 때문이다; (4) 바로 그 점에서 디지털 문화의 실질적인 주체는 역설적이게도 비-주체 혹은 탈-주체다; (5) 그러니, 디지털 문화가 전가의 보도처럼 휘두르는 직접성(실시간), 쌍방향성은 두루 주체의 몫이 될 수가 없는 것이다. 당신이 누리는 그것은 당신의 것이 아니다. 나는 누린다, 고로 나는 존재한다,고? 아니다. '내가 누리는 곳에 나는 존재하지 않는다.' 그런데도 디지털 문화는 끊임없이 주체의 이데올로기를, 개인들의 행복을 전파한다. 아니, 디지털 문화는 주체의 이데올로기를 먹고 자란다. 그것은 그것의 일용할 양식이다. 우리는 이 점을 곧 다시 얘기할 것이다.

4. 두 미학

매체의 차이는 태도의 차이를 낳는다. 문학이 세상에 관여하는 방식과 하이퍼텍스트의 그것은 다를 수밖에 없다. 앞에서 우리는 두 문화의 존재 양식을 똑같이 모순으로 보았다. 그 모순을 운명과 지향 사이의 모순이라고 간단히 정의할 수 있는데, 그러나 그 모순이 공존하는 양태는 다르다. 문학의 모순은 내재적인 데 비해, 디지털 문화의 모순은 외재적이다. 문학의 모순이 내재적이라는 것은 그의 지향이 또한 운명임을 뜻한다. 개인의 자유와 행복에 대한 의지도 문학의 운명이고, 제도화된 사회에서 살 수밖에 없는 것도 문학의 운명이다. 언어의 해방을 꿈꾸는 것도 문학의 운명이고, 글의 선조성(線條性)에 묶일 수밖에 없는 것도 또한 그렇다. 그에 비해, 디지털 문화의 운명과 지향은 근본적으로 무관하다. 그것의 운명은 탈개인화고 탈주체화다. 한데 그것의 꿈은 개인의 행복의 극대화다. 인터넷, 멀티미디어, 하이퍼텍스트 등 현대 문명의 문화적 장에서 항상 피어오르는 것은 개인들의 화사한 표정들, 혹은 그의 연분홍 안개에 싸인 몽유(夢遊)다.

정보화 문명의 예찬자인 많은 철학자·과학자 들은 이 모순에 대해 거의 무지하다. 이 모순에 대한 가장 진지한 성찰가들조차(레비, 알랭 투렌Alain Touraine 등) 그것을 모순으로 보기보다는 병렬적 사실로 이해한다. 가령, 투렌은 말한다: "현대성의 유일한 모습은 없다. 합리화와 주체화라는 두 개의 모습이 서로를 향해 있으며 그 둘 사이의 대화가 현대성을 구성한다. 지아니 바티노Gianni Vatimo는 프리드리히 휠더린Friedrich Holderlin의 시구를 인용한다: '성공으로 충만하여, 그러나 이 땅 위의 인간은 시적으로 살고 있네'."[14] 물론 그렇다. 현대인들은 수시로 한 편의 완성된 시로 피어난다. 그러나, '수시로' 그러할 뿐이다. '대체로는' 합리화의 거대한 그물에 갇힌 가상적 이미지들로 살아갈 뿐이다. 투렌식 병렬은 합리화와 주체화 사이에 건널 수 없는 벼랑이 잘려나가 있다는 것을 설명하지 못한다. 그는 정신분석학의 도움에 힘입어 저 가상적 이미지들의 인간적 명칭이 '자아'고, "주체는 자신의 개인적 경험과 사회적 환경의 소비자가 아니라 생산자가 되려는 개인의 의지"[15]라고 말한다. 그러나, 그렇다고 해서, 그가 역설하듯, 주체를 위한 세계의 표상이 "새롭게 재구성"될 가능성은 어디에서도 쉽게 발견되지 않는다. 왜냐하면, 오늘날의 주체는 자아들의 창궐에 힘입어 점점 강화되는 목적격이지, 자아의 대안으로서 태어날 신생아가 아니기 때문이다. 투렌은 정신분석학의 전모를 익히지도 못한 채 그것을 자신의 사회학에 끌어들이는 우를 범하고 말았다. 자아는 "권력의 보유자에 의해서 대상화되고 '자아soi'로 변형된 '목적격 나moi'"인 것만이 아니다. 그것은 동시에 주체가 스스로에 대해 환상적으로 보유하는 이미지다. 심리비평가들이 사회적 자아뿐만이 아니라, 원초적 자아를 거론하는 것은 그 때문이다. 투렌이 말하는 '주체'는 그 원초적 자아와 그리 멀지 않은 곳에 위치한다. 자아가 세상의 이미지라면, 주체는 자아의 이미지다. 현대 문

---

14) 알랭 투렌, 『현대성 비판』, 정수복·이기현 옮김, 문예출판사, 1998(원본 출간년도: 1992), p. 261.
15) 같은 책, p. 293.

명의 어디에도 "생산자가 되려는 개인의 의지"로서의 주체가 존재할 터전은 없다. 사실적으로 없다는 것이 아니라, 구조적으로 없다. 디지털 문명은 주체에게 상황에의 구성적 참여를 허용하지 않는다는 앞에서의 논의를 상기하면 그렇다. 『컴퓨터가 여전히 할 수 없는 것What Computers 'Still' Can't Do』의 저자 휴버트 드레퓌스만이 그 점을 직시하고 있었다. 그는 데카르트의 기계 비판에서 출발한다. 데카르트는 "우리의 정신이 할 수 있는 바와 같은 모든 상황에서의 행동을 할 수 있는 기계는 만들 수 없다"[16]고 보고, 그래서, "'비물질적 영혼immaterial soul'을 가정해야 할 필연성"[17]을 주장하였다. 그 '비물질적 영혼'이란 신을 가리킨다. 그러나, 현대 문명의 시각에서 보면, 17세기 철학자의 주장은 순진하기 짝이 없을 것이다. 왜냐하면, 원리적으로 그러한 기계가 불가능한 것은 아니며, 신경망 이론, 인지심리학의 발달은 '모든 상황에서의 행동을 할 수 있는 기계'에 대한 확신을 갈수록 짙게 해주고 있기 때문이다. 바야흐로 컴퓨터의 관리자인 인간은 "신과 같이 되어가고You shall be as Gods" (「창세기」, 『성경』) 있는 중인 것이다. You shall be as Gods! 그러나 드레퓌스는 이 낙관적 비전에 승복하지 않는다: "그러나, 데카르트와 정확히 대척적인 자리에서 새로운 이의 제기가 있을 수 있다: 병 속의 두뇌나 디지털 컴퓨터는 여전히 새로운 종류의 상황들에 대응할 수 없을 것이다,라고. 왜냐하면, 상황에 적응하는 우리의 능력은 우리의 신경 시스템의 융통성flexibility에 의존한다기보다는 차라리, 실제의 사건 속에 참여하는 우리의 능력에 의존하기 때문이다. 그러한 기계를 프로그

---

16) 『컴퓨터가 여전히 할 수 없는 것―인공 이성 비판What Computers 'Still' Can't Do―A Critique of Artificial Reason』(휴버트 드레퓌스, The MIT Press, 1994, p. 236)에서 재인용.
17) loc.cit.

램하는 시도를 몇 차례 해본다면, 인간과 기계를 구별하는 것이(그 기계가 아무리 지능적으로 구성된 것이라 할지라도) 별도로 떨어진detached 보편적이고 비물질적인 영혼이 아니라, 연관적이고involved 상황화된, 물질적 육체임이 명백해질 것이다."[18] 메를로퐁티Merleau-Ponty의 '몸'에 대한 사유에서 많은 것을 빚지고 있는 드레퓌스가 그 몸의 고유한 권한으로서 내세우는 '실제의 사건 속에 참여'하기가 바로 앞에서 우리가 말한 '구성적 참여'다. 디지털 기제는 그것이 무엇이든, 구성적 참여를 배제한다. 사건 속에 참여하고 있는 동안 주체는 결코 상황의 구성 주체가 되지 못한다. 구성은 그의 앞 혹은 뒤에 있을 뿐이다. 구성의 주체는 주체-배후다.

따라서 "현대성을 서술하기 위해서는 대량 생산과 대량 소비라는 주제에 주체의 탄생이라는 주제를 첨가해야 한다"[19]는 사회학자의 말은 섬세히 교정되어야 한다. 사회사적 차원에서 19세기 초엽을 염두에 두는 것이라면, 투렌의 진술은 옳다. 그러나 그 이후(상징적으로는 노동자 봉기에 대한 자본가들의 탄압이 처음으로 나타난 1848년 이후) 주체의 탄생은 주체의 환상이 되었다. 주체는 탄생한 순간 분열되었고, 그리고 이제 "이데올로기가 개인을 주체로서 호명l'idéologie s'adresse à l'individu en tant que sujet"(알튀세르)할 뿐이다. 그리고 디지털 문명에 이르러 주체의 분열은 이중으로 새끼를 치기 시작한다. 한편으로는 주체의 존재론적 분열이 있다. 즉, 이제 주체는 분열을 생존의 방식 자체로 삼는다. 끝없는 핵분열과 핵융합 반응으로 현대 문명은 휘황찬란하다. 다른 한편,

18) loc.cit.
19) 알랭 투렌, 같은 책, p. 290.

인식론적 분열이 있다. 즉, 존재론적으로 주체는 시방 끝없이 쪼개지고 사방으로 흩어지며, 예기치 않은 곳으로 미끄러져 들어가 때마다 색다른 존재태로 나타난다. 엄숙한 가장으로서의 나, 신분과 인격을 몽땅 팽개친 통신망 속의 나, 밀실의 도락을 즐기는 인터넷 속의 나, 전투 의지로 불타는 게임 속의 나…… 그 수많은 '나'들은 기실 그가 진입한 장소의 다른 구성물들과 합성된 존재이지, 독립된 개체 생명이 아니다. 이 존재론과 달리, 디지털 문명의 주체학은 항상 개인의 신화, 즉 독립·개체 생명에 대한 환상으로 포화되어 있다.

이것은 현대 문명이 자신의 생장과 발전을 위해 과거의 신화를 이용하고 있다는 것을 보여준다. 왜 그러한가? 우선은 우리가 아직 개체 생명의 세계에 살고 있기 때문이다. 다시 말해, 여전히 세상의 주인은 인류이지 기계류가 아닌 것이다. 그러나 시대적 의미만이 대답을 줄 수 있는 것은 아니다. 디지털에까지 이른 문명의 발달이 신과 같이 되려는 욕망에 뒷받침되어 있다는 것은 앞에서 말한 바와 같다. 한데 그 신이란 무엇보다도 유일자, 즉 독립·개체 생명의 거대 상징인 것이다. 그러니, 문명의 궁극적인 목표는 개인성의 극대화고, 디지털 문명에도 그 목표는 결코 변경될 것이 아니다. 앞에서 본 것처럼, 실제로는 디지털 문화에서 독립 개체의 역할을 하는 것은 주체가 아니라 주체의 배후다. 그런데도 사건의 주체에게 이 개인성의 신화를 덧씌워놓지 않으면, 모든 구성원들은 단숨에 생기를 잃고 바둑판의 밋밋한 흑백의 돌들로 전락할 것이다. 장고에 들어간 바둑 기사는 이 판에 있지 않고, 저 위에 있는 것이다.

그러니, 『집단 지성—사이버 스페이스의 인류학을 위하여 *L'intelligence collective—Pour une anthropologie du cyberspace*』의 저자가 아무리 가상 현

실의 장밋빛 청사진을 그려 보인다 해도, 여전히 그것은 '위하여'의 차원에 머물러 있는 것이다. 그는 씩씩하게 노래한다. 가상 현실이 인류에게 펼쳐 보여줄 각종의 선물을. 그러나, 그렇게 노래하고는 어쩔 수 없이 이렇게 덧붙인다: "물론 이것은 단지 이상일 뿐이고 도달해야 할 목표일 뿐이다."[20] 이 이상에 도달하기 위해서는 어떤 방법론이 고안되어야 하는가? "집단 지성의 기획은 권력적 시각의 포기를 전제한다"[21], 라고 철학자는 말한다. 그러나 이런 대답은 무의미한 대답이다. 누가 권력을 포기하겠는가? 권력에의 의지는 개체 생명의 '본능'인 것을. 그러니, '사이버 스페이스의 인류학'은 사실상 '사이버 스페이스의 윤리학'을 넘어서지 못한다.

물론 나는 이 윤리학 자체가 무의미하다고 주장하는 것은 아니다. 다만, 윤리학을, 즉 실천이성을 제대로 요청하려면, 접합의 논리로는 안 된다는 것을 지적할 따름이다. 접합의 논리는 항상 두 측면의 화해를 요구한다. 그 두 측면이 근본적으로 결합될 수 없는 물과 기름인데도. 그렇다면, 무엇을 할 것인가? 나는 윤리학자가 아니기 때문에, 당연히 여기에서 미학으로 건너간다. 미학도 물론 현대 세계에서는 윤리학의 일종이다. 세상의 분열이 일어난 이후, 미학은 체험적 윤리학이 될 수밖에 없었다.

미학은 기본적으로 두 가지가 있을 수 있다. 왜냐하면, 우리는 지금 낡은 문화의 핵인 문학에 대해서 말하고 있기 때문이다. 디지털이 문화의 전 부문을 점차로 점령해가고 있는 지금 왜 여전히 문학을 말하는

---

20) 피에르 레비, 『집단 지성—사이버 스페이스의 인류학을 위하여』, Éditions La Découverte, 1995, p. 101.
21) 같은 책, p. 239.

가? 배운 도둑질이 문학이기 때문에? 물론 그럴 것이다. 그러나 문학이 살아남을 것이라는 확신이 없다면, 우리의 도둑질은 지속되지 못할 것이다. 문학의 생존 가능성은 역설적이게도 디지털 문명의 모순으로부터 온다. 그 모순에서 우리는 새 문명이 낡은 문화를 자신의 알리바이로 '써먹는다는' 것을 보았다. 바로 그것 때문에 낡은 문화는 사라지지 않는다. 그것의 핵인 문학 역시 사라지지 않는다. 그러기는커녕, 영원한 신화로서 거듭 추앙되고 연모될 것이다. 디지털 문화는 문학으로부터 생의 자양분을 빨아들이기 위해 온갖 문학을 뒤질 것이다. 문학은 창조의 헛간으로서 줄기차게 활용될 것이다. 그렇다면, 문학의 입장에서는 '써먹히지' 않고 생존할 수 있는 길에 대한 탐구가 열릴 것이다. 그 길은 문학이 저의 본성으로써 현대 문명의 모순에 저항하는 비밀 통로가 되어줄 수 있을 것이다.

또한 디지털 문화에도 그 자신의 토양에 대한 반성적 성찰이 있을 수 있다. 우리는 앞에서 문자 문화는 자기반성 장치를 내재하고 있는 데 비해 디지털 문화는 그렇지 않다고 보았는데, 그 까닭을 매체의 구조적 성격에서 찾았다. 그 구조적 차이는 문자 문화에서는 쓴 글이 곧 읽는 글인 데 비해, 디지털 문화에서는 원본과 현상본이 다르다는 데에 있다. 그러나 그렇다고 해서, 문자 문화만이 반성을 수행할 수 있고, 디지털 문화는 그렇지 않다고 말하는 것은 도식적인 재단이 될 것이다. 자기반성 장치를 내장하고 있는 문화가 저의 고유한 기능을 썩힐 수도 있으며, 그렇지 않은 문화가 특별한 방법을 통해 그것을 부착할 수도 있다. 실제로 문화의 현실태들은 여러 문화들의 복합체로 이루어져 있다. 예전에 사회구성체라는 말이 쓰여졌듯이, 문화도 엄격한 의미에서는 문화구성체다. 문제는 각각의 문화구성체들이 저의 입장과 자리에서 어떻게 자신의 공간을 유연하게 하여, 현실 반성과 자기반성을 동시에 수행하는가에 있다.

그렇다면, 두 미학은 다시 둘로 나뉘어 기본적으로 넷이 된다. 현대 문명에 써먹히는 문학과 그것에 저항하는 문학이 있을 수 있고, 현대 문명을 신화화하는 새 문화와 현대 문명을 성찰하는 새 문화가 있을 수 있다. 두 미학이 모두 '주체'의 신화를 밑에 깔고 있다는 점에서(문자 문화의 경우에는 그것이 내재된 속성이며, 디지털 문화의 경우에 그것은 외부로부터 부착된다), 주체성의 유·무를 기준으로 다음과 같이 네 미학을 도식화할 수 있을 것이다(+는 주체성의 존재를, -는 그것의 배제 혹은 해체를 가리킨다).

심급 문화	문자 문화		디지털 문화	
현실태	+		-	
인식태	+	-	-	+
존재태	수사학	반성(자기 해체)	파로디: 탈영토적 모의(模擬)	거짓 중심(주체의 신화)을 맴도는 순환적 유희

5. 문학의 두 전망

스스로의 토양에 대해 반성적인 디지털 문화가 어떻게 나타날지 우리는 아직 충분히 알지 못한다. 정치적 차원에서 그누 프로젝트 등 정보화 사회의 독점에 반대하는 운동과 사건들이 이제 겨우 싹을 내밀고 있을 뿐이다.[22] 그러니, 논의를 문학으로 좁히자.

현대 문명에 '써먹히지' 않고 생존하는 문학의 길도 자세히 보면 여러 갈래가 있을 수 있다. 문학의 입장에서 '문자와 비트'의 관계를 묻는다는 것은 새로운 문명사회에서의 문학의 존재의 방식에 대한 질문으로 수렴된다. 그 질문은 두 가지 질문으로 나누어 생각할 수 있다. 하나는 문학이 저의 본성을 지키면서 아주 이질적인 토양인 정보화 공간에서 여하히 존재할 것인가의 문제다. 다른 하나는 문학이 새로운 문명의 충격을 받아 어떻게 변모할 것인가, 하는 것이다. 전자의 문제는 새 문명에 대한 문학의 저항의 양태로 나타나고 후자의 문제는 새 문명과 옛 문화의 교류의 양태로 나타날 것이다.

문학의 본성이 내재적 모순을 안고 있음을 우리는 이미 보았다. 문학은 문자 문화에 운명적으로 속박되어 있다는 것. 그것은 문학이 문자 문화의 개념 지향, 선형성, 일방향성에 속박되어 있다는 것을 뜻한다. "글쓰기의 의도는 사고의 현기증 나는 순환으로부터 행으로 정돈된 사

---

22) 오늘의 시점에서 바라보면, 위 진술은 너무나 순진하다. 그누 프로젝트(1983~)를 주도한 리처드 스톨먼Richard Stollman은 '명상가'로 변신하였다. 반면 '그누'를 통해 탄생한 운영체제 '리눅스'는 그 무한 공유적 성격이 오히려 상업적으로 써먹히고 마는 아이러니에 직면하였다. 때문에 '그누'가 제시한 정보 만인 공유주의 운동은 한때, 실질적으로 실패한 듯이 보였다. 그러나 씁쓸한 열패감을 씻어버리는 사건 및 운동들이 21세기 들어 터져 나오기 시작했다. 적어도 세 가지에 주목해야 할 것이다. 첫째, 네티즌들의 자발적 정보공유 마당으로서 위키피디아Wikipedia가 2001년 지미 웨일스Jimmy Wales와 래리 생어Larry Sanger의 주도하에 설립되었다는 것이다. 이 사전은 네티즌들의 자발적인 참여를 통해 정보의 객관화와 정확도를 높이는 시스템을 구축함으로써 장기지속적 발전의 도정에 들어설 수 있었다. 다음 2006년 줄리언 어산지Julian Assange가 출범시킨 '비영리 저널 기구', 위키리크스WikiLeaks이다. 마지막으로 2013년 미국정보국NSA의 기밀을 폭로한 스노든Edward Snowden 사건이다. 이러한 사건 및 운동에서 우리는 두 가지 의미를 짚어내고 궁리해야 할 것이다. 하나는 디지털 환경 내부로부터 예측 불가능한 방식으로 비판 문화가 태어날 수 있다는 점이다. 즉 자기반성 장치를 생래적으로 내장하고 있지 않은 데서 자기반성이 발생하는 원천에 대해 생각해보게 한다는 것이다. 다음, 그럼에도 이 운동과 사건 들은 모두 '사용'의 차원에서 전개된 것이다. 시스템 생산의 차원에서 비판성이 어떻게 내장될지는 아직 미지인 채로 있다. 아마도 위키피디아의 행로는 그에 대한 대답을 줄 수 있을지 모른다.

고로의 안내 〔……따라서〕 전역사적인 순환으로부터 행의 형태를 갖춘 역사적 사고로의 안내"[23]라는 것은 상식에 속하는 일이다. 그러나 그 대가로 문자는 사유의 틀을 하나로 묶어버리고 만다. 문자 문화가 빈번히 수사학으로 귀결되고 마는 것은, 즉 지배 이데올로기의 확립(신화 만들기)과 보급에 기여하는 것은 그 때문이다. 그러나, 주지하다시피 문학의 역사는 저의 태생적 운명을 벗어나기 위한 고행과 모험의 역사였다. 그것을 가능케 한 것은 문자 문화가 자기반성을 내장하고 있다는 구조적 특성인데, 어쨌든, 그로부터 문학은 이데올로기를 부정하는 현실 비판적 기능과 언어의 선조성에서 벗어나려는 자기 해방적 작업을 동시에 수행하는 것이다. 그러니, 디지털 문화의 특징이라고 흔히 지칭되는 쌍방향성, 비선형성, 가상 현실이 오직 디지털 문화만의 것인가? 오히려 그것들은 문학의 아주 오랜 꿈들이었다고 말해야 할 것이다. 문학은 저의 문자적 숙명을 벗어나 작가와 독자의 진정한 소통을, 자유자재한 현실의 변용을, 언어의 다층적이고 분산적인 쓰임을 찾기 위해 온갖 실험을 다 해왔다. 아마도 물리학의 최근 이론은 좋은 비유가 되어줄 수 있을 것이다. "초끈 이론은 우주를 10차원으로 생각하고 있다. 이제까지 우리의 우주는 공간이 3차원, 시간이 1차원인 4차원의 것으로 생각해왔다. 초끈 이론에서는, 나머지 6차원은 작게 뭉쳐져서 '소립자의 내부 공간'에 갇혀 있는 것으로 생각한다."

우리는 문자 문화가 갖지 못한 쌍방향성, 비선형성, 가상 현실이 차라리 "작게 뭉쳐져서" 문자의 내부 공간에 갇혀 있으며, 그것을 활성화시킨 것이 문학이라고 생각할 수 있다. 만일 이렇게 생각할 수 있다면,

---

23) 빌렘 플루서, 앞의 책, p. 37.

문학과 디지털 문화의 차이는 어떤 속성을 갖는가, 갖지 않는가의 구분으로 나타나는 것이 아니라, 어떤 속성들이 바깥에 드러나고 어떤 속성이 안에 잠재하는가의 구분으로 나타날 것이다.

그렇다면, 문학의 두 경향은 희한하게 맞물릴 것이다. 문학의 본성을 일관되게 밀고 나가려는 첫번째 경향은 그 의지에 의해서 자신의 내부에 문자 문화의 구속으로부터의 해방구를 차리려고 할 것이다. 그 해방구에는 정보화 사회의 특성이라고 얘기되는 쌍방향성, 언어의 비선형성이 전개되고 있을 것이다. 디지털 문명의 영향을 받아 문학 자체의 변화를 꾀하는 두번째 경향은 그러나 그것이 문학인 한은 문학의 숙명을 벗어나지 못할 것이다. 그리하여 그 모순 사이에서 다양한 방식으로 새 문명과 옛 문화의 모순적 관계를 성찰하는 자리를 제공할 것이다.

두 방향을 각각 원-근대적 방향, 탈-근대적 방향이라고 부르자. 이 두 방향은 우선 출발의 태도가 다르다. 둘 모두 문자로 시작한다. 그리고 둘 모두 문자의 굴레로부터 벗어나고자 한다. 이 둘이 다 같이 근대 Modernity를 극복하려는 움직임이라는 것이다. 그러나 그것들이 각각 근대를 부정하는 방식과 지향은 사뭇 다르다. 원-근대적 방향의 근대 부정은, 근대 자체가 모순적인 것과 마찬가지로, 모순적이다. 그것은 근대의 이념과 실제 사이의 괴리를 비판적으로 인식하고 그 본래의 정신을 회복하려고 한다. 한데 그것은 이중의 움직임으로 나타난다. 한편으로는 가짜 절대성(현실을 장악한 거짓 이념들)이 유포하고 강요하는 획일성에 반대한다. 다른 한편으로는 근대의 실제(시장경제 논리)가 유발하는 교환가치의 횡행, 즉 인간의 상품화·파편화를 비판한다(보들레르가 19세기의 파리에서 유령들의 세상을 보았던 것은 이와 관련이 있다. 유령들은 단지 포스트모던한 세상의 전유물이 아니다. 그것은 이미 근대에 시작되

194

었다). 그것이 가는 방향은 따라서 파편화를 극복하고 동시에 가짜 절대성을 넘어서는 것, 즉 진정한 일의성의 세계인 "상상적 진리"(레이몬드 윌리엄스Raymond Williams)의 세계로 난 길이다. 그래서 시인은

> 간이식당에서 저녁을 사 먹었습니다
> 늦고 헐한 저녁이 옵니다
> 낯선 바람이 부는 거리는 미끄럽습니다[24]

일시성(간이식당), 비진정성(늦고 헐한), 이질성(낯선 바람)들의 활주(미끄럽습니다), 혹은 "잡채다발보다 미끄러운 약속된 땅의 삼십 년"(「격렬한 고통도 없이」)을 못 견뎌 하고, 벗어나려 한다. 그러나 그 해방은 결코 이루지 못할 꿈이다. 획일화와 파편화를 동시에 부정한다는 점에 원-근대적 방향의 모순이 있기도 하지만, 이 상상의 세계에 도달하지 못하리라는 것을 작가 스스로가 잘 알고 있다는 점에서도 그것은 모순적이다. 왜냐하면, 앞에서 보았던 것처럼 현실 부정은 동시에 상상의 터전을 없애는 것이기 때문이다. 그렇기 때문에 원-근대적 방향의 문학은 긍정과 부정의 모순의 극점에 위치함으로써 완성에 도달한다. 시인이 말했듯이, 죽음으로써 현존을 증거하는 것, 그것이 바로 그 모순의 극점에 위치한 문학의 표정이다. 그 모순의 극점을 두고 어떤 이는 아이러니(루카치, 지라르, 골드만)라고 지칭하였고, 어떤 이는 그로테스크(위고, 바흐찐)라고 하였으며, 또 어떤 이는 숭고성(부알로, 칸트)이라고 하였으며, 그리고 벤야민은 그것을 '아우라'라는 이름으로 종합하였다. 시

---

24) 이성복, 「序詩」, 『남해 금산』, 문학과지성사, 1994, p. 11.

인의 도달점이 "빛나는 정지"인 것은 그 때문이다.

> 상류로 거슬러오르는 물고기떼처럼
> 그는 그의 몸짓이 슬픔을 넘어서려는 것을 안다
> 모든 몸부림이 빛나는 靜止를 이루기 위한 것임을[25]

시인은 저 세상으로 건너가지 못한다. 다만, 두 세상의 경계에서 멈추어 돌이 될 수 있을 뿐이다.

> 한 여자 돌 속에 묻혀 있었네
> 그 여자 사랑에 나도 돌 속에 들어갔네
> 어느 여름 비 많이 오고
> 그 여자 울면서 돌 속에서 떠나갔네
> 떠나가는 그 여자 해와 달이 끌어주었네
> 남해 금산 푸른 하늘가에 나 혼자 있네
> 남해 금산 푸른 바닷물 속에 나 혼자 잠기네[26]

그러나 그 돌은 빛나는 돌이다. 찬찬히 읽어보자. 한 여자가 돌 속에 묻혀 있었다. 나는 그 여자를 사랑해 돌 속으로 들어갔다. 그런데 그 여자 슬픔이 넘쳐("어느 여름 비 많이 오고"), 돌 속에서 떠나갔다. 마음에 홍수가 져 세상의 둑을 넘어간 것이다. 그리고 그 여자를 해와 달이 끌

---

25) 이성복, 「상류로 거슬러오르는 물고기떼처럼」, 같은 책, p. 73.
26) 이성복, 「남해 금산」, 같은 책, p. 90.

어주었다. 그것은 자연스러운데, 왜냐하면, 그 여자는 이미 초월성의 문턱을 넘어섰기 때문이다. 그러나 나는 떠나지 않았다. 그렇다면, 나는 여전히 돌 속에 있어야 하는데, 그러나 시는 그렇게 말하지 않는다. 나는 "남해 금산 푸른 하늘가"와 "남해 금산 푸른 바닷물 속"에 있다고 말한다. '나'가 돌 속에서 떠나간 일이 없으므로, 그 '가'와 '속'은 분명, 돌의 다른 이름이다. 그 딱딱하고 무거운 것이 어느새 한없이 너르고 한없이 깊은 장소로 변용되어 있다. 그 돌은 그러니까 지상에 남아 있되, 초월의 징표들로 충만하다. 그것은 정지이되, 빛나는 정지다. 그 빛나는 정지는

  내게는 바람 외에 다른 살이 없다 꽉 찬 幻化여[27]

  라고 말할 때의 '꽉 찬 환화'다. 그 꽉찬 환화를 살고 있는 것은 '바람의 살'이다. 바람(무형)이자 동시에 살(유형)인 '바람의 살'은 그 자체로서 모순의 통일, 아니 좀더 정확히 말하면 모순의 계류(繫留)된 통일이다("내게는 바람 외에 다른 살이 없다"의 부정 어법은 바로 그 통일의 계류를 정확히 가리킨다). 우리는 이 '바람의 살'을 자연스럽게 '언어를 넘어서는 언어' '언어를 날아가게 하는 언어'로 번역할 수 있다. 그러니까, 시의 언어는 스스로 자신의 존재론적 울타리를 거듭 비월하려고 하면서 여전히 그 경계 속에 남아 두 극의 긴장에 최대의 밀도를 부여하는 언어다.[28]

---

27) 이성복, 「높은 나무 흰 꽃들은 燈을 세우고 9」, 『호랑가시나무의 기억』, 문학과지성사, 1993, p. 19.
28) 이성복의 시에 대해 나는 몇 개의 평문을 쓴 적이 있다. 선조성의 한계에 묶인 언어가 이성복

문학이 그렇게 될 수밖에 없는 것은 그것이 자신의 내재적 모순으로부터 '탈주(요즘 유행하는 어사를 빌려)'할 수 없기 때문이다. 문학은 탈주 대신에 심화 혹은 팽창을 꾀한다. 그 심화 혹은 팽창의 결과가 모순의 계류된 통일이다. 주체의 입장에서 보면, 그 심화 혹은 팽창은 두 가지 방향이 있을 수 있다. 하나는 주체로부터 사물로 나아가는 방향이다. 본래는 나로부터 저 세상(상상적 진리의 세계)으로 가는 게 상상된 프로그램이다. 그러나 문학의 주체는 이 세상을 떠날 수 없기 때문에, 한편으로 온전한 '나'가 되지 못하고 분열된 주체가 될 수밖에 없고, 다른 한편으로 각도가 꺾여 그 동강난 주체가 이 세상의 사물들에 대한 집요한 탐색의 여정을 시작한다. 문학이 개인의 모험 혹은 편력으로 나타나는 것은 그 때문이다. 또 하나의 방향은 정반대로 사물들로부터 주체로 향하는 방향이다. 본래는 세상의 가정된 보편성이 주체에게로 이동하는 게 상상된 프로그램이다. 그러나, 이 세상은 무의미 그 자체고 그 무의미의 입자들이 주체에게 침투하면서 세상은 의혹으로 변모하고 주체는 그때 자신의 분열을 사후적(事後的)으로 깨닫는다.

아마도 최윤은 그러한 두번째 방향을 두드러지게 보여준 소설가다. 물론 그 이전에도 그런 문학은 많이 있었다. 김원일·유재용 등의 1970년대 분단문학도 그중 하나인데, 거기에서 안온한 일상은 느닷없이 깨어지고 주인공은 자기 가족의 어두운 과거를 향해 문을 두드린다. 최윤의 소설은, 그러나, 주제의 차원에서뿐만 아니라 형태의 차원에서까지 텍스트 전체를 모호성의 안개로 뒤덮는다. 최윤 소설은 언제나 의문부

의 시에서 어떻게 의미의 여러 겹과 다성성을 얻고 있는지는 「이별의 '가'와 '속' — 이성복의 『남해 금산』과 '연애시' 사이」(『1980년대의 북극꽃들아, 뿔고둥을 불어라』, 문학과지성사, 2014)를 참조해주기 바란다.

호로 시작하는데, 그 돌연한 의문부호가 난입해 풍경의 고요를 깨뜨리는 곳은 무엇보다도 언어라는 장소다. 가령, 그의 데뷔작, 「저기 소리 없이 한 점 꽃잎이 지고」의 첫 문장, "당신이 어쩌다가 도시의 여러 곳에 누워 있는 묘지 옆을 지나갈 때 당신은 꽃자주 빛깔의 우단 치마를 간신히 걸치고 묘지 근처를 배회하는 한 소녀를 만날지도 모릅니다"에서 불투명성의 발생기는 한 신원 미상의 소녀일 뿐만 아니라, '모릅니다'라는 조건법 구문이기도 하다. 이 전면적인 모호성은 단순히 주제의 모호성에 형태의 그것을 더 추가했다는 정도의 뜻을 가지지 않는다. 주제론적 의혹으로 전개되는 여타의 소설들이 궁극적으로 주체 혹은 사건의 뿌리 밝히기로 귀결되고, 따라서 자기동일성identity의 발견을 목표로 하고 있는 데 비해, 언어마저 흐뜨러진 최윤의 텍스트에서는 주체가 또렷하게 설 어떤 근거를 찾을 수가 없다. 텍스트 내에서 주체는 언어의 도움을 받아서만 형상화(실체화)될 수 있기 때문이다. 그래서 가령, "경계와 윤곽이 무한히 흐려져, 하나의 푸르름의 잔상이 채 스러지기도 전에 미미하게 구별되는 또 다른 색조의 푸르름이 들어서는 그런 대기"(「겨울, 아틀란티스」) 같은 구절이 적절히 가리켜 보여주듯이, 그의 소설에서 '감'은 선명한데, 몸은 없다(그래서, '하나코'는 '없다'). 몸들은 모두 경계를 허물고 사방으로 분산해서〔그는 "(외부의) 여러 곳에 누워 있는" 것이다〕, 마치 거울 단계 이전의 주체의 풍경과도 같은 것이 흐릿하게 펼쳐진다.

최윤 소설의 엑조티즘은 여기에서 비롯된다. 근대 이후 소설은 개인성을 기본 단위로 삼고, 인물의 개인성과 독자의 개인성의 일치(감정이입)를 유통수단으로 삼았다. 그러나 최윤의 소설에 대해 독자는 어떤 방법으로든 감정이입의 통로를 찾을 수가 없다. 독자가 스스로를 맞출

개체를 텍스트에서 찾을 수가 없기 때문이다. 그러나 그럼에도 불구하고 그것이 독자에게 불쾌감을 일으키지 않고 묘한 유혹을 동반하는 것은, 주체의 실체는 없으나, 그것의 흔적들은 사방에 번져 있기 때문이다. 그 흔적들이 독자를 유인하는 향기들이다. 여기에서 그의 소설의 통시적 불균형의 의미가 부각된다. "너의 시작은 미미하였으나 너의 끝은 장대하리라"는 성경의 한 말을 패러디하자면, 최윤의 통사론적 공식은 '너의 시작은 또렷하였으나 너의 끝은 부재하리라'라는 말로 요약할 수 있다. 텍스트 대부분의 끝은 "내가 꼭 결단을 내려야 할 필요가 어디 있겠는가"(「한여름 낮의 꿈」)라는 마지막 진술처럼 종결부를 은근히 감춘다. 심지어, 종지부는 "그러니 어쩌잔 말인가?"(「푸른 기차」)에서처럼 방기(放棄)되기도 한다. 그러나, 실은 그것은 방기가 아니라, 오히려 독자의 가담에 대한 강렬한 유혹이다. 독자에게는 주체의 분산을 꿰맞추려는 충동이 일어나고, 그는 저도 모르게 통일자의 역할을 자임하게 된다. 물론, 독자의 욕망은 결코 충족되지 않는다. 왜냐하면, 분산된 주체를 꿰맞추기 위해서는 스스로 분산되지 않으면 안 되기 때문이다. 그러나 그 덕분에 최윤의 텍스트 내에는 희한한 복수 주체들sujets pluriel이 탄생한다. 최윤 소설의 모호성을 끌고 가는 것, 아니 차라리, 모호한 생동성을 일으키는 것은 바로 보이지 않는 주체, 그러나 형성 중인 주체, 즉 화자와 독자의 합성물로서의 주체다. 그러니, 쌍방향성과 가상 현실이 디지털 문화만의 것이라고 어떻게 말할 수 있겠는가? 문학은 저의 줄글의 한계, 리얼리티의 운명에 묶인 채로, 그러나 아득히 해방의 갖가지 징표들로 충만해 있는 것이다.

반면, 탈-근대적 방향은 원-근대적 방향보다 훨씬 선명하다. 그것은 근대의 모순적 양상을 두고 하나는 취하고 하나는 버린다. 즉, 획일화에는 반대하고 파편화에 긍정한다(자본주의 상품 사회를 영토성에 묶인 탈-영토성의 세계로 정의하고 앞으로 도래할 사이버 스페이스를 순수한 탈-영토성의 세상으로 예측한 피에르 레비는 어떤 포스트모더니스트들보다도 탈-근대적 철학의 핵심을 파악했다. 물론, 그 예측은 '인류학'이 아니라, '윤리학'일 뿐이다). 이 긍정된 파편화는 분산, 해체, 자유 등의 이름을 얻게 된다. 그러나 앞에서 말했던 것처럼 사회 현상으로서의 탈-근대성은 분산적 움직임들 위에 개인주의의 신화를 입혔다. 분해·합성을 기본 절차로 갖는 탈-근대성은 당연히 탈-개인을 지향한다. 최소 정보 단위로의 환원을 바탕으로 한 분해·합성이 만들어낼 생명은 고유한 신원과 성격과 의지를 가진 개체 생명이 아니다. 그것은 그 자신 자유롭게 분해·합성될 가능성을 가진 조립 생명이다. 그런데도 선전되는 바에 의하면, 정보화 사회는 자유로운 개인들의 무한 교류의 세상이다. 그것은 새 문명이 낡은 문화의 이데올로기를 자신의 알리바이로 이용하고 있음을 보여준다. 그 이데올로기가 없으면, 개체 생명으로서의 인간의 삶의 뜻도 사라져버릴 것이기 때문이다.

그 점에서 탈-근대도 모순적이다. 그것의 모순은 근대의 모순처럼 내재적인 것이 아니라, 외재적이다. 그것은 자신의 결핍을 메꾸고자 자신과 이질적인 세계의 핵심을 떼어내 자신의 이마 위에 붙인다. 그 방법이 가능한 이유는 그 자신의 생리에 맞게 분해·합성을 무차별하게 사용했기 때문이다. 그러나 탈-근대와 개인주의의 합성은 디지털 합성이 아니라 아날로그 합성이다. 아날로그 합성이 가능하기 위해서는 상호 적응의 조건이 필요하다. 불행하게도 그 둘은 모순적이며, 따라서 그 합성이 행복을 약속하기 위해서는 아주 긴 시간이 필요할 것이다. 여기에서 근대와 거의 비슷한 유형의 부정적 미래학이 발생한다. 한편으로 빅-브라

더의 세계(이것은 많은 SF에서 빈번히 예측된 것이다)가 있을 수 있고, 다른 한편으로 사회망의 총체적 붕괴(폴 비릴리오Paul Virilio)가 있을 수 있다. 탈-근대가 근대를 가져다 '써먹기' 때문이다.

탈-근대적 문학의 방향은 여기에서 이중의 방향을 얻는다. 탈-근대성과 순행하는 방향과 그것에 역행하는 방향이다. 전자는 근대적 제도와 이념 그리고 문화 형식들을 비판하고 새로운 이념을 내세우며, 그것을 새로운 형식 실험을 통해 한다. 그러나, 그 형태 실험은 문학의 테두리를 용인한 상태에서 전개되는 실험이다. 그렇기 때문에 외면상 그것은 원-근대적 방향의 전위적 문학들과 유사하게 나타나는데, 다만, 후자의 극적 모순을 그것은 모른다. 문자의 선형성과 그에 따르는 근대적 사유들을 부인하면서(그 모순을 떠안는 게 아니라), 동시에 그 선형성에 근거할 수밖에 없을 때, 문학은 아이러니·그로테스크·숭고로 솟아오르지 못한다. 무엇이 일어나는가?

그것을 확인할 수 있는 예는 그리 많지 않다. 탈-근대성의 물리적 인프라인 정보화 사회가 이제 겨우 시작되었기 때문에, 그것은 당연한 현상이다. 한국에서 그 방향의 문학을 처음 보여준 작가는 송경아다. 그의 소설은 때때로 오해를 받기 일쑤인데, 그것은 그의 문학적 강점이 문체 혹은 이야기의 핍진성 등 재래적 관심 대상에 있지 않고, 착상과 구성(이 구성은 일관성을 뜻하는 아리스토텔레스적 플롯이 아니라, 꾸밈의 사유학이라고 이름 붙일 수 있는 다양한 조립 능력 및 그 결과를 뜻한다)에 있기 때문이다. 송경아의 꾸밈의 상상학은 그러나 줄글의 한계를 아슬아슬하게 타 넘는다. 첫 소설『성교가 두 인간의 관계에 미치는 영향에 대한 문학적 고찰중 사례연구 부분 인용』이 일종의 창작 방법론 연구라는 데서도 볼 수 있듯이, 그의 줄글(문학)에 대한 집착은 아주 대단해서, 차라리 그는 줄글의 한계를 꿈꾼다고 말할 수 있을 정도다. 그렇게 근대의 구속으로부터 해방되려는 온갖 충동을 현시하면서, 줄글의 숙명성에 자신을 묶어두려고 할 때, 그것은 아이러니·그로테스크·숭고 등, 즉 모순의 계류된 통일로 집중되지 못하고, 착란 혹은 환각으로 파열한다. 환각, 그것이 송경아 소설의 특징이다. 「엘리베이터」 「호랑이」 「작은 토끼야 들어와 편히 쉬어라」 등에 와서 선명한 형상을 얻어내는 데 성공한 그 '환각'이 근대의 전위문학들(즉, 원-근대적 방향의)과 다른 것은 후자가 궁극적으로 문학의 순수 이상의 회복, 근대의 순수 이념의 회복을 지향하고 있는 데 비해, 송경아는 탈-근대를 지향하기(동시에 근대적인 것을 꿈꾸며) 때문이다(그의 소설이 기성세대 비판이라는 신세대적 이념을 반영하는 것도 그와 연관이 있다). 그 지향의 차이로 인해 전위문학들이 모순의 계류된 통일로 수렴된다면, 송경아의 텍스트에서는 이질적인 두 경향이 융합하지 못한 채로 서로의 괴물성을 비추게 된다. 그것이 바로 환각이며, 그 환각은 가령, 부모 살해라는 끔찍한 주제를 다루고 있는 「작은 토끼야 들어와 편히 쉬거라」에서

목에 또 하나의 입을 벌리고 그 입에서 피를 흘리며 뒤로 고개를 넘긴 부모님들의 모습[29]

이라는 선명한 이미지를 만들어낸다. 그 이미지 속에서 목은 또 하나의 입이다. 그 목이 입이 되려면 목이 잘려야 한다. 얼핏 "죽음으로써 세상은 현존한다"는 시인의 말이 연상되지 않는가? 그러나, 시인의 세상

---

29) 송경아, 『엘리베이터』, 문학동네, 1998.

과는 달리, 송경아의 세상은 '다른 세상'이다. 그 다른 세상을 위해, 잘린 목이 입이 되어 말한다. 그 전언은 어디에 있는가? "피를 흘리며 뒤로 고개를 넘긴" 그 모습이 바로 전언이다. 부모의 세상은 뒤로 고개를 넘겼다: 고개 위로는 다른 세상이 부착될 것이다,라고 그 입은 그의 굳은 형상으로(목울대의 진동을 통해서가 아니라) 말한다. 다른 세상의 관점에서 보면, 낡은 세상(부모)이 처치되어야 할 괴물이며, 낡은 세상의 입장에서 보면 자신의 목을 치는 다른 세상(아이들의 상상 세계)이 괴물이다.

다른 방향이 있다. 즉, 탈-근대성에 역행하는 방향. 그것은 탈-근대성의 특성들을 문학에 이식하면서 탈-근대적 세계를 반성적으로 재구성하는 방향을 말한다. 그것은 형태적으로는 낡은 문화의 틀 안에 새로운 문명의 구조를 이식하지만, 주제적으로는 새로운 세계에 대해 낡은 문화의 본성을 적용하는 방향이다. 이 역행적 방향의 문학은 전혀 출현하지 않았다가, 김설의 『게임 오버』[30]가 처음으로 나왔다. 이 소설은 무수한 오해와 비판에 휘말렸는데, 그것은 어쩌면 당연한 일이었다. 왜냐하면, 그 소설은 게임을 그대로 문자로 옮긴 것이며, 따라서, 게이머의 저급한 욕망과 구성의 우연성이 적나라하게 드러났기 때문이다. 그러나 그것은 게임이 그렇기 때문이지, 작품이 그렇기 때문이 아니다. 무슨 말인가 하면, 『게임 오버』는 게임을 있는 그대로 문자로 옮기는 과정을 통해서 게임의 심리학을, 더 나아가서 탈-근대적 현상에 몰입된 현대인의 집단 무의식을 반성적으로 해체하고 있기 때문이다. 피에르 레비는 비디오 게임에 대해 이렇게 말한 적이 있다.

---

30) 김설, 『게임 오버 ― 수로 바이러스』, 문학과지성사, 1997.

비디오 게임은 게임하는 사람을 상상의 '영토' 안에 빠뜨린다. 반면, 집단 지성의 가상 세계는 하나의 '지도carte', 즉 표지와 정향(定向)의 도구로서, 실제 공간에, 오늘날 가장 현실적인 공간인 산 지식의 공간에 반향한다. 집단 지성은 재귀적이고 협동적인 방식으로 의미들의 세계에 대한 '움직이는 지도cinécarte'를, 존재와 생산물과 사유 공동체 들의 복합성 위를 선회하는 하이퍼카드를, 그 자신 다른 지도들과 다른 세계들을 가리키는 정신의 방향표지도를 만들어낸다.[31]

비디오 게임은 디지털 문화의 현재고, 그가 덧붙이는 "집단 지성의 가상 세계"는 디지털 문화의 '미래'가 아니라 '당위'다. 이 당위가 실제로 실현될 수 있는가의 문제는 아직도 미답인 채로 남아 있다. 김설의 『게임 오버』는 저 현실과 당위 사이에 정확히 놓여 있다. 그는 상상의 영토 안에 함몰하려는 게임의 욕망을 적나라하게 드러낸다. 그러나 그것을 드러내는 과정 속에서 그 욕망의 속셈을 발각한다. 어떻게? 게임의 욕망이 환상 속으로의 몰입이라는 이름을 가지고 있다면, 소설은 바로 그 환상이 말 그대로 환상적으로 경험되는 게 아니라, 어떤 조작적 절차를 통해서만 유지된다는 것을 보여주는 것이다. 아마도 컴퓨터 게임을 해본 사람은 누구나 알 수 있을 것이다. 게임에서 이기기 위해 얼마나 반복적으로 게임을 도중에 끊고 다시 하고야 마는가를. 비교적 긴 어드벤처나 시뮬레이션 게임의 경우에 게이머는 자주 진행 상황을 '저장'한다. 그래야, 처음부터 다시 하는 수고를 덜 수 있기 때문이다. 김설

---

31) 피에르 레비, 같은 책, p. 153.

의 제목은 바로 그 저장-끊기-재시작의 절차를 의미한다. 이 저장-재시작을 거듭하다 보면, 게이머는 게임 그 자체에 몰입하기보다 '저장'에 대한 강박관념에 시달리게 되고, 마침내는 스스로 거기에 물려버려, 게임 자체가 지리하게 된다. 김설의 텍스트가 현란한 좌충우돌로 시작했다가 차츰 지루해지기 시작해서 결국에는 그 지루함을 스스로 참지 못하는 주체의 강박적 횡설수설로 끝나는 것은 그 때문이다. 저장의 강박관념은 게임을 소유하려는 개인성의 욕망이다. 게임이라는 이름의 순수한 유희의 뒤에는 게임을 예로 하여 세상을 소유하려는 개인의 욕망이 작동하고 있으며, 그 욕망이 유지되기 위해서는 개인의 필사적인 조작이 개입되어야 하는 것이다. 그것은 탈-근대적 문화들의 모든 욕망의 현상학을 정확하게 압축한다.

[1998]

정보 자본주의와 한국인의 행복

1995년 언론에 의해 제창되어 퍼져나간 "산업화는 뒤졌지만 정보화는 앞서자"라는 구호는 한국인들에게 가장 매력적인 구호로서 작용해 왔다. 대통령도 2000년의 한 '정보화 전략 회의'에서 똑같은 말을 되풀이했을 정도로, 이 구호는 사실상 한국인들 저마다에게 '자신의 발언'이었다. 그것이 발화된 그 순간부터, 주요 일간지들은 앞다투어 벽지에 컴퓨터 보내기와 키드넷kidnet 운동을 벌였고 가정에서는 아이들이 어른들의 신문명에 대한 무지에 힘입어 컴퓨터 게임에 거리낌 없이 빠져들었으며, 또한 아이들에게 온갖 '수모'를 겪으며 컴퓨터를 배우는 주부들이 늘어났다. 미국의 컴퓨서브Compuserve에 비교될 거대 통신망들이 급격히 팽창하였고 그곳에 상당수의 한국인들이 전입 신고서를 제출하였다면, 이들을 포함해 훨씬 많은 수의 인구가 곧이어 인터넷 공간 속에서 나날의 항해를 시작하게 되었다. 예전에 책을 통해서 오늘의 투쟁 혹은 내일의 산업 전선에서 사용할 지식을 획득했던 대학생을 포함한 예비 지식인들은 곧바로 부가가치를 창출해내는 이 희한한 컴퓨터 세계 속에서 프로그래밍과 웹 디자인을 배우며 속속들이 '벤처 산업'에 뛰어들었다.

그로부터 7년 후인 지금 한국인들은 한국이 IT(Information Technology) 강국임을 스스럼없이 말하고 있다. 2002년 전반기에 한국의 정보화 수준은 PC(Personal Computer) 이용률이 '7~19세 93.3%, 남성 63.0%, 여성 50.2%'[1], 그리고 "휴대폰 가입자 3천만 명, 3세대 이동통신인(IMT-2000) 서비스 개시, 인터넷 인구 2천8백만 명, 초고속 인터넷 가입 가구 수 810만 등"[2]에 이르렀으며, 그리고 2002년 10월 2일 '한국무역협회(KITA: Korea International Trade Associaton)'가 발표한 바에 따르면, "인구 1천 명당 초고속 인터넷 가입자 수(136.5명)와 인터넷 이용자 수(511명)에서는 각각 세계 1위, 3위에 올랐으며, 인터넷 쇼핑몰 이용률(31%)도 2위를 차지했다. 특히 초고속 인터넷 가입자 수에선 2위인 캐나다(61.2명)보다 배 이상 높은 수치를 보였다".[3]

아무리 정보화가 돌이킬 수 없는 추세고 세계적인 현상이라 하더라도, 한국의 정보화는 유례를 찾을 수 없는 놀라운 속도로 진행되었다. 게다가 이 전진의 밑바닥에는 한국인 전체의 자발적인 동참이 강력한 추동력으로 작동하고 있었다. 놀라운 점은 또 있다. 단순히 양태로서만 말한다면, 정보화 사회는 산업사회로부터 지식 기반 사회로의 전환을 의미한다고 할 수 있을 것이다. 그러나 산업사회가 국가 단위의 자본주의 경제 체제에 근거한다면, 정보화 사회는 세계화된globalized 경제 체

---

1) 김태한, 「인터넷인구 2438만명…2명 중 1명꼴 이용」, 『동아일보』 2002.01.15.
2) 「정보통신 이젠 활용이 문제다」, 『파이낸셜 뉴스』 2002.04.22.
3) 이인렬, 「[지표로 본 한국]인터넷가입 세계 1위, 토플은 119위」, 『조선일보』 2002.10.02.

계에 근거하거나 혹은 그것의 형성을 향해 나아가는 것이었다. 따라서 미국을 제외한 대부분의 선진국에서 정보화-세계화는 곧 "국가의 무기력이라는 특징적인 변동"[4]을 야기하곤 하였다. 그런데 한국의 정보화는 서두에 제시한 구호가 그대로 함의하듯이, 국가의 발전, 국가 간 경쟁에서의 한국의 선도를 뜻하는 것이었다.

어떻게 이런 일이 벌어졌을까? 그리고 이것의 의미는 무엇인가?

우선 정보화에 대한 한국인의 자발성이 어떤 경로를 거쳐 오늘날의 폭발적인 에너지를 가지게 되었는가를 살피는 게 의미심장해 보인다.

지금 한국의 정보화가 국가적 차원에서 전개되고 있지만 본래 그것의 태동기에는 전혀 다른 양상을 보여주고 있었다. 정보화 사회의 토양을 닦은 것은 정부도 대기업도 아니라 전자 상가에 몰려든 젊은 과학도들이었다. 1978년 서울대학교에 겨울방학 기간 중 특별 강좌 형식으로 컴퓨터 교육이 시작된 이래 서울 청계천의 세운 상가에서 한국의 실리콘밸리가 형성되기 시작하였다. 한국의 대표적인 워드프로세서로 군림하면서, 마이크로소프트사의 MS Word의 한국 시장 진출에 가장 강력한 방어막 역할을 하고 있는 HWP를 개발한 이찬진, 초창기 인터넷 운동을 제창하고 확산시킨 허진호, 바이러스 방역 프로그램 V3의 개발자 안철수가 모두 그곳으로부터 나왔다. 또한 성능 좋은 PC의 생산도 초창기에는 대기업이 아니라 중소기업인 삼보컴퓨터가 앞서 있었다. 물론 컴퓨터 산업을 중소기업이 주도하는 국가는 한국만이 아니다. 대만도 그렇다. 그러나 대만의 중소기업들이 부품 생산에서 두각을 드러낸 반

---

4) Mireille Delmas-Marty, "Droit et mondialisation", *Qu'est-ce que la culture?*, Université de tous les savoirs, sous la direction d'Yves Michaud, Éditions Odile Jacob, 2001, p. 171.

면,[5] 한국의 중소기업들은 대체로 완제품의 생산에 주력하였고, 삼보 컴퓨터처럼 대표적인 컴퓨터 생산 기업으로 자리 잡은 기업들은 단지 제품 생산만이 아니라 컴퓨터 문화를 이끄는 데 강력한 영향력을 발휘하였다.

적어도 1990년대 중엽까지 한국의 정보화를 주도한 것은 정부와 대기업이 아니라 민간 차원의 각종 활동이었다. 통신망의 발달도 이러한 민간 차원의 열풍에서 기인하였다. 처음에는 호기심으로 가득한 십대, 이십대 학생들이 모여든 통신망은 금세 가장 자유로운 의사 개진과 정서적 만남의 장으로 변모하였고, 점차로 모든 연령층과 모든 계층에게로 급격히 확산되어나가기 시작하였다. 한국의 통신 문화에서 두드러진 점은 통신 공간이 단지 학문적·상업적·실용적 정보 교류의 장만이 아니라는 것이다. 그곳은 생면부지의 사람들이 친구가 되는 자리고,[6] 예전에 헤어졌던 사람들이 재회하는 자리며[7] 외로운 사람들끼리 서로를 위안하는 자리, 요컨대, 정서적 인터렉티비티interactivity의 공간이다.

---

5) 가령, Asus, Abit, Creative Technology 등 대만 및 동남아의 중소기업들은 Mother Board, Graphic Card, Sound Card 등 단일 부품의 특산을 통해 성장하였다.
6) Newsgroup(usenet) 형식의 사이버 공동체community가 지적 교류의 성격을 띠고 있다면, 게시판bulletin board 형식의 커뮤니티는 정서적 만남의 성격이 더욱 짙다. 한국의 경우, 전자는 거의 활동이 전무한 반면, 후자는 지나칠 정도로 왕성하다. 한국 인터넷상의 상당수의 홈페이지가 첫 방문자의 인사말을 적는 '방명록' 방을 열어놓고 있다는 것도 특기할 만한 현상이다.
7) 인터넷 사용이 급증한 후 한국인들은 오래전에 헤어진 친구들을 찾아다니기 시작했다. 초·중등학교 시절의 동창들을 재회시키는 '아이러브스쿨' 붐은 그래서 일어났으며, 그것은 현재 인터넷상의 가장 활발한 움직임 중 하나가 되고 있다. 아마 한국의 현대사에 약간의 지식을 가지고 있는 사람은 1980년대 후반 한 방송사가 주관하여 '이산가족 찾기' 운동이 전국적인 열광 속에서, 그리고 눈물바다 속에서 일어났던 것을 기억할 수 있을 것이다. '아이러브스쿨'은 이 이산가족 찾기 운동의 중성적이고 세속화된 형태다. 중요한 것은 이런 유의 정서적 집단주의가 한국인에게 비상한 활력을 일으키는 아비투스Habitus를 이루고 있다는 것이다.

요컨대 한국의 정보화 공간은 가장 적극적인 의미에서의 '열정passion' 으로 가득 찬 공간이었다. 한국의 정보화를 앞에서 이끈 것은 지적 호기심과 모험의 정신이었다. 그리고 그 모험을 가능케 한 자신의 행위의 자유에 대한 자각이었다. 정보화의 선도자들은 곧 신대륙의 탐험가들이었다. 다른 한편 한국의 정보화 사회의 몸을 불려나간 것은 바로 자유로운 정념의 덩어리였다.

이러한 사실은 한국 현대사의 틀 안에서 볼 때는 썩 특별한 것이다. 이것은 한국 현대사에서 근대적인 의미에서의 '자유로운 개인'이 처음으로 출현하였다는 것을 가리킨다. 그 이전까지의 한국인은 민족의 일원이거나 하나의 국민이었다. 식민지와 분단, 전쟁의 경험, 그리고 그로 인한 독재 정권의 장기간 지속은 한국인들로 하여금 한 사람의 개인이라는 자기 인식을 불가능하게 했다. 독재 정권은 은근하거나 노골적인 방법을 통해서 한국인의 국민됨을 강요했고, 그 대극의 방향에서 독재 정권에 저항한 세력 또한 저항의 명분을 획득하고 저항의 힘을 결집시키기 위해 '민중'의 기호학을 동원하였다.

한국 사회의 자유로운 개인은 1987년 6월의 학생·시민 항쟁, 그리고 그 결실로 나타난 대통령 직접선거라는 형식적 민주화에서부터 태어나기 시작하였다. 형식적이긴 했으나 민주적 제도의 도입은 서서히 한국인들을 강요된 공동체로부터 분리하기 시작했다. 그리고 거기에 크게 두 가지 요인이 겹쳐지면서 한국인의 개인화는 급격히 가속되었다. 그 하나는 1989~91년 사이에 급격히 진행된 현실사회주의의 붕괴이며, 다른 하나는 문화 산업의 팽창을 가져온 정보화 사회의 도래다. 현실사회주의의 붕괴는 한국인들을 이념에 대한 강박증으로부터 해방시켰다. 그것은 우선, 식민지와 독재 정권의 역사를 통해 대체로 민족주의적이고 사회주의적인 이념적 성향을 가지고 있었던[8] 한국의 지식인들을 혼란에 빠뜨렸고, 이로부터 사회적 담론의 장에 공백이 생기기 시작했다. 그리고 그 틈새를 이념 대신 욕망이 파고 들어왔는데, 그 욕망은 새로운 이념, 즉 자유라는 이념의 외피를 입고서 한국 사회에 스며들었다.

자유로운 욕망 혹은 욕망의 자유. 한국인들이 1990년대에 와서야 그것을 처음으로 알았다고 할 수는 없을 것이다. 그러나 결정적인 것은 이제는 욕망의 추구에 거리낌의 감정이 개입할 필요가 사실상 없어졌다는 것이다. 근대 이후 한국인이 경험했던 가장 독특한 감정은 모든 개인적인 목표 추구를 공동체의 대의에 비교함으로써 그것에서 심리적·도덕적 정당성을 획득하는 것이었다. 적어도 1980년대 말까지 그것은 최종의 심급instance으로 작용하였다. 그런데 그것이 이제 사라진 것이다. 아니, 사라졌다기보다 그것의 절대적이고 확고부동한 위치가 사라졌다고 말해야 할 것이다. 잠시 후에 보게 되겠지만 공동체의 대의는 특이한 방식으로 부활하니까 말이다.

이 자유는 1980년대 말에서 1990년대 초엽에 이르러 폭발한 임금 투쟁들이 보여주듯이 우선은 경제적 욕망의 팽창으로 나타났다. 그러나 곧 이어서 경제적 욕망은 문화적 욕망으로 이행한다. 경제적 욕망이 생산력의 수준에 제어됨으로써 한계점에 봉착하게 되면서, 문화적 욕망은 전혀 새로운 지평을 열어주었다. 왜냐하면, 1990년대 이후의 문화적인 것은 더 이상 경제적 활동의 정신적 잉여로서의 상부구조가 아니라, 오히려 부가가치를 창출하는 경제적 자원으로서 존재하게 되었기 때문

---

8) 지식인의 사회주의화는 특히 1980년대에 독재 정권이 연장되는 과정 속에서 광범위하게 일어났다.

이다.

이 문화적 욕망의 폭발은 물론 한국의 비약적인 경제 성장에 뒷받침되었다. 1970년 249달러였던 1인당 국민소득은 1989년 5천 달러를 넘어섰고 IMF 구제금융 조치를 맞기 직전인 1996년 1만 1,385달러에 이르렀고 2001년 현재 8천9백 달러에 이르고 있다.[9] 1970년을 기준으로 2001년의 국내총생산은 2백 배 증가하였고 1인당 국민소득(달러)은 35.7배 증가하였다. 그러나 무엇보다도 문화적 욕망의 기폭제가 된 것은 정보통신 분야의 발달이다. 1970년에서 2001년 사이 한국인의 소비지출은 일곱 배 증가하였다. 1인당 국민소득이 5천 달러를 넘어선 1989년과 2001년 사이의 소비 지출은 약 두 배 증가하였다. 그런데, 통신비지출은 1970년~2001년 사이에 무려 383배 증가하였고, 1989년~2001년 사이의 증가율만 계산해도 18배나 증가하였다. 여타 분야의 소비 증가율이 비교적 완만한 상승 곡선을 그린 데 비해, 통신 분야의 소비는 가파른 수직선을 탔던 것이다. 이 수직 상승의 배경에는 머리말에서 말한 바와 같은 "산업화는 뒤졌지만 정보화는 앞서자"는 전국민적인 자발적 구호가 자리 잡고 있었다. 그리고 그 구호가 선명하게 가리키고 있는 사실은 정보통신을 통해 조성되고 창출될 문화가 곧바로 경제적 가치로 전환될 수 있다는 믿음이었다. 그 경제적 자원을 창출하는 지대로서의 문화는 게다가, 아직까지는 특정한 나라의 식민지가 되지 않은 미답의 신대륙이었다. 그곳으로 한국의 젊은이들은 기꺼이 탐험을 떠나는데 주저하지 않았던 것이다.

---

9) 이하의 통계 자료는 모두 중앙은행인 한국은행에서 발표한 것으로, http://www.nso.go.kr/kosisdb(2002년 당시 사이트 주소. 현재는 http://www.kostat.go.kr로 바뀌었다)에서 구하였다.

그러나 저 구호는 아주 미묘한 구호이기도 하다. 우리는 앞에서 정보화가 세계화와 친연성을 가지고 있다는 것을 언급하였다. 네트워크의 발달이 국경의 와해를 가져오기 때문이다. 게다가 한국의 정보화 운동이 국가에 의해 주도된 것이 아니라 민간 차원의 자연 발생적 활동들에 의해 개진되었음을 말하였다. 그리고 그것은 국가주의적 혹은 적어도 집단주의적 이념의 속박으로로부터 개인이 해방되는 과정과 맞물렸다는 점을 지적하였다. 그런데 "산업화는 뒤졌지만 정보화는 앞서자"라는 구호는 바로 국가주의적 구호였던 것이다.

개인적 욕망의 분출이 곧바로 국가 경제와 직결된다는 것, 실제로 그러한지는 알 수 없지만 어쨌든 국가든 개인이든 그것을 암묵적인 믿음으로 가지고 있었다는 것, 이것은 놀라운 일이지만 또한 21세기의 문턱을 넘어가는 한국인에게 명백히 나타난 사실이었다. 한국이 1996년 말 IMF 구제금융 조치를 당했을 때, 국가의 부채를 갚고자 금모으기 운동이 전국적으로 일어났던 것을 기억하는 사람은 한국인들의 이 이상한 민족주의를 이해할 수 있을지도 모른다.

1980년대 말부터 본격적으로 시작한 한국인의 개인주의화는 서양에서와 같은 합리적 개인주의 사회를 향해 가지 않았다. 그것은 개인들의 저마다의 자유로운 활동이 집단의 이익을 도모하거나 혹은 그 활동들 자체가 집단적인 구성을 이루는 자발적 집단주의로 전개되어나갔다. 이러한 사태를 두고 다양한 원인 분석이 가능할 것이다. 가령, 한동안 서양 지식인들의 주목을 받았던 유교 자본주의의 한 현상으로 이해될 수도 있을 것이다. 또는 한국 사회 특유의 인연 중심의 사회적 관계 형성[10]

---

10) 한국 사회는 지연과 학연 그리고 혈연에 의해 특별히 지배되고 있는 나라다. 그 기원에 대한

을 거론할 수도 있을 것이다. 혹은 20세기 초엽부터 1백여 년간 한국인이 겪은 외세에 의한 수난 그리고 분단 상황이 민족주의적 감정과 태도를 한국인에게 체질화시켰는지도 모른다.

그 원인이 어찌 됐든 정보화 사회에 관한 한 이보다 중요한 두 가지 사항이 있다. 그 하나는 한국인들의 자발적 집단주의에는 국가의 용의주도한 견인 행위가 깊이 개입되어 있었다는 것이다. 처음에 대학생들과 중소기업이 선도하여 점화된 정보화 열풍은 지배적인 정치·경제 기구에 의해 주목을 받기 시작했으며, 그럼으로써 후자의 활동 속으로 포섭되어갔다. 1995년을 전후하여 대언론사들이 정보화 운동의 선봉을 자처하기 시작했다. 비슷한 시기에 삼성, LG 등의 대기업들도 그때까지 삼보컴퓨터가 쥐고 있었던 주도권을 빼앗기 시작했다.[11] 그리고 무엇보다도 정부가 이 움직임에 적극적으로 뛰어들기 시작하였다. IMF 구제금융 조치 이후 정권을 인수한 김대중 대통령은 대통령 취임사에서 "문화산업은 21세기의 기간산업"이라는 문구를 집어넣었다. 그리고 문화부 내에는 '문화상품과'가 신설되었다. 정부 출범과 더불어 김대중 정부는 지식 기반의 경제 자원의 창출을 이끌 인력을 조직적으로 지원하였다. 그러한 의도는 이념적 차원에서 소위 '신지식인'이라는 개념을 창출해내고 매년 그에 해당하는 지식인들을 선발해 표창하는 것으로 나타났다.

명확한 대답은 아직 없는 듯하나, 그 사실 자체는 한국 사회에 아주 심각한 문제를 야기하고 있다. 정치 영역에서의 대립이 이념과 정책의 대립이 아니라, 지역 간의 대립으로 나타나는 것은 그 대표적인 사례다.

11) 반도체 메모리 분야에서 삼성은 일찍 세계적인 수준에 올라 있었으나 다른 하드웨어 부품들에 대한 기술은 극히 빈약한 상태로 있었다. 그러나 1990년대 중반 이후부터 삼성은 모니터와 하드디스크로부터 시작해서 다양한 하드웨어 부품의 자체 브랜드를 갖기 시작했고 그것은 완제품으로서의 삼성 컴퓨터의 기술적 발전에 기여했다. LG 역시 CD-ROM 드라이버와 모니터로부터 비슷한 경로를 밟았다.

구지식인과 신지식인이 다른 점은 후자가 그의 지식으로 '국가 경쟁력'을 향상시킨다는 것이었다.[12] 실질적 차원에서 그 의도는 '벤처기업'의 대대적 육성으로 나타났다. '기술평가 제도' 및 '기술 신용보증 기금' 등의 정부 지원금 제도, '스톡옵션 제도' 및 미국 나스닥과 같은 목적으로 1996년 출범한 코스닥KOSDAC 등 김영삼 정부 때부터 벤처기업을 육성하기 위한 각종의 대책, 제도가 쏟아져 나왔고, 김대중 정부는 출범부터 외환 위기를 타개하기 위한 가장 효과적인 정책으로 벤처기업 육성을 꼽았다. 1997년 1월 '벤처기업 활성화를 위한 5개년 계획'을 예고한 정부는 같은 해 '벤처기업 활성화를 위한 종합 대책'을 발표하였다. 이와 같은 사실들은 정부 및 지배 기구들이 1990년대 중반부터, 애초에 민간으로부터 시작된 정보화 운동을 국가 주도의 정보 자본주의로 견인해 갔다는 것을 뜻한다. 그리고 그 견인 작용에 많은 사람들이 자발적으로 호응했다는 것을 가리킨다. 물론 그 호응을 매개한 것은 정부가 제공한 각종의 지원 제도다. 이 지원 제도에 힘입어 개인의 욕망의 분출은 자연스럽게 국가의 프로젝트와 연결될 수 있었다. 그만큼 한국 정부의 민간 견인 작업은 성공했다고 할 수 있다.

그러나 정말 성공한 것일까? 개인과 국가는 이렇게 해서 행복한 결혼 생활을 이어가게 되었는가? 주목해야 할 두번째 사항이 바로 이 문제에 걸려 있다.

1980년대의 동아시아의 경제 성장에서 국가의 역할을 주목했던 많은 서양 지식인들이 있었다. 그 지식인 중의 하나인 마뉴엘 카스텔

---

12) 김대중 정부의 특별 기구, '제2의 건국 범국민추진위원회'의 정의에 의하면, 신지식인은 "새로운 발상으로 지식을 활용해 일하는 방법을 혁신함으로써 가치를 창출하는 사람"이다. 여기에서의 가치는 물론 경제적 가치다.

Manuel Castelles은 '탈규제déréglementation'로 특징 지워지는 정보 자본주의하에서도 "국제경제의 상호 의존과 개방 바로 그것 때문에라도, 국가는 그의 경제적 시민들을 위해 성장의 전략을 도모해야 한다"[13]고 주장하였다. 카스텔의 이러한 주장이 한국을 포함한 동아시아의 경제 발전 유형에서 그 모델을 찾았음은 명백하다. 그리고 앞에서 보았듯, 한국의 정보화 과정 속에서 국가의 개입은 성공적으로 적용되었다. 그러나 우리가 주목할 것은 수치적 지표가 아니라, 국가와 개인이 실제로 결합하는 과정, 적어도 그 과정을 통해서 성취된 한국인의 '행복'의 내용이다. 정말 개인적 욕망과 국가의 의지는 그렇게 화해롭게 결합할 수 있을 것인가?

개인적 욕망이 국가의 이해와 맞물린 이 자발적 집단성의 현상은 실제로 화려하게 전개되었다. 아마 외국인의 눈에는 너무나 신기하게 비쳤을 2002년 월드컵의 응원 문화를 상기해보자.[14] 젊은 청년들을 중심으로 전 국민이 하나로 뭉쳐 질서 정연하게 펼친 한국의 응원 문화야말로 그러한 자발적 집단성voluntary collectivism의 전형적인 사례다. 이것은 하늘에서 우박이 떨어지듯 우발적으로 일어난 것도 아니었고, 한국인들의 태생적 문화라고 할 수 있는 것도 아니었다. 그것은 1990년대 이후 경제를 비롯하여 삶의 각 부문에서 일관되게 진행된 행동 방식, 즉 개인적 욕망의 개화와 국가(혹은 집단)에 의한 조직적 수용이라는 상호작용이 최대치의 수준에 다다른 경우라고 할 만하였다. 그러나 이러한 긍정적인 현상은 대체로 일회적이고 국지적인 한계에 갇혀 있다. 월드컵

---

13) Manuel Castelles, *La société en réseaux*, Fayard, 1998, p. 118.
14) 실제로 많은 외국의 언론들이 한국의 응원에 대해 놀라움을 표시했다.

이 지난 후 다른 운동장에서 질서는 무너지기 일쑤였고 응원은 고함과 욕설로 돌변했다.

한국의 정보화 과정 속에서 나타난 문제는 크게 다음 세 가지로 대변할 수 있다.

첫째, 삶의 모든 의미가 경제적 가치로 환원되었다. 근 2~3년 동안 한국에서 가장 유행한 농담 중의 하나는 "여러분, 부자 되세요"다. 이 말의 유행의 근저에는 경제적 부의 획득을 삶의 절대적 목표로 두는 집단적인 정서가 놓여 있다. 앞에서 말했듯 독재 정권의 붕괴는 한국인들에게 도덕적 정당성에 대한 강박관념도 사라지게 했다. 그리고 그렇게 해서 공백으로 남은 자리를 오직 경제적 가치가 차지하였던 것이다. 이것은 1960년대 이후 한국 사회의 급속한 경제 개발에 중요한 역할을 하였던 천민자본주의적 행태를 역설적으로 재활성화reactivation시키는 현상을 초래하였다. 역설적이라고 한 것은, 대개 경제적 안정을 획득하면 그다음에는 고상한 문화를 찾게 마련인데, 오히려 그 반대의 현상이 일어났기 때문이다. 1990년대 이후 한국인이 만난 문화는 세속적 욕망을 정화하는 자리가 아니라 그것을 부추기는 문화였던 것이고, 세속적 욕망에 대한 추구는 도덕적 제동장치를 부착하지 않았다. 이러한 사정은 궁극적으로 한국인들의 정신적 황폐화를 야기할 수밖에 없다.

하나의 예를 들자. 게임 산업은 한국 정보 자본주의의 아주 중요한 부문이다. 한국의 게임 산업은 일본의 '포켓몬'의 경우처럼 독특한 아이디어에 의해서가 아니라, 기성세대의 컴퓨터에 대한 무지와 막연한 환상 그리고 그로부터 거리낌 없이 열릴 수 있게 된 청소년들의 유희 욕망을 컴퓨터 프로그램 개발 업체들이 재빨리 간취함으로써 발달하게 되었다. 대략 1998년부터 전국 곳곳에 설치된 사설 인터넷 PC방은 거의 게임방으로 이용되었고 한국 청소년들 사이에는 게임을 잘해 경제적 이윤을 창출하는 프로게이머가 동경의 대상이 되었다.[15] 가장 먼저 폭발적인 인기를 끈 게임은 스타크래프트Starcraft였다. 스타크래프트를 개발한 것은 미국의 블리자드Blizzard사지만, 스타크래프트로 가장 능란하게 놀이할 줄 아는 사람은 한국인들이었다. 1999년 스타크래프트 게임 고수 1백 명 중 61명이 한국인이라는 통계가 나왔을 정도다. 그리고 곧바로 한국산 게임 소프트웨어가 쏟아져 나왔으며, 이것들은 한국 경제의 "수출 효자"라는 칭송을 듣게 되었다. 가장 대표적인 소프트웨어는 리니지Lineage다. 한국에 결코 우호적이지 않은 일본의 경제 평론가 오마에 겐이치로부터 "한국산 중에서 「리니지」만큼은 세계적인 경쟁력이 있다"고 평가받은 이 게임을 개발한 엔씨소프트는 2001년 연매출 1,247억 원(대략 1억 달러)과 순이익 117억(약 1천만 달러)을 기록했다.[16]

그러나 이 게임들은 모두가 전쟁과 결투, 강탈과 파괴로 점철되었다. 한국에서 지적 추리와 신비의 탐험을 통해 청소년의 지적·정서적 발달을 향상시키는 데 기여할 수 있는 게임 소프트웨어는 나오지 않았다. 쥘 베른Jules Verne의 『신비의 섬』을 토대로 만든 UBI Soft의 미스트Myst 와 같은 고급한 게임들은 한국에서 거의 판매되지 않았다. 게다가 디지털 세계의 특성을 가장 효과적으로 이용하여 거의 현실 세계와 가상 세계의 혼동 속으로 게이머들을 몰아넣은 '리니지'는 아이템 판매 사기

---

15) 2001년 "월드사이버게임즈 1등을 비롯, 13개 스타크래프트 대회에서 우승을 차지한" 청소년 임요환은 2001년 한 해 1억 5천만 원(약 $125,000)의 수익을 올렸다(조형래·박내선, 「사이버 게임의 메카 코리아(下)」, 『조선일보』 2002.02.16.). 1999년 통계에 의하면, 게임 전문지 『V챔프』가 중고생 1천여 명을 조사했더니 50퍼센트가 "프로게이머를 하고 싶다"고 답했다(어수웅, 「프로게이머 1등 아니면 '꽝'」, 『조선일보』 1999.12.15.).
16) 「月刊朝鮮이 선정한 한국의 50大 알짜기업 순위」, 『월간 조선』 2002년 5월호.

와 캐릭터 도용 그리고 사이버 머니 조작 등으로 끊임없이 문제를 불러일으키고 있다. 가령, "전북 익산경찰서는 7일 인터넷 게임 '리니지'에서 화폐로 사용되는 '아덴'을 판매한다고 속여 금품을 가로챈 혐의로 허모(19)군에 대해 구속영장을 신청했다"[17]와 같은 기사가 우후죽순처럼 솟아오른다. 일본 코에이KOEI사의 대표적 게임 소프트웨어인 전략 시뮬레이션 게임 '삼국지' 시리즈에는 최소한 전통적인 유교적 덕목들이 게임의 윤리를 지탱하고 있다. 그러나 '리니지'에는 그런 도덕적 원칙들이 일절 개입되지 않았다. 엔씨소프트 대표이사의 말을 빌자면, '리니지'의 밑바닥에 있는 생의 원리는 '힘 키우기, 차지하기, 화폐 경제'로 요약된다.

둘째, 정보화에 대한 열광은 문화적 인프라의 약화를 가져왔다. 앞에서 "문화 산업은 21세기의 기간산업"이라는 대통령 신년사를 소개했었다. 그리고 문화부 내에 '문화상품과'가 신설되었음을 지적하였다. 정보화는 언제나 국가의 초핵심 사업이었다. 그러나 문화 산업이 발전하기 위해서는 알찬 문화가 확보되어 있어야 한다. 그것만이 문화 산업의 각 상품들을 단발성에 그치지 않고 지속적으로 업그레이드될 수 있도록 해주는 원동력이며, 또한 그 문화 상품에 예술적 긍지를 부여해주는 원천이다. 그러나 정부와 그 대행자들인 관료들에게는 문화에 대한 그러한 인식이 존재하지 않았다. 그 이후 정부에 의해 주도된 다양한 문화 콘텐츠 진흥 사업들은 그러한 인식 결여를 여실하게 보여주고 있다. 오직 고부가가치만이 유일한 관심사였다. 그와 더불어 문화의 근간을 이루는 문학 및 예술 일반에 대한 정부의 육성안은, 단발적 지원 사업을

---

17) 「뉴스 브리핑」, 『조선일보』 2003.05.08.

제외한다면, 세워지지 않았다. 그리고 이것은 청소년 교육에 대한 정부의 정책과 맞물려 있었다. '사용자 중심 교육'이라는 거창한 구호 아래서 한국의 교육 정책은 학생들의 자발적 창의력 향상에 무조건적으로 집착하였다. 그러나 자발적 창의력이란, 문화적 전통의 두께에 뒷받침될 때에만 제대로 피어날 수 있는 게 아닌가? 그 문화적 전통에 대한 인식 결여는 결국 학생들의 창의력 자체를 고갈시킬 수 있는 것이었다. 그것은 마치 백지 상태의 어린이에게 전위 무용을 추어보라고 권하는 꼴인 것이다. 한국인들은 어린 시절부터 고급문화를 습득하고 체화하는 기회를 박탈당한 채로, 무에서 유를 창조해낼 마법사로 대접받고 있는 셈이다.

마지막으로, 개인적 욕망과 국가의 의지가 겉으로 보이는 것처럼 행복하게 결합할 수 있는가를 물어야 할 것이다. 오히려 그것들은 모순을 야기하여 충돌하는 것이 아닌가? 그 모순의 가능성을 무시하거나 은폐할 때 개인과 국가의 협력은 사실 파행적으로 진행되는 것이 아닌가? 가장 전형적인 사례를 하나 들어보겠다. 국가에 의해 '신지식인 1호'로 지명된 사람의 경우다. 그는 SF 영화 제작이라는 모험적인 시도를 하였다. 그리고 얼마 후 독일을 비롯한 외국의 몇몇 영화사들과 수출 계약을 맺었다는 소문을 흘렸다. 그는 곧바로 신지식인의 대명사로 떠올랐고 정부는 그를 아낌없이 후원하였다. 대학, 기업을 막론하고 사방으로부터 그는 명사로 초대되어 강연을 하였고, "안 된다고 하지 마라. 안 하니까 못 하는 것이다"라는 명언을 남겼다. 그러나 막상 영화가 개봉되었을 때 그 영화와 수입 계약을 맺은 외국의 영화사는 한 군데도 없었다. 정부의 대대적인 후원 아래 한국의 가장 큰 극장들에서 일제히 개봉된 그 영화는 어린 학생들을 거의 반강제적을 동원한 덕분에 막대한 수입을 국내에서 올릴 수 있었다. 그러나 영화의 수준은 B급 영화에도 못 미치는 것이었을 뿐 아니라, SF에 대한 어떠한 비전도 갖고 있질 않았다. 게다가 그 바로 전해에 개봉된 일본 영화 「고질라Gozilla」의 참패를 알았더라면 그 비슷한 영화를 만드는 것 자체가 회의의 대상이 되어야 했었다. 그러나 신지식인 1호인 그 영화 제작자는 그런 정보조차 갖고 있질 않았다. 오직 '하면 된다'라는 무모성의 신화에 매달려 있었던 것이다. 그리고 그는 정부의 도움을 얻어 성공했다. 그러나 그로 인해 한국인들은 가장 형편없는 영화에 가장 값비싼 정신적, 물질적 비용을 지불해야 했다.

이 사례는 개인과 국가가, 다시 말해 개인적 욕망의 분출과 국가의 조직적 수용이 화해롭게 맞물린 게 아니라 겉돌았음을 보여준다. 개인 따로 국가 따로 제각각 자신의 욕망에 따라 멋대로 놀아난 것이다. 그리고 이것은 그저 특수한 사례가 아니다. 정부의 지원 제도 아래 우후죽순으로 창업하고 팽창한 벤처기업의 상당수는 기술 개발을 통해서 성장하는 대신, 코스닥 시장에 상장함으로써 대대적인 수익을 올렸다. 한때 주가가 6백 배 가까이 올랐던 한 벤처 회사의 기술은 겨우 인터넷을 이용한 전화 통화 기술이었다. 그리고 그것은 지금 아주 하찮은 기술이 되었다.

정보화 사회에 대해 거대한 낙관론을 펼친 바 있는 피에르 레비는 개인의 자발적 창의성에 근거한 '집단 지성collective intelligence'의 시대를 예고 또는 갈망하였다. 그는 마이크로 오이코스micro oïkos로서의 자유로운 개인의 지식의 활동들이 디지털 네트워크를 통한 상호 교류에 의해서 지식의 독점적 소유가 철폐되는 한편, 다원적 지식의 집단적 운영으로서의 폴리코스모스polycosmos가 실현되는 사이버스페이스를 기획하였다.[18] 그가 생각한 '집단 지성'의 세계는 '정보 자본주의informational capitalism'와 '기획되지 않는 공산주의unexpected communism'를 양 축으로 두고, 창조성과 정보가 끝없이 순환하면서 팽창하는 세계다.[19] 여기에 비추어본다면, 한국의 정보화 사회는 집단 지성의 세계가 아니라, 집단 정서collective emotion 혹은 집단적 정념collective passion의 세계다. 이 집단적 정념이 안고 있는 가장 큰 문제는 정보 자본주의하에서의 철학의 부재다. 1990년대 이후의 한국 사회는 절대 권력 혹은 절대 권위가 사라진 상태에서 아주 자유로운 욕망의 발현이 정보 인프라의 팽창과 항구적인 순환의 회로를 이루며 직접적인 물질적 욕망을 향해 맹렬히 회전하고 있다. 이 순환의 회로는 곧 개인과 국가 간의 순환의 회로이기도 하다. 그러나 앞에서 보았듯이 이 순환의 회로 속에서 개인과 국가는 긴밀히 맞물려 있다기보다 동상이몽의 환각 속에 취해 있는 것일 수도 있다. 어쩌면, 개인과 국가, 목적과 수단, 대의와 욕망 간의 방법적 분할과 편의주의적 결합이 이 순환을 지탱하고 있는지도 모른다. 어쨌든 이 순환의 회로 속에서 한국인들은 행복한가? 아마 그럴지도 모른다. 실제로 2002년 '김행 오픈 소사이어티'의 조사에 의하면, "한국인의 14.4퍼센트가 「매우 행복」, 75.6퍼센트가 「행복한 편」이라고 답"[20]했다. 10명 중 9명이 행복한 것이다. 그러나 내가 보기에 오늘날 한국인의 행복은 참된 행복이라기보다, 행복의 다혈증plethora, 혹은 '들린possessed 행

---

18) Pierre Lévy, *L'intelligence collective*, Éditions La Découverte, 1995, pp. 149~59.
19) http://www.mikro.org/Events/OS/wos2/Levy-pp/levy.htm에 피에르 레비의 기획이 그림으로 그려져 있다.
20) 『월간조선』 2002년 1월호.

복감'이다. 그 들린 행복감 속에서 행복은 종종 당장의 경제적 획득, 당장의 소비적 향유, 당장의 말초적 쾌락과 동일시된다. 이 들린 행복감은 어떤 재앙의 지나치게 화려한 전주곡이 되고 있지는 않은가? 수년 전 IMF 구제금융의 날벼락을 맞은 경험은 자꾸 그런 불안감 속으로 나를 빠뜨린다. 꼭 그런 재앙이 아니더라도, 나는 오늘의 한국의 정보화 사회에서 참된 행복을 느끼지 못한다. 사방에서 실천이성의 정언 명령들 categorical imperatives이 시궁창에 처박히는 꼴을 보고 있기 때문이다. 한국인의 팽창하는 행복은 꼭 몸집을 뽐내기 위해 배를 한껏 부풀린 개구리처럼 생각되기만 하는 것이다.

[2002]

사생활의 보호를 넘어 디지털 문명의 자주관리로[1]

울리케 아케르만Ulrike Ackerman, 안토니오 카질리Antonio Casilli, 두 분
의 발표 잘 읽었습니다. 두 분의 글 모두 디지털 시대에 사생활이 크게
위협당하고 있다는 상황을 확인하고 이 위협이 곧 인류의 소중한 가치
인 자유에 대한 침해임을 심각하게 걱정하고 있었습니다. 그러한 사정
의 명료한 사례로서 두 글은 공통적으로 마크 주커버그Mark Zuckerberg,
에릭 슈미트Eric Schmidt 등 인터넷 독점 기구의 핵심 멤버들에 의한 사
생활을 부정하는 일련의 발언들을 들고 있습니다.

그러나 더욱 심각한 것은 이러한 상황이 디지털 문명 및 문화의 사용
자 그 자신들에 의해서 조장되고 있다는 것입니다. 약간의 관점의 차이
는 있지만 두 분 선생님이 공히 인정하고 있는 이 사실은 우리를 혼란에

---

1) 이 글은 2015년 9월 16일 연세대학교 인문학 연구원에서 열린, '디지털 시대의 사생활'을 주
제로 한, 독일과 프랑스의 두 학자의 발표문에 대한 토론문으로 작성된 것이다.

빠뜨립니다. 왜냐하면 보호되어야 할 사생활의 당사자가 스스로 그 보호의 가능성을 봉쇄하고 있기 때문입니다. 아케르만 선생님은 그 문제를 이렇게 서술하고 있습니다.

인터넷을 사용하는 시민들은 이것을 자유에의 위협으로 감지한다. 그러나 자신들의 개인 정보를 취급하는 그들의 태도는 심각한 모순에 휩싸여 있다. 한편으로 정보 보호에 대한 욕망이 더욱 절박해지는데, 다른 한편으로는 거대한 사용자 인구가 온라인에서 그 자신의 정보를 아주 무모하게 사용하고 있는 것이다.

두 발표문은 이러한 난점을 십분 인정하면서도 사생활 보호의 당위성을 사생활의 성격에서 찾고 있습니다. 이 점에서는 두 발표문은 다른 방향으로 분기합니다. 아케르만 선생님은 사생활에 대한 근대적 정의, 즉 "외딴 상태로 있을 권리right to be let alone"의 소중함을 중요한 가치로 제시합니다. 이 가치를 보듬기 위해, "우리의 개인적 자유와 자유로운 인터넷의 잠재성을 동시에 보호하기 위한 새로운 '규약들'"이 만들어져야 한다고 역설합니다. 한편 카질리 선생님은 현대 사회에 들어 사생활의 성격이 근본적으로 변화했다는 사실에 주목합니다. 발표문에 의하면, 이제 "사생활은 개인적 권리이기를 그치고 집단적 교섭a collective negotiation"이 되었다는 것입니다. "사회적 플랫폼 위에서는 아무도 '외따로 혼자 있기'를 원하지 않는다. 그러면서도 모두가 자신들에게 고유한 사생활에 대한 배려를 표명한다"는 것이지요.

네트워크 상호 작용이 점점 현저해지는 현상은 이해 당사자들로 하여금 자신들의 자율성의 영역을 창조하고 유지하기 위한 특정한 전략적 욕망을 펼쳐 보이는데 힘을 더해주고 있다. 이러한 새로운 패러다임 속에서 사생활은 개인적 특권으로 이해되는 것이 아니라 차라리 집단적 교섭으로 이해된다. 그것은 상호주관적 요인들을 고려하여 한 개인이 서로 영향을 주고받는 사람들로부터 받는 신호들을 고려하면서 형성된 관계적 구도의 결과로서 나타난다. 온라인 사회적 플랫폼과 모바일 테크놀로지에 의해 매개된 관계망 안에서의 사생활은 그것이 탈중심화되고 복합적이며 다방향적인 프로세스를 갖는다는 점에서 독특한 것이다.

이러한 입장에서 카질리 선생님은 "사생활의 사유화privatization of privacy"를 근본적으로 반대하며, 사생활은 (복수적 개인들의) "자율성과 자유들을 존중하는 구도 내에서 열리는 집단적 관심으로서 구상될 수 있다"고 주장합니다.

저는 두 분의 견해가 두루 유용하다고 생각합니다. 국가와 디지털 독점 기구들에 의한 사적인 것의 착취는 무차별적이면서도 동시에 언제나 '사생활의 보호'라는 기치를 들고 시행되고 있습니다. 전자의 상황에 대해서라면 우리는 당위적으로 안티고네Antigone와 같은 태도를 단호히 유지해야 할 필요가 있을 것입니다. 그러나 후자의 상황에 비추어 볼 것 같으면 우리는 자칫 사적인 것의 옹호가 유해한 환상이 될 수도 있음을 확인할 수 있습니다. 그럴 경우엔 사적인 것과 공적인 것의 진실한 관련에 대해서 모색을 해야만 합니다. 상황의 성격에 따라서 우리는 두 태도를 가변적으로 운용해야 할지도 모릅니다.

저는 이러한 미묘한 문제들을 야기한 작금의 사태에 대한 좀더 근본적인 질문 하나를 던지려고 합니다. 오늘날 사생활의 문제를 어렵게 만드는 가장 큰 원인은 사용자들이 스스로 사적인 것을 공공 광장에 무분별하게 노출하는 현상 때문입니다. 그러한 현상이 벌어지는 이유는 두말할 것도 없이 사적인 것을 공적인 것으로 인정받고 싶어하는 사용자 자신의 욕망 때문입니다. 간단히 말해 오늘날 디지털 시대에 있어서 사적인 것들은 공적인 욕망으로 잔뜩 달아올라 있습니다. 왜 그럴까요? 문화심리학적으로는 헤겔이 명명했던 "사활을 건 인정 투쟁"이 우리 삶의 구석구석에서 전개되는 시대가 도래했기 때문이라고 말할 수 있습니다. 정치사회학적으로는 우리의 일상적 삶 하나하나가 공적 지평에 올라섰기 때문입니다. 정보화 사회가 처음 인류를 충격하던 20세기 말엽, 사람들은 '실시간 소통real time communication'과 '인터렉티비티'가 가상현실virtual reality에서 실제로 구현되는 것을 보고 깜짝 놀랐습니다. 그리고 얼마 후 가상 현실은 실제 세계The Real World의 반대가 아니라 오히려 그 '연장extension'이자 '증강augmentation'이라는 것을 알게 되었습니다. 이 현상을 보고 그리스·로마 시대의 직접민주주의가 지구적 규모에서 실현될 수 있다는 믿음을 품은 사람들이 꽤 되었지요. 즉 이상적인 상태에서 사적인 것과 공적인 것의 순환은 나쁜 것이 아니라 오히려 바람직한 것입니다. 일상의 사소한 일 하나하나가 공적인 의미를 부여받는 것, 또한 보통 사람들의 평범한 삶이 의미심장하게 이해되는 것, 그것이야말로 민주주의가 가장 저변의 자리에서 실현되는 것이 아니겠습니까? 거기에서 사적인 것들은 본래의 성격을 그대로 유지한 채로 공공의 영역에서 보석처럼 빛나리라 기대되었습니다.

그런데 오늘날 그 소망은 배반당하고 있습니다. 두 분의 발표가 고발하고 있듯이, 사적인 것은 공공 권력에 의해서 폭력적으로 훼손되는가 하면, 상업 권력에 의해서 무분별하게 공적 성질을 품게 되었습니다. 그러면서 일반 사용자들은 사적인 것들이 공적으로 수용되길 바라는 욕망에 달아올라 자신들의 낱낱의 삶이 공공의 사막에서 부는 회오리에 휩쓸려 난폭하게 망가지는 사태를 속수무책으로 방치하고 있습니다. 왜 이렇게 되었을까요? 저는 이러한 사태 뒤에 매우 은밀한 논리적 장치가 숨어 있다고 생각합니다.

하나의 비유로 그 문제를 암시해보고자 합니다. 가치에 관한 것입니다. 마르크스주의자들에게, 아니 마르크스 자신에게, 사용가치use value 와 교환가치exchange value는 대립적인 것으로 이해되었습니다. 자본주의 사회에서 교환가치가 사용가치를 소거시켜서 인간과 인간의 관계를 상품과 상품의 관계로 변질시킨다고 보았습니다. 그리하여 인간은 '사물화reified'된 존재로 전락한다고 생각했습니다. 저는 현실사회주의의 몰락의 이론적 근원이 이 가치론의 단순성에 있다고 생각합니다. 사용가치와 교환가치는 그렇게 일방적으로 대립적인 것일까요? 간단히 하나의 상품을 머릿속에 떠올려봅시다. 그 상품의 가격은 그것의 쓸모가 보장해주지 않나요? 다시 말해 교환가치는 사용가치가 보증해주지 않으면 전혀 기능을 하지 못합니다. 프로이트에게 있어서 쾌락원칙과 현실원칙이 대립되는 것이 아니라 상호 보충적인 관계에 놓이듯이, 사용가치와 교환가치 역시 '공모'의 관계에 놓여 있다고 할 수 있습니다. 그런데 우리는 오랫동안 그러한 공모 관계를 의심조차 하지 않았습니다. 그것을 개념적인 명명을 통해 이해시킨 것은 장 보드리야르였습니다. 그는 '기호 교환가치valeur d'échange signe'가 사용가치와 교환가치를 하나로 묶어서 협력하도록 한다는 것을 우리에게 알려주었습니다.

비유이긴 합니다만 우리의 문맥에서 사적인 것/공적인 것은 사용가치/교환가치와 유사한 구석이 많습니다. 지금 우리는 사적인 것을 순수한 본래적 가치로서 해석하고 있고 공적인 것이 그런 사적인 것의 순수성을 훼손하는 억압적인 장치로 기능하는 것을 두고 개탄해왔으니까요. 그렇다면 우리의 상황에서 사적인 것과 공적인 것 사이의 이상적 관계에 대한 우리의 소망이 현실에 의해서 참담히 배반당하고 있다면 여기에서도 보드리야르의 '기호 교환가치'와 같은 매개 개념을 찾으면 이러한 사태를 이론적으로 이해할 수 있을지 모릅니다.

제가 보기엔 매개 개념이 아니라 두 개념 사이의 착시가 여기에 작동하고 있습니다.

아시는 분은 아시겠지만 디지털 문화가 전 시대의 책 문화와 결정적으로 다른 면 중의 하나는 생산 차원과 수용 차원이 원천적으로 분리되어 있다는 것입니다. 디지털 문화의 기본 구성 형식인 분해와 합성을 수행하는 알고리즘은 아주 복잡한 프로그래밍 언어들의 연속으로 이루어져 있습니다. 그 프로그래밍 언어를 알고 작성할 수 있는 인구는 소수의 전문가 그룹입니다. 페이스북, 구글 등 오늘날 인터넷 독점 기구를 세운 사람들의 상당수는 바로 그 전문가 그룹에서 나왔습니다. 반면 수용자, 즉 디지털 문명의 사용자들은 그 생산 기제를 전혀 알지 못한 채 오로지 그것을 사용하고 향유하는 일만을 할 수 있습니다. 그들은 그것을 즐길 수는 있으나 만들 수는 없습니다. 간단히 말해, 게임에 중독된 자는 계속 놀고 싶어 합니다만 좀더 나은 게임을 직접 만들 생각은 하지 못합니다. 대신 그들은 생산자들에 의해 만들어진 디지털 문명의 특정한 장치 안에서 그것을 능수능란하게 조작하며, 문제점들에 직접 개입하고 해결 주체가 되기도 합니다.

바로 여기에서 착시가 일어납니다. 생산자들에 의해 만들어진 디지털 시스템과 그 시스템 안에서의 다양한 참여 형식들은 근본적으로 다른 것입니다. 전자가 컴퓨터의 운영체제에 해당한다면 후자는 그 운영체제에서 돌아가는 각종 '앱'입니다. 후자가 실제적인 제도들institutions이라면 전자는 디지털의 기본 환경environment입니다. 제도들은 전문 생산자들에 의해 조성된 환경 안에서만 움직일 수 있습니다. 그것들은 환경 자체의 변화에 직접 개입하지 못합니다. 그런데도 사용자들은 제도들 안에서 활발히 활동하는 가운데, 자신들이 환경 자체에 직접 개입하고 있다고 착각합니다. '사용자의 손끝에 닿기'라는 마이크로소프스사의 한때의 모토는 그 환상을 장밋빛으로 칠하고 있는 전형적인 예입니다.

실로 이 환경이야말로 중요한 것입니다. 인류는 지금 디지털 인공 환경 안에 예속된 상태에서 자연환경을 절멸로 몰아가는 위험스런 존재로 변해가고 있는 중인지도 모릅니다. 그런 의미에서 인류는 환경에 이중으로 구속된 존재라고 할 수도 있습니다. 카질리 선생님은 에코-시스템eco-system이라는 용어를 통해서 우리가 쇄신해야 할 대상이 바로 이 환경이라는 것을 적확히 지적하고 계십니다.

여하튼 디지털 환경을 바꾸는 일이 정말 중요한 것이라면, 사용자들은 환경과 제도들 사이의 착시에서 해방될 필요가 있습니다. 그렇다는 것은 '사생활'을 없애려고 하는 국가기구와 인터넷 독점 기구들에 '저항'하는 일을 넘어서서 해야 할 일이 더 있다는 것을 가리킵니다. 사생활의 권리를 지키기 위한 '공적' 참여를 넘어서 공공 영역public sphere 자체의 친환경화가 필요하다는 것입니다. 그리하여 사적인 것들이 생생하게 살아 있는 장소로서의 공적 장소, 혹은 사적인 것과 공적인 것이 선순환적으로 유통되는 공적 장소로서 공공 영역을 바꾸어야 하지 않을까 합니다.

그런데 공공 영역 자체의 갱신을 도모한다는 것은 사용자들 스스로 가 생산자의 직능을 전유할 필요가 있다는 것을 가리킵니다. 그럼으로 써 가능한 대안 공공 영역들을 실험적으로 고안하고 지배적 디지털 환 경과의 비교를 통한 검증 과정을 통해 디지털 환경 자체의 자기 진화의 길을 열어야 하지 않을까 합니다. 제가 보기에 이러한 시도는 예전의 수 정주의 운동가들이 '자주관리운동self-managing movement'이라고 부른 것 과 맥이 닿아 있습니다.

퍼스널 컴퓨터의 세계적 확산에 기폭제가 되었던, 스티브 잡스와 스 티브 워즈니악이 만들었던 '애플 II 컴퓨터'는 워드프로세싱, 계산기, 게 임, 그리고 베이직 프로그래밍 언어라는 네 가지 기구를 갖추고 있었습 니다. 제가 보기에 '애플 II'의 개발자들은 퍼스널 컴퓨터의 모형뿐만이 아니라 디지털 문명을 사는 사람들의 기본 활동양식들도 제시하였던 것 같습니다. 그런데 오늘날 사용자들의 대부분은 디지털 기기를 계산 기와 게임기로 사용하고 드물게 워드프로세서로 씁니다. 그리고 프로 그래밍 도구로는 거의 사용하고 있지 않습니다.

저는 방금 제안한 사용자가 스스로 조성할 디지털 자주관리시스템 안에 이 네 가지 기제가 필수 요소로 들어가야 한다고 생각합니다. 사 용자들이 디지털 문명을 사용하고 감시하는 걸 넘어서서 그 문명의 생 산 알고리즘을 기본적인 수준에서 학습할 때만이 대안적 공공 영역들 을 제작할 수 있을 것이기 때문입니다. 그것은 저항을 넘어서 자발적 계 몽의 장을 사용자들이 스스로 열어야 한다는 것을 가리킵니다.

[2015]

232

트위터문학과 짧은 정형문학
── SNS 시대의 문학의 존재 이유

1. 디지털 문화의 지배와 문학의 손실

디지털이 세상을 지배하기 시작한 지 25년이 넘어간다. 디지털은 퍼스널 컴퓨터의 형태를 갖춤으로써 폭발적인 유인력을 가졌다. 기계가 인간적 능력을 대체하는 과정에서 기계 스스로가 인간화됨으로써 매혹의 거대한 담수를 팔 수 있었다. 그 인간화는 인간 시대를 더욱 가속시키는 방향으로 진행하였다. 즉, 디지털 기기는 단순히 '인간'이 사용할 수 있다는 것만으로 성공하지 않았다. '퍼스널'이라는 용어가 그대로 가리키듯이, 그것은 근대 인간 사회의 핵심 단위인 '개인'의 특성을 강화함으로써 전 세계 사용자의 호응을 얻을 수 있었다. 이 '개인화'의 특성은 점점 강화되어가기만 했다. 디지털 기기는 그 방향으로 특화되어 SNS(Social Network Service)와 모바일로 발전하였다.

이 디지털 기기를 통해 개인들이 누린 게 무엇이었나? 게임, 싸이질,

페이스북 등은 개인들에게 순수히 즐길 놀이들을 제공해주었다. 그리고 그 놀이의 공간은 모바일이 깔아주었다. 모바일은 장소의 이동을 불필요하게 만들어주었다. 그냥 그 자리에서 놀면 되었다. 말 그대로 '나만의 공간'이 확보된 것이다. 이렇다는 것은 디지털 문명이 개인주의를 놀이 코드에 맞춤으로써 상품 가치를 부여하는 데 성공했다는 것을 가리킨다. 언뜻 보아 이런 문화 시장의 확장은 자본주의 태동 이후 거듭 진화해온 터라 새삼스러울 것이 없었고, 본래 문학하는 사람들에게 장사는 남의 일이라서 관심을 가질 까닭도 없었다.

그러나 이 개인이 게임으로 어휘 변이를 하는 와중에 문학은 실제 심각한 타격을 입었다. 왜냐하면 문학 역시 '나 혼자만'의 공간 속에서 생장을 잘하는 생물이었기 때문이다. 그 공간을 놀이가 점점 점령해가는 가운데 문학 독자들은 슬그머니 소멸되어갔다. 가뜩이나 부족한 문학 독자였는데, 그마저도 고갈되어갔던 것이다. 본래 한국에서는 여성 독자들이 거의 압도적인 비중을 차지하고 있었다. 그다음 대학생 독자들이 있었다. 대학 입시에서 논술 시험이 도입되면서 고등학생들도 문학 독자군으로 편입되기 위해 가장자리에서 서성이게 되었었다. 그런데 모바일의 놀이 문화가 확산되면서 대학생 독자들이 먼저 떨어져나갔고 늘 튼튼하게 한국문학을 지켜주었던 여성 독자들이 게임족과 카톡족이 되어 빠져나갔다. 그리고 고등학생들은, 오로지 입시만을 위한 거라면 책 전문을 볼 까닭이 없다는 걸 여러 경로를 통해 파악하고는 요약 참고서를 뒤적여 문제를 족집게로 뽑아내는 노하우를 익히게 되었다.

문학은 점점 피골이 상접해갔다. 그렇다고 그냥 굶어 죽을 수는 없는 노릇이었다. 문학 쪽의 대응은 이러하였다. 우선 문학의 빈사를 방지해주는 완충 장치가 한국에 잘 갖추어져 있었다. 국가적 지원 기구가 많은 재정을 확보하고 원활히 작동했던 것이다. 모든 사람에게 혜택이 돌아가지는 않았지만 이 지원 기구는 소위 '경쟁력이 있는' 작가, 시인 들이 창작에 전념할 수 있게 해주는 역할을 했다. 그 덕분에 지원을 받은 작가, 시인 들은 살아남기 위해 필사적인 전략을 쥐어짜야 할 필요가 없었다. 지난 1990년대 초반에 은밀한 쿠데타처럼 진행된 문학의 '개인주의적 선회'는 사실 오늘날 디지털 문명의 전반적 추세에 부합했다고 할 수 있다. 그러니 특별히 방향 전환을 고려할 이유가 없었다고 생각할 수도 있다. 그런데 이 개인화의 양적 팽창은 문학이 나아갈 수 있는 경계를 훌쩍 추월해버렸다.

2. 통속적일 수 없는 문학과 그래야만 하는 작가들

언어문화는 생래적으로 놀이만 할 수 없는 속성을 지니고 있다. 매체인 문자는 대상을 지시하면서 그것을 기호로 대체해버린다. 그리고 그 기호 자체는 대상과 아무런 연관이 없다. 기호의 '자의성'이라고 불리는 이 특성은 의미의 신속한 대량 전파를 위해 필수적인 조건이었는데, 그러나 의미 전달 체계 바깥에서는 다른 방식으로 기능하였다. 즉 한편으론 기호의 자의성 덕택에 대상 지시가 자유로워지면서 기호를 통해서 대상을 대체해버리는 은유가 발달했다. 이 은유 기능은 기호를 놀이의 차원으로 끌고 가서, 기호를 다루는 일의 즐거움, 저 유명한 롤랑 바르트의 표현을 빌리자면, "텍스트의 즐거움"을 제공하였다. 그러나 다른 한편, 기호에 의한 대상의 대체는 순간적으로 존재를 추상화(비존재화)하였다가 되돌려주는 절차를 거친다. 따라서 기호에 의한 의미 지시는 무의미-의미-열린 의미/존재-무-다른 존재라는 이중적 구조를 가지게 되고, 바로 여기에서 변환의 적합성과 타당성에 관한 질문이 발생한다. 현대 비평가들이 '자기 지시성'이라고 부른 이 성질을 통해 문자 문화는 반성적 기능을 생래적으로 내장하게 되었다. 그 반성은 변환의 적합성이라는 차원에서는 대상에게 작용하였고 변환의 타당성이라는 차원에서는 변환 실행자, 즉 주체에게 작용하였다.

문자 문화의 다른 우주로서의(의미 전달 기능을 벗어난다는 의미에서의) '문학'에 대해 저 옛날부터 "즐거움도 주고 교훈도 준다"는 이중적 역할을 부여했던 것은 그 때문이다. 그렇기 때문에 문학은 아무리 가까이 다가가려 해도 순수한 놀이로서의 문화의 선에 진입할 수가 없다. 오늘날의 디지털 문화의 유희성을 따라갈 수 없는 소이다. 결국 본격 문학은 2010년 즈음해서 그 경주에서 낙오하기 시작하였다. 그것을 해결하기 위해서는 문학의 생래적인 반성성을 버리는 새로운 종류의 문자 문화가 나와야 했다. 그러한 문화가 없었던 것이 아니다. '즐겁게 하고 교훈을 준다'라는 이중 구속에서 하나를 떼어내려는 충동은 상시적으로 존재해왔고 그것이 대중문학 혹은 통속문학의 큰 시장을 형성해왔다. 그러니 이런 유의 문학이 상품성에서 본격 문학을 압도한다는 건 당연하다고 할 수 있다. 다만 한국에서의 문학은 오랫동안 저 두번째 기능에 대한 과잉된 요구에 붙잡혀 있었다. 근대 이전의 문학은 지배 이데올로기와 깊은 친연 관계에 있었기 때문에 당연한 것이었고, 근대 이후의 한국문학 역시 개인의 자유와 권리를 주장하는 일이 한반도의 독립운동이나 민주화라는 대의와 직결되어 있었기 때문이다.

문학의 '개인주의적 선회' 이후에도 저 대의의 압력은 쉽게 줄어들지 않았다. 그래서 통속적 작품들이 다양한 방식으로 공공선의 촛불을 켠

식탁보 위에서 독자들의 회식을 맞이하곤 하는데 그건 오늘날까지도 전혀 변하지 않고 있다. 다만 거기에도 손님이 빠져나가기 시작했다. 선택된 극소수의 포장 문학은 베스트셀러가 되었고 여타의 포장 만두들은 냉장고에서 좀처럼 나오지 못한 채 곰팡이가 피게 되었다. 그리고 독자들은 '무엇보다도 즐거움을!' 주는 작품 반찬들을 향해 이리저리 젓가락을 놀리게 되었다. 무라카미 하루키, 한국에서 성공하는 바람에 프랑스에서도 베스트셀러 작가로 도약한 베르나르 베르베르, 파울로 코엘료류의 슈크림들, 그리고 나오키상을 받은 작품들이 한국문학작품들을 진열대에서 몰아내고 임도 보고 뽕도 따게 되었다. 뽕만 땄으면 그래도 괜찮았는데, 한국문학장의 심리적 관성이 그들에게서 임도 보았으니, 저네들 탓을 할 수는 없을 것이다.

하지만 정작 그런 분위기를 만들어간 한국문학장 자체에서는 불만이 터져 나올 수밖에 없었다. 왜냐하면 그런 풍토를 형성한 건 오늘의 한국문학의 '주체들'이었는데, 실속을 차린 건 외지인들이니 말이다. 사정이 이러했으니, 솔직하게 대중문학임을 선언하고(아니 좀더 정확히 말하면 본격 문학이라는 표장에 연연하지 않고) 오로지 감정의 쾌락에 봉사하는 문학이 모습을 드러내는 건 시간 문제였다. 2010년 전후해서 한국에서도 정유정, 배명훈, 장강명 등의 작품들이 문학 제도 안으로 당당히 입성하였다. 그들은 소위 본격 문학판에 어떤 신경선도 대지 않고 독자적으로 출판의 문을 열었고 독자군을 개척함으로써 작가-문예지-비평가로 이어진 한국문학의 보수적 회로를 끊어버렸다. 거의 20년 전 이 문을 처음 연 건 판타지 문학의 이영도였다. 한데 그는 대문자문학에 대한 집착을 버리지 못했다. 그리고 한때 청소년들에게서 열화와 같은 성원을 받았던 그의 이름과 작품은 서서히 사라져갔다. 반면 그 비숫한 시기에 대중문학을 하겠다고 선언했던 임동헌은 대중적으로 성공을 거두지 못한 채 유명을 달리하고 말았다. 그러나 이들이 빼꼼히 열었던 문이 이제 활짝 젖혀진 것이다. 이 당당한 대중문학의 장래에 대해 우리는 당분간 지켜보아야 할 것이다. 이들이 오로지 재미만을 추구한다고 해서 그들의 문학이 화려한 단명을 누릴 것이라고 예단할 수는 없다. 물론 현세에서 성공하면 대체로 내세에서 증발되기 십상이다. 17세기 당시 최고의 관객을 동원했던 토마 코르네유Thomas Corneille와 오늘날 고전주의 희곡의 세 대가 중 하나로 항구적인 연구와 공연의 주체로 자리잡은 피에르 코르네유Pierre Corneille, 두 형제의 엇갈린 사후가 그렇다. 하지만 '뤼팽Lupin' 시리즈로 아직 대중문화 식당의 메뉴에 걸려 있기는 하지만 문학적 평가를 거의 받지 못한 모리스 르블랑Maurice Leblanc과 "탐정소설의 새로운 영역을 개척했다"는 수식어를 달고 다니는 코난 도일Conan Doyle이나 조르주 심농Georges Simenon의 운명이 애초부터 예고되었던 것은 아니다. 의도와 효과가 어긋나기 일쑤인 경우가 예술만큼 빈번한 곳도 없다. 가령 '싸이' 노래의 의도와 그 효과는 결코 같은 게 아니다. 전자는 가수 자신이 너무나 노골적으로 내세우고 있는 것과 감추고 있는 것으로 양분되어 있는 게 명백히 보이는데, 그러나 후자는 가수 자신도, 듣고 즐기는 사람들도 모르는 것이다. 우리는 오늘의 대중 작가들이 김내성과 박계주의 전철을 밟으리라고 미리 점치기 전에 그 작품들의 실제적인 효과가 무엇일지를 탐색해야 할 것이다.

3. 트위터와 시조, 하이쿠

이러한 현상은 현존하는 문화의 좀더 미묘한 속사정을 생각게 한다. 재미만을 추구하는 문화라고 해서 가치의 영역과 아주 담 쌓고 살 수는 없다. 사회적 요구가 안팎으로 그것으로 하여금 그럴듯한 덕목을 갖추라고 거세게 몰아붙이기 때문이다. 안으로는 그것은 욕망의 형태로 나타나고 바깥으로부터는 요구의 형태로 나타난다. 그리고 이 디지털 세상에서도 모든 안은 바깥의 껍데기에 둘러싸여서 제 표정을 잡는다. 진정 재미 문화의 음험한 심사는 여기에 있다 하겠는데, 이것은 사실 인류 진화의 시각에서 보자면 거의 불가항력적이다. 사는 까닭을 그것만이 제공해줄 수 있기 때문이다.

때문에 디지털 문화는 스스로 열락에 빠지면서도 사회적 공기의 역할을 한다고 공공연히 수다를 떤다. 그리고 그것의 오늘날의 실제적인 결과는 사적인 것으로 공적인 것을 대신하는 것이다. 즉 사적 정서의 표출이 그대로 공적 이성의 표장을 달고 고개를 빳빳이 쳐드는 것이다. 페이스북의 '좋아요'와 트위터의 '팔로잉'은 그 '사적인 것으로 공적인 것을 대신하는 사태'를 승인하는 절차다.

그러다 보니, 트위터링 자체를 문학으로 만드는 작업도 개시될 만하였다. 서양의 문인들은 실제로 트위터링의 140 글자 수 제한을 일종의 (정형)문학 형식으로 받아들여, 트위터 문자 자체의 문학화를 시도한 바가 있었다. 2012년 10월 12일 캐나다의 '퀘벡 가브리엘-루아 도서관 bibliothèque Gabrielle-Roy de Québec'에서 트위터문학Twittérature 경연 대회를 열었다. 그 경연 대회의 취지는 "금언, 속담, 경구, 또는 하이쿠의 울리포식 확장prolongement oulipien "[1]이었다. 그리고 '비교 트위터문학 기구 Institut de twittérature comparée'라는 단체도 설립되어서 트위터문학의 다양한 실험들을 망라하고 소개하고 후원하고 있다. 공식 사이트[2]에 의하면, 2016년 제2회 '미국 트위터문학' 경연 대회가 2016년 2월 1~29일 사이에 개최되었다.

그러나 이 트위터문학은 애호가들의 나르시즘적 향유의 수준에서 머물고 있는 듯이 보인다. 어떤 문학적, 미학적, 심지어 문화적 평가도 믿을 만한 간행물이나 책자를 통해서 나온 게 눈에 띄지 않는다. 그렇다고 해서 이 참신한 시도를 무조건 폄하해서는 안 될 것이다. 오히려 내가 아쉬워하는 것은 한국에서는 이런 시도가 있는지 모르겠다는 것이다. 그 대신 여러 문인들이 트위터링을 통해 자신의 정치·사회적 견해를 밝히는 데 열심인 것은 세상이 다 알고 있는 현상이다.

여하튼 트위터문학의 미래를 예측하려면 그럴 만한 조건을 살펴야 한다. 방금 보았듯 그들의 경연 대회 '취지'에서처럼 트위터문학을 하는 사람들은 기존의 짧은 문학적 형식들에서 영감을 얻고 있다. 그런데 이 짧음이 그 자체로서 문학적 조건이 될 수 있을까? 곰곰이 생각하면 트위터문학과 짧은 정형문학 사이에는 기본적으로 두 개의 차이가 있다. 하나는 시조나 하이쿠 같은 짧은 정형문학은 오랜 세월에 걸쳐 형성된 규칙이며, 따라서 그 규칙의 세목들이 단순히 길이만으로 그치지 않는다는 것이다. 간단하지만 결코 위반할 수 없는 형식적 규제가 작동한다.

---

1) 『르 몽드Le Monde』 2012년 10월 3일자(인터넷판. 종이판에는 게재되지 않았다.) "울리포식"이라는 말은 "프랑스의 작가, 시인, 과학자 들이 모여 만든 실험문학 공동체 '울리포Oulipo' 방식으로의"라는 뜻이다.
2) http://www.twittexte.com

잘 알다시피 시조의 경우, 음수적 제한 외에, "3장 6구를 이루면서, 종장의 첫 음보는 3음절로 고정되며, 두번째 음보는 5음절 이상으로 한다"는 조건이 붙어 있다. 이 규칙의 내용은 시대에 따라 변할 수는 있지만 그러나 그것의 존재 자체는 사라지지 않는다. 그것은 장르의 존재 근거로 기능한다. 현대 시조가 최종적으로 남긴 이 규칙이 시조에 어떻게 작용하는가?

나는 연전에 네 시인의 시조들을 검토하면서 그 물음을 던진 적이 있다.[3] 그때 거기에서 내가 길어낸 대답이 모든 현대 시조에 대해 적합성을 가진다고 말할 수는 없겠지만 최소한 암시성을 가진다고 할 수 있을 것이다. 내가 내린 결론은 현대 시조에서 규칙은 형식과 주제의 모순을 심화시키는 감각적 구속으로 작용하면서 주제의 팽창을 유도하며, 종장 첫 구의 변이는 이 주제의 팽창을 반전의 양태로 분출시킨다는 것이다.

하이쿠의 경우는 어떠한가? 17음절이라는 수량적 제한 외에 5/7/5의 3행을 가진다는 것이 오랜 논란 끝에 수렴된 최소한의 규칙이 될 것이다. 이 규칙의 구속에 대해 붙는 주제적 요구로서 흔히 거론되는 것은 "시의 심상은 자연으로부터 길어내야 하며, 계절의 이름 혹은 계절에 관한 언급을 포함해야 한다. 그러면서 종교적 신념 혹은 역사적 사건을 넌지시 암시해야 한다. 운을 포함해선 안 되고, 독자 내부에 정서적 반응을 창출해야 한다. 그리고 '사토리satori'라고 알려진 갑작스런 '현

---

3) 윤금초·이우걸·박시교·유재영, 「자유의 모험으로서의 현대시조」, 『네 사람의 노래』, 문학과지성사, 2012, pp. 165~67. 이 진술의 뜻을 정확히 이해하려면 네 시인에 대한 실제 분석을 음미해주기 바란다.

현epiphany'을 통해 주제의 핵심을 파고들어가야 한다"[4]라는 것이다. 그런데 롤랑 바르트는 실제의 하이쿠들을 살피면서 '의미의 텅 빔'을 본다. 그는 서양 고전문학의 가장 근본적인 두 개의 기능이 하이쿠에 없다는 것을 발견한다. 하나는 "묘사description"다. 그에 의하면, 서양문학에서의 '묘사'란 "특정한 진실 혹은 감성의 드러냄 속에서 징후의 이름으로 끼어드는 의미와 교훈들을 담고 있는" 대상들을 기술하는 것이다. 하이쿠에는 그런 묘사가 없다. 그래서 "의미는 현실성 속에서 거부된다. 좀더 정확하게 말하면 '현실적인 것'은 '실재적'이라는 의미를[즉 '진짜'라는 믿음을 — 인용자] 제공하지 않는다". 또 하나 없는 것은 "규정définition"이다. "규정은 제스처로 이동할 뿐만 아니라, 대상에서 일어나는 무의미한 — 괴상한 — 표면 현상들로 표류한다. 마치 선(禪)에서 스승이 대상을 규정의 요구('부채란 무엇입니까?')에서 풀어, 순수한 동작으로서의 무언의 제시(부채를 펼쳐 든다)를 한 다음, 더 나아가 일련의 괴상한 행동들의 창안으로 나아가는 것(부채를 접는다. 목을 긁는다. 부채를 다시 편다. 그 위에 과자를 올려놓고 그것을 건넨다)과 비슷하다."[5] "묘사하지도 규정하지도 않음으로써 하이쿠는 순수한 제시로 왜소화된다."[6]

바르트의 이 관찰은, 그가 하이쿠의 짧음에서 정형을 본 게 아니라 정형의 결락을 보았다는 것을 암시한다. 즉 짧다는 것은 의도적으

---

4) Jack Myers·Michael Simms, *The Longman Dictionary of Poetic Terms*, London and New York: Longman, 1989, p. 92, 149.

5) Roland Barthes, 『기호의 제국*L'empire des signes*』, in Roland Barthes, Œuvres complètes —Tome 2: 1966~1973, Paris: Seuil, 1994, p. 803. 직역하기보다는 이해를 쉽게 하기 위해 한국식 문장 구조로 변형하였다.

6) *ibid*., pp. 803~04.

로 형태를 갖출 만큼 충분치 못한 상태에 머무른다는 것이며, 그럼으로써 형태의 구속으로부터의 해방을 유도하는 것일 수 있다. 앞에서 언급한 "운을 가지면 안 된다"는 특성을 그가 꿰뚫어 본 것은 아닐까? 그의 말을 좀더 들어보자: "완전히 이해 가능하면서도 하이쿠는 어떤 것도 말하지 않는다. 이 이중적 조건에 의해서 하이쿠는 특별히 자유자재로 처분될 수 있는, 즉 봉사적인 의미에 노출되는 듯하다. 마치 당신을 자기 집으로 초대하고는, 자유롭게 당신의 기분이 내키는 대로, 당신의 가치, 상징 들에 따라 [집을 정신적으로 전유하면서] 마음 편히 지내라고 권하는 예의 바른 집주인을 본 딴 듯이 말이다. 이런 하이쿠의 '부재'—여행을 떠난 집주인의 부재와 같은— 는 [손님에 의한] 의미의 '교사(敎唆)' '가택 침입'을, 한마디로, '[이 집의 모든 것을] 마음껏 잡수시라고' 요청한다. [······] 하이쿠는 율격적 강제로부터 해방됨으로써 이 의미 전용을 왕창 헐값으로, '타자에 의한 유발의 방식으로sur commande' 제공한다."[7]

롤랑 바르트의 이러한 풀이가 좀 과장되었다고 할 수도 있다. 그리고 그의 말년의 이론, 즉 '저자의 죽음과 독자의 탄생'의 근거로서의 "다시 쓸 수 있는 텍스트texte scriptible"의 이론이 선입관처럼 배어들어 갔다고 할 수도 있다. 그러나 이견이 있을 수 있다 하더라도 이런 풀이가 가능했던 건, 바로 하이쿠 고유의 구조가 위반될 수 없는 규칙의 양태로 엄존하고 있기 때문이라는 점에 대해선 이의를 달 수 없을 것이다.

반면 트위터문학에는 이런 형식적 정교함이 없다. 그것은 하나의 장르로 인정받기에는 초보적이고 부실하다는 것을 가리킨다. 그런데 더

---

7) *ibid.*, p. 794. 이 역시 이해를 쉽게 하기 위해 변형하였다.

중요한 것은 그러한 부실함을 야기한 원인이다. 그것은 이 트위터문학이 디지털 기술의 진화에 완강히 긴박되어 있다는 것이다. 그것은 실시간, 양방향성, 모바일이라는 새 문명의 첨단들 위에서 피어난 꽃이다. 그러나 바로 그렇기 때문에 트위터문학은 디지털 문명이 더욱 발달해 다른 문화 공간을 허용했을 때 소멸할 가능성이 높다. 그 다른 문화 공간이 무엇일지를 지금 예측할 수 없다 하더라도 그렇다. 그만큼 트위터문학은 환경 의존적이다. 반면 시조와 하이쿠 같은 짧은 정형문학은 비록 환경의 영향하에 태어났다고 하지만 그 환경의 경계를 넘어서 독자적인 존속 구조를 갖추었기 때문에 시대의 풍화작용을 견디며 살아남을 수 있었던 것이다. 그것이 트위터문학과의 두번째 차이이며, 이 차이는 결정적이다.

나의 잡념은 이제 서서히 메지가 난다. 트위터, 페이스북 등 디지털 문명이 개발해서 지금 전 문화 공간을 장악하고 있는 재미 문화는 독자적으로 생존할 수 없다. 한편으로 문명 환경에 예속되어 있기 때문이고, 다른 한편으로 순수한 재미 추구는 지적 생명으로서의 인류의 진화적 본능에 어울리지 않기 때문이다. 그 두 조건은 긴밀히 얽혀 있어, 새 디지털 문화가 지속 가능한 생장 조건을 확보하려면 필경 그들이 말살하고 있는 중인문학과의 연대를 모색해야 한다.

그러나 그 연대는 아주 의식적으로밖에는 추구될 길이 없다. 왜냐하면 그것은 진화적 본능의 일차적 통로인 '쾌락원칙'과 충돌하기 때문이다. 그러나 진화적 본능의 전체적인 구조는 쾌락원칙만으로 이루어진 게 아니라 죽음 충동과 짝을 이루고 있다.[8] 인류는 쾌락원칙만으로 지적 생명으로 진화해온 게 아니다. 변이의 매 단계마다 이 두 원칙(혹은 충동)의 재구조화가 이루어져왔다는 게 내 생각이다. 여하튼 문학의 존재 이유는 거기에 있다. 내가 문학을 거의 유일한 구원의 길이라고 생각하는 까닭이다.

[2016]

---

8) 바로 이것이 프로이트가 「쾌락원칙을 넘어서」에서 심각히 고민했던 것이다.

제 2 장

이데올로기를
씹어야 할 때

이제 한국문학은 이데올로기를 씹어야 한다

1. 이데올로기에 관한 이론적 논의들

이데올로기에 대한 논의는 두 단계를 거쳐서 진화해왔다. 첫째 단계에서 이데올로기는 두 가지 의미로 정의되었다. 하나는 그것이 집단적 차원에서 존재하는 '허위의식'이라는 것이었다. 그에 대한 발언들은 마르크스 이래로 수없이 되풀이되었다. 그 발언의 밑바탕에는 이데올로기를 허위의식으로 규정할 수 있는 상위의 인식 체계를 '말하는 주체'가 가지고 있다는 믿음이 숨어 있었다. 그 믿음을 그들은 '과학'이라는 이름으로 표면화해왔다. 주체 바깥에 고정불변의 보편적 기준이 있는 듯이 말이다. 그러나 이른바 '객관적' 과학에 대한 다양한 의혹이 제기되었을 때, 이데올로기를 다르게 규정하는 시도가 생겨났다. 이데올로기는 집단적 차원에서의 '신념 체계'라는 것이다. 그러니까 그것은 그 자체로서 옳고 그름의 문제를 떠나 정당한 주관성의 총화로서 실제적 효과에 다가가고자 하는 의지라는 것이었다. 그것은 부르주아와 프롤레타리아를 가르고 프롤레타리아의 집단적 의식에, 부르주아의 허위의식에 대항하는 혁명적 의식의 자격을 부여하고자 한, 마르크스로부터 게오르그 루카치Georg Lukács를 거쳐 오늘날까지도 이어지는 마르크스주의 해석자들의 기나긴 연쇄의 집요한 주장에 의해서건, 혹은 거꾸로 보수적 지식인 에릭 푀겔렌Eric Voegelin처럼 "인간의 지식을 지상적 복락을 위해 쓰이게끔 만드는 폐쇄된 지적 체계"[1]로 파악한 태도에 의해서건, 이데올로기는 당사자도 알고 있지 못하는 정서적 충동이라기보다는 뚜렷한 판단과 의지를 통해 형성된 일관된 실천적 태도의 정신적 집합물, 즉 신념 체계다.

'허위의식'이든 '신념 체계'든, 이 단계의 이데올로기 정의에서의 포인트는 그것이 집단적인 것이라는 점이다. 이데올로기는 '개인'을 초월한다. 따라서 개인의 힘으로는 그 이데올로기를 교정할 수 없고, 또 개인의 의식은 이데올로기와 엄밀히 일치하지 않는다. 각 개인의 사사로운 생각과 잡사들은 무의미한 것이고 집단적 층위에서 일어나는 사건과 의식 들이 중요한 것이다. 요컨대 진정한 주체는 집단이다. 이런 유의 생각들은 한때 폭넓은 지지를 받은 적이 있었다. 그러나 이러한 생각은 슬그머니, 특정한 초월적 세력을 끌어들이게 된다. 이데올로기를 허위의식으로 규정하는 경우에는 이른바 과학적 지식을 가진 자 혹은 집단을 상정하게 된다. 그것을 신념 체계로 규정하는 경우에도, 그 신념 체계의 공시자를 별도로 설정하게 된다. 왜냐하면 그것은 '개인'을 초월하

---

1) Ted V. McAllister, *Revolt Against Modernity — Leo Strauss, Eric Voegelin, and the Search for a Postliberal Order*, University Press of Kansas, 1995, p. 17.

는 어떤 곳에 있으니까. 부르주아의 집단의식을 허위의식으로, 프롤레타리아의 집단의식을 신념 체계로 간단히 대별했던 마르크스주의의 이데올로기 논의가 궁극적으로 '당에의 복무'로 귀결한 것은 그 때문이다. 이른바 자본주의 사회에서는 프롤레타리아마저 '물화되어 있다reified'라는 주장으로 파문을 일으키고 수많은 사람을 감화시킨 루카치가 '실제 의식real consciousness'과 '가능 의식possible consciousness'의 구별을 통해, 궁극적으로 '당party'에 의한 민중의 장악을 정당화한 것은 그러한 관념적 곡예의 막다른 골목이 무엇인가를 여실히 재현한 최고의 희극이었다고 할 수 있다. 그런데 그 희극에 얼마나 많은 사람들이 골머리를 앓다가 온 세상의 짐을 다 짊어진 듯한 비극적 운명의 존재로 전락했던가? 또한 "인간은 정치만으로 사는 게 아니다"라는 한마디로 그 희극을 대범하게 벗어났던 트로츠키 역시 자신에게 닥친 비극은 떨쳐버릴 수 없었다.

이데올로기를 집단의 관념으로부터 개인의 실존의 문제로 돌리는 데 결정적인 역할을 한 것은 알튀세르의 이데올로기론이다. 루이 알튀세르Louis Althusser는 「헤겔과 마르크스」에서 이데올로기에 대한 두 개의 새로운 관점을 제시했는데, 하나는 이데올로기는 '상상적'이라는 것이고, 다른 하나는 '물질적'이라는 것이었다. 전자의 정의는 얼핏 '허위의식'의 정의의 재판처럼 보인다. 그러나 그렇지 않다. 그 정의의 핵심은, "이데올로기는 개인을 주체로 호명한다"는 유명한 명제에 있다. 알튀세르는 그 정의를 통해서 이데올로기가 거짓된 환상이라 할지라도 단순히 집단에 대한 의탁이 아니라, 개인의 적극적 호응에 의해 발동되어 개인에게 삶의 의미를 보장하는 정신적 양식으로서 개인의 삶의 실천을 통해서 발동되고 증폭된다는 것을 보여주었다. "이데올로기는 물질적"이라는 후자의 정의는 그러한 개인의 삶의 실천으로서의 이데올로기는 바로 '국가 이데올로기 관리 기구Apparatus idéologique de l'Etat'라는 제도적 장치들을 통해 일상적 삶의 아주 세세한 부면들에 구체적인 형상과 무게와 벡터를 가지고 투영됨으로써 작동한다는 것을 가리킨다. 이데올로기는 그렇게 해서 관념의 울타리를 벗어나 인간의 육체 속으로 들어오게 되었다.

그러나 이러한 정의에도 여전히 문제점은 남아 있었다. 이데올로기는 이제 인간이 일용하는 양식이라 할 만하였다. 우리는 이데올로기의 빵을 뜯으며 내일을 향해 전진한다. 그런데 이것은 여전히 허위의식이었다. 이데올로기에게 들린 존재는 '주체로서 호명된' 존재지 스스로 주체화되는 과정을 통과하는 존재가 아니었다. 이러한 태도에는, 과학/이데올로기의 이분법을 고집하고자 한 알튀세르의 집착이 개재되어 있었다. 이 집착은 그로 하여금 "역사는 주체 없는 역사다"라는 명제를 도출케 한다. 그러나 그 말을 하는 존재는 여전히 하나의 주체였다. 알튀세르라는 주체. 스스로 과학의 편에 있다고 생각한 주체. 알고 있다고 가정된 주체.

아마도 이데올로기를 일방적으로 허위의식으로 정의하는 인습으로부터 탈출하기 위해서는 피에르 부르디외Pierre Bourdieu의 '아비투스'와 조르조 아감벤Giorgio Agamben의 '장치dispositif'에 대한 정의를 기다려야 할 것이다. 아감벤은 푸코로부터 착안해, 장치를 다음과 같이 설명한다. "나는 생명체들의 몸짓, 행동, 의견, 담론을 포획, 지도, 규정, 차단, 주조, 제어, 보장하는 능력을 지닌 모든 것을 문자 그대로 장치라고 부를 것이다. [……] 요컨대 생명체(실체들)와 장치 들이라는 두 개의 커다란 부류가 있다. 그리고 이 양자 사이에 제3항으로서 주체가 있다. 생명체와 장치 들이 맺는 관계의 결과, 이른바 양자가 맞대결한 결과로 생겨나는 것을 주체라고 부르기로 한다."[2]

아감벤의 '장치'는 알튀세르가 말하는 '이데올로기 관리 기구'와 크게 다르지 않다. 그러나 아감벤이 알튀세르보다 한 발 더 나간 점이 있다면, 후자가 '이데올로기 관리 기구'의 작용을 일방적으로 보고, 따라서, 탈주체화를 위한 별도의 기제를, 과학의 이름으로, 그러나 환상적으로, 끌어들일 수밖에 없었다면, 아감벤은 생명체와 장치 들 사이의 상호 작용(맞대결)이 실제적인 삶의 풍경임을 적시하고, 그 상호 작용 속에서 '주체'의 발생을 보고, 그리하여 그 발생 과정을 '주체화 과정'이라고 이해하는 데에 있다.

그런데 아감벤은 희한하게도 오늘날 디지털 문명과 전자 기기의 출현 속에서 '주체의 산종dissémination'을 보더니 급기야는 산종의 증식과 축적을 '거대한 탈주체화 과정gigantesque processus de désubjectivation'과 동일시해버린다. 그리고 그가 보는, 탈주체화 과정의 실제적인 결과는 "통치 기계의 끊임없는 공회전de grands tours pour rien de la machine gouvernementale"으로서, 이것은 "세계를 구원하기는커녕 세계를 파국으로 이끌어간다".[3]

이러한 논리 전개는 이상한 이탈로 보인다. 옛날에 보인 게 맞대결이라면 지금 보이는 것도 맞대결일 것이다. 옛날에는 주체화 과정이 보였다면, 주체화 과정의 주체가 맞대결의 핵심에 놓여 있기 때문이다. 그런

2) Giorgio Agamben, *Qu'est-ce qu'un dispositif?*, traduit de l'italien par Martin Rueff, Rivages poche, Éditions Payot & Rivages, 2007, pp. 31~32; 『장치란 무엇인가? 장치학을 위한 서론』, 양창렬 옮김, 난장, 2010, pp. 33~34.
3) *ibid.*, p. 50; 같은 책, p. 48.

데 오늘의 문제를 탈주체화 과정이라 정의할라치면, 어디선가 그 동인을 끌어와야 할 것이다. 그 어디선가가 왜 갑자기 출몰하는가?

이 기이한 퇴행 속에는 그가 알게 모르게, '주체화 과정'을 전적으로 긍정하고자 하는 욕구가 있는 것으로 보인다. 그래서 주체로 집결되는 과정을 바라보는 시선이 편안했던 데 비해, 주체가 산종되는 과정을 바라보는 건 불편해지는 것이다. 그런데 저 주체화 과정 자체도, 그것이 생명체를 살게 하는 건 분명하지만, 그 또한 스스로의 환상에 추동되고 있는 건 아닌가?

우리가 이데올로기를 물질성의 차원에까지 끌고 갔다면, 그것은 우선은 바로 이데올로기가 우리 삶의 동력임을, 우리 존재의 매 순간에 운동을 일으키는 것이라고 이해해야 할 필요가 있기 때문이다. 요컨대 그것은 실감의 문제인 것이다. 그게 아니라면 왜 주체가, 아니, 주체로서 가정된 존재가 그것을 기꺼이 받아들이며, 그것을 자신의 몸으로 재생산하겠는가? 그런데 이 에너지의 충전과 방류로서의 실감이란, 진정한 것이라기보다, 진정한 것이라는 환상 속에서 추동되는 생기의 감각이라고 해야 타당할 것이다. 그것은 인간을 주체화시키며 동시에 노예화한다. 주체에 대한 환상 속으로 침닉하는 것. 그것이 노예화이기 때문이다. 이 문제를 제일 먼저 포착한 것은 주체subject라는 어사의 두 품사(명사/형용사)의 의미론적 대립에 착목한 알튀세르지만, 그러나 이것은 '주체인 줄 착각하지만 실상 노예'라는 뜻에서가 아니라, 주체화될수록 노예화된다는 뜻으로 이해되어야 할 것이다. '나'는 공동체의 소망을 성취하는 영웅이 될수록 공동체의 하수인이 된다. '나'는 '자아의 이상'에 근접하면 할수록 '이상적 자아'의 환몽에 시달린다. 또한 따라서, 주체화와 탈주체화는 불가피하게 상반적이면서 동시에 상보적인, 다시 말해 모순으로서 상생적인, 동시적 작용으로서 운동하기를 요청할 수밖에 없는 것이다. 그렇다면 오늘날 많은 사람들이 목격하고 있다고 생각하는, 저 주체의 산종은, 실은 탈주체화가 특별히 부각되어 드러나는 주체화-탈주체화 과정이 아니겠는가? 왜냐하면 실제로 이 희한한 탈주체화의 공간은 주체에 대한 욕망으로, 지구상의 모든 존재를 창조자로 착각게 하는 마술로 가득 차 있기 때문이다.

그러나 문제는 저 모순으로서의 상보성은 자연스럽게 이루어지지 않는다는 데에 있다. 그것을 그대로 방치하면 무차별화가 진행되면서 엔트로피의 증가가 통제 불가능한 상태로 접어든다. 이데올로기의 무서운 효과는 주체화 과정 자체에 있는 것이 아니라, 주체화 과정이 탈주체화 과정을 삼켜버리는 데에, 그래서 저 탈주체화 과정이 그대로 노예화의 양상으로 변질되는 데에 있다.

나는 문학은 바로 여기에서 자신이 개입할 자리를 발견한다고 생각한다. 지금까지의 논의를 통해, 이데올로기를, 단순히 허위의식이 아니라, 주체화 과정을 동반한 자기 환상이 집단화되어 나타난 욕망의 지적·정서적 표현태라고 요약할 수 있을 것이다. 이러한 파악은 곧바로, 또한 모든 다른 삶을 향한 실천에는 이데올로기가 작동하고 있다는 판단으로 이어진다. 그런데 이 이데올로기의 대체 과정은 주체화의 욕망 속에서 노예화로 이어지는 사태의 순환적 회로를 연속적으로 그린다. 이 순환 회로가 현재의 우주처럼 계속 팽창하고 있는지, 아니면 영원한 반복이기만 할 뿐인지는 다시 밝혀야 할 문제일 것이다.

그런데 '장식으로서의 문자belles lettres'의 운명을 떨치고, 근대의 초엽에 '자유'의 정신이자 몸이고 운동체로서 면모를 일신한 언어문화, 즉 문학이 하는 일은 다른 일이다. 그것은 이데올로기의 순환 운동에 뛰어드는 게 아니라, 그 순환 운동의 기관실 속으로 잠입하는 일이다. 문학은 이데올로기 기관의 회로를 헤집어서 이데올로기 기구의 작동을 혼란에 빠뜨리거나, 기관장의 키를 대신 움켜쥐고, "천당이든, 지옥이든" 아랑곳 않고, 오로지 "새로움"을 향해 나아간다(보들레르). 그것이 세계의 욕망에 "무관심한disinterested" 문학의 비영리적 행위의 근본이라는 것을 이미 오래전에 서양의 철학자는 적시한 바 있다.

2. 이데올로기와 한국적 욕망

이제 나는 여기에서 잠시 마음의 암전을 이용하여 지금까지의 얘기와는 전혀 무관한 듯이 보이는 다른 무대를 등장시키고자 한다. 바로 한국문학이라는 무대를. 왜냐하면, 바로 알튀세르가 착종되었고, 아감벤이 기이한 복고주의에 빠진 지점, 즉 주체화와 탈주체화 사이의 관계 연산식이 혼란에 빠진 지점에서, 한국의 현 상황이 그대로 들끓고 있다고 판단하기 때문이다. 또한 그 상황 속에서 한국문학이 그 근본적인 의미에서의 위기를 겪고 있다고 판단하기 때문이다.

사태의 요점만 말해보자. 이데올로기만큼 한국문학과 이렇게 오래도록 밀접한 관계 속에 놓여 있던 인간 활동의 영역은 없었다. 바깥에서 들어온 양대 이데올로기에 훼손된 한국인의 순결과 그 무속적 치유는 해방 이후 거의 항상적인 한국문학의 주제가 되어왔다. 다른 한편, 최인훈·이청준·김승옥에서부터 이인성·최윤을 거쳐 최제훈에게까지 이르는 지적 흐름은 유입된 이데올로기가 한국인의 구체적인 삶 속에서, 토속적 인습과 충돌하고, 자기에 대한 욕망으로 재구성되는 가운데, 한국인의 정체를 어떻게 형성하는가, 혹은 만들 수 있는가를 끈질기게 탐구해왔다. 또는 저 1980년대의 마르크스·레닌주의와 모택동의 모순론과 주체사상의 기묘한 혼합 속에서 "문학의 혁명에의 복무"를 외쳤던 민중주의 문학가들은 진리로서 선택된 이데올로기에 문학을 최대한도로 밀착시키려 하였다.

그러나 1990년 초엽 현실사회주의의 붕괴 이후 이데올로기에 대한 논의는 문학의 장에서 이탈하기 시작했다. 그리고 문학은 급격히 상업적 욕망의 회오리 속에 휘말려 올라갔다. 그리고 문학의 '가치'가 급변하기 시작했다. 지금까지 문학은 '진실'의 이름을 떠맡고자 했다. 그것이 이데올로기와 겨루는 문학의 삶의 방식이었다. 그런데 '이데올로기'의 실종과 더불어 문학도 진실을 잃었다. '진실'의 이름을 떠맡고자 했던 소명도 잃었다. 문학이 스스로에게 부여한 '신성함'은 그렇게 사라졌다. 일종의 환상의 성채일 수도 있는 이 신성함이 사라진 것을, 그래서 이제 인간 그 자신만의 '지금 이곳에서의 삶'만이 남은 것을 축복해야만 하는가? 이런 질문을 하는 바로 그 순간, 인간들은 오로지 자신만으로 살겠다고 선언하면서 동시에 그 자신만으로는 도저히 살 수 없다는 듯이 다른 것을 탐닉하기 시작했다. 온갖 현재적 향유, 즉각적인 감각들, 물질적 쾌락들의 순수 육체성들이 새 시대의 길쭉한 아케이드를 타고 황홀한 이상적 자아moi idéal의 초상에까지 이르는 것이었다. 그것들은 부재하는 현존으로 지정해두었던 자아의 이상idéal du moi이 사라진 자리를 가득 메웠다. 메웠을 뿐만 아니라 여분의 어둠을 꾸준히 넓혀, 하얀 구멍들을 내고, 그 안에 향유의 물신들을 거듭 채워 넣었다. 그 물신들은 물론 문화 산업의 실리콘밸리에서 대량 생산되었는데, 사람들은 그것들을 바로 그들 자신들이라 믿으려고 애썼고, 꾸준히 믿고 있는 듯하다.

현실사회주의가 기나긴 자기 배반의 끝에서 마침내 허무하게 무너졌을 때, 그것이 새로운 공공담론영역public sphere의 창출의 계기가 될 것이라 생각한 사람들이 몇몇 있었다. 그러한 생각의 밑바탕을 이루는 것은, 지금까지 한국인의 정신세계를 광범위하게 지배하고 있었던 초자아적 거대 담론에서 벗어날 적기가 되었다는 판단이었다. 즉, 한국의 상공을 떠돈 거대 담론들은, 그것이 서양식 민주주의든, 혹은 만민 평등의 세상을 위한 프로그램이든 또는 순수 개인의 아나키즘이든, 언제나 당위로서 제시되어 우리의 삶을 개조하려고만 들었다. 한국인의 삶이 워낙 부박했기 때문에 그랬겠지만, 그러나 그것들이 한국인의 일상생활의 세세한 결들과 조응하지 않는 한, 늘 한국인에게 그것들은 유령처럼 횡행하는 것들이었다. 사람들은 그 유령들을 '바깥으로부터 유입된 억압적 이데올로기들'이라고 불렀다. 현실사회주의의 붕괴는 윽박질과 핍박의 표정으로 군림했던 그 이데올로기들의 존재 자체의 불요함을 가리키는 증거가 될 수 있었다. 이제 이데올로기의 억압에서 해방된 자유로운 공공 담론의 장에서 한국문학의 구성원들은 저마다의 실천으로부터 피어나고 또한 그 저마다의 실천에 작용할 세계관들을 가지고 서로 겨루게 될 것이었다. 이미 김현은 한국에서 독재 권력이 우발적으로 잠시 증발했던 시기에, 문학비평이 더 이상 사회적 당위에 기대지 않고 오로지 자신의 활동만으로 살아남아야 할 때가 왔음을 지적하였다. 그 지적에 대해 숱한 호응이 있었던 것은, 저마다 자신의 고유한 삶에서 출발하여 그것을 세계를 이루는 성분으로 만들어야 한다는 요구가 진정성의 힘을 가지고 있었기 때문이다.

　그렇게 몇몇 사람들은 1987년의 민주 항쟁이 이룬 새로운 삶의 지평에서 모두가 자유롭고 공히 평등한 민주 세상에서 각자의 주장을 가지고 논리의 경연을 펼칠 수 있으리라고 생각하였다. 진정한 의미에서의 '대화'가 시작되리라고 기대하였다. 그러나 그것은 '한여름 밤의 꿈'이었다. 이데올로기가 물러난 자리의 공백을 채운 것은 논리와 쟁론이 아니라 욕망이었다. 무슨 욕망? 그냥 욕망이었다. 그냥 욕망이라는 게 가능한가?

출발점이 바깥의 이념으로부터 '자기 자신'이라는 개인의 실존적 문제로 바뀐 건, 당연한 수순이었다. 그러나 그로부터 튀어나온 건 '사회들'이 아니라 '충동들'이었다. '자신들', 즉 각각의 개인들이 저마다의 인식과 동경과 기획에 의해서 건설하고자 한 새로운 사회의 플랜들이 아니라, 형태화되지 않은 서로에 대해서 이질적일 뿐만 아니라 그 자체만으로도 종잡기가 어려운 매우 혼란스러운 충동들이었다. 그것은 민주화에 대한 열망의 분출과 민주화의 프로그램 사이에 명백한 간극이 있었음을 가리킨다. 다시 말해 1987년 항쟁의 주역들은 독재를 무너뜨리는 목표에 대해서는 만반의 준비를 갖추고 있었지만 새로운 민주 사회를 건설할 과제에 대해서는 거의 준비가 없었다. 단지 그 양자가 혼동되고 있었을 뿐이었다. 아마 역사를 참고한다면 이러한 사태가 예외적이지 않음을 알 수 있을 것이다. 오랜 제도적 개혁을 통해서 서서히 근대 사회로 이행한 영국과 달리, 급격한 혁명을 통해 공화국을 세운 프랑스는 그 후로 무려 1세기간을 공화국과 왕정복고의 양극 사이를 진동하는 격동 상태에 놓여야만 했었다. 프랑스는 세당Sédan의 치욕과 파리 코뮌의 항거를 거쳐 19세기 후반기에 가서야 자유민주주의의 실제적인 골격을 갖추게 된다. 하지만 모두가 그런 격변을 통해서 성공하는 것은 아니었다. 1917년의 혁명으로 갑자기 사회주의 정권을 수립한 러시아는 사회주의 건설의 각종 프로그램을 '당'에 의한 새로운 독재 속에 우겨

넣는 과정을 통해 결국 1세기만에 붕괴되고야 말았다. 이런 다양한 사례들은 저항과 건설 사이에, 탈독재와 민주화 사이에 근본적인 간극이 있어서 그 사이에 적절한 교량을 설치하지 않는 한, 언제나 비민주주의 계곡으로 굴러떨어질 수 있음을 경고하는 것이라 할 수 있다. 실로 마르셀 고세Marcel Gauchet에 의하면 '마법으로부터 깨어난 세계'로서의 근대 사회의 역사적 과정이라는 것은 '자유주의의 위기'와 '전체주의의 위협' 사이를 뚫고 지나가야만 하는 "현상 유지만으로는 결코 존재하지 못하는" 힘겨운 과정이었다.[4]

이러한 과정에 대한 인식이 곧바로 1987년 민주 항쟁에 참여한 '군중들'이 보여준 힘에 대한 부정으로 읽히지 않기를 바란다. 차라리 이 인식은 엘리아스 카네티Elias Canetti의 무시무시한 통찰을 생각게 한다. 카네티는 군중의 존재 의의를 누구보다도 적극적으로 평가한 사람이었다. 그에 의하면, 군중은 "언제나 성장하기를 원"하며, "군중의 내부에는 평등이 지배하고 있"고, "군중은 밀집 상태를 사랑"하며, "하나의 방향을 필요로 하"는 "항상 동적"[5]인 덩어리다. 그러나 이런 적극적 의미 부여에도 불구하고 카네티는 그의 저서 전체를 통틀어 군중의 대의가 승리하는 경우를 결코 들지 않는다. 오히려 군중은 그들을 해방시키는 '방전' 속에서 그들의 의사에 관계없이, '권력자'에 의해 동원되고 추적당하고 죽임을 당하며, 노예 상태로 전락하는 운명 속으로 빠져드는 것으로 묘사된다.

다행히 '1987년 이후 한국'의 경우엔 '전체주의의 위협'이 실질적으로

---

4) 마르셀 고세Marcel Gauchet, 『민주주의의 도래: 제3권 전체주의의 시련L'avènement de la démocratie: Tome 3, À l'épreuve des totalitarismes 1914~1974』, Gallimard, 2010, p. 7.
5) 엘리아스 카네티, 『군중과 권력』, 강두식·박병덕 옮김, 바다출판사, 2010, pp. 36~37.

닥치지 않았다. 그러나 그렇다고 해서 좋아진 것도 아니다. 한국 사회는 상반된 두 차원 속으로 동시에 접어들었다. 한편으로는 군중의 자발성이 용인된 상태에서 정치적 차원에서의 지속적인 민주화가 진행되었다. 그러나 다른 한편으로, 문화적 차원에서는 군중의 자발성을 부추기는 문화 산업 및 정치가 한국인들을 그들의 오래된 '자존'을 향한 갈증을 부추기며 극단적인 자기 환상 쪽으로 끌고 갔다. 그 자기 환상의 가장 중요한 특징은 다음과 같다. (1) '이상적 자아Moi idéal, Ideal Ego'가 '자아의 이상Idéal du moi; Ego Ideal'을 대체하였다. 이것이 가장 핵심적인 특징으로서, 한국인에게 자존을 부여하려는 욕망이 극대화되어, 한국인의 현재적 상태를 곧바로 이상화함으로써 발생한 태도다. 이 태도가 한국인의 핵심적인 동력으로 작용하면서, 부대적으로 나타난 현상들을 간추리면 (2) 욕망이 원칙을 앞선다; (3) 자신을 존중하는 만큼 타자를 배려하지 않는다; (4) 좋은 것이 무조건 좋은 것이라고 생각한다,라고 할 수 있다. (2)는 최근 후쿠시마 재앙에서 일본인들이 보여준 유별난 '질서 의식' 때문에, 그와 비교하여 매우 선명하게 부각된 한국인의 특징으로 빈번히 제시되고 있는 것이다. 풀이하자면 한국인들은 욕망의 순수성에 대한 가정적 정당화에 근거하여 과정보다 의도를 중시하게 하여, 그때그때 유발된 생각들을 곧바로 행동화한다. 욕망의 정당성에 대한 질문은 애초에 차단되고, 까다로운 규칙과 번잡한 절차 역시, 간단히 무시된다. 오직 '생각 혹은 느낌' = '행동' = '느낌 혹은 생각'의 즉각적 순환 회로가 작동할 뿐이다. 1988년 이후의 한국인이 갑자기 '고요한 아침의 나라'의 '은자'로부터 '다이나믹 코리안'으로 변신한 원인이 여기에 있다 할 수 있다. 그 역동성의 도가니에서 모두가 자기만의 이야기를 하는 가운데, 정치가와 산업가 들의 주도에 의해 합류한 의견들은 급격하게 뭉치고 주변의 의견들을 빨아들이기 시작했고 그로부터 이탈하는 의견들을 초토화하는 공습을 열었다. 나중에 그 집단화된 의견들이 오류로 판명되었을 때, 오류를 메꾼 말들은, "나는 몰랐다" "아니면 말고"라는 식의, 프리모 레비가 수용소로부터의 해방 이후에 거듭 확인했던 현대적 변명에 상통하는 것이었다. 그 변명들은, 요컨대 주체화의 욕망이, 자신의 주체됨을 부정하는 방식을 통해서까지, 주체성을 보존하고자 벌이는 투쟁의 전략을 잘 보여준다. 그렇게 해서라도, '자존'의 세계는 지켜져야 할 것이었다. 그러나 그 격류 속에서 처참하게 짓밟힌 소수자들은 일상의 세계로 복귀할 수가 없었다. 그들은 자살로 세상과 단절하거나(2010년 3월 보건복지부의 발표에 의하면, 한국인의 자살률은, 인구 10만 명당 26명으로, OECD국가 중 최고 수준이다), 극심한 우울증의 늪 속으로 빠져들었다. 그리고 모든 건 무감각해진다. 반성의 현에 닿지 않으며, 더 이상 하나의 느낌, 하나의 생각은 이차적인 재구성을 작동시키지 못한다. 그냥 소비될 뿐이다. 그 가운데에, "부자되세요"라는 구호가 자연스러운 나날의 명령이 되는가 하면, 구제역이 퍼져나가자, 손해 비용의 교환이라는 간단한 처리 방식을 통해, 기르던 가축들을 생매장하는 진풍경이 펼쳐진다. 그렇다, 좋은 게 좋은 것이다. 그 너머는 아무것도 없는 것이다. 지상파 TV를 통해서 날마다 현재를 찬양하는 축제가 벌어지는 것도 그 맥락에서 보면 당연한 것이다.

그러니까 이 세계는 욕망의 순수한 방전의 세계라고 할 수 없다. 여기에는 욕망들이 개인들의 생생한 실감을 동반하고 있는 집단적 이념으로 똘똘 뭉치고 있다. 마치 성간가스와 먼지들이 하나의 별을 탄생시키듯, 매캐한 연기를 피우며 사방에서 번쩍이는 욕망의 구름들은 집단적인 '의견'을 형성한다. 다시 말해 매우 공격적인 이데올로기가 구성되는 것이다. 바로 여기에서 우리는 전 막act의 마지막 문장을 상기한다. "이데올로기는, 단순히 허위의식이 아니라, 주체화 과정을 동반한 자기 환상이 집단화되어 나타난 욕망의 지적·정서적 표현태"라는 말. 이 거대한 정신의 덩어리는 허위의식이 아니다. 주체화와 주체의 진화가 전개되고 있기 때문이다. 신념 체계도 아니다. 왜냐하면 이데올로기에 들린 대부분의 사람들이 그 들림의 사실 자체를 부인하기 때문이다. 오직 순수한 정념의 표출이라고, 어떤 집단적 이익이나 명령에도 의존하지 않는 개인의 자발적인 선택이라고. 그러니까 여기에는 허위의식이나, 신념이 아니라, 자신에 대한 은폐가 작동하고 있는 것이다. 옛날에 자기기만 mauvais foi라고 불렸던 은폐가. 즉, 오늘의 이데올로기는 자기기만을 동력으로 삼는다.

1990년대 이후의 한국문학은 서둘러 이데올로기로부터 달아나는 데서 새로운 세계를 찾았다. 바로 순수한 개인의 세계. 혹은 그 개인의 세계가 어떻게 훼손되는가를 보여주는 데서 세계의 상처를 읽어왔다. 이러한 개인 세계의 추구가, 집단적 정념 문화로서의 개인의 욕망의 세계와 어떻게 같고 다른지, 그것이 이것에 저항하는지, 혹은 그것은 이것의 다른 판본에 지나지 않는지. 또한 우리는 이데올로기적 투쟁의 문제를 낭만적 사랑으로 감싸는 경우도 종종 보아왔다. 우리는 이런 방향이, 오늘의 집단 문화에 대한 반성인지 아니면 그것을 거울로 비추어낸 자신에 대한 환상적 이미지인지, 물어야 할 것이다.

그러나 이제는 무엇보다도 그것을 외면하거나 포장할 게 아니라, 저작해야 할 때가 되었다고 생각한다. 이데올로기는 개인의 욕망을 언제나 먹어 삼키는데, 그것이 그냥 감쪽 같아서는 안 되는 것이다. 포식 끝에 남겨진 음식 쓰레기를 식탁 위에 방치해놓고 저마다의 방으로 돌아가기 위해 일어서면서 쓰레기통 속으로 구겨 넣는 냅킨의 얇은 천으로 스며나는 자기기만의 냄새를 참지 말아야 할 때가 온 것이다. 그 이데올로기를 먹어줘야 만, 항상 먹는 자로서의 입 씻음을 넘어, 이빨과 살점이, 육체와 육체가 만나 벌어지는 격렬한 고통을 이해할 것이기 때문이다. 반갑게도 나는 최근의 몇몇 소설과 시 들에서, 이미 이데올로기와 먹는 싸움들을 개시한 기미를, 이미 먹기 시작한 흔적을 발견한다. 하지만 여기서 직접 거론하진 않을 것이다. 이 자리에서는 암시로 충분할 것이다.

[2011]

한국시는 언제고 파괴를 살게 되려나리라[1]

─ 존재 양식으로서의 파괴가 한국시의 장기(臟器)로

생성되기 위한 사적 조건

'파괴'라는 흉물스런 단어가 시를 거론하는 말들에 끼어들게 된 건 비교적 짧은 역사에 속한다. 그런 까닭은 어휘의 뜻 자체에 어느 정도 내포되어 있는데, 파괴하려면 단단히 구축된 뭔가가 있어야 하기 때문 이다. 따라서 개항 이후 지금까지의 한국시사를 통틀어 가장 난삽한 시 를 쓴 이상을 두고 '파괴의 시'라고 말하기는 어려울 것이다. 왜냐하면 그가 살았던 시대에는 파괴할 무엇이 있었던 게 아니고 온통 건설할 것 들만 가득 주어져 있었기 때문이다. 그것이 한국 근대문학의 풍경이었 다. 그렇게 건설할 것들은 일본을 경유해 서양으로부터 '이식'된 새로운 문학 개념, 새로운 장르 유형, 새로운 글쓰기였다. 아마도 그 새로운 문 학적 기운이 종래의 언어문화를 파괴하는 가운데 이루어질 수도 있었 다. 그러나 그렇게 되지는 않은 것 같다. 오히려 그것은 종래의 언어문

---

1) 제목의 어색한 구문은 의도적인 것이다. 오해가 없길 바란다.

화와 무관하게, 혹은 그것을 활용하면서 실행되었다. 그러면서 종래의 언어문화는 세 가지 운명 속에 놓인다. 고의적으로 배제되어 도태되거나, 문화재의 양식으로 보존되거나 혹은 특이한 방식으로 용접되었다. 가령 시조의 점진적인 몰락은 고의적으로 배제된 경우에 속한다(물론 그럼에도 그것을 복원하려는 시도는 꾸준히 있어왔으니, 가히 억압된 것의 영구 회귀라고 할 만한 일이 여기에서 일어나고 있는 것이다). 반면, 시조와 비슷한 구연문학이면서도, 특별한 예인들과 특별히 지속적인 장(場)을 확보한 판소리는 문화재 혹은 향수의 형식으로 보존되었다. 이 두 가지 경우보다 복잡한 건 근대 이전의 언어문화가 근대 이후의 문학에 용접되는 경우다. 이 경우가 복잡하다는 것은 범위가 넓다는 것을 뜻하는데, 가령 김춘수의 『처용단장』이 처용 모티프를 현대시에 도입하는 것에서부터 문자 그대로 재래 문화와 유입된 문화가 전혀 서로를 훼손치 않으면서 접합함으로써 매우 특이한 문화를 형성하는 경우에까지 그것은 걸쳐져 있다. 아마도 한용운의 시는 그러한 특이한 문화의 전형적인 범례로 탐구될 수 있을 것이다. '절대적 자아'의 개념이 초월성의 입장에서가 아니라 내재성의 시각에서 제시되고 있는 그의 시적 태도는 서양적 가치와 동양적 세계관이 멀쩡한 상태를 유지하면서 하나로 합체되는 광경을 현시한 것으로 이해될 수 있기 때문이다.[2] 사실 우리가 시야를 좀더 넓히고 그 넓이 안에 섬세한 탐조등을 두루 조사(照査)할 경우 그러한 문화가 동학에서부터 오늘날의 종교적 풍속에 이르기까지 폭넓은 스펙트럼을 형성하고 있음을 짐작할 수 있는데, 이 현상은 한국 사

---

2) 이에 대해서는, 졸고, 「한국 현대시에서 서정성의 확대가 일어나기까지」(『한국시학연구』 제16호, 2006)에서 약간의 분석을 행한 바 있다.

회를 이해하기 위한 중요한 문화사회학적 주제가 되리라 생각한다. 어찌 됐든 이 세 경우 모두 토착적 언어문화는 새로운 문화의 이식에 간섭물로서 작용하지 않았다. 두 문화는 궤도가 다른 두 개의 혹성처럼 움직였다. 다만 그 혹성들 사이에 주민과 물자가 이동했을 뿐이다. 그러나 그 과정 속에서 한 혹성은 풍요로워지고 항성처럼 빛났다. 다른 하나의 혹성은 암흑처럼 꺼져가 거의 사람들의 시야에서 사라졌다. 보이지 않았기 때문에 사람들은 자신들이 해야 할 일이, 혹은 한 일이 황무지에서의 건설이라고 생각하였다.

근대 초엽의 문화를 황무지에서의 건설의 구도 내에서 파악하게끔 해주는 근본적인 풍경은 한국문학이 '언문일치'의 층위에서 제기되었다는 것이다. 그것은 근대 사회를 이룩하는 데 필수적인 매체인 근대어(생활인의 언어) 자체를 완전히 새롭게 '주조'해야만 했다는 것을 가리키며, 문학은 근대 사회를 형성하는 데 기여할 근대어를 형성하는 데 기여해야 할 정수의 근대어로서 기능해야 했다는 것을 가리킨다. 근대의 폭로 기제, 근대의 부정으로서의 문학의 의미가 들어설 자리는 보이지 않았다. 물론 문학을 여타의 삶의 영역과 구별하려는 미학의 자율성에 대한 인식은 초기부터 있었고, 그것은 1930년대경에 들어서 문학적 특수성에 대한 다양한 탐구를 가능케 하였다. 김기림의 시에 근거한 최재서의 '현대시의 성격'에 대한 규정,[3] 모더니즘 시인으로서의 김기림이 강하게 부여잡고 있었던 "말에 대한 자의식"[4], 그리고 박용철의 「시적 변용에 대하여」[5]는 시의 자율성에 대한 의식을 보여주는 대표적인 예들이다.

---

3) 최재서, 「현대시의 생리와 성격」(1938), 『최재서 평론집』, 청운출판사, 1961.
4) 이는 문혜원의 표현이다. 문혜원, 「1930년대 주지주의 시론의 특징」, 『한국근현대시론사』, 역락, 2007.

그런데 이러한 자각은 언제나 현실과의 일치, 혹은 현실의 재현이라는 관점에서 개화하였다. 가령 "시는 인습에 대한 영원한 반역"이라고 단정한 최재서는, 그 반역의 실상을 "보통 사람들과 다른 눈으로써 물건을 보고 그 본 바를 정확하게 표현"하는 것으로 이해하였다. 김기림 역시, "새로운 '말'은 새로운 리듬, 어법을 가지고 있으며, 무엇보다도 일상적인 회화의 어법을 담"는 것이 '현대성[6]'을 확보하는 일이라고 보았다. 또한 박용철이 "염화시중의 미소요, 이심전심의 비법"을 성취했다고 칭송하고파 한 시인은 "진실로 우리 가운데서 자라난 한 포기 나무"로서, "그는 지질학자도 아니요, 기상대원일 수도 없으나, 그는 가장 강렬한 생명에의 의지를 가지고 빨아올리고 받아들"이고, "기록하는 이상으로 그 기후를 생활한다. 꽃과 같이 자연스런 시, 꾀꼬리같이 흘러나오는 노래, 이것은 도달할 길 없는 피안을 이상화한 말일 뿐이다". 시는 생활의 반대편에 있는 것이 아니라 그것의 철저함이다. 인문·사회·자연과학이 생활을 기록한다면, 시는 생활을 생활함으로써 이상화된 경지까지 끌고 간다는 것이다.

　오랫동안 시, 아니 문학에 관한 모든 이야기는 '재현'의 이념하에 전개되었고, 한국문학은 건설의 강박관념에 사로잡혀 있었다. 그 강박관념은 1950년대 이어령이 "우리는 화전민이다"라고 고함지를 때까지 지속되었다. 해방 공간에서 낡은 서정주의와 "저속한 리얼리즘"에 "대항"하고자 한 『새로운 도시(都市)와 시민(市民)들의 합창(合唱)』[7]의 시인들에게서도 사실 파괴의 의지를 찾아보기는 어렵다. 그들의 시가 기존의

5) 『삼천리문학』, 1938.11.
6) 문혜원, 앞의 책, p. 90.
7) 김경린, 도시문화사, 1949.

시들과 무관한 엉뚱한 시도들로 읽히는 것은 그 때문이다. 그들은 기존의 시를 파괴하기보다 그것과 '다른' 무언가를 하려고 했을 뿐이다. 먼 훗날 김규동이 '후반기 동인'의 시를 회상[8]하면서 '부정과 우상 파괴의 시학'이라는 부제를 붙여놓고는 정작 본문에서는 "암흑과 폐허 대신에 근대 정신"을 심고자 했던 "열정"만을 기억하게 되는 것은 불가피한 일이다. 다만, 김경린이 "시는 결국에 있어서 전진하는 사고"라고 말할 때 그는 문학에 잠재된 파괴적 성향을 무의식적으로 느끼고 있었다고는 짐작할 수 있다. "전진하는 사고"의 구체적인 실질이 무엇인지 알 수 없는 건 없는 채로.

이 같은 사정은 한국인에게 현대문학의 기본 모형이 무로부터 출발해 서양으로부터 '이식'된 것이기 때문에 불가피한 일이었을지 모른다. 그러나 이 말은 좀 신중히 고려될 필요가 있다. 이 말은 결국 파괴가 시작되려면 파괴할 것이 있어야 한다는 모두(冒頭)의 진술을 재차 확인시키고 있는데, 사실 세상사를 좀더 엄격히 살피자면 이게 꼭 진실이라고 말하기는 어렵다. 건설 도중에 이미 파괴가 진행되는 상황, 그래서 파괴와 건설이 끊임없이 번갈아 가며 되풀이되면서 모든 존재하는 것들의 신진대사가 왕성해지고 생명의 진화가 돌연변이들의 발생을 경유하여 전개되는 상황이 좀더 삶의 진상에 가깝기 때문이다. 또한 프로이트가 분석한 아이의 실패놀이는 삶의 정립 과정 속에 꿈틀대는 근본적인 파괴 충동을 의미심장하게 암시한다. '포르트-다fort-da 놀이'로 알려져 있는 그것은 아이가, 어머니의 외출을 실패를 던졌다 당겼다 하는 놀이

---

8) 「후반기' 동인 시대의 회고와 반성」, 『시와 시학』 1991년 봄호.

를 통해 재현함으로써, 어머니의 외출을 자신의 통제 아래에 놓으려는 아이의 주체적 상황 해결의 범례로서 흔히 알려져왔다. 그러나 사실 프로이트가 본 것은 그것만이 아니었다. 그가 본 것은 아이가 그렇게 현실의 주체자로 자신을 세워가는 과정의 핵심에 불가해한 '죽음 충동'이 작동하고 있다는 것이었다. 그 죽음 충동만이 그 실패놀이의 '반복 강박'을 설명해줄 수 있기 때문이다.[9] 그 죽음 충동의 의미가 무엇인지 프로이트는 구체적으로 해명하지 않았는데, 그것을 프로이트와 융의 갈등 때문에 정신분석사의 무대 뒤편으로 추방된 사비나 슈필라인Sabina Spielrein은 "되어감의 동기로서의 파괴Destruction as Cause of Becoming"로서 설명했다고 한다.[10] 그러한 설명은 건설, 즉 새로운 생의 확립을 몰아세우는 충동이 역설적이게도 죽음 충동, 즉 존재하는 생을 전면적으로 파기하고자 하는 충동에 의해 불붙고 있다는 것을 가리킨다. 완전히 새로운 건설을 위해서는 전면적인 부정이 필요한 것이다. 그리고 죽음 충동이 대상 파괴가 아니라 자기 파괴를 향한 것임을 직감한 사람이라면 그 전면적인 부정이 바로 주체의 완전한 쇄신을 위한 스스로에 의한 자신의 전면적 부정임을 이해할 수 있을 것이다. 그리고 그렇다면 거기에는 다가올 죽음과 죽음을 준비할 고통에 대한 공포가 엄습할 것이다. 그러나 또한 그 공포가 지나가고 난 다음 도래할 신생의 기쁨이 미리 감지될 것이다. 이 시간만, 이 고통만 지나면, 황홀히 새 생명이 되는 것이다. 내가 아니면 굳이 어떠랴. 왜냐하면 새로 태어날 나 역시 이미 옛날

---

9) 지그문트 프로이트Sigmund Freud, 『쾌락원칙을 넘어서Au-dela du principe de plaisir』, traduit par S. Jankelevitch, Édition electronique, 2001(원본 출간년도: 1920).

10) 테레사 드 로레티스Teresa de Lauretis, 「유기적인 것 안에서의 되어감Becoming in Organic」, *Critical Inquiry* 2003 Summer, *v.29 n.4*, pp. 550~57.

의 나가 아니라 전혀 다른 나, 지금의 나로 보자면 완벽한 '타자'이기 때문이다. 때문에 그것은 분만의 기쁨과 유사한 것이리라. 그리고 여기까지 추론할 수 있다면 저 고통과 기쁨 사이에 결심과 의지의 교량이 놓이는 게 전혀 어색하지 않을 것이다. 고통을 견딜 결심과 기쁨을 준비할 의지가.

그러니 거기에 향락의 매혹이 없을 수 없다. 죽음을 향해 다가가는 '나'의 움직임은 이미 여명의 햇살을 받으며 달려가는 망아지의 동작을 닮은 것이다. 정신분석학자들이 '주이상스jouissance'라고 부르는 이러한 운동[11]이 삶의 본연의 모습이라면, 현대 한국시의 최초의 길목에서도 그 모습이 이미 실연되고 있지 않았을까? 그런 점에서 이상의 다음 시를 다시 읽어보면 어떠한가?

꽃이보이지않는다꽃이향기롭다향기가만개한다나는거기묘혈을판다
묘혈도보이지않는다보이지않는묘혈속에나는들어앉는다나는눕는다또
꽃이향기롭다꽃은보이지않는다향기가만개한다나는잊어버리고재차거기
묘혈을판다묘혈은보이지않는다보이지않는묘혈로나는꽃을깜빡잊어버리
고들어간다나는정말눕는다아아꽃이또향기롭다보이지않는꽃이보이지
도않는꽃이.[12]

---

11) 지나는 길에 덧붙이자면, '주이상스' 자체는 가치 평가의 대상이 아니다. 그것은 죽음과 신생이 맞물린 자리에서 발생하는 감각적 희열의 다양한 양태들을 가리킨다. 그것이 누구에 의해서, 누구를 대상으로, 어떤 상황 속에서, 어떤 양태로 발생했는가를 구체적으로 살필 때, 비로소 가치 판단이 개입할 수 있을 것이다. 많은 정신분석 마니아들이 자주 착각하는 문제인 듯하다.
12) 김주현 주해, 「절벽」, 『정본 이상 문학전집 1: 시』, 소명출판, 2005, pp. 111~12. 한자를 한글로 바꾸고 현대 어법으로 변환.

그 향기가 없다면, 그 꽃이 감지되지 않았을 것이다. 따라서 보이지 않는 꽃은 곧 부재로서의 실재를 가리키는데, 향기는 그 부재 쪽으로 존재자를 끌어당기는 기능을 한다. 부재로서의 실재 중 가장 즉각적이고도 가장 상징적인 실재는 죽음이다. 저 보이지 않는 부재하는 것은 지금, 여기의 '삶'과는 다른 무엇, 따라서 '마이너스 삶' 혹은 삶의 줄임, 줄여나감이다. 그렇기 때문에 향기가 만개하면 불가피하게 묘혈을 파는 것이다. 묘혈에 눕지 않으면 저 보이지 않는 꽃에 다가갈 수 없기 때문이다. 묘혈을 파면 묘혈도 보이지 않는다. 삶 쪽에서 보면 그건 묘혈이지만 묘혈 쪽에서 보면 그건 오직 어떤 힘이 통과하는 자리이기 때문이다. 그러나 그것이 묘혈이라는 의식은 있다. 좀더 정확히 말해, 묘혈을 파는 과정은 자기를 죽이는 행위라는 의식이. "나는 잊어버리고 재차 거기 묘혈을 파"는 행위가 곧 묘혈을 팜으로써 '나'를 망각하는 행위라는 것을.

이상은 자신을 전통과 현대 사이에 찢긴 자로서 인식하고 있었다. 그런 의식에 강박되어 있었다면, 과거를 방치한 채로 현대를 당겨올 수 있으리라고 확신할 수는 없었을 것이다. 난삽하기 짝이 없는 이상의 시편들은, 혹시, 현대를 앞당겨오기 위한 행동을 전통을 붕괴시키는 작용과 맞물리게 하려는 무의식적 의지의 실천이 전통의 요지부동과 현대의 불가지성의 저항을 뚫지 못한 대가로 시인 자신의 몸과 언어 안으로 응축될 수밖에 없어서, 그렇게 시인의 몸과 언어 속에서 수류탄처럼 폭발한 것일지도 모른다. 방금 읽은 시에서 보이지 않는 꽃의 향기가 시인이 파놓은 묘혈을 가득 채운 것처럼. 그래서 독자가 금세라도 터져 나가고 싶어 부글거리는 향기의, 암모니아의 그것과도 같은, 기승을 느낄 수 있는 것처럼.

그러나 이상의 이 시를 그렇게 이해한 시도는 당시에도 지금에도 없었다. 만일 이 글의 논지가 합당성을 갖는다면 그러한 해석의 부재는, 한국시의 건설의 역사 속에서 그 전면적 자기 파괴의 의미를 의식적으로 자각하고 실천한 일이 부재했다는 것을 가리킬 것이다. 저 건설의 역사는 자기를 방치하면서 자기를 이룩하려고 한 것이다. 자신이 디딘 생의 조건을 황무지로 인식해 무로부터 출발한다고 생각한 사람은 그 생각 덕분에 이 땅을 고스란히 '두고서', 다시 말해 부수지도 쓰지도 않고서, 그 위에 무언가를 건설하였던 것이다. 덕분에 이 땅의 황무지는 여전히 보존되었던 것이다. 마찬가지로 "우리는 화전민이다"라고 외치는 사람의 의식 속에는 그렇게 외침으로써 화전민이 해야 할 일을 망각하고 만 것이다. 하이칼라를 하고 넥타이를 매는 데 신경이 집중된 탓에 어쨌든 태워야 할 것에는 마음이 쓰이지 않았을 것이다.

이상의 이야기는 단순히 문학과 시에 있어서의 한국적 건설의 부실함을 지적하기 위한 것이 아니다. 중요한 것은 그로 인해 무엇이 구축되었는가,라는 것이고, 구축이 된 후에 파괴의 작업이 시작되긴 했다면, 그 파괴는 어떤 양상들로 나타날 수 있는가,이다. 그 양상들은 필경 구축된 것에 근거해서만 나타날 수 있을 것이다.

"파괴가 있으려면 파괴할 것이 있어야 했다"는 모두의 명제는 파괴-구축의 동시성의 방식이 배제된 한국사(최소한 정신의 역사)를 염두에 두었기 때문에 제시된 것이다. 그 배제 때문에 무언가가 완전한 형식으로 구축되었어야 했으며, 그다음 그것이 너무나 익숙해져 지겨워질 때를 기다려야 했다. 건설의 기쁨이 가라앉고 권태와 혐오가 일어야 했다.

그러나 두번째 단계는 간단히 생략될 수 있었다. 그것은 적어도 두 가지 원인이 중층된 결정의 결과였다. 한편으로 저 건설 양태의 독특성, 즉 옛것을 방치한 채로 새것을 건설하는 방식이 새것의 순수성을 훼손한 것으로 비칠 수 있었다. 때문에 사람들은 건설되는 것이 거푸집을 드러냈을 때부터 건설의 타당성에 시비를 걸고 다른 대안을 내세우는 운동을 벌일 수 있었다. 그러나 그러한 대안 제시 운동은 반대의 방향으로도 열려 있었다. 새롭게 건설될 문화 및 문학은, 어떤 보편성에 근거한 것이 아니라, 그것을 행하는 사람의 창조적 주관성을 북돋고 그렇게 창조된 작품의 자율성을 옹호한다는 희한한 이념을 가지고 있었다. 그래서 창조적 주관을 한껏 뽐내기 위해 열심히 새로운 문화를 '추수'하면, 그만큼 타자에 대한 종속성이 가중되고 마는 역설이 발생하였다. 사람들은 뭔가가 어긋난다고 생각하였다. 그 어긋남을 불가피한 것으로 이해했다면 그것을 내면화하여 창조적 모순으로 바꾸는 작업을 시작할 수도 있을 것이다. 그러나 그것이 의식되지 않으면, 결코 채워지지 않는 '나만의' 문화에 대한 조갈증이 목을 태웠다. 그 역시 대안 제시의 운동을 부추겼다. 사람들은 조악하게 모방된 양옥이 아니라 개량 한옥을 꿈꾸기 시작했으나 '개량'의 의미는 시커먼 어둠처럼 혹은 거꾸로 휑한 들판처럼 남았다.

이런 점들을 감안한다면, 한국의 정신사에서 파괴가 본격적으로 의식된 것은 1970년대 이후로 보는 것이 타당할 것이다. 1970년대는 한편으로 1960년대부터 시작된 경제 개발이 가시적인 성과를 보이기 시작한 때였으며, 그에 힘입어 한국인의 주체성에 대한 열정이 학문과 문화 전반을 장악했던 시기였다. 그 주체성에 대한 열정은, 상이한 방향들로부터 똑같이 '한국적인' 문화 및 제도를 요구하는 풍경을 연출하였다.

지배적 개발 주체는 자신의 정치경제학을 한국적 민주주의라는 정신문화적 울타리로 감쌌다. 반면 반체제 지식인들은 지배적 정치경제학을 대외 종속성으로 지목하고 자주경제론을 내세웠다. 그리고 그에 걸맞게 주체적인 문화를 요구하기 시작하였다. 그 주체적 문화와 지배적 개발 주체의 한국적 정신문화 사이에는 의식적인 차원에서는 격렬한 갈등이 있었으나 무의식적 차원에서는 매우 광범위한 중첩이 일어나고 있었다.

한국 문화의 건설의 내용에 대한 견해의 분열이 일어날 이 즈음에 비교적 완성된 골조를 선보인 문학적 건축이 소위 '순수문학'이었다. 휴전과 더불어 조연현·김동리·서정주에 의해 주도되며 한국문학의 지배적 담론으로 정착한 순수문학은 '문인협회'라는 이름의 전국적인 연락망을 구축하는 한편 국정교과서의 국어 과목을 장악하였다. 순수문학과 한국적 민주주의 사이에는 관념적으로는 양립할 수 없는 모순이 있었지만 그러나 실제적으로는 긴밀히 유착하고 있었는데, 그것에도 앞에서 말한 '용접'의 방정식이 개입했다고 할 수 있다. '하면 된다'는 의식 구조와 '상의하달'의 형식 구조의 공존으로 그 성립 자체가 특이한 용접으로 이루어진 한국식 민주주의는 실용적 차원에서는 몇몇 동양적 가치들로부터(가령, 충·효·예 등) 실용적 통치 수단을 끌어냄으로써 '하면 된다'의 의식 구조를 그럴 듯하게 포장하는 데 성공했지만, 심층적으로는 동양적인 것 일반을 보편적 가치로 격상시키는 기능을 하게 되었으니, 바로 '자연으로의 귀의'라는 말로 압축할 수 있는 한국문학, 특히 한국시의 유별난 이념은 그 제도와의 협력 속에서 보존해야 할 보편적 가치인 동양적 가치의 저장고로서의 상징적 지위를 확보하면서 문학적 장(場)의 모든 구석으로 퍼져나갈 수 있었다. 그것은 시에 특별했는데,

현실의 묘사 및 재현이라는 소설에 대한 선입관이 오영수, 한승원 등에
의해 구현된 전통적 심성의 세계를 점차로 유별난 하나의 소설 영역으
로 고립화시켜갔다면, 반면 시에서의 그것은 '한국적 서정'이라는 이름
으로 중심적이고 지배적인 시적 정서로 자리잡는 데 성공했던 것이다.

따라서 한국시에 대한 파괴적 작업은 무엇보다도 순수문학에 대한
공격으로 시작되었다. 저 자연으로의 귀의를 핑계로 시인은 음풍농월
하면서 사회적 책임을 회피할 뿐만 아니라 지배 체제의 물리적 조건에
눈감고 더 나아가 '개발독재'와 '한국적 민주주의'라는 이름으로 요약할
수 있는 지배 체제의 이데올로기에 협력하는 짓이라는 비판이 1970년
대 내내 강력한 비판적 담론으로 기능하였다. 완곡한 대로 당시 서정시
의 자연관이 지닌 함정을 날카롭게 지적한 김주연의 「1945년 이후 시인
개관(詩人槪觀)」[13]과 순수문학의 순수치 못함을 "제대로 정리 안 된 전
근대적 자세를 제대로 소화 못한 근대 서구예술 이론을 빌려 옹호하려
는" 일종의 자기기만으로 고발했던 백낙청의 「새로운 비평과 창작의 자
세」(1966)[14]는 대표적인 글들이다. 이 비판을 통해서 시와 현실이 밀접
한 상호 영향 관계에 있다는 인식이 확산된 것은 주목할 만한 성과에
속한다. 그러나 1980년대 들어 그러한 인식이, 시와 현실의 구별의 파
괴에까지 이르렀으며, 이른바 '시의 시대'라고 일컬어졌던 그 시대에 수
없이 쏟아져 나온 시들 중 대부분이 살아남지 못했다는 것은 건설 내
용을 '정치적으로 올바르게' 교체하려는 욕망이 시의 생존 환경의 전반

---

13) 김병익·김주연·김치수·김현, 『현대한국문학의 이론』, 민음사, 1972.
14) 백낙청, 『민족문학과 세계문학』, 창작과비평사, 1978. 백낙청의 순수문학 비판은 그 후 문
  학의 자율성을 옹호하는 입장들에 대한 비판과 동일시된다. 「문학적인 것과 인간적인 것」
  (1973)이 대표적이다. 그러나 앞 글에서 순수문학은 오히려 문학의 자율성과 어긋난 것으로
  파악된다. 그것은 "이조양반계급의 세계에서 비롯"한 폐습에 기인한다는 것이다.

적 파괴로 이어지는 아이로니컬한 결과와 맞닥뜨렸다는 사실을 가리킨다.[15] 1990년대의 시인들은 '시의 시대'가 차려놓은 시의 폐허 위에서 그 잔해들을 모아 죽음의 시를 조형함으로써 재생의 길을 모색하게 된다.

그러나 그보다 더 주의 깊게 보아야 할 현상이 있다. 그것은 그렇게 가혹한 공격을 받았고, 더 나아가, 순수문학의 본산이었던 '한국문인협회'가 몰락하고 '민족문학작가회의'가 전국의 문학 조직망을 대체한 이후에도 여전히 한국적 서정시는 살아남았다는 것이다. 살아남았을 뿐만 아니라 오히려 더 다양해졌고 문화적으로 더 강해졌다. 이런 사태에도 두 가지 힘이 작용하였다. 한편으로 '정치적' 차원에서 전통적 서정시를 공격했던 이른바 '민중시'가 '벽시' '구호시'의 격렬한 투쟁성을 약화시키며 스스로 '민중적 서정시'로 변모해갔다. 그 주체가 개인이냐 집단이냐의 차이만 있었을 뿐, 자연으로 소풍가서 자연으로부터 눈떠 보편적 삶의 지혜를 얻어서 자기만족을 구하는 방식에서 그 둘은 전혀 다르지 않았다. 다른 한편 정치적 의미장으로부터 절연된 서정시가 그 절연을 문자 그대로 수용하여 시적 탐구를 '구도'의 경지로 끌고 갔다는 것이다. 그럼으로써 좋은 서정시인들은 자신들의 시를 자연에서 자족하는 쉬운 깨달음의 장으로 삼는 대신에 자연과의 진정한 일치는 가능한가를 묻고 그것의 가능성을 모색하는 더운 형이상학으로 변모시킬 수가 있었다. 바로 그것이 서정시를 문학적 수준에서 생기 있게 한 유일한 원천이었다. 서정시의 생존 및 번창을 설명하는 것으로 문학적 수준보다 더 막강한 다른 요인들이 넘쳐나긴 하지만 말이다.

---

15) 물론 저 욕망이 시 환경의 파괴의 원인이라고 말하기는 어렵다. 그보다는 독재 정권의 종식과 소비 산업사회의 촉진이 시의 죽음의 실제적인 원인이라고 말해야 할 것이다. 하지만, 저 욕망은 저 원인의 급격한 도래에 대해 무기력했다.

그러나 파괴할 것이 서정시뿐이었을까? 그것이 한국인의 일반적 시적 심성과 심상의 밑바닥에 완강히 자리 잡은 괴상한 끈끈이라 할지라도, 건설의 내용, 즉 '정치적으로나 문학적으로 올바른' 건설이라는 관점이 파괴의 대상으로 지목한 것들은 그것 말고도 무수히 있었고 지금도 그러하다. 왜냐하면 저 '올바르길' 갈망하는 형식으로 '올바르다고' 자처하는 관점들은 올바름의 유일성을 세워야 한다는 강박관념 때문에 수상한 것들에 굶주린 들개처럼 찾아다닐 수밖에 없기 때문이다. 그때마다 벌어지는 '시비 가림'의 사태는 그 성질과 모양이 가지가지여서 오로지 그 특수성 속에서 일회적으로만 판단될 수 있을 뿐이다. 이러한 특수성과 일회성을 고려할 때 다음과 같은 명제가 성립할 수 있을 것이다. '올바름'은 항구적일 수 없다. 즉, 건설의 이념 혹은 작업은, 그 '정치적으로나 문학적으로 올바른' 정도가 어느 정도이건 간에, 수명이 있다는 것이다. 정의의 변덕스러움이라는 성질에 놀랄 사람들을 위해 간단히 예를 들어보자. 1980년대 초엽에 '개인'과 '신화'를 내세운 '시 운동'이 민중주의자들과 자유주의자들의 십자포화를 맞았다.[16] 사치스런 몽상놀이고 철없는 현실도피라는 비판이었다. 그렇다고 '시 운동'이 유력한 정치적 힘을 가진 것도 아니었고, 정치 세력과 연관이 있었던 것도 아니었다. 그런데 왜 공격해야만 했을까? 아마도, 군사독재 정권의 연장이라는 현실에 대항하기 위해 문학적 힘을 결집해야 한다는 조급증이 작용했을 것이다. 또는 미리 선취한 새로운 세계의 이념에 비추어

16) 나 또한 그 공격에 가담했다. 지금 돌이켜보면, 시야가 좁기만 했던 청년기의 어리석음에 얼굴이 뜨거워진다.

보건대 저 몽상놀이는 새 공화국에서 추방되어야 한다고 판단했을 수도 있다. 혹은 그 조급증을 빙자해서 공격하는 자의 '올바름'을 과시하고 싶은 욕망이 숨어 있지는 않았을까? 그 올바름을 가리는 행동의 올바름에 대해서는 아주 복잡한 결산 과정이 필요할 것이다. 다만, 지금의 시점에서 볼 때, 그 공격을 통해서, 한국의 문학인들은 상상력의 자유로운 실험을 해볼 기회를 그만큼 억제하였고, 그러한 금욕은 전혀 예기치 못했겠지만, 1990년대에 들어 갑자기 환상 문화가 문화 공간의 한복판으로 난입하였을 때 그것을 순방향으로 이끄는 여유를 보일 수 없었던 원인이 되었다.

정의는 항구적이지 않다. 그렇다면 어떤 건설이든 시간의 풍화에 견디기 위해서는 스스로 변화 가능성을 내장해야만 한다. 그리고 이 말을 하는 순간, 이 글은 앞에서 근대 이후 한국의 언어-문화에 부재했던 건설-파괴의 동시성의 문제로 급격히 꺾여 들어간다.

건설-파괴의 동시성 혹은 건설-파괴의 끝없는 교번(交番)을 수행하는 문화는 좀더 정확히 말하면, 파괴가 항상적 존재 기능으로 건설의 과정에 작용하여 건설의 작업체 안에 그것이 살로서, 즉 움직이는 세포 집합체로서 내장된 문화를 가리킨다고 할 수 있다. 그런 문화가 한국의 언어문화에는 부재했다고 앞에서 말했으나, 이제 그 말은 수정될 필요가 있다. 왜냐하면 건설의 내용을 따지는 파괴만이 시도되었다 하더라도 그 시도 자체만으로 어느새 자율적 존재 양식으로서의 파괴가 태동할 기회가 열렸을 수도 있기 때문이다. 과연 김수영의 「육법전서와 혁명」(1961)은 그 일이 실제로 일어났음을 보여주는 훌륭한 예다.

    아아 새까맣게 손때 묻은 육법전서가

표준이 되는 한

나의 손등에 장을 지져라

4·26 혁명은 혁명이 될 수 없다

차라리

혁명이란 말을 걷어치워라

하기야

혁명이란 단자는 학생들의 선언문하고

신문하고

열에 뜬 시인들이 속이 허해서

쓰는 말밖에는 아니 되지만

그보다도 창자가 더 메마른 저들은

혁명의 육법전서는 〈혁명〉밖에는 없으니까

4·19 직후, 혁명을 완수하겠다는 새 정부가 낡은 "육법전서"에 매달리고 있는 현상에 분노하고 있는 이 시는 당연히 건설의 올바름이라는 방향에서 낡은 육법전서의 파괴를 요구하고 있다. 그런데 그 건설의 올바름에 대한 준거로서 작용해줄 새 육법전서에 대해서 시인은 놀라운 발언을 하고 있다. "혁명의 육법전서는 '혁명'밖에 없"다는 것이다. 이 발언을 통해서 시인은 혁명이라는 새 세계의 건설에서 미리 주어질 내용을 지워버리고 있다. 혁명은 미리 씌어진 책에 근거하지 않고 오로지 자신에게 근거한다는 것이다. 그 혁명이 어떻게 전개되느냐에 따라 혁명의 육법전서는 씌어질 것이다. 그러나 이것은 일종의 자가당착이다. 혁명이 스스로에게만 근거한다고 해서 혁명의 자동적 진행에 맡기자는 얘기가 아니기 때문이다. 그렇게 맡기면 혁명은 혁명이 아닐 수도 있

게 되는 우연성에 빠지게 된다. 실상 시인은 혁명이 일어났으니 혁명답게 혁명이 진행되어야 한다고 말하고 있는 것이다. 그런데 이것은 혁명의 내용에 대한 의식의 선취가 없으면 불가능한 발언이다. 따라서 시인의 의식 속에는 혁명의 새로운 육법전서가 있는 것이다. 그러나 그것은 씌어지지 않은 육법전서인 것이다. 시인은 시에서 "새까맣게 손때 묻은 육법전서"만을 부정하고 있으나 그렇다고 방금 출판된 어떤 육법전서를 긍정하고 있지도 않은 것이다. 그렇게 시인은 부재하는 육법전서에 의존한다. 그것의 가시적인 효과는 낡은 육법전서의 폐기다. 그리고 덧붙일 수 있는 또 한 가지 효과는 새롭게 건설될 세계에 대한 항구적 검열이다. 그것은 '부재하는'-'선취된' 의식으로 '현존하는'-'진행 중의' 세계를 감시한다.

이 시를 통해서 건설은 미정의 사업이 되었으나 그러나 그것은 앞으로 '완성되어야 할' 미정이다. 다만 그 간단한 부재화는, 현존이었으면 아무 문제가 없었을, 이미 존재하는 것들의 파괴를 요구한다. 그것들은 그냥은 새 세계의 원료며 항목이 될 수 없다. 최소한 그것들은 해체되어 재구성되어야 한다. 그렇게 해서 거듭날 때만 새 세계에 진입할 수가 있는 것이다. 그러니 여기에서 '파괴'는 일종의 단계이자 수단으로서 제시되었다. 그러나 그것은 곧 시의 생리로서의 파괴를 배태할 조건으로 작용하지 않겠는가?

파괴가 시의 생리가 된다는 것은 시가 암시할 새 세계가 결코 어떤 방식으로도, 다시 말해 미래형으로서도 선취될 수 없다는 것을 가리킨다. 그것은 오직 세계의 끝없는 파괴이자 동시에 시 자신의 파괴를 감행함으로써 세계와 시를 건설한다. 리오타르J. F. Lyotard는 "시학은 해체déconstruction에 몸 달아한다"는 명제를 머리에 두른 후, '해체'를 "언어의 법칙과 담론 내 통화 법칙과는 달리 움직이는 어떤 힘의 현존"이라 정의하고는 "어떤 형상, 어떤 이미지, 심지어 어떤 형식도 그 자체로서 는 다른 무대, 즉 무의식을 현존케 할 시적 권능을 보유하고 있지 않다. 특정한 집단에 의해서 재현의 능력이 유지되고 그래서 일정한 형상 체 제가 다른 것들을 배제하면서 지탱된다면, 그때 사람들은 시학을 떠나 임상학으로 들어가는 것이"며, 형상의 시적 차원을 이루는 것은 오직 "해체, 이탈, 비판"일 뿐임을 강조한 바 있는데,[17] 이야말로 파괴를 시의 생리로 이해하는 입장을 대변하고 있다고 할 수 있다.

어떤 확정된 형상에도 결코 의존하지 않는 이런 '해체, 이탈, 비판'의 운동은, 하지만 정상적 통화 체계를 뿌리로부터 흔들어 시의 독자를 "눈부신 덧없음, 분열증의 극한, 합리적인 것과 비합리적인 것의 불안 한 균형"에 사로잡히게 할 것이며, 그래서 "바로 전날 '현대적'이라고 간 주했었던 이 시들의 어휘와 구문과 운과 구조를 어느새 이울게끔 만들 고"[18] 마는 것이다. 여기까지 와서 문득 독자는 파괴의 바깥쪽 대립자 는 완고한 건설이지만 그것의 안쪽 대립자는 '말살' 혹은 '절멸'이라는 것을 깨닫는다. 저 끝없는 자기 파괴의 생리는 미약하게라도 무엇이 생 성되는 광경을 맞기도 전에, 자신이 파괴하는 것들을 무의미의 먼지들 로 파쇄해 날려버리고 파괴하는 자신을 광속으로 맴돌리다 마침내 흔 적도 없는 공기로 증발시켜버리지 않겠는가?

이상적으로는 이렇다. 마르틴 하이데거Martin Heidegger의 『존재와 시 간』의 제6장을 꼼꼼히 살핀 카트린 말라부Catherine Malabou는 그가 정

---

17) J.F. Lyotard, 『담론, 형상Discours, Figures』, Éditions Klincksieck, 1985, pp. 324~25.
18) 알프레도 기울리아니Alfredo Giuliani의 말이다. Lytoard(위의 책, p. 326)에서 재인용.

의한 '파괴destruction'가 우선은 "화석화된 전통에 본래의 신선한 생기를 되돌려주는 작업"임을 보고, 이 작업은 따라서 '단절'이지만 "변형으로서의 단절"이며, 그 변형으로서의 단절은 "역사와의 단절이거나 역사의 부인"이 아니라 오히려 "전통이 제공하는 것의 재전유와 변형"으로서 그 재전유와 변형은 "역사성 자체의 변형을 고유한 시간으로 갖는 것", 즉 "시간성을 그 자신에 대해 다른 것이 되게끔 하는 것l'altérité du temps à lui-même"이 되어 새로운 시간을 창출하는 행위임을 밝힌다.[19] 독자는 앞에서 읽었던 "되어감의 동기"로서의 죽음 충동을 다시 생각하고, 그 논리적 골격이 이와 같음을 깨닫는다. 그러나 그 깨달음이 절멸의 불안을 막아주지는 못한다. 저 골격이 '이상주의적' 골격, 다시 말해 관념적 골격인 한은. 저 죽음 충동의 '죽음'이 "되어감의 동기"로 작용하기도 전에 그냥 죽음의 웜홀 속으로 직행해버리면 어떻게 되는가?

시간성의 개편, 다시 말해 저 파괴가 새로운 시간 줄기를 생성시켜 그것을 타는 길이라면, 우선은 시간성이 하이데거가 보존하려고 애쓴 '전통'을 떠나야 될 듯싶다. 그러나 그 떠남이 재생을 뜻하기 위해서라면 자원 총량 보존의 법칙이 유지되어야 한다는 것이 필요조건이다. 그래야만 변형 가능성이 실제적으로 '작동'할 수가 있을 것이다. 그렇다면 자원 총량 보존의 법칙이 관철되기 위한 방법을 강구하거나 혹은 그런 환경을 조성할 길을 찾아야 할 것이다. 시학이 기본적으로 말-놀이라는 점에서 자원 총량 보존이 자연스레 달성된다고 생각할 수도 있을 것이다. 말해진 것은 상찬받은 것이든 욕먹은 것이든 죽임당했든 낳은 것

19) Catherine Malabou, 『글쓰기의 저녁, 꿈틀대는 가소성—변증법, 파괴, 해체La plasticite au soir de l'ecriture—Dialectique, destruction, deconstruction』, Paris: Éditions Léo Scheer, 2005, pp. 43~44.

이든 다 남는 것이므로. 그러나 꼭 그렇지 않다. 옛것의 사라짐과 더불어 영원히 사멸될 말들도 있고 새 시간성의 출현과 더불어 전혀 새롭게 태어날 말들도 있다. 그 말들의 기본 요소는 다른 시간대에 없을 수도 있다. 어디에나 누수가, 누전이 있는 법이다. 어쨌든 그 법칙을 유지해도 문제는 남는다. 새로운 시간 줄기를 여는 방법을 모르기 때문이다. 이 점에 대해서는 다시 자크 데리다Jacques Derrida에 기대는 말라부에 기대기로 하자. 그의 해독에 의하면, 데리다는 두 가지 방법으로 새로운 시간을 연다. 첫째, "해체는 도래하는 것을 특성화한다"; 둘째, "해체는 복수의 언어plus d'une langue를 말한다".[20] 그렇다. 그러나 아직 멀었다. 도래하는 것은 어떻게 저의 존재를, 제 모습을 알리는가? 이상적으로는 해체 자체의 운동으로부터 도래하는 것이 발생해야 하지만 그것은 실질적으로 불가능하다. 순수한 해체가 남길 수 있는 것은 도식적으로 말해 자원일 뿐이다. 해체가 도래하는 것을 특성화하려면 도래하는 것으로부터의 신호가 있어야 한다. 바깥으로부터의 사유가 필수적인 것이다. 그러나 그렇게 되려면 도래하는 것을 특정할 수 있어야 하는데, 아뿔싸, 도래하는 것은 특정될 수 없다. 그것을 특정할 수 있다고 하면 앞에서 김수영이 빠졌던 함정에 다시 빠지게 된다. 두번째 방법은 그에 대한 해결책으로 보인다. 도래하는 것은 결국 도래할 것들의 방법적 무한을 가정해야 한다. 현존하는 시간대에 의해 관리되지 않는 것, 억지로 관리되는 것, 버려지는 것 등은 모두 저 도래할 것들의 제각각의 가능성들이다. 그렇기 때문에 도래할 것들은 여러 개의 언어로 다가올 수 있을 것이다. '복수의 언어'가 암시하는 또 한 가지는 현존하는 언어와 도

---

20) Cathernie Malabou, *ibid.*, p. 45.

래할 언어들 사이의 상호적 반향이다. 통화 가능성을 가정한 통화 불가능한 것들의 대화. 현존하는 언어와 도래할 언어 사이에서. 또한, 도래할 언어들 사이에서. 그 대화가 궁극적으로 파괴와 건설의 동시성을 구성할 것이다. 그러나 여기에서 멈춰서도 안 된다. 도래할 것들은 방법적으로 무한하지만 도래하는 것은 실제적으로 하나다. 따라서 저 대화에는 다중 언어들의 반향 속에서 선택 작용 혹은 융합 반응이 일어날 것이다. 그 작용의 메커니즘이 또한 무한할 것이다. 이렇게 해서 파괴-건설의 동시성의 기제의 원리는 여전히 공백을 남긴 채로 그나마 윤곽을 그린다. 그러한 파괴로서의 건설 작용, 혹은 존재 양식으로서의 파괴가 내장된 건설의 작업이 한국시의 역사에서 언젠가 감행되었던가? 언제고 감행되고야 말 것인가?

마무리를 짓도록 하자. 파괴가 건설의 내재적 존재 양식으로 장착되기 위한 시적 실천, 즉 파괴가 항상적 존재 기능으로 작동한 시적 실천은, 김수영이 건설의 이데올로기에 하나의 구멍을 낸 후, 정말로 발생하였다. 문학 행위의 논리적 해명의 층위에서 제출된 그 최초의 발언은,

힘 있는 문학은 그 우상을 파괴하여 그것의 허구성을 드러낸다. 다시 말하거니와 우상을 파괴해야 한다는 높은 소리에 의해서가 아니라, 억압하지 않는 것이 있다는 것을 보여줌으로써, 아도르노의 표현을 빌면 파괴 그 자체가 됨으로써, 문학은 우상을 파괴한다. 김정한이나 신동엽의 저 목청 높은 구투의 형태 보존적 노력보다, 최인훈이나 이청준, 김수영이나 황동규·정현종의 형태 파괴적 노력을 높이 평가하지 않을 수 없는 것은 그것 때문이다. 우상을 파괴하지 않는 한, 억압은 없어지지 아니

한다. 그러나 그 파괴는 우상을 파괴해야 한다는 주장에 의해서 이루어
지는 게 아니라, 문학이 그 파괴의 징후가 됨으로써 이루어진다.[21]

이며, 시적 창조의 논리라는 층위에서 제시된 그 최초의 발언은, "자
본주의 현장"에 직면한 후 '절대 탐구'의 시작 태도를 버리고 언어의 해
체를 향해 나간 오규원이 스스로 최초의 회심의 시라고 지명한, 「용산
에서」의

> 詩에는 무슨 근사한 얘기가 있다고 믿는
> 낡은 사람들이
> 아직도 살고 있다. 詩에는
> 아무 것도 없다[22]

이다. 이 선언들 이후 지금까지, 시의 생리로서의 파괴의 전개는 적어
도 네 개의 국면을 보여주었다. 그 첫번째가 오규원과 그의 동세대 시인
들이 보여준 반성적 해체였다면, 두번째는 황지우·이성복·김혜순 등
과 그 동세대 시인들이 보여준 해체적 형태 변용이었고, 세번째는 기형
도와 역시 그 동세대 시인들이 보여준 적막의 미니멀리즘이며 마지막
은 젊은 시인들에 의해 한창 전개되고 있는 파열적 교란 운동이다. 이
국면들은 건설-파괴의 동시성이라는 이상적 운동 양태를 보여주는 것
이 아니라(사실 그것은 가정되었을 뿐인 것인데), 건설의 시공간적 지나

---

21) 김현, 「문학은 무엇에 대하여 고통하는가」, 『한국 문학의 위상』, 문학과지성사, 1977; 『한
  국 문학의 위상/문학사회학』(김현 문학전집 1), 문학과지성사, 1991, p. 57.
22) 오규원, 『왕자가 아닌 한 아이에게』, 문학과지성사, 1978, p. 13.

침 혹은 균열을 통해서 파괴가 자율화되면서 건설-파괴의 동시성의 차원을 암시하는 경우들이다. 그 각각의 국면의 양태와 기능 그리고 존재론은 국면마다 다르며 국면 내의 시인들마다 또한 다르다. 그것들을 세세히 살피려면 다른 지면이 필요하리라. 이 글에서는 다만 그런 것들이 있었다는 사실만 확인하고 끝낸다. 그것들이 있었다는 것을, 있다는 것을 기억하고 정시하는 것도 지금은 무척 소중한 때다. 왜냐하면 서정주의가 그 양태의 다양성과 더불어 다시 한국시의 존재 공간에 광활한 구름을 드리우고 있는 참이기 때문이다. 옛사람의 말을 빌려, "홍운탁월(烘雲托月)의 법"[23]을 거꾸로 살아야 할 시절이 오고 있는 것이다. 물론 기억과 응시는 사태와의 긴장을 유지시켜줄 뿐 그 이상은 아무것도 할 수 없다. 게다가 저 파괴의 자율적 운동의 창출에 헌신했던 많은 시인들이 일정한 시간이 지난 후에 보면 어느새 서정시의 세계로 복귀했다는 것도 유념해야 할 사항이다. 도대체 이 귀환은 왜 일어나는 것인가? 정말 귀환이기는 한가? 그러나 또한 모두가 그리로 복귀한 것은, 혹은 달아난 것은 아니라는 사실도 뚜렷이 새겨두어야 할 사항임은 틀림이 없으렷다.

[2008]

---

23) 양주동, 「문장론수칙」, 『문장』 창간호, 1939년 2월.

현재 탐닉의 문화에 저항하기 위해,
끊임없는 토란(土卵) 한 덩이를

예전에 상전벽해(桑田碧海)라는 은유로 시간의 빠르기를 가리켰던 10년간의 변화가 오늘날 훨씬 더 격심하리라는 건 말할 것도 없다. 3개월이면 생활환경이 바뀌는 시대가 되었으니 말이다. 그런데 21세기가 시작되고 그 세월만큼 지나간 지금에 한국시의 뽕나무 밭은 푸른 바다는 관두고 여전히 척박하기만 한 듯하다. 즉, 지난 세기 후반기에 지구의 특정 지역에서 개시된 시의 빙하기가 세기말에 이르러서는 한반도에까지 닥쳤고 그 이후 한국시는 단색의 계절을 풍찬노숙하고 있는 중이다.

그러나 이런 스케치에 대해 당장 이의를 제기할 수도 있으리라. 한국시의 '관계자 여러분'은 그동안 한국시가 꽤 '격정의 세월'을 살아왔음을 보고 들었을 뿐만 아니라 몸소 각종의 사태들에 가담하기도 하였다. 따라서 1990년 이래로 관용어가 되었던 '시의 죽음'이라는 상황은 이미 항체가 형성된 무력한 인플루엔자 같은 것으로 치부될 수도 있을 것이다. 21세기 들어 우리는 시의 미래를 위해 낡은 서정시의 장벽을 두드려 부순 흥겨운 축제를 벌였으며 한국 현대시 1백 주년을 맞아 언론의 스포트라이트를 받으며 우리의 자랑스런 역사를 음미했고, 국가기구로부터 쏟아지는 지원금의 세례 속에서 시집 출판의 비약적 성장을 구가했다. 덧붙여서 지하철 플랫폼의 보호 벽 속에 안치되어 말끔하게 코팅된 모습으로 서민들의 눈을 간질이는 시들의 화원은 또한 얼마나 상큼한가 말이다.

그러나 낙관주의자들이 '쿨'하게 외면하고 있는 시의 위기나 죽음이 가리키는 상황은 바로 한국시의 외관상의 화려함이라는 기형적 사태까지도 포함한다고 해야 옳을 것이다. 외관상의 화려함이라고 했지만 가만히 돌이켜 이 또한 부조화한 색조의 조악함으로 얼룩진 검은 잎의 단조로움 속에서 매우 성난 얼굴을 하고 있다는 걸 발견할 때의 놀라움은 또 어떠한가? 서정의 세계를 '반역'했다고 했지만, 정작 실제의 서정시들은 요동조차 한 바가 없어서, 저 소란과 저 평화가 참으로 행복하게도 공존하고 있는 사태에 직면할 것 같으면, 저 반역은 실상 한 편의 홀로그램 소동에 지나지 않아, '컴퓨터, 프로그램 정지!'라는 한마디에 그냥 부동의 운명에 응고되는 게 아닌가 하는 의심이 들 지경이다.

무엇보다도 오늘날 시의 존재를 근본적인 차원에서 위협하고 있는 것은 바로 삶의 근본성에 대한 물음의 실종이라는 상황이다. 첨단을 자처하는 시적 실험들에게 의심을 갖게끔 하는 원인이 되기도 하는 이 상황의 근원은 애초에 시의 바깥으로부터 왔으며, 그 바깥은 무한대의 무작정의 개발로 나날의 확장 일로에 있다. 지난 20세기의 후반기에 이러한 상황을 조성한 것은 낡은 용어로 '위안의 문화'라고 이름을 붙일 수 있는 이런저런 양태의 조화와 화해의 문화적 실행들이었다. 이 화해의 문화는 세상의 고통을 운명적 비애와 바꿔치기하고, 거기에 성장 드라마를 입혀서, 언어의 시련을 이야기의 마약으로 대체한, 이른바 다스림의 미학에 근거한 것들이었다. 그러던 것이 한국인이 성장의 열매를 맛보게 된 세기말부터, 위안의 문화는 자존에 대한 환상에 근거한 격정의 문화로 이전하였고 그것은 21세기 초엽에 절정에 달한 다음, 대기권 바깥에서 유영하다가, 문득 현실의 한복판으로 하강해서 수년 전부터 사회의 저변에 바이러스처럼 흩뿌려졌다. 그 바이러스들의 주 서식처이자 확산지는 이제 위안 문화의 실행지로서가 아니라, 수십 개의 프로덕션에 의해 잡다하게 또한 한결같은 방식으로 제작되고, 케이블, 위성, 인터넷, 지상파라는 4중 스테이션에 장착되어, 수백 개의 채널을 통해 방영되고 재방되고 속방되는 리얼리티-쇼들의 공간으로서의 TV다. 그것들은 무엇보다도 물량의 폭포로 우리의 일상을 완벽히 장악하고 나날의 삶을 버튼 한 번으로 곧바로 나날의 쇼로 뒤바꿔버리고 있는 참이다.

그러나 삶의 근본성의 실종이라는 상황은 시의 내부로부터의 호응이라는 사태를 거침으로써만 시의 재난으로 옮겨 붙었다고 봐야 할 것이다. 실로 20세기에 들어와 우리가 직면하고 있는 가장 난해한 문제 중의 하나는 시가 서점에서는 거의 박멸 직전의 상태에까지 몰리고 있는데, '시'라는 이름으로 행해지는 문화적 퍼포먼스는 갈수록 요란해지고 화려해지고 있는 요령부득의 광경이다. 그 퍼포먼스는 그저 '공연'에 한정되지 않는다. 한결같고도 봇물 같은 등단 행위들, 잠시 눈을 돌리면 어디선가 보이는 창간되려고 꾸물거리는 시 잡지들, 지자체의 등에 업혀 발 구르는 문학상들, 뚝딱거리는 문학 마을들, 웅성거리는 문학 유산 사업 단체들…… 국가기구가 쏟아붓는 각종 지원금, '낭독의 발견'에서부터 '현대시 100년'에 이르기까지 미디어를 통해 끊임없이 기획되고 전시되는 시의 광휘들. 김수영은 "문화는 다방마담의 독재에 사멸되어가고 있다"고 쓴 적이 있는데(「시의 〈뉴 프론티어〉」), 여기에 빗대자면, 오늘날의 문화는 프로듀서(문화 기획·관리자)의 독재에 사멸되어가고 있다.

그러나 이 요란한 시의 행사들에 딱 한 가지 빠진 게 있는데, '비평 행위'가 그것이다. 10여 년 전 신문에서 '월평란'이 소멸된 이후, 비평가들이 미디어에서 하는 일은 비평이 아니라 '소개'고 '사회'다. 이 또한 퍼포먼스의 부록인 것이다. TV에서 '책 프로그램'이 소멸되었다가 이상야릇한 방식으로 부상하려다 침몰하려다 하고 있는 볼거리 미디어의 꼴사나운 광경 역시 같은 맥락에 위치하는 현상이다.

그러니 여기에는 이론은 없고 실천만 있는 것이다. 쇼만 있고 복기는 없는 것이다. 문학의 이 요란한 소개 속에서 문학의 핵심은 어딘지 알수 없는 곳으로 소개(疏開)되어버린 것이다.

그리고 여기에는 수요는 없는데 공급만 과잉되고 있는 현상이 덧붙어 있는 것이다. 시의 독자는 사실상 멸종 상태인데, 시적 생산물들만 대량 복제되어 바겐세일되고 있는 것이다.

이러한 시의 상황은 그 양태와 성질이 두루 바로 앞에서 말한 오늘의 문화와 그대로 일치한다. 다만 문화적 현상이 수용자의 자발적 호응을 얻고 있는 데 비해 시의 현상은 판매자들만이 용을 쓰고 있다는 차이를 제외한다면. 결국, 오늘의 시는 독자의 썰물이라는 속수무책의 사태를 현재의 문화를 모방하는 방법을 통해 타개하려고 하다가, 현재 문화의 이념에 동화된 것이라 할 수 있다.

오늘날 문화의 성격을 우리는 한마디로, 현재에 과도하게 자족하는 문화라고 정의할 수 있다. 즉, 현재에 자족하는 것으로 성이 안 차서, 과잉적으로, 과장적으로, 다시 말해 가상-현실적으로 자기를 부풀리면서 지금·여기의 자신을 탐닉하는 문화인 것이다. 그러한 과잉된 자기 탐닉이 한국인이 고난의 세월을 뚫고 자존감의 청색 대기를 잠시 흡입한 다음 곧바로 빠져든 곳이다. 왜 자긍심의 획득이 자신에 대한 책임과 타자에 대한 배려로 나아가지 않고, 자기애의 황홀경 속으로 침닉하게 되었을까? 나는 이 문화에 찬동할 수 없지만, 또한 한국인의 역사가 필연적으로 다다를 수밖에 없었던 지점이라는 사실을 부인할 수가 없다. 여기에는 "물질적 발전 때문에 정신적 지체가 강화되었다"는 내재-모순적 진술과 "물질적 발전에도 불구하고 정신적 지체가 지속되었다"는 외재-모순적 진술이 겹쳐져 있다. 이 두 진술 자체가 서로에 대해 모순이다. 그러나 우리는 이 모순을 풀지 않으면 한국의 장래를 점칠 수가 없다.

오늘의 시의 주제와 내용은 여전히 한국적 현재 문화의 자기 탐닉성에 저항하고 있으나, 그 존재 양태는 거꾸로다. 더욱이 현재의 문화가 개방적인 방식으로 탐닉하고 있는 자기를, 시의 장(場)의 구성원들이 폐쇄적인 방식으로 탐닉하고 있다는 건, 어느 임계치, 즉 어떤 근본적인 작동 절차의 변화가 오기까지는 모방하는 존재가 전범의 내부 회로의 일부 지역을 순환하기만 한다는 모방의 현상학적 진실을 무섭게 보여준다. 물론 저 현재 문화의 개방성 역시 생산자-수용자라는 역할 차이에 근거한 것일 뿐이라는 점에 비추어 본다면, 외관의 '체하는' 개방성에 지나지 않는다. 그렇게 보면, 현재 문화를 모방하고 있는 시의 존재 양태는 사실 현재 문화의 내부 시스템을 투영적으로 환기시키는 역설적인 운명을 실천하고 있는 것인지도 모른다. 그 역시 오로지 실천만으로.

이 현재를 탐닉하는 존재 양태 속에서 시는 독자도 잃었고 이념도 잃었다. 문학도 잃고 사회도 잃고 있는 중이다. 험한 세상, 편안한 귀갓길을 보장해줄 듯한 가로등의 위치를 빼고는. CCTV도 못 되고 그저 어렴

풋한 수은등으로서나 존재 가치를 부여받는 일 말고는. 이러한 자멸적이고 자조적인 상황을 이기는 유일한 대안은 시의 본래성을 회복하는 것뿐이다. 그것을 시의 존재의 뿌리에 퇴비처럼 심을 뿐만 아니라, 현재 문화의 곳곳에 대항 바이러스처럼 살포해야 한다. 시의 이름으로서만이 아니라 문화의 이름으로도. 그러나 그것을 실천할 묘책이 보이질 않는다. 많은 분들이 이 비슷한 생각을 수없이 했을 것이며 또한 지금도 하고 있을 것이다. 그럼에도 불구하고 이 오리무중의 안개 속에 한 줄기 섬광이 난입하지 않는 이유는 우리가 아직도 이 집단적이고 전체주의적인 한국 문화의 기승하는 열기 앞에서 겨우 생각의 토란 한 알을 들고 있기만 할 뿐이기 때문이다. 던져봤자 으깨지기만 하고 먹어봤자 아릿하기만 한 이 무른 흙덩이 같은 걸 들고 무엇을 할 것인가? 문득 자지러지는 듯하다가 아득히 잦아드는 외마디 비명을 지르는 걸로 나는 최선을 다했다 할 것인가?

물론 그럴 수는 없다. 암흑이 천지 사방에 쇠못을 박고 있어도 토란 한 알의 작용이 이 암흑의 성질을 바꾸고 있다고 믿지 않고서는 이곳에 머무를 수가 없다. 하기야 당신이 모르고 있지만 우주는 시방 팽창 중이다. 게다가 당신은 전혀 느끼지 못하지만 우주의 팽창은 가속되고 있다. "거대한 우주의 침묵이 나를 두렵게 한다"는 파스칼적 경외를 감싸고 있는 암흑이 실은 에너지로 가득 차 있다고 가정할 수밖에 없다고 과학자들은 말한다. 그러니까 나의 비명이 세계를 구성하는 하나의 힘이 되기를 나는 간절히 소망하는 것이다. 그 에너지의 한 방울을 위해서도 우리는 다시 근본을 향해 역류해 갈 수밖에 없다. 역류하는 길이 시의 우주적 팽창을 촉진하는 길이므로. 랭보가 저 옛날 간 길을 따라, 겨우 오줌 같은 맥주 몇 모금 담았을 뿐인 그의 '토란(빛) 호리병'이 결

국 그의 눈을 적시게 했던 것을 보았으니, 그보다는 한 걸음 더 전진해
이 암흑의 얼음을 맛나게 마시길 꿈꾸며, 그의 시를 복기하면서.

이 어린 하천에서 내가 무엇을 마실 수 있었던가?
느릅나무는 적요했고 잔디밭엔 꽃 한 송이 없었으며, 하늘은 꽉 막혔
는데.
토란의 호리병에서 나는 무엇을 꺼냈던가?
시큼털털한 황금빛 액체 몇 모금이 땀을 내주었지.

그토록, 나는 조잡한 여관 간판으로나 존재했다고 할까
그런데 뇌성이 하늘을 표변시켰지, 저녁 때까지.
칠흑 같은 마을, 호수들, 길쭉한 전선봉들
푸른 밤 아래의 주랑들, 역들

숲 속의 냇물은 처녀 모래 속으로 사라졌고
바람은 하늘로부터 얼음 조각들을 늪으로 흩뿌렸네……
한데! 금 채굴꾼이나 조개 채취꾼이 된 듯,
나는 마실 생각은 못 했다고 말해야 하다니![1]

[2010]

---

[1] 아르튀르 랭보A. Rimbaud, 「눈물Larmes」, 『전집*Œuvres complètes*』(coll. Pléiade), Gallimard, 1972, p. 72.

신생의 사건으로서의 시[1]

새해 벽두부터 조금 이렇게 제목이 좀 침침합니다(원제목은 '다시 찾아온 시의 봄 앞에서의 떨떠름한 심사'였다). 제가 좀 과장을 했습니다. (웃음) 시가 안 읽힌 지 오래되었습니다만, 그럼에도 최근 시가 여러 방향으로 흥하고 있는 것도 사실입니다. 그러나 여전히 독자들은 시를 잘 안 읽습니다. 저는 이를 두고 시는 워낙 안 읽히는 것이고, 동시에 시는 원래 쓰는 데 의미가 있는 것이다, 이런 얘기를 하려고 합니다. 여기 뭐 간단히 몇 편의 시를 인용하려고 하는데요, 여기 계신 분들은 모두 인용될 만한 분들이지만, 자신의 시가 인용되지 않았다고 화내지 마시기 바랍니다. 그냥 우발적으로 뽑은 것이니까요. (웃음)

시는 그동안 굉장히 오랫동안 침체되어왔는데, 최근 몇 년 전부터 다

---

1) 이 원고는 월간 『현대시』 신년 모임 자리(2013년 1월 17일, 대학로 홍사단 강당)에서 행한 강연을 시인 이이체가 정리한 것이다.

시 살아나는 조짐을 보이기 시작했습니다. 보신 분들은 알고 계시겠지만, 저는 1999년에 『무덤 속의 마젤란』(문학과지성사)이라는 책을 통해 '시의 죽음'이라고 하는 것을 다룬 바 있습니다. 시가 독자들에게 완전히 외면당하고 있고, 서점의 진열대에서도 사라지고, 그래서 더 이상 독자가 시를 읽지 않는 시대가 되었다는 것을 이야기했습니다. 그리고 그것은 산업사회가 발달하면 자연스럽게 일어나는 현상이다, 이런 생각에 맞춰서 썼습니다. 그런데 그럼에도 불구하고 시인들은 독자를 잃어가고 있는 이 죽음과도 같은 현상 속에서도 끊임없이 거기에 저항하기 위해 시를 쓰고 있다는 걸 얘기했는데요. 이제 그 생각이 조금 더 발전을 했다고 할까요, 어차피 시는 독자를 신경 쓰지 않는다,라는 게 요즘의 제 생각입니다. 어쨌든 여러분들이 보고 계시는 시의 부활 현상은 그 이면에 출판사들의 진취적인 변화를 수반합니다. 한동안 출판사들이 시집을 외면해왔습니다. 소수의 출판사들을 제외하고는 시집을 출판하려는 걸 굉장히 꺼려왔어요. 그러다가 재작년부터 몇 군데 출판사들이 시인선을 새로 기획하는 등 아주 공격적으로 시집을 내기 시작했습니다. 저는 이것이 바람직한 현상이라고 생각합니다. 출판사들마다 자기 색깔이 있는 것이고, 저마다 다양한 문학적 경향·시적 경향에 입각해서 책을 내야 하기 때문이죠. 저마다의 경향에 입각해서 시집을 낼 때 한국시는 그만큼 다양해지고, 다양해지는 만큼 풍요로워지고, 풍요로워지는 만큼 활발한 신진대사 속에서 진화를 이룰 것입니다.

그러나 또 다른 한편으로 보면 이런 부활의 조짐 중에서 상당히 부정적인 것들도 있습니다. 특히 그것은 시가 읽힌다는 문제, 즉 소통의 문제에 지나치게 강박관념을 가질 때 일어나는 현상입니다. 그 첫번째로 지하철의 유리문—스크린도어에 전시되는 시입니다. 저는 지하철의 시를 전시하는 것은 좋은 일이라고 생각합니다. 2006년도에 제가 파리에 갔을 때 지하철 내부 광고판 한군데에다가 파리에 관한 시를 올려놓은 것을 본 적이 있는데, 제 짐작으로는 서울시가 아마 거기서 발상을 가져온 것이 아닌가 하는데요. 그런데 문제는 하나의 시를 골라서 스크린도어에 넣고는 거의 6개월 이상을 방치해둔다는 겁니다. 이건 거의 시에 대한 모독입니다. 최소한 한 달에 한 번 정도는 갈아줘야지요. 그리고 두번째, 스크린도어에 시가 너무 많아요. 저 많은 시들 중에서 뭘 골라 읽어야 할까 싶을 정도예요. 지하철 기다리기도 바쁜데 말이죠. 저는 이게 시를 공정하게 대접한다고 생각지 않는다는 것입니다. 마치 시를 박리다매로 팔고 있는 듯한 느낌이에요. 그래서 제가 볼 때, 지하철 스크린도어에 시를 두는 것은 독자들과의 소통 차원에서 의도는 바람직했으나, 실제로 그 효과는 오히려 시를 고물처럼 만든다고 할까요, 그런 현상을 낳는다고 생각합니다.

또 하나는—참, 말하기가 굉장히 예민한데요—최근 들어서, 시인이라는 직함이 정치적으로 인용·활용되는 경우가 상당히 많았습니다. 시인이 시민으로서 정치에 참여하는 것은 당연히 있을 수 있는 현상입니다만, 시인이라는 직함과 시를 거기에 이용하면 그것이 필경 선전·선동으로 이어지기 십상이고, 또한 시 자체가 통속화된다고 생각합니다. 제가 구체적으로 언급하진 않겠습니다만, 이런 시가 있습니다. 담에 담쟁이는 너무 잘 올라가는데 왜 인간은 못 올라가느냐, 그러니 우리는 담쟁이를 본받아 올라가자, 이런 내용이에요. 그런데 이는 비유가 서로 맞지 않는 경우입니다. 담쟁이는 아무런 생각 없이 올라가는 거예요. 반면 사람이 담에 올라가는 것은 자유를 향한 모험을 한다거나 하는 위험을 감행한 행위를 함의하고 있습니다. 그러한 행위를, 너무나 자연스럽게 아무런 위험도 없이 담을 올라가는 담쟁이에 빗대서 '너는 왜 못 올라가느냐'라고 야단을 친다면 어떻겠습니까? 감시병이 탑 위에서 총을 들고 지키고 있는 형무소 안뜰에서 이 시를 죄수들에게 읊어준다고 상상해보시기 바랍니다. 결국 그 비유는 논리상 잘못된 것인데, 그 기본적인 이유는 사람들을 충동적으로 자극하기 위해 굉장히 편하게, 편의적으로 사용되었기 때문이라는 것입니다. 제가 말씀드리고자 하는 것은 특별한 정치적 당파가 문제라는 것이 아니라, 시를 정치에 활용해서 일어나는 부작용들이 있다는 것입니다.

결국 시가 너무 소통에 집착하면 도리어 이 같은 부작용들을 낳는다는 것입니다. 시는 오히려 씌어지는 데에 의미가 있는 것입니다. 이 지점에서 시인들이, 독자를 못 가진 시인들도 위안을 가졌으면 합니다. 실제로, 아까도 말씀드렸다시피 산업사회가 발달하면 시의 독자는 거의 소멸합니다. 대신 소설 독자는 많이 늘어나죠. 그나마 요즘은 소설 독자들도 작년을 정점으로 해서 소설이 지리멸렬해지면서 확 줄어들기 시작했습니다. 이 현상은 좀 새로운 현상이라서 조금 더 생각을 해봐야 할 겁니다. 아무튼, 그럼에도 불구하고 시를 쓰는 사람들은 예전에 비해서 엄청나게 늘어났습니다. 지금 제가 짐작하건대, 한국에서 시인으로서 활동하는 인구가 한 5만 명은 되지 않을까 싶어요. 그동안 등단 방식도 다양해졌고, 그 여러 가지 방식으로 많은 이들이 등단하게 되었습니다. 저는 이것이 한국만의 현상인 줄 알았어요. 한국 사람들만 이렇게 시를 열심히 쓰고, 마치 브라질 사람들은 모두 축구 선수라고 생각하는 것처럼 (웃음) 한국 사람들은 모두 시인이라고 여겼거든요. 그런데 작년에 제가 『마가진 리테레르*Magazine littéraire*』라고 하는 프랑스 잡지를 읽다가 깜짝 놀랐습니다. 그 제목이 '시의 왕국 프랑스'였습니다. 한데, 거기에서도 시는 거의 읽히지 않아요. 시집 6백 부 찍습니다, 프랑스에서. 프랑스 인구가 6천만이 조금 넘거든요. 우리나라는 시집 찍으면 최소한 1천5백 부 찍습니다. 그런데 프랑스에 시인임을 자처하는 이들이 몇 명인지 아세요? 10만 명입니다. (시집 내면) 6백 부 찍고 그마저도 다 안 팔리는데, 스스로 시인임을 내세우고 활동하는 이들이 10만 명이라는 겁니다. 또 재작년에는 제가 스웨덴에 가서 스웨덴 문인들과 대화하는 자리가 있었는데요, 그중 4분의 3이 시인들이었습니다. 소설가들은 별로 오지도 않아요. 스웨덴 문인협회도 거의 시인들인 셈입니다.

그러니까 시 쓰는 이들이 많아지고 시 읽는 이들이 적어지는 현상은 거의 세계적인 현상이라고 봐도 좋을 것입니다. 시의 독자는 거의 없는데 시를 쓰는 사람들은 굉장히 많다는 거죠. 시의 독자가 없으니까, 시가 거의 이해되지 않습니다. 여기 계신 분들도 다 절감하시겠지만, 나의 시를 이해하는 사람들이 도대체 몇 사람이나 될까 늘 회의하고 계시잖아요. 얼마나 이해가 안 되고 있는지 한 가지 일화를 들어볼게요. 김춘수 선생의 이 「눈물」이라는 시를, 어떤 교과서에서 엄청나게 난해한 시라고 소개하는 것을 보고 제가 깜짝 놀란 적이 있습니다.

남자와 여자의
아랫도리가 젖어 있다.
밤에 보는 오갈피나무,
오갈피나무의 아랫도리가 젖어 있다.
맨발로 바다를 밟고 간 사람은
새가 되었다고 한다.
발바닥만 젖어 있었다고 한다.

이 시는, 시를 조금 쓸 줄 아는 분들이라면 금세 이해할 수 있습니다. '오갈피나무'와 '남자'와 '여자'의 '아랫도리'는 젖어 있고, 어떤 사람은 발바닥만 젖어 있으며, 그 발바닥만 젖어 있는 사람은 맨발로 바다를 밟고 갔다, 이런 얘깁니다. "맨발로 바다를 밟고" 가지 못한 우리('남자'와 '여자')는 아랫도리만 젖어 있다는 것이죠. 그 "맨발로 바다를 밟고 간 사람"이 누구인지만 생각하면 됩니다. 누굽니까? 성경에 나와 있는 예수입니다. 성경을 읽은 이들은 금방 알 수 있는 얘깁니다. 예수처럼 인류를 위해 헌신하고 희생한 이는 "발바닥만 젖"었고(원죄), 그래서 새가 될 수 있었어요(부활). 우리는 그렇지 못해서 "아랫도리가 젖어 있"는 사람(원죄에 물든 죄의 삶)인 겁니다. '아랫도리'가 암시하는 바는 여러 가지가 있겠죠. 이것은 좀더 다양하게 해석을 할 수 있을 것입니다. 그게 시의 일이고요. 그것이 꼭 무엇이다,라고 얘기하는 것은 중·고등학교 교과서와 참고서에서나 하는 얘기지요.

이 정도의 시도 난해하다고 생각하는 사회에서 우리는 살고 있습니다. 그러니 다른 시인들의 시는 어떻게 이해되겠습니까. 그러나 그럼에도 불구하고, 우리는 시를 쓰는 데에서 삶의 의미를 느낍니다. 시의 충동은 흔히 자발적인 표현 충동으로 이해되고 있습니다. 시에 대한 최초의 구별은, 서양의 경우 플라톤에 의해서 이루어졌습니다. '미메시스 mimesis'라는 용어는 너무 많이 들어서 잘 아시겠습니다만, 플라톤은 시를 두고 '미메시스'가 아니라 '디에게시스diegesis'라고 했습니다. '미메

2) 김춘수, 『김춘수 시론전집 1』, 현대문학, 2004, p. 260.

시스'는 이미 있는 것을 모방하고 옮겨놓는 재현을 뜻합니다. 그런데 '디에게시스'는 직역하면 '진술'입니다. '진술'이란 오로지 자기 내부의 토로입니다. 무엇을 재현하는 게 아닙니다. 이것을 혹자는 미메시스는 묘사, 디에게시스는 표현으로 나누었습니다. 그러니까 플라톤 때부터 시가 내면의 감정과 정서를 자발적인 충동의 결과로 표현하는 것이라고 정의한 것입니다. 또한 잘 알다시피 윌리엄 워즈워스William Wordsworth 같은 낭만주의 시인은 "시는 강력한 감정의 자발적인 넘침이다"라는 말을 한 바 있고요. 더불어 김종해 선생은 이렇게 표현했습니다.

시인은 누구를 위해서 시를 쓰는가. 대부분의 시인들은 자신을 위해 시를 쓴다고 말한다. 시인은 시를 쓰면서 즐거움과 고통, 자기 위안을 함께 받는다. 시의 가장 충실한 독자는 시인 자신이다.

시인이 쓴 시는 우선 자기 자신 속의 독자라는 벽을 극복해야 한다. 시인은 자기 자신이라는 한 사람의 독자를 극복했을 때 다중 독자의 공감을 얻을 수 있다.[3]

그렇습니다. 이런 이야기들을 종합한다면 시는 다른 예술 장르와 구별해본다고 할 때, 시는 무엇보다도 예술적 충동의 맨 앞자리에 놓인다고 할 수 있습니다. 예술적 충동의 맨 앞자리에 놓인다는 것은 무엇인가? 이런 질문을 다시 한다면, 앞자리에 놓인다는 것을 다른 말로 치환해보건대 시는 시원(始原)의 자리에 있으려고 한다, 탄생의 자리에 있고자 한다,라는 것입니다. 이는 프랑스 철학자인 장 뤽 낭시Jean-Luc

---

3) 김종해, 「시인의 말: 자기 속의 독자를 살해하라」, 『우리들의 우산』, 시인생각, 2012, p. 5.

Nancy의 말을 인용해보면 더 확고해집니다.

> 우리가 어떤 방식을 통해 의미의 시원에 도달한다면, 그 방식은 '시적
> 으로!'라는 방식이라는 것을 우리가 이해할 수 있기를 바란다. 그것은 시
> 가 그런 도달의 수단 혹은 중개를 이룬다는 뜻이 아니다. 오히려 그와는
> 정반대의 뜻인데, 즉 오직 그런 도달만이 시를 구성한다는 것, 그리고 시
> 는 그런 도달이 일어날 때에만 생겨난다는 뜻이다.[4]

이 말대로, 우리가 시를 쓴다는 것은 시를 쓰는 행위 자체가 의미의
시원에 다다르는 행위라는 겁니다. 의미의 시원에 다다르기 위한 도구
가 아니라, 의미의 시원 그 자체입니다. 좀더 말을 바꿔보자면, 시를 쓴
다는 것은 언제나 '신생의 사건'이 되려고 하는 충동과 관련된다고 얘기
할 수 있습니다. 시를 쓴다는 것은 항상 '신생의 사건'을 스스로 겪거나
체험하거나 만들어내고자 하는 것입니다. 다음으로 이준규 시인의 「이
글거리는」[5]을 봅시다.

> 밤의 차가운 기운을 쥐어짜는 허리 삔 공간 속에서
> 투명하게 언어를 움직이고자 하는 불가능한 기획의 막바지
> 언제나 출발선에 있고 언제나 문 밖에 있는
> 당신을 통해서만 완성되는 뜨거움
> 자살 같은

---

4) 장 뤽 낭시Jean-Luc Nancy, 『시의 저항Résistance de la poésie』, William Blake & co./Art
& Art, 1997, p. 9.
5) 이준규, 「이글거리는」, 『흑백』, 문학과지성사, 2006, p. 31.

벼락 같은

마약의 시공 같은

그러나 나는 세상의 모든 시를 시작하리라

여러분들이 시를 쓸 때, 사실은 이와 같이 "세상의 모든 시를 시작하"고 계신 거라고도 생각할 수 있습니다. 굉장히 진부하고 멋없는 것들도 이러한 '신생의 사건'을 통과하면서 생기를 띠게 됩니다. 전부 "세상의 모든 시"로 다시 "시작"되는 것이죠.

김정환 시인이 「不惑」[6]이라는 시를 썼는데, '불혹'이 뭐예요? 나이 사십이 되면 '불혹'이라 하죠. 더 이상 흔들리지 않는다는 얘기 아니에요? 더 이상 흔들리지 않는다는 것은 뭡니까, 이제 완전히 꼴통이 되었다는 얘기잖아요. (웃음) 그런데 이 양반이 그 시에서 이렇게 썼어요. "나는 내일 처음 보리라 추운 겨울과 더운 여름을/식구가 없는 심심한 방을" 불혹의 나이가 되자 잠을 자고 아침에 눈을 떠서 세상을 봤더니, 정말 재미없는 세상이 앞에 놓여 있는 거예요. '더 이상 흔들릴 게 없는 나이'니까, 더 이상 변할 게 없고 변하는 게 없는 거죠. 그러니까 재미가 없는 겁니다. 그 너무 재미없는 세상을 "처음 보리라"는 겁니다. 김정환의 이 시는 너무 재미없는 세상조차 '신생의 사건'으로 받아들이고 있습니다. 지금까지의 이 말을 정리하자면 '의미의 시원'에 도달하는 시적 행위는 곧, 늘 다른 생을 시작하라는 이야기입니다.

다음으로 이성복 시인의 「口話」[7]를 살펴보죠.

---

6) 김정환, 「不惑」, 『희망의 나이』, 창작과비평사, 1992, pp. 17~19.
7) 이성복, 「口話」, 『뒹구는 돌은 언제 잠깨는가』, 문학과지성사, 1980, p. 22.

앵도를 먹고 무서운 애를 낳았으면 좋겠어

걸어가는 詩가 되었으면 물구나무 서는

오리가 되었으면 嘔吐하는 발가락이 되었으면

발톱 있는 감자가 되었으면 상냥한 工場이

되었으면

　

여기서 "앵도를 먹고 무서운 애를 낳"는다는 게 무엇이냐고 묻는 것
은 아무 의미가 없습니다. 그냥 "앵도를 먹고 무서운 애를 낳"으면 됩니
다. "걸어가는 詩"가 뭐냐고 물을 필요도 없어요. 그냥 "걸어가는 詩"가
되면 됩니다. 여러분들이 "걸어가는 詩"를 쓰시면 돼요. "물구나무 서
는 오리"가 되면 됩니다.

　결국 시는 언제나 의미의 시원에 위치하는 것이고, 의미의 시원에 위
치한다는 것은 항상 신생의 사건이 된다는 것이죠. 이 말을 이어서 생
각해보면 놀랍게도 신생의 사건이 되는 것은 죽음의 충동과 항상 연결
됩니다. 보들레르가 시 「여행le voyage」[8]에서 이렇게 표현했습니다.

　

오 「죽음」이여, 늙은 선장이여, 때가 되었다! 닻을 올리자!

우리는 이 고장이 지겹다, 오 「죽음」이여! 떠날 차비를 하자!

하늘과 바다는 비록 먹물처럼 검다 해도,

네가 아는 우리 마음은 빛으로 가득 차 있다!

---

8) 샤를 보들레르Charles Baudelaire, 『악의 꽃』, 윤영애 옮김, 문학과지성사, 2004, p. 331~
32.

네 독을 우리에게 쏟아 기운을 북돋워주렴!

이토록 그 불꽃이 우리 머리를 불태우니,

「지옥」이건 「천국」이건 아무려면 어떠랴? 심연 깊숙이

「미지」의 바닥에 잠기리라. *새로운 것을 찾기 위해!*

죽음은 바로 곧 미지의 바닥에 다다르는 것입니다. 그리고 미지의 바닥에 다다르는 것은 새로운 것을 만나는 일입니다. 죽음의 끝이 다시 삶의 시작이라는 것이죠. 이렇듯 생의 충동은 죽음의 충동과 자주 뒤섞이고, 실인즉 죽음 충동이야말로 진정한 생의 충동에 해당하는 것입니다. 일회적 사건으로서 '신생'이 거듭나고 되풀이되려면 도래할 사건인 '미지'로 치환되어야 하는 거죠.

여기서 프로이트의 유명한 일화 하나를 살펴보면 좋을 듯싶네요. 예전에 프로이트가 자신의 외손자를 관찰한 적이 있었습니다. 프로이트에게 딸이 외손자를 진단해달라고 부탁한 탓인데, 관찰해보니 이 외손자가 팽이를 가지고 이상한 놀이를 하는 겁니다. 어머니(프로이트의 딸)가 외출을 하면 외손자가 침대 밑의 가장자리에다가 줄을 감은 팽이를 던지고서 '포르트fort'라고 하는 거예요. 그다음에 팽이를 당기면서 '다da'라고 합니다. 그렇게 '포르트-다'를 되풀이하면서 노는 거예요. 굉장히 신기한 놀이를 하고 있어서, 프로이트가 관찰해보니 '포르트'는 '갔다', '다'는 '왔다'라는 뜻으로 이해되었습니다. 그러자 해답이 나왔습니다. 어머니가 외출할 때마다 아이가 하는 놀이니까, 어머니의 외출이 자기에게 준 심정의 결핍을 보상하는 행위라는 판단이죠. 이 '포르트-다 놀이'는 어머니의 외출이 자기에게 준 심리적인 공백·결여·상처·상실감 등을 다른 비유적인 대상으로써 극복하는 의지적이고 자발적인 행

위라는 겁니다. 그런데 이 아이의 놀이는 의지에 그치지 않습니다. 팽이를 침대에 던지며 '가라'고 혹은 '오라'고 하는 것을 보면 알 수 있어요. 어머니의 외출도 아이의 입장에서는 자신이 어머니를 보내는 거예요. 현실 속에서는 어머니가 마음대로 갔지만, 아이의 놀이 속에서는 어머니 마음대로 가는 게 아니에요. 아이가 보내야 가는 것이죠. 아이 입장에서는 팽이를 가지고서 너무나 훌륭하게 자신의 상실감을 극복하고 있는 것입니다. 그런데 문제는, 프로이트가 가만히 보니까, 이것을 한두 번하고 만족하는 게 아니라 끝없이 한다는 거예요. 이를 두고 나중에 '반복강박'이라는 용어를 통해 개념으로 구체화시킵니다. 이 현상에 대해서는 프로이트가 여전히 모호한 느낌을 가지면서도 한 가지는 분명히 확신하게 됩니다. 이게 '쾌락원칙' 너머에 있다는 사실을 말입니다. 우리는 모두 쾌락원칙에 의거하여 쾌락을 추구하면서 삽니다. 이것이 프로이트가 인간 정신의 가장 근본적인 원리로 보는 핵입니다. 마르쿠제 같은 이들이 '쾌락원칙'과 '현실원칙'을 대비시켜놓은 바가 있습니다. 이를 가지고 후자는 억압적이고 전자는 해방적이니까 인간은 쾌락을 위해서 현실에 저항해야 한다든가, 혹은 거꾸로 '어른'으로 사회화되려면 현실원칙을 따르고 쾌락원칙을 배제시켜야 하니까 쾌락을 버려야 한다든가, 이렇게 도식적으로 보는 경우들이 있습니다. 그러나 프로이트의 본의는 현실원칙을 적용하는 것조차도 쾌락원칙에 근거한다는 것입니다. 왜냐하면 쾌락원칙을 무작정 따르려면 모순이 발생하거든요. 프로이트의 오이디푸스콤플렉스를 참고해보면 알 수 있어요. 그에 따르면 아들은 어머니를 좋아하게 되어 있잖아요. 아들이 어머니를 좋아하면 어떻게 됩니까? 아버지한테 얻어맞죠. 아버지한테 얻어맞으면 어떻게 됩니까? '불쾌'가 발생합니다. 쾌락원칙을 그냥 쏟으면 '불쾌'에 도달해요. 이게 모순입니다. 자기가 원하는 게 아니죠. 그렇기 때문에 아들은 어머니를 포기하는 겁니다. 어머니를 좋아하는 것이 자기 쾌락원칙에 따르는 거라고 생각했는데, 어머니를 좋아했더니 얻는 게 쾌락의 반대인 불쾌니까, 어머니를 포기하는 겁니다. 그 대신, 그럼에도 불구하고 어머니를 좋아하는 욕망은 완전히 버릴 수는 없습니다. 그러므로 어머니를 닮은 여자와 연애하고 결혼하게 됩니다. 차선의 해결책을 택한 거죠. 어머니를 좋아하지만 원하지 않으면 아버지한테 얻어맞을 일이 없습니다. 대신 어머니를 닮은 여자를 얻었기 때문에 어느 정도의 쾌락을 충족시킬 수 있습니다. 여기서 문제가 하나 발생하죠. 그럼에도 불구하고 그 여자는 어머니가 아니기 때문에 어머니를 완벽하게 대신할 수는 없다는 사실입니다. 그래서 남자가 여자를 걸핏하면 바꾸려고 드는 거예요. 못된 인간들이에요, 그러면 안 되는데. (웃음)

어쨌거나 프로이트가 생각할 때, 아이가 반복적으로 팽이를 던지는 행위는 쾌락원칙 너머에 있다고 봅니다. 쾌락원칙에 충실히 따르면 몇 번하고 스스로 만족해야 되는데, 만족하지 못한다는 얘기죠. 만족하지 못하고 뭔가가 있다, 이게 반복강박이죠. 쾌락원칙 너머의 이 반복강박은 '생의 충동'이 아니라 '죽음의 충동'과 관계 있다고 보는 겁니다. 그 '죽음의 충동'의 현장이 바로 앞서 읽었던 보들레르의 「여행」이라는 시입니다. 「죽음」이여, 〔……〕 닻을 올리자!"라고 했습니다. 왜 그랬죠? "새로운 것을 찾기 위해." 우리는 죽어야 다시 살아납니다. 죽지 않으면, 언제나 낡은 생의 찌꺼기가 남아 있습니다. 낡은 생의 찌꺼기를 완전히 버려야지만 우리는 다시 살아날 수가 있습니다. 그렇기 때문에 우리는 죽어야 합니다. 하지만 진짜로 죽으면 다시 살지 못하잖아요. (웃음) 그러니까 죽되 죽지 않아야 합니다. 죽되 죽지 않는다는 것이 무엇인가, 그게 바로 시 쓰기라는 얘기입니다. 시를 쓰는 것, 그게 언제나 '신생의 사건'이 되는 거라면, '신생의 사건'은 결국 무엇인가, 지금까지 살아온 모든 것들을 다 버리고 완전히 새로 사는 것입니다. 물론 그것이 꼭 시에만 있는 것만은 아닐 겁니다. 그런데 그것이 시에 유별나게 많은 것은 사실입니다. 왜 유별나게 많은가? 아까도 말씀드렸듯이, 시는 언제나 예술적 충동의 맨 앞자리에 놓이기 때문이죠.

이 신생의 분출은 창조하는 자로서, 창조하는 행위로서, 창조하는 내용으로서 자신의 진면목을 발견하려는 욕망에 밀착되어 있습니다. 이러한 연유로 사람은 새로워질 때에야 항상 나다워진다고 느낍니다. 신생은 나의 회복인 것입니다. 즉, 신생에 대한 충동은 자신의 진면목을 확인하고 싶어 하는 욕망과 밀접하게 연관되어 있습니다. 이것이 바로 동일성으로의 회귀, 좀더 정확히 말하면 자신의 진짜 모습true identity의 세움이라는 뜻이 될 것입니다. 여러분들이 시를 씀으로써 새로운 삶을 시작할 때마다 여러분들은 자신의 진면목─진정한 자기 모습으로 도달하게 된다고 할 수 있습니다. 이와 같은 맥락으로, 여느 시인들보다도 더 시적인 소설을 썼던 제임스 조이스James Joyce는 이런 말을 했습니다. "시는 가장 환상적인 것처럼 보일 때조차도 언제나 '인공적인 것'에 대한 저항이다. 그것은 어떤 의미에서는, 현실에 대한 저항이다." 현실에 대한 저항이 뭡니까? 자연으로 돌아간다는 거죠. 즉, 이 말은 시가 '자연스러움(당연함)'의 회복임을 가리킨다는 것입니다. 괴테도 이미 비슷한 말을 했습니다. "순수한 본질 안에서 고려된 시는 말parole도 예술─기술art도 아니다. 말이 아닌 것은, 시는 완성을 위해서 리듬과 노래와 육체의 운동과 시늉을 필요로 하기 때문이다. 그리고 예술이 아닌 것은, 모든 것이 '자연스러움le naturel'에 근거하기 때문이다. 자연스러움은 규칙들을 존중해야 하지만, 장인적 훈련의 억압적인 강제를 따라서는 안 된다. 그것은 언제나 영감이 피어오르는 고양된 정신이 특별한 목표나 계획도 없이 토로하는 진솔한 표현으로 존재한다." 그렇습니다, 시는 말로 썼지만 우리는 그것을 쓰는 순간 이미 춤추고 노래하고 몸짓하는 것입니다. 제가 아까 이성복 시인의 시를 읽으면서 말씀드렸잖아요. '앵도를 먹고 무서운 아이를 낳았으면 좋겠어'의 뜻이 무엇인지 물을 필요가 없다는 것입니다. '앵도를 먹고 무서운 아이를 낳'으세요. 이것이 시입니다. 순수한 본질 안에서 시는 말이 아니니까요. 이미 몸짓이고 운동이고 무용이에요. 더불어 시가 예술이 아닌 까닭은 모든 것이 자연스러움에 근거하기 때문이라고 괴테는 말했습니다. 자연스러운 규칙들, 규칙들이되 자연스러워야 한다는 것입니다.

여기까지 제가 말씀드린 요지는, 결국 시를 쓴다는 것이 자신의 진면목을 확인하는 동시에 삶을 일으키는 행위라는 거죠. 시인의 품격을 높이는 것이라고 봐도 무방한 말입니다. 자기를 저속하게 만들기 위해서 시를 쓰는 게 아니라, 자기의 고결한 진면목 속으로 돌아가게 한다는 것입니다. 그러니까 시인들의 광란적이고 일탈적인 행위들은 시인답지 못한 것이라는 얘기입니다. 말이 이상하게 굉장히 보수적인 발언으로 들어갔네요. (웃음)

제가 오늘 말씀드리고 있는 이야기는 서로 모순될 수는 있겠으나 크게 두 가지예요. 어쨌든 시는 우선적으로 자기표현의 발로라는 것입니다. 그런데 이 자기표현은 단순히 있는 것을 재현하는 것이 아니라, 바로 순수하게 토로된 세계의 창조이자 의미의 시원 혹은 신생의 사건을 일으키는 것입니다. 즉, 자기가 아닌 다른 세계를 만들어내는 것입니다. 결국 시 쓰기로서의 자기표현은 자기로부터 세계가 되는 일입니다. 이것을 다른 것이 되는 것, 이화(異化), 독일어로 'Entfremdung'라고 할 수 있겠습니다. 'Entfremdung'을 자주 쓰이는 의미대로 잘못 이해하면 '소외'가 됩니다만, 소외는 본질적으로 자기 자신으로부터 멀어지고 버려지는 것이거든요. 헤겔에 따르면 'Entfremdung'은 자기로부터 이화될 때 비로소 자기에게로 돌아갈 수 있다는 논지에서 쓰인 용어입니다. 다시 원점으로 돌아와 정리하자면, 시의 표현은 곧 이화이고, 이화는 곧 창조입니다. 그리고 그 창조는 자기 본래의 모습으로 돌아가는 행위입니다. 이 때문에 시는 언제나 생성의 첫 순간에 있는 것입니다.

왜 시가 '쓰는 것'만으로 충족되는 것인지, 그 이유는 이재훈 시인의 시를 통해서 확인해봅시다.

산책길엔 언덕이 있다.
그날은 이상했다.
오르고 올라도 닿지 않는 거리를 헤맸다.
혼을 빼앗긴 것처럼.
늪에 빠진 것처럼.
뒷덜미를 놓아주지 않는 불빛이 있었다.
사위가 어둠에 둘러싸이면서
상점엔 불이 하나씩 켜졌다.
그날은 일요일이었다.
나는 근원을 바랐다.
기적을 구한 것은 아니었다.
어둠이 안겨 주는 거대한 정적을,
위대한 침묵을

나는 알지 못했다.

상처받은 한 친구를 생각했고

갚아야 할 빚의 액수를 생각했다.

자꾸만 뒤를 돌아보며 바쁜 거리의 일들을 떠올렸다.

어쩌면 산책길엔 언덕이 없었을지도 모른다.

길목과 길목이 혀를 내밀어

내 몸을 떠받치고 있을 뿐.

타인의 인격을 규정하지 않기로 했다.

지혜로운 자가 되고 싶었다.

장 그르니에가 산타크루즈를 오르며 쬔

빛의 발자취를 따르고 싶었다.

아름다움을 느끼지 못하는,

환호하지도 분노하지도 못하는,

심장을 꺼내 거리에 내던지고 싶었다.

심장이 몸 밖으로 나오는 그 순간은,

그 짧은 시간만큼은 황홀하겠지.

언덕이 있는 곳은 월곡(月谷),

달빛이 있는 골짜기다.

언덕을 오르고

또 한 언덕을 오르면

마치 기적처럼 달빛에 닿는,

존재의 비밀을 한순간에 깨칠

그런 순간이 올 수 있을까.

산타크루즈를 오르며 쬔

그 햇살의 순간처럼.[9)]

이재훈 시인은 여기서 "나는 근원을 바랐다./기적을 구한 것은 아니었다"라는 말로 시가 쓰여지는 것만으로도 충분한 그 이유를 정확하게 표현하고 있습니다. 우리는 근원으로 돌아가는 자인데 절대로 기적을 바라지는 않습니다. 시를 쓰되 온전히 다 이해되고 전부 해석되기를 희망하지는 않는 것입니다.

시원의 순간에 있으려고 하는 시적 충동은 시의 존재론적 양태들 중 하나로 들어갑니다. '묘사'는 이미 있는 것을 그리는 거잖아요. '묘사가 아닌 표현'이란, 언제나 새로운 것을 이야기하는 것입니다. 복수성이 아닌 단수성, 시는 언제나 단수성을 지향합니다. 이것을 황동규 시인의 표현을 빌려 말하자면, "어느 누구도/옆놈 모습 닮으려 애쓴 흔적 보이지 않"[10)]는 것입니다. 그다음에, 시는 공간적으로는 전개되는 게 아니라 언제나 압축됩니다. 왜냐하면 고밀도로 압축될 때에만 빅뱅이 가능하기 때문입니다. 압축되지 않는 것들은 폭발이 일어나지 않습니다. 폭발이 일어나지 않는다는 것은 새로운 세계가 터져 나오지 않는다는 것입니다. 또한 시는 시간적으로는 흐름이 아닌 순간입니다. 이재훈 시인의 「월곡 그리고 산타크루즈」에서 계속 '순간'이 지시되는 것은 바로 이 때문입니다. 시는 순간에 대해서만 다루고 순간에 의해서만 다루어질 뿐, 흐름으로 의식화되지 않습니다. 다음으로, 시는 드러냄이 아닌 암시입니다. 왜냐하면 순간 속에서 이루어지는 창조는, 우리가 눈을 뜨는 시

9) 이재훈, 「월곡 그리고 산타크루즈」, 『명왕성 되다』, 민음사, 2011, p. 20~21.
10) 황동규, 「제비꽃」, 『외계인』, 문학과지성사, 1997, p. 11.

간에 금방 사라져버려요. 어느 한순간에 창조되어버렸는데, 눈을 뜨는 그 시간에 이미 사라져버려요. 그러므로 우리는 시의 진지한 창조를 언제나 암시로써만 들여다볼 수 있는 거죠.

그럼에도 불구하고, 시는 시인들의 바람과 상관없이 소통이 아주 자연스럽게 이루어집니다. 이러한 부분들을 명료하게 보여준 시가 바로 유하의 「재즈 0」[11]입니다.

소니 롤린스, 뉴욕의 한 강가에서
밤이면 삶에 취해 색소폰을 불던 사내
쿨재즈라든가, 하드밥
그래, 인생의 반은 120%의 cool한 영혼,
나머지는 격정적인 하드밥의 육체

차디찬 영혼의 냉장고를 메고
하드밥의 리듬으로 날아가는 나방이여,
혼자서 상처의 끝까지 가보리라

별빛과 달, 나의 유일한 재즈 카페
호화 객석도 청중도 없다, 원하지도 않는다
그러나 난 연주하고 연주할 뿐,
저 강물이 수만의 귀를 일으켜세울 때까지

---

11) 유하, 「재즈 0」, 『세운상가 키드의 사랑』, 문학과지성사, 1995, p. 59.

혼자 취하는 격정, 혼자서 상처 끝까지 가보는 격정을 이야기하고 있는 시입니다. 여기서 '재즈'라는 장르를 시의 한 비유로서 읽는다면, 시가 존재하는 곳은 나의 "유일한" 속성을 지니는 곳이며, "객석도 청중도" 아랑곳하지 않습니다. 자신에게만 도취할 수 있는 독보적인 행태입니다. 우리는 이러한 도취의 사례를 다른 시에서도 얼마든지 찾아볼 수 있습니다. 그 대표적인 예가 랭보의 「술 취한 배le bateau ivre」[12]입니다.

> 내가 무심한 강물을 따라 내려가고 있을 때,
> 나는 더 이상 사공들의 인도를 느끼지 못했다.
> 꽥꽥거리는 '붉은 가죽들'이 그들을 마치 과녁판인 양
> 울긋불긋한 말뚝들에 발가벗겨 묶어 놓았었다.
>
> 나는 어떤 승객에도 관심이 없었다.
> 플랑드르밀곡상이든, 영국면화상이든.
> 내 사공들과 함께, 소란스러움 역시 끝났을 때,
> 강물은 내가 원하는 곳으로 내려가도록 나를 놓아주었다.
>
> 조수가 격렬히 철썩거리는 가운데
> 지난겨울, 나, 아이들의 머리보다도 더 세게 귀를 막은 채
> 달렸다! 그러자 반도들은 닻이 풀리고
> 일찍이 이렇게 기승한 요란법석에 시달린 적이 없었다.

---

12) Arthur Rimbaud, *Œuvres complètes* (coll. Pléiade), Paris: Gallimard, 1972, pp. 66~69.

폭풍은 내 바다의 각성을 축복해주었다.
희생자들을 영원히 굴리는 자라고 일컬어지는
파도 위에서 나는 병마개보다도 가볍게 춤추었다.
열흘 밤을, 감시병들의 맹한 눈길을 아랑곳 않고.

아이들의 환한 사과빛 살결보다도 더 부드럽게
푸른 물은 내 전나무 몸체 속으로 스며들었고
또한 청포도주와 토사물의 자국들을
내게서 씻어내주면서, 키와 닻을 쓸어가버렸다.

그리고 그 순간, 나는 '시' 속에 몸을 적시게 되었다.
별빛들로 우려낸 우윳빛 바다의 시,
푸른 창공들을 삼킨 바다의. 그곳엔 창백한 얼굴을 하고
홀린 표정으로 부유하는 어떤 익사자가 생각에 잠겨 가라앉는다.

황인숙은 이 같은 감정들을 더욱 순수하고 적극적으로 드러내 보이고 있습니다.

보라, 하늘을.
아무에게도 엿보이지 않고
아무도 엿보지 않는다.
새는 코를 막고 솟아오른다.
얏호, 함성을 지르며

자유의 섬뜩한 덫을 끌며
팅! 팅! 팅!
시퍼런 용수철을
팅긴다.[13]

유하는 그래도 "별빛과 달"을 시의 동무로 남겨두고 있습니다. 그러니까 유하의 시는, 그 자발적 의지의 측면에서 소통을 전혀 하지 않으려고 하는 경우는 아니에요. 랭보한테는 "강물"이 있어요. "무심한 강물을 따라 내려가"면서 시를 실천하기 때문이죠. 그런데 황인숙의 이 "새"는 아예 어떤 존재도 아랑곳하지 않고("아무에게도 엿보이지 않고/아무도 엿보지 않는다") 그냥 "코를 막고 솟아오"릅니다. 게다가 놀랍게도 "자유의 섬뜩한 덫을 끌"고 올라갑니다. 그 "덫"으로 인하여 오른다는 것은 더 이상 '솟아오름'에 머무르지 않고 "팅긴다", 즉 '튀어 오름'까지 이릅니다. 그러니까 유하에게는 동료가 있었는데, 황인숙의 시에서는 그 시적 소통의 대상으로서의 동료조차 방해물이 되는 겁니다. 뿐만 아니라 이 방해물의 이름은 흥미롭게도 '자유'입니다. 제목에 따르면 새가 하늘을 "자유롭게" 풀어놓는데, 본문에서는 정작 "자유"를 "섬뜩한 덫"이라고 말합니다. 은유적으로 읽으면 이해하기 굉장히 이상해 보입니다만, 이것은 자유롭고자 하는 의지를 벗어나려는 현실적인 구속에 대한 환유적인 여운으로 읽을 수 있습니다. 세상의 온갖 속박과 금지, 미련 등을 가리키는 것입니다. 시와 시인의 자발적인 의지로서의 소통

---

13) 황인숙, 「새는 하늘을 자유롭게 풀어놓고」, 『새는 하늘을 자유롭게 풀어놓고』, 문학과지성사, 1988, p. 91.

이 원천적으로 제거된 상태로서도 이미 시가 가능하다는 것을 보여주는 것입니다. 그러한 맥락에서 "자유의 섬뜩한 덫"은 단순히 "자유"를 "섬뜩한 덫"으로 등치시킨 게 아니라, '자유가 깨뜨리고 벗어나야 할 덫'을 의미한다고 할 수 있습니다. 그런데 시인은 그것을 은유적으로 "자유" 자체가 "섬뜩한 덫"인 양 썼어요. 그 이유는 거의 무의식적으로 자유가 덫을 강조하고 덫이 자유를 강조하는 상호 추동적 관계가 자유와 속박 사이에 놓여 있기 때문이라고 이해할 수 있습니다. 자유롭고자 하는 사람만이 덫의 의미를 이해하는 거죠. 혹은 삶에서 덫을 느끼는 사람만이 자유를 갈망하는 겁니다. 결국 황인숙은 이 시에서 누구도 의식하지 않고 솟아오르는데, 그럴 때 의지의 실행으로 인해 이미 현실의 모든 것들을 환기시킬 수 있다는 것입니다. "새"가 자유롭고자 하는 노력이 최고조에 달할 때 실은 다른 존재와의 상호 작용 역시 똑같은 강도로 부각된다는 얘기입니다. 이렇게 이해하면 시 쓰기는 순수하게 고립적이고 고립을 지향하는 행위인데, 그 행동의 결과는 소통성의 증대이다,라고 말할 수 있겠습니다. 황인숙의 예로써 규명했듯, 고립되려 할수록 소통성이 더 증대된다는 역설로까지 이야기할 수 있다는 것입니다.

여기까지 오면, 우리는 두 개의 이질적인 명제와 마주하게 됩니다. 첫째, 시는 단독성의 행위라는 것이고, 둘째, 시적 행위는 소통을 수행한다는 것입니다. 시가 단독성의 행위라는 것은 앞에서 시적 행위가 시 쓰기의 차원에 집중된다고 말한 것과 상통합니다. 우리는 앞에서 시적 존재론이 모든 차원에서의 '시원의 발생적 자리'에 놓이고자 언어적 태도·의도·수행이자 그 결과라고 이해하려 해봤습니다. 이번에는 시의 단독성이 그와 반대에 가까운 명제와 나란히 놓이게 됐어요. 그것을 이해하는 한 가지 방식으로 우리는 의도와 결과의 평행성이라는 관점을 제출해낼 수 있습니다.

황인숙의 시에서 보았듯이, 시의 단독성과 소통성은 그냥 공존하는 것이 아니라 밀접한 관계 속에 놓여 있습니다. 진정 자유롭고자 하는 행위는 덫을 더 부각시킵니다. 즉, 의도가 충실히 이행될수록 결과가 더욱더 강화되는 거죠. 따라서 소통이 점점 확산되려면 시적 행위는 의도의 차원에서 더욱 고립되어야 합니다. 고립될수록 소통성이 증대된다는 것은 바로 이거죠. 이를 이해하기 위해서는 더 이상 상관성이라는 용어만으로는 족하지 않아요. 그보다는, 의도가 작용하는 장과 결과가 작용하는 장은 완전히 자율적이라는 것을 먼저 인정해야 합니다. 나아가 의도가 작용하는 장과 결과가 작용하는 장이 서로를 북돋는다는 사실을 이해해야 합니다. 그래야 의도의 치열한 추구가 결과를 훼손하는 일이 없을 것이고, 그 반대도 마찬가지일 것이기 때문입니다. 오늘날의 과학적 가정에 기대어 말한다면, 시에서 의도의 장과 결과의 장이 각자 자율적이면서 서로에게 영향을 미치는 것을 두고, 시의 의도와 결과는 평행우주를 이룬다고 정의할 수 있겠습니다. 물론 이러한 사태에 대해 이미 프로이트는 'instance'라는 말로 비유한 적 있어요. 우리는 이 평행우주들 사이의 관계가 서로에 대한 '추동', 즉 서로를 북돋는 일을 '당위적으로' 갖는 관계라고 말할 수 있습니다.

시 쓰기의 축에서 보자면 시의 독자는 이미 시인의 내부에 들어앉은 존재입니다. 그는 시인의 내부에서 자라나 시인과는 전혀 다른 존재로서 바깥으로 떠나갑니다. 시의 독자는 시인이 준비했으나, 시인과는 무관해서 시인과 그 사이에 새로운 세계의 지평이 열리게 하는 역할의 다른 존재입니다. 여기서 전제는 시인이 준비했다는 것, 다시 말해 시의 독자는 현존하는 독자들 중의 일부로서 나오는 것이 아니라, 시인의

"유일한 재즈 카페"에서 나온다는 것입니다. 이 점은 아주 중요합니다. 이 독자는 기나긴 진통 끝에 분명 미래에 현존할 독자로서 시인 바깥에 다른 세계로서 있습니다. 반대로 시 읽기(향유)의 축에서 보자면 시의 독자는 그 자신을 시적 작업 속에 내맡기는 존재입니다. 그 작업 속에 독자는 중독되거나 삼켜지거나 용해되는 것이 아닙니다. 그 작업의 결과는 거꾸로 독자의 탄생, 자기 자신으로 태어나는 것입니다. 시의 독자는 그러니까 시의 구매자, 시의 소비자가 아닌 거죠. 그는 독자로 존재함으로써 시 그 자체로서 태어나게 된 존재인 겁니다. 바른 의미에서의 '향유jouissance'를 우리는 여기에 붙일 수 있지 않을까, 저는 생각합니다. 왜냐하면 향유는 죽음을 담보로 한 열락, 다시 말해 스스로 거듭남을 각오하고 그 운동에 가담한 자가 누리는 행복이기 때문입니다.

여기서 많은 분들에게 자주 회자되는 시구를 한번 언급해볼게요. 김수영의 「사랑의 변주곡」입니다. "욕망이여 입을 열어라 그 속에서/사랑을 발견하겠다." 욕망이 입을 열면 어떻게 사랑이 튀어나오는가? 이제는 그 까닭을 이해할 수 있을 겁니다. 그리고 독자는 시 전편에 걸쳐서 그 까닭이 어떤 곡절을 통해서 대답으로 바뀌는지 알고 싶어지는 충동으로 설렐 것입니다.

축약하면 시적 창조의 과정 속에서 일어나는 사건은 주체와 대상이 변별된 채로 각자 상대방이 됨으로써 자기 자신이 되는 일입니다. 주체화와 객관화가 동시에 일어나는 일이라는 거죠. 자세히 말하면 주체가 주체와 객체로 쪼개지고, 또한 주체가 객체에 휩싸여야만 주체가 되는 일이니, 주체화와 객관화가 동시에 일어나는 일이라는 것은 또한 시의 단독성과 소통성이 하나로 일치하는 일이라고 할 수 있을 것입니다. 이러한 시적 창조의 과정을 수사학의 새로운 기법으로 제시할 수도 있겠습니다. 주체(본 대상)와 대상(빌린 대상)의 상호 비유, 구체적으로는 두 주체(언어)의 비유적 순환이 그 안에서 일어나기 때문이죠. 이 과정은 주체(시인)가 대상(독자)에게로 도달하는 과정이면서 동시에 대상(어린-독자)이 주체에 몸을 내맡김으로써 진짜 대상(각성한 독자)이 되는 과정입니다. 그 진짜 대상이 되는 순간 대상은 주체(시, 그 자신)가 됩니다. 시 전체를 온전히 되살려내는 자가 아니라면, 그 독자는 미숙아일 것이기 때문입니다. 그런 의미에서 주체가 독자에게로 도달(到達)하는 과정은 독자가 주체로서 도래(到來)하는 과정이기도 합니다. 도달은 도래입니다. 여기서 다시 랭보의 「술 취한 배」를 보면, 그 시가 시종 과거형으로 기술되었다는 것을 확인할 수가 있어요. 그러니까 화자(술 취한 배)는 자신의 과거를 회상souvenir하고 있고, 그 회상 속에서 시가 도래venir하고 있습니다. 회상을 뜻하는 불어 'souvenir'의 어원은 sub+venire인데, 『로베르 사전』에 의하면 이 말의 실질적인 뜻은 "머릿속에 도래하게 하는 것"이라고 합니다. 즉, 회상은 자신의 격정적인 체험을 머릿속으로 끌어당기는 것이고, 그렇게 해서 머릿속에 머물게 하는 것입니다. 이러한 회상의 작용을 통해서 시는 진정으로 오는 것입니다.

김수영의 시에서 제시된 것처럼 욕망의 입을 벌렸을 때 사랑이 나오듯이, 시와 시인은 소통에 대한 강박을 떨쳐낸 채로 온전히 자기를 쏟아낼 때에야 오히려 시는 완성되고 시작됩니다. 시인은 그렇게 자기를 쏟아내는 데에 오롯하게 집중하느라 외롭습니다만, 그 덕분에 소통성은 활짝 열리고 더욱 커지는 것입니다. 그게 당연한 겁니다. 자기에게로의 회상souvenir은 결국 진정한 자기 자신의 진면목의 도래venir이기 때문이죠. 그러니까 정리하자면 결국 오늘 저는 여러분들께 외로워하지

마시라는 말씀을 드리는 거예요. (웃음)

〔질의응답〕

주영중 지면으로만 뵙다가 이렇게 강연을 듣게 되어 반갑고 좋았습니다. 질의라기보다는 제가 시 쓰면서 항상 고민되는 지점을 여쭤보려고 합니다. 선생님께서 제시하신 시들을 살펴보면 김춘수의 시를 처음으로 이 강연이 열리고, 김수영의 시를 마지막으로 강연을 닫는 모양새입니다. 시가 시작되고 끝나는 자리라는 지점에서 김춘수와 김수영의 시를 제시한 배치를 통해서 역설의 자리임을 말씀하시고 싶으셨던 것인지요? 시가 시작되는 것은 결국 죽음 이후에야 찾아오고, 욕망 속에 사랑이 있다는 논지로 선생님의 강연을 들었습니다. 김춘수 시인의 '유희'랄까요, 현실과 역사와는 다른 어떤 자리를 마련하려는, 시인의 자발적인 강박 운동으로서 행했던 것들이 있잖습니까. 이 시대에 그런 것들이 실제로 유행처럼 일어났고 아직도 그런 것들이 유효한 지점들이 있다고도 생각이 듭니다. 그런데 제가 항상 고민되는 지점은 고통과 유희의 지점이 서로 짝이 되는 것 같기도 하지만, 한편으로는 그중 '유희'라는 것이 시 쓰면서 항상 조심스러운 것 같습니다. 이 때문에 난감한 경우가 제법 많은데요, 선생님께서는 여기에 대해서 어떻게 생각하시는지 고견을 듣고 싶습니다.

정과리 제가 제시한 김수영의 「사랑의 변주곡」이 그 대답이 되리라고 생각합니다. 시는 사실은 순간 자발적인 충동에서 씌어지는데, 그러나 그것이 소통을 낳는다고 결론을 내렸잖아요. 그런데 그것이 김수영의 시에 그대로 나옵니다. "욕망이여 입을 열어라 그 속에서/사랑을 발견하겠다." 욕망이 입을 열면 사랑이 있습니다. 이것이 시 쓰는 행위의 본질이라고 저는 생각합니다. 욕망을 내부에서 그냥 맘껏 발산하는 것은 시가 아니라고 봐요. 즐기면 생각이 난다,라는 것이랄까요. 시를 쓰는 행위가 즐거운 행위 중 하나라면, 유희 속에 놓여 있는 거라면, 그러나 반대로 성찰이 나온다는 것이지요. 그러니까 욕망 그대로의 혀가 나온다면 시가 아니겠지요. 즐기는 가운데 거기서 욕망 이후의 것―사랑, 곧 성찰이 나올 것입니다.

김미정 재미있는 강의로 큰 위로를 주신 것 같아 감사합니다. 시 쓰는 과정이 시인들에게 위안이 된 것 같습니다. 선생님께서 말씀하신 것을 이렇게 받아들여도 되는지 한번 여쭙고 싶습니다. 시를 쓰는 것은 '신생의 사건'이요, 새로운 '세계의 창조'이며, 예술적 충동의 맨 앞자리라는 얘기에 대해서 말이죠. 이러한 과정에서 우리가 지리멸렬한 일상과 부딪히는 현실 같은 재미없는 서사들이 신생의 길로 가면, '처음 보리라'고 하셨잖아요? 그런데 그 '처음 본다'라는 것을 '인식의 전환'이랄지 하는 것들로 이해해도 되는 걸까요?

정과리 그렇게 보셔도 됩니다. 다만 거기에 제가 몇 마디 덧붙이자면, 인식의 전환이 아니라 삶의 전환이 되겠습니다. 체험의 전환이고. 시를 쓰는 것은 언제나 새로운 삶으로 태어나는 것인 셈이지요. 얼마나 즐겁습니까. 우리는 날마다 죽고 새로 태어나잖아요. 그런데 아까 말했듯이 진짜 죽으면 곤란하니까요. (웃음) 진짜 죽으면 신생을 경험할 기회를 빼앗기기 때문에 우리는 가상의 죽음을 겪는 겁니다. 현실의 사물과 현상들의 새로울 것 없는 '죽은' 상태를 살다가, 우리는 시를 쓰면서 삶의 전환을 겪게 되고 다시 태어나는 것입니다.

[2013]

전쟁을 어떻게 넘어, 마주할 평화는 어떤 것인가?
── 진화를 진화시켜야 할 까닭에 대한 성찰

> 내가 세상에 평화를 주러 왔다고 생각하지 마라. 평화가 아니라 칼을 주러 왔다. 나는 아들이 아버지와, 딸이 어머니와, 며느리가 시어머니와 갈라서게 하려고 왔다. 집안 식구가 바로 원수가 된다.(마태 10: 34~36; 루카 12:51~53)

> 위선자들아, 너희는 땅과 하늘의 징조는 풀이할 줄 알면서, 이 시대는 어찌하여 풀이할 줄 모르느냐.(루카 12:56)

반전(反戰)을 말하기는 쉽다. 평화를 외치기도 쉽다. 특히 한국에서는 그렇다. 믿으면 오기 때문이다. "내게 평화를 주소서." 읊조리면 받을 수 있다. 그러니 달리는 지하철 안을 거꾸로 달리며 "예수천국 불신지옥"을 외치는 사람들이 쉴 새 없이 출몰하는 까닭이 있다. 예수가 아니더라도 좋다. '우리 민족'이면 어떠한가? 우리 민족끼리 손잡으면 만사가 형통이라고 외치는 확성기들이 있다. 확성기들은 엽기적으로 종교적이다. 큰 입을 벌린 채로, 경건하고 엄숙하다. 그러다 못해 쏘아보고 찌푸리고 대갈한다. "눈동자가 대가리처럼 툭 튀어나온" 확성기들은 "부릅뜬 눈깔"을 하고 "하루 이십사 시간, 일 년 삼백육십오 일, 줄창 노려보고 째려만 본"[1]다. 그것이 흘려보내는 「여민락」은 목청도 크다.

그러니 평화를 말하기 전에 한번 물어봐야 한다. 우리는 사실 늘 전

---

1) 구효서, 『확성기가 있었고 저격병이 있었다』, 세계사, 1993, p. 21.

쟁을 하고 있지 않은가? 사랑을 주장하기 전에 한번 물어봐야 한다. 우리는 사랑의 이름으로 전쟁을 하고 있지 않은가?

솔직히 말하자면 평화는 없다. 우주의 빅뱅과 더불어 물질이 생겨나고 생명이 출현한 이래, 평화는 없다. 왜냐하면 생명은, 아니 모든 물질은 외부로부터 질료를 흡수하는 과정을 통해 자신의 개체성을 유지할 수 있기 때문이다. 물질은 끊임없이 바깥을 먹고 제 것을 흩어내면서 진화해나간다. 1994년 NASA가 정의한 생명이란 "다윈적 진화를 수행할 수 있는, 자기유지적 화학 시스템"[2]이다. 이 자기유지는 그 생명으로서의 물질이 열린 공간에 놓여 있을 때만 가능하다. 닫힌 공간에서의 모든 물질의 자연스런 움직임은 엔트로피(혼잡도)를 증가시키는 쪽이다. 그런데 생명은 '개체'를 유지함으로써 존재한다. 즉, 생명은 엔트로피 증가에 반하는 방향으로의 작동을 통해서만 유지되는 것이다. 그래서 '생명이란 무엇인가'에 대해 최초의 과학적 질문을 던졌던 슈뢰딩거는 "살아 있는 물질은 '음'의 엔트로피를 먹는다"[3]고 말했던 것이다: "유기체가 죽음으로부터 멀리 떨어져 있을 수 있는 이유는 오직 환경으로부터 끊임없이 '음의 엔트로피'를 끌어들이기 때문이다."[4] 환경으로부터 끊임없이 '음의 엔트로피'를 끌어들인다는 것은 바깥으로 열려 바깥의 물질을 끌어들여 동화시킨다는 것을 뜻한다. 그것이 '물질대사'다. 그 물질대사가 없는 생물은 죽은 생물이다.

---

2) Pier Luigi Luisi, 「생명에 관한 다양한 정의들About Various Definitions of Life」, 『생명의 기원과 생명계의 진화Origins of Life and Evolution of the Biosphere』, No 28., 1998, p. 617.
3) 에르빈 슈뢰딩거, 『생명이란 무엇인가·정신과 물질』, 전대호 옮김, 궁리, 2007(원본 출간년도: 1946), p. 119.
4) 에르빈 슈뢰딩거, 같은 책, p. 120.

그러니까 타자의 침범과 갈취는 생명의 기본 법칙이다. 남의 살이 젤로 맛있는 법이다. 모든 생명의 가장 드높은 '발현'인 인간이라고 해서 먹이를 모셔 놓고 기도한다고 목숨을 유지할 수 있는 건 아니다. 소주를 홀짝거리며 소고기를 잘근잘근 이기거나, 막걸리를 들이켜며 무를 우적우적 씹어 먹거나, 나날의 삶은 타자를 섭취해 나를 활동시켜 방출하는 일로 시종한다. 그렇게 타자를 섭취하려면, 타자를 제압하고 살해하여 다른 것으로 변형시켜서 내가 먹을 수 있는 것으로 만들어야 한다. 그 제압과 살해와 변형은 끝없는 나와 타자 사이의 다툼으로 이루어진다. 요컨대 세상은 시시각각으로 전쟁 중이다.

이탈리아 르네상스기의 위대한 시인 프란체스코 페트라르카는 그래서 이렇게 탄식했다:

나는 밤 지새우고, 생각하고, 가슴 타고 눈물짓네; 그리고 나를 죽이는 자는
늘 내 앞에 와 있어서, 나를 감미로운 고통 속으로 집어넣느니:
전쟁은 노염과 애도로 가득 찬 내 일상일세.
그리고 나는 전쟁을 생각할 때만 약간의 평화를 얻네.[5]

물론 이러한 전쟁 편재론을 넘어서고자 사람들은 강력한 별도의 이론을 구상하였다. 왜 그랬느냐 하면 전쟁 편재론, 혹은 전쟁 불가피론은 어쩌면 지구를 무한하고 무차별적인 상호 도륙의 도가니로 만들어

---

5) Francesco Petrarca, 「서정시집Canzonière」, in 『이탈리아시 이중어 앤솔로지Anthologie bilingue de la poésie italienne』 sous la direction de Daniel Boillet(coll. Pléiade), Paris: Gallimard, 1994, p. 239.

모든 것의 절멸을 향해가는 길을 열어주는 것일 수도 있기 때문이다. 여하튼 그 이론은, '아(我)'와 '비아(非我)'를 구별한 후, 아방(我方)에게는 화합을 권유하고, 비아의 살육은 허용하는 논리로 구성되었다. 우리 민족끼리는 사랑하고 타민족과는 싸워도 된다; 인육을 먹는 건 안 되고, 짐승의 고기는 먹어도 된다; 육식은 안 되고 채식은 가능하다; 인간끼리 화해해서 외계인의 침입에 저항해야 한다…… 기타 등등. 이러한 진술들은 전쟁과 평화를 가르는 절대적인 기준으로 항상 작용하였다. 그러나 이 기준을 가능케 하는 경계는 결코 절대적이지 못하고 오로지 상대적이기만 할 뿐이다. 그리고 이 상대성 사이에는 무한한 무책임과 거짓의 배설물이 흐른다. 왜 인간과 짐승은 다른가? 돼지 도살은 살생이고 꽃을 따는 것은 살생이 아닌가? 또한, 제국주의의 식민지 경영자들로 대표되겠지만, 꼭 그들만의 일은 아니었던 게, 인간 사이에도 분할을 감행해, 힘 센 인간과 약한 인간을 진짜 인간과 유사 인간으로 바꾸어서, 진짜 인간이 유사 인간을 포살하고 수탈하는 일을 지극히 당연한 것으로 받아들여온 게 인류의 역사, 그 자체다.

그러나 이 질문에 대한 새로운 대답이 또한 만들어졌다. 그것은 인간을 여타의 생명과 물질로부터 떼어놓는 방식을 통한 것이었다. 즉, 인류는 '지적 생명체intelligent life'이기 때문에 따로 보호되며, 나머지는 '지적 생명체'의 '도구'와 '재료'가 될 수 있다는 것이다. 이러한 논리에 의해 우리는 자연을 개발하면서, 개를 잡으면서, 약초를 캐면서 아무런 죄책감을 느끼지 않는다. 그것들에게는 '의식'이란 게 없기 때문이다. 그러나 그러한 구분이 지구상의 환경을 절멸로 이끌고 가지 않는다는 보장은 없었다. 지적 생명체를 제외한 나머지의 모든 것이 '개발'되어 전자의 먹이로 화한다면, 그 안에 어떤 방제 장치가 개입된다 하더라도 혹은 자연 양식 기제가 작동한다 하더라도, 인류의 잠깐의 방심이라는 쾌락에의 도취 속에서 자칫, 자원의 고갈과 폐기된 자원의 쓰레기화로 도저히 감당 못 할 재앙을 유발할 수도 있다는 것은 '환경론자'들이 끊임없이 경고하고 고발해온 것이다. 왜 인류에게서 '잠깐의 방심'을 걱정하는가? 왜냐하면 지금까지의 역사로 미루어 보건대 이 인류라는 '지적 생명체'에게 윤리적 정당성이 자동적으로 내장되어 있다고 볼 수가 없기 때문이다. 실은 좀더 정확하게 말하면 인류에게 다른 생명과 물질의 착취를 허용한 이 논리 자체가 인류에게 정당성을 부여하지 않기 때문이다. 인류는 언제든지 악마와 같을 수가 있는 것이다.

그러나 이 '지적 생명체'의 논리는 동시에 인류에게 책임을 제기하는 계기가 되었다. 인류만이 타자를 '써먹는' 권한을 가진다면, 인류는 윤리적 정당성을 강제로 부착해야 할 필요가 있는 것이다. 철학, 예술, 바른 생활, '더불어 사는 세상' '동물 보호' '지구 온난화에 대한 경고' '메탄 가스 감소를 위한 육식 반대'…… 그리고 무엇보다도 "이웃을 사랑하라"와 같은 전쟁을 억지(抑止)하기 위한 각종 논리와 영역 들이, 인류의 역사를 통틀어, 함께 개발되었다. 이 전쟁 억지의 논리들은 한결같이 인간 바깥의 다른 생명과 물질에 대해서는 '보호'를 권장하고 인간 내부에 대해서는 '사랑'을 주문하였다. 그러나 그러한 주문은 말 그대로 '희망 사항'에 불과했던 것 같다. 이 억지 논리가 최고도로 팽창한 수준에서 한 철학자가 고통스럽게 묻는다. "역사의 한 순간에 '만민 공통성의 진실'이 밝혀졌는데도 불구하고 사람들은 그걸 들으려 하지 않고, 점점 더 그들의 거짓 차이들에 광란적으로 빠져들어갔다."[6] 그에 의하면,

---

6) 르네 지라르René Girard, 『클라우제비츠를 끝마치자Achever Clausewitz』, Paris: Carnets

전쟁을 막으려면 "예수가 권유한 행동을 취하는 것으로 충분하다: 보복의 완전한 포기와 극단으로 치닫는 걸 그만두는 것"[7]. 그러나 그게 안된다. 철학자가 그의 책 곳곳에서 경고하듯이 오히려 세계는 전쟁을 가속화시키고 있다. 그는 클라우제비츠가 얼핏 보았으나 침묵하고 말았던 것을 다시 들추어 되새기자고 말한다. 그것이 『클라우제비츠를 끝마치자』의 의미이다. 그가 침묵한 것은 무엇인가? "극단으로의 치달음"이 '지구상의 온 생명의 절멸'로 이어질 수 있다는 것. 그런데도 사람들은 그러한 극단으로의 치달음 쪽으로 하염없이 나가고 있다는 것.

그러나 그렇다면, "인류는 자신을 멸망의 길로 이끄는 사람들만을 경배해왔다"[8]는 게 어처구니없지만 사실이라면, 그것이 진화의 법칙에 어울리기 때문이 아닐까? "들판에서 일해라./전쟁으로 나아가라./필요한 만큼 수렵하고 필요한 만큼 채취해라. 가족의 배를 채워라." 그것이 "공동체congregation의 크기를 거듭 키우는 운동"[9]이었기 때문이 아닐까? 결국은 하나로 회귀하는 것이 아니라 부단한 차이를 발생시키며 달라지는 게 진화의 방향이기 때문이 아닐까? 생명이 열린 공간에서만, 아니 열린 공간을 조성함으로써만 생존할 수 있다는 것은, 그게 인간이든 짐승이든 끊임없이 타자와의 교섭과 교환을 통해서만 자신의 개체성을 유지하고 보전시킬 수 있다는 것을 가리킨다. 그리고 그것은 그 개체성

nord, 2007, pp. 10~11.

7) ibid., p. 18.

8) 에밀 시오랑Emile Cioran, 「정복자들의 권태L'ennui des conquérants」, 『저작집(Œuvres』, Édition établie, présente et annotée par Nicolas Cavailles, avec la collaboration d'Aurelien Demars(coll. Pléiade), Paris: Gallimard, 2011, p. 99.

9) 김명미Myung Mi Kim, "712", Commons, Berkeley and Los Angeles, London: University of California Press, 2002, p. 62.

자체의 끝없는 변모를 동시에 가리킨다. 그 변모를 위해서 생명은 부단히 타자와 전쟁을 치를 수밖에 없다. 이것이 실상 아닐까? 인간만을 특권화하고 인간 내부의 관계를 오로지 '우리는 하나!'라는 외침으로 채우고자 하는 것은 불가능한 망상에 지나지 않는 것이 아닌가?

그러니까 우리는 예수의 저 '사랑'과 '희생'의 원리를 다시 물어야 한다. 그것이 오로지 하나됨을 확정하기 위해서였던가? 왜 그이는 뜬금없이 평화를 주기 위해서가 아니라 갈라서게 하려고 왔다고 말했던가? 이어서 그것이 시대의 이치라고 부연했던 까닭은 무엇인가? 각성의 계기는 언제나 달라짐을 실감하는 계기임을 알아차린다면, 또한 그것은 격렬한 투쟁을 통해서만 진부한 사랑, 관습으로서의 평화와의 결별이 가능하다는 것을 가리키는 것이 아닐까? "자유에는/피의 냄새가 섞여 있"[10]을 수밖에 없다는 것을 알아야 하는 것이 아닐까?

이미 플라톤은 전쟁과 자유가 동행의 운명에 놓여 있음을 간파했다. 그는 그리스 도시국가들에 대해 이렇게 말했다: "그들의 각각 자체가 하나의 도시가 아니라 수많은 도시국가들이다. [……] 그것들 중에는 적대적인 두 부류가 있는데, 빈자와 부자가 그들이다."[11] 이 말을 인용하며 정치학자가 이렇게 설명한다: "도시는 이중의 전쟁을 통해 자연스런 역동성 안에서 생생히 살아 움직였다. 바깥으로는 다른 도시들과의 전쟁을 치루었고, 안으로는 부자와 빈자의 전쟁을 치렀다. [……] 도시의 진실, 그것은 자유와 전쟁이 서로 불가분리하다는 것이다. 그것은 슬픈

---

10) 김수영, 「푸른 하늘을」, 『김수영 전집1 시』, 민음사, 2003(최초 발표년도: 1960), p. 190.
11) 플라톤Platon, 『공화국La République』, 제4장, 422e, in Œuvres Complètes I—traduction et notes par Léon Robin et M. J. Moreau(coll. Pléiade), Paris: Gallimard, 1959, p. 984.

진실이다."[12]

우리는 이 슬픈 진실을 감당해내야만 한다. 그것은 누구도 진화의 법칙을 거스를 수는 없다는 것을 가리킨다. 철학자의 말처럼, "보복의 완전한 포기를 결심하고 극단으로의 치달음을 중지"시킨다고 해서, 바깥으로부터 음의 엔트로피를 빨아들이는 일을 멈출 수는 없다. 그러나 그렇다고 지금 벌어지고 있는 진화의 냉혹한 실상을 그대로 방치해서도 안 된다. 가외의 얘기지만 진화의 법칙을 충실히 따르면 순환적 질서 속에서 평안히 살 수 있다고 말하는 건 그만두자. 동물의 왕국이 평화롭다고 말하는 건 산업사회의 동화에서나 하는 얘기다. 모든 생물들은 시시각각의 생존의 위협과 굶주림의 극한 환경 속에서 겨우 살고 있다. 게다가 그렇게 살다가는 그냥 망하게 된다는 것을 이미 공룡의 최후가 알려주었다. 거대 행성의 충돌이라는 재앙이 없더라도, 어떤 우연적인 계기가 없다 하더라도 언젠가는 태양은 식고 지구에는 암흑과 추위가 엄습한다. 진화는 적응이 아니라, '변화', 그것도 끊임없는 변화다.

우리에게 진정 필요한 것은 진화의 법칙을 타고 진화 너머로 가는 것이다. 왜 진화 너머로 가는 것인가? 진화가 한갓 먼지 덩어리를 지적 생명체로까지 상승시키는 데 성공했다 하더라도, 아니 그랬기 때문에 더욱더, 그 지적 생명체에게 진화를 진화시켜야 할 의무가 주어지기 때문이다. 진화의 일반적 진행은, 그때가 언제가 되든, 기필코 절멸을 향해 있을 뿐이다. 진화는 세계를 상승시키면서 동시에 파멸시킨다. 상승하면 할수록 상승하는 자의 욕망을 통해서, 그 파멸은 더욱 가속적으로

---

12) 피에르 마낭Pierre Manent, 『정치철학에 관한 허물없는 강의Cours familier de philosophie politique』(coll. Tel), Paris: Gallimard, 2001, pp. 77~78.

진행된다. 그것이 지금까지 인류가 긴 세월을 거쳐서 목격했던 것이다. 때문에 그 과정을 깨달은 생명이 출현한 시점에서, 그 생명에게는 당연히 그 진화를 재진화시켜야 할 과제가 부여되는 것이다.

전쟁을 멈출 수 없다는 조건하에 진화를 진화시키려고 한다면 우리는 전쟁을 정당한 것으로 만드는 것밖에는 다른 수가 없다. 평화는 바로 이 정당성 속에서만 올 수가 있다. 저 이탈리아의 시인은 전쟁 속에서만 "약간의 평화를 얻"는다고 말했다. 그것은 가장 저수준에서, 전쟁에 몰입하다 보면 모든 생각이 달아난다,라는 뜻으로 읽힐 수도 있다. 그러나 그의 시를 이어서 읽어보자.

> 무장한 인간도 위험을 무릅쓰고 지나가야 하는
> 이 적대적인 야만의 숲 한가운데서
> 나는 태평히 지나간다. 왜냐면 내가 두려워하는 건 오직
> 뜨거운 사랑으로 광선을 내뿜는 태양일 뿐이니
>
> 나는 숲을 지나며 노래 부른다(오, 내 현명하지 못한 생각이여!)
> 그 사랑은 하늘도 내게서 떼어놓지 못할지니.
> 왜냐면 그 사랑은 내 눈 속에 들어앉아, 전나무, 너도밤나무 들이
> 마치 부인, 숙녀 들처럼 내 안으로 그 사랑을 둘러싸는 듯하도다.

시인은 사랑으로 전쟁의 공포를 이길 수 있다고 생각하는 듯하다. 그러나 그것만이 아니다. 사랑이 무서운 태양에게서 나왔다고 말하고 있다. 그리고 야만의 숲을 이루는 전나무, 너도밤나무가 부인, 숙녀 들로 변신하는 광경을 본다. 이게 어찌된 일인가? 우리의 상상 속에서 그 사

랑을 다시 생각해보자. 저 뜨거운 사랑을 나는 만날 수 없다. 전쟁이라는 숲속에 있기 때문이다. 그러나 '나'는 그 태양의 약조(뜨거움)를 기억하고 그것을 지키지 못했을 때의 내가 마주쳐야 할 두려움을 떠올린다. 문득 '나'는 자신에게 여유가 있음을 깨닫는다. 나는 지금 태양에 가까이 있지 않다. 나는 전쟁 속에 있기 때문이다. 그러나 덕분에 나는 사랑의 약조를 지키기 위한 일을 할 시간을 벌었다. 전쟁은 나를 태양의 질책으로부터 보호해주었다. 이때 전쟁의 물상들은 나의 사랑을 보조할 지원군으로 변신한다. 이 지원군들의 보호 아래 나는 약조를 지연시키며 내 사랑을 보듬는다. 사랑으로 전쟁의 공포를 이기는 게 아니라, 전쟁의 무기들을 사랑의 질료로 변환시키는 데서 '나'는 평화를 얻는다.

현대의 시인은 그걸 좀더 감각적으로 표현한다. 이 시에도 '노래'가 그 표현을 탄주하고 있다. 한국전쟁의 현장을 그 누구보다도 생생하게 전하는 김명미가 노래한다.

> 그것이 그토록 생생히 울린다면
> 우리는 그것을 노래해야만 마땅.
>
> 벌어지는 거리를 잇기 위하여
> 그리고 우리가 그때에 가까이 있기를.
>
> 목소리
> 그것은 자신의 아래쪽을 잡고 뒤로 잡아당긴다
> 우리가 어떤 소리sound를 만드는 것일까. "은", "흐", "그"
> 소리 내어 말해보자. 그러면 그건 음악sound in time

집중포화가 난무하는 한복판의 고갈

"이것은 우리를 구원할

그림이 아니야" 웅얼거리며

장면을 넘기는 디아스포라

모든 전장들은 만화경을 좇는다.

그것의 '거의 전소(全燒)'를, 그러나

여전한 번득임, 우리가 어떻게 존재해야 하는가에 대한 또 하나의 그림을

만일 우리가 반복에 저항해 산다면

우리의 고통에 찌든 꼬부랑 글씨들

타르에 붙들린 검은 개미들이기를 거부한다면, 그 지루하게 계류된 변화

연약한 목소리들, 연약해지는 목소리들이 우리에게 말한다.

그리고 이것은 예고 없이 터진다.

숯불 위에서 노릇노릇해지는 정어리들은

허무로부터 솟아나는 기억의 냄새,

기억은 이렇게 쏟아진다:

움-파, 움-파, 1학년 담임 선생님의 섬세한 감각은 오르간 페달 위에 발을 단단히 디디고, 우리는 날개를 팔락거린다. 나비 날개를. 나비야, 나비야, 이리 날아 오너라.

언젠가 우리가 떠난 자리, 그것이 저기에 있다.[13]

전쟁의 생생한 경험이 창조의 생생한 경험으로 고스란히 옮겨지는 사태를 우리는 충만한 광경으로 보고 있다. 그 전환을 뒷받침하는 확고한 역선이 하나 있다. "우리가 어떻게 존재해야 하는가"에 대한 의식이다. 그 의식이 되풀이되는 전쟁의 상황에 저항하도록 한다. 그 저항이 시작되는 순간, 고통에 찌든 꼬부랑 글씨들과 타르에 붙잡힌 검은 개미들이, 공포를 주는 것과 거의 구분이 안 되는 저 공포에 찌든 것들이, 그 연약한 것들이 상황의 역청을 떼내고 떠오른다. '음악'을 타고. 그러나 이 음악은 다른 두 가지 촉매를 통해서 방향과 운동량을 얻는다. 방향을 부여하는 것은 생생한 경험 그 자체다. 그 생생한 경험은 전쟁은 고갈이라는 인식으로 전이된다. '집중포화 한복판의 고갈.' 수통을 잃어버렸던 사람은 그 고갈이 얼마나 지독한지 능히 알리라. 전쟁은 남기는 게 없다. 그걸 깨닫는 사람은 필사적으로 반동한다. 그것이 '의식'을 가능케 한다. 시의 화자가 그런 의식을 갖는 것은 그가 본래 타고난 도덕가여서가 아니다. 다음 이 음악은 '기억'에 뒷받침됨으로써만 실질적인 운동량을 확보한다. 저 기억 속에, 가장 어려운 환경 속에서도 연주하는 선생님과 풍금과 노래하던 우리와 그 노래에 박자 맞추어 하느작거리던 우리의 팔다리가 있었다. 이 공유된 집단적 기억 속에 가닿음으로써 음악은 그로부터 생의 거대한 에너지를 길어 올린다. 그 에너지에 의해 전쟁의 혼잡함과 끈적거림의 원소들은 중화되어 날아간다. 음악과 함께 노래하고 춤추던 모든 것들도 음악을 타고 날아간다. 그 자리엔 빈자리가

---

13) 김명미, 「그리고 우리는 노래하지And Sing We」, 『깃발 아래*Under Flag*』, Berkeley, Ca.: Kelsey St. Press, 1998, pp. 13~14.

있다. 또 채워지기 위해서. 다시 되풀이되기 위해서. 그러나 어떤 것도 남기지 않았으니, 결코 반복이 아니라 오로지 신생의 몸짓이 되기 위해서.

이 시들은 전쟁을 겪되, 전쟁을 사랑으로 혹은 노래로 변용시키는 과정을 보여주었다. 이런 것이 일종의 불가피한 전쟁을 정당하게 치르는 하나의 예다. 이는 또한 문학과 예술만이 보여줄 수 있는 즐거운 연극이다. 이런 게 평화다. 스스로가 미뻐서 마음의 요동도 맑기만 한 것. 평화는 바깥의 환경이 아니다. 전쟁을 정당히 치러낸 자가 받을 정신의 은전이다. 그러나 은유와 문학으로 전쟁을 몽땅 이겨낼 수는 없다. 전술학, 정치 선전, 이론으로 포장된 전쟁 독려술, 분노한 예언자들은 저 은유의 마술을 제 식으로 써먹는 데 혈안이 되어 있다. 문학이 그러한 '활용'의 마수에 저항해 저만이 고유한 존재론으로 정당한 싸움의 표상으로 우뚝 설 수 있을 것인가? 또한 저 전쟁술과 정치학이 몽땅 간지로만 가득찬 건 아니다. 거기에도 정당한 전쟁을 묻는 고뇌들이 고니처럼 뒤뚱거린다. 그것들은 언젠가 전쟁의 어휘들을 백조의 호수에 노닐 물고기들로 풀어 넣을 수 있을 것인가? 이런 질문들에 대답하려면 우리는 전쟁의 윤리학으로 다가가야 한다. 불행하게도 시간도 지면도 그것을 허락지 않는다.

[2013]

제 3 장

세계문학의
은하에서

한국문학
창발하다

세계어, 세계문학의 출현과 한국어, 한국문학의 생존

1. 언어공동체와 민족

한국문학에 대한 가장 일반적인 정의가 있다. "한국어로 씌어진 한국인의 정서를 담고 있는 문학"이라는 것이 그것이다. 이 정의는 세 가지 조건으로 이루어져 있다. '한국어' '한국인' '한국인의 정서' 이 중 첫번째 조건은 가장 논란이 많았던 항목이다. 왜냐하면 이 조건은 매우 풍부한, 한반도에서 생산된 한자어(漢字語) 문학의 존재 근거를 위태롭게 만들기 때문이다. 그러나 근대 이후의 문학에 한해서는 위 정의가 별 이의 없이 광범위하게 받아들여져 왔다. 그렇게 된 데에는 한국의 문학이 자국어 문학의 틀 내에서 성공적으로 정착하게 된 사정이 있다.

한글이 '창제'된 것은 1443년이지만, 한국인의 공용 문자로 지정된 것은 1894년이었다. 그러나 곧바로 한반도가 일본 제국주의의 지배를 받게 됨으로써, 한국어는 일본어와 경쟁 관계에 놓이게 된다. 일제 강점기 36년은 공적 차원에서는 한국어의 공용성이 점차로 망실되어가는 과정이었으나, 민간 차원에서 한국어는 급속도로 성장해 한편으론 주시경 선생을 비롯한 한글 학자들의 노력으로 '한글맞춤법통일안'을 세우게 되었으며, 다른 한편으로 조선인의 한글 해독률을 비약적으로 높이는 과정이 되었다. 따라서 해방과 더불어 한글은 자연스럽게 한국인의 공용 문자로 자리 잡을 수가 있었던 것이다.

그리고 많은 문학청년들이 일본어를 버리고 한국어로 창작하기 위해 한글을 다시 배우기 시작했다. 장용학과 김수영으로 대표되는 그 불행한 세대가 잠깐 있었다. 그러나 뒤이어 곧바로 한글을 생활어이자 지식의 언어로 사용하는 세대, 즉 한글로 사유하고 한글로 꿈을 꾸고 한글로 자신을 표현하고 한글로 교류를 하는 세대가 나타났으며 그 이후 한글은 공용 문자로서의 위상을 확고히 굳혀나갔다.

한국문학의 발달은 이렇게 한국어가 뿌리내리는 과정에 힘입은 바가 크다. 그렇기 때문에 '한국어로 된'이라는 조건이 한국문학의 정의에 필수 항목으로 들어가는 게 자연스럽게 받아들여질 수 있었다. 이로써 언어공동체와 문학 공동체는 하나로 합치되었다. 한국문학은 한국어 공동체의 문학이 되었고, 한국어 공동체는 한반도에 살고 있거나 살았던 종족의 공동체로 한정됨으로써, 한국문학과 민족문학은 동일한 것으로 이해되었다.

2. 세계문학의 출현

대부분의 문학 역시 우리와 같은 경로를 밟아 민족 단위로 이해된다.

우리가 세계문학을 분류할 때, 프랑스 문학, 영미 문학, 독일 문학 등으로 언어 단위로 구별하는 것 역시 '언어공동체=민족'이라는 등식에 근거한다. 그렇기 때문에 가령 '불어불문학과'에서 프랑스 문학이 핵심 과목이 되고, 벨기에나 캐나다 등 공동 언어를 사용하지만 다른 민족인 (혹은 타민족이 된) 공동체의 문학에 대해서는 설강 자체가 거의 이루어지지 않았던 것이다.

그러나 이러한 등식이 흔들리게 된 때가 온다. 우선 엄밀히 말해 언어공동체와 민족은 동일시될 수가 없다. 방금 말한 바와 같이 프랑스어 문학에는 프랑스의 문학만이 있는 것이 아니라, 벨기에의 문학도, 캐나다의 문학도 있다. 이 주변국의 문학은 중심국의 그늘에 갇혀서 거의 그 존재조차 인지되지 않는다. 그러나 그들이 그늘을 벗어나 과감히 중심국의 문학에 도전하는 때가 오기도 한다. 아일랜드(에이레 공화국)의 문학이 대표적인 사례다. 아일랜드는 오랫동안 영국의 식민지였으며 그로 인해 많은 고난과 고통을 당했다. 아일랜드의 문학은 그 고난과 고통의 역사적 경험과 그에 대한 고뇌와 그에 맞선 항거의 의지 속에서 꽃피었다. 윌리엄 버틀러 예이츠William Butler Yeats, 제임스 조이스, 사뮈엘 베케트Samuel Beckett의 문학은 그렇게 해서 태어났다. 그런데 아일랜드 문학의 언어는 그들을 점령했던 영국과 동일하였다. 그 동일성을 토대로 해서, 영국 작가, 시인이 아니라 아일랜드 작가, 시인이 영미 문학의 대표적 작가, 시인으로 인정받는 사건이 벌어졌다. 위 세 사람이 공히 '노벨상' 수상으로 세계적인 인정을 받은 것은 주지의 사실이다. 그리고 21세기 벽두에 『뉴욕타임스』에서 20세기를 대표하는 가장 위대한 작가에 대한 독자 설문조사를 했을 때, 많은 사람들이 예감했듯이, 제임스 조이스가 압도적으로 1위를 차지했다. 20세기 문학의 영어권 표준의 지위가 더블린 시민의 문학에 부여된 것이다.

이때부터, 더 이상 '언어공동체의 문학=민족문학'의 등식은 성립하지 않게 된다. 영어권 문학은 영국 문학도 아일랜드의 문학도 아니기 때문이다. 또한 이로부터 '세계문학'의 개념의 기미가 탄생한다. 영국 문학과 아일랜드를 포괄하는 영어권 문학, 그것은 국경을 넘어 영어를 매체로 사용하는 모든 언어공동체의 문학을 끌어당기기 때문이다. 그래서 나이지리아의 문학도, 필리핀의 문학도 영어권 문학 속에 포함된다. 프랑스어 문학 역시 서유럽의 핵심에 자리한 육각형의 나라를 넘어, 벨기에의 문학, 말리의 문학, 코트디부아르 문학, 베트남 문학까지 포괄한다. 스페인어 문학의 경우는 더 말할 나위가 없다. 스페인어 상용자는 스페인보다 라틴아메리카에 더 많으며, 라틴아메리카에서 태어난 작가, 시인 들이 실질적으로 20세기 후반기의 세계문학을 장악했기 때문이다. 호르헤 루이스 보르헤스Jorge Luis Borges, 가브리엘 가르시아 마르케스Gabriel Garcia Marquez의 이름은 라틴아메리카 문학이라는 거대한 대양에서 특별히 높이 솟구친 파도다.

따라서 오랫동안 확실한 사실처럼 받아들여진 '민족 단위로서의 문학'은 거의 쓸모없는 것이 된 실정이다. 그런데 우리가 이제 살펴볼 두번째 층위의 현상은, '언어공동체'의 울타리마저도 무너뜨린다. 이 현상은 방금 살펴본 첫번째 층위의 현상이 제시하는 '비교적 밝은 세계주의'의 전망을 음울하게 덧칠해 세계문학의 전망을 꽤 미묘한 색조로 물들인다.

3. 세계화는 단일화인가, 다양성의 개화인가?

그 현상은 '세계화'라는 세 음절의 단어에 집약되어 있다. 국경의 붕괴와 인간 활동의 지구 단위 단일 네트워크의 형성이라고 정의할 수 있는 세계화는 일찍이 15세기의 대항해시대부터 시작되었으나 삶의 전 부면에서 작동한 것은 20세기 말부터라고 보아야 할 것이다. 이때부터 산업과 무역의 경제적 차원에서뿐만 아니라, 음향·영상 문화, 생활, 정보, 학술 등 삶의 모든 분야에서 지구 단위의 교섭과 혼융, 거래가 이루어졌으며, 그 교류는 또한 각 분야에서도 거시적 차원에서부터 미시적 차원에 이르는, 가령, 대기업 간의 교류에서부터 개인의 아주 미세한 일일 가계부에 이르기까지의 모든 성층들에서 작동되었다.

이 세계화는 한편으로 다양하고 이질적인 문화들의 상호 교류를 촉진시키는 기능을 하였다. 그러나 다른 한편으로 그것은 특정한 지배적인 문화 및 문화 기제가 세계 전체에 확산됨으로써 다른 문화들의 생존 가능성을 위협하는 사태를 초래하였다. '디스코'와 '할리우드'로 대표되는 미국식 대중음악과 영화가 전 지구적으로 확산되어가면서 각 지역의 독자적인 음악과 영화가 붕괴하게 된 것이 시발점이었다면, 이제 경제 운용 시스템, 교육 제도 등 공공 부문의 제도로부터 생활 습관, 여가, 미용 등의 사적 부문의 사소한 일상적 실행들에 이르기까지 미국적인 방식과 체제가 거의 심리적 규범으로서 세계인의 삶을 장악하게 되었다. 그 장악은 너무나 완벽해서 오늘날 우리 주위를 떠도는 가장 흔한 용어들을 그냥 떠올리는 것만으로도 그 사태를 쉽게 이해할 수 있을 정도다. '모기지론' '학부제' '입학사정관제' '법학 대학원' '스타벅스',

「마이애미 CSI」「스파르타쿠스」 등의 '미국 드라마' '리얼리티 쇼' 기타 등등.

이러한 단일 존재 양식의 지배는 궁극적으로 전 인류에게 재앙적으로 작용한다. 한 환경 내에서 종의 단일화가 그 환경을 황폐화시키고, 거꾸로 종 다양성이 클수록 그 환경의 활동성이 크게 증가한다는 것은 이미 20세기 초엽의 실험으로 밝혀진 바 있다. 이러한 발견을 확대한 것이 '생물 다양성biodiversity'의 개념이다. 따라서 생물 다양성은 '약자를 보호해야 한다'는 단순히 도덕적인 관점에서 도출된 생각이 아니다. 그것은 인류를 비롯한 지구상의 모든 생명체들, 더 나아가 지구 자체의 생존과 물리적 차원에서 긴밀히 연결되어 있는 것이다. 그리고 이 다양성의 원리는 단순히 자연의 영역에서만 적용되는 것이 아니다. 인간의 정신적 영역에서도 '문화 다양성'이 지켜지고 활성화되어야만 짐승의 수준으로부터 신의 높이로 끊임없이 나아가고자 한 인간의 오래된 기획이 지속가능해지는 것이다. 나치의 아리안족 환상은 말할 것도 없으려니와 어떤 종류의 것이든 모든 우생학은 생명의 진화를 퇴행시킬 뿐만 아니라 절멸 쪽으로 치닫게 하는 것이다.

그런데 세계화는 언어의 차원에서 힘을 과점한 언어들을 출현시켰으며, 더 나아가 하나의 세계어를 성립시켰다. 현재 거칠게 추산해 지구상에 6천 개의 언어가 존재한다고 추정되고 있는데, 이 중 90퍼센트는 절멸의 위험에 처해 있다. 소수어의 절멸은 힘 센 언어의 인구적 과점과 상응한다. 그리고 이것은 언어를 매체로 하는 문학의 세계적 분할에 곧바로 영향을 미친다.

4. 세계문학의 난관

"러시아인들은 러시아어로 쓰고, 프랑스인들은 프랑스어로 쓴다. 그
런데 아프리카인들은 외국어로 쓴다." 이 말은 2003년 노벨문학상을 수
상한 남아프리카공화국의 소설가 존 쿠체John Coetzee의 말이다. 아프리
카의 작가들에게 이 말만큼 실감을 주는 것도 없을 것이다. 오랜 세월
서양의 식민지 지배를 받아온 아프리카인들은 20세기 들어서 매우 격
렬한 투쟁을 통해서 독립하게 되었다. 그 투쟁의 과정은 검은 피부의 생
각하는 짐승이 또 하나의 인간임을 입증하는 과정이었으며, 그 입증을
위해서는 검은 피부 위를 뒤덮고 있던 '흰 가면'을 걷어내는 작업이 무엇
보다도 중요한 일임을 깨닫는 과정이기도 했다 요컨대 일방적으로 강요
되어온 백인적 관점, 서양적 생활 방식, 서양적 제도들을 물리치고 아
프리카인들에게 어울리는 새로운 관점, 생활 방식, 제도들을 만들어야
한다고 생각했던 것이다. 독립운동 초창기, 에메 세제르Aimé Césaire와
레오폴 상고르Léopold Senghor가 주도한 아프리카인의 문화적 자율성을
위한 노력이 '흑인성négritude'의 요구에 집중된 것은 그 때문이었다. 아
프리카인들은 독립을 곧바로 아프리카인들 자신에 의한 자율적인 삶으
로 이해하였다. 아프리카 대륙의 대부분의 사람들이 독립 국민이 되면
서 자연스럽게 아프리카 고유의 문자가 공용 문자로 정착한 것은 바로
그것이 자율성의 기획 안에 맞춤했기 때문이었다. 그 과정 속에서 스와
힐리어Swahili, 마그레브어Maghrebi 등이 표준 문자가 되었다.

　그러나 아프리카 작가들은 그 언어 앞에서 갈등하였다. 왜냐하면 이
공식적으로 제정된 자랑스런 아프리카인들의 공용 문자를 실제로 읽고

쓸 줄 아는 아프리카인들은 매우 드물었기 때문이다. 극심한 문맹률은 공용 표준 문자의 존재 자체를 부정하고 있었다. 게다가 아프리카의 경제적 빈곤은 아프리카 대륙의 사람들에게 문화적 향유를 누릴 기회를 박탈하고 있었다. 게다가 독립국이 된 아프리카의 여러 나라들은 민주공화국이 되는 데는 성공하지 못했다. 아프리카의 독립에 대한 요구는 정치적 탄압과 인권유린, 그리고 자유의 박탈을 당연한 것으로 만들곤 하였다. 검열, 문맹, 가난 등의 장벽은 결국 아프리카 소설가들로 하여금 그들 민족의 공용 문자 대신 구 식민국의 언어를 선택하게 한다. 튀니지 태생의 소설가 알베르 멤미Albert Memmi는 1996년 이미 이렇게 진술한 바 있다: "한 해에 비교적 고급한 열다섯 개의 작품이 알제리의 작가들에 의해 쓰어졌다. 그런데 그 전부가 파리에서 출판되었다. 알제리의 서점에는 거의 전시조차 되지 않았다." 물론 파리에서 출판된 소설들은 모두 프랑스어로 쓰어진 것들이다.

그렇게 해서 그들은 민족에게 등 돌린 사람들이 되고 만 것인가? 실제로 그런 비난들이 있다. 작가들 사이에도 격렬한 논쟁이 오고 갔다. 그러나 한 가지 확실한 것은 그것이 그들에게는 절박한 생존의 문제였다는 것이다. 그리고 그것은 사실 작가들만의 문제가 아니었다. 아프리카 독립국의 정부 당국도 아프리카의 자율성을 고집하는 태도가 아프리카의 폐쇄성을 초래한다는 것을 알고 있는 실정이다. 아프리카 독립 운동사에서 서방에 대해 가장 호전적이었으며 독립국의 지위를 누리며 살고 있는 오늘날 아프리카의 탈유럽화 운동의 선봉에 서 있는 알제리가 이중언어주의를 채택한 것은 그 사정을 그대로 전달한다. 교육부 장관의 말이다: "알제리의 학교는 이중언어주의를 채택하고 있다. 우리에게 중요한 것은 상황적 이중언어주의, 즉 나라에 도움이 되는 이중언어주의다." "나라에 도움이 되는"이란 무슨 뜻인가? 그것은 테크놀로지 분야에는 부족어가 도움이 되지 않으니 영어나 프랑스어로 가르쳐야 한다는 뜻이다. 이것이 "이슬람은 나의 종교고, 아랍어는 나의 언어이며, 알제리는 나의 조국이다"라는 알제리 국민의 나날의 복음에 전혀 위배되지 않는다는 것이다. "아랍화의 모델로 여겨지고 있는 이집트는 현명하게도 과학기술자와 의사 들은 이미 영어로 가르치고 있다."

5. 세계문학이라는 차원에서의 문학의 역할

이러한 상황적 인식이 구 식민국의 언어를 사용하는 아프리카 작가들을 무조건 정당화할 수는 없다. 어쨌든 그들에게는 그들의 문학을 태어나게 한 영적 토양, 즉 자신의 종족민들의 정신적 수준을 고양시켜야 할 책무도 떠안고 있는 것이다. 그게 없다면 문학적 글쓰기는 단순한 영리 활동과 다를 바가 없다. 일반적인 경제 활동은 원료에 노동을 가해 재화를 생산하는 것을 기본적인 알고리즘으로 갖는다. 그러나 문학적 글쓰기 혹은 예술 활동의 알고리즘은 다르다. 그것은 새로운 재화를 만들어낸다기보다, 그렇게 생산된 재화가 실상 원자재(부족의 정신적 유산)의 확대 및 변화이게끔 한다.

일반적 경제 활동: 원료 × 노동 = 재화(원료의 고갈은 결국 생산력의 추락을 야기한다.)

예술 활동: 질료 × 노동 = 질료(예술 활동은 근본적으로 재귀적이다.)

문학 및 예술 활동의 재귀성은, 일반 경제 활동이 내부의 요소들을 수단 및 도구로 여기는 데 비해, 문학 및 예술은 그것들을 목적 그 자체로서 대한다는 사실을 가리킨다. 칸트가 『판단력 비판』에서, 근대 예술의 근본적인 태도를 "(이해득실로부터의) 무관심" "목적 없는 합목적성"으로 규정한 것은 바로 그러한 예술의 재귀성을 가리킨다. 작가 및 예술가의 자신의 부족에 대한 책임은 이로부터 나온다. 그들의 문학 및 예술 활동은 그러한 문학, 예술을 낳게 한 정신적이고 물질적인 토양인 자기 종족의 삶을 합목적적 지평 위에 놓아야 하는 것이다.

이러한 작가의 윤리와 '읽힐 때에만 문학작품일 수 있다'는 생존의 논리 사이의 궁지에서 완벽한 대답을 찾기는 어려울 것이다. 다만 그 어느한쪽을 위해 다른 쪽을 희생해서는 안 된다고는 말할 수 있을 것이다. 왜냐하면 그것은 양쪽 모두의 실패를 가져올 것이기 때문이다. 자국어를 해독할 수 있는 독자군이 마련되지 않은 환경에서, 자국어 글쓰기를 고집한다면, 어디에서도 그 작품은 이해되지 못할 것이고, 궁극적으로 그 부족의 문학적 가능성이 소진되고 말 것은 자명한 일이다.

구 식민국의 언어로 글을 쓰는 것은 따라서 상황적 선택일 수밖에 없다. 그런데 이러한 상황적 선택이 세계문학의 전반적인 구도를 바꿔놓을 수도 있다는 것은 세상살이의 아이러니를 보여준다.

아프리카 작가들과 달리 앞에서 살펴본 아일랜드의 작가들이나 라틴아메리카 작가들에게는 이런 언어 선택의 딜레마가 제기되지 않는다. 아일랜드의 작가들은 식민 지배 국민들과 애초부터 언어를 공유하였고, 라틴아메리카의 작가들에게 저 옛날의 잉카·아즈텍 시대의 문자는 역사책 속에서만 존재할 뿐, 그들의 생활어 역시 15세기부터 라틴아메리카를 지배한 스페인의 언어였기 때문이다. 그러나 그들은 지배국과 언어를 공유한 덕분으로, 지배국의 문화와 문학에 아주 새로운 문화와 문학, 피식민과 고난의 역사적 경험과 그로부터 비롯된 삶에 대한 깊은 애수와 통찰뿐만 아니라 옛 문명의 기이한 상상 세계를 동시에 담고 있는 그런 문화와 문학, 따라서 지배 국민의 문화와 문학에서는 결코 나올 수 없는 그런 새로운 관점, 새로운 인식, 새로운 상상과 새로운 전망을 제시하는 그런 문화와 문학을 지배 문화와 문학의 장 한복판에 심어놓을 수가 있었고, 심지어 그들의 문화와 문학이 그대로 중심의 자리를 차지하게 되었던 것이다.

그와 같은 상황이 아프리카 작가들에게 일어나지 않는다고 누가 감히 단정할 것인가? 실로 소잉카Wole Soyinka, 나딘 고디머Nadine Gordimer, 데렉 월컷Derek Walcott, 마푸즈Nagib Mahfūz, 쿠체 등 일군의 노벨상 수상 작가들뿐만 아니라, 압델케비르 카티비Abdelkébir Khatibi, 야스미나 카드라Yasmina Khadra, 카텝 야신Kateb Yacine 등 숱한 작가들이, 아프리카인 고유의 역사적 경험과 특유의 상상 세계가 융합된 특이한 문학 세계를 영어나 프랑스어라는 구 식민국의 언어를 통해서 세계에 퍼뜨림으로써 지배적 서구 문학에 충격을 가하며 그 전체적 지형을 서서히 바꾸어나가고 있는 것이다. 사람살이의 문제에서 애초의 의도와는 달리 결과가 얼마나 예측 불가능한가를 여실히 보여주고 있는 실제 상황의 드라마가 바로 소수국의 문학 속에서 힘차게 전개되고 있는 것이다.

6. 한국문학과 세계문학

한국문학의 상황은 아일랜드 문학의 상황과도 다르고 아프리카 문학의 그것과도 다르다. 한국문학은 세계 주도어를 사용하는 국가들과 정치적 포개짐의 경험을 가진 적이 없었다. 한국도 다른 제3세계 국가들과 마찬가지로 식민지의 경험을 겪었지만, 한국을 점령했던 일본이 세계 주도국 경쟁의 대열에서 탈락함으로써 그 언어 역시 세계 지배어가 될 가능성을 상실하였다. 해방과 더불어 한글이 한국인의 생활 문자로서 신속히 자리 잡은 데에는, 모두(冒頭)에서 말한 바와 같이 일제 강점기 동안 온 힘을 다해 한글을 가꾸고 보급해온 한글 학자들과 계몽적 지식인 그리고 문학인들의 노력이 각별했던 것이 가장 큰 원인으로 작용했다고 할 수 있다. 그러나 동시에, 세계 지배어의 간섭에서 자유로웠다는 것 역시 중요한 원인이었다. 한글은 해방 한국에서 유일하게 가능한 문자였던 것이다. 이렇게 자국어라는 받침이 확고한 데 힘입어 한국문학은 독자적인 문학을 발전시킬 수 있었다는 것은 이미 말한 바와 같다.

그러나 이제 자국어의 울타리는, 세계화의 국면에 접어들면서 한국문학의 생장에 장애물로 변하고 있다. 세계화의 국면과 더불어 한국문학도 민족 단위의 언어문화라는 경계를 넘어 세계 문화의 한 특정한 성분이자 발현태로서 이해될 필요가 생겼다. 그런 관점에서 보면, 언어공동체의 경계 내에 문학을 묶는다는 건 시대착오적일 뿐 아니라 논리적으로도 궁색한 것이다. 앞부분에서 길게 논증한 내용이 바로 그것을 지적하는 것이다. 그런데 문학의 매체가 언어라는 사실은 변하지 않는다.

즉, 문학은 '일단' 언어공동체의 장 내에서 생성되었다가 그다음, '어떤 도약'을 거쳐, 언어공동체의 외부로 넘어갈 수밖에 없는 것이다. 그 문제는 한국문학의 세계화라는 문제의 해결을 매우 얄궂게 만든다.

한국어를 읽고 쓰는 공동체의 방위는 한반도와 그 북쪽 중국의 작은 공간에서 멈춘다. 한국어는 매체적 차원에서 고립적인 것이다. 이 고립성은 두 가지 층위에서 실제적인 영향을 미친다. 우선 일차적인 차원에서 소통의 장벽이 바로 발생한다. 한국문학을 읽을 수 있는 독자는 한국인과 약간의 조선족뿐이라는 것이다. 이 문제를 해결하기 위해서는 언어 간의 장벽을 허무는 별도의 장치가 개입되지 않을 수 없다.

다음의 문제는 좀더 미묘하다. '언어'는 단순히 의미를 전달하는 수레이기만 한 것이 아니다. 그것은 그 언어공동체의 구성원들이 먹고 소화하고 생각하고 느끼고 욕망하고 기도하는 방식, 그러니까 뭉뚱그려 말해, 존재 양식이라고 이름 붙일 수 있는 것의 특수성에 개입하고 있다. 언어에는 언어공동체 구성원들의 역사적 경험과 그 경험으로부터 피어난 감정·인식·동경 들이 들끓고 있다. 따라서 하나의 언어를 배운다는 것은 한 세계를 통째로 받아들이는 것과 거의 동의어다. 만일 한 특정한 언어가 다른 공동체의 언어와 같거나 호환성이 높다고 가정해보자. 그것은 곧바로 두 공동체의 지적·정서적 교류의 풍요와 그로부터 발생할 새로운 정신적 세계의 상상적 창조를 발동시킨다. 한국어가 고립되었다는 것은, 한국인의 고유한 경험을 세계의 다른 공동체의 사람들에게 이해시킬 가능성이 지극히 희박한 상태에 있다는 것을 뜻한다. 또한 그로부터 세계인과 한국인이 서로를 나누고 보태어 새로운 세계의 창조를 향해 나갈 가능성이 낮다는 것을 가리킨다.

바로 이러한 사정 때문에 한국문학이 세계에 알려질 기회는 지극히 낮을 수밖에 없었다. 흔히 사람들은 한국의 경제적 성공이 문화적 영향력을 동반한다고 짐작하기 일쑤이지만 실상은 많이 다르다. 외국의 독자들은 문화적 장벽 안에 가두어진 공동체의 문화 일반에 대해 관심을 갖기가 어렵다. 더욱이 문학은 한 공동체의 정신적 깊이를 내장하고 있다 하더라도, 여타의 예술에 비해서 그것을 '현시'하는 데 어려움을 가질 수밖에 없다. 그것은 무엇보다도 다른 예술들의 매체가 세계인들이 공유할 수 있는 것인 데 비해, 문학의 매체는 언어공동체의 한계 안에 갇혀 있기 때문이다. 게다가 문학의 매체인 언어는 의미 전달의 방식이 간접적이다. 간단히 말해, 기표와 기의의 관계가 자의적이다. 의미 '책상'을 소리 '책상'으로 발음하는 것은, 소리 '책상'이 '책상'의 의미를 품고 있기 때문이 아니라, 그 소리가 그 의미를 가리키기로 약속되었기 때문이다. 그렇기 때문에 어떤 말들의 덩어리에 대한 이해는 그 말들을 기능케 하는 약속의 체계, 즉 그 언어의 약호 체계에 대한 이해를 요구한다. 이 매체의 간접성은 문학의 이해에 두 가지 조건을 요구하게끔 한다. 하나는 논리적 성찰이 동반될 때에만 문학작품이 전달하는 체험에 대한 감각적 이해가 가능하다는 것이다. 다음, 그 논리적 성찰은 궁극적으로 한 문학작품에 대한 이해를, 동일 언어공동체의 다른 문학들과의 상관관계 안에서 이루어지도록 유도한다는 것이다. 예를 들어 부채춤은 그 자체로서 외국인에게 감각적으로 전달될 수 있지만, 이청준의 『당신들의 천국』은 한국인의 특별한 역사적 경험뿐만 아니라, 그 작품을 둘러싸고 경쟁하는 같은 작가의 다른 작품들, 그리고 다른 작가들의 같은 주제의 작품들, 더 나아가, 동시대 한국문학의 일반적인 경향과 한국문학의 역사적 전개 과정에 대한 이해가 수반될 때에야 비로소 '충분히' 읽힐 수 있다. 이문열의 『금시조』가 프랑스의 독자들에게 깊은 인상을 주었을 때 바로 그 작품이 다루고 있는 '예도(藝道)'의 주제가 한국 문학의 고유한 미적 특질에 연결되어 있으리라는 짐작을 유발한 것은, 바로 한국문학의 맥락을 접하지 못한 상태에서 그 작품을 그대로 한국 문학 일반의 '축약도'로 받아들였기 때문이다. 마치 '부채춤'으로 한국의 춤 문화 전체를 짐작하듯이. 그런데 문학은 그런 게 아니며, 심지어 매 체의 보편성에 뒷받침된 춤마저도 그렇게 간단히 등식화될 수 있는 건 아닐 것이다.

결국 이러한 얘기들은 한국문학이 자국어의 울타리에 보호되어 잘 생장해온 행복한 역사의 이면에 한국문학의 망각 혹은 몰락을 현실화 하는 조건이 동시에 발달했다는 사실의 직시로 귀결된다. 이러한 위험 을 어떻게 극복할 것인가? 너무나 어려운 문제이지만, 한국인이 돌파해 나갈 수밖에 없는 문제이기도 하다. 아마도 다음과 같은 방책들이 고려 될 수 있을 것이다. 그리고 이 방책들은 한국의 물리적 조건에 비추어 보면, 선택적이라기보다 병발적으로 진행되어야만 한다.

첫째, 가장 뚜렷이 보이는 길은 '번역'의 길이다. 문화 접변은 언제나 번역의 길을 통해서 왔다. 한국문학이 언어의 독자 체제를 유지하면서 도 세계문학의 공간 내에 자신을 진입시키려면 외재적 소통 장치를 가 질 수밖에 없는데, 그것이 바로 번역이다. 그런데 번역은 인위적 소통 장치인 만큼 품이 많이 드는 것이다. 우선, 번역될 외국어를 자유롭게 쓸 수 있는 한국인 번역자가 양성되어야 한다. 그러나 그것만으론 부족 하다. 한국의 문학작품이 번역될 언어공동체 내부에서의 호응자, 즉 한 국어를 이해하는 외국어 번역자가 또한 있어야 한다. 한국문학이 품고 있는 세계가 번역될 국가의 독자들에게 자연스럽게 읽히기 위해서는, 한국어를 알면서 동시에 자기 문화에 대한 깊은 이해를 갖추고 있어서,

한국문학이 품고 있는 세계를 실감 있게 전달할 수 있는 응용력을 갖춘 해당 외국어 공동체의 내부인이 있어야 하는 것이다. 쉬운 비유를 들어 보자. 우리는 애플사의 매킨토시 컴퓨터나 맥북에서 성능이 아주 뛰어난 프로그램을 자주 접한다. 그러나 한국 퍼스널 컴퓨터 공간의 주된 OS 환경은 마이크로소프트사의 윈도에 의해 장악되어 있다. 이 환경 내에서 매킨토시의 그래픽 프로그램, 워드 프로세서는 사용하기가 지극히 어려웠으며, 여전히 많은 문제를 안고 있다. 매킨토시의 프로그램이 윈도 운영체제에서 호환되지 않기 때문이다. 그 문제를 해결하려면 매킨토시의 프로그램을 윈도에 맞추어 새로 제작하는 수밖에 없다. 한국문학의 경우도 마찬가지다. 한국어 환경에서 높이 평가된 좋은 문학 작품을 외국인 독자들이 제대로 느끼려면, 해당 외국어 환경에 맞춤한 방식으로 변용되어야 한다. 좀더 정확히 말하면, 해당 외국인들이 잘 공감할 수 있도록 번역되어야 한다. '어휘' '구문' '비유' 등 언어의 모든 국면에서. 그것을 효과적으로 수행해낼 수 있는 번역자는 한국이 아니라 해당 외국에서 태어날 때부터 그 외국어를 사용한, 다시 말해 그 언어를 단순히 의미 전달의 도구로서가 아니라, 세계를 느끼고 이해하고 생각하고 소원하는 몸의 일부로서 발달시켜온 사람일 가능성이 높다. 그러나 그 사람은 한국어를 읽고 쓸 수 있다 하더라도 한국문학의 맥락과 한국인의 역사적 경험 그리고 문화를 충분히 이해하고 있을 가능성은 상대적으로 적다. 따라서 한국문학과 외국의 독자들이 제대로 소통하기 위해서는 한국인 번역자와 외국인 번역자가 함께 작업하는 게 바람직하다.

실제로 현재 한국문학 번역자는 한국인과 해당 언어 외국인 두 사람이 팀을 이루는 경우가 대부분이다. 그런데 이러한 번역 팀은 쉽게 구성되는 게 아니다. 좋은 번역 팀을 만들어내고 그 수준을 계속 업그레이드시키기 위해서는 적절한 환경이 제공되어야 한다. 우선, 한국문학에 대해 최소한의 호기심을 가질 수 있도록 한국의 세계적 위상이 일정한 수준에 다다라야 한다. 우리는 한국인과 한국 문화가 아직까지도 중국과 일본의 문화 강대국 사이에 끼어 간단히 무시되는 경우를 외국에서 자주 겪는다. 1988년 이후 이러한 원천적인 도외시는 점차로 사라져왔으며, 한국의 국제적 위상이 높아질수록 문제로서의 기능을 상실할 것이다. 그러나 요구되는 조건은 여기서 그치지 않는다. 좋은 번역가들을 양성할 수 있는 기관과 프로그램이 있어야 한다. 한국문학에 호기심을 느낀 외국인이 자발적으로 한국어를 익히려고 의욕을 부리려면, 한국어 교육의 물질적·실질적 수준과 교육 기간 동안의 생계를 견딜 수 있을 만한 물질적 지원, 그리고 한국문학작품을 자유롭게 접할 수 있는 도서관과 정보망이 갖추어져야 한다. 즉, '번역'의 길이 제대로 건설되기 위해서는 그 길을 제대로 관리할 수 있는 기구가 긴요하다.

잘 아시다시피 1980년대 초반 이후, 한국문학이 세계에 자신을 알리게 된 것은 프랑스어로의 번역을 통해서다. 소설가이자 프랑스문학연구자인 최윤 교수를 비롯한 소수의 번역가들이 최초의 길을 닦은 덕분이었다. 그 개척 이후, 곧 이어서 대산문화재단이라는 사설 기구와 한국문학번역금고라는 국가기구가 설립되어서 번역을 체계적으로 관리했기 때문에 그 최초의 오솔길은 세련된 포장도로로 발전해나갈 수 있었다. 그러나 그럼에도 불구하고 아직도 멀었다는 걸 우리는 절감하고 있다. 무엇보다도 충분한 독자군이 형성되지 않은 것이다. 유럽의 몇몇 나라를 제외하고는, 대규모 서점에서조차 번역된 한국문학작품이 전시되는 기회를 갖기는 쉽지 않은 일이다. 특히나 영어 번역 작품이 그렇다. 지금 영역된 한국문학작품은 한국의 국가기관의 지원을 받는 대학의 동아시아관계 학과 및 연구소의 구성원들에 의해서 연구 차원에서 수용되고 있는 게 거의 대부분인 실정이다. 실제의 독자들, 즉 영국과 미국의 독자들의 책 바구니에 한국문학작품이 들어가는 건 지극히 드물다. 번역 관리 기구의 존재 이유를 새삼 확인시키는 일이며, 동시에 그에게 맡겨진 임무가 막중함을 엄중히 가리키는 상황인 것이다.

두번째 방책은, 한국의 언어 공간 내에서 한국어와 세계어를 공존시키는 것이다. 한국어가 내재하고 있는 소통적 장애는 한국어의 존재 가치를 의심케 한다. 그러나 그렇다고 한국어를 포기하고 세계어를 한국인이 선택한다는 건 현실적으로나 당위적으로나 불가능하다. 현실적으로는 그 과정이 한국인에게 요구할 비용과 부담을 감당할 수 있는가의 문제에 대한 확실한 전망을 우리가 가질 수 없다는 것이다. 그것은 너무나 복잡한 다종의 요인들에 의해 예측 불가능한 양태로 요동한다. 그것은 한국이라는 국가가 작은 나라임에도 불구하고 여전히 강대국의 옆에서 독자적으로 생존해온 운명의 기이함만큼이나 해독하기 어려운 것이다. 그러나 그것보다 더 중요한 것이 있다. 앞에서, "언어에는 언어공동체 구성원들의 역사적 경험과 그 경험으로부터 피어난 감정·인식·동경 들이 들끓고 있"으며, "따라서 하나의 언어를 배운다는 것은 한 세계를 통째로 받아들이는 것과 거의 동의어"라고 말했었다. 그렇기 때문에, 2001년 '유엔환경프로그램United Nations Environment Programme'이 명쾌하게 지적한 것처럼, "하나의 언어와 그것의 문화적 문맥을 상실하는 것은 자연 세계의 단 한 권뿐인 참고서를 불태우는 것과 같다". 한국어를 버리는 것은 한국인의 역사적 경험과 그 경험으로부터 도출된 모든 종류의 인식과 상상과 동경의 저장고를 버리는 일이다. 한국어가 지배 언어들의 과점 속에서 이렇게 살아남은 것이 신비라면, 우리에게는 이 신비를 지키기 위해 사투를 벌여야 할 책무가 주어진다. 그러나 그렇다고 해서 한국어 안에 머무는 것은 한국어 공동체의 경계 안에 자신의 언어문화를 가두는 우를 범하는 것과 같다. 중요한 것은 세계어가 실질적으로 출현해 있다는 것이고, 한국어는 세계어의 대열에 들어갈 가능성이 거의 없다는 것이며, 따라서 우리는 불가피하게 언어의 두 층위를 솔직하게 인정하고 그 둘을 함께 공존시킬 길을 찾아야 한다는 것이다. 서양의 세계 지배에 그렇게 강력하게 저항했던 알제리마저도 두 언어의 공존을 선택했다는 것은 앞에서 말한 바와 같다. 아마 누군가 물으리라. 두 언어의 공존이 한국어로 씌어질 한국문학의 세계화에 무슨 역할을 할 수 있는가? 그렇다. 그 여부를 단박에 파악할 수는 없다. 그러나 한국의 언어장 안에서 세계어와 모국어가 공존하는 일이 지속된다면, 그것은 두 언어 사이의 중력과 길항을 통해 차츰 그 각자를 상대방에 대해 호환 가능한 구조로 진화시켜나갈 것이다. 그것이 한국어를 더욱 가꾸면서도 세계어의 환경 속에서 한국문학이 자유롭게 유통될 수 있도록 할 수 있는 가장 실질적인 길이다.

첫번째와 두번째 방책이 외향적인 것이라면, 마지막 세번째 방책은 내향적인 것이다. 즉, 한국문학장 자체의 내실화를 한층 더 강화해야 한다는 것이다. 그 요구는 두 가지 방향에서 검토될 수 있다. 하나는 글쓰기의 방향. 즉, 현재 생산되고 있는 한국문학의 수준이 세계적 규모의 문화장 내에서 질적 가치를 인정받을 수 있도록 더 유연해지고 치밀해지고 실존적이어야 한다는 것이다. 한국의 소설들이 가장 이상적인 상태로 번역된다고 가정할 경우, 그것들은 세계의 독자들이 기꺼이 음미할 수 있을 만큼의 수준을 갖추고 있다고 말할 수 있는가? 많은 한국의 작가와 관계자 들은 그에 대해 얼마간의 환상을 가지고 있다. 그 환상이 해마다 10월이 되면 이상한 해프닝들을 발생시킨다. 그러나 정말 그러한가? 우리는 아직 충분한 정보를 갖고 있지 못하다. 그것은 무엇보다도 한국의 고급 독자들, 즉 평론가들의 작품 이해가 정밀하지 못하다는 데에서 기인한다. 문학작품의 구조와 미적 성질과 그 효과를 정치하게 분석해내는 평론을 보기란 정말 조갈 나는 일인 것이다. 그에 비해, 텍스트의 문자적인 뜻도 제대로 파악하지 못한 채로 유행하는 개념들을 화려하게 나열하는 평론들은 얼마나 많은가? 다른 하나의 방향은, 글 읽기의 방향, 즉 한국의 독서 문화가 더욱 두꺼워져야 한다는 것이다. 우리는 여기에서 잠시 눈을 들어, 한국의 경우와 비슷하게 세계어가 아닌 독자 언어를 가지고 있으면서도 세계문학의 장 내에서 독자적인 위상을 확보하고 있는 문학이 바로 근처에 존재하고 있다는 사실에 주목해보자. 중국 문학과 일본 문학이 그들이다. 그들은 자국 문학을 있는 그대로 가꾸는 데 전념하며, 소위 세계화에 대해 특별히 안달하지 않는다. 그런데도 한국문학과는 비교할 수 없을 만큼 이미 세계문학의 위상을 확보하고 있다. 그것은 그들이 요구하지 않아도 세계의 독자들이 미리 호기심을 가지고 접근하고 있으며, 다양한 소통 수단들을 통해서, 그 문학들을 향유하고 있다는 사실에서 기인한다. 그렇게 된 사정에 대해 우리는 그 두 나라가 정치적이거나 경제적으로 강대국이라는 것, 그리고 세계 문화의 흐름을 주도하는 공간(유럽과 미국)과 이미 오래전부터 문화적 교류를 해왔다는 것을 중요한 원인으로 들 수가 있을 것이다. 그러나 무엇보다도 중요한 것은 그들의 문학이 외부와의 교섭이 없는 상태에서도 충분한 자급자족이 가능한 인구를 확보하고 있다는 것이다. 데이비드 그래돌David Graddol이 잡지 『사이언스Science』

303호(2004년 2월 27일)에 쓴 「언어의 미래The Future of Language」에 따르면, 현재 세계에는 약 6천 개의 언어가 있는데, 이 중 90퍼센트는 백 년 후 쯤에는 소멸할 가능성이 짙고, 대부분의 인구를 나누어 과점하고 있는 대략 열 개 정도의 언어가 살아남을 가능성이 높은데, 중국어와 일본어는 바로 그 열 개 언어 중에 포함되어 있다. 이 열 개 언어는 그 언어들을 모국어로 사용하는 인구가 1억을 넘는 언어들이다. 정밀한 과학 조사를 해봐야 알겠지만 그 정도 인구의 수는 백 년 후의 존속의 조건일 뿐 아니라 해당 언어문화의 자가 생장의 조건이기도 한 것으로 보인다. 다시 말해 대중문학과 고급문학, 실험적인 문학과 상업적인 문학이 각자 자율적인 문학 영역을 구축해가면서 서로 경쟁하는 가운데 양자의 동시적 진화를 도모할 수 있다는 것이다. 그에 비해 한국문학은 어떠한가? 한국어가 앞으로 살아남을지 여부도 불투명할뿐더러, 자급자족이 가능하지도 않다. 한국문학의 문인 분포는 지극히 적은 수의 베스트셀러 작가와 글쓰기로는 생계를 도저히 충족시킬 수 없는 대다수의 가난뱅이 문인들로 구성되어 있으며, 빈부의 격차는 점점 벌어지고 있다. 그래서 대부분의 소수 인구 국가가 그러하듯이 이 불균형을 보완하기 위해서 국가적 차원과 사적 차원의 지원 제도와 교습 제도가 발달하는 것이다(한국의 경우는, 두 제도가 각 두 차원으로 선명하게 갈라져 있다. 즉, 지원 제도는 국가적 차원에 집중되어 있고 교습 제도는 사적 차원에 집중되어 있다. 이러한 분리는 한국의 문인들이 자신의 문학을 지키면서 생활도 꾸려나갈 수 있는 가능성에 부정적으로 작용한다. 가령 한국의 문인들은 자신에게 사사한 교습생들을 등단시켜야 한다는 부담감을 안는다. 그래서 교습생의 문학도 망치고 자신의 문학도 망치는 결과에 직면할 가능성이 높아진다. 오히려 거꾸로 되는 게 더 바람직한데 그것은 실질적으로 가능한 일 같지가 않다. 여하튼 최소한 두 제도가 두 차원의 각각에서 모두 활성화되는 게 현재의 현상보다 훨씬 바람직하다는 건 불문가지다). 그러나 그러한 바깥의 제도로 보완하는 건 언제나 부차적인 것이고, 그런 제도의 결과 자체가 독서 문화의 내부 변화로 이어져야 한다. 즉, 중요한 것은 한국의 독서 시장 자체가 크게 확대되는 것이다. 그리고 한국의 인구가 자급자족을 보여주고 있는 나라의 인구에 못 미친다는 걸 감안할 때, 독서 시장의 확대는 좀더 인공적인 노력을 통해 집약적으로 이루어질 필요가 있다. 다시 말해 한국의 문학 독자는 조직적인 프로그램을 통해 양성되고 촉진되어야만 하는 것이다. 그런데 한국의 현 상황은 그 바람을 간단히 무시한다. '문화체육관광부'와 '한국출판연구소'가 2009년 12월에 발표한 '2009년 국민 독서실태 조사'에 따르면, 한국 성인의 연평균 독서량은 10.9권이고 이는 조사가 개시된 1994년 이래(9.5권) 꾸준히 성장하다가 2007년을 정점(12.1권)으로 다시 하락하고 있는 것으로 나타났다. 1년에 1권 이상 책을 읽은 한국 성인은 71.7퍼센트로 3명 중 1명은 한 권도 읽지 않은 것으로 나타났다. 또한 이는 1994년(86.8퍼센트) 이래 최저치다. 월평균 독서량은 1.2권으로 조사되었는데('연평균 독서량'과 비율이 상당히 어긋난다), 이는 일본 성인의 그것보다 0.3권 적은 것으로 나타났다. 언뜻 보아서는 세계적으로 성인의 독서량은 비슷한 것으로 보이는데, 그러나 문화체육관광부의 조사는 잡지 독서량에서 한국의 그것은 일본의 5분의 1에 불과하다는 것을 또한 보여주고 있다.

이 통계가 모든 것을 말해주지는 않을 것이다. 어쨌든 한국의 독자는 여전히 소수고, 독자가 서서히 사라져가고 있는 세계적인 추세 속에서, 그 소수의 독자마저도 점차로 소실의 방향 쪽으로 가고 있는 게 현실이다. 이 추세를 어떻게 뒤집을 수 있을 것인가? 이 물음에 대해 긍정적인 답변을 주지 못하는 한, 한국문학의 세계화라는 목표 자체가 사상누각 위에 놓이는 꼴이 된다. 한국문학이 세계문학의 장 내에 위치하기 위한 제1의 조건이 한국문학의 수준인 것이 두말할 나위 없는 진실이라면, 그 수준을 실제적으로 보장해주는 것은 한국 독자의 수준인 것이고, 그것은 결정적으로 독서 (시)장의 활성화에 달려 있는 것이다.

　이 세 가지 방책은 저마다 해결을 위한 험난한 길을 남기고 있다. 그 길을 가기 위해 한국의 문인과 문학 전문가 더 나아가 한국인 모두가 힘을 보태야 하리라. 또한 그 길을 가기 위한 초입에서 되새겨야 할 특정한 태도도 있다. 앞에서, "이 방책들은 한국의 물리적 조건에 비추어보면, 선택적이라기보다 병발적으로 진행되어야만 한다"라고 적었는데, 여기에서 '~야만 한다'는 어법은 권장형이 아니라 당위형으로 이해될 필요가 있다. 그것은 한국문학의 물리적 조건이 열악하기 때문에 더욱 그렇다. 한 방책의 실패는 전체의 실패로 귀결될 것이다.

[2010]

한불문학수교의 어제와 오늘[1]

한국과 프랑스 간의 최초의 문학 교류는, 아마도 홍종우가 『춘향전』을 『향기로운 봄*Printemps parfumé*』(Paris: E. Dentu Éditeur, 1892)이라는 제목으로 프랑스어로 번역한 사건일 것이다. 그러나 이 일회적 사건이 프랑스의 독자들에게 한국문학의 존재를 일깨운 것 같지는 않다. 그 대신 19세기 말과 20세기 초에, 서양 문물의 동진과 더불어서 서양적인 방식으로 구성된 언어문화가 일본을 경유해 한국으로 광범위하게 유입되었다. 그렇게 해서 서서히 극동의 지역에서 '문학'이 뿌리를 내리게 되었다. 그 문학 중에서 프랑스 상징주의는 한국시의 형성에 큰 영향을 미쳤다. 20세기 초엽 한국시의 기초를 다지는 데 결정적인 역할을 한 사람은 김억인데, 김억은 특히 보들레르, 베를렌, 구르몽, 사맹 등의 시인들에게 매료되었고, 그들의 시를 모아서 『오뇌의 무도』라는 시집을 내었

---

1) 이 글은 한국문학번역원 프랑스 포럼KLTI France Forum(2011. 5. 4.~6.)에서 발표된 것이다.

다. 그때 이후, 한국문학은 프랑스 문학을 영감의 양식으로 삼아왔다. 정치·경제적일 차원에서뿐만 아니라, 문화 및 일상적 감각의 차원에서도 한국과 가장 활발한 교류를 하고 있는 국가는 미국이다. 그러나 문학에 관한 한, 프랑스 문학이 압도적이다. 작년에도 한국에서 가장 많이 번역된 외국 문학은 프랑스 문학이었다. 다만 이 교류는 1990년 이전까지는 일방적인 짝사랑이었다. 한국은 프랑스를 지나치게 알았는데, 프랑스는 한국을 거의 몰랐다.

한국과 프랑스 문학의 본격적인 교류가 오늘날처럼 활발해진 것은 다음과 같은 네 가지 요인이 동시적으로 작용한 데에 힘입었다고 할 수 있다. 우선, 1990년대 초엽의 소수 번역자들의 선구적인 시도와 혁신을 추구하는 프랑스 출판사들의 협력이 주효했다. 최윤과 파트릭 모뤼스가 이문열의 『금시조』, 이청준의 『예언자』『당신들의 천국』등을 아를르 출판사에서 냈고, 오정희의 『바람의 넋』, 김원일의 『바람과 강』등이 필리프 피키에 출판사에서 출간됨으로써 한국문학의 조직적인 프랑스 진출이 시작되었다. 『금시조』와 『예언자』등에 대한 언론의 주목이 이루어졌고, 그 이후 김영하의 『나는 나를 파괴할 권리가 있다』에 이어, 이승우의 『생의 이면』이 호평을 받았다. 2004년에 출간된 황석영의 『손님』은 한국문학을 프랑스의 독서 시장에 정착시켰다. 황석영은 그 후 프랑스 언론의 비상한 관심을 받아왔다.

둘째, 번역가들의 시도는 한국의 문화 기구를 자극하였다. 1993년 대기업 교보생명의 지원을 받은 '대산문화재단'이 '한국문학의 세계화'를 핵심 목표로 삼으며 출범하였고, 그때부터 지금까지 한국문학의 해외 번역 및 소개를 위한 각종의 지원 프로그램을 운영하고 있다. 다른 하나는 '한국문학번역금고'가 1996년 출범하여 2001년 '한국문학번역원'

으로 개명하면서 한국 정부의 '법정 기관'으로 등록되었고, 그 이후, 한국문학의 세계화를 위한, 번역 및 교류, 그리고 번역가 양성에 관한 다양한 프로그램을 꾸준히 개발해오고 있다.

셋째, 한국문학을 프랑스에 알리는 데 기여한 또 하나의 원천은, 한국문학에 호의를 가진 작가들, 특히 르 클레지오J. M. G. Le Clézio와 클로드 무샤르Claude Mouchard의 한국문학에 대한 적극적인 평가와 소개였다. 2006년 한불수교 120주년을 맞이해서, 프랑스 문인들과 한국 문인들이 함께 모인 일이 있었다. 그 자리에서 르 클레지오는 한국문학이 프랑스 문학에 '앙가주망'의 의미를 되새기게 해주었다고 말했다. 이 말은 그 자리에 있던 일부 한국 작가들을 당황하게 만들긴 했으나, 한국문학의 '가치'를 확인하는 발언이었다. 또한 시 부문에서 클로드 무샤르는 한국 유학생들을 통해 한국시를 접했고 곧바로 깊이 빠져들었다. 그가 보기에 한국의 현대시, 특히 황지우, 김혜순, 기형도, 송찬호 등의 시는 세계시의 보편적 경향과 맥을 같이하면서도 훨씬 역동적인 비유와 리듬을 가지고 있었다. 그것이 그로 하여금 한국시를 프랑스에 알리는 데 전력을 기울이게 하는 원인이 되었다.

넷째, 문학과 인접해 있는 다른 예술과 문화 부분의 성취가 한국문학의 이해를 도왔다. 특히 한국 영화는 자국에서 할리우드 영화의 세계적 지배에 저항한 모범적 사례로서 특별히 프랑스 영화인들의 관심을 끌었다. 그리고 임권택, 홍상수, 김기덕 등의 영화에 대한 프랑스 영화평론가들의 적극적인 평가가 한국 영화를 세계 영화의 독자적인 한 영역으로 만들어주었다.

그러나 이러한 요인들보다도 더욱 중요한 것은 문학 내적인 요인일 것이며, 그것이야말로 양국 문학 교류를 위한 가장 큰 지침이 될 것이다.

즉, 문학의 교류는 상대방으로부터 무언가 '얻을 것'이 있어야 가능해 진다는 것이다. 그것이 이문열의 『금시조』에 대해서처럼 한국의 고유한 미의식[예도(藝道)]의 발견이 되었건, 혹은 이청준의 『예언자』에 대한 미셸 브로도Michel Braudeau의 해석이나,

> 『예언자』의 방식은 바타유와 폴린 레아즈의 그것에 가깝다. 그러나 『O의 이야기』의 주제와 근본적으로 대립한다. 『예언자』와 그 작가 생각 으로는, 노예 상황 속에서는, 개인을 위해서건, 군중을 위해서건 어떤 행복도 없다.[2]

황석영의 문학 세계에 대한 르 클레지오의 반응과도 같이, 보편적 세계 인식의 확장적 이해나 환기로 이해하건, 한국문학이 프랑스 문학에 대해, 어떤 영감을 줄 수 있어야 한다는 것이다.

그러니까 오늘날 양국 문학 교류가 활발해진 데에는 프랑스와 한국이 서로에 대해 무언가 취할 것을 발견했기 때문이라는 해석이 가능할 것이다. 서로를 위해 정말 좋은 일이다. 그러나 바로 그 점에서 아직 아쉽고 우리가 더욱 노력해서 해결해야 할 문제가 남아 있다.

무엇보다도 좀더 문학적인 깊이가 있는 작품들이 교류되어야 한다는 사실이다.

우선 프랑스 문학의 한국 수용의 경우, 그렇게 많은 프랑스 문학이 번역되는데도 불구하고, 가령 프루스트나 파스칼 키냐르, 아라공이나 쥘리앵 그라크 등과 같은 고급한 문학이 프랑스 문학 전공 연구자들 외

---

2) *LeMonde*, 1992.11.22.

에 일반 독자들에게 거의 수용되지 못하고 있는 실정이다. 그 원인은 두 가지다. 하나는 한국 독자들이 아직 깊이 있는 문학작품을 소화해낼 역량을 갖추지 못했기 때문이다. 다른 하나는 한국 독자들이 깊이 있는 프랑스 문학을 향유할 수 있도록 하기 위한 섬세한 번역이 이루어지지 않고 있다는 것이다. 그것은 무엇보다도 양국 언어의 호환성이 매우 부족하다는 사실에서 기인한다. 그러나 그렇다고 그 사실을 한탄해서는 나아질 게 없다. 한국의 번역가들은 그 점 때문에 더욱 노력해야 할 것이다.

이 호환성 제고의 필요는 한국문학의 프랑스 수용에서도 똑같이 적용되는 문제다. 비교적 활발한 번역에도 불구하고, 한국문학을 실질적으로 대표할 수 있는 작품들에 대한 소개는 아직 충분치 않기 때문이다. 특히 생각의 굴곡이 복잡하고 감각의 깊이가 깊어서 번역하기가 까다로운 작품들이 제대로 소개되고 있지 않다. 가령, 장 벨맹-노엘Jean Bellemin-Noël은 최인훈의 『광장』이 가진 문학적 가치를 꿰뚫어 보았다. 그는 "이 소설에는 무언가가 마치 현실인 것처럼 눈앞에서 벌어지고 있다"는 점에 놀라고, 거기에서 "새로운 어떤 문학의 계시"[3]같은 것을 보았다. 그러나 그의 통찰은 번역의 불투명성을 걷어내는 힘겨운 작업을 동반하였다. 아마도 나는 그가 정신분석비평을 하기 때문에, 그런 여과 작업도 할 수 있었다고 생각한다. 그렇다는 것은 그의 통찰이 일상적으로 일어나기 어려우며, 일반 독자의 차원에서는 아직 고급한 한국문학이 소개되기가 어려운 상황이라는 것을 또한 가리킨다.

---

3) 장 벨맹-노엘Jean Bellemin-Noël, 『충격과 교감―한 프랑스 비평가의 한국문학 읽기』, 최애영 옮김, 문학과지성사, 2010, p. 23.

이러한 문제는 좋은 번역가를 양성하는 프로그램이 활성화되어야 한다는 과제를 우리에게 던진다. 양국의 언어를 모국어의 수준에서 사용하고 문학작품을 섬세히 음미할 능력을 가진 좋은 번역가들이 배출될 때, 비로소 한국문학의 실질적인 대표 작품들이 프랑스의 독자들과 자유롭게 대화를 나눌 수 있을 것이다. 나는 조너선 리텔Jonathan Littell의 『착한 여신들Les Bienveillantes』이 오샹Auchan에서 베스트셀러로 팔리는 프랑스에서, 최인훈이나 서정인의 작품이 팔리지 못할 까닭이 없다고 생각한다. 결국 문제는 두 나라 언어의 '호환성'을 여하히 증대시킬 수 있는가의 문제일 것이다. '한국문학번역원'이 번역자 양성 프로그램을 아주 중요한 사업으로 운영하는 이유가 여기에 있다 할 것이다.

그러고 보면, 오늘 이 프랑스의 아늑한 남쪽 나라로 날아온 한국의 작가들은 지금의 필요에 가장 부응하는 사람들이다. 소설가 이인성과 조경란은 많은 독자 대신에 고급 독자를 확보하고 있는 작가들이다. 따라서 그만큼 비평가들의 '존중'을 받고 있는 작가들이며, 한국문학의 수준을 가늠하는 리트머스 시험지의 역할을 할 수 있는 작가들이다. 지금까지 번역된 이인성의 두 작품에 대해서는 벨맹-노엘은 훌륭한 비평적 분석과 더불어, 잡지『유럽Europe』을 통해서 그 문학적 수준이 소개된 바가 있는데, 이는 무엇보다도 번역자인 최예영과 벨맹-노엘 두 사람의 공이 컸다고 할 수 있다. 나는 그러한 지적 이해가 언젠가는 일반 독자들의 감각기관에까지 이를 수 있다고 생각하고 계속 기다리고 있는 중이다. 조경란의『혀』에 대해서도 역시 달리 말할 게 없을 것이다. 이 말을 나는 이 자리에 나와 계신, 한국문학에 대해 호기심을 가지신 모든 프랑스 독자들에게 하나의 호소로서 건네고자 한다.

[2011]

1987년의 시점에서 본 한국문학의 역사와 내일

1987년은 한국의 현대사에서 가장 중요한 경험을 발생시킨다. 지금 세계인이 알고 있는 한국인 혹은 한국적인 특성은 바로 그 해에 출현한다. 그 해를 기점으로 한국은 "고요한 아침의 나라"에서 "다이나믹 코리아"로 뒤바뀌었다.

제국주의의 시대, 서양의 동진과 일본의 약동으로 특징지워진 19세기 말 이후 한국인들은 자신의 의지에 의해 자신의 힘으로 자신의 삶을 이끌어간다는 느낌을 가지기가 어려웠다. 한국은 제국주의 열강의 각축의 장소가 되었으며[청일전쟁(1894)과 노일전쟁(1904~1905)], 일본에 의해 식민지 상태로 전락하였다가(1910~1945), 승리한 연합군이 제공한 "도둑같이 온 해방"(함석헌)을 맞이하였고, 곧 남북으로 분단되었으며(1948), 전쟁(1950~1953)을 하였고, 오랜 기간을 비민주적 독재 정권에 의해 통치되었으며(1948~1960; 1961~1979; 1980~1987), 그 정권들에 의해, 부패와 무기력의 상태에 빠졌다가, 소위 '한강의 기적'이라는 초고속의 근대화 사업에 강제로 동원되었고, 또한 군부에 의한 민간인 학살[광주민주화운동(1980)]이라는 끔찍한 경험을 하였다.

그러나 한국인이, 방금 기술한 바처럼 오래 지속된 고난의 운명과 사물화의 삶vie réifié을 마지못해 수동적으로 이어나간 것은 아니었다. 한국인은 강제로 주어진 삶의 방식들을 야릇한 호기심과 함께 적극적으로 받아들였으며 그 과정을 어떻든 자신의 주관적 의지하에 놓고자 하는 욕망을 불태웠다. 그 욕망 속에서 적어도 세 번의 주권 쟁취의 시도가 있었다. 그 하나는 1919년의 3·1운동이고, 그 둘은 1960년의 4·19 혁명이었으며, 그 셋이 1987년의 6월 혁명이다.

3·1운동은 한국인이 근대국가의 주인이 되겠다는 요구였다. 그것은 서양으로부터 전파된 '근대Modernité'에 대한 한국인의 홀림을 강렬히 분출하였다. 그런데 이 요구는 일제에 의해 폭력적으로 거부되고 만다. 4·19혁명은, 대학생들의 봉기에 의해 무능하고 부패한 독재 정권이 무너진 사건이다. 이를 통해 한국인은 허울뿐인 공화국의 허물을 벗기고 실질적인 민주적 정부에 대한 열망을 표출하였다. 그러나 이 열망은 1년 후 5·16 군사 쿠데타에 의해 좌절된다. 5·16 군사정권은 민주 정부가 민심을 얻어 추진해야 할 '근대화modernisation'를 위로부터의 강압을 통해서 추진하였고 그것은 꽤 성공을 거두었다. 4·19혁명이 근대의 공간적 형식을 충족시킨 혁명이었다면, 학생과 시민이 함께 일어나 군사독재 정권을 종식시키고 '대통령 직선제'를 이끌어낸 1987년의 6월 혁명은 근대의 시간적 형식, 즉 근대의 과정에 대한 주권을 민주화하려는 열망의 표현이었다. 메를로퐁티가 "시간은 존재의 관계"라고 말했을 때의 바로 그 의미로서, 비로소 한국인의 나날의 삶vie quotidienne에 '민주성'이 심어질 수 있었다.

근본적인 의미에 있어서의 정치적 상상력이 문학의 생명적 자원이라면, 한국의 근대문학은 방금 기술한 한국 사회의 정치적 격동과 더불어 생장하였다고 말할 수 있다. 한국인에게 근대가 낯선 것이었듯이, 근대문학 역시 낯선 언어문화였다. 그런데 한국인들은 강압적인 방식으로 들어온 '근대'에 대해 적극적인 환대의 자세를 취한 것처럼 근대문학 역시 열렬히 수용하고 제것화s'approprier하려고 하였다.

바로 이 과정 속에서 재래의 전통적 언어문화와의 급격한 단절과 근대문학의 조속한 이식이라는 현상이 발생하였다. 그러나 어떤 문화형이든 그것이 뿌리내릴 토양과의 상호 조응을 통해 발달한다면, 한국의 기층 문화와 아비투스는 여전히 전통적 습속에 완강히 머물러 있었기 때문에, 그 이식의 과정은 순탄할 수 없었다. 근대문학은 한편으로 매우 '관념적인' 방식으로 구상être conçu되었고, 다른 한편으로 정신적 인프라와의 교섭에 의한 특이한 변이형들을 낳으면서 진화하였다.

전자의 차원에서 한국문학에 대한 논의는 아주 오랜 기간 동안 리얼리즘, 모더니즘, 그리고 '조선적인 문학'이라는 세 가지 개념의 초자아적 권위하에 놓였으며, 그 개념들 사이의 지리한 공방으로 점철되었다. 모더니즘은 예민하고 지성적인 지식인들에 의해 주장되었다. 근대에 걸맞는 문학을 하는 것, 그것이 모더니즘의 주장이었다. 그러나 한국인에게 두 가지 걸림돌이 있었다. 하나는 한국인에게 근대는 피식민자의 근대라는 것이었다. 근대의 주권을 요구하는 운동이 그래서 일어났지만 그건 무참하게 묵살되었다. 다른 하나는 한국인의 아비투스가 근대의 문화와 심성을 수용할 조건을 갖추지 못했다는 것이다.

여기에서 근대의 극복이라는 명제가 부각되었고, 그로부터 두 가지 대안이 제시되었으니, 바로 그것이 리얼리즘과 '조선적인 문학'이다. 리얼리즘은 게오르그 루카치가 모더니즘과 리얼리즘을 구분했을 때의 그 리얼리즘이다. 리얼리즘은 그러니까 근대 사회를 극복하고 새로운(사회주의적일) 사회의 도래를 위해 봉사할 '비판적 리얼리즘'의 문학을 가리켰다. 이 비판적 리얼리즘에 상당수의 관념적 지식인들이 매료되었고 그곳에 투신하였다. 그러나 현실사회주의 백 년이 과도한 관념의 실험장이었던 것처럼, 한국문학의 비판적 리얼리즘 역시 현실에 대한 불행한 의식과 원한ressentiment을 자양분으로 발육한 관념의 나무였다. '조선적인 문학'은 근대 사회에 실망한 한국인들이 자신의 내부에서 새로운 세계의 비전을 발견하고자 하는 욕망을 통해 생산되었다. (그 점에서 그것은 일본의 권력자들에 의해서 '근대의 초극'이라는 구상하에 태동한 '대동아공영권'이라는 비전의 종족 단위의 축소형이라고 할 만했다.) 그러나 그것이 무엇인지 아는 사람은 아무도 없었다. 왜냐하면, 민족을 "상상의 공동체"라고 지칭한 앤더슨적 의미에서, 조선적인 것, 역시 근대의 한국인들이 스스로 버리고 나온 전통 사회를 다시 발굴해 이상화하는 가운데 가공된 상상의 발명품이었기 때문이다(바로 그런 이유로 사실상 조선적인 것은 샤머니즘과 거의 동일시되었다). 한국의 근대문학 안에는 이 세 가지 개념이 항상 공존하였고, 문학에 대한 '담론의 장champs discursifs'을 지배하였다. 이 개념들은 한국문학의 생산을 통제하였으나, 한국문학의 실제적인 운동(작품들)을 통해 도출되지도 않았고 불행히도 그 실제적인 운동과의 상호 작용을 통해 스스로 변화하지도 않았다. 이 개념들은 일종의 강박관념들이었다. 그 때문에 실제적인 '민주성'이 한국인의 일상에 뿌리내린 1987년 이후 저 개념들은 한국문학의 장에서 급격히 소멸되었다.

후자의 차원, 즉 토양과의 교섭을 통한 근대문학의 다양한 변이형들의 출현, 그것이 한국문학의 실제적 장을 이룬다. 아마도 그 변이형들의 사례를 찾으려면 너무나 다양해서 모두가 놀랄 것이다. 한국 근대문학의 유전자적 변형은 그 창세기 즈음부터 이미 시작되었다.

한국 근대문학의 초기에 가장 강력한 문학적 주제는 '자유연애'였다. '자유연애'는 근대적 심성의 하나에 속하는 것임에 틀림없다. 그런데 이 심성은 자유에 관한 여러 다양한 실질적 요소들이 태어나기도 전에 미리 일방적으로 한국의 근대문학에 쇄도하였다. 그 결과 이 새로운 문학적 주제는 18세기 프랑스의 마리보Marivaux가 보여준 것과 같은 '감각의 탄생naissance de la sensation'을 동반하기보다 자유연애를 향한 '뜨거운 정념passion의 탄생'을 동반하였다. 다시 말해 자유연애는 감각적 사실이라기보다 윤리적 사실이 되었다. 이 끓어오르는 정념은 한국인의 전통적인 아비투스에 비추어 보면 도덕적으로 '부정impure'한 것이었고, 감정의 자유로운 표출을 권장하는 근대의 시각으로 보자면 정당한 윤리에 속하는 것이었다. 근대 초기의 문인들은 전통적인 유교 및 그것에 동조하는 태도를 비윤리적인 정신적 억압체로 비판하기 위해, 자유연애를 상징적인 사례로서 활용하였다. 자유연애는 세밀히 탐구되기보다 도구로서 기능하였다.

이 같은 사정은 근대 소설의 원칙을 적용할 때에도 비슷하게 작용하였다. 소설에 있어서 리얼리즘 제1의 덕목이 '디테일의 정확성'이라고 학습한 한국의 근대 소설가들은 그러나 그것을 온전히 실천할 수가 없었다. 사실을 추리고 관찰하고 실험하는 훈련이 채 숙달되지 않았던 탓이다. 대신 한국의 근대 소설에는 '감정의 무늬'에 대한 매우 세밀한 색상표가 만들어지게 되었다. '디테일'이라는 원리는 수용되었으나, 그것은 관찰과 검증의 사안이 아니라, 향유의 문제가 되었다. 디테일이 정확해

지기보다는 다채로워지는 게 한국 작가들의 욕망이었다. 그리하여 그
것은 한국문학에 과도한 형용사의 발달을, 롤랑 바르트의 용어로 말하
자면, '징조단위indices'의 과잉을 초래한 중요한 원인이 되었다.

아마도 이러한 변이 중 가장 중요한 것은, 주권의 소유자에 관한 것이
리라. 근대의 가장 중요한 이념은 천부인권과 '자유' '평등' '박애'와 같
은 개인주의의 이상적 덕목들일 것이다. 이 덕목들의 배경에 놓인 것은
신의 숨음Dieu caché과 이성의 승리다. 한국의 근대문학은 이 인간 중심
적 사고를 전적으로 수용하였다. 그러나 서양의 경우, 이 인간 중심적
사고가 개성적 개인들을 출현시킨 반면, 한국의 근대문학에서 개인은
거의 대부분 '민족'으로 대체되었다. 다시 말해 '강대국=다수자, 핍박
받는 민족=소수자=강대국의 울타리에서 내몰린 자'라는 등식의 연쇄
를 거친 후, 서양의 중세에서 '개인'이 '공동체의 울타리 밖으로 추방된
자'라는 뜻이었던 것과 상응하게, '세계 체제라는 울타리 바깥의 존재=
한국 민족=개인'이라는 등식이 성립하여, 한국문학의 개인은 곧 핍박
받는 소수민족으로서의 한국 민족과 동의어가 되었던 것이다. 한국인
들은 백 년 이상 줄곧 근대를 학습하였다. 그 학습의 당연한 결과로서
한국인들은 거듭 '개인'의 존재 이유와 존재 양상을 배웠다. 그러나 개인
을 학습하는 동안에도 한국인들은 대체로 민족으로서 사유했고 행동
하였다. 그러한 사정은 한국문학에도 그대로 적용된다. 개인의 존재 이
유raison d'être와 존재 양식mode d'existence에 대한 진지한 탐구가 1930년
대의 이상, 1960, 70년대의 최인훈·이청준, 1980, 90년대의 이인성에
의해서 시도되었으나, 한정된 지적 독자들만이 그들의 작품을 이해할
수 있었다.[1] 그 대신 개인과 민족이 혼재된 형상, 즉 개인의 이름으로 민
족의 고난과 동경과 인식과 정서를 표출한 작품들이 독자들의 이해와

취향에 근접하였다. 우리는 박경리의 『토지』, 이문열의 『시인』, 황석영의 『오래된 정원』[2] 등에서 그 문학적 형상화를 읽을 수 있을 것이다.

1987년은 한국인의 일상에 '민주주의'가 심어진 계기라고 앞에서 말했다. 한국의 소설도 민족이라는 강박관념에서 벗어나기 시작하였다. 그렇다면 개인의 탐구가 이제 시작된 것일까? 민족이라는 공동체와 무관한 '개인'의 출현을 한국의 소설가들이 증언하고 있는 건 사실이다. 그러나 그 개인을 향한 끓는 정열은 종종 집단에 대한 동경으로 이어진다. 이러한 상황과 더불어 1987년 이후, 세계사에 엄청난 변동이 있었다. 1989~90년, 베를린장벽의 붕괴와 소련의 '글라스노스트' 이후 현실사회주의가 몰락하였다. 그것은 이념들의 우주에서 욕망의 우주로 세계인이 이동해가는 계기가 되었다. 동시에 미국의 주도하에 '세계화'의 바람이 거세게 불었다. 또한 1990년대는 정보화 사회가 급팽창한 시대였으며, 그 한복판에 한국이 있었다. 정보화 사회는 시공간의 경계를 무너뜨렸으며, 쌍방향성이라는 민주적 교류의 형식을 정식화하였고 가상 세계를 현실 세계 안에 통합시켰다. 그리하여 "Tout est possible"이 나날의 모토가 되었다.

한국적 상황의 변화와 세계사의 변동이 모두 한국문학의 새로운 전개에 영향을 미치고 있음은 두말할 필요가 없을 것이다. 그러나 문학이 곧바로 이 변화와 발맞추어나간다고 말할 수는 없다. 2002년 월드컵의 응원 문화를 통해 세계인이 목도한 한국 문화의 역동성은 분명 1987년

---

1) Sang Yi, *Les ailes*, traduit par Son Mihae et Jean-Pierre Zubiate, Zulma, 2004; Chong-Jun Yi, *Ce paradis qui est le vôtre*, Actes Sud, 1999; In-Seong Yi, *Saisons d'exil*, traduit par Ae-Young Choe et Jean Bellemin-Noël, Harmattan, 2004.
2) Mun-Yol Yi , Le poète, Actes Sud, 1993; Sok-Yong Hwang, *Le vieux jardin*, traduit par Eun-Jin Jeong et Jacques Batilliot, Zulma, 2005.

이후 한국과 세계의 동시적 격변의 직접적인 산물이라고 할 수 있다. 그러나 세계인이 보지 못한 어둠이 또한 있었다. 역동성의 속도에서 낙오된 사람들도 많았고, 저 역동성의 메뚜기 떼가 휩쓸고 지나간 자리에는 오물과 쓰레기 들이 자주 남았다. 1987년 이후 한국문학은 한국인이 직접 체현하는 숨 가쁜 변화뿐만 아니라 이 변화들이 발생시킨 어둠에 동시에 반응하며, 한국의 새로운 현실에 대한 성찰의 길을 열기 위해 노력한다. 가령, 정보화 사회의 급성장은 한국 사회에 환상 문화의 팽창을 야기하였으나, 한국문학은 순수한 환상의 향유로 나아가지 않고, 환상의 자의식, 즉 엽기성grotesque으로 굴절해 해독 불가능한 기이한 물질들의 세계를 펼쳐놓는다. 또한 분단 상황이 가리키듯 '민족'의 문제는 한국인에게 아직 미해결인 채로 남아 있다. 독립된 개인의 문제와 민족 분단의 문제를 어떻게 조화시킬 것인가? 다른 한편, 문학 고유의 문제성도 있다. 위고가 일찍이 적시했던 것처럼 언어문화(문학)와 근대 사회는 매우 어울린다. 반면 정보화 사회 및 세계화의 시대에 문학이 여전히 생존할 수 있을까의 문제는 많은 사람들의 탐구 사항으로 남아 있다. 그 문제를 한국문학이라고 소홀히 할 리가 없다. 그러니까 1987년 이후 한국소설이 나갈 길은 다양하게 열려 있었다고 말할 수 있을 것이다.

[2009]

한국소설을 이해하기 위한 몇 가지 문제[1]

한국문학의 특수성이 무엇이냐는 물음을 들을 때마다 난감해진다. 한국문학에 나름의 독자성과 특수성이 없기 때문이 아니다. 그러나 그것을 전달하기 위한 '코드Code(로만 야콥슨Roman Jakobson적 의미에서의)'가 매우 열악한 환경 속에 놓여 있다. 그 환경하에서 한국문학의 특수성은 아주 편협한 지방성으로 비치거나 혹은 거꾸로 특수성이라기보다 유럽 중심의 세계문학의 보편성의 복제품처럼 보이기도 한다. 그 사정은 대강 다음과 같다.

우선, 한국문학은 자국어 체제의 발달과 함께 생장하였다. 식민지의 경험을 가진 나라로서는 아주 이례적인 경우다. 오랫동안 중국의 한자를 공용 문자로 사용해왔던 한국인은 1894년에 한국어를 주 공용 문자

1) 이 글은 터키에서의 한국문학포럼, 「한·터 근대문학 100년, 이해와 소통을 위하여」(터키 한국문화원·한국문화예술위원회·터키관광부 주최, 2011. 10. 17.~18.)에서 발표된 것이다.

로 정하게 된다. 그것은 대한제국의 성립과 함께 한국이 '근대화'를 향해 내딛은 첫 시도들에 해당하는 정책이었다. 불행하게도 한국은 얼마 후 일본의 식민지로 전락하게 된다(1910). 그럼으로써 일본어가 공용 문자의 지위를 차지하게 되었다. 그러나 식민지 기간 중 한국어의 위상은 급격한 속도로 높아지게 된다. 피식민자로 전락한 한국인을 다시 정신적 독립인으로 소생시키고자 하는 계몽운동이 광범위하게 전개되었고, 그중 가장 중요한 운동 중의 하나가 문맹퇴치운동이었다. 그리고 그것은 해방 이후에도 근대화를 향한 열망 속에서 가속되었다. 그 결과 오늘날 한국어의 문맹률은 거의 제로에 가까운 상태가 되었다(이것은 세계적으로도 아주 드문 예에 속한다).

1945년 "도둑처럼 온 해방"(함석헌)을 맞고 한국어가 다시 공용 문자의 지위를 회복하였을 때, 한국문학이 확고한 자국어의 틀 안에서 진화해갈 수 있었던 것은 그 때문이다. 물론 거기에는 제2차 세계대전의 종전과 함께 일본어가 세계어 경쟁의 레이스에서 탈락했다는 점도 중요한 요인으로 작용하였다. 그래서 일본어로 문학 수업을 했던 많은 한국의 젊은이들이 해방과 더불어 한국어를 다시 배워야 하는 현상이 일어나기도 했다. 여하튼 이러한 언어적 바탕 위에서 한국문학은 근대에 어울리면서도 독립적이고 자율적인 고유한 자국어 문학의 세계를 이룰 수가 있었다.

그것은 한국문학의 행운이었다. 이 행운에 힘입어 한국문학은 서양의 근대문학을 자기식으로 변용해 수용하면서 고유한 문학 세계를 이룰 수가 있었다. 그러나 이 행운이 오늘날에는 한국문학의 걸림돌이 되고 있다. 행운이었을 때, 한국어는 한국문학의 토양이자 동시에 보호막이었다. 그러나 한국문학이 세계문학의 일원으로 자신을 등록시키고 세계의 다른 문학들과 교통하려는 지금, 한국어는 매우 난감한 장애물로 기능한다. 한국어를 읽을 수 있는 사람들은 소수의 한국 연구자를 제외하고는 오로지 한국인으로 제한되기 때문이다.

이것이 라틴아메리카나 아일랜드의 소설가들과는 근본적으로 다른 조건에 위치한 한국소설가들의 상황이다. 이에 대한 가장 급진적인 처방은 한국 작가들이 세계 중심 언어로 글을 쓰자는 견해다. 이미 수년 전에 그런 주장과 시도가 있었다. 그러나 그런 시도를 처음 시도한 한국 작가는 금세 한국어의 중력이 너무 강해서 언어의 전환이 쉬운 일이 아님을 깨닫게 된다. 게다가 한국인은 세계 중심어를 생활어로 써본 적이 없었던 것이다. 소설가에게 언어는 '듣기와 말하기'를 위한 수단이 아니다. 그것은 말 그대로 "존재의 집"(하이데거)인 것이다.

한국문학의 세계적 교류를 위해서, '번역'이 아주 중요한 역할을 맡게 된 까닭은 이와 같은 사정에 근거한다. '번역'은 '필수 불가결한' 과정이다. 프랑스의 시인이자 전 파리 8대학 교수인 클로드 무샤르 씨는 한국인 제자들이 번역해준 한국시를 읽고 한국시에 열광하여 한국시를 프랑스에 알리기 위한 많은 일을 하고 있는 분이다. 그가 2008년 한국에 와서 한 발언은 매우 시사적이다. "시는 번역될 수 없다는 말을 흔히 한다. 그러나 번역이 아니었다면 내가 어떻게 한국시를 만날 수 있었겠는가?"

'한국문학번역원'과 '대산문화재단' 등은 지난 십여 년 동안 한국문학의 세계화, 즉 세계 중심어로의 번역을 위해 엄청난 노력을 기울였다. 그 노력 안에는 뛰어난 번역의 장려를 위한 각종 포상 제도, 번역가 양성, 세계 문인들과의 동시통역을 통한 만남과 대화 등의 사업들이 놓여 있다. 이러한 사업의 중심에 놓여 있는 게 바로 '번역'인데, 그러나 아직

이 일에는 많은 난관이 놓여 있다. 첫째, 한국의 세계적 지위가 그리 높지 않은 게 사실이고, 그러다 보니, 한국어 전문 번역가를 희망하는 인력을 모으기가 쉽지 않다. 따라서 아직도 충분한 양의 번역이 이루어지지 않았다. 둘째, 많은 번역가들이 번역하기에 용이한 작품들을 선호한다는 것이다. 결국 언어의 복잡성을 실험한 작품들은 거의 번역이 되지 않았다. 이러한 사정은 한국문학의 특성에 대한 오해의 원인이 될 수 있다. 셋째, 번역의 중요성 때문에, 번역의 질이 문학작품의 가치를 결정할 수가 있다는 것이다. 최근 어느 원로 시인의 시집에 대한 프랑스어 번역이라든가 황석영의 『오래된 정원』에 대한 독일어 번역은 잘 된 번역이 작품을 돋보이게 한 전형적인 사례. 반면, 한국의 문학장 내에서는 높은 평가를 받은 작품이 수준 낮은 번역으로 인해 해외에서 평가절하된 경우가 무척 많은 게 또한 사실이다. 안타까운 일이다.

'번역'의 문제는 사실 한국인들 자신의 문제다. 따라서 여기 한국문학에 관한 이야기를 듣기 위해 오신 터키인 여러분이 책임을 느끼실 문제는 아니라고 생각한다. 다만, 굳이 이 이야기를 한 것은 한국문학은 아직 제대로 소개되지 못했다는 사실을 강조하기 위해서이고, 외국의 독자들이 이 점을 감안하여, 현재 소개된 한국문학의 현 상태만을 가지고 예단하는 일을 삼가주십사 하는 당부를 드리고자 함이다. 앞으로 한국문학은 잘 훈련된 번역가 집단과 좀더 조직화된 번역 시스템을 통하여 자신의 진면목을 서서히 드러낼 것이다. 그 과정을 지켜봐주시기를 부탁드린다.

다음, 한국문학의 특성을 짚어 말하기 어렵게 하는 요인은 한국이 동북아시아의 인접한 두 나라와 상당히 유사한 문화를 가지고 있으면서도, 두 나라와 같은 특별한 색채를 가지고 있다기보다는 동북아시아

3국에 공통된 문화적 보편성을 보여주고 있다는 점이다. 가령 우리는 일본의 문화를 '잔혹성의 문화' 혹은 "기호의 제국"(롤랑 바르트)이라는 말로 특성화할 수 있다. 일본 문화에서는 모든 것이 인공화되고 이 인공성은 그 자체로서 첨예해지고 극단화된다. 반면 거대한 나라 중국의 무궁무진한 문화는 일찍부터 도가적 신비주의라는 인상에 의해 안개처럼 감싸여진 채로 서양인에게 인식되었다. 한국인의 문화와 문학에 두 나라의 그것들에 비견할 만한 특성이 있는가? 한국문학에는 그런 게 사실 보이지 않는다. 대신 한국문학에는 동북아시아 3국이 오랜 기간 동안에 공유해온 문화적 태도, 그리고 서세동점 이후 공통적으로 겪었던 역사적 경험에 대한 묘사와 그에 대한 성찰이 있다.

나는 방금 공유된 전통과 공유된 경험을 말했다. 여기에 하나를 덧붙여야 할 것이다. 세 나라가 모두 서양으로부터 밀려온 모더니티의 충격을 통해 삶의 양식 전반이 재편되었으며, 제3세계의 어느 다른 나라보다도 재빨리 그 모더니티를 생활화하게 되었다는 것이다. 물론 세 나라 사이에 매우 큰 편차가 존재하기는 하지만 말이다.

여하튼 이 세 요인의 결합에 의해서 동북아시아 3국은 독특한 문학과 문화를 만들어내게 되었다. 이 말은 세 나라가 모두 서양의 모더니티를 생활화하였으면서도 자신들의 문화와 문학은 서양적인 것과 전통적인 것의 독특한 결합을 통해서 독자적인 양식을 이루어냈다는 것을 뜻한다. 그리고 한국의 문학과 문화는 그 결합이라는 작용 자체에 집중한다. 다른 두 나라가 그 결합의 결과에 더 집중하는 데 비해 그렇다는 말이다. 우선 여기에서 출발하여 서양문학과 한국문학이 어떻게 다른가를 본 다음, 다시 그것을 동북아시아의 다른 문학과 비교해보기로 하자.

한국인이 서양의 모더니티에 일찌감치 매력을 느끼고 그것을 빨리 제

것화appropriation하려는 태도를 보여주려 했다는 증거는 사방에서 찾을 수 있다. 그러나 그 열망 자체는 곧바로 서양의 모던한 문학과 문화의 직수입을 낳지는 않았다. 그렇지 않고 서양문학과 재래 언어문화 사이의 결합을 통해 유전자적으로 특이하게 변형된 변이형으로서의 근대문학을 낳았다. 몇 가지 특징적인 사례를 통해 소개하면 다음과 같다[아래는, 최근 필자가 『유럽Europe』(No. 973, 2010. 5)에 발표한 글, 「한국문학에 있어서의 1987년L'année 1987 dans la littérature coréenne」[2]에 썼던 내용으로, 되풀이할 필요가 있어 보인다].

한국 근대문학의 초기에 가장 강력한 문학적 주제는 '자유연애'였다. '자유연애'가 근대적 심성의 하나에 속하는 것임에 틀림없다. 그런데 이 심성은 자유에 관한 여러 다양한 실질적 요소들이 태어나기도 전에 미리 일방적으로 한국의 근대문학에 쇄도하였다. 그 결과 이 새로운 문학적 주제는 18세기 프랑스의 마리보가 보여준 것과 같은 '감각의 탄생 naissance de la sensation'을 동반하기보다 자유연애를 향한 '뜨거운 정념 passion의 탄생'을 동반하였다. 다시 말해 자유연애는 감각적 사실이라기보다 윤리적 사실이 되었다. 이 끓어오르는 정념은 한국인의 전통적인 아비투스에 비추어 보면 도덕적으로 '부정impure'한 것이었고, 감정의 자유로운 표출을 권장하는 근대의 시각으로 보자면 정당한 윤리에 속하는 것이었다. 근대 초기의 문인들은 전통적인 유교 및 그것에 동조하는 태도를 비윤리적인 정신적 억압체로 비판하기 위해, 자유연애를 상징적인

---

2) 이 책에는 「1987년의 시점에서 본 한국문학의 역사와 내일」이란 제목으로 수록되었다. 아래의 인용은 pp. 372~73 참조.

사례로서 활용하였다. 자유 연애는 세밀히 탐구되기보다 도구로서 기능하였다.

이 같은 사정은 근대 소설의 원칙을 적용할 때에도 비슷하게 작용하였다. 소설에 있어서 리얼리즘의 제1의 덕목이 '디테일의 정확성'이라고 학습한 한국의 근대 소설가들은 그러나 그것을 온전히 실천할 수가 없었다. 사실을 추리고 관찰하고 실험하는 훈련이 채 숙달되지 않았던 탓이다. 대신 한국의 근대 소설에는 '감정의 무늬'에 대한 매우 세밀한 색상표가 만들어지게 되었다. '디테일'이라는 원리는 수용되었으나, 그것은 관찰과 검증의 사안이 아니라, 향유의 문제가 되었다. 디테일은 정확해지기보다는 다채로워지는 게 한국 작가들의 욕망이었다. 그리하여 그것은 한국문학에 과도한 형용사의 발달을, 롤랑 바르트의 용어로 말하자면, '징조단위indices'의 과잉을 초래한 중요한 원인이 되었다.

아마도 이러한 변이 중 가장 중요한 것은, 주권의 소유자에 관한 것이리라. 근대의 가장 중요한 이념은 천부인권과 '자유' '평등' '박애'와 같은 개인주의의 이상적 덕목들일 것이다. 이 덕목들의 배경에 놓인 것은 신의 숨음Dieu caché과 이성의 승리다. 한국의 근대문학은 이 인간 중심적 사고를 전적으로 수용하였다. 그러나 서양의 경우, 이 인간 중심적 사고가 개성적 개인들을 출현시킨 반면, 한국의 근대문학에서 개인은 거의 대부분 '민족'으로 대체되었다.

그래서 실질적으로 한국소설에서의 주인공은 엄격한 의미에서의 '개인'이라기보다 민족 혹은 그에 버금가는 어떤 보편적 이념을 대리하는 존재인 경우가 대부분이었다. 가령 서양에 가장 먼저 한국문학의 존재를 알린 이문열의 「금시조」의 경우를 보자. 이 작품은 예술의 기능에 대한 두 화가의 입장 대결이 핵심 주제다. 이 대결은 언뜻 생각하면 '예술의 사회적 참여'라는 이념과 '순수한 창조적 주관'으로서의 자유로운 영혼 사이의 대결인 것처럼 보인다. 이러한 대결은 금방 소포클레스 희곡에서의 크레온과 안티고네의 대립을 연상시킨다. 즉, 국가의 이익에 부합하는 행동을 할 것인가 아니면 사회적인 어떤 요구와도 무관한 개인의 고유한 소망을 중시할 것인가의 대립과 유사한 것처럼 보인다. 그러나 「안티고네」의 핵심 대립이 국가와 개인 사이에 단절선을 긋고 있다면, 「금시조」는 사회와 예술 사이에 단절선을 긋고 있다. 사회 참여도 하나의 보편적 이념이고 예술의 고유한 길, '예도' 역시 하나의 보편적 이념이다. 그렇다는 것은 서양의 근대문학이 저 오래된 루카치적 정의가 가리켜 보여주듯이 '자아'와 '세계'의 대립과 대결에 근거하고 있다면, 한국의 근대문학은 이념과 이념, 세계와 세계의 대립과 대결에 근거하고 있다는 것을 가리킨다. 그리고 한국 근대문학에 있어서의 구체적인 인물들은 그 이념, 세계의 대리인이었다고 할 수 있을 것이다. 즉, 서양문학의 사회성과 개인성이라는 대립 구도에서, 그 대립 구도의 형식과 하나의 원소인 사회성은 수용되었으나, 또 하나의 원소인 개인성은 보편성을 띤 다른 원소로 대체되었다는 것이다. 나는 최근에 요셉 로스Joesph Roth의 『끝없는 탈주La fuite sans fin』(Gallimard, 1959)를 읽을 기회가 있었는데, 파시즘을 비롯한 모든 종류의 집단적 폭력에 단호히 저항하다 돌아간 이 작가는 프란츠 툰다Franz Tunda라는 주인공의 이색적인 생을 들려주면서, 어떤 관계, 어떤 삶에 대해서든 근본적으로 어떤 믿음도 가지지 않고, 어떤 인연에도 메이지 않으며, '허기'와 '죽음'에의 공포에도 개의치 않으면서, 오직 자신의 내적 충동이 인도하는 대로 산 이 "세상에서 가장 쓸모없는superflu 인간"을 두고 "개인주의자"이며

"근대인homme moderne"이라고 명명하고 있었다. 단적으로 말해, 한국문학에는 이런 개인주의자, 즉 근대인은 존재한 적이 없었다. 왜냐하면 한국문학의 '개인'은 어떤 방식으로든, 즉 가족의 이름으로든 민족의 이름으로든, 또는 종교의 이름으로든, 특정한 믿음(이념), 인연과 공동체에 연루되어 있으며, 그것을 통해서만 자신의 존재 이유를 확인해왔기 때문이다. 그래서 황석영의 『손님』이 한국전쟁에 대해서, 단순히 바깥에서 들어온 좌우 이데올로기에 들린 사람들이 그 이데올로기의 도구가 되어 동족상잔을 벌인 것이 아니라, 한국인 스스로의 주관적 선택을 통해서 스스로의 의지와 욕구에 의해서 일어난 사건임을 암시하고 있다면, 동시에 그 의지와 욕구는 각 인물이 스스로의 내면의 움직임을 통해 키워온 의지와 욕구라기보다는 가족과 종교와 당이라는 특정한 공동체에 자신을 투영함으로써 얻어진 의지이자 욕구라는 걸 그 작품은 동시에 일깨우는 것이다. 박완서의 소설을 비롯해 많은 한국소설의 인물들이 보여주는 끈질긴 생존력 역시 가족이라는 매개자를 통해서만 발휘되는 것이니, 그것은 브레히트의 『억척어멈과 그 자식들』에서 가족이라는 기본 단위 위에서 움직이는 주 인물들의 태도와 생각이 전혀 가족적이지 않고 개인주의적이라는 점과 명확히 구별되는 것이다.

이상의 풀이는, 한국문학이 모더니티의 존재 양식과 재래적인 습속 사이에 위치하면서 그 결합의 알고리즘에 대해 다양하게 실험해왔다는 것을 뜻한다(이러한 탐구를 좀더 의식적으로 개진하면서, 그것을 언어와 현실 등의 모든 부면에서 동시에 끌고 나간 작가들이 있음을 우리는 또한 지적해두어야 할 것이다. 20세 초엽의 이상으로부터, 20세기 후반기의 최인훈, 이청준, 이인성 등이 그들인데, 그러나 그들의 작품은 언어의 복잡성으로 인해 활발히 소개되지 못했다. 앞부분에서 내가 번역의 문제를 거론한 것과 연관된 문제다).

그렇다면 이것은 동북아시아의 다른 나라의 문학과 어떻게 다른가? 다시 이문열의 「금시조」로 돌아가 보자. 그 작품에 대해 사회적 참여와 순수 예도 사이의 대립이라고 조금 전에 말했다. 우리가 '예도'라고 부른 부분, 그것을 '사회적 참여'라는 의무와 무관하게 순수하게 발전시킨다면 아마도 우리는 가와바타 야스나리의 『설국』을 만날 수 있을 것이다. 그것은 일본의 근대소설이 자아와 세계의 대립이라는 근대소설의 구도를 받아들이되 자아를 '탐미'로 대체하는 한편, 대립 구도 역시 한쪽에 대한 몰입으로 대체했음을 암시한다. 또한 일본에만 있다고 이야기되는 '사소설'의 경우를 보자. 그것은 말 그대로 개인주의의 의식을 철저히 드러내는데, 그런데 그 개인은 서양의 개인과 엄격하게 다르다. 왜냐하면 서양의 개인은 사회적 억압에 도전하고 사회의 명령에 저항하면서 동시에 스스로의 의지로 사회를 구성해나가는 개인인 데 비해, '사소설'의 개인은 사회와 일체의 관계를 맺지 않는 개인이기 때문이다. 이렇다는 것은 일본의 사소설이 개인/사회의 근대적 대립을 받아들이되, 그 대립을 폐기하는 방식을 통해 개인만을 남기고 그 '개인'에게로 집중함으로써 태어난 특별한 소설 양식임을 보여준다.

이상의 얘기는 결국 동북아시아의 문학이 모더니티의 문화와 재래적인 언어문화의 결합을 통해 나타나는 특이한 변이형을 보여주는데, 한국소설이 그 결합의 현장 자체에 집중하고 그것을 묘사하고 성찰해왔다면 다른 두 나라의 문학, 특히 일본 문학은 그 결합의 결과에 집중함으로써 결합의 과정을 지우면서 그 결과로 나타난 특이한 양상을 드러낸다는 점을 암시한다. 이러한 사정 때문에 일본의 문학이 특별히 신기한 문학으로 비치는 반면, 한국문학은 그 강도가 약하게 느껴지거나, 아니면 여전히 서양 모더니티의 압도적인 영향하에 놓여 있는 복제품처럼 판단되도록 하는 요인이 되는지도 모른다. 그러나 실상은, 생활의 주된 양식이 서양적인 방식으로 재편된 모든 제3세계의 문학이 겪고 있는, 모더니티와 재래적 습속의 이질적 결합hybridization이라는 공통된 경험을, 동북아시아라는 특별한 차원 위에서, 그리고 한국이라는 특별한 양태 속에서, 가장 정통적으로 그려내고 있는 게 한국문학이라고 이해할 수도 있을 것이다. 한국문학은 어떤 점에서는 너무나 보편적이고, 따라서 그 특수성이 잘 보이지 않을 수도 있는데, 그러나 그 보편성은 보편과 특수의 싸움이라는 오늘날 지구의 보편적 양상을 여실히 '전형적으로' 반영한다는 점에서의 보편성을 뜻하는 것일 수도 있다는 말이다.

[2011]

한국의 현대시를 이해하고 느끼기 위하여[1]

1.

한국의 현대시는 19세기 후반기에서 20세기 초엽에 걸쳐 서양으로부터 도래한 근대적 언어문화가 일본을 경유하여 도입되는 과정에서 형성되었다. 이러한 진술은 한국 현대시의 시원적 형식에 대한 몇 가지 단서를 제공한다. 첫째 한국 현대문학은 본래 한국인들이 향유하고 있던 토착적 언어문화와의 근본적인 단절을 통해서 시작되었다는 것이다. 그것은 무엇보다도 바깥에서 진군해온 새로운 힘이 군함과 대포의 물리력에서뿐만 아니라 그 문화에 있어서도 강력한 유인력을 가지고 있었다는 사실에서 기인한다. 즉, 극동의 작은 나라의 사람들은 자신들에게 이질

적인 새로운 문화에 강하게 이끌렸고 더 나아가 그것들을 문화의 모델로 삼아 배우기 시작했다는 것이다. 극동의 세 나라가 공통적으로 경험한 이 이끌림은, 무엇보다도, 모더니티라는 이름을 등에 업고 등장한 문화가 '나'를 부각시키고 '나'의 느낌과 의식, 그리고 자유를 부추기고 있었기 때문이었다. 나라에 충성하고 부모에 효도하는 존재로서 자신을 정립시켜왔던 사람들에게 그것은 전혀 새로운 지침이었고 동시에 너무나 매력적인 깃발이었다.

둘째, 이렇게 해서 이식된 서양 문화는 그러나 한국인의 아비투스에 비추어 너무나 이질적인 것이었다. "갓 쓰고 자전거 탄다"라는 속담이 가리키듯이 두 이질적 문화를 결합하려는 시도는 한국인들에게 불편한 감정을 유발하였다. 어떤 방식으로든 그 불편함이 해소되는 방식으로 결합이 추구되어야 했다. 세 가지 방법이 있었던 것 같다. 하나는 역할 분담의 방식이었다. '동도서기'라는 말이 유행했듯이, 삶의 영역을, 서양적인 것이 적용될 자리와 동양적인 것이 적용될 자리로 나누는 것이었다. 그러나 이런 방식은 매번 선택의 문제에 직면케 할 것이고, 따라서 주장은 흔했지만 쉽게 이행될 수 있는 방식이 아니었다. 두번째는 융합과 압축의 방식이다. 즉, 서양적인 것을 들여오되, 동양적인 것 속에 융해시키는 것이었다. 이 시도는 광범위하게 일어났다. 가령, 종교의 경우, 한국만큼 기독교가 신속하고 광범위하게 전파된 예도 드물 것이다. 그런데 이 한국의 기독교는 무속 신앙에 침윤되었다. 유일신에 대한 경배는 참된 삶에 대한 갈구보다는 현세구복의 목적을 위해 활용되기가 일쑤였다.[2] 다른 한편, 19세기 말에 한국의 서민들 사이에 번져나가 민

---

[2] 차성환은 기독교가 한국에 뿌리내리게 된 중요한 원천이, 구원의 약속을 강조한 대신 '자신

란의 핵심이 되기도 했던 '동학'의 핵심 사상은 '인내천'으로서, 그 사상의 기본 내용은 서양의 '천부인권'에 근거한 것이었으나 서양의 사유에 그런 평등사상과 함께 짝을 이루는 신과의 단절이라는 내용이 포함되지 않았다. 즉, 소위 '절대적 타자'라는 개념이 부재했던 것이다. 그러한 특성은 오늘날 한국 사회에서 종교가 성행하는 원인을 짐작게 해준다. 한국인들에게 신은 무서운 존재가 아니다. 온화하고 다감한 존재다.

마지막으로 서양적인 것을 개념적으로 선취해 거기에 삶을 투신하는 방식이다. 즉, 한국적인 것, 혹은 동양적인 것을 버리고 서양적인 것의 개념에 몰입하면서 그 개념에 적합한 삶의 실질을 지향한다. 그러나 실제로 그런 소망은 성취될 수 없다. 왜냐하면 삶 자체는 한국인 본래의 아비투스에 의해 완강히 장악되어 있었기 때문이다. 따라서 이 방향의 실험은 한편으로 첨예하게 관념화되면서 생활과의 근본적인 투쟁 속으로 그 관념을 몰아갔다.

한국에서의 문학, 그리고 시는 대체로 두번째 방향과 세번째 방향의 경쟁 속에서 진화해나갔다. 두번째 방향에서 시는 '서정시'의 기본 성격을 독특한 방식으로 변용시켜나갔다. 서양에서의 서정시는 무엇보다도 '자기 발언Selbstaus-sparche', 곧 "본질적으로 개인적 발화라는 것, 즉 시인의 발화라는 것이고, 다른 하나는 서정시란 주관적 혹은 더 정확하게 말하자면 표현적expressive 발화, 그것도 원칙적으로 시인의 표현적 발화"[3]다. 시인 개인의 주관적 표현으로서의 서정시는 "절대적으로 자유

의 삶을 좀더 합리적으로 운영하게끔 하'도록 유도하지 않고, 윤리적 의무를 단순히 '부가'하는 데서 찾았다. 즉, 구원은 베풀고 의무는 말소해주었던 것이다(차성환, 『한국 종교 사상의 사회학적 이해』, 문학과지성사, 1992, p. 152).
3) 디이터 람핑, 『서정시: 이론과 역사 — 현대 독일시를 중심으로』, 장영태 옮김, 문학과지성사, 1994, p. 98.

로운 주체, 그리고 그것 자체에 의해서 자기의식적인 주체의 개념"[4]을
전제로 한다. 한국의 서정시는 개인의 자기의식적 자기표현이라는 문제
를 '마음의 드러냄'이라는 문제로 바꾸었다. 즉, '자기표현'이 '보편적 주
제의 표현'으로 바뀌었고, 서정시적 주체의 주관적 행위는 보편적 주제
를 수용하는 존재의 마음 상태가 된 것이다. 그리하여 한국의 서정시는
서서히 '자연에의 동화'로 기울어져갔다. 자연의 풍경 속에 침잠하여 탈
속의 평정을 구하는 것이 서정시를 쓰고 읽는 근본적인 목표가 되었다.

세번째 방향의 한국시는 두번째 방향의 전유와는 정반대의 길을 택
했다. 서양의 시적 경향에서 가장 전위적인 길을 가려고 하였다. 1930년
대의 이상처럼 시의 형식을 완전히 파괴하고 한국어의 일상 문법을 무
시한 실험을 보여주는가 하면, 1950~60년대의 김수영처럼 '현대'의 첨
단을 가고자 해서 "끝없는 쇄신"과 "촌초의 자기 배반"의 들끓음 속에
자신의 시적 노력을 몽땅 투여하였다. 이러한 시도는 불가피하게 한국
인의 전통적 미적 정서와 마찰을 일으킬 수밖에 없었다. 그러나 그 마
찰이 그들에게는 투쟁의 동력으로 작용하였다. 그들은 자신들이 선택
한 이념을 이상적 지표로 걸고, 그것을 방해하는 한국적 현실과 격렬하
게 싸웠다. 그러나 그 싸움은 이념의 정당성을 완강히 고집하는 율법주
의자들의 그것과는 달랐다. 그들이 싸운 대상이 그들의 뿌리였기 때문
에, 그들은 사랑하면서 싸울 수밖에 없었다. 그 양상은 아주 다양했지
만 한 가지 공통점은 그들의 문학적 전위는 세상의 전면적인 혁신에 대
한 열망과 맞닿아 있었다는 것이다.

---

4) Philippe Lacoue-Labarthe · Jean-Luc Nancy, 『문학적 절대 — 독일 낭만주의의 문학이
론L'absolu littéraire, Théorie de la littérature du romantisme allemand』, Paris: Seuil,
1978, p. 48.

2.

오늘 우리가 읽는 시인들은 대체로 세번째 방향의 길을 더욱 세차게 밀고 나간 사람들이다. 정현종은 언어적 혁신을 곧바로 발레리적 의미에서의 '무도'로 바꾸는 작업을 보여준다. 즉, 그 무도는 "매우 혼잡한 감각적 신체적 자극들의 혼합"으로 "음악적 우주"를, "살아 있는 존재의 전체와 조화"⁵⁾를 재생산한다. 그 무도의 율동은 그의 시적 주제와도 상응하였으니, 그 시적 주제란, 19세기 이래 20세기 후반기까지 한국인이 감당해야만 했던 고난의 역사를 축제로 바꾸는 것이었다. 그가 '고통의 축제'라고 명명한 그것은 고난이라는 삶의 상황을 동사화하는 데서 폭발한다. 그는 "피에는 소금, 눈물에는 설탕을 치며" "세상에서 가장 쓸쓸한" "사람 사랑하는 일"에 몰두한다. 그 몰두를 통해서, "내 코에 댄 깔때기와도 같은" 사람살이의 향기가 만상에 퍼진다.

부르디외는 '사랑'을 일컬어 "남성적 지배"가 무의식이 된 사회에서 특별히 예외적인 "매혹적인 섬ile enchanté"⁶⁾이라고 말한 바 있는데, 그보다 훨씬 전에 정현종은 "사람들 사이에 섬이 있다/그 섬에 가고 싶다"⁷⁾고 노래했다. 그는 고립이 소통의 욕망으로 요동치고 있음을 간파하고 있었기 때문이다.

정현종은 독재 정권에 항거하여 봉기한 4·19혁명(1960)의 세대에 속

5) Paul Valéry, *Œuvres 1*—Édition établie et annotée par Jean Hytier(coll. Pleiade), Paris: Gallimard, 1957, pp. 1362~78.

6) Pierre Bourdieu, *La domination masculine*, Paris: Seuil, 1998, p. 117.

7) 정현종, 「섬」, 『나는 별아저씨』, 문학과지성사, 1978, p. 65.

한다. 그의 세대는 19세기 이후 한국인이 처음으로 자신의 의지와 노력으로 세상을 바꿀 수 있다는 걸 확인한 세대다. 정현종이 고통을 축제로 바꿀 수 있었던 것은 그런 세대의 분위기가 크게 작용했을 것이다. 그러나 그 의지의 활동성을 그렇게 생기 있게 이끌고 간 힘은 오로지 시인에게 귀속된다. 실상, 한국 사회는 곧바로 군사독재 정권의 통제 속에 들어가게 되고, 한국시는 여전히 핍박과 설움을 노래하기 때문이다.

정현종의 세대가 근대 개인주의적 민주주의를 깊이 학습하고 그것을 현실과 문학에 적용하려 했다면, 그보다 10년 후에 출현한 이성복·황지우·김혜순은 개인의 독립적 주관성에 대해 회의하며, 상황과 존재의 총체적 연관성에 주목한다. 바야흐로 위로부터 강압적으로 수행된 근대화 속에서 한국의 경제는 비약적으로 성장하여 점차로 물질적 풍요를 키워나가고 있었던 데 비해, 정치적 압제 상황은 더욱 경직되어, 알튀세르의 유명한 명제를 빌려, 개인 주체들sujets의 노예성sujet à이라는 모순적 상태가 더욱 심화되어가고 있었다. 이성복이 숨 가쁘게 쏟아내는 감각과 이미지 들의 급류는, 그렇게 압제적인 것과 굴종적인 것, 향락과 고통, 소망과 죄가 하나로 뒤엉켜, 발동되는 세상 전체의 동요가 개인의 몸 안에서 진동하는 광경을 여실히 전달한다. 그 진동 속에서 시인이 갖게 된 유일한 깨달음은 "사랑의 고름 덩어리"[『호랑가시나무의 기억』(문학과지성사, 1993)의 뒤표지 글]를 불가피한 운명으로 받아들이며 그것과 더불어 사는 것이다. 그리고 그와 더불어 시적 언어에 대한 인식도 바뀐다. 시의 언어는 세계의 재현이나 나의 표현이라는 의미의 수레라기보다는 세계의 앓음 그 자체라는 것이다. 언어는 상황 그 자체라서, 문법적 단정함을 버리고 스스로 혼탁해지고 비틀리며 비명을 지르고 구토를 한다. 언어가 사랑의 고름덩어리인 것이다.

대한민국을 선전하는 화려한 영상 앞에서 부동자세로 경배해야만 하는 한국인들의 굴종을 장면 그 자체로서 드러내고 있는 황지우의 시도 유사한 태도를 본다. 다만 그의 시에는 이 뒤엉킨 상황을 하나로 집약시키는 어떤 에너지가 있다. 그 에너지는 때로는 이 사태를 반성적으로 성찰하는 눈의 에너지이기도 하며, 때로는 상황을 꿰뚫고 나아가는 행동의 에너지이기도 한다. 즉, 그 에너지는 인식의 에너지이기도 하고 운동의 에너지이기도 한다. 반면 김혜순의 시는 상황과 주체의 뒤엉킴이라는 주제를 인간과 사물 사이의 관계의 전복이라는 문제로 치환한다. 그의 시에서는 사물이 말하고, 구멍은 빠지는 자리가 아니라 튀어나오는 자리이며, 현실은 이미지를 통해 자신을 장식하는 대신, 이미지가 폭발하여 현실을 종잡을 수 없이 변형시킨다. 왜 그렇게 되는가? 인간들이 그렇게 사물들을 만들고 써먹고 방치했기 때문이다. 사물들은 버려진 채로 스스로 살아, 제 나름의 삶을 산다. 신기하고도 그로테스크한 정령으로 진화하면서. 그리하여, 인간이 쓸모없음 속에, 무지 속에, 저열함 속에 방치해놓았던 것들이 문득 인간의 눈앞에, 말하는 자동인형, 요정, 긴 코의 마법사, 얼음 공주, 중간계의 생명들로 깜짝 놀라게 출현해, 인간의 삶을 되묻는다. 이게 제대로 된 삶이냐고. 그렇다는 것은 김혜순의 사물–생명들이 인간에게 버림받았음에도 불구하고 적대적이지 않고 친화적이라는 것을 가리킨다. 왜냐하면 실은 인간이 문득 자신의 삶을 뒤돌아보았을 때 그들을 만날 수 있었기 때문이다. 다시 말해, 저 정령들은 실은 시인 김혜순의 카메오가 아닌가?

1987~88년은 한국 사회를 짓눌렀던 독재 정치가 막을 내리고 민주화가 실질적으로 뿌리내리기 시작한 시기다. 민주화와 더불어 한국의 시도 다양하게 개화한다. 황인숙의 시는 정치적 민주화가 탄생시킨 '순

수 개인'의 감각을 노래한다. 그는 "아무에게도 엿보이지 않고/아무도 엿보지 않"는 하늘에서 "코를 막고 솟아오른다". 그 이전의 시인들에게 강박관념이었던 사회적 책임의 문제로부터 황인숙적 개인은 말끔히 벗어난다. 그는 오로지 자신의 활동성에만 집중하는 것이다. 황인숙이 상징하는 새로운 시대, 그게 게마인샤프트이든 게젤샤프트이든 어떤 공동체에도 의존하지 않는 단자들의 세계의 출현 앞에서 어떤 사람들은 옛날의 공동체에 대한 향수에 쓸쓸히 젖는다. 허수경의 시는 그런 지나간 시절에 대한 송가다. 그의 존재의 지위statut는 이제 공동체의 구성원이 아니라 개인이지만, 이 개인은 활동성으로 요동하지 않고, 잔여물로 남아 있다. 이 잔여물-개체는 어떤 운동성도 없이 오직 "대패밥 먹듯 깔깔"한 버림받음의 감각만을 늙은 빛처럼 발한다. "햇살이 기어코 내 마음을 쓰려뜨"렸으니, 작렬하는 햇빛에 타버린 자가 반사하는 희미한 잔영만을. 한편, 송찬호에게 1990년 이후의 세계는 민주화와 더불어 화려한 사회적 환희를 구가하는 시대다. 시인은 그 세계의 환희를 둥근 이미지로 치환하며, 그 둥근 것 뒤에 잠복해 있는, 모난 것, 날카로운 것, 딱딱한 것의 존재를 환기한다. 민주화가 되었다고 했지만, 그 과정 속에서 희생당한 모든 것들은 여전히 부서진 잔해 더미로 남아 있는 것이다. 혹은 민주화를 위해서 한국인은 얼마나 비민주적인 투쟁을 감수해야만 했던가? "달이 빛나는 순간 세계는 없어져버린"것이다. 그러나 그것은 "환한 달빛 속에 감추어져 있다". 시인의 언어는 그 감추어진 것을 장막 바깥으로 돌출시키는 역할을 한다. 이 돌출을 위해서 그 언어 자신이 '낯선' 것이 되지 않을 수 없다. 이원은 새 세상은 무엇보다도 현란한 접촉과 접속의 시대라 말한다. "나는 클릭한다 고로 나는 존재한다"에서의 '클릭'은 대상에 대한 감각을 통한 대상의 소유이며 동시에 대상과의 감각과 감정의 교환을 통해 세계를 자신 안에 충족시키고자 하는 욕망의 표현이다. 그러나 이 이 소유와 충족은 환상 속에서 몸부림친다. 궁극적으로 이 시대의 존재 방식은 "나는 부재한다 고로 나는 존재한다"이다. 우리는 박상순의 생명과 사물들의 괴상한 행동들의 연속에서도 개체들의 운동의 폭발과 그것이 야기한 난장판의 장면을 볼 수 있을 것이다. 그런데 박상순에게 이 상황은 언제나 놀이로 치환된다. 그것은 시인이 세계를 동화적 판타지로 끌고 감으로써 자기 교정 능력을 부여하고자 하기 때문이다.

1997년 IMF의 위기를 넘기고 21세기에 접어들면서 한국 사회의 민주화와 경제적 풍요는 한층 확대되었다. 그와 동시에 한국인의 의식과 감각도 개인의 실감을 넘어서 자발적인 자기 표출로 확장되고 스스로 군중화되기 시작한다. 2002년 한일 월드컵 때 장관spectacle을 펼치며 세계인을 놀라게 했던 응원 문화는 그러한 양상이 최고도의 밀도를 획득한 경우이다. 아마도 객관적인 시선을 갖춘 사람이라면, 이러한 집단적 자발성의 문화와 북한의 매스게임 문화 사이의 기묘한 상동성homologie과 차이différence에 대해 의혹을 품기 시작할 것이다. 그에 대한 해답의 모색은 미래의 과제로 남겨놓고, 한국의 젊은 시인들에게로 돌아간다면, 놀랍게도 그들은 이 집단적 자발성의 문화에 대해 거의 동조하고 있지 않다. 이 문화가 이른바 한류라는 표제를 달고 세계를 향해 뻗어 나가, 그 굵은 가지 중의 하나인 K-Pop에 유럽의 대중들이 몰려들게 된 이 시점에서 볼 때, 이 문화에 대한 시의 무관심은 이상하게 느껴질 수도 있을 것이다. 그러나 가만히 들여다보면, 우리는 적어도 두 개 이상의 관련성을 찾을 수 있다. 하나는 이 자발적 집단주의의 문화가 폭발하고 있는 동안, 시는 더욱 잊혀져가고 있었다는 것이다. 실제로 오늘날 어떤 서점에서든 시집의 진열대를 찾기란 쉽지 않다. 물론 한국인의 시 사랑은 유별난 데가 있어서 초판 1천5백 부가 다 소화되는 시집들도 적지 않지만, 그러나 옛날, 특히 20세기 후반기에 시가 누렸던 영화에 비하면 지극히 빈한한 모습인 것은 확연하게 보이는 현상이다. 하지만 이보다 더 중요한 것은 젊은 시인들의 시가 동시대의 대중문화에 무관심한 게 아니라, 오히려 그것에 삶의 뿌리를 댄 상태에서 그것에 저항하고 있다는 것이다. 한국의 젊은 시는 오늘의 문화의 울타리 바깥으로 밀려나는 패주 속에서 뒤를 돌아본 자세로 대중문화의 향방을 똑바로 응시하고 그것에 의혹과 반성의 태그를 붙인다.

가령, 김행숙의 "미친 듯이 창문들이 열려 있는 건물"이 은유하는 바를 눈치채지 못할 독자는 없을 것이다. 그것은 어떤 집단적 광기의 장소다. 그 광기의 "오르가즘이 무섭다"고 다른 시의 화자는 말한다. 왜 이런 집단적 열림이 광기란 말인가? 한 시의 말을 그대로 빌리자면, "그대가 그대에게 복종"하고 있는 사태가 그것이기 때문이다. 말을 바꾸면, 이 자발적 집단주의의 주체들은 주체됨의 이름으로 스스로 주체성을 망각하고 있는 것은 아닌가? 김행숙이 집요하게 묻고 있는 이 질문은, 그러나 시인 스스로 그 안에 자신이 포함되어 있다고 판단하기 때문에, 아주 미묘하게 꼬인다. 자신이 자신에게 복종하는 이 상황은 동시에 비판하는 자가 비판받는 자가 되어야 하는 상황이기도 한 것이다. 독자가 읽는 것은 이러한 사태의 엉킴에 대한 정직한 직면이며, 동시에 사건의 화려한 묘사 속에서 끊임없이 발동되는 해석의 정지다. 이 정지가 좀더 높은 차원의 해석을 위한 빈 공간을 만든다. 물론 그 빈 공간에 뛰어드는 존재는 시인만이 아니라 독자이다.

김행숙과 더불어 성기완과 오은이 두루 이 집단적 자발성의 문화 속에 감염된 채로 그에 대한 내부적 저항을 시도하는 시인들에 속한다. 그러나 태도에는 얼마간의 차이가 있다. 성기완의 저항은 화해를 경유한 반성과 재탄생이라는 장기전을 기획한다. 왜냐하면 당신과 나는 각각 상대방에 대하여 읽고 쓸 '텍스트'이기 때문이다. 그 상대방의 텍스트는 그냥 타블라 라사가 아니다. 그것은 나를 기다리고 있는 움직임이다. 그래서 그는 말한다: "봄볕 아지랑이처럼/춤추는 그림자를 다오/땅바닥 위로 일렁이는/돋아난 마디를 다오." 반면 오은은 어휘들의 의미론적 전치, 현실 욕망들의 브리콜라주bricolage를 통해 본래의 흐름에서 이탈시켜나가는 길을 모색한다. 그 길의 모색이 어떤 해답을 얻을 수 있는 건 아니지만, 독자는 현실에 대한 혼잡한 분출과 그 분출에 작용하는 이탈의 운동이 '흰 스파이'와 '검은 스파이' 사이의 공방처럼 중첩되어 전개되어나가는 과정 속에서 산다는 것의 지난함과 엄혹함을 동시에 느낀다.

심보선, 이기성, 진은영은 저 옛날 개인 주체의 이념적 원형으로 돌아가려 한다. 그들은 1990년대의 순수 개인의 몸체를 거꾸로 돌려 1960년대 4·19세대의 개인민주주의의 이상성에 접근시키려 한다. 심보선에게 그 이상형으로서의 개인은 발언의 운동으로서 나타난다. 그에게 중요한 것은 개인의 개체성이 아니라 운동성이다. 세상에 대한 거부와 저항 그리고 호소의 외침에 가장 충실한 유일성과 진실성을 부여하는 것이다. 다른 한편 이기성에게 저 이상형은 모든 것이 "초콜릿처럼 녹아내리는" 향락적이고 굴종적인 액체의 세상에서 단단한 실체로서 일어서는 일이다. 그의 상상력이 '다리'라는 신체적 부위에 집중되어 있는 건 그 때문이다. 이기성의 실체는 진은영에게서는 흔적으로 나타난다. 허수경에게서처럼 그것은 지나간 것이다. 다만 허수경에게 지나간 것이 공동체라면 진은영에게는 개인이다. 그런데 한국인은 1990년대 후반 이후에야 겨우 개인을 실감하기 시작했을 뿐이다. 따라서 저 지나간 것은 실상 아직 오지 않은 것이다. 다시 말해 그것은 도래할 것이다. 따라서 그가 바라는 것의 부재를 가리키는 흔적들은 동시에 그것의 도래를 기다리는 기미들로서 작용한다. 그의 "손가락 끝에서 시간의 잎들이 피어"나는 것이다.

우리는 이제 젊은 시인들의 가장 난해한 지점으로 다가간다. 그 난해함은 현실에 대한 부정을 통째로 새 삶의 가능성으로 만들려고 하는 데서 발생한다. 우리는 앞에서 20세기 이후에 등장한 젊은 시인들이 동시대의 개인성의 열망으로 포화된 자발적 집단주의 문화에의 연루와 동시에 그로부터의 소외 그리고 그 상황에 대한 저항으로부터 솟아났음을 보았다. 강정, 이준규, 하재연의 시들에선 그러한 상황 인식이 얼핏 보이지 않는다. 그 대신 요령부득의 삶을 체험 혹은 실험으로서 실행한다. 강정이 그 까닭의 일단을 보여준다. 그는 말한다. "수천 번 죽음을 노래했건만/내가 아직 살아 있는 게 이상"했다는 것이다. 그러니 세계를 부정하는 것보다 나의 삶을 더욱 탐구해야 하지 않는가? 그 인식의 순간 그는 세계의 부정성을 끌어안고 그것을 통째로 삶의 생기로 변환시키려는 운동을 행하기 시작한다. "완전히 허물어진" "세상의 하복부를 적시는 빗물 속에서"도 그는 기다리며, "역한 감각을 발산"하는 세상의 "비릿한" 세상의 "살덩이"와 자신의 "고통을 교통시킨다". 그 교통의 순간은 "최초의 문장이 씌어지는 순간"이다. 그리고 최초의 문장은, 겉으로 나타난 현상이 무엇이든, 세상이라는 대지에 화석처럼 새겨지는 것이다. 그래서 삶 그 자체가 되는 것이다.

그러니까 이 시는 그냥 생명의 신비함을 노래하는 시가 아니다. 오히려 세계의 부정성을 통째로 삶의 신비로 바꾸는 운동이다. "세상의 모든 시를 시작하리라"는 선언과 함께 등장했던 이준규는 최근의 시들에서 사물과 사물 사이의 끊임없는 근접적 동화의 세계를 보여준다. 이 근접적 동화 속에서 감각의 확장이 일어나는데, 이준규는 확장된 감각에 의문부호를 상표처럼 붙여놓는다. "너를 바라보며 나는 좋았다./너를 만지며 나는 좋았다./언제./너를 핥으며 나는 좋았나"라는 식이다. 근접적 동화의 세계는 동시에 근접할수록 낯설음이 부각되는 세계다. 익숙한 세상을 심화시키는 과정이 곧바로 새로운 세상이 태어나는 과정이 되게끔 하는 것, 그것이 이준규의 실험이라 할 수 있을 것이다. 이 앤솔러지에 참여하는 시인 중에 가장 젊은 하재연은 강정이 꿈꾸는 최초의 문장을 시시각각의 사건으로 만드는 작업을 시도하고 있는 듯하다. 그가 "육신으로 기록"하는 "몸의 모래알갱이들"로 씌어진 "피의 책"을 우리는 세계의 전면적인 혁신이라는 방향에서 읽어보아야 할 것이다.

지금까지 한국 현대시의 특성을 개괄한 다음, 이 앤솔러지에 소개되는 시인들을 중심으로 그 실제적인 현상들을 살펴보았다. 그것을 위해 필자는 한국 현실과 현대시와의 상호 길항관계를 축으로 해서 한편으로 그것의 통시적 변화를 살피고 다른 한편으로 공시적 편차를 나누어보았다. 이 해석 틀과 분류 방식이 오로지 옳기만 하다고 말할 수 없을 것이다. 다만 프랑스 독자들에게는 아무래도 낯설 수밖에 없는 극동의 언어문화를 가능한 한 향유 가능한 것으로 만들기 위해서 필자 나름으로는 불가피하게 선택한 해석적 전략이었을 뿐이다. 실제로 시인들은 필자가 제시한 시적 실천의 지표들의 어느 한 곳에 머무르기보다는 모든 곳을 넘나들고 있다고 봐야 할 것이다. 다만 내가 제시한 지표 속에 그들 각각이 좀더 집중적으로 자신의 에너지를 투여하고 있다고는 말할 수 있을 것이다. 또한 이러한 틀과 분류는 불가피하게 포함과 배제의 폭력을 저지를 수밖에 없다. 가령 우리는 조정권의 시에 대해, '동양적 풍경'에 대한 미셸 콜로Michel Collot의 관점[8])에 기대어, 풍경을 외부 광경으로 보는 서양의 시선과 달리 "인물이 풍경 속으로 침잠"하고 "풍경의 세목들을 지우는" 방법을 통하여 풍경이 "내부의 울림으로 가치를 지니는" "정경"으로 나타난다는 동아시아적 문화의 한 예로서 이해하고, 이 이해를 확장해, 우리가 전반부에서 한국 현대시의 두번째 방향이라고 부른 융합적 방향의 한 창조적 도약의 범례적 실천으로 읽을 수도 있을 것이다. 또한 오랜 타향(미국) 생활에서 밴 향수와 동화적인 심성의 결합으로 나타나는 박이문의 담백한 시도 역시, 우리의 해석 틀 안으로 넣기가 어려웠다. 그러니 이 불완전할 수밖에 없는 해석 틀을 단지 일종의 오르되브르Hors d'Œuvre로서만 받아들여주시기를 바란다. 진정한 요리는 한국시의 맛과 결을 직접 측정하고 그 분량들을 조절해 최적의 배합 음식을 만들어낼 프랑스 독자 자신들에 의해 만들어질 수 있을 것이다.

[2012]

---

8) 미셸 콜로Michel Collot 씨는 2011년 10월 6일, 연세대학교에서 「동서양의 지평과 지평구조 Horizon et structure d'horizon: entre Orient et Occident」을 발표하였고, 이 발표의 전문은 『유럽사회문화』 제7호(연세대학교 유럽사회문화연구소, 2011)에 수록되었다.

순수 개인들의 탄생[1]
── 한국문학의 새로운 지평

여기에 젊은 한국문학이 있다. 이들의 세계는 1990년대 이후 달라진 한국인의 새로운 정서, 새로운 의식을 반영한다. 20세기 내내 한국은 '조용한 아침의 나라'로 알려져왔다. 그러나 오늘날 세계에 가장 널리 알려진 한국인의 이미지는 역동성이다. '다이나믹 코리아'라는 용어는 사방에서 작열한다. 이 변화는 1987년 민주항쟁 그리고 1988년 서울 올림픽을 통해 시작되었다. 1988년 올림픽에서 한국을 상징하는 최고의 이벤트가, 관중석 전체의 시선이 집중된 드넓은 운동장을 한 어린이가 굴렁쇠를 굴리며 가로지르던 장면이었음을 상기해보자. 그렇게 한국은 조용히 세계에 자신을 알리기 시작했다. 서울 올림픽은 그렇게 조용히 시작했으되, 화려한 스펙터클을 연출하며 성대한 잔치를 만들어

---

1) 이 글은 젊은 작가 소설 모음집 『*Séoul, vite, vite!: Anthologie de nouvelles coréennes contemporaines*』(Philippe Picquier, 2012)의 해설을 위해 쓰어진 글이다.

냈다. 그때부터 한국은 조용하지 않은 나라가 되었다. 한국인의 역동성은 특히 2002년 월드컵 당시 한국의 응원 문화를 통해 세계인의 뇌리 속에 각인되었고, 한국과 관련된 모든 존재, 사물 들은 쉼 없이 뛰면서, 그 이미지를 지속적으로 확산시켰다. '사물놀이' '난타'에서 '현대 자동차' '갤럭시 시리즈'를 거쳐 오늘의 'K-Pop' 열기에 이르기까지.

이러한 이미지는 한국인의 어떤 본질적인 특성에 관계하는 것처럼 여겨질 수 있겠으나 실상은 역사적 성격을 갖는 것이다. 즉, 경제적 성장과 정치적 민주화가 실제적인 충족감을 주는 어느 선에까지 다다랐을 때, 한국인은 다른 삶을 살기 시작했고 전혀 다른 존재로 거듭났던 것이다. 그 다른 삶이란 무엇인가?

20세기 내내 한국인의 삶은 공동체의 운명 속에서 규정되고 이해되었다. 36년간의 피식민지화, 강요된 분단, 전쟁, 그리고 독재로 이어진 반쪽이 된 반도의 고난과 그로부터 탈출하려는 몸부림 속으로 속속들이, 시시각각 귀속되었다. 따라서 한국인 개개인의 말은 집합명사로서의 '한국인'의 이름으로, 혹은 '한국 민족의 한 성원의 이름'으로 발설되었다. 위로부터의 강압적 근대화를 이룬 지배 권력은 모든 국민을 "민족 중흥의 역사적 사명을 띠고 태어난"[2] 사람으로 만들었다. 그들만이 아니었다. 정반대의 위치에서 독재 권력에 저항한 사람들 역시 집단의 폭력에 대한 개인의 희생을, 집단주의적 강령에 개인의 자유를 맞서게 해 싸우지 않았다. 그보다는 제국주의에 맞서 민족주의를 내세우고, 훼손된 한국 민족을 회복하는 일에 주력하였다. 그들에게 "민족을 생각

---

2) 1968년 국가에 의해 제정되어 나날의 지침으로 배포된 『국민교육헌장』의 첫 문장에 들어 있는 말이다.

하지 않는 문학은 문학이 아니"[3]었던 것이다. 알튀세르의 유명한 금언[4]을 빌리자면, 모든 담론의 장소에서 한국인 하나하나는 민족의 '주체'로서 '호명됨'으로써만 존재할 수 있었다.

1987년의 6월 항쟁은 그러한 민족주의적 담론들의 싸움이 절정에 다다른 사건이었다. 그리고 마침내 민주주의의 생활화가 시작되었다. 정치적 민주화와 더불어, 소비사회의 팽창, 현실사회주의의 붕괴, 정보화 사회의 등장은 마침내 한국인들을 공동체의 운명으로부터 자유롭게 해주기 시작하였다. 어떤 사회적 명령, 도덕적 기준, 종교적 계율 등, 외부의 어떤 것에도 의존하지 않는 순수한 개인에 대한 욕망이 피어오르기 시작한 것이다. 그리고 그때까지 민족을 부흥시키는 데 동원된 에너지가 몽땅 개인의 개화를 위해 동원되게 되었다.

그러니까, '조용한 아침의 나라'라는 한국의 이미지가 '민족'과 상응한다면, '다이나믹 코리아'는 '개인'과 상응하는 것이다. 물론 이 개인이 욕망 그대로 외부의 어떤 것에도 의존하지 않고 순수하게 독립적으로, 제 자신만을 위해서, 제 자신에 의해서, 제 자신을 통해서만, 존재한다고 할 수는 없을 것이다. 그들은 '한국의' 축구에 열광하고, 그 때문에 집단적으로 뭉치며, 태극기를 두른 채 거리를 질주한다. 그들의 노래는 그냥 'Pop'이라 불리지 않고 'K-Pop'이라고 불림으로써 실존한다. 그러나 방향이 바뀐 것은 분명하다. 이제 더 이상 공동체가 그들을 규정하지 않는다. 거꾸로 한국인 하나하나가 개인의 이름으로 한국을 구성

---

3) 이 표현은 '한국작가회의' 사무실에 걸려 있는 편액 속에 들어 있는 것이다. '작가회의'를 방문하는 사람은 누구나 가장 먼저 저 호령을 만난다.

4) "L'idéologie interpelle les individus en sujets." Louis Althusser, "Idéologie et appareils idéologiques d'État", *Positions*, Éditions sociales, 1976, p. 122.

한다. 방금 본 알튀세르의 명제를 바꿔서 사용한다면, 그들은 스스로를 한국의 '주체'로 '자처'함으로써 존재하기 시작한 것이다. 여기에 한국적 역동성의 불가사의가 있다. 사회를 구성하는 개인들이 이해관계의 충돌을 겪지 않고 이토록 일사불란하게 모일 수가 있는가? 이 자발성 뒤에 무언가 이것을 움직이는 다른 메커니즘이 있는 건 아닌가? 이것은 가령 북한의 매스게임이 보여주는 바와 같은 조직화된 집단 미학과 어떻게 다른가?

이 현상에 대한 좀더 심층적인 분석은 아직 날을 기다리고 있다. 현재로서는 이에 대한 두 가지 극단적인 반응이 있다는 것을 적어두는 것으로 만족한다. 하나는 이 현상을 순수한 자발성의 결실로서 보는 것이다. 특히 유럽의 대중들을 통해서 표출된 이러한 반응에는 개인의 능력의 경계를 초월하는 듯이 보이는 이 개인들의 집단화가 연출하는 스펙터클에 대한 경이의 시선이 포함되어 있다. 다른 하나는, 이 현상을 자기 망실을 자기 환상의 에너지로 쓰는 데서 연유하는 집단적 흥분이라고 해석하는 것이다. 몇몇 식자들을 통해서 조심스럽게 시도되고 있는 이 해석은 아직 충분한 실험을 거치지 않은 상태다.

여하튼, 이 역동성의 원천에 한국인의 '개인'으로서의 해방이 있었다는 것만은 분명한 사실이다. 그리고 오늘의 젊은 문학은 이 해방의 흐름 위에서, 한편으로는 그 해방을 주도하고 다른 한편으로는 그 흐름을 반성하면서 피어났다.

신경숙, 김인숙 등은 그러한 '개인'의 실존을 처음으로 한국문학에 등장시킨 세대에 속한다. 그들의 세계는 사회적 관계에 적응하지 못하고 붕괴되어가는 개인의 비극과 절망을 보여주고 있다. 가령 신경숙의 「그는 언제 오는가」의 기본 주제는 모든 관계로부터 자신을 유폐시켜버린 개인의 죽음과 그로 인해 상처를 입은 가족들의 회한이다. 그들은 끊임없이 묻는다. 도대체 어떤 '오류'가 있어서 이런 사태가 일어나고 말았는가? 누구의 책임인가? 이 물음은 그러나 대답될 수 없는 것이다. '동생'의 죽음은 누구의 잘못 때문이 아니라 불가항력적인 병으로부터 기인한 것이기 때문이다. 독자는 저 대답될 수 없는 물음의 되풀이 속에서 무언가 다른 질문이 서서히 부상하고 있는 것을 느낄 수 있을 것이다. 그 물음은 '연어'의 모천회귀에 대한 근본적인 의혹으로 나타난다. 즉, 연어의 그 행동이 철저한 자기희생을 요구하는 것이라면, 그것은 정말 타당한 것인가?라고 묻는 것이다. 이때 연어의 모천회귀는 단순히 생명의 신비라는 말로 미화되지 않는다. 그것은 차라리 종족 보전을 위한 본능적인 행위로서 이해된다. 작가는 숨어 있는 물음의 부상을 통해서, 그 종족 보전의 본능에 대해 개인의 삶 그 자체의 소중함을 맞서게 한다. 모든 관계와 의무와 본능을 넘어서, 각 개인의 삶은 그 나름으로 존중되고 보호되어야 하는 것이 아닌가?라고 항변하고 있는 것이다.

신경숙 소설의 주제는 그러니까 관계의 회복을 향한 것이 아니라, 관계에 대한 저항을 향하고 있다. 그리고 그것을 위해서 이야기의 차원에서는 관계의 불가항력적인 망실의 지속적 과정을 기술해나가는 한편, 형태적 차원에서는 생을 시시각각의 충족으로 받아들이는 느낌의 언어를 발생시킨다. 현실은 덧없는 붕괴의 지속인 데 비해, 느낌은 매 순간의 충만한 완성이다,라고 신경숙의 소설은 말한다. 이 느낌을 보듬는 존재, 그것이 신경숙이 한국문학의 장에 제출한 '개인'이다.

우리는 김인숙의 소설 「그 여자의 자서전」도 비슷한 관점에서 이해할 수 있을 것이다. 이 소설은 성공한 사업가이자 정치가인 사람의 자서전을 대필해주는 사람의 자기로부터의 소외를 다루고 있는 듯이 보인다.

그런데 왜 제목은 '그 여자의 자서전'인가? '그 남자의 자서전'이거나 '자서전을 써주는 여자'가 아니고? 그 제목은 타인의 자서전을 대필하는 행위 역시 한 사람의 소중한 자기 보존 행위라고 말하고 싶어하는 것이다. 그 점을 이해하고 보면, 소설 속에 등장하는 모든 인물들의 행동, 즉 자서전을 실제 주인공인 사업가, 아버지, 오빠 등의 삶이 모두 타인에게 기대거나 타인을 위해서 사는 듯이 보이는 그 외양으로 실제로는 "자신을 지킬 수 있는 수단"에 대한 온갖 모색이었다는 것을 알아차리게 된다. 김인숙은 신경숙처럼 관계에 대한 저항으로까지 나아가진 않지만, 모든 종류의 인간관계의 얽히고설킴을 개인의 회복이라는 시각에서 다시 읽게 만든다.

"아무것도 아닌 채로 죽는 것은 억울하다"는 명제로부터 출발하는 김중혁의 「악기들의 도서관」에선 아예, 개인의 자족적인 삶만이 두드러진다. 거기에 사회적 관계가 재현되지 않는 게 아니다. 그러나 사회적 관계는 상처를 주지 않는다. 사랑하는 애인이 떠나도 그것은 "나로서는 안타까운 일이지만 내게는 선택권이 없"기 때문에 "어쩔 수 없는" 것으로서 받아들여진다. 더 나아가 그것은 떠나간 사람에게 자신의 삶을 "강요할 수는 없"기 때문에 더욱 어쩔 수 없는 일로서 이해된다.

타인에 의해서 상처를 입는다기보다, 타인에게 강요하지 않는 나만의 삶, 그것이 "아무것도 아닌" 존재가 '되지 않으면서' 살아가는 방식이다. 인간의 관계들로 뒤얽힌 현실 안에서 그렇게 산다는 건 불가능하다. 그렇기 때문에 저 소망 자체가 부정문의 중첩으로 이루어져 있다. 그러나 작가는 그런 삶이 가능한 지대를 발견한다. 바로 예술의 영역이다. 그에게 예술은 신성한 비의를 강렬한 인상으로 표현하는 작업이 아니다. 그것은 무엇보다도 특정한 기술을 실행하는 행위, 그 실행을 통해서

"스스로 자신의 규칙들을 창조해나가는 훈련"[5]이라는 캉길렘적인 행위이다. 김중혁 소설의 인물은 '행위로서의 예술'을 통해서 사회로부터 독립해서 자기만의 삶을 발견하는 존재들이다.

그러나 개인의 탄생이라는 이 역사적 사건 뒤에는 그 탄생의 결과와 가능성에 대하여 불안과 공포의 시선으로 지켜보는 또 다른 눈들이 있다. 우선은 개인의 출현과 더불어 사라진 세계가 있는데, 그 세계는 영구히 사라진 게 아니라 유령이 되어 세상의 주변을 배회한다는 소문이 있다. 전성태는 그 유령이 '존재의 숲'에서 산다고 말한다. 구체적으로 말해 그렇게 유령됨의 운명에 처해진 게 무엇인가? 개인들의 세계가 합리적 계약에 근거한다면, 그것과는 정반대되는 관계가 있다. 그것은 무차별적 교환관계의 세계다. 내 것이 네 것이 되고, 거짓말과 참말이 뒤섞이고, 한 남자의 두 부인이 한 집에서 함께 어울려 사는 세계가 있다. 한때 서양의 인류학자들이 인디언들에게서 발견하고 놀랐던 '포틀래치'의 의식과도 같은 무차별적 증여에 무차별적 전유가 얽혀 있는 그런 세상이 있다는 것이다. 전성태 소설 「존재의 숲」의 화자는 "허리가 휘고 왼쪽 팔꿈치에 단단한 돌이 박"힐 정도로 "문지방에 기대어" 그 세계의 이야기를 듣는다. 그 세계는 숲에서 불어오는 바람 소리처럼 기척만 있고 실체는 없다. 그래서 그것은 불안의 바이러스를 퍼뜨리며 개인들의 세계 주변을 떠돌아다닌다.

그 유령들이 불안을 일으키는 것 외에 무슨 일을 하는지 작가는 말하지 않는다. 그러나 그 유령의 눈으로 보면, 어쩌면 오늘의 개인들의

---

5) Georges Canguilhem, "Réflexions sur la création artistique selon Alain"; Guillaume Le Blanc, *La vie humaine — Anthropologie et biologie chez Georges Canguilhem*, Paris: PUF, 2002, p. 160.

순수 개인들의 탄생 407

세계가 더욱 무서운 공포의 세계일 수 있다. 김영하의 「이사」는 합리적 계약관계에 의해 진행된다고 믿은 일과 그 일의 실무자들이 행한 매우 조직적인 업무가 실은 험악한 위협과 폭언, 그리고 절차의 무시를 통해 비합리적일 뿐만 아니라 심지어 폭력적으로 진행되는 광경을 재현한다. 작가는 그 사태에 직면한 힘없는 소시민의 공포를 비명처럼 던지고 있다. 이 묘사를 통해, 작가는 한국 사회에서 개인들의 세계는 아직 허울로만 존재한다고 주장하는 것일까? 그렇다기보다는 그는 오히려 어떤 합리적 사회도 수시로 불현듯 닥치는 재앙들을 능가할 수는 없다는 염세주의적 인식을 드러낸다고 보는 게 타당할 것 같다. 왜냐하면 '이사' 과정 중에 발생하는 문제들의 근원에는 짐꾼들의 야만성만이 아니라, 천변 재해('황사')와 문명의 오작동과 행정의 비인간성('엘리베이터 고장'과 '수리')이 더 강력하게 작동하고 있기 때문이다. 그런 재앙의 잠재적 무한 속에서 인간의 삶은 언제나 근근히 목숨을 부지하는 가운데, 끝없는 파괴의 연속을 목격하는 것 이상일 수가 없다. 「이사」가 전하는 메시지는 바로 그것이며, 작품의 효과는 그 메시지의 절대성 앞에 직면한 인물들의 공포에 감염된 독자의 경악이라고 할 수 있을 것이다. 그 공포를 벗어나는 길이 있는가? 개인은 직접 스스로를 파괴하는 데서 한 줌의 자유를 얻을 수 있을지 모른다. 『나는 나를 파괴할 권리가 있다』(문학동네, 1996)에서 작가가 암시하는 것은 그것일 수도 있다.

그러나 세상이 잠재적 재앙으로 가득 차 있더라도, 사람들은 어떻게든 살아나간다. 이 재앙이 김영하에게 문명적인 것으로 비쳤다면, 정이현에게는 사회적인 것으로 나타난다. 왜냐하면, 한국의 경제성장이 지나치게 빠른 속도로 진행되었기 때문이다. 초고속의 경제성장은 한국인의 삶 곳곳에 허술한 균열의 지대를 심어놓았는데, 그것을 감독하는 일도 허술했기 때문에 언제 어느 곳에서 고속 성장의 복수가 터져 나올지 알 수 없는 상태였다. 그러한 환경의 증오가 가장 충격적으로 자행된 일 중의 하나가 1995년 일어난 대형 백화점의 붕괴였다. 정이현의 「삼풍백화점」은 바로 그 사건을 소재로 취하고 있다. 김영하의 문명사적 재앙이 출구가 없는 것으로 나탄다면, 정이현의 사회적 재앙은 그 규모가 훨씬 방대하고 참혹함에도 불구하고 출구를 열고 있다. 어쨌든 살아남은 사람들은 다시 백화점을 건설하면서 살아나갈 것이다. 그러나 그 출구는 실상 더 재앙적인 것이다. 왜냐하면 사회의 균열을 메꾸는 것은 사회인데, 그 사회 속의 구성원인 개인들은 더욱 철저히 사회제도의 조직 안에 갇혀버리기 때문이다. 이 사회에서는 욕망마저도 제도화된다. 욕망은 생존의 밑받침인데, 그 생존은 사회의 올가미에 묶여 있기 때문에, 사회가 요구하는 대로 욕망해야만 한다. 그 끔찍한 사태를 한 인물은 이렇게 비유하고 있다: "깊은 바다 속에 살던 오징어가 육지로 끌려나와, 몇 날 며칠 동안 땡볕 아래 바짝 말려진 걸로도 모자라, 뜨거운 불에 구워지는 건 너무 잔인하지 않니?" 그렇다면 '나'만의 욕망이라고 스스로 알고 있는 건 착각에 불과한 것이 아니지 않은가? 정이현은 순수 개인들이 자유롭게 살고 있다고 여겨지는 새로운 한국에서 생존하는 건 오직 "욕망하는 부품들"(들뢰즈)일 뿐임을 보여주는 듯하다.

다시 들뢰즈의 표현을 빌자면, 그렇다면 거기에 "기관 없는 신체"는 작동하고 있을까? 조경란의 「풍선을 샀어」는 그러한 욕망의 생산 작용이 순수한 형태로는 존재할 수 없다는 걸 확인하면서도 동시에 그것이 인간의 내부에서 끊임없이 시도되고 있다는 것을 간취해낸다. 가난한 철학자인 주인공은 "춥고 고독했으나 궁핍과 환상만으로도 인생은 흘러가기 마련"이라고 생각한다. 그러한 인식은 그러나 그에게 생의 의욕을 불러일으켜주지 않는다. 그의 무의식은 그의 어린 조카가 던지는 천진난만한 물음을 '자신을 규정하라는 명령'으로 듣는다. 그런데 나를 돌아보고 나의 모습을 확인하는 일만큼 괴로운 일은 없다. 그리고 이 공간에는 나의 장래를 걱정하는 부모님도 계신 것이다. 그러니, "환갑이 훌쩍 넘은 부모와 네 살짜리와 백일 된 조카가 둘 있는 집 안에서 자유인으로 살기란 정말 불가능한 일이다". 따라서 개인됨의 보편적 특징인 독립성은 자유분방한 모험 쪽으로 화살표를 뻗치지 못하고, '외로움'의 누런 색깔을 한 채로 축 쳐져 있다.

화자의 우울은 좀처럼 치유되지 못한다. 그러나 그것을 담담하게 묘사하는 가운데, 작가는 이 우울한 고독자의 몸 한구석에서 새 삶을 향한 도약이 맥박처럼 아주 바삐 주기적으로 일어나고 있다는 것을 동시에 확인한다. 우리는 스스로도 모른 채로, "헛일 삼아 나는 풀쩍, 빛의 파편들 속으로 발돋움을 해보"는 것이다. 또 그 비슷이, "풍선"을 사기도 하는 것이다. 그렇게 신생을 위한 연습이 자연 발생적으로 시도되는 걸 확인하면서 작중의 화자는 말한다. "만약 내가 고립적으로 살아갈 운명이라면 바로 그것 때문에 나에게는 독자성이 있을 것이다. 그런 것은 내부에서만 만들어지는 것일 테니까." 그것은 놀라운 발견이 아니다. 삶은 지속되고 있다는 "실존적인 작용에 대한 확신"일 뿐이며, 그 확신이 주는 슬픔과, 또한 그것이 권유하는 용기를 다시 한 번 되새기는 일일 뿐인 것이다. 그런 깨달음이 독자의 가슴을 벅차게 하지는 못할 것이다. 그러나 그 덕분에 삶에 쉽게 절망하거나 쉽게 흥분하게 하지도 않을 것이다. 오직 중요한 것은 산다는 것일 뿐임을 다시 되새기게 해줄 것이다.

가장 젊은 작가, 김애란의 「달려라, 아비」는 희한하게도 20세기 막

바지에 막 태어난 한국적 개인들의 자기 되기의 모험과 좌절과 패주를 종합적으로 보여준다. '어린이'의 시선이 그것을 가능하게 한다. 이 개인들이 스스로를 감당하지도 못하는 채로 어린이를 낳았기 때문이다. 어린이의 출현은 이 어린 개인들을 단박에 성인으로 만들어버린다. 즉, 사회적 관계 속으로 집어넣는다. 그러나 어린이는 동시에 두 사람의 자유로운 만남의 결과다. 그들의 자유가 제대로 실현되려면, 어린이를 잘 키워야 한다. 여기에서 개인과 사회는 다시 만난다. 개인이 정말 개인다워지려면 사회 속으로 진입해야 한다. 이것은 일반 도덕 교과서에서는 흔히 볼 수 있는 문구이지만, 실제로 실행하려면 근본적인 두 요구의 충돌에 직면하게끔 된다. 이제 이들은 단독자이면서 동시에 조직원이어야 하고, 어린이이면서 어른이어야 하며, 욕망대로 사는 자이면서 노동하는 자가 되어야 한다. 당연히 이 충돌을 해결하기 위해서는 지난한 노력이 필요하다. 세계를 이해하는 공부와 자기를 다스리는 훈련이 오랜 기간에 걸쳐 지속되어야 한다. 그러나 이제 막 태어난 21세기의 개인들은 그러한 훈련을 쌓을 시간을 갖지 못했다. 거기에서 이 모순을 해결하려고 열심히 뛰는 그 동작이 그대로 그 모순으로부터 도망가는 행위로 바뀌는 사태가 일어난다. 작품 속의 '아비'가 달리는 것이 바로 그 사태다. 그 사태는 문제의 모순이 그대로 행동의 모순으로 전치된 것이라고 할 수 있다.

그러나 작가는 문제의 모순과 행동의 모순이 똑같지 않다는 것을 보여주고 그것이 이 작품에 생동성을 부여하는 원천이 된다. 문제들의 모순 상황에서는 해결할 수 없는 상반성만이 두드러진다. 그러나 행동의 모순에서는 두 행동에 모두 역동성이 부여되면서 적극적 몸짓과 도피적 몸짓이 오버랩된다. 그 중첩에 의해서 아비의 도주는 아비의 발심과 겹쳐지고, 그때 그 중첩된 행동을 보는 주체는 아비의 도주를 더 큰 발심을 위한 이색적인 행동으로 상상하게 된다. 그렇게 작품 속의 화자, 어린이는, 사실과 상상, 과거와 미래를 자유롭게 뒤섞어 현재를 재창조한다. 물론 아이는 알고 있다. "용서할 수 없어 상상한 것"임을. 그러나 그 상상 속에서는 그의 상상이 부모에게 다시 투사되기를 바라는 소망이 숨어 있다. 부모의 언어로 옮기면 이렇게 될 것이다. "감당할 수 없으면 상상하라." 그것이 작품의 제목을 이룬다. 달리는 아비는 도망치는 아비일지 모르지만, '달려라, 아비'는 자신의 모순을 해결하기 위해 열심히 뛰는 아비를 그리게 한다. 그것이 소설적 상상의 힘이다. 따라서 자신의 거짓됨을 아는 이 소설적 상상은 지금 세계인의 주목을 받고 있는 한국적 역동성의 이면이라고도 할 수 있을 것이다. 소설은 문화를 되풀이하는 듯 되새긴다.

물론 저 상상의 힘 덕분에 문제가 얼마간은 캐리커처의 형식으로 축약되었다. 행동이 에너지를 발산한 대가로 문제가 가벼워졌다는 말이다. 진정한 독자라면, 그 문제에 다시 무게를 부여하는 작업을 해야 하리라. 그것은 우리가 지나온 독서의 흐름을 거꾸로 되짚어가는 길이 될 것이다.

한국문학의 개인 탐구는 여전히 계속되고 있다. 한국적 개인은 아직 신생아이기 때문이다. 그러나 그래도 20년 가까이 그 탐구가 계속되었으므로, 더 다양하고 성숙한 시도들을 기대해도 좋을 것이다. 실제로 2010년 이후, 새로운 소설적 기미들이 보이기 시작한다. 개인들의 출현 이후 한동안 잊었던 '사회'의 의미를 새롭게 묻는 작품들이 씌어지고 있는 것이다. 오늘 이 자리에서 소개하는 작품들과 새롭게 태어나는 최근의 작품들 사이엔 끊임없는 대화의 장이 열리게 될 것이다. 그 대화를 통해서 한국문학이 20세기 후반기에 열어놓은 새로운 지평은 더욱 넓어질 것이다.

[2012]

마르크스주의와 한국 사회
— 1970년대에서 1990년대까지의 한국문학을 중심으로

1. 마르크스주의와 민족주의

대부분의 제3세계의 사정과 마찬가지로 한국문학의 장에서 '마르크스주의'는 민족주의의 분출과 함께 피어났다. 피식민의 고통을 안겨준 제국주의의 발원지가 대부분 자본주의 체제를 만든 나라들이었고, 마르크스주의는 그 자본주의의 대안으로서 제출된 이념적 프로젝트였던 데다가 러시아와 중국에서 잇달아 정착하는 데 성공함으로써 지구의 이념 지도를 양분하였기 때문에, 그것은 어쩌면 당연한 일이었다. 그러나 「공산당 선언」의 그 유명한 문구, "만국의 노동자여, 단결하라"[1]에서 보이듯, 본래 민족은 마르크스주의의 핵심 요소가 아니었다. 때문에

---

1) "PROLÉTAIRES DE TOUS LES PAYS, UNISSEZ-VOUS !", in K. Marx and F. Engels, Le manifeste du Parti communiste. http://www.marxists.org/francais/marx/works/1847/00/kmfe18470000.htm

마르크스주의와 민족주의는 갈등과 동맹을 되풀이하였고, 다양한 방식으로 결합을 시도하였는데, 그것은 한국에서도, 그리고 한국문학에서도 사정이 같았다.

제2차 세계대전의 종전과 함께 한국은 해방을 맞이하였고 분단이 되었으며 내전이 일어났다가 휴전과 함께 분단된 상태에서 남북한이 서로 아주 다른 삶을 살게 되었다. 19세기 말의 서세동점 이후로 1세기 이상 이어진 삶의 고난의 연속은 한국인들을 기댈 데 없는 설움의 공동체로 묶어주게 되었다. 그리고 '기댈 데 없다'는 상황적 조건은 이 한(恨)의 공동체를 동시에 자신만의 고유한 은신처로 변신케 할 수밖에 없었다. 어디에도 자신을 의지할 수 없었을 때, 스스로를 자신의 의지처로 개조함으로써만 희망의 불씨를 살려낼 수 있었던 것이다. 한국인의 근대적 자각을 최초의 집단적 행동으로 보여준 1919년 3·1 독립선언이 실패한 이후, 한국인이 자신만의 고유한 정신세계를 개발하고 그렇게 개발된 상상 세계를 실재계로 옮겨놓은 것은 그런 사정에서 연유한다. 조선심, 조선적인 것이 상정되었고, 그 비슷한 모든 것들, 가령 '조선미' '동양적인 것' '민요' 등에 관한 담론이 부쩍 증가하게 되었다. 한국 민족주의의 시원은 여기에 있다고 할 수 있다.

일제 강점기하에서, 마르크스주의와 민족주의는 대립적인 위치에 있었다. 전자는 계급투쟁의 길을 모색하려 하였고 후자는 조선적인 것을 회복하려 하였다. 일본 자본주의에 의한 계급적 수탈의 맨 하층에 조선 민중이 있었으니, 마르크스주의와 민족주의는 거의 동질의 집단에 근거하고 있다고 할 수는 있다. 따라서 반제국주의라는 측면에서 마르크스주의와 민족주의는 연대할 수가 있었다. 그러나 세계에 대한 전망이라는 차원에서 보자면 두 이데올로기는 근본적으로 어긋나 있었고, 그 둘을 양립시키려면 특별히 고안된 논리적 장치가 개발되어야 했다.

　일제 강점기부터 오늘날까지 한국인들은 그 논리적 장치에 골몰하였다. 그 결과로 나온 해석 중 가장 강한 영향력을 가졌던 것은 1945년 해방 직후에 카프의 이론가였던 마르크스주의자, 임화가 제출한 '단계설정'이었다. 즉, 세계사의 전개 과정 속에서, 사회주의의 건설을 위해서는 자본주의를 거쳐갈 수밖에 없는데, 해방기의 '조선 사회'는 봉건적 유제가 여전히 잔존하는 상태로 있고 따라서 그것을 우선 청산하기 위하여 "근대적인 의미에서의 민족문학"[2]이 나와야 하고, 그것이 충분히 이루어진 후에야 다음 단계로 나아갈 수 있다고 보는 것이다. 그 점에서 "근대적인 민족문학"은 "보다 높은 다른 문학의 생성 발전의 유일한 기초일 수가 있"다고 그는 주장하였다.

　임화가 "근대적인 민족문학"이라고 지칭했을 때, '근대적인'이란 영어 'modern'의 역어이며, '근대적인 문학'은 마르크스주의의 논리적 틀 안에서 흔히 거론되는 체제 이행 과정, 즉 '봉건시대-자본주의-사회주의'라는 이행 과정 속에서 '자본주의'에 해당하는 '문학'을 가리키는 것임은 굳이 설명할 필요가 없을 것이다. 즉, 임화는 봉건적 잔재를 청산하기 위해서는 자본주의라는 중간기가 필수 불가결하다고 판단했던 것이고 그 중간기가 토대를 제공해주어야만 사회주의 문학의 건설이 가능하다고 보았던 것이다. 그 중간기의 문학적 명칭이 '근대적인 민족문학'이었던 것이다.

　그리고 하나 더 주목해야 할 것이다. '근대', 즉 '자본주의'는 민족(혹

---

2) 임화, 「조선 민족문학 건설의 기본과제에 관한 일반보고」, 『건설기의 조선문학』, 조선문학가동맹, 1946년 6월.

은 국가)nation 단위로 운영된다고 그가 생각했다는 것을. 그가 근대문학
에 곧바로 '민족national'이라는 형용어를 거리낌 없이 붙인 것은 그러한
생각에 근거했을 것이다. 그것은 마르크스와 엥겔스에 의해서 명시적으
로 표명된 관점은 아니었으나, 많은 마르크스주의자들이 대체로 그런
생각을 암묵적으로 공유한 건 사실이었다. 그런 관점은 가령 스탈린이
「마르크스주의와 민족 문제」[3]에서 "민족은 단순히 역사적 범주가 아니
라, 특정한 시대, 즉 상승하는 자본주의 시대의 역사적 범주다. 봉건제
의 청산과 자본주의 발전의 과정은 동시에 인간들이 민족 단위로 형성
되는 과정이다. 예를 들어, 서양 유럽에서 영국인, 프랑스인, 독일인, 이
탈리아인 들 등등은 봉건적 잔재를 짓밟고 승승장구한 자본주의의 전
진이 효력을 발휘했을 때, 민족들로서 구성되었다"라고 진술할 때 선
명하게 드러나는데, 아마도 이런 생각이 일반화될 수 있었던 것은, 봉
건시대 혹은 그 이전이 혈연이나 지연의 인연적 관계로 뭉쳐진 부족들
tribes의 공동체로 이루어지는 데 비해 자본주의 시대는 계약적 관계로
이루어진 새로운 '사회'로 이루어진다는 생각과 민족(국가)이 그러한 인
연적 관계를 넘어선 새로운 인간관계의 공동체라는 생각, 그리고 이어
서 자본주의를 극복한 사회주의의 사회는 민족 단위를 벗어나 지구적
규모(만국tous les pays)를 이룬다는 가정이 한데 어울려 이룬 일종의 대
응 관계, 즉 봉건주의/종족, 자본주의/민족, 사회주의/만국이라는 대
응 관계가 사람들의 정신 속에 쉽게 스며들 수 있는 도식성의 힘을 발휘
했기 때문일 것이다. 그런데 사실 '민족'이 종족의 인연적 관계를 넘어선

---

3) Joseph Stalin, *Le marxisme et la question nationale*, in http://www.contre-
   informations.fr/classiques/staline/stal4.pdf, 1913.

새로운 관계의 장, 즉 '의지'의 공동체라는 것을 처음 밝힌 사람은 마르크스주의와는 거리가 먼 에르네스트 르낭Ernest Renan이었다는 것[4] 역시 주지의 사실이다.

　남북한의 분단과 더불어 마르크스주의는 남한 지식의 장에서 공백 혹은 잠복의 상태에 놓이게 된다. 반면 민족주의는 1960년 4·19혁명 이후, 국가 차원에서든 민간 차원에서든 강화되기 시작해 1970년대 이후, 엄청난 '한국학 열기'가 지식의 장을 휩쓸게 되었다. 문학 역시 그 열기 속으로 적극적으로 가담한다. 그러나 이때의 민족주의는 '근대화'라는 관점에서 타올랐다. 1970년대의 민족적 주체성에 대한 열망을 주도한 집단은 대학생 시절에 독재 정권을 무너뜨린 경험을 한 4·19세대였다. 4·19세대의 정신적 에너지는 교과서를 통해서 배운 서양 민주주의 및 그와 연관된 다양한 개인주의적 사유로부터 나왔다. 아니 좀더 정확히 말하면, 그런 개인주의적 사유가 한국인, 한국성, 한국 사회라는 집단적 기표 안에 통합되어 재구성됨으로써 4·19세대가 주도한 민족주의는 꽃피울 수 있었던 것이다.

　다른 한편 민족주의의 '민족'은 그것이 도달해야 할 목표가 되는 순간 언제나 현실 생활의 차원을 떠나 신비화될 수 있었다. 왜냐하면 그것은 한국인이 한국인 자신을 목표로 삼는 것이기에, 현재 존재하는 자신의 모습으로부터 격리시켜 현실 바깥의 알 수 없는 높은 자리에 위치시키고자 하는 욕망을 부추기기 때문이다.[5] 앞에서 말한 바와 같이

---

4) 민족을 민족이게 하는 것을 에르네스트 르낭Ernest Renan은 '의지volonté', 그리고 "희생의 욕구에 의해 구성된 거대한 결속"이라고 보았다. 에르네스트 르낭, 『민족이란 무엇인가 Qu'est-ce qu'une nation?』, http://archives.vigile.net/04-1/renan.pdf, 1882; 한국어본: 책세상, 2002, p. 73, 81.
5) 그것은 15~16세기, 서양의 르네상스기에 대두한 휴머니즘이 "고대로의 복귀Retour à l'

일제 강점기하에서 조선인이 독립선언을 한 사건이자 운동인 1919년의 3·1운동의 좌절 이후, '조선심' '조선적인 멋' 등이 급히 만들어져서 조선인의 지식과 문화의 장에 널리 퍼져나간 것도 그러한 욕망의 결과이고, 1960, 70년대에 시인 서정주를 비롯 상당수의 지식인들 및 국가 주도하의 문화 정책이, 한국의 저 먼 과거에 번창했던 옛 나라, '신라'에 근거해 한국인의 이상적 이미지를 끌어내려고 했던 것도 그런 사정하에서 일어난 것이다.

2. 1970년대 민족주의의 마르크스주의적 경향

그랬기 때문에 4·19세대는 한국(인)의 근대화를 열망하면서도, 국수적 민족주의에 대해서 경계의 눈길을 거두지 않았다. 즉, 4·19세대는 민족주의적 열망 속에서도 그 열망이 신비화되지 않고 세계사적 보편성 속에서 실행되기를 바랐고, 따라서 '민족'이라는 용어에 대해 얼마

---

antiquité"라는 의미와 실제적 양상들을 가진 것과 거의 유사한 방법적 절차다. 즉, 르네상스인들은 신적인 것이 지배하던 '중세Le Moyen Âge'에서 해방된 새로운 인간으로서의 자신들을 '근대인'이라고 자칭하면서, 자신의 원형, 즉 인간 시대의 원형을 고대 그리스·로마의 직접민주주의(라고 가정된) 사회에서 찾았다(Jacques Le Goff, *L'imaginaire médiéval*, Gallimard, 1991, p. 7~9). 하지만 그렇다고 해서, 그렇게 자신의 이상적 기원을 상상으로 한 시도들이 모두 똑같은 결과에 이른다고 할 수는 없다. 서양 르네상스인들의 시도가 도달한 자리는 궁극적으로 구체제를 전복하는 과정을 통해서 얻은 시민 공화국이었는데, 한국인들의 시도가 도달한 자리는 어떤 점에서는 복고적 이상 세계이며[서양에서는 아더왕류의 기사도 로망이 간 길이 그렇다.─cf. Erich Kohler, *L'aventure chevaleresque: Idéal et réalité dans le roman courtois*, 2e édition, Gallimard, 1974(1970)], 다른 점에서는 그 시도가 현재진행 중이라 아직 예측할 수 없다.

간 유보적이었다.[6] 그런데 민족의 개념을 신비주의 늪에서 끌어내어 한 국인의 중요한 이념적 지표로 다시 세우고자 하는 시도가 1970년대에 나타나기 시작하였다. 그 움직임을 대표한 이는 백낙청인데, 초기에 서 양의 '시민문학'의 수준을 이상적 기준으로 내세우던 그는 1974년 7월 발표된 「민족문학 개념의 정립을 위해」[7]에서부터 '민족문학'이라는 용 어를 적극 사용하면서, '민족문학'의 필요와 과제와 목표를 다음과 같 이 제시하였다.

첫째, 민족문학의 필요성: "민족의 주체적 생존과 그 대다수 구성원 의 복지가 심각한 위협에 직면해 있다는 위기의식"

둘째, 민족문학의 당면 과제:

하나, "외세에 저항하는 근대 의식"

둘, "반식민·반봉건 의식의 부각"

셋, "평민문학"의 옹호: "일본제국주의의 침략에 대해 민족 주권을 수호하는 일을 양반에게서 기대할 수 없음이 너무나 명백해진 결과 그

---

6) 4·19세대이며, 1970, 80년대의 대표적인 문학평론가인 김현은, 그런 이유에서, 자신은 '민 족문학'이라는 단어를 사용하기보다는 '한국문학'이라는 단어를 쓴다고 말한 적이 있다: " 나 자신의 개인적인 의견을 밝혀본다면, 나는 민족문학이라는 용어를 좋아하지 않는다. 그것은 지나치게 국수주의적인 냄새를 풍기며, 지나치게 복고적이며, 지나치게 교조적이다. 그것이 포함하는 권력 지향적 특성이 또한 나에게는 싫다. 민족문학은 다시 한마디로 자르자면 한국 우위주의라는 가면을 쓴 패배주의자의 문학에 지나지 않는다. 그것은 사관이 결여되어 있는 문학이며 그런 의미에서 정신의 나치즘화에 쉽게 가담한다. 나는 그래서 민족문학이라는 용 어 대신에 최근 사학계에서 흔히 그렇듯이 한국문학이라는 객관적인 용어를 쓰기를 원한다. 한국문학에는 민족문학이 갖는 폐쇄적 어감이 없다. 한국문학이 민족의 우월성이라는 명제 때문에 완전히 폐쇄되어버린다면, 한국문학은 시조와 민요의 부흥이라는 허울 좋은 명목 밑 에서 질식하게 될 것이다"(김현, 「민족문학의 의미」(1970), 『사회와 윤리』, 일지사, 1975; 『현 대 한국문학의 이론; 사회와 윤리』(김현 문학전집 2), 문학과지성사, 1991, pp. 225~26).
7) 『월간중앙』, 1974년 7월; 『민족문학과 세계문학』(백낙청 평론집), 창작과비평사, 1978.

대안으로서는 민중 스스로가 이 과업을 떠맡는 길밖에 없었고 이러한 역사적 사명이 안겨진 민중 의식을 표현하고 일깨우는 문학만이 참다운 민족문학이 될 수 있다는 논리"

셋째(민족문학의 목표): 후진국(제3세계)의 민족문학이, 현재의 서구 문학이 상실한 시민문학의 진정한 전통을 회복시키고 그 경지를 끌어 올릴 수 있다.

백낙청의 '민족문학론'을 세운 기본적인 토대 사유는 '반제국주의'라고 할 수 있다. 그는 이 반제국주의를 피식민과 분단의 경험을 한 한국의 민족 문제 안으로 집중시킴으로써, 자신의 원래의 '시민문학론'에 중요한 두 가지 수정을 하게 된다.

첫째, 서양문학에서 모더니즘을 배격하고 리얼리즘만을 진정한 문학으로 내세우는 일: "서구 문학이 상실한 시민문학의 진정한 전통"이란 진술에서, 백낙청은 "시민문학의 진정한 전통"을 리얼리즘으로 보았고, 그것을 '모더니즘'이 상실했다고 본 것이다.

둘째, 민중에 의한, 혹은 민중을 위한 문학을 참된 문학으로 내세우는 일.

4·19세대의 일반적인 입장이 서양 민주주의의 기본 원칙에 입각해 있다면, 백낙청의 민족문학론은, 위 두 가지 수정을 통해, 그 자신이 명시적으로 표명하지 않았지만 마르크스주의의 문학 이론과 유사한 시각을 취하게 된다. 그리고 그러한 태도는 당시의 한국 대학생들에게서 전폭적인 지지를 얻게 되는데, 이는, 1970년대 말 한국의 대학가에서 비

합법적 경로를 통해 마르크스주의의 영어·일본어 서적의 복사본이 확산되면서 지적 호기심에 불타는 학생들을 마르크스주의로 몰려가게 한 경향과 어울려 서로를 북돋고 있었다고 할 수 있다. 특히 문학에 있어서 대학생들이 가장 애독한 문학 이론가는 루카치로서, 백낙청의 반모더니즘은 곧바로 루카치의 반모더니즘과 동렬의 차원에서 수용된다. 실로 루카치가 모더니즘/리얼리즘의 대립 쌍과 리얼리즘의 비교 우위라고 하는, 20세기 마르스크주의 문예이론의 기본 명제를 정식화하였다는 것은 주지의 사실이다. 그는 특히, 「문제는 리얼리즘이다」를 비롯한 일련의 논문들[8]과 『발자크와 프랑스 리얼리즘』[9]을 통해, 졸라Zola류의 자연주의와 고트프리트 벤Gotfriend Benn류의 표현주의를 함께 배격하고, "현실 세계의 집약적 총체성"으로서의 "사회적 전형"을 재현한 발자크의 리얼리즘 소설을 상찬하는 방식으로 리얼리즘의 우월성을 논리화하였고, 그 가운데, 개인 의식의 파편적 재현에 머무른 벤의 표현주의를 "자본주의의 반인류성inhumanité에 대한 투쟁의 포기"이며, "현실의 불협화를 강조하는 듯하면서, 현실을 장밋빛으로 채색"하는 "이데올로기적 데카당스décadence idéologique"[10]라는 모더니즘이 동반된다고 비판했는가 하면, 더 나아가, 무질Musil, 카프카Kafka, 베케트Beckett……등등의 20세기의 전위적 문학들을 싸잡아 폄하하면서, 가령, 카프카를 두고 "이러한 알레고리적 초월성은 카프카로 하여금 리얼리즘에 이르는 것을 가로막고, 전형성의 의미를 함유한 디테일의 측량을 방해하여, 그

---

8) Georg Lukács, *Problèmes du réalisme*, traduit par Claude Prevost et Jean Guegan, Paris: L'arche, 1975.

9) Georg Lukács, *Balzac et le realisme français*, traduit par Paul Laveau, Paris: Francois Maspero, 1967.

10) "Le problème de la décadence idéologique", *Problèmes du réalisme*, p. 218.

이례적인 환기력과 특유의 감수성에도 불구하고, 리얼리즘 예술의 본질인 구체적인 것과 추상적인 것의 융합이라는 차원에 다다를 수 없다"고 비판하는 가운데, "모더니즘은 전통적 문학 형식을 파괴할 뿐만 아니라, 문학 그 자체의 파괴까지도 야기한다"[11]고 통박한 바가 있다.

루카치의 반-모더니즘이 자본주의의 극복이라는 명제를 포함하고 있다면, 그것은 마르크스주의의 논리 구조 안에서는 자연스럽게 계급 투쟁의 문제로 이끌어, 프롤레타리아트 해방을 위한 문학으로 향하게 된다. 반제국주의에서부터 출발한 백낙청의 '민족문학론' 역시 자연스럽게 제국주의의 온상인 자본주의에 대한 비판으로 이어지고, 그것은 다시 한국 사회의 민족 내부에서 자본과 노동의 계급적 대립, 실제적으로는 가진 자와 갖지 못한 자라는 계층적 분리를 통하여, 못 가진 자, 가난한 자, 피억압자, 노동자, 농민 등을 위한 문학에 대한 옹호로 나아가게 하였다. 그러한 움직임 속에서 한국적 피억압자를 상징하는 용어로 도출된 것이 '민중(民衆)'이었다. 따라서 민족문학론은 '민중문학'에 대한 옹호로 나아가는 것이 당연한 수순이었다. 백낙청이 중심이 되어 발간한 계간지 『창작과비평』에서 활동한 백낙청의 지적 동지들인 염무웅과 신경림의 저서 제목이 『민중시대의 문학』[12] 『문학과 민중』[13]인 것은 그러한 사정을 반영한다.

하지만 앞에서 보았듯, '민족'과 '민중' 사이에는 논리적인 괴리가 놓여 있어서, 그 둘을 곧바로 합치시키는 일은 어려운 일이었다. 반제국주

---

11) "The Ideology of Modernism", in Arpad Kadarkay(ed.), *The Lukacs Reader*, Oxford UK: Blackwell Publishers, 1995, p. 209.
12) 염무웅, 『민중시대의 문학』, 창작과 비평사, 1979.
13) 신경림, 『문학과 민중』, 민음사, 1977.

의라는 현실적 조건에서는 제3세계의 '민족'과 '민중'은 하나로 만나는 듯이 보이지만, 미래 전망의 관점에서 보자면, 그 둘은 엄연히 다른 실체였던 것이다. 백낙청의 '민족문학론'은 그러한 모순을 모호하게 안은 채로 진행되었다. 그는 '민족'이라는 개념이 "철저히 역사적인" 차원에서 파악되어야 한다고 주장했음에도 불구하고, 그것을 구원의 목표로 삼는 순간 무의식적으로 그것을 신비화하는 발언을 하게 된다. 가령, 그의 다음과 같은 발언, "사람이면 누구나 하는 '사람 노릇'을 의당 해야 한다는 주장은, [……] 인간이 마땅히 따를 도를 바로 인간의 본마음 속에서 찾았던 우리의 수많은 유교 및 불교 사상가들의 작업이 쌓여 있고, 그것이 그들 개인만의 사유나 탐구에 그치지 않고 7세기의 삼국 통일 이래, 그러니까 세계의 거의 어느 민족보다도 더 오래, 동일 국토 상의 단일 민족으로 이어온 우리의 역사에 의해 다수인의 공동 체험으로 소화되어왔다"[14]는 발언은, 백낙청의 민족관에서 '신비성'의 함유량이 어느 정도인가를 충분히 짐작게 한다. 단일 민족으로서 산 경험의 기간이 사람다운 삶에 대한 인식의 정도를 보장해준다는 이런 논리는 오늘날과 같은 다문화 시대에서는 매우 희극적인 대사로 읽힐 수도 있을 것이다. 백낙청의 '민족문학론'의 이러한 모호성은 1980년대 들어, 젊은 평론가들에 의해 집중적인 공격의 대상이 된다.

---

14) 백낙청, 「문학적인 것과 인간적인 것」, 『민족문학과 세계문학』, p. 83.

3. 민족주의 문학론의 마르크스주의화의 배경

이상의 논의에는 1970년대 말 이후, 한국의 비판적 지식의 장에서, 주로 마르크스주의에 대한 강렬한 탐구가 일어났고 그것에 의해서 '부르주아 민주주의' 사상을 대체하려는 욕구가 솟구쳤다는 뜻이 함축되어 있다. 1960년 4·19혁명으로 독재 정권을 무너뜨렸을 때만 해도, 한국 지식의 장을 주도했던 것은 서양 민주주의, 즉 마르크스주의의 시각에서 보면 '부르주아 민주주의'의 관념이었다. 그러던 것이 1970년대 말에 이르면 앎의 근거지가 마르크스주의로 대체되어가고 있었던 것이다. 그러한 사정은 대체로 다음과 같은 배경에 근거한 듯이 보인다.

첫째, 5·16 군사 쿠데타가 4·19혁명을 대체했다는 것이다. 5·16 군사 쿠데타와 그 쿠데타가 성립시킨 제3공화국은 4·19 주역들과 함께, '근대화'에 대한 열망을 공유하였다. 그러나 그들은 4·19세대의 포괄적 근대화를 경제적인 차원으로 축약하였다. 제3공화국의 실제는 정치적 억압을 담보로 경제성장을 초고속으로 이루는 것이었다. 그렇게 해서 연 8퍼센트 이상의 고도성장을 10여 년간 이루게 되었는데, 반면 19세기 말 이후 줄곧 피식민자이자 피지배자의 삶을 살아온 한국인 일반에게 가해진 정신적 억압은 전혀 해소되지 않았다. 피억압자의 시각에서 제3공화국이 독재 정권이라면, 그것은 곧바로 '근대화'와 '독재' 사이의 밀접한 상관관계를 의심할 수밖에 없게끔 하는 조건이 조성된 것이다. 이러한 조건은 한국인으로 하여금, 그들이 오랫동안 참조해왔던 서양 민주주의와는 다른 대안을 찾게끔 한다. 게다가 제3세계의 대체적인 사정이 그러하듯이 독재 정권의 뿌리에는 제국주의가 개입해 있었고 제국주의의 뿌리에는 자본주의가 있었다. 그러한 사정은 제3세계의 사람들에게 서양 민주주의를 부정적으로 이해하게 하는 중요한 원인이 되었다. 백낙청의 '민족문학론'이 무엇보다도 '외세' '식민지 봉건성'으로 인한 "민족의 주체적 생존의 위협"이라는 상황 인식에서 출발한 것도 같은 맥락을 이룬다.

둘째, 마르크스주의 내부에 설정되어 있는 가설처럼, 자본주의 사회의 발달은 자본주의 사회를 강화시키는 게 아니라 사회주의로의 이행을 촉진한다는 관념이 한국 지식의 장에 보편적으로 수용되었다는 것이다. 마르크스의 생각 자체가 틀을 만들어주고 있는 이 가설에 근거하면, 자본주의의 발달은 자본주의가 전복되어야 할 이유를 더욱 도드라지게 만든다.[15] 1970년대 말은 한국의 경제성장의 에너지가 가장 충만했을 때였다. 그렇다면 그때는 바로 한국 자본주의에 대한 비판적 담론이 거의 똑같은 정도로 달아오른 시기였다고 할 수 있다. 실로 1979년 10월 대통령 암살에 의한 제3공화국의 붕괴에는 그 직전 산업 기지였던 '공단'들의 사방에서 터져 오른 노동쟁의와, 수출자유지역이었던 마산, 그리고 그에 인접한 대도시인 부산에서 터진 시민 봉기인 '부마사태'가 원인으로 작용하였다는 점은, 마르크스주의에서 제시된 가설이 실제적인 힘을 발휘했다는 것을 의미한다.

셋째, 이상과 같이 다른 대안의 세계에 대한 열망이 폭발적으로 증가했는데도 불구하고, 1980년의 한국 사회에서는 독재 정권이 연장되

---

15) 잘 아시다시피, 1989년과 1990년 베를린 장벽의 붕괴와 소련의 '개방'을 통한 현실사회주의의 해체는 그러한 가설이 정확하지 않다는 것을 보여주었다. 자본주의 사회의 수명과 생존 방식에 대해서는 아직 충분한 탐구가 이루어지지 않은 상태라고 할 수 있다.

었다는 것이다. 제3공화국의 붕괴 이후 거센 민주화 바람이 일었는데, 그 바람 자체는 그대로 사회주의를 지향하는 것은 아니었다. '민주화 democratization'의 개념을 도출시키고, 그 실천적 양상들을 제공하기 시작한 것은 프랑스 혁명과 파리 코뮌을 비롯한 시민 계층 혹은 그에 해당하는 국가기구였지, 러시아 혁명이 아니었다. 그런데 그 민주화의 열망을 12·12 쿠데타는 물리적으로 간단히 짓눌러버렸다. 그로부터 1960년대와 1970년대의 지식사회를 받쳐준 서양식 민주주의 관념의 '무기력'에 환멸을 느낀 세대가 등장하게 되었다. 게다가 12·12쿠데타에 의해 성립한 제5공화국의 주역들은 자신들의 독재가 정당성이 없다는 걸 의식하고 있었다. 자신의 정당성을 입증할 수 없었던 권력은 특이한 방식으로 그것을 대신할 보충물을 구하려고 하였다.

4. 1980년대의 마르크스주의와 민중문학론

1979년 12·12쿠데타와 1980년 5월 17일 비상계엄 전국 확대 조치를 거쳐 1980년 10월 출범한 제5공화국은 희한하게도 자기 권력의 생존을 단축시킬 두 가지 정책을 시행한다. 하나는 대학교 졸업정원제로서 입학 정원을 졸업 정원보다 많이 두어, 많은 대학생들을 합격시킨 다음 그중 일정 비율(일반대학의 경우 30퍼센트)을 탈락시킨다는 것이었다. 다른 하나는 사회정책면에서의 다양한 사회·문화적 완화 조치를 내놓았는데, '야간통행금지 해제' '교복 자율화' '컬러 텔레비전' '프로야구'를 비롯한 각종 프로스포츠의 출범 등이 그러한 것들이었다.

한데, 대학생들을 공부에 전념케 하겠다는 취지로 실시한 졸업정원제는 오히려 정부에 불만을 품은 비판적 청년들을 양산하는 결과를 낳았으며 그 궁극적인 도달점은 제5공화국을 무너뜨린 1987년 6월 항쟁이었다. 다른 한편, 사회·문화적 완화 조치는, 지식인들의 활동에 대한 정치적 감시와 검열을 느슨케 하는 분위기를 조성하였다. 그러한 분위기 속에서, 현실 비판적인 문화운동이 1982년경부터 폭발적으로 늘어나게 되었는데, 그중 마르크스주의는 가장 광범위하게 젊은 대학생들 속으로 퍼져나갔다. 즉, 젊은 학생들은 군부독재의 재집권 앞에서 무기력하게 짓밟힌 전 시대의 참조 틀을 버리고 사회주의 사상을 적극적으로 수용하기 시작하였으니, 수년 전부터 공공연히 나돌던 마르스크주의 복사본들의 상당수가 한국어로 번역되었고,[16] 마르크스의 저작을 이해하기 쉽고 활용하기 쉽게 번안한 축약본들이 출간되어 입문자들의 학습 교재로서 퍼져나갔다. 1980년대의 많은 글들에서 우리는 "마르크스가 말하길", 혹은 "레닌에 의하면"이란 문구를 빈번히 목격할 수 있게 된다.

---

16) 1980년대에 번역된 마르크스주의 저작물 중 대표적인 것들을 소개하면, 다음과 같다: 게오르그 루카치, 『소설의 이론』, 반성완 옮김, 심설당, 1985; 루카치 외, 『리얼리즘 미학의 기초이론』, 이춘길 옮김, 한길사, 1985; 루카치 외, 『레닌』, 김학노 옮김, 녹두, 1985; 게오르그 루카치, 『역사와 계급의식―맑스주의 변증법 연구』, 박정호·조만영 옮김, 거름, 1986; 페리 앤더슨, 『실천적 마르크스주의를 위하여』, 장준오 옮김, 이론과 실천, 1986; 루카치, 『변혁기 러시아의 리얼리즘 문학』, 조정환 옮김, 동녘, 1986; 칼 마르크스, 『철학의 빈곤』, 강민철·김진영 옮김, 아침, 1988; 게오르그 루카치, 『미학 서설―미학범주로서의 특수성』, 홍승용 옮김, 실천문학사, 1987; 루나찰스키 외, 『사회주의 리얼리즘』, 김휴 엮음, 일월서각, 1987; 프리드리히 엥겔스, 『반듀링론』, 김민석 옮김, 새길, 1987; 칼 마르크스, 『자본』, 김영민 옮김, 이론과 실천, 1987; 블라디미르 레닌, 『무엇을 할 것인가―우리 운동의 긴급한 문제』, 김민호 옮김, 백두, 1988; 블라디미르 레닌, 『인민의 벗이란 무엇인가』, 김우현 옮김, 벼리, 1988; 블라디미르 레닌, 『유물론과 경험비판론』, 정광희 옮김, 아침, 1988; 칼 마르크스, 『자본론』, 김수행 옮김, 비봉출판사, 1989―이 목록 속에서 번역자 이름에는 가명도 있지만, 실명도 상당수 있다. 그것은 1980년대에 지적 담론의 장에서 '마르크스' '레닌'을 언급하는 게 위험을 주지 않았다는 것을 의미한다.

문학의 장에서, '민중문학론'이 1980년대의 문학적 담론의 핵심을 차지하게 된 것은 이와 같은 사정하에서다. 1970년대의 '민족문학론'의 세례를 받은 일군의 젊은 문학인들은, '민족문학론'의 한계를 '소시민성'에 있다고 지목하고, 이 소시민성의 한계를 극복하여, 노동자·농민에 복무하는 문학을 할 것을 주장하며, 그런 문학에 '민중문학'이라는 이름을 부여했다.

그들의 주장을 요약하면 다음과 같다.

첫째, '민족문학론' 비판의 근거:

하나. 1970년대의 '민족문학론'은 "민족 부르주아 계급에 의한 민족·민주주의 혁명을 지향"한 "시민적 민족문학론"[17]이다.

둘. "기본 모순[18]의 해결 주체로서 계급의 헤게모니 문제가 도외시된" 민족문학론은 "계급 갈등을 희석화시키고 모순 극복의 양식을 관념적인 운동으로 편향시키는 비과학성을 노정할 수밖에 없다."[19]

셋. "역사적으로 의미 있는 '소시민'은 사실상 소멸"[20]되었다: 이와 같은 판단은 자본주의 사회에서 자본/노동의 분리가 일어나면, 소시민 petite-bourgeoisie은 자본과 노동 양극의 한쪽으로 수렴되어 소멸한다는, 마르크스의 고전적 가정에 근거해 있다.

---

17) 김명인, 「지식인문학의 위기와 새로운 민족문학의 구상」, 황석영 외, 『전환기의 민족문학』 (문학예술운동 1), 풀빛, 1987, p. 86.
18) '기본 모순'과 '주요 모순'의 구별은 잘 알다시피, 모택동의 유명한 「모순론」에 근거한 것이다 (Mao Tsé-toung, "À propos de la contradiction", in Ecrits choisis en trois volumes, II, Paris: François Maspéro, 1976).
19) 백진기, 「현단계 민족·민중문학의 논리」, 『분단시대 3』, 학민사, 1987, p. 114.
20) 김명인, 앞의 글, p. 85.

둘째, '민중문학론'의 근거

하나. "분명한 변혁적 시각을 획득"하기 위해서는 "노동계급의 헤게모니 문제를 제시"하여, "민족문학의 변혁적 지향을 분명히 해야"[21]한다.

둘. "새로운 사회적 의식, 미적 이상, 또는 실천적 관심은 근본적으로 새로운 세계관의 원천인 역사적으로 진보적인 사회 세력의 움직임에 근거한다. 〔……〕 그 진보 세력은 민중이다."[22]

셋. 전문 작가를 포함한 지식 계층은 "계급 범주로 성립될 수 없다. 지식 계층은 오로지 역사 발전의 필연성을 담보하고 있는 특정 계급의 진보성 혹은 반동성이라는 당파성을 가지고서 다른 계급에 직·간접적으로 개입되어 특정 역할을 담당할 수밖에 없다."[23]

이러한 민중문학론의 입장은 1980년대 내내 가장 힘 있는 문학 담론으로 군림하였다. 그것은 대학생 운동권 내부에서 '마르크스·레닌주의'가 점점 더 급진화되어가던 사정과 상응하였다. 1987년 6월 항쟁을 통하여, 제5공화국이 물러나고 대통령 직접선거를 통한 새로운 공화국이 들어섬으로써, 한국 사회에 비로소 민주화의 틀이 잡히기 시작했는데, 그걸 주도한 건 대학 운동권이었고, 일반 시민들이 그에 합세함으로써, 그 역사가 이루어질 수 있었다. 민중문학론은 대학 운동권에게 정신적 식량을 제공하였으니 1980년대 말에 한국 사회가 마침내 바뀌게 되는 데에 그들의 공헌이 적지 않았다고 할 수 있을 것이다.

21) 김진경, 「민중적 민족문학의 정립을 위하여」, 『전환기의 민족문학』, p. 116.
22) 백진기, 앞의 글, p. 130.
23) 같은 글, p. 137.

5. 1990년대 민중문학론의 궤주

물론 제6공화국은 그들과 대학 운동권이 꿈꾸던 '프로레타리아트 독재'의 사회는 아니었다. 자유민주주의의 틀을 갖춘 아주 어린 사회였다. 그것은 새로운 사회의 '주역'과 그 사회를 창출하는 걸 '주도'한 세력이 그대로 등치되지 않을 수도 있다는 것을 암시한다. 실로 1987년 6월 항쟁에 가담한 사람들의 정치적 입장은, '주도'와 '동조'의 차이를 배제하고 들여다보면, 매우 다양하고 이질적이었다. 어린 민주 정부에는 그 다양한 정치적 입장들이 골고루 영향을 끼치고 있었다. 게다가 새 대통령역시 군부 쿠데타의 주역이었기 때문에, 새 공화국에는 여전히 독재 정권의 잔재가 남아 있었다.

그랬기 때문에 그들은 여전히 투쟁의 목소리를 높여나갔다. 운동권의 대학생들도 사상적 급진화의 길을 거쳐, 노동 현장 속으로 뛰어들어가 혁명하는 노동자로서 변신하는 게 정해진 수순이었다. 대학은 여전히 경찰과 대치하여, 최루탄과 돌멩이가 날고, 학교 건물이 불에 타는 투쟁의 공간이었다. 노동 쟁의 또한 그치지 않았다. 지적 담론의 장에서 민중문학론자들은 '노동자의 헤게모니' 문제를 두고 격렬한 내부 논쟁을 벌이고 있었다. 즉, '노동자의 헤게모니'는 '노동자'에게 있는가, 아니면, 그 노동자들을 통제할 새로운 정치적 조직체에게 있는가, 하는 논쟁이었다. 서양에서도 이미 벌어진 바 있었던 '인민성'과 '당성'에 관한 논쟁이었다.

세상은 점점 민주화를 향해 나아갔으며, 오늘날까지, 민주화는 20년 이상 단절 없이 계속되었다. 그러나 민중문학론자들이 원하는 방향으로 나아가진 않았다. 한국 사회의 민주화는 '프롤레타리아트 독재'가 아니라 '개인들의 만발하는 자유'라는 방향으로 나아갔다. 그 방향을 결정적으로 확정한 것은 20세기 말에 동시다발적으로 터진 세 가지 사태였다. 하나는 1989년의 '베를린 장벽'의 붕괴와 1991년 소련 연방의 해체와 더불어 진행된 동구권 사회주의, 혹은 '현실사회주의'의 몰락이었다. 자본주의의 이상과 실제에 심각한 괴리가 있듯, 사회주의와 현실사회주의 사이에도 심각한 괴리가 있었다. 이 상황은 남한 사회의 마르크스주의 지식인들에게 이념적 지표의 상실이라는 충격을 가져다주었다. 둘째, 소비 산업사회가 팽창하였다. 제3공화국 때부터 추진된 경제성장이 비교적 안정적으로 기조를 유지하였다. 1997년 IMF 구제금융을 받는 일도 있었지만, 전반적으로는 더딘 걸음이나마 선진국에 가까이 진입하고 있었다. 이 과정 중에 한국인의 소비 수준은 점차로 상승되었고, 그것은 한국인들을 '근면'과 '성실'보다는 '여유'와 '욕망' 쪽으로 이끌었으며, 그곳들에서 한국인은 20세기 내내 누리지 못했던 '자존감'을 느낄 수 있었다. 게다가 한국인의 소비문화는 문화 산업의 형태를 띠고, 그 자체로서 생산 체제를 갖추게 되었다. 오늘날 '한류'라는 이름하에 확산되어가는 이 한국적 문화 산업의 약진은, 그 원인과 양태의 의미가 무엇이든, 한국인들에게 점점 '개인적 가치'를 소중히 여기게끔 하였다. 마지막으로 1990년대 초엽부터 시작된 정보화 시대를 한국인이 주도하였다. 한국의 정보화가 세계 특급의 수준이라는 것은 주지의 사실이다. 지속적 경제성장과도 맞물려 있는 이 정보화 열기는, 한데, 개인주의의 개화와 상보적이라는 점이 경험적으로 입증되었다. 본래 군사적 목적으로 발전하기 시작한 디지털 문명은, 개인화됨으로써(퍼스널 컴퓨터, 스마트폰), 폭발적인 성장을 하게 되었던 것이다.

이 모든 상황이, 한국인을 '개인'으로 만들어주고 있었다. 1980년대까지 한국인은 민주 사회를 꿈꾸는 '시민'일 때조차 '한국'이라는 집단의 과제 속에 묶여 있었다. 그런데 1990년대 이후 한국인은 완전히 다른 종이 되었다. 오늘날 흔히 이야기되는 '다이나믹 코리아'는 필자의 젊은 시절에는 생각조차 할 수 없었던 용어였다. 한국인은 "조용한 아침의 나라"의 "한의 민족"이었었다. 그런데 지금은 그 모든 게 뒤집어졌다.

그러는 가운데, 문학의 소비자 역시, 집단을 위한 문학으로부터 눈길을 거두어갔다. 계급투쟁은 물론, 공동체의 의미, 사회적 윤리 같은 집단의 문제들은 점차로 유인력을 잃어갔고, 개인의 욕망과 향락을 다루는 작품들이 서점을 압도하게 되었다. 그 와중에 민중문학론은 가뭇없이 사라지고 있었다. 1990년대 초엽, 김윤식 교수가 "후일담 문학"[24]이라고 명명한 지난날의 열정을 참담(慘憺)과 허무의 시선으로 바라보는 소설들이 별똥처럼 스쳐 지나갔을 뿐, 민중문학론은 지적 담론의 형식으로서의 기능을 완벽히 상실하였고, 또한 민중문학론자들 역시 문학장에서 사라지거나 혹은 다양한 방식으로 변신하였다. 그 비슷이, 노동현장에 뛰어들었던 운동권 대학생들도 상당수가 현실 정치권으로 복귀하게 되었는데, 문학가들의 변신은 그보다 더 쓸쓸하였다. 그리고 2010년경부터 다시 삶의 사회적 의미를 질문하는 소설들이 하나둘 모습을 나타내고 있지만, 그때 그 사회성은 1970, 80년대의 민중문학이 생각한 사회성과는 거리가 멀었다. 이 사회성은 사회 구성자로서의 '개인'의 형식으로, 다시 말해 정보화 문명 사회에서의(혹은 가상적 직접민주주의 사회에서의) 시민의 존재와 의미를 묻는 방식으로 제시되고 있다.

---

24) 김윤식, 『우리 소설과의 대화』, 문학동네, 2001.

그러나 모든 것을 '외적 상황'의 탓으로 돌릴 수는 없으리라. 1990년 이후, 한국 사회의 급격한 개인화 속에서 한국의 민중문학이 무기력하게 패퇴하고 만 원인을 내부적으로도 점검할 필요가 있을 것이다. 그런 성찰만이 우리에게 개인적인 것과 집단적인 것 사이의 괴리를 좀더 깊이 인식시켜줄 것이고, 그것들의 좀더 나은 결합을 위한 가능성을 열어 보여줄 수 있을 것이다. 그것들에 대한 간단한 반추로 이 글을 끝내고자 한다.[25]

첫째, 사실판단의 오류: 지금까지 보았듯이, 한국의 민족·민중문학론은 '반제국주의'로부터 출발하여 계급투쟁론으로 이어지는 과정을 통해 발전하였다. 이러한 입장은 자본주의를 절대 악으로 보는 태도를 취하게 된다. 그런데 이런 관점은 한국 사회를 해명하는 데에 충분치 못하다. 왜냐하면 자본주의 사회의 삶의 양식 자체가 불러일으키는 역동성이 분명 있었고(바로 '개인의 자유'이라는 이념태가 제공하고 있는), 한국인의 삶 역시, 20세기 내내 식민지와 분단의 질곡 속에 사는 가운데에도, 그 역동성을 동시에 자득한 것도 사실이다. 또한 1970, 80년대의 지식인들의 장을 압도했던 이른바 '자립경제론'자들의 주장, 즉 제3공화국이 추구한 경제 근대화가 매판 자본이어서 나라 전체가 거대 자본에게 삼켜질 것이라는 경고도 사실과 들어맞지 않았다. 마찬가지로 제3공화국의 경제성장이 심각한 양극화를 초래했다는 주장도 사실에 부합하지 않았다. 또한 20세기 마지막 10년 전부터 이런 주장과는 정반대되

---

25) 필자는 1988년에 한국의 '민족문학론'과 '민중문학론'의 존재 양태와 의미 그리고 한계를 탐구한 장문의 글을 쓴 적이 있다. 이 글의 몇몇 인용은 그 글에서 빌려온 것이다. 관심 있는 분은 참조 바란다. 정과리, 「민중문학론의 인식 구조」, 『문학과사회』 창간호, 1988년 봄호; 정과리 평론집, 『스밈과 짜임』, 문학과지성사, 1988에 재수록.

는 조사들이 제출되기 시작하였다. 1997년 IMF 구제금융을 받기 전까지 한국인의 가장 큰 집단은 중산층이었고, 또한 아시아의 작은 나라들의 경제성장을 뒷받침한 큰 요인이 중산층의 두터운 두께였다는 걸 강조하는 문헌들은 1970, 80년대의 '반제국주의론'의 허술함을 직접적으로 반박한다고 할 수 있다.

둘째, 민족·민중문학론 자체의 깊이의 결여: 민족문학론은 민족의 역사성과 신비성 사이의 모순을 모호한 채로 안고 있었고, 민중문학론은 "노동자의 헤게모니"에 대해 수많은 문장을 양산했으나, 정작, 그 노동자의 세계관은 무엇이고 노동자의 존재 양식, 더 나아가 노동자가 주인 되는 사회에서의 미학은 무엇인지에 대한 탐구는 거의 하지 못했다. 민중문학론은, 1920년대 초에 소련의 프로렛쿨트Proletkult운동이 직면한 문제, 즉 "노동계급의 문화는 부르주아 문화와 어떻게 달라야 하는가"의 문제에 직면해야 했으나, 그에 관한 탐구는 찾아보기가 어렵다.

셋째, 작품의 부재: 앞의 논의와 연관되는 것이겠지만, 민중문학론은 담론으로서는 매우 울림이 컸으나 그에 걸맞는 작품은 거의 없었다. 특히 소설 쪽이 그러했다. 1970년대 말에 출간되어 베스트셀러가 된 조세희의 『난장이가 쏘아 올린 작은 공』[26] 이후, 두드러진 작품이 없었다. 민중문학론의 입장에서는 '노동자에게 복무하는' 작품이 나와야 했고, 더 나아가서는 노동자 자신이 창작자가 된, 노동자문학이 나와야 했다. 시 분야에서는 그런 노동자 시인이 배출되었고 큰 반향을 일으키기도 하였다. 그러나 그는 2000년대 들어 마음의 평화를 전파하는 사람으로

---

26) 1978년에 『난장이가 쏘아올린 작은 공』을 출간한 문학과지성사는 민족·민중문학론과는 거리가 먼 4·19세대가 주도한 출판사다. 조세희의 작품이 처음 발표되었을 때, 민족·민중문학권에서는 이 작품의 가치를 거의 알아보지 못했다.

변신하였다. 소설 쪽에서도 몇 사람의 작가가 나오긴 했으나, 반향이 크지 않았고, 1990년대 이후 그들 역시 소리 소문 없이 사라져버렸다. 1970년대에 노동자문학으로서 오늘날까지 남은 것은 유동우의 『어느 돌멩이의 외침』[27]을 비롯한 몇몇 수기류의 작품들이었다. 즉, 노동자문학에서 성과를 보인 것은 '자기 고백'의 양식뿐이었다. 새로운 세계의 새로운 모습을 그려보는 허구의 세계까지 나아가지 못한 것이었다.

〔2012〕

---

27) 대화출판사, 1978.

세계문학과 번역의 맥락 속에서 살펴본
한국문학의 오늘

1. 문화 교섭의 방정식

"번역은 존중과 경쟁의 표지다."[1]

한 중세 연구자의 이 정의는 번역의 정치학을 가장 간명하게 표현한 말 중의 하나일 것이다. 로마제국의 퇴각 이후 유럽의 지식인들이 라틴문화의 정신적 지배에서 벗어나 자신의 고유한 문학을 가지려고 했을 때 그들이 부닥쳤던 문제는 라틴문학의 위대한 유산을 무시하고는 독자적인 문학의 고급성을 보장 받을 수 없다는 사실에 대한 정직한 인정과 그리스·로마 시대보다 더 위대한 문학을 건설해야 한다는 책무였다.

---

1) Jacqueline Jenkins·Olivier Bertrand(eds.), *The Medieval Translator —— Traduire au Moyen Age*, Turnhout, Belgium: Brepols, 2007, p. 20.

그때 유럽인들은 라틴 문화를 폐기하지도 않았고 무조건 숭상하지도 않았다. 그들은 라틴 문화로부터 남겨진 모든 것을 자신의 문화를 살찌우기 위한 '자양분'으로 삼았으며, 라틴 문화의 저작과 소화를 통해서 자기만의 고유한 정신적 세계를 만들어내려고 하였고, 그러한 자기 세계의 정립을 통해 저 범례적 인간 원형의 정신세계와 경쟁하려고 하였다. 샤를마뉴Charlemagne 대제의 정신적 참모였던 알퀴니우스Alcuin가 왕에게 보낸 편지에서 "프랑스에 [……] 옛날의 아테네보다 더 우월한 아테네를 세울 것"을 권유하면서, "저 시절의 아테네는 플라톤의 원리만을 배워 일곱 개 학예Sept Arts로 빛나지만, 그러나, 우리의 그것은 이 세상의 모든 지혜에 있어서 [그것을] 의연히 압도합니다. 왜냐하면, 그것은 더 나아가 성신의 일곱 개의 선물Sept Dons du Saint-Esprit로 가득하기 때문입니다"[2]라고 한 도전적인 발언은 바로 그러한 유럽인의 복합적인 자세로부터 솟아난 것이었다.

그런 과정을 거쳐 생장한 서양 문화 및 문학은, 19세기 이래, 그 밖의 전 세계의 정신세계로 흘러들어갔다. 제국주의의 물리력에 의한 것이든, 혹은 그 세계가 창출해낸 '모더니티'의 압도적인 매혹에 의한 것이든, 전 세계의 정신 문화는 서양적인 주형판을 통해 재편되었다. 한국도 예외가 아니었다. 당연히 한국문학도 같은 운명을 겪었다. 갓이 넥타이로 바뀌었듯, 근대 이전에 한반도에서 통용되던 언어문화는, 서양 문학과 그 개념의 수입과 더불어, 일단 도태의 운명을 겪었다가, '시' 소설' '희곡' 등의 서양적 문학 틀 안에 재수용되었다. '향가'와 '가사'는 '시가'의 갈래들이 되었고, '시조'는 '시'의 조선적 현상이 되었다. 정신적ㆍ

---

2) Étienne Gilson, *La philosophie au Moyen Âge*, Paris: Payot, 1986, p. 193에서 재인용.

문화적 환경의 수준에서 광범위한 '번역'이 일어났던 것이다.[3] 하지만 이런 사정을 두고, 오로지 제국주의적 작용, 즉 서양적 문화 및 사유 양식의 '이식transplantation'이라는 관점으로만 해석하는 것은 편향되었거나 순진하기 짝이 없는 태도가 될 것이다. 번역은, 어느 중국 연구가의 표현의 빌리자면, "최소한의 개입이지만 그러나 결코 순진하지 않은 작용"[4]으로서, 저 중세의 서양이 그랬던 것과 똑같은 양태로, 수용과 경쟁의 이중적 태도의 길항과 협력의 복잡한 상호작용을 통해서 전개되었다고 보아야 할 것이다.

2. 번역의 두 가지 축

두루 알다시피 이러한 정신적 환경으로서의 번역은 일본에서 광범위하게 일어났고, 그 운동이 동아시아에서의 서양 개념어의 한자어 정착을 결정짓는 결과를 가져왔다. 이 정착은 조선과 중국과 일본이 모두 한자를 대표적 공용 문자로 사용해왔다는 사실에 힘입고 있었다. 그리고 나중에 공용 문자가 각국의 생활어에 근거한 문자로, 그러니까, 조선의 경우 1894년 갑오개혁을 통해 한글로 바뀐 경우에도 한자어의 개념들

---

3) 임화의 그 유명한 발언, "조선 문학은 이식 문학이다"는 바로 이 사정을 가리킨다. 또한 김태준은 『조선한문학사』(조선어문학회, 1931)의 「서문」에서 이렇게 썼다: "조선에는 '셰익스피어'와 '싱클레어'와 같은 문인도 없었고, 『파라다이스 로스트』와 『파우스트』와 같은 작품도 없어 그 문단은 낙엽의 가을과 같이 소조(蕭條: 고약하고 쓸쓸함)하고 눈 나리는 겨울밤같이 적막하였다"라고 쓴 바 있다. 서양문학의 항목들이 바로 조선의 언어문화에서 문학을 골라내는 체로 작용하고 있었다.

4) François Jullien, "Le plus long détour", *Communications* No. 43, 1986, p. 98.

은 거의 변형 없이 수용되었다. 그럼으로써 한자화된 서양 개념 → 서양 개념의 자국 문자화라는 과정이 별다른 장애 없이 자연스럽게 진행될 수 있었다. 그런데 이러한 현상은 번역을 이해하는 중요한 단서 하나를 제공한다. 번역의 주체는 출발 쪽이거나 도착 쪽이거나 어느 한쪽에만 있는 것이 아니라 양쪽에 동시에 있었다는 것이다. 즉, 상황적 차원에서 는on the situational level 서양적 정신문화의 내용과 양식이 광범위하고 강력한 침투력을 가지고 있었으나, 질료적 차원에서는in the material level 오히려 낯선 것의 침투를 소화해낼 만한 수용자의 수용체récepteur가 강력한 내구성을 가지고 있어야 한다는 것이다. '한자'는 바로 그러한 질료적 차원에서의 튼튼한 수용체 역할을 할 수 있었던 것이다. 그리고 조선의 경우, 그러한 한자의 내구성은 다행스럽게도 한글에게까지도 이어졌다. 그것은 일제 강점기하의 피식민지의 지식인들과 해방 이후 국가기관이 정신적 독립을 위한 필수적인 요소로서 한글을 삼고 대대적인 문맹퇴 치운동[5]에 나섰기 때문이다. 그러한 운동에 한글의 '배우기 쉽다'는 특성이 보태져서, "광복 직후 78%"이던 "남한 지역의" "12살 이상 전체 인구" "문맹률"은 "1948년 정부 수립 시 약 41.3%"로 낮아졌고, 1958 년엔 "4.1%"[6]로 격감되었다. 이러한 사실은 '한글'이 주체성의 의지가 유별나게 집중된 장소였다는 것을 잘 보여준다. 이러한 과정을 거쳐 한 글은 한국인의 실질적인 생활어로 자리 잡았으며 더 나아가 한국인의 사유어이자 동시에 표현어가 되었다. 즉, 한국인의 경험과 인식과 동경

---

5) 일제 강점기하에서의 '문맹퇴치'운동에 대해서는, 『한국사 22. 근대 ─ 민족운동의 전개』(국사편찬위원회, 탐구당, 1981, pp. 56~58) 참조.

6) 해방 이후, 문맹률의 변화에 대해서는, 「한글이 걸어온 길」(국가기록원 홈페이지, http://theme.archives.go.kr/next/hangeulPolicy/business.do) 참조.

이 한글 안에 농축되었던 것이다. 한국사 최초로 민중의 봉기에 의해서 정권이 뒤바뀌는 경험을 치러낸 4·19세대가 "한국어로 사유하고 한국어로 글을 쓴 세대", 따라서 "사유와 표현의 괴리"를 느끼지 않은 세대라는 김현의 지적[7]은 경험과 사유와 표현의 통일적 매개체가 인간 행동의 결정적인 버팀목으로 작용할 수 있다는 점을 적절히 가리키고 있다. 아니 차라리 한국어는 한국문학의 혈맥을 흐르는 피 그 자체였다고 비유하는 게 나으리라. 한국인의 경험과 사유와 표현이 지속적인 진화 과정에 놓일 수 있도록 한결같은 에너지를 부어주었을 뿐만 아니라, 그 경험과 사유와 표현이 그것들을 통해서 형성되었으니 말이다.

해방 이후 남한 사회의 문학은 그렇게 자국어 문자의 보호 아래 진화하였다. 한국문학은 한국어의 고유한 질감을 살린 독특한 미학을 만들어낼 수 있었을 뿐 아니라 현실과의 고도의 긴장 속에, 한국적 근대화와 경제성장을 내세운 국가권력에 대해 인간의 자유와 만민 평등의 보편적 가치로서 저항하는 현실 비판과 성찰의 '공공영역public sphere'(하버마스적 의미에서의)으로서 기능하였다. 한국문학은 1987년 6월 항쟁을 통해서 한국 사회가 마침내 민주화의 길에 들어섰을 때까지, 그 민주화를 위해 헌신한 젊은 지식인들에게 가장 큰 정신적·문화적 상징과 범례와 표지들을 제공하였다.

서양으로부터 도래한 새로운 '존재 양식mode of existence', 즉 '모더니티'를 적극적으로 수용한 한국문학은, 모더니티의 세목들을 한국어 문자의 매개를 통해 번역하는 과정을 통해, 근대 문학의 한국적 변이태로

7) 김현, 「60년대 문학의 배경과 성과」, 『분석과 해석/보이는 심연과 안 보이는 역사 전망』(김현 문학전집 7), 문학과지성사, 1992, p. 240.

서, 한국어로만 이룰 수 있는 언어미학, 그리고 비판적 자유주의와 민족주의라는 두 개의 이념형을 빚어내었다. 그 세 미학적·정치적 지향은 때로는 갈등하고 때로는 협력하며, 또한 때로는 상호삼투하기도 하면서도, 뚜렷이 자율적인 한국문학의 세 가지 길을 열어나갔다.

그러나 민주화 이후, 한국 사회는 곧바로 세계화라는 새로운 과제에 직면했으며 한국문학도 예외가 아니었다. 이제 한국문학은 한반도의 경계 내에서의 자족적인 세계에서 벗어나, 세계문학의 구도 내에서 이해되어야 할 시점에 이르렀다. 한국문학이 지금까지 서양문학의 근본 요소들을 자신의 언어 내부로 번역해내는 과정 속에 한국문학 고유의 정신적·미학적 세계를 가꾸어왔다면 이제 한국문학이 세계문학 안으로 흘러 들어가야 할 시점에 다다른 것이다.

바로 이때 지금까지 한국문학의 튼튼한 버팀목이자 혈액으로서 기능했던 한국어는 역설적이게도 장애물로 바뀌게 된다. 한국어는 세계의 다른 언어들, 특히 세계어의 지위를 다투고 있는 힘 센 언어들과 어떤 호환성도 갖고 있지 않기 때문이다. 이것이 세계어를 공용어로 가지고 있었던 제3세계의 여타 국가들, 즉 남아메리카, 아프리카, 아일랜드의 문학들과 한국문학이 결정적으로 구별되는 요인이 된다. 더욱이 한국의 국제적 위상은 1980년대까지는 아주 미약했기 때문에 한국어를 배우는 외국인의 수는 극소수에 불과했다. 그렇기 때문에 서울 올림픽이 열린 1988년 이후 오늘날까지 한국의 국제적 위상이 지속적으로 향상되어 오늘날 G20에까지 포함되는 영향력을 가지게 된 이 즈음에서도 한국어 사용의 환경은 외국인들에게 여전히 생소한 것이 현실이다. 동아시아 3국 중에 한국문학만이 특별히 몰이해의 커튼에 가려져 있는 까닭이다.

요컨대 상황적 차원에서 한국문학은 이제 세계문학의 구도 안에서 이해되고 수용되어야 할 조건을 갖추었으나 질료적 차원에서는 그 조건이 마련되지 못한 채로 있는 것이다. 이러한 사정이 우리에게 가르쳐 주는 가외의 정보가 하나 있다면, 그것은, 문화들의 생장과 융합이라는 문화의 세계적 판에 있어서, 문화 교섭의 이상적 환경에서는 출발이든 도착이든 어느 포스트를 특정한 문화 집단이 독점하지 않는다는 사실과, 출발 쪽에서는 상황적 환경이 결정적 심급l'instance déterminant을 가지는 반면 도착 쪽에서는 질료적 환경이 그러하다는 사실일 것이다. 또한 생각을 좀더 진전시켜 그레마스가 근본적인 두 인간 활동을 생산production과 소통communication으로 나누었던 데 비추어,[8] 출발 쪽에서는 소통이 도착 쪽에서는 생산[9]이 결정적 심급을 가진다고 말할 수도 있을 것이다.

3. 번역의 기능과 의미

이런 구별을 진부하고 수사적이라고 생각할 분이 있을지 모르겠다. 그렇다 하더라도 한국문학에 있어서, 이 구별은 쓰디쓴 현실이다. '세계문학의 구도 내에서의 한국문학'이라는 판을 놓고 볼 때 한국문학에게 결여된 것은 저 질료적 환경이기 때문이다. 한국의 문학인들이 이러한

---

8) A.J. Greimas·J. Courtés, *Sémiotique — Dictionnaire raisonné de la théorie du langage*, Paris: Hachette, 1979, p. 294.
9) 언어 활동에 한할 때, 그레마스는 production을 '의미부여signification'라는 용어로 대체하곤 했다.

결핍을 자각하고 그것을 메꾸기 위해 노력한 것은 1990년대 이후이다. 소설가 최윤과 번역가 파트릭 모뤼스를 비롯한 몇몇 작가와 번역가 들은 한국문학이 세계문학으로 열려 나가는 길에 '번역'이라는 매개체가 필수적이라고 판단하였다. 적어도 유럽 쪽에서는 그러한 판단은 일정한 성공으로 이어졌다. 이문열의『금시조』, 이청준의『당신들의 천국』을 비롯해, 중국·일본 문학과도 다른 또 하나의 동아시아 문학 특유의 정신세계가 유럽의 문인과 독자 들에게 호기심을 불러일으켰고, 오늘날 황석영의『손님』과 이승우의『생의 이면』에 이르기까지 한국문학에 대한 '환대'는 지속되고 있다. 또한 시에서, 기형도, 황지우, 김혜순 등의 시가 내장한 은유적 활력은, 미니멀리즘의 사소성에 파묻혀 있는 유럽 시의 미지근한 분위기에 신선한 충격을 주었다.

물론 이러한 긍정적인 반응은, 유럽, 특히 프랑스의 수용권에 국한되어 있는 게 사실이다. 그렇다 하더라도, 한국문학을 중점적으로 출판하는 출판사들이 점증하였고 더 나아가 아예 한국문학만을 출판하는 곳까지 지난해에 설립되었다[10]는 것은 한국문학의 수용자층이 안정적인 인구를 형성했다는 것을 가리킨다. 후자의 출판사는 한국문학을 알리는 별도의 웹진[11]을 개설하여 한국문학과 문화에 대한 소개를 정례화·체계화하고 있다. 이러한 움직임 역시, 한국문학 수용 인구의 일정한 확보가 전제되었을 때 가능한 일이다.

영미권에서의 한국문학의 수용 방식은 유럽 쪽처럼 일상적이라기보다 센세이셔널한 반응을 목표로 한 기획 중심이거나 연구자 집단 중심

---

10) Decrescenzo éditeurs를 말한다. 프랑스의 엑상프로방스Aix-en-Provence에 소재해 있다.
11) http://www.keulmadang.com

이다. 특히 미국에서의 한국문학의 문제는 보통의 독자들이 마을의 서점에서 한국문학작품을 손에 들 수 있는 환경이 조성되지 않았다는 것이다. 이 문제가 해결되지 않는 한, 한국문학의 수용은 실질적으로 연구자 중심의 수용에 지배되어 역사주의적 해석의 경계를 넘어서기가 어려울 것이다.

여하튼 '번역'이라는 매개 장치를 경유하는 이 방식은 아마도 당분간 계속될 것으로 보인다. 왜냐하면 한국 사회의 자율성과 한국어의 독자성이 너무나 강력해서 한국인들 내부에서 세계어를 창작의 매체로 쓰게 될 환경을 조성하기가 사실상 어렵기 때문이다. 아마도 과점하고 있는 '세계어'들의 구도가 크게 달라지지 않는다는 예상에 비추어본다면,[12] 한국어가 세계어의 반열에 오르기를 기대하기는 난망할 것이다. 다만 세계어의 상용화가 점점 강화되어가고 있는 추세이기 때문에 언젠가는 세계어를 자유롭게 다루는 세대가 등장할 수도 있을 것이다. 더욱

---

12) 이미 언급한 바 있지만(p. 359) 데이비드 그래돌David Graddol이 쓴 "The Future of Language"에 의하면, 오늘날 전 세계의 6천여 개의 언어 중 네이티브 스피커의 수로 '탑 텐'에 들어가는 언어는 다음과 같다: "중국어, 영어, 힌두어, 스페인어, 아랍어, 포루투갈어, 러시아어, 벵갈어, 일본어, 독일어"(1995년 통계). 2050년에도, 순위상의 변동은 있겠으나, 이 몇 소수 언어의 과두적 지배는 크게 변하지 않을 것으로 예측된다고 한다: "중국어, 힌두어, 아랍어, 영어, 스페인어, 포르투갈어, 벵갈어, 러시아어, 일본어, 말레이시아어"의 순이다(말레이시아어가 독일어를 밀어내리라는 게 특이 사항이다). 물론 '네이티브 스피커'의 수가 세계어의 위상을 그대로 보장해주는 것은 아닐 것이다. 중국어의 압도적인 사용에도 불구하고, 현재 대표적인 세계어의 지위를 차지하고 있는 건 영어다. 세계어를 이루는 조건은 국제정치적 위상과 주요 사회 활동에서의 언어 사용 인구다. 특히 문학의 경우, 세계어의 조건은 해당 언어의 책을 읽거나 그 언어로 말하고 글을 쓰며, 더 나아가 그 언어의 책을 구매할 가능성이 있는 지적 독자의 인구가 가장 중요한 변수다. 불어권 아프리카의 작가들이 공식적 자국어를 버리고 프랑스어로 글을 쓰는 까닭이 여기에 있다. 좀더 넓혀 말하면, 이런 방식의 언어 사용 인구는 그 언어의 사회·문화적 영향력 안에 포함될 수 있을 것이다. 그 점에서 본다면, 세계어를 이루는 조건은 해당 언어의 국제정치적 위상과 사회·문화적 영향력이라고 요약할 수 있을 것이다.

이 세계어 상용 인구의 증가는 한국어와 세계어의 호환성을 높이는 데 기여할 수 있을 것이다. 특히 디지털 문명의 발달은 언어를 어휘와 통사로 이루어진 논리적 연결체로 존재하기보다는 "빅 데이터"의 "덩어리들 corpus"[13]로 존재하게 한다. 데이터화된다는 것은 원료화된다는 것과 거의 동의어다. 즉, 언어가 본래의 구성적 형식을 잃어버리고 자유롭게 분리되고 접합되며 이동하는 기호적 재료들로 바뀐다는 것이다. 그렇게 된다는 것은 이질적인 언어들 사이의 매우 혼란스러운 뒤섞임의 양상이 일어날 것이라는 예측을 가능케 한다. 다만 우리가 각 언어의 본래적 구조를 지켜나가는 노력을 게을리하지 않는다면 이러한 언어의 재료화는 오히려 이질적 언어들 사이의 호환성을 증대시키는 데 기여할 수 있을 것이다. 그 과정이 잘 이루어지면 자국어와 세계어를 동시에 자유롭게 사용하면서 언어의 지적·미학적 가능성을 여는 데 기여할 문인들 역시 적지 않게 출현할 것이다.

그러나 그때가 언제가 될지 지금 예상할 수는 없다. 그리고 말했듯이 한국어 자체의 내구성이 워낙 강하기 때문에 세계어와의 호환 가능성 혹은 언어 상용의 세계어로의 이전이 쉽사리 용납될 수는 없을 것이다. 한국어와 30퍼센트 이상의 문맹율에 처해 있는 마그레브어의 상황은 다를 수밖에 없는 것이다. 따라서 여전히 '번역'은 한국문학이 세계문학의 도시에 도달하기 위한 유용한 열차로 기능할 것이다.

그러나 우리가 거기에서 유용함만을 볼 것인가? 오히려 거기에는 언어 행위의 특정한 미학적 존재 양식이 개입되는 것은 아닌가? 우리는 모두(冒頭)에서 번역 행위가 '존중과 경쟁'의 이중적 태도로 이루어짐

---

13) *ibid*.

을 말했다. 좀더 정확하게 말하면 이중적 태도가 아니라 연쇄적(으로 맞물린) 태도라 해야 할 것이다. 왜냐하면 경쟁의 의지가 빠진 존중은 맹종이 될 것이고 존중의 윤리가 없는 경쟁은 왜곡이 될 것이기 때문이다. 따라서 존중 이전에 경쟁이 있을 것이고 존중이 경쟁을 추동했을 것이다.

우리가 번역에서 '유용성'을 본다는 것은 두 언어 사이의 근본적인 호환 불가능성incompatibility을 전제로 한다. 즉, 결코 동일화될 수 없는 것을 '번역'을 통해서 가까스로 유사하게 일치시켜 어렴풋하게 이해 가능한 것으로 만드는 것에 번역의 유용함이 있는 것이다. 통상적인 어법으로 우리는 이러한 '호환 불가능성'을 '번역 불가능성'l'intraduisible/the impossibility of the translation'[14]이라고 말한다. 그렇게 볼 때, 번역의 유용성은 번역 불가능성에 근거한다. 즉, 아무리 번역을 해도 결코 번역되지 않는 부분이 있는 것이다. 그 부분은 어휘, 문장, 분위기, 리듬, 정서, 의미, 태도, 기타 등등 언어의 '현존'에 관여하는 무엇이든 될 수 있다. 번역의 과정 속에는, 이 현존의 차원에서, 호환 가능한 부분The compatible과 환원 불가능한 부분The irreducible이 동시에 발생한다. 번역 행위를 완수하려면 불가피하게 적당한 수준에서 타협해야만 한다.

그런데 존중과 경쟁의 연쇄, 역시 번역 불가능성에 근거한다. 왜냐하

---

14) 프랑스어 l'intraduisible에 대응하는 개념어로서의 영어는 untranslatability다. 그러나 이는 유수한 사전에 등록되지 않은 번역 관련 지식인들 사이의 은어에 가깝다. 아마도 영어가 세계어의 위상을 차지하고 있기 때문일 것이다. 영어 상용자는 '번역'에 대한 의식이 다른 언어 상용자에 비해 희미할 수밖에 없다. 이것은 필자의 말이 아니라, 미국의 한 번역가의 발언이다: "Because English is currently the dominant interlanguage of the world, English speakers who aren't involved in translation have a harder time than most others in understanding what translation is"(Davide Bellos, *Is That a Fish in Your Ear? — Translation and the Meaning of Everything*, New York: Faber & Faber, 2012, p. 4).

면 이것은 상호 간의 근본적인 이질성을 전제로 할 때 취할 수 있는 태도이기 때문이다. 다만 이때 문제가 되는 것은, 적당한 타협이 아니라, 호환 가능성의 최대치에 도달하고자 하는 의지다. 번역 불가능한 것을 어떻게 번역할 것인가? 폴 리쾨르Paul Ricœur는 중국어를 서양어로 번역하는 문제에 부딪쳐, "비교항들의 구축"[15]에 힘을 쏟은 프랑수아 쥘리앵François Jullien과 '직역'을 거부하는 앙투안 베르망Antoine Berman 그리고 성서의 번역에서 '의역'을 거부한 앙리 메쇼닉Henri Meschonnic의 저작을 두루 검토하면서, 번역은 '단어 대 단어mot à mot'로 번역하는 것도, 핵심 의미만을 떼어서 번역하는 것도 아니라, 즉 축자역도 의역도 아니라, "글 대 글lettre à lettre"로 통째로 옮기는 것[16]이라고 결론을 내린다. "글 대 글"로 통째로 옮긴다는 것은 출발어의 뜻meaning과 소리와 그 의미-소리의 합성체로서의 기호가 그 기호가 발성된 맥락에서 작용하는 의미signification와 정서와 세계에 대한 태도 일체를 통째로 도착어의 문자로 옮긴다는 것을 가리킨다. 그것은 불가능한 꿈이다. 그러나 그것이 불가능하기 때문에 번역에 관계하는 모든 사람들, 즉 번역가와 작가와 독자와 출판자는 두 언어의 이질성을 인식하고 두 언어의 호환에 대한 뜨거운 기대로 달아오르며 궁극적인 환원 불가능성을 절감하게 된다.

번역의 자리는 그러니까 두 언어의 어긋남과 두 언어의 일치에 대한 기대가 가장 '의식적인' 수준에서 부각되는 자리다. '의식적'이라는 것은 바로 두 언어의 그런 관계 상황의 성찰이 모든 삶의 저마다의 자율성을 인식게 하고 그 자율성이 삶의 실존적인 체험으로부터 솟아나면서 동

---

15) Paul Ricœur, *Sur la traduction*, Paris: Bayard, 2004, p. 63.
16) *ibid.*, p. 69.

x

시에 그 실존성 자체를 구성한다는 것을, 그리고 실존성이란 바로 자율적인 개인이 공동체의 삶과 맺는 관계의 구체성에 다름없다라는 것을 깨닫게 하며, 그리고 그렇기 때문에 바로 각 삶의 자율성은 폐쇄적 고립이 아니라 오히려 무한한 소통의 지평을 열어놓는다는 것을 알아차리게 하는 정신적 긴장이 유지된다는 것을 가리킨다. 간단히 말해, 궁극적으로 "글 대 글"의 통째 번역은, 두 문화, 두 사회의 이질성을 뚜렷이 인지케 하며 동시에 소통의 필연성을 더욱 강하게 느끼게 할 것이다.

〔2013〕

한국문학은 세계문학의 은하에
여하히 안착할 수 있을 것인가?

한국문학이 세계문학의 궤도 안으로 진입한 지 25년 정도가 되었다. 이문열의 『금시조』가 최윤과 파트릭 모뤼스의 공역으로 악트 쉬드 출판사에서 발행되고 , 프랑스의 대표적인 일간지 『르 몽드_Le Monde_』가 1990년 9월 28일자 '서평란'에서 「마술적인 작가, 이문열_Magique Yi Munyol_」이라는 제목으로 소개한 게 시발점이었다. 그 후로 이청준, 이승우가 주목을 받았다. 2004년엔 황석영의 『손님』(Zulma)이 출간되면서 판매에서도 성공을 거두었다. 그사이에 독일에서는 오정희의 『새』(Pandragon, 2003)가 '리베라투르상'을 수상하였다. 언론에 크게 화제가 되어 모두가 잘 알듯이 신경숙의 『엄마를 부탁해』(Knopf)가 2011년 미국에서 출간되어 대중의 인기를 끌었다.

이런 성과들은 민간 및 국립 기관들의 지원을 동반하였다. 대산문화재단과 한국문학번역원이 한국문학의 세계어로의 번역에 대량의 지원금을 제공하고 작가 해외 레지던스, 해외 작가 초청 행사를 주기적으로 벌이는 한편, 때로는 굵직한 국제 문학 포럼도 열어서 세계 작가들과 한국 작가들이 한데 모여 문학의 의미심장한 주제들을 놓고 토론을 벌이는 자리를 만들기도 한다.

한데 이러한 성과가 궁극적으로 겨냥해야 할 것은 세계의 보통 독자들이다. 세계 각 나라의 철수와 영희가 동네의 평범한 서점의 서가에서 한국문학작품을 뽑아 읽는 게, 그리고 읽다가 마음에 들면 자연스럽게 계산대로 가서 금액을 지불하는 게 우리가 꿈꾸는 풍경이다. '한국문학의 세계적 차원에서의 일상적 수용'이라고 이름 붙일 수 있는 현상에 도달할 때만이 한국문학이 세계문학의 지도 내에 마침내 자리를 잡았다고 말할 수 있을 것이다.

이 소망은 그러나 아직 요원한 듯이 보인다. 『엄마를 부탁해』의 미국에서의 판매고는 다른 작품들로 이어지지 않았다. 그 작품은 성공했는지 몰라도(이 단발성 성공의 원인과 의미에 대해서는 아직도 논란 중이다), 한국문학은 여전히 미국의 독자들에게 알고 싶지 않은 변두리 문학에 불과하다. 미국의 문학 시장은 본래 자국적 취향이 강하다. 미국의 일반 독자들은 유럽 문학조차도 읽지 않는다. 하물며 극동의 한 조그만 나라의 문학에 대해 기웃거릴 까닭이 있으랴? 미국에서 한국문학에 관심이 있는 사람들은 한국문학 연구를 직업으로 삼고 있는 대학 사회의 연구자들이다. 이들은 미국의 독서 시장과 연결되어 있는 게 아니라 한국에 거점을 둔 한국학 지원 기관에 연결되어 있다.

유럽에서도 한국문학의 사정은 그렇게 좋지 않다. 다만 프랑스의 독서 인구만이 약간의 한국문학에 관심이 있을 뿐이다. 그나마 그럴 수 있게 된 것은 프랑스인들의 낯선 것에 대한 호기심의 정도가 특별하기 때문이라고 나는 생각한다. 프랑스인들은 예전부터 타자의 문화를 받아들이는 데에 적극적인 사람들이다. 타국의 재능 있는 예술가며 문인들이 프랑스에 와서 성공한 경우가 허다했다. 그리고 그러한 현상의 밑바탕에는 사람들 사이의 교류라는 게 놓여 있는 것으로 보인다. 프랑스인들에게 낯선 이들끼리의 교류는 자주 우정으로 발전하고 그리고 우정은 어느 철학자의 주장처럼 '정치'의 뿌리로 작용하기보다 '사회'의 확장에 기여해온 게 이 삼색기의 나라의 경우다. 이런저런 이유로 한국문학인들과 인연을 맺은 프랑스의 비평가·작가 들은 한국문학에 자발적인 관심을 가졌고 또한 한국문학을 자국의 다른 친구들에게 알리는 데 열성이었다. 노벨문학상을 수상한 르 클레지오, 정신분석 비평가장 벨맹-노엘, 시인이자 비평가인 클로드 무샤르, 한국문학 전문 출판사를 차린 엑상프로방스 대학의 장-클로드 드 크레센조Jean-Claude de Cresenzo 같은 분들이 대표적이다.

그러나 명망가들의 호의와 대중의 독서 취향 사이에는 간극이 있다. 전자와 한국 문인들 간의 우정은 여전히 지속되고 있지만 새로운 자극이 없는 한 일반 독자의 관심은 줄어들게 된다. 개인적 관찰에 불과할수도 있겠으나 나는 황석영에 대한 프랑스 독자들의 관심이 2006년에 절정에 달한 후, 한국문학 전반에 대한 호기심이 서서히 식어갔다는 판단을 하고 있다. 독서 시장에서도 언론에서도 한국문학에 대한 이야기가 점점 사라지더니 2011년에 오면 북한 문학에 대한 호기심이 압도해버린다. 백남영의 『벗Des amis』(Actes Sud)이 핵을 가진 폐쇄국에 대한 흥미라는 범선을 타고 비교적 높은 판매고를 기록한 것이다.

간단히 말하면 25년 동안 갖은 공을 들여왔음에도 불구하고 한국문학이 세계문학의 구도 내에서 이해되기란 여전히 어렵다. 무엇이 문제인가? 가장 먼저 생각하게 되는 것은 언어적 장벽이다. 한국문학이 세계인들에게 알려지기 위해서는 번역이라는 중개 행위를 거쳐야 한다. 이 번역 과정 속에서 한국문학 본래의 특성과 아름다움이 소실되어버리지 않을까? 번역은 반역이라는 말이 있듯이(그러나 오늘 이에 대해 자세히 말할 수는 없으나 이는 잘못된 통념이다) 꼭 그런 게 아니더라도 번역 작업은 새로운 노동인구를 요구하는 것이다. 즉, 한국문학이 세계의 독자들에게 이해되기 위해서는 세계어를 매체로 하는 문학에 비해서 갑절의 노동력이 든다는 얘기다.

실로 세계문학의 장 안에 충격적으로 난입하여 세계문학의 지형 자체를 바꾼 주변 문학은 라틴아메리카와 아일랜드의 문학이었다. 이 두 문학은 세계문학과 언어를 공유하고 있었다. 라틴아메리카의 사람들은 유럽 제국주의의 침입 이후 스페인어를 공용어로 쓰게 되었고, 아일랜드 문학은 영국의 식민지 지배 속에서 아일랜드어 대신에 영어를 공용어로 사용하였으니 그렇게 해서 피지배의 역사적 경험과 특유의 다른 정서를 통해서 생산된 문학이 그동안 지배적으로 군림했던 세계문학을 요동시킬 수 있었던 것이다.

그러나 이런 거의 '운명론적인' 판단은 반대의 증거들도 충분히 있다는 것을 간과하고 있다. 세계어라고 했지만 세계어는 하나가 아니고 세계적 영향력을 과점하고 있는 복수의 언어들이다. 따라서 세계어를 사용하는 문학들 역시 번역되어야 세계적으로 유통될 수가 있다. 그러한 사정에 대해서, 그래도 하나의 세계어를 사용하는 문학은 그만큼 많은 독자를 '직접적으로' 확보할 수가 있으며, 번역은 효과의 부수적 증대에 기여할 수 있을 뿐이다,라는 반론이 가능하다. 그렇다면 현재 세계어의 위상에 진입하지 않은 언어의 문학이 세계문학의 시장에서 '약진'까지는 아니더라도 '선전'을 하고 있다고 한다면? 바로 이웃의 중국과 일본의 문학을 두고 하는 말이다. 중국어는 모국어 인구의 숫자는 압도적인 세계 1위이지만 중국어가 세계어의 궤도를 돌고 있지는 않다. 세계어는 모국어의 인구수로 판별되는 게 아니라 그동안의 역사적 과정과 현재의 정치·사회·문화적 파급력에 근거해 판단되는 것이다. 중국어는 아직 중국인들만의 언어다. 그러나 중국 문학은 세계문학의 시장에서 진지하게 수용되고 다채롭게 음미되며 깊이 연구되고 있다. 일본 문학 역시 중요한 새 작품들이 시시각각으로 번역되고 있다.

이러한 현상을 가능케 하는 근거는 크게 세 가지다. 하나는 중국과 일본의 정치·경제적 영향력이다. 세계 정치와 경제의 장에서 힘 있는 나라는 문화에서도 역시 그에 비례하는 영향력을 가질 수 있다. 불행하게도 그게 속세의 논리다. 한국은 그 속세의 판에서 아직 소수 국가에 불과하다. 하지만 사람들에 따라서는 한국이 언젠가 동등한 위치에 올라설 날이 있으리라는 기대를 품기도 할 것이다. 그러나 이보다 더 중요한 것은, 중국과 일본이 아주 오래전부터 서양과 문화적 교류를 해왔다는 역사에 있다. 중국은 문화 대국으로 인지된 상태에서 동양 사상과 동양 문화의 모든 진원지인 것처럼 이해되고 있다. 그래서 중국 문학은 고금의 문화가 통째로 밑받침한 상태에서 세계 시장에 전시된다. 세계의 많은 독자들은 이미 익숙한 중국 문화의 새로운 변이형으로서 오늘의 중국 문학작품을 받아들이게 된다. 게다가 다른 지역의 사상과 문화에서는 볼 수 없는 중국 특유의 사상과 문화, 이를테면 음양 논리나 도가적 신비주의가 특별한 분위기의 자장을 형성해 중국 문학작품이 소개될 때마다 그 둘레를 감싼다. 일본 역시 "일본 민화와의 교류가 없었더라면 서양 인상주의가 탄생할 수 없었다"는 속설이 있듯이, 일찍부터 서양과 교류하면서 일본 특유의 미학을 세계의 문화 수용층에게 각인시켰다. 롤랑 바르트의 『기호의 제국』이라는 서명이 암시하는 바와 같은 극단적 인공성의 미학, 그리고 다니자키의 소설이나 '망가'(만화)를 통해서 퍼진 격렬한 성적 탐미주의가 일본 문화의 공인된 특성처럼 향수된다.

한국은 그러한 역사적 교류의 경험이 일천하다. 그렇기 때문에 세계의 문화 수용층들은 한국 문화를 열고 들어갈 통로를 잘 찾아내지 못한다. 황차 매체가 상이한 문학의 경우는 말할 나위가 없다. 이런 역사적 축적의 부재와 더불어 한국 문화를 체계적으로 알릴 수 있는 문헌들이 아주 희귀한 상태다. 세계의 문화 수용층 및 문학 독자들에게 한국 문화 및 문학은, 지식으로도 감각으로도 난해하기만 한 타인이다. 그러니 아마도 최소한 1세기는 더 지나야 한국 특유의 문화적 특성을 세계 문화의 장 안에서 가지게 될지도 모른다. 그러나 그것을 위해서 한국의 문화인들이 해야 할 일은 '막연하게도' 많다. 게다가 세계 문화의 장이 국가 단위의 문화장보다 더 중요해진 시대에서 곧바로 눈에 띄는 현상은 문화의 모든 지역적 특성들이 세계적으로 교류한다는 것이다. 따라서 세계적으로 의미 있는, 좀더 정확하게 말하면, 세계 문화에 구성적으로 작용할 수 있는 지역 문화를 통해서 교류해야 한다. 다시 말해 점점 더 지역 문화 자체가 보편적이어야 한다는 요구가 강해지고 있다는 것이다. 그 사정을 모른 채, 한국만의 고유한 문화 혹은 문학이 이미 예전부터 전래해오고 있다는 착각 속에서 그걸 찾아 헤매어서는 얻을 것이 없다. 실제로 극소수의 한국 영화는 그러한 사정을 여실히 증명하고 있다. 지금 세계의 영화 관객들이 즐겨 보는 한국 영화는 한국에서는 거의 관객이 들지 않는 홍상수·김기덕의 영화다. 예전에 임권택의 영화가 한국적 특수성에 의해서 주목을 받았다면, 후자들의 영화는 정반대로 아주 첨단적인 보편성의 미학(서양의 영화 평론가들이 파노프스키 Panofsky적 미학이라고 일컫는)에 의해 탐닉되고 있다.

한국에서는 외면당하다시피한 이 소수에 의해 실행된 보편성의 미학이 문학에서는 어떻게 나타날 수 있을까? 영화와 똑같은 주제와 방식으로 문학에서 나타날 수 있다고 생각하는 건 지나친 환상이 되리라. 문학인들은 문학 안에서 그걸 찾아야 한다. 그런데 그걸 찾기 위해서 우선 요구되는 것은 그런 미학이 꽃피어날 수 있도록 하기 위한 바탕 역할을 해줄 기본적인 문학 구조화 능력이다. 그것은 세계의 모든 문학인들이 지역적 특성과 무관하게 공유하는 자질들을 가리킨다. 모든 세계인들이 인종적 특성과 관계없이 같은 이목구비와 같은 신체를 공유하고 있듯이 말이다. 문학에서 그것은 묘사와 표현, 구성의 능력, 그리고 문학의 존재론적 뜻을 통해서 드러난다. 한국문학이 문화 기구의 전폭적인 지원하에 25년 동안 세계화의 노력에 매진했는데도 불구하고 뚜렷한 성과를 거두지 못하고 있다면, 그것은 어쩌면 바로 이 기본적인 자질들이 아직 충분히 갖추어지지 못한 탓이 아닐까? 혹은 그런 작품들이 이런저런 이유로 번역에서 소외되었기 때문이 아닐까? 가령 나는 최인훈의 소설을 비롯한 지적 계열의 작품들이 왜 충분히 번역되고 있지 않은지 납득할 수 없다. 그리고 자세히 들여다보면 지금 번역되는 작품들이 특정한 방식으로 편벽되어 있다는 것도 보인다. 그리고 편벽되었다는 것은 바로 그 부분이 과잉되어 있다는 것을 가리키는 것이기도 하다. 그 결과 태연하게도 옥석이 뒤섞이게 된다. 그렇기 때문에 오늘의 번역 문화 혹은 번역 문화에 작용하는 문화 시스템 전체가 재검토되고 갱신되어야 한다고 나는 생각한다(그런데 이렇게 주장하면 그걸 꼭 상업적으로 이용하고자 하는 세력들이 틈입하여 이 주장을 이용해 제 이익을 챙기려 든다. 놀라운 세상이다).

　이러한 과제들이 한국문학이 세계문학의 장 안에 진입하기 위해 치러내야 할 일들일 것이다. 그런데 우리가 또 하나 무시하고 있는 것이 있다. 그것이 세번째 근거에 해당한다. 바로 이 과제가 해결되기 위해서는 한국문학이 내부적으로 튼실한 생장 조건을 갖추고 있어야 한다는 것이다. 즉, 자국 내에서 자급자족이 가능해야 한다는 것이다. 실상 한국문학의 세계화에 대한 관심은 바로 이 자급자족의 한계 때문에 부추겨진 면이 없지 않다. 복거일의 영어 공용화론은 얼마간 그런 문제의식에 의해서 촉발되었다. 그런데 그동안의 논쟁의 추이와 대체적 반응을 보건대, 한국인이 영어를 공용어로 사용할 날은 쉽게 오지 않을 듯하다. 이때 영어 공용화는 영어를 모국어로 삼는 태도와는 아주 다르다. 한국인은 그 존재 조건에 의해서 불가피하게 세계어와 자국어를 이중으로 사용할 수밖에 없다는 얘기다. 이 필요조건이 충족될 날이 쉽게 오지 않으리라는 것은 한국의 역사, 즉 작은 독립국으로 오래 살아온 한국인 특유의 적자생존의 역사에 비추어볼 때 짐작이 가는 사항이다. 이런 사정에서 한국문학은 한국어를 읽을 수 있는 사람들만을 대상으로 자급자족을 이루어야 한다. 그것이 어렵지만 세계화를 순탄하게 이루기 위한 조건이다. 자급자족의 불가능성이 세계화를 부추겼지만 실은 자급자족이 제대로 이루어져야 세계화가 가능하다. 그것을 여실히 증명하는 문학이 또한 바로 이웃의 중국과 일본의 문학이다.

　여기에서 자급자족이란 소위 '대박', 베스트셀링과는 전혀 무관하다. 분명한 뜻을 가진 작가가 굶어죽지 않고 자신만의 문학 세계에 전념할 수 있도록 해줄 수 있는 상황, 그것이 한국문학의 자급자족이다. 미국의 코맥 매카시 같은 작가가 어느 날 자신의 이름을 세계만방에 고할 수 있기까지 그를 버티게 해줄 최소한의 경제적 여건 같은 것이다. 그 자급자족의 상황에 한국문학은 도달해 있지 못하다. 그것을 여하히 마련할 것인가? 이 물음 앞에만 서면 내 앞에는 혼미한 안개가 밀려닥쳐 나를 꼼짝달싹 못 하게 옭아맨다.

[2015]

제 4 장

문학의
더듬이는
굽이도누나

『문학과지성』에서 『문학과사회』까지
─계간지 활동의 이념과 지향

    계간 『문학과지성』이 창간된 것은 1970년 가을이다. 『문학과지성』은 처음 '일조각'에서 간행되었다. 그로부터 5년 후 1975년 12월 12일 '도서출판 문학과지성사'가 출범하였다. 그러나 계간 『문학과지성』은 여전히 '일조각'에서 발행되었다. 그러던 것이 '문학과지성사' 발행으로 바뀐 것은 '1977년 여름호(통권 28호)'부터다. 그리고 계간 『문학과지성』은 1980년 여름호(통권 40호)를 끝으로 같은 해 가을에 '신군부'에 의해 강제 폐간당한다. 잡지 등록은 '신고제'에서 '허가제'로 바뀐다. 그로부터 2년 후인 1982년 5월에 '문학과지성' 동인들의 제자들을 주축으로 한 20대의 젊은 문학인들이 '부정기 간행물(일명 Mook)' 『우리 세대의 문학』을 창간하고 '문학과지성사'에서 발행하였다. 『우리 세대의 문학』은 1년 단위로 간행되었으며 '제5집'(1986년 5월)부터 『우리 시대의 문학』으로 개명하였다. 『우리 시대의 문학』은 이듬해인 1987년 6월 '제6집'을 끝으로 마감되었는데, 그것은 같은 해 '6월 혁명(세칭 '6월 항쟁')'의 승리의 결과로 잡지 등록이 다시 '신고제'로 환원되었기 때문이다. '문학과지성' 동인들은 두 가지 선택 앞에 놓여 있었다. 계간『문학과지성』을 복간할 것인가 아니면 젊은 문인들이 주도할 새 계간지를 창간할 것인가? 솔로몬은 후자의 손을 들어주었고, 그래서 '우리 시대의 문학' 동인들이 주축이 된 계간『문학과사회』를 창간하기로 결정한다.『문학과사회』가 잡지 등록을 마친 것은 공교롭게도 1987년 12월 12일이다. 그리고 1988년 봄에 '창간호'가 발행된다.『문학과사회』는 현재까지 지속적으로 발행되고 있는데, 도중에 동인 교체가 여러 차례 있었다.

이 글은『문학과지성』창간에서부터『문학과사회』창간에 이르기까지의 과정을 일별하는 것을 목적으로 한다. 그 과정은 그러나 순탄치 않았고 복잡한 굴곡과 급격한 단절들을 포함하고 있다. 그 모든 면들을 섬세하게 되짚어가면서 과정을 복원해낸다는 것은 쉽지 않은 일이다. 이 글에서는 우선 그 외형의 변천에 근거해서『문학과지성』그리고『문학과사회』의 '이념과 지향'을 기술해보려고 한다. 내적 역동성 혹은 내면의 추이에 대해서는 10년 후 혹은 20년 후 다시 '사사(社史)'가 씌어질 때에 검토될 수 있기를 바란다.

1. 공공 영역의 구성: 문예지/동인지/계간지

1970년 창간된『문학과지성』은 종합 문예지고 동인지이며 계간지로 출발했다. '종합 문예지'적 성격은 그 이전의 다른 잡지들과 공유하고 있는 것이지만, '동인지'와 '계간지'는 새로운 것이었다. 그리고 마지막 두 가지 특성에 의해 첫번째 특성에도 예전과 다른 새로운 의미가 스며들게 되었다. 1980년『문학과지성』이 강제 폐간당한 이후 8년 만에 그 후속 잡지로 창간된『문학과사회』역시 그 세 가지 특성을 고스란히 이어받았다. 그러나 시대의 분위기는 사뭇 달라서 똑같은 형식도 썩 다른 질적 의미를 함유하게 되었다.

그 이전의 다른 문학잡지들의 일반적 체제인 종합 문예지를『문학과지성』이 다시 채택했다는 것은『문학과지성』동인들이 스스로를 '문인'으로서 인식하고 있었다는 것을 우선 가리킨다. 그들은 문학 연구자가 아니라 비평가였다. 그들의 이론적 글쓰기는 창작에 바투 붙어서 개진되었을 뿐 아니라 그들 스스로 자신들의 비평을 특별한 문학적 실천으로서 이해했던 것이다. 이러한 종합 문예지적 체제는 개항 이후 오늘날까지 거의 모든 문학잡지들이 공통적으로 취해온 관행이다. 그러나『문학과지성』, 그리고 그보다 4년 전에 출발한『창작과비평』이 그들이 극복하려 한 전 시대의 잡지들의 체제를 따랐다는 것은 특별한 의미를 가진다. 이전의 잡지들에서 문학과 사상은 별개로 나뉘어져 있었다. 세상을 상상하는 행위와 세상을 이해하는 행위는 매우 무관했던 것이다. 상상은 이해를 참조하지 않았고 이해는 상상 세계를 오직 이해의 대상으로서만 바라보려 하였다. 그것이 그 이전의 문학적 실천과 학술적 작업(국문학 연구)이 각각 취한 태도였다(백철과 조연현의 조악한 이론이 문학계를 활보할 수 있었던 것도, 정병욱을 비롯한 감수성 없는 학자들의 엉뚱하기 짝이 없는 오로지 '음보'론이 튀어나온 것도 그러한 정황 덕택이다). 다만 상상과 이해가 하나로 집약된 곳이 있긴 있었는데 그 자리는 바로『사상계』다. 그러나『사상계』는 문학만을 다룬 것이 아니라 한국의 온갖 현실을 사상의 층위에서 재구성하는 데 힘을 기울인 잡지였다(그 비슷한 것으로『씨올의 소리』가 있었는데, 그것은 한국의 사상을 현실의 층위에서 창출하는 데 힘을 기울인 잡지다). 따라서 『사상계』는 문학과 사상의 '차이'를 따질 위치에 있지도 않았고 그럴 필요를 느낄 수도 없었다(역설적이게도 이러한 배경 덕택에 『사상계』는 1950, 60년대 한국문학에 적지 않은 기여를 하였다).

그런데 『문학과지성』과 『창작과비평』은 그들이 가지고 있는 또 다른 성격, 즉 '동인지' 혹은 '계간지'의 성격이 가리키듯 문학과 사상 사이의 끊어진 고리를 다시 잇는 데서 그들의 출발점을 삼았다. 그것은 그 잡지의 편집인들이 문학적 실천의 장인 잡지가 동시에 현실에 대한 성찰의 장이자 현실 변혁의 모색의 장임을, 더 나아가 그런 성찰과 모색이 한국인 일반의 잠재적 참여하에 토론되는 곳이라는 입장을 가지고 있었다는 것을 의미한다. 다시 말해 이 잡지들은 이글턴Eagleton적 의미에서의 '공공 영역public sphere(이 용어가 본래 하버마스의 것이었다는 것을 새삼 지적할 필요가 있을까?)'이었던 것이다. 그리고 당시 학술지들과 사회평론지들이 초년적 상태에 머물러 있었기 때문에 문학잡지의 그런 성격은 실질적인 효과를 발휘하였다. 적어도 1970년대 말까지 문학은 모든 사회적 담론들이 수렴하는 장소였다. 그런 이유로 해서, 두 잡지의 '종합 문예지적 체제'는 그 전의 잡지들의 그것과 근본적인 성격을 달리하게 된다. 그것은 비평과 창작을 두루 문학적 활동으로 귀일시키는 태도를 보여주기보다는 반성과 상상, 이론과 실천, 문학과 정치, 성찰과 갱신이 한데 어울려나가는 것으로 파악하는 태도를 보여준다. 비평의 역사를 찬찬히 따진 이글턴의 『비평의 기능』[1]과 델포·로슈의 『비평의 역

---

1) Terry Eagleton, *The Function of Criticism — From the* Spectator *to Post-Structuralism*, London: Verso, 1984.

사와 역사적 비평』[2]을 따라가다 보면 이런 태도는 유럽에서도 초기의 근대 비평이 공히 취한 태도였음을 알 수 있다. 그리고 그러한 비평을 끌고 간 사람들은, 어떤 보편적 가치에 기대어, 세계에 대한 이해와 다른 세계에 대한 상상을 하나로 맞물린 톱니바퀴로 이해한 교양인들이었다. 그 '어떤 보편적 가치'란 무엇이었을까? 그것은 천부인권과 그로부터 분만된 자유, 평등, 박애라는 근대 초기의 인간적 가치들이었다. 그것이 '인간적' 가치라는 것은, 신에게는 필요가 없고, 오직 인간만이, 다시 말해 신에 가까이 가기 위해 아득바득거리는 '생각하는 유한자 짐승'만이 얻으려고 애쓰는 가치임을 뜻한다. 모두가 획득할 수 있다는 전제하에. 왜 '모두'가 획득할 수 있어야 하냐면, 그 '모두'가 인간의 인간됨을 심판하는 최종의 심급이기 때문이다. 역사가 보여주듯이 이 근대 초기의 이상은 곧 배반당한다. 정확히 말하면, 여전히 상징적 위력을 발휘하면서도 실제적으로는 거듭 훼손된다. 당연히 실제의 현상을 용납하지 못하고 사라진 본래의 이상에 집착하는 사람들이 있었다. 그들은 그러니까, 원-근대에, 아니 용어상의 혼란을 피하기 위해 원어를 그대로 쓰자면, '원archi-모더니티'에 붙박인 사람들이다. 바로 그들이 이상의 한 점을 설정하고 그 중심 둘레에 사람들을 끌어모아 모더니티의 실제를 비판하는 일을 벌인다.

근대 초기의 비평은, 이글턴에 의하면, 스스로의 정당성을 과학적으로 해명할 수 없다는 궁지에 몰려 대학의 연구에 자리를 내주게 된다. 그러나 이글턴이 착각하고 있는 것은 반성과 상상을, 다시 말해 현실 인

2) Gérard Delfau·Anne Roche, *Histoire, Littérature — Histoire et Interprétation du fait littéraire*, Paris: Seuil, 1977; 제라르 델포·안느 로슈, 『비평의 역사와 역사적 비평』, 심민화 옮김, 문학과지성사, 1993.

식과 미래 전망을 동시에 끌고 나가려고 하는 사람에게 남김 없는 과학적 해명은 애초부터 불가능한 것이 된다는 것이다. 그것은 '불확정성의 원리' 속에서 움직이기 때문이다. 오히려 그들에게 중요한 것은 그 확정 불가능이라는 모순의 긴장 속에 얼마나 자신을 투신하느냐의 문제가 아니었을까? 그리고 그런 불확정성을 짐작조차 못하고 남김 없는 과학적 해명으로 몸을 돌리는 순간 그 사람은 더 이상 실존의 질감을 포기하고 과거와 현재의 불변의 기록 보관소에 유폐되는 것이 아닌가? 다시 말해 그는 시체 공시장의 인부가 되는 것이 아닐까? 델포·로슈의 책이 증거하는 것은, 새로운 비평의 활력을 가져온 것은 언제나 비평의 자기 모순적인 상황에 집중하는 원초적 자세를 되살릴 때였다는 사실이다. 그게 자신이 배출한 실증주의자들에게 대항하고자 한 랑송Lanson의 최후의 노력이건, '직접적 포착'에 의해 이른바 과학주의자들의 '환상'을 공격한 페기Péguy이건 혹은 1960년에 문학비평의 대전환을 촉발한 '2차 신구논쟁'을 주도했던 바르트이건.

'문학과지성' 동인들은 원-모더니티에 붙박인 사람들이라기보다 그것에 '눈뜬' 사람들이다. 왜냐하면 모더니티는 그들이 혹은 그들의 선배 한국인들이 만든 게 아니기 때문이다. 모더니티가 바깥에서 들어왔다는 것은 부인할 수 없는 사실이다. 그리고 그것은 우리 삶을 장악했다. 좀더 정확하게 말하면 모더니티가 한국인의 삶-구성체의 중앙을 차지하게 되었으며 재래적인 것, 혹은 비-모던한 것들은 주변부에 위치하게 되었다. 그런데 모더니티가 진주할 때 거기에는 당연히 실제와 이상이 마구 뒤섞여 있었다. 한국인들은 모더니티를 혼란의 덩어리째로 받아들였으며, 그것에 대해 덩어리째로 열광하거나 혹은 덩어리째로 혐오하였다. 그러나 그런 혼돈스런 수입을 자각적 수용으로 바꾸고, 이상과 실제를 분별하여, 모더니티의 원형에 눈뜬 사람들이 이미 오래전부터 생겨나기 시작했다. 이상에서부터 채만식, 손창섭을 거쳐 김수영에 이르는 선을 따라가다 보면 원-모더니티에 대한 한국적 모색의 맥락을 찾아볼 수 있을 것이다. 그러나 그것을 실감의 차원에서 제기하기 위해서는, 다시 말해 그것의 실현 가능성을 육체적 충만으로 느끼기 위해서는 1960년대를 기다려야 했다. 독재 정권을 무너뜨린 경험을 직접 겪은 4·19세대가 그 시대의 주역이었다. 그들의 충만한 경험은 1년 뒤 5·16 군사 쿠데타와 더불어 하나의 순간으로 압축되었으니. 그들은 원-모더니티에 붙박인 사람이라기보다 원-모더니티에 눈뜬 경험에 붙박인 사람들이었다. 그 경험이 그들에게 군사정권의 공적 지배에 대해 적대적인 또 하나의 공공 영역을 창출케 하였다. 그것이 '동인지'의 근본적인 의미다.

『문학과지성』이 동인지였다는 것은 그 이전의 문학잡지에 대하여 결정적인 단절을 긋는 행위였다. 동인지는 우선은 문학에 대한 견해를 같이하는 사람들이 모여 만든 잡지다. 이것을 그들이 처음 한 것은 아니다. 한국 최초의 동인지인 『창조』의 주도자인 김동인에서부터 또렷이 인식되어 있었던 것이다. 『창조』를 "민족 4천년대의 신문학 운동의 봉화"[3]라고 자부했던 김동인은 염상섭과의 논전을 거치는 가운데 "염상섭, 오상순, 황석우 등이 '동인제'로 『폐허』라는 잡지를 창간"함으로써 "조선에 『창조』에 대하여 『폐허』가 생기고 '창조파'에 대한 '폐허파'가 생기게 되었"음을 특별히 강조하고 있다. 그리고 그 이후에 생긴 『백

---

3) 김동인, 「문단 30년의 발자취」, 『신천지』, 1948년 3월호~1949년 2월호; 『한국문단사』(영인본), 도서출판 청운, 2001, pp. 5~103.

조』가『창조』나『폐허』와 달리 "일정한 주견이나 주장 색채가 없었"으며, "『백조』의 동인들은 모두 갓 중학 출신의 소년들로서 그다지 관심치 않"았으니 "『백조』가 언제 창간되었다가 언제 폐간되었는지는 전혀 기억이 없다"고 쓰고 있다.

그러니까 '동인' 체제의 구성은 동지를 모으는 행위이다. 그것은 반세기 후의 『문학과지성』 동인들에게도 똑같은 의미를 가진다. 그러나 무언가 다르다. 그 점을 이해하기 위해서는, 『산문시대』에서 『문학과지성』에 이르기까지 '동인' 체제의 형성에 가장 힘을 쏟았던 김현의 발언을 검토할 필요가 있다. 그가 보기에 '동인지'는 공동체 의식의 온상이었고 그때의 '공동체 의식'은 '같이 모여 대화하는 의식'이다.

내가 하고 있는 말은, 논쟁은 자료 이해 과정에서 생겨나는 어려움에 대한 토론이어야지, 신념의 확인이어서는 안 된다는 말이다. 대화의 결핍은, 진정한 의미에서의 공동체 의식의 쇠퇴를 가져온다. 공동체 의식이란, 대화에서 싹터 나오는 공감대의 확산이 발휘하는, 같이 있다, 같이 느낀다, 같이 판단한다라는 의식이다. 비평가, 잡지 편집자가 만들어내려고 노력해야 하는 것은 그런 공동체 의식이며, 그런 공동체 의식이 생겨나야, 작가―작품―독자의 관계는 힘있는 문화적 사실이 될 수 있다. 동인지나 계간지의 중요성은 그것들이 그런 공동체 의식을 만들기 쉬운 자리라는 데 있다. 이 글을 쓰면 반드시 누구누구는 읽어줄 것이고, 누구누구가 읽어준다는 것은 그와 같은 생각을 하고 있는 독자들이 읽어준다는 것을 뜻한다라는 의식이 글쓰는 사람에게 생겨날 수 있는 자리가 바로 동인지·계간지 들이다. 그 의식을 만들어내지 못하는 동인지나 계간지는 말의 엄정한 의미에서 동인지나 계간지라 할 수 없다. 그것들은

단지 발표 기관일 따름이다.[4]

그러니까 김현이 말하는 '공동체 의식'은 그에 대한 상식적인 정의를 벗어나고 있다. 그것은 '우리는 하나다, 혹은 형제다'라는 의식이 아니다. 그런 의식 속에서 공동체의 통일성과 공동체 안의 다수성은 신념의 확인에 대한 강력한 지지대가 될 것이다. 반면, 김현이 말하는 공동체 의식은

(1) 우리는 같은 상황 속에 놓여 있다("같이 있다").

(2) 우리는 이 상황을 함께 해결할 공동 운명체다("같이 느낀다").

(3) 우리는 상황을 해결할 최상의 대답을 끌어내기 위해 서로 싸워야 한다("같이 판단한다").

라는 의미에서의 공동체 의식이다. '동인지' '계간지'는 그런 공동체 의식을 만드는 곳이다. 이 공동체 의식의 세부 요소들은 모두 '일치'의 형식으로 표현되었지만 제3요소는 그 일치를 미래로 밀어내는 한편 현재에 불일치를 끌어넣고 있다. 아니 차라리 '미래'로 밀어낸다기보다 '가두리'로 밀어낸다고 해야 할 것이다. 왜냐하면 "같이 판단"하는 한 그들은 영원히 "논쟁"할 것이기 때문이고, 그때 '같이 판단'하도록 하기 위한 공동체의 가두리는 내부의 논쟁을 뜨겁게 달구기 위해서 더욱 단단해질 것이기 때문이다. 최상의 금속을 제련해내기 위해 최고의 고열을

---

4) 김현, 「문학은 소비 상품일 수 없다」, 『우리 시대의 문학/두꺼운 삶과 얇은 삶』(김현 문학전집 14), 문학과지성사, 1993, p. 292.

견디어낼 수 있도록 고안되는 용광로처럼 말이다.

4·19세대가 성장해 결성한 1970년대의 동인지가 1920년대의 동인지와 결정적으로 다른 점이 여기에 있다. 김현의 위 진술이 김동인의 의식과 다른 점은 두 가지다. 하나는 방금 말한 '공동체 의식'과 관련되어 있다. 김동인의 진술에는 『창조』와 『폐허』 그리고 『백조』를 변별하는 의지가 두드러진다. 그 공동체 의식은 배타적 의식, 하나의 형용사가 붙어야 한다면, '좁은' 배타적 의식이다. 우리만이 새로운 문학 예술의 본질을 쥐고 있다는 의식이다. 반면 김현의 진술은 공동체 의식을 대화 공간의 창출과 동일시하고 있다. 대화 공간의 창출은 공동체 내부의 의견의 불일치를 전제로 한다. 그러면서 동시에 의견의 최종적 일치를 가정한다. 그 불일치에 의해서 대화 공간은 논쟁으로 들끓고 일치의 가정에 의해서 공동체의 가두리는 자꾸 미래를 향해 멀어진다. 그 미래를 공간으로 바꾸면 대화 공간의 창출이 곧 '공공 영역'의 구성이라는 점을 금세 짐작할 수 있다. "이 글을 쓰면 반드시 누구누구는 읽어줄 것이고, 누구누구가 읽어준다는 것은 그와 같은 생각을 하고 있는 독자들이 읽어준다는 것을 뜻한다라는 의식이 글쓰는 사람에게 생겨날 수 있는 자리가 바로 동인지·계간지 들이다"라는 진술이 정확히 가리키는 것이 그것이다. 그리고 이로부터 자연스럽게 두번째의 다른 점이 나온다. 그것은 1970년대의 동인지들은 새로운 이념의 형성을 꿈꾸었다는 것이다. 그 공공 영역에서의 일치는 미래로 연기된 일치이기 때문이다.

김동인은 그의 회고록에서 『창조』 동인이 한 일을 되풀이해서 강조하고 있는데, 그것은 (1) 순 구어체의 실행과 '과거사(過去詞)'를 채택한 것; (2) '그'라는 인칭대명사의 창안; (3) 재래의 우리말을 전연 다른 문맥에 사용하여 "특수한 기분을 표현"; (4) 통속소설에 반대하고 순문학을 지켰다는 것이다. 그것들이 "4천 년 민족역사 생긴 이래 신문학을 창간한다는 포부와 자긍" 위에서 한 일이었다. (1)~(3)은 다시 "소설 용어 스타일"을 발명해 "소설의 표준"으로 만들었다는 주장으로 요약된다. 김동인이 한 일은 그 공과를 떠나서 아주 힘겨운 일이었을 것이다. 또한 그러한 노력의 결과는 실제로 소설의 표준으로 자리 잡았으니, 그것이 꼭 『창조』 동인만이 한 일이라고 할 수는 없더라도 어쨌든 그들이 한 일이 역사의 구성에 참여하는 영광을 누렸다고 해야 할 것이다. 그런데 이러한 작업은 하나의 전범을 전제로 했을 때 구상하고 실천할 수 있는 일이다. 그가 '신문학'이라는 이름으로 지칭했던, 일본 소설을 통해서 그 실제적인 표현을 보인 서양의 '소설novel'이 그 전범이었다. "구상은 일본 말로 하고 쓰기를 조선말로 쓰자니"[5]라는 말로 그 작업의 어려움을 토로했던 것은 그가 그 전범에 자발적으로 그리고 실제적으로 포박되어 있었음을 여실히 보여준다. (4)는 그러한 전범의 정수를 지키려고 한 김동인의 의식이 매우 예민했음을 가리키는 현상에 지나지 않는다.

그러니까 김동인 혹은 『창조』 동인은 새로운 이념의 창설자이기를 꿈꾸지 않았다. 엄격하게 말하면, 그 혹은 그들은 수입된 이념의 집행자, 실무 관료였다. 바로 그 때문에 그는, '동인'에는 "뚜렷한 주견과 주장 색채"가 있어야 한다는 것을 거듭 강조했음에도 불구하고 독특한 '색깔' 이상의 구체적인 입장 및 프로그램을 보이지 못했던 것이다. 박영희가 동인지 시대를 가리켜 "[창조파 폐허파 백조파 등으로] 구분해서 부르게 된 것은 그 내면에 무슨 정당파 모양으로 대립되는 것은 별로 없었으며, 또 같은 동인이 똑같은 주의와 경향을 가진 것도 아니었으나 얼

---

5) 김동인, 앞의 책, p. 16.

른 말하면 친분관계로 자연히 그리 된 것"[6]이라고 일축했던 것은 한때 '프로문학'의 맹장이었던 사람의 눈으로는 거기에서 어떤 '주의'를 발견할 수 없었기 때문이었을 것이다. 김팔봉이 『창조』의 문학사적 의의를 문학의 '전문화'라는 관점에서 접근한 것[7]도 마찬가지 맥락에서 이해할 수 있을 것이다.

반면 '문학과지성' 동인들은 주어진 일을 완벽하게 처리하는 관료가 아니었다. 그들이 가장 중요하게 생각한 것은 바로 한국인의 현실에 걸맞는 "진정한 문화"를 수립하는 것이었다. 『문학과지성』 창간호(1970년 가을호)의 「창간호를 내면서」는 이렇게 쓰고 있다.

이 시대의 병폐는 무엇인가? 무엇이 이 시대를 사는 한국인의 의식을 참담하게 만들고 있는가? 우리는 그것이 패배주의와 샤마니즘에서 연유하는 정신적 복합체라고 생각한다. [……] 현재를 살고 있는 한국인으로서 우리는 이러한 병폐를 제거하여 객관적으로 세계 속의 한국을 바라볼 수 있는 여건이 형성되기를 희망한다. 그러기 위해서 우리는 한국 현실의 투철한 인식이 없는 공허한 논리로 점철된 어떠한 움직임에도 동요하지 않을 것이며, 한국 현실의 모순을 은폐하기 위한 어떠한 노력에도 휩쓸려 들어가지 아니할 것이다. 진정한 문화란 이러한 정직한 태도의 소산이라고 우리는 확신하고 있으며, 그런 의미에서 우리는 정신을 안일하게 하는 모든 힘에 대하여 성실하게 저항해 나갈 것을 밝힌다.

---

6) 박영희, 「초창기의 문단측면사」, 『현대문학』 58호, 1959. 10; 『한국문단사』, p. 125.
7) 김팔봉, 「한국문단측면사」, 『사상계』 38호, 1956. 9; 『한국문단사』, pp. 220~25.

"한국인의 의식" "한국인으로서" "세계 속의 한국" "한국 현실의 모순"에서 되풀이되는 '한국'이라는 어사는 각별히 주목될 필요가 있다. 그것은 '문학과지성' 동인들이 서양 학문과 서양문학의 세례를 받았으면서도 한국인 나름의 주체적 문화 혹은 이념을 찾으려고 했음을 보여준다. 실제로 그것은 김현 초기의 비평들에서 한국 문화의 이념형을 찾으려는 의지와 자세를 통해 지속적으로 강조된다. 그는 이동주의 「완당바람」을 비판적으로 검토하는 것으로 시작한 「한국 문학의 가능성」에서 "이념형은 본래 한 사회의 내부의 모순에서 자연 발생적으로 추출되는 것이지 외부에서 주어지는 것이 아니다. 이념형이 외부에서 주어지는 경우는 이 이념형을 육화시킬 계층의 부재 때문에, 그것은 탁상공론에 불과하게 된다"[8]고 주장한다. 그 주장은 서양의 근대화를 그대로 좇으려 하는 당시의 주도적인 경향에 대한 강력한 반론이었다. 바로 그러한 태도에 의해서 한국적 전통으로 회귀하려는 국수주의적 경향과 일방적으로 서양의 모더니티에 압도당하는 패배주의를 하나의 "정신적 복합체"로 파악하면서 "한국인의 의식을 참담하게 만드는" "병폐"라고 비판할 수 있었던 것이다. 그리고 '한국'이라는 어휘의 선택 역시 그러한 태도의 결과였다. '문학과지성' 동인들은 '민족'이라는 용어를 거의 사용하지 않았다. 대부분의 4·19세대가 그랬던 것과 마찬가지로 그들도 한국인의 상실된 주체성을 회복하는 일에 뛰어들었다. 그들 역시 한국인이 개항 이래 거의 한 세기 동안 외세에 휘둘려 살아왔다고 생각하고 있었다. 그것은 김병익으로 하여금, 홍성원·이청준·김승옥 등 4·19

---

8) 김현, 「한국 문학의 가능성」, 『현대 한국 문학의 이론』, 민음사, 1972; 『현대 한국 문학의 이론/사회와 윤리』(김현 문학전집 2), 문학과지성사, 1991, p. 58.

세대 소설가들에 대해 "(수난의) 내면화"라는 해석을 제출케 하였고, 또한 '문학과지성' 동인들 전체로 하여금 1970년대 후반에 쏟아진 김원일·유재용·전상국 등의 '분단소설'들을 외부 이데올로기에 대한 비판이라는 이름으로 부각시키게 했던 것이다. 그들 역시 한국인의 집단적 수난에 민감하였고 그 수난의 극복의 주체로 한국인 집단을 놓았다. 그러나 그럼에도 불구하고 그 한국인 집단을 '민족'이라는 용어로 지칭하지 않았다. 단지 '한국인'이라고 했을 뿐이다. 왜냐하면 '민족'은 고립적으로 제기되는 용어이기 때문이다. 그것은 타자를 고려하지 않는다. 오직, '아'와 '비아'의 관계만이 있을 뿐이고 '비아'는 언제나 적대적인 대상이거나 배제되어야 할 대상이 된다. 그들이 '한국'이라는 어휘를 택한 것은 그것이 다른 국가들, 가령 '미국' '중국' '소련' '일본'과의 관련하에서만 고려되는 상대적 개념이기 때문이다. 한국인의 주체성은 그 상관성을 통해서만 수립되는 것이다. '한국'이라는 어휘는 한편으로 한국을 '대상화'하며, 다른 한편으로 다른 국가들과는 변별되는 고유한 삶의 구성단위로 '주체화'한다.

이렇게 정리할 수 있겠다. '원-모더니티'에 '눈뜬' 한국인이었던 '문학과지성' 동인들이 하고자 했던 일은 한국인의 모더니티를 만들어내는 것이었다. 그 한국의 모더니티는 서양의 모더니티를 통해 배태된 것이긴 하나 그것과 동일하기는커녕 완벽히 고유한 것으로서 가정된 것이다. 여기에서 '동인'은 한국인의 모더니티가 한국인 전체의 참여하에 이루어질 수 있다는 전제에서부터 설정된 공공 영역의 모형을 이루게 된다. 그렇다면 '동인'은 한국의 모더니티를 형성하기 위한 방법의 실마리를 이룬다. 일을 벌이려면 멍석부터 깔아야 하는 것이다. 그런데 이 방법은 그들이 발명한 것이 아니다. 그것은 원-모더니티에 붙박인 서양의 문학인들에게서 빌려온 것이다. 가령, 위고Hugo의 '세나클', 말라르메Mallarmé의 '화요회', 브르통Breton 등의 '초현실주의자들' 또는 솔레르스Sollers 등의 '텔켈Tel Quel'이 그 모델이 되었다. 그들에겐 독자적으로 마련한 멍석이 없었다. 다시 말해 그들은 방법 구성의 첫 단추부터 서양에서 빌려와야 했던 것이다. 이 때문에 이들의 작업이 궁극적으로 모더니티의 형성이 아니라 그것에의 포박이라는 비판이 있을 수 있다. 그러나 자원과 토양이 다른 곳에서 방법은 변형되고 재구성된다. 실제로 중요한 것은 방법을 빌려왔다는 사실이 아니라 어떻게 변용하고 재구성했는가이다. 방금 이 글은 방법의 첫 단추에 대해서만 말했을 뿐 그 나머지에 대해서는 아직 일별조차 하지 않았다. 당연히 방법의 변용과 재구성에 대해서도 하나의 관찰도 없었다. 그것은 '문학과지성'의 내면의 역동성을 들여다볼 때에 살필 수 있는 문제들이다. 이 글은 거기까지 가지 못한다.

다만 이 점을 새기기로 하자. 어쨌든 이런 비판은 그동안 산발적으로 자주 제기되어왔으며, 또한 같은 방향의 비판적 견해들이 점증하고 있는 게 오늘의 추세다. '문학과지성' 동인들의 입장을 '모더니즘'이라는 한마디로 요약해서 배제하는 국수주의적 관점을 '나 역시' 배제한다면, 경청할 수 있는 비판적 견해의 핵심은 크게 두 가지로 압축된다. 하나는 모더니티(근대)를 목표로 하는 한 4·19세대가 생각한 모더니티는 서양으로부터 유입된 것과 다를 수 없으며, 따라서 모더니티의 자생성은 불가능하다는 것이다. 다른 하나는 한국인의 주체성의 회복이라는 목표에서 그들은 제3공화국의 주체들과 다르지 않았으니, 제3공화국의 주도자들이 정치·경제에서 한 작업과 4·19세대가 문학에서 한 작업은 사실상 동일하다는 비판이다. 이 두 가지 비판은 『문학과지성』 동인들뿐만 아니라 4·19세대 전반, 더 나아가 1970년대의 한국의 지식계 전체를 겨냥하는 비판들이다. 특히 후자의 비판은 1970년대에 뿌리를 내리고 오늘날까지도 한국인의 지배적인 사유로 확산되어 있는 민족주의에 대한 근본적인 부정을 포함하는 비판이다. 따라서 이 비판들에 대한 대답은 별도의 자리에서 긴 시간을 내서 할 수밖에 없을 것이다. 다만이 자리에서는 '문학과지성' 동인들이 스스로 그렇게 공언하고 바깥에서도 그 이름으로 묶고 싶어 하듯이 4·19세대의 문화적 활동의 한 핵심을 대표했다는 전제하에, 간단히 나의 생각을 밝히고자 한다. 우선, 첫번째 비판은 과거에 대해서는 적실하지만 미래에 대해서는 그렇지 않다는 것이 내 생각이다. 이에 대해서 나는 '인공 선택'과 '장기 생성'의 개념을 제시한 바 있다. 다음, 두번째 비판에 대해서는, 사안이 꽤 복잡해서, 복수의 명제로 대답할 수밖에 없다. 첫째, '주체성'에 대한 욕망은, 인간이라면 누구나 벗어날 수 없다는 것이다. 둘째, 주체성의 욕망과 주체성의 환상을 혼동할 수는 없다는 것이다. 셋째, 모더니티는 본질적으로 '모순'의 시대고 그 모순이 모더니티의 동력이라는 것이다. 그 모순을 간과할 때 마담 보바리와 플로베르를 혼동하는 것과 같은 오류가 발생한다는 것이다. 넷째, 제3공화국의 주도 세력과 문화로 망명한 4·19세대 사이에는 목표는 같았으나 방법이 달랐거나 아니면 같은 목표와 전혀 다른 목표를 동시에 가지고 있었다고 보아야 한다는 것이다. 그리고 그 차이는 결정적이라는 것이다. 또한 그 차이 안에는 다양한 스펙트럼이 존재하고 있어서, 문화로 망명한 4·19세대 내부에도 결정적인 차이들이 존재하며 서로 길항했다는 것이다.

또 다른 반론이 있을 수 있다. 세간에 '문학과지성'의 '폐쇄성'이라고 알려져 있는 그들의 태도 때문이다. 그 폐쇄성은 『문학과지성』이 공공 영역의 시범적 모형이라는 판단을 부정하는 강력한 증거가 아닐까? 이에 대해서는 다음 절에서 다루기로 하자.

'계간지'라는 형식에 대해서 마저 물어보기로 하자. 계간지는 계절마다 발행되는 잡지다. 그것은 월간지와 반년 간지 사이에 위치한다. 당시의 대부분의 문학잡지가 월간지로서 발행되었는데, 『창작과비평』과 『문학과지성』은 계간지로 출발하였다. 꼭 그래야만 했던 이유가 있었던 것일까?

우선, 『문학과지성』이 『산문시대』『사계』『68문학』으로 이어지는 동인지 활동의 연장 선상에 놓여 있다는 점에서, 계간지는 동인 체제가 하나의 공공적 지반을 확보했다는 것을 가리킨다. 새로운 문학을 만드는 활동의 성격이 불연속성과 우연성으로부터 지속성과 주기성으로 바뀌었다는 것을 뜻하기 때문이다. 그런데 그것이 계절의 주기를 가져야 할 이유는 확실치 않다. 다만 추정컨대 월간지와 비교해 발생하는 두 달의 공백이 어떤 기능을 한다는 것을 짐작할 수 있다. 그 기능은 그 시간이 글 쓰는 시간의 길이에 해당한다는 점을 감안하면 숙고의 기능이라고 보아야 할 것이다. 김현은 1970년대에 소설의 길이가 길어지고 있는 현상을 언급하면서 그것은 소설가들이 "세계를 좀더 폭넓게 이해하고 분석하고 판단하기 시작했다는 한 증거"라고 보고 그것은 작가의 "체험의 폭과 깊이가 넓어지고 깊어졌"다는 것을 뜻한다고 진단한 후에, 그 정황을 가능케 하는 데 계간지가 결정적인 역할을 했음을 지적한다.

그 정황이 바뀌는 데에 결정적인 구실을 한 것이 계간지이다. 특히 계간지 시대의 막을 연 『창작과비평』은 그 초기의 엄정한 작품 선정에 의해 그 경향에 박차를 가했는데, 그것을 더욱더 확실하게 해준 것이 『문학과지성』이었다. 칠십년대에 이르르면 오십년대에 씌어지던 삼사십 장짜리 단편은 거의 볼 수 없게 된다. 장르로 보자면 단편소설은 이제 대개 백 장 안팎을 가리키는 것이 되었고 이백 장이 넘는 것은 중편으로, 그리고 이삼십 장의 것은 콩트로 분류되고 있다.[9]

체험[10]의 폭이 깊어지고 넓어진 소설을 만들어내는 데 계간지가 결정적인 기여를 했다는 것을 단순히 계간지가 판매 부수나 독자들의 호응도에 개의치 않고 좋은 소설을 내려고 했다는 뜻으로만 읽을 수는 없다. 그 역할이라면 월간지도 충분히 감당할 수 있는 것이며, 어쨌든 표면적으로는 『현대문학』이 표방한 것도 같은 입장이기 때문이다. 더 깊은 이유들이 있다. 그중 하나는 김현의 진술에 암시되어 있는데 "엄정한 작품 선정"이 그것이다. 그것은 물론 직접적으로는 계간지 편집자들의 염결성을 가리키는 것이지만 그 염결성이 발휘되기 위해 필요한 시간, 다시 말해 검토와 숙고의 시간 역시 가리키고 있다. 그리고 이 암시된 이유에 근거해, 계간지가 특집의 기획에서부터 장르의 구성과 작품 선정에 이르기까지의 작업을 적절한 숙고의 시간을 통해서 해냈을 것이고 그것이 최소한 계간지의 주기를 필요로 했다고 유추할 수 있을 것이다.

---

9) 김현, 「소설의 길이」, 『우리 시대의 문학/두꺼운 삶과 얇은 삶』(김현 문학전집 14), 문학과지성사, 1993, p. 178.
10) 여기에서 김현이 '체험'을 특별한 의미로 사용하고 있다는 것을 지적해두는 게 좋을 것 같다. 그가 보기에, "체험은 단순한 경험의 집적 이상의 것이다. 단순한 경험들을 그것들이 따로 존재하게 하면서 동시에 좀더 큰 형태 속에서 논리적으로 떨어질 수 없게 구성하는 것이 작자의 체험이다".

다른 한편으로, 계간지는 반년 간지보다 주기가 짧다. 반년 간지는 계간지보다 숙고의 시간을 더 늘려줄 수 있다. 그런데 왜 계간지일까? 이 역시 추정컨대 숙고의 시간과 행동의 시간이 긴밀히 맞물리려면 계간지가 가장 적당하다고 판단했을 것이다. 김현의 다음 진술은 그런 추정을 뒷받침한다.

계간지에서 문제가 제기되고, 월간지에서 그것이 활발하게 토론된 뒤에 일간 문화면에서 그것이 소개되는 회로가 정상적으로 움직여지지 않는 한, 문화의 진정한 발전이란 거의 불가능할 것이고, 오랜 시간 문화계가 제자리걸음을 할 수밖에 없으리라는 것이 이 글을 쓰는 자의 서글픈 결론이다.[11]

잡지들 사이의 유기적 회로가 문제였던 것이다. 그 점에서도 계간지 체제가 공공 영역의 모형이라는 가설이 입증된다고 할 수 있다. 동인지-계간지는 단순히 사적인 취향의 모임도, 공적 광장에 진출하기 위한 수련의 장소도, 공적 세계를 전복하기 위한 결사의 세계도 아니다. 그것은 그 자체가 이미 공공장소인 곳, 그러나 지배적인 공적 세계에 대항하여, 그 내부의 주변에 설립된 '다른 세계를 향한' 공공 영역이었던 것이다. 그것이 가능했던 것은 그 시대가 모더니티, 다시 말해 '인간'의 시대였고 인간의 시대이기 때문에 모순의 시대, 원본과 실제 사이의 근본적인 찢김의 시대였기 때문이다.

---

11) 김현, 「1976년의 문화계」, 『행복한 책읽기/문학 단평 모음』(김현 문학전집 15), 문학과지성사, 1993, pp. 304~05.

2. 전위의 입지(立地): 동인 구성

『문학과지성』 동인들은 처음 김병익·김주연·김치수·김현으로 출발
하였다. 그리고 1977년 봄호(통권 27호)부터 오생근·김종철이 가담한
다. 이 동인 구성은 훗날 김종철의 탈퇴를 제외하면 변함없이 지속되
었다.

이 구성이 의미하는 바는 대략 네 가지로 정리할 수 있다. 첫째, 초기
동인들이 모두 4·19세대라는 것이다. 이에 대해서는 앞에서 충분히 논
의하였다. 둘째, 모두 평론가였다는 것이다. 셋째, 정치학 전공이고 대
기자 출신이었던 김병익을 제외하면 모두 외국 문학자들이었다. 그중
세 사람이 불문학자였는데 그것은 20세기에 세계의 철학과 문학을 프
랑스가 주도했다는 점에 비추어보면 자연스런 일이다. 또한 1950년대부
터 외국 문학의 정확한 수용을 위해 가장 힘을 기울이면서 그것을 한국
문학의 현장에 적용하려고 한 정명환이 불문학자였다는 점을 주목해
야 할 것이다. 김치수·김현·오생근은 정명환의 제자들이다. 이 점이 강
조되어야 하는 이유는 정확한 이해만이 비판적 극복을 가능케 한다는
데에 있다. 외국 문학을 준거점으로 삼는 것은 정명환의 세대에게는 어
쩔 수 없는 한계였다. 그런데 그 한계는 통상 또 다른 한계를 동반하곤
하는데 그것은 준거점에 대한 믿음이 그에 대한 객관적 이해를 불가능
하게 하기 일쑤라는 것이다. '큰 타자'에 대한 환상은 수용의 축적이 완
숙해지지 않은 상태에서 발생하는 것이기 때문이고 또한 그 환상이 완
숙한 수용을 방해하기 때문이기도 하다. 1950, 60년대의 정명환은 준거
점에 대한 믿음에 사로잡혀 있었지만 놀라운 지적 이해와 분석력을 통

해 외국 문학을 포괄적이면서도 적확하게 이해한 교양인이었다(그만이 가진 지식의 폭과 깊이가 1990년대 이후 외국의 대사상가들에 대한 가차 없는 비판적 분석으로 그를 이끌고 간다). 그리고 그러한 자신의 지식과 이해를 바탕으로 한국문학의 현장에서 잘못된 수용이 있을 때마다 낱낱이 지적한 현장 평론가였다. 그의 지적 능력이 제자들에게 '전이'되었을 때 제자들은 '큰 타자'에 대한 반역을 기도한다. 그것이 한국의 모더니티를 만들겠다는 4·19세대의 야심의 또 다른 원천이다.

네번째 특성은 이해하기가 까다로운 것이다. 앞에서 언급하고 지나간 '폐쇄성'의 문제가 그것이다. '문학과지성'의 폐쇄성은 빈번히 언급되어온 비판 중의 하나다. 그 비판의 세목을 다음과 같이 간추릴 수 있을 것이다.

(1) '문학과지성'은 자신의 세대를 옹호하기 위해 1950년대 문학을 평가절하했다;

(2) '문학과지성'의 문학성의 기준이 협소하다;

(3) '문학과지성'은 엘리트주의에 사로잡혀 있다.

세 가지 비판이 다 일리가 없는 것이 아니다. 그리고 그에 대한 실제적인 증거들도 있다. 다만 여기에서 문제가 되는 것은 이러한 폐쇄성이 '공공 영역'의 구성을 방해하는가이다.

『문학과지성』 동인의 야심이 한국의 모더니티를 형성하는 것이었다면, 그리고 그것에 대한 자각과 의지가 또렷했다면, 그것은 그들이 자신들의 목표의 새로움과 그것이 실천되어야 할 긴박한 필요를 절실히 느꼈으며 스스로 그 실천의 전위로서 자임했다는 것을 뜻한다. 때문에 그들은 비판적이며 운동적일 수밖에 없었는데, 그것은 그들의 목표가 당대의 사회적·문화적·문학적 모순을 극복하고 새로운 사회적·문화적·문학적 환경을 산출하는 것이었고 그러한 의식적인 작업이 '순조롭게' 이루어질 수가 없기 때문에 열정적인 기획과 실행과 싸움을 동반한다는 것을 가리킨다. 그러한 비판적 운동은 필연적으로 구성원들의 차별성과 배타성을 한편으로 다지고 다른 한편으로 표 내기 마련이다.

김병익은, 김현이 그에게 계간지 간행을 제의했을 때 "그 편집동인은 두어 명으로 한정해서 결속력을 높여야 한다"[12]고 말한 것을 기억하고 있다. 또한 『문학과지성』 동인이 출판사 문학과지성사를 설립하고 기획물로 '문지시인선'을 내게 되었을 때 그들은 "그 상한선을 대학 동기인 황동규로 설정"[13]했다. 전자의 '기억'은 '문학과지성'의 차별성을, 후자의 '결정'은 그들의 배타성을 각각 가리킨다. 그 차별성은 위 비판 항목의 (2), (3)과 관련되어 있고, 그 배타성은 (1), (3)과 관련되어 있다.

그러나 차별성은 새로운 문학의 문제를 새로운 세계의 형성에 직결시킨 사람들에게는 필연적인 태도다. 그것은 바로 전위의 운명이다. 전위는 존재하는 일체의 것에 대한 최대한의 부정을 통해서 움직인다. 그리고 존재하는 일체의 것 안에는 그들이 종국적인 대화 상대자로서 설정한 한국인, 다시 말해 대중도 포함되어 있다. 전위는 대중을 끌어올리기 위해 대중을 부정해야 한다. 대중은 잠재적으로 그들의 벗이지만 현실적으로는 적이 된다. 그것이 전위에게 내리는 저주다. "이데올로기는 대중을 장악할 때 물리력이 된다"고 마르크스가 말한 것을 기억하는

---

12) 김병익, 『글 뒤에 숨은 글』, 문학동네, 2004, p. 217.
13) 김병익, 「김현과 '문지'」, 『문학과사회』, 1990년 겨울호, p. 1434.

사람은 전위의 방향이 정확히 그 '장악'의 반대 방향임을 알아차릴 수 있을 것이다. 그러나 대중이 이데올로기에 들려서 권력을 꿈꿀 때, 그들 역시 이미 존재하지 않는 일체의 것을 소망한다. 그들은 단순히 물질적 권력의 쟁취만을 노리지 않는다. 그들은 이미 대중의 문화가 아닌 지배자의 문화에 걸맞는 새로운 문화, 새로운 예법을 꿈꾼다. 부르디외가 비판적으로 조망한 부르주아의 '형식주의'는 부르주아의 지배가 실현된 다음이 아니라 부르주아가 세계 지배를 꿈꾸는 순간부터 작동한다(몰리에르Molière의 『신사 상놈Le Bourgeois gentilhomme』과 '연암'의 「양반전」을 다시 읽어보라). 현재의 지배-피지배의 대립 구도를 넘어서 존재하는 모든 것에 대한 부정의 실천은 그때 영원한 결여로서의 상징이 된다. 다시 말해, 세상을 바꾸는 데 참여하는 모든 사람들과 각종의 방법과 행위 들에게 '구성적 결여manque constitutif'로서 기능한다. 전위는 대중에게 저주받음으로써 대중을 돕는다. 말의 바른 의미에서.

'문학과지성'이 순수한 '전위'의 태도를 고집했던 것은 아니다. 그들은 그것보다 훨씬 다채로운 태도를 보여주었다. 그러나 이 글에서는 거기까지는 살피지 못한다.[14]

다음, 배타성 역시 그들의 전위적 입장에서 불가피하게 배태되는 것이다. 그들의 엘리티즘은 고학력자나 명문 대학 출신을 위한 엘리티즘이 아니었다. 그것은 '새로운' 문학을 위한 엘리티즘이었다. 또한 그들의 '세대 의식'은 1950년대의 지적 풍토에 대한 자연스런 반응이었다. 1960

---

14) 다만 다음 사항들을 지적해둔다. 김병익의 대중에 대한 입장은, 「깊어져 열리기」(정과리, 『존재의 변증법 2』, 청하, 1986)에서 살핀 바 있다. 그 점에 관한 한 그의 입장은 김주연의 그것과 가장 먼 거리에 있다. 그리고 김치수가 '산업사회'에서의 문학의 존재 양상에 대해서 지속적인 관심을 보였다는 것을, 그리고 오생근이 비평 활동 초기부터 대중문화와 도시적인 것의 의미에 대해 천착했음도 상기하기로 하자.

년대에도 김종길·정명환·송욱·김붕구 등 그리고『문학과지성』동인들과 거의 동년배인 유종호·김윤식의 주변부적 실천을 제외하고는 인상비평이 문학의 중심부를 장악하고 있었다. 게다가 지식인들은 전통적인 것의 몰락과 모더니티의 압도적인 위세 앞에서 망연자실하거나 근거가 불분명한 전통을 급조해 세상에 배포하고 있었다. 정신적으로는 '수난'의 감정에 휩싸여 자기 변혁의 의지를 살리지 못하고 있었다. 적어도『문학과지성』동인들은 그렇게 판단하였다. 물론 1950년대 문학을 다시 들여다보면 손창섭 같은 예외적인 작가에게는 허무 의식만 있었던게 아님을 발견할 수가 있다. 그러나 그런 구체적인 고찰 없이 '문학과지성'의 세대 의식에서 악의적인 승리의 전략만을 찾아내려는 시도는 그방법부터가 유치하기 짝이 없는 것이다. 다만 그들의 선택과 판단에 대한 비판적 고찰은 가능할 수가 있을 것이다. 방금 손창섭의 예를 들었듯이 그들은 새로운 문학에 대한 구상에서 무언가를 결핍시키고 무언가를 과잉시키지 않았는가? 그들은 지적 풍토와 문학적 실천을 혼동하지 않았는가? 그것은 그들의 실천적 공과를 따지는 일이 될 것이다. 이역시 내면의 역동성을 추적할 때 밝혀질 수 있을 것이다.

3. 달라진 지평선:『문학과사회』의 문제틀

『문학과사회』의 구체적인 전개 과정에 대해서는 아마 다른 글이 다룰것이다. 다만『문학과지성』과의 비동일적 연속성에 대해서는 이 글에서도 언급할 필요가 있어 보인다.『문학과사회』는『문학과지성』의 잡지적 특성을 고스란히 물려받았다. 종합 문예지, 동인지, 계간지라는 점에 대해서는 다를 게 없었다. 그런데『문학과사회』의 편집동인은 자주 변했다. 1988년 창간 당시에는 권오룡·성민엽·임우기·정과리·진형준·홍정선이 동인으로 참가하였다. 모두 평론가들이다. 홍정선이 국문학 전공자고 성민엽이 중문학, 권오룡·진형준·정과리는 불문학, 임우기가 독문학 전공자였다. '1992년 봄호(통권 17호)'부터 진형준이 "개인적 사정으로 물러나고" 철학자 김진석이 참가하였다. 그리고 '1994년 봄호(통권 25호)'에 임우기·김진석이 동반 탈퇴한다. 2년간『문학과사회』는 네 사람만에 의해 편집되다가, '1996년 봄호(통권 33호)'부터 "젊음의 새로운 충전"을 위해 박혜경·김동식이 영입된다. 그리고 같은 해 7월 흔히 '문지 제4세대'라 불리는 김동식·김태동·김태환·성기완·윤병무·주일우·최성실에 의해 문화 무크지『이다』창간호가 나왔다.『이다』는 1998년 9월, '2003년 가을호'로 위장한 '제3호'를 낸 이후 현재까지 휴면 중이다. 박혜경·김동식의 가담으로 "젊은 피"를 맛본『문학과사회』는, "좀더 많은 생피를 갈망"하더니, '1999년 여름호(통권 46호)'에서부터 세칭 '문지 제3세대'라 불리는 우찬제·이광호를 영입한다. 같은 호 서문에서 "이 충원은 궁극적으로 교체로 나아갈 것"임을 예고한다. 실질적인 교체는 '2000년 가을호(통권 51호)'에 와서 이루어진다. 정과리만 남고 창간 세대 전부가 빠져 나간다. 대신『이다』동인 중 문학평론가인 김태환·최성실이『문학과사회』에 합류한다. 이때부터 '구 문사동인'과 '현 문사동인'이라는 호칭이 사적으로 유통된다.『문학과사회』의 편집동인은 불문학의 정과리, 독문학의 김태환을 제외하고 모두 국문학자로 채워진다. 그리고 '2004년 겨울호(통권 68호)'를 끝으로 정과리가 물러남으로써 세대교체가 완성된다. '2005년 봄호' 이후의『문학과사회』편집동인은 김동식·김태환·박혜경·우찬제·이광호·최성실이다.

이상의 파노라마가 의미하는 바는 다음과 같다.

첫째, 계간『문학과사회』는 계간『문학과지성』과 마찬가지로 장기간의 동인지 실험을 거친 후에 형성되었다. 둘째, 그러나『문학과사회』가 계간지로 출발했을 때의 문화·사회적 환경은『문학과지성』의 그것과 많이 달랐고 따라서 문제틀도 다를 수밖에 없었다.『문학과지성』의 동인지-계간지 체제가 기본적으로 세 가지 사항으로 이루어져 있음을 앞에서 말했다. 그것의 주체는 '원-모더니티'에 눈뜬 사람들이고, 그것의 목표는 한국의 모더니티의 정립이었으며, 그것의 방법은 공공 영역의 모형의 창출이었다. 반면,『문학과사회』의 주체들은 원-모더니티보다는 모더니티 '이후'에 대한 다양한 지식들의 세례를 받은 사람들이었다. 특히 당시의 젊은 지식인들과 마찬가지로 마르크스주의는 거의 절대적인 참조 대상이었다. 그러나 이들은 6년간의 무크지 실험 기간을 통해서 원-모더니티에서부터 탈-모더니티 사이의 매우 넓은 자장 속에 위치하게 된다. 다시 말하면 한쪽 극단에서 그들은 원-모더니티의 가설적 존재 이유에 눈떴으며('반성'에 대한 되풀이되는 강조) 다른 극단에서 모든 인문주의적 가치를 해체하고자 하였다(전위적 문학에 대한 고독한 옹호). 이러한 입장의 파열은『문학과사회』의 정확한 이념적 위치에 대한 의혹을 당연히 불러일으킬 수 있는데, 거기에는 그럴 만한 이유가 있었다.

우선,『문학과사회』의 계간지적 체제는, 공공 영역의 모형을 창출하는 것과는 다른 성격을 가질 수밖에 없었다. 왜냐하면 공공 영역은 이미 열려 있었고 그것도 아주 넓게 열려 있었다. 1982년 봄에서부터 1987년 6월 혁명에 이르기까지 문화적 차원에서 젊은 지식인들이 한 일이 그것이었다. 봇물처럼 쏟아져 나온 '부정기 간행물' 무크는 문학지

뿐만이 아니라 사회과학지로까지 다양하게 확산되어나갔는데, 그것은 대자보, 벽시, 걸개그림, 야학, 생활공동체운동 등과 더불어 지배적 공적 담론에 맞서 싸울 저항적 담론의 영역을 확장하는 작업을 했던 것이다. 『우리 세대(시대)의 문학』 역시 그 작업에 동참했는데, 그에게는 또 하나의 고민이 있었다. 그것은 저 저항적 공공 담론들이 불가피하게 내포하고 있는 자기모순을 어떻게 견뎌내는가를 주시하고 관찰하는 일이었다. 담론의 욕망 혹은 자기기만에 스스로 포박당하지 않는 공공 담론은 가능한가,라는 문제였다. 물론 1988년 『문학과사회』가 출발할 때에 그 의문은 백가쟁명에 대한 기대로 억제되고 있었다. 그러나 그러한 기대는 곧 이어서 닥친 세계사적 정황의 변화와 더불어 무너지게 된다. 현실사회주의의 몰락, 정보화 사회의 대두, 세계화라는 세 가지 핵자로 요약할 수 있는 세계사적 정황의 변모는 한국 사회에서 담론의 팽창, 정치적 전망의 불투명화, 순수 개인의 등장, 문화 산업의 팽창 그리고 사적 욕망의 공공 담론화라는 형태들로 변용되어 나타났다. 이 핵자들은 현실적 관여성의 측면에서는 계기적으로 강조되었으나 사실상 동시에 그리고 상호추동적으로 출현한 것이었다. 담론의 팽창과 정치적 전망의 불투명화와 담론의 산업화 사이에는 그것들을 통째로 몰아가는 태풍이 불고 있었다. 그 와중에서 『문학과사회』는 대화 상대자를 상실했고 전선은 이념들의 경계선이 아니라 담론의 산업화라는 현상 일반과 문학적 실천 사이의 경계선으로 대체되었다. '공공 영역은 가능한가'라는 물음은 '공공 영역은 어떻게 존재하는가'라는 물음으로 바뀌었다. 따라서 『문학과사회』의 계간지 체제는 공공 영역의 모형이 아니라 그것이 실행되면서 동시에 해체되는 자리일 수밖에 없었다. 그 실행과 해체의 동시적 개진을 초기의 『문학과사회』가 제대로 해냈는가는 훗날의 평가로

미룰 수밖에 없으나 어쨌든 '구 문사동인'들이 그 점을 명료하게 의식하고 있었던 것은 사실이다. 그리고 그것이 그들로 하여금 자신들의 문학적 이념의 폭을 그렇게 폭넓게 설정할 수밖에 없게 한 까닭이 되었다.

또한 그리고 그것이『문학과지성』의 경우와 달리『문학과사회』동인의 잦은 탈퇴를 유발한 요인이 된 것도 사실이다.『문학과지성』의 동인들에게는 공동의 목표와 공동의 싸움터가 있었다. 반면『문학과사회』동인들에게는 공동의 싸움터가 있었지만 공동의 목표가 하나로 집중될 수가 없었다. 사실 그 싸움터 역시 여간 넓은 것이 아니었다. 그것이 동인들 각각의 이질화를 부추겼다. 그 이질성들을 견디게 해준 것은 저 폭넓고도 동시에 중층적인(실행과 해체) 목표를 '문학'이 가능케 해주리라는 믿음 하나였다. 그 점에서 '구 문사동인'들은 마지막까지 '문학주의자'였다. 그들이 문학주의자로 남은 것은 '문학'이 탯줄을 대고 있는 원-모더니티에 대한 신앙으로 회귀했기 때문이 아니었다. '문학'은, 점차로 팽창하고 있는 담론의 산업화와 그에 반비례해 점차로 고립되어가고 있던 상황 속에서(그 자발적 고립 때문에 그들이 또한 '문학 권력'으로 지목되었다는 것은 아이러니컬한 일이 아닐 수 없다) 자신들을 지키기 위해 가정한 마지막 '실재le réel'였다. 가정된 실재에 대한 믿음은 우연한 신앙, 즉 파스칼적 '내기pari'에 해당하는 것이다. 그것은 선택의 문제였기 때문에 깨지기 쉬운 가볍기 짝이 없는 것이었고, 그 선택에 책임을 부여하자면 무한대의 무게를 가진 심연으로 변해버리는 것이었다.

셋째, 계간『문학과지성』은 타의에 의해 10년의 수명을 가졌다. 그 잡지는 훗날『문학과지성』동인들의 노력도 포함된 1987년 6월 혁명의 결과로 부활할 수도 있었다. 그러나『문학과지성』동인들은 그렇게 하지 않고, 계간지 편집권을 제자이자 후배들인『우리 시대의 문학』동인들에게 넘겨주었다. 문학사적인 차원에서 보자면 그것은 계간『문학과지성』이 그 역사적 사명을 다한 것으로 그들이 판단했다는 것을 뜻한다. 그런데『문학과사회』의 소명은 증발해버렸다. 완전히 사라진 것은 아니지만 미련과 욕망의 미립자들로 변해 문화 산업의 에테르 속을 중음신처럼 떠돌아다니게 되었다. 세대교체를 통한『문학과사회』의 연속성이라는 명제는 그래서 발생했다. 물론 계간지의 이름을 변경하지 않기로 한 것은 '현 문사동인'들의 결정에 의한 것이었다. 다만 내가 강조하는 것은, 결정의 순간, '구 문사동인'의 지연된 소명은 '현 문사동인'의 원료로 편입되었다는 것이다.

또 하나의 원인이 있다. 문학과지성사는 1995년 주식회사로 회사 형태를 바꾸었다. 그때『문학과사회』동인들도 대주주로 문학과지성사에 참여하게 되었다. 그것은 사소한 일이 아니었다. 그전까지『문학과사회』는,『문학과지성』동인들과의 인간적인 인연과는 별도로, 형식상으로는 자율적이고 독립적인 기구였다. 그러나『문학과사회』동인들이 주식회사에 참여함으로써 '문학과지성 복합체'라고 부를 만한 더 큰 단위의 집합체가 출현했으며, 각각의 그룹의 작업은 저 복합체의 장기 프로젝트 안에서 재편되게 되었다. 제1기 대표이사인 김병익의 구상에 의해 기획되고『문학과지성』동인,『문학과사회』동인들의 호응에 의해 실행된 이 프로젝트 역시 미래의 독자들에 의해 평가될 사항 중 하나다.

넷째,『문학과사회』동인들의 구성이 점차로 한국문학 전공자들로 대체되었다는 것은 무시할 수 없는 중요한 현상이다. 그것은 우선은 한국에서의 문학 연구가 마침내 한국의 현실 안에 뿌리를 내리고 고유한 원리와 고유한 형식 및 자원을 가지게 되었다는 것을 가리키는 것이다.

그러나 강력한 반론 역시 가능하다(그 반론의 가장 유력한 증거는, 1970
년대의 외국 문학자 연구자들인 『문학과지성』 동인들이 거듭 경고했던 '새
것 콤플렉스'가 오늘날에도 조금도 줄어들지 않았다는 사실이다. 변화가 있
다면, 새것 콤플렉스가 '강한 담론 콤플렉스'로 바뀌어 새것들 중에서 취사
선택을 하게 되었다는 정도다). 이 현상은 동시에 대학 사회의 변화와 깊
은 관련이 있다. 즉, 인간 활동에 대한 그레마스적 구분을 따라 말하자
면, 문학 생산production의 회로와 문학 유통communication의 회로가 뚜
렷이 구별되기 시작했고, 전자의 작업을 창작가들이 후자의 작업을 대
학이 담당하게 되었으며, 대학의 문학과 중에서 국문과만이(아니 2000
년 즈음해서 급증한 문예창작과도 함께) 생산과 유통의 교량 역할도 겸하
게 되었다는 것이다. 이 분화의 과정은 또한 대학이 체제에 대한 저항의
장소로부터 체제 내적인 공적 기구로 변화해간 사정과 연관되어 있다.
학생들이 주도한 6월 혁명의 승리로 생겨난 1988년 이후의 체제는 앞
에서 언급한 세계사적 변동과 더불어 모더니티의 재생산 제도의 개편
으로 귀착된 것이다. 그렇게 해서 평론 활동 인구가 점차적으로 연구 활
동 인구로 변화해갔으며, 그 추세에 의해 최신의 현대문학까지 이른바
'학술지'에서 다루게 되는 현상이 나타나게 되었다. 『문학과사회』의 동
인들이 대부분 국문학자로 채워졌지만, 『문학과사회』 자체는 체제 바
깥에 놓인 부정의 장소다. 따라서 『문학과사회』의 동인들은 이제 자신
과도 싸우거나 자신과 경쟁해야 하는(이 이중성은 현재의 학술 인구의 이
중성과 상응하지만 여기에서 자세히 풀이할 수는 없다) 숙제를 떠맡게 되
었다.

4. 남는 말

이상의 기록은 『문학과지성』, 그리고 『문학과사회』의 외형적 특성에 기대어서 씌어진 것이다. 앞에서 말했듯, 차후에 씌어질 새로운 '사사'는 내적 역동성, 혹은 내면의 추이에 대한 정밀한 추적의 보고서가 되어야 할 것이다. 그리고 그것을 위해서는 무엇보다도 다음 두 가지 사항이 고려되어야 한다고 생각한다.

첫째, 동인들 내부의 차이와 균열 그리고 대화의 형식과 과정이 추적되어야 할 것이다. 앞에서, 동인지-계간지가 공공 영역의 모형인 한, 그것은 내부의 '불일치'를 전제로 한다는 점을 살폈다. 그 불일치가 동인지-계간지를 공적 광장 내부에서 움직이는 부정과 저항의 운동체로 만드는 활력의 원천이다.

둘째, 같은 시대의 동인지-계간지들과의 경쟁과 길항 관계를 살펴야한다. 불일치는 내부적으로도inter-, 상호적으로도intra- 작용한다. 『문학과지성』의 경우, 가장 강력한 대화 상대자는 『창작과비평』이었다. 이둘 사이의 길항 관계는 1970년대의 비판적 문화의 활력의 원천이었다. 때문에 1980년대 후반에 김병익·백낙청·김명인·홍정선·정과리 등에의해 진행된 토론도 중요하지만, 1970년대 당시에 그들이 어떤 논쟁을조용히 치렀는가를 살피는 것이 중요하다. 『창작과비평』 쪽에서 제출된 가장 강력한 비판은 백낙청의 「역사적 인간과 시적 인간」(『창작과비평』 1977년 여름호)이고, 『문학과지성』 쪽에서 제출된 비판은 김주연의「민족문학론의 당위와 한계」(『문학과지성』 1979년 봄호)인데, 이 비판들에 대해서 상대방은 모두 즉각적인 반론을 피했다(그것이 이 세대의 또 다른 특징이기도 하다). '조용한' 논쟁이라는 표현은 그래서 나온 것인데, 그렇기 때문에 두 계간지의 대화를 심층적인 차원에서 재구성하는 것이 필요하다. 거기에는 선호한 작가·시인 들, 동반한 인문·사회과학자 들, 문제를 제기하는 방법, 문체 등, 기획과 편집과 글쓰기에 관련된 일체의 활동이 재료로 다루어져야 할 것이다.

[2005]

계간지의 행로를 생각한다

『문학·판』의 5주년을 멀리서 기념하며 계간지의 행로를 생각한다.[1] 한국의 문학장에서 계간지가 최상의 유효성을 가졌던 시기는 1970년대였으며, 그때 계간지의 역할은 체제 바깥에 별도의 공공 영역을 열어 비판적 담론을 활성화시키는 것이었다. 김현은 계간지가 그러한 역할을 할 수 있는 까닭을 그것의 물리적 조건이 시의성과 세계 성찰이라는 두 가지 요구를 최적의 상태로 조화시킬 수 있기 때문이라고 보았다. 더 나아가 1970년대의 계간지가 동인지적 성격을 띤 것은 그러한 비판적 담론들을 공공선을 가정한 이념의 항로 위에 집중시키는 기능을 한다고 생각하였다.

　명시적으로 언명하지 않았다 하더라도 1970년대에 계간지에 헌신했던 문인들의 생각은 거의 유사했을 것이다. 그 이후에 계간지에 종사한

---

1) 계간 『문학·판』의 창간 5주년 기념호(2006년 겨울호)에 게재한 글이다.

무수한 후배 문인들 역시 비슷한 심정으로 계간지의 역사화에 동참했을 것이다. 그러나 지금, 여기, 즉 2006년의 한국 사회에서도 계간지의 기능과 효력이 여전히 그러한가에 대해서는 섬세한 검토가 필요한 듯이 보인다. 존재의 이유에 대한 내적 점검이, 항상 작동해야 하는 것은 아니겠지만(그것은 필경 신경증을 유발하고 말 것이다), 오래도록 부재했다는 것은, 계간지 발간의 신고제가 1987년 6월 항쟁의 전리품으로서 주어졌다는 것이 그런 사태의 중요한 원인일 수 있는데, 그 역시 건강에 이롭지 못한 것은 물론이다(이는 필경 무력증으로 가는 지름길이 되리라).

우선 한국 사회의 지식과 문화의 장에서 문학이 예전과는 달리 중앙을 차지하지 못하고 있다는 사실은 기왕의 문학적 존재 양식을 의문 속에 집어넣기에 충분하다. 중심에 놓인다는 것, 그것은 그 문화와 사회의 호흡의 일치를 가정한다. 더 나아가 사회의 활발한 신진대사를 가능케 하기 위해 문화는 그 사회의 호흡에 자신을 맞추는 것이 아니라 거꾸로의 방식을 택하게 된다. 요컨대 문화는 사회의 '전위'임을 자임하고 실천하는 것이다. 사회의 현존성에 대한 비판적 담론이 집중되는 까닭이 여기에 있다. 그런데 지금 문학은 그런 중앙의 자리를 차지하고 있지 않다. 그렇다고 완벽히 주변에 버려진 것도 아니다. 문학은 시방 묘하게 살고 있다. 기본으로 간주되지만 중심으로 살고 있지는 않다. 다시 말해 문학은 항상 모든 문화와 모든 삶의 근본으로 가정되는데 그렇다고 해서 문학이 모든 문화와 삶의 모델로서 기능하지는 않는다. 모든 문화적·사회적 실천들의 존재의 정당성은 문학으로부터 오지만 그것들의 운동의 정당성은 그들 자신에게 속해 있다고 주장된다. 그 주장의 누적과 집중의 물리적 결과가 문학의 현재의 존재 양태다.

이런 상황에서 문학이 공공 담론의 터전이 되는 것은 불가능하다. 아무도 이곳에 와서 '유세'하지 않을 것이다. 그렇다면 계간지에 가정되었던 기능이 유효할 수 있을 것인가? 차라리 지금 문학은 사회의 전위라기보다 삶의 근본성을 성찰하는 마지막 기준점으로 사는 것이 바람직해 보인다. 모든 자발성의 심부에 도사린 과잉된 욕망을, 모든 전진 뒤에 숨겨진 구축의 폭력을. 요컨대 모든 진정성들에 대한 진정성의 질문을 하는 자리로서 말이다.

이것을 피돌기의 정당성에 대한 물음에 대비되는 의미로서 숨쉬기의 정당성에 대한 물음이라고 말할 수 있다. 전자의 물음이 삶의 가능성들에 대한 질문이라면 후자의 물음은 삶 그 자체에 대한 물음이다. 인간은 살 만한 가치가 있는가? 이러한 질문이 환기하는 것은 삶 그 자체의 폭력성과 부조리함이다. 그것은 삶의 형식들 각각의 정당성에 관계없이 그것들 전체가 온갖 종류의 진정성의 담론으로 보장되고 추동되고 재무장되며 칡덩굴처럼 증식하고 창궐하는 사태에 대한 의혹 속에서 제기된다.

그 점에서 숨쉬기의 정당성에 대한 질문은 필경 시간성으로부터의 이탈을 요구할 것이다. 계간지의 시대에 사람들은 시간줄기들의 선택을 두고 싸워왔다. 어떤 시간줄기가 올바른 것인가? 그러나 지금 그러한 싸움은 문학의 몫이 아닌 것처럼 보인다. 그 역할을 인터넷의 게시판, 가두시위, 방송 토론 등이 압수한 지는 이미 오래되었다. 물론 예전에도 그런 즉각적인 실천 문화들은 무수히 존재했었다. 문학은 그때 그러한 즉각적 문화들의 캔버스가 되어주었을 뿐만 아니라 동시에 그것들의 뇌관을 건드리는 촉매로서 기능하였다. 그러나 지금은 그 촉매가 즉각적 문화들 자신에게 내장되었다. 아니 좀더 정확히 말하면 그런 촉매가 불필요하게 되었다. 지금 한국인들은 돌이켜볼 겨를도 없이 언제나 달구어져 있기 때문이다. 폭발은 자연성의 차원에 놓이게 되었다. 사는 것 자체가 폭발인 것이다.

시간성의 유예, 호흡 고르기는 이 때문에 절실성 속에서 달아오른다. 그러나 이런 역할을 할 문학의 간행물이 있을 수 있을까? 정기간행물의 역선이 '시간'임은 의심의 여지가 없다. 시간의 현(絃) 위에 탄 채로 시간을 측정한다는 것은 실패를 가정할 수밖에 없다. 그러나 유념해야 할 것은 호흡에 대한 질문이 무호흡을 지향할 수는 없다는 것이다. 시간성의 유예가 시간의 폐기를 향해 갈 수는 없다는 것이다. 그 표면적인 이유는 그 길이 죽음의 길이라는 것이지만 좀더 심층적이고 필연적인 이유는 문학에게 삶은 선택의 사안이 아니라 운명의 사안이라는 것이다. 문학이 세상의 주변으로 밀려난 지금에도 여전히 '기본으로 간주된다'는 것의 의미가 여기에 있다. 문학에겐 그 자신의 의사에 관계없이 삶이 운명으로서 주어져 있는 것이다. 삶이 달아올랐듯이 죽음도, 시간이 달아오르듯 시간의 유예도, 피돌기의 온도만큼 호흡의 그것도 쌍둥이로 달아오르는 것이다. 그리고 바로 이 사실로부터 문학이 삶의 근본성을 성찰하는 마지막 기준점이라는 진술의 효과가 나타난다. '마지막 기준점'은 소실점이 아닌 것이다. 그것은 반환점이다. 탄성판이다. 문학은 삶과 죽음의 경계 사이에 정확히 위치하면서 삶을 죽음 쪽으로 끌어당기는 과정을 통해 삶을 전면적인 화학변화가 가능한 상태로 재구조화한 후 다시 삶 본연의 자리로 돌려보내야 하는 것이다.

따라서 시간은, 다시 말해 삶의 전개는 여전히 문학의 핵심 사안이 될 수밖에 없다. 시간성의 유예 자체가 새로운 시간줄기에 대한 모색이 될 수밖에 없는 것이다. 어쨌든 시간은 생명이다. 다만 그 모색은 1970년대의 계간지가 시대와의 경쟁 속에서 혹은 1990년대의 계간지가 일종의 중독 속에서 진행시켰던 순수한 시간줄기의 싸움이 될 수는 없다. 그것은 오히려 시간의 부조리함을 폭로하는 방식으로, 다시 말해 산다는 것의 구접스럽고 '징'하고 제정신이 아니어서 아무리 봐도 사는 것이 아닌 사태를 드러내는 방식으로 시간에 개입해야 한다. 시간의 흐름을 훼방 놓고 비틀고 절단하고 딴죽 걸고 희롱하고 거울 앞에 몰아세우되, 그러나 여전히 시간의 화덕에 불을 쏘시면서 그래야 하는 것이다. 시간의 관점에서 본다면 그것은 시간의 실패지만, 그 실패는, 젊은 시인 이준규가 주변의 빈정거림에 아랑곳하지 않고 씩씩하게 감행했던 것처럼 실패를 구축하는 사업이 되어야 하는 것이다. 그래서 시간의 실패가 곧 시간에게 바친 찬정의 기획물로서 발생해야 하는 것이다. 그 실패는 모든 성공들을 원점으로 소환하고 모든 실패들을 출발선 위에 다시 세우는, 모든 효과를 실패시키는 의도로서 효력을 발휘해야 하는 것이다.

그것은 시간의 측정이나 시간의 성찰이라기보다 차라리 시간의 탄주라고 말해야 할지도 모른다. 불협화를 겨냥하는 기이한 협주. 그 협주는 물론 시간과의 협주이므로 정기간행물의 존재 이유로 제시될 수 있을 것이다. 하지만 계간지가 그러한 사업을 감당할 최적의 간행물인지 아닌지 우리는 알 수 없다. 김현이 풀이했던 계간지의 물리적 특성은 그것이 시간과의 협주에 그래도 가장 근접한 간행물임을 끈덕지게 보여준다. 다만 그의 세대가 미처 생각지 못했겠지만 지금 문제가 되는 것은 시간의 흐름을 북돋는 방식으로의 협주가 아니라 그것을 교란하는 방식으로의 탄주다. 성찰과 행동이 어긋나는 방식으로긴 하지만 그래도 그 두 가지 작업을 동시에 수행하기에 적합한 것은 계간지임이 틀림없음을 새삼 확인하면서, 그 방식에 대해서는 따로 궁리해야 하는 것일까?

그렇다고 인정하더라도 새로운 문제가 다시 제기된다. 무엇보다도 시간의 흐름의 양태가 달라졌다는 것. 지금 시간성이 그 자체로서 폭발이라면 그것은 시간이 광속(狂速)이 되었다는 것을 가리킨다. 시간의 흐름 속에 빠진 야후들은 광속(光速)이라고 착각하겠지만. 좋든 싫든 협주를 하려면 이 광속에 속도를 일정하게 맞추어야 한다. 그렇다면 더 가차운 주기의 간행물이 요구되는 것이 아닐까? 그래서, 외국의 경우, 빛바랜 영광 속에서 허덕거리고 있는 『크리티컬 인콰이어리Critical Inquiry』나 『뉴 레프트 리뷰New Left Review』에 비해, 격주간지들인 『뉴욕 리뷰 오브 북스New York Review of Books』나 『뉴요커New Yorker』가 미국 문학과 문화 그리고 지식의 척도를 제시하고, 혹은 침몰 중인 『앵피니Infini』 『포에트리크Poétique』 『리테라튀르Littérature』와는 달리 일간지인 『르 몽드』의 서평란, 월간지인 『마가진 리테레르Le magazine littéraire』나 월간 서평지 『크리티크Critique』, 혹은 다시 기운내고 있는 『레 탕 모데른Les temps modernes』이 여전히 저력을 발휘하면서 프랑스 문학 및 철학의 현황을 생중계하고 있는 것이 아닐까? 그러나 이 문제에 확정된 대답을 내리기에는 고려해야 할 대목이 많다. 우선, 세계적 위상에서 극심한 불균등 상태에 놓여 있는 문화들 사이의 성급한 유비는 위험하다는 것이다. 먼 나라의 말석의 지식인도 정기 구독해 읽는 세계적 잡지와 그 나라의 지식 독자의 유료 구독률이 공표되기가 어렵고 세계 어느 나라에도 수출되기를 기대할 수 없는 변방의 잡지 사이를 어떻게 비교할 수 있단 말인가? 그렇기 때문에 아무리 "빛바랜 영광 속에서 허덕거리고 있"다고 해도 미국의 계간지의 대부분에게 할당된 학문 제도 내부에 편입되고 안주하는 복락에 끈질기게 저항할 수 있을 만큼의 여력은 갖추고 있는 계간지의 가능성에 한국의 잡지를 대입시킬 수는 없는 것이다.

그러나 세계 자본주의의 위계 관계 속에서 제3세계의 문화에 배당된 조건에 지나치게 얽매일 수는 없다. 그것은 논의를 애초에 봉쇄하는 것이므로. 이 조건을 우선은 무시하고 세계화의 일반적 흐름 속에서 '광속'의 양태로 변화한 시간을 탄주할 만한 간행물을 찾는 게 차라리 나을 것이다(그래서 백 년 전쯤에도, 시대에 무척 민감했던 시인은 "다른 사정은 차라리 없는 것이 나았소"라고 말해야만 했던 것이다). 그것을 외국의 사례에 기대어 월간 혹은 격주간지로 설정해보았는데, 이러한 사정은, 그러나 한국문학에는 거의 적용되지 않는 듯이 보인다. 왜냐하면 현재 한국의 문학 월간지들은 거개가 시간의 무풍지대 속에 격납되어 있기 때문이다. 어찌 보면 삶의 근본성이라기보다는 문학의 근본성을 가장 순수한 양태로 성찰하는 듯하고(따라서 일종의 본질적 문학의 무염수태를 꿈꾸는 듯이 보이는데), 다시 보면 광속의 보조를 시늉하다가 거꾸로 속도로부터 무장해제를 당한 듯이 보이기도 한다(왜냐하면, 이 월간지들이 시대의 변화에 전혀 무심한 것은 아니기 때문이다. 그래서 잡지의 내부에서는 무시간성 속으로 칩거하는 반면 잡지의 바깥에서는 부단히 시대의 현장을 찾아다니기 때문이다). 그 어느 쪽이든 월간지는 시간과의 연락이 끊긴 듯이 보인다. 물론 『서평문화』와 같은 순수 월간 서평지는 구조적으로 시대와 밀착할 수밖에 없으며 또한 그 기능을 충실히 이행하고 있기도 한데, 그 영향력은, 『크리티크』나 『뉴욕 리뷰 오브 북스』의 경우와는 달리 지극히 미미하기 짝이 없는 실정이다.

바로 이런 상황으로부터 다시 계간지로 회귀하기보다는 이 특별한 한국적 양태에 대해 문화비교학적으로 질문을 던져보는 게 유익해 보인다. 그것이 결국 계간지의 존재에 대한 모종의 대답을 제공해줄 수도 있기 때문이다. 이 상황의 원인은 두 가지로 나누어 생각해볼 수 있다. 하나는 시간의 흐름이 바뀌는 사태에 대한 한국의 잡지 문화 전반의 성찰의 부재가 모든 잡지들에서 육체적 경직성을 유발했다는 것이다. 그것을 추정케 해주는 증거를 우리는 체제가 다른 간행물들 사이의 참조가 거의 전무하다는 사실에서 찾을 수 있다. 가령 일간지 『르 몽드』는 금요일의 서평란에서 정기적으로 주목할 만한 정기간행물의 사건을 다루고 있으며, 『마가진 리테레르』 역시 그렇다. 이것은 프랑스의 잡지 문화가 정기간행물의 물리적 특성과 그에 따른 존재 양식에 대한 성찰과 상호 비교를 체질화하고 있다는 것을 보여준다. 한국의 잡지 문화에는 그 체질이 갖추어져 있지 못하고 그에 따라 각각의 잡지들은 무의식적으로 자신에게 부과된 형식을 마냥 답습하고 있었던 것인지도 모른다. 생각해볼 수 있는 또 다른 원인은 주변 문화의 한국적 존재 양식에서 찾을 수 있다. 주변으로 밀려난 문화는 대개 공적 기능을 상실하고 사적 연대의 차원으로 후퇴하는데, 그러나 그렇다고 해서 그 사적인 것으로 변질된 문화가 곧바로 공적 토론의 광장에서 완벽히 사라지는 것은 아니다. 사적인 것과 공적인 것이 느슨한 방식으로나마 서로의 옆구리에 물관을 대고 있는 공동체에서는 아무리 사사로운 차원의 문화라도 언제든 공적 광장으로 재출현할 기회를 갖거나 혹은 공적 지위를 누리고 있는 문화에 성찰의 재료를 제공할 수가 있는 것이다. 초현실주의 이후 시민사회의 독서 시장에서 거의 사라진 듯이 보였던 시가 '시인들의 봄'을 통해 부활의 몸짓을 보여주고 있는 프랑스의 사례는 전형적이라고 할 수 있다. 반면 한국의 오늘날의 문화는, 미국의 경우처럼 사적인 것과 공적인 것이 엄격하게 구별된 문화도 아니며, 그 둘이 느슨하게 유통하는 문화도 아니다. 한국의 문화는 사적인 것이 공적인 것을 대신하는 문화인데, 그럼으로써 모든 사적인 문화에서 사적 성격이 제거되거나 억압되고 있다. 그리고 그러한 상황 속에서 주변으로 밀려난 문화는 사적 특성 및 공간조차 유지하지 못하는 채로 소멸의 운명에 처해지고 마는 것이다. 그렇기 때문에 그런 철 이른 종말들을 보완할 외적 장치들을 발달시키기도 했으니, 그것이 민간인과 공공 기관을 막론하고 수시로 출연되는 지원 기금들이다.

이런 추적은, 결국 우리가 지금, 여기에 적합한 정기간행물의 형식에 대해 확실한 대답을 찾지 못한 상황에 대해 보충적인 지혜를 제시해준다고 할 수 있다. 현재의 간행물의 형식들을 우선 수용하고자 한다면 아마도 다음과 같은 원칙들 속에서 간행물들을 시대와의 긴장 속에 놓으면서 그것들의 적합한 문학적이고 정치적인 실천의 방안을 찾아보도록 할 수 있을 것이다.

첫째, 간행물들 사이의 상호 참조의 문화가 형성되어야 한다는 것이다. 그것은 각 형식의 각 간행물들로 하여금 자신의 물리적 존재와 세계의 전개 사이의 긴장을 지속적으로 자각하게 할 뿐만 아니라 여러 형식들의 기능적 다양성과 협력 혹은 길항의 방법들과 그 방법들의 네트워크의 모양에 대한 궁리를 추동할 수 있을 것이다. 둘째, 이는 문학이나 잡지만의 문제가 아니라 한국 문화 전반에, 아니 차라리 현 한국인의 아비투스에 해당하는 문제이고 따라서 꾸준히 점진적인 노력을 통해서만 개선될 수 있는 것인데, 사적인 것과 공적인 것을 분별하는 양식의 단련 그리고 사적 문화와 공적 문화 사이의 교류 형식의 부단한 실험과 교류장치의 개발이 필요하다는 것이다. 셋째, 이는 바로 두번째 실천이 간행물의 차원으로 옮겨질 때 제기되는 문제인데, 주변으로 밀려나고 있는 간행물들에 대한 외적 지원 장치들의 확대보다는 내구력을 증강시킬 내부 프로그램의 개발이 필요하다는 것이다. 그 프로그램에는 구독률의 증대라는 단순하고도 난감한 전략으로부터 문학 혹은 잡지 종사자들 내부의 인트라넷의 개발 혹은 그 장치의 변용 및 확대로서 문학의 직업적 종사자와 애호가 사이의 순환 기제의 개발(가령 '『르 몽드 디플로마티크Le Monde Diplomatique』를 사랑하는 사람들의 모임'과 같은)이 시도되어, 당사자를 죽이기 위해서가 아니라 살리기 위해서 실행되는 비판 문화가 문학 및 문학 간행물 주위에 형성되어야 할 것이다.

그리고 계간지에 초점을 둘 때 유념해야 할 두 가지 사항이 더 있는 듯하다. 하나는 월간지와 계간지의 관계다. 앞에서 외국의 경우, 월간지 혹은 격주간지가 시대의 흐름에 더 적절히 반응하고 있다고 말했다. 그러나 가만히 들여다보면, 이 반응은 이념적 다양성에 기초하고 있다. 『마가진 리테레르』『뉴욕 리뷰 오브 북스』는 다양한 문학적·정치적 현상들의 음미의 자리로서 기능할 수는 있으나 어떤 문학적이거나 정치적인 이념의 실천의 기제로서 작동하지는 않는다. 현재 드러난 바로 보자면, 주·월간 주기의 간행물들은 『크리티크』처럼 이념의 추상적 실천이거나 『뉴요커』의 경우처럼 미에 대한 특별한 취향을 표 내는 것까지만 할 수 있는 듯하다. 어떤 하나의 이념을 선택하는 게 중요하다는 게 아니다. 특정 이념의 실천 혹은 모색은 여기에서 유토피아적 성격을 띤다. 중요한 것은 외국의 사례로 볼 때 짧은 주기의 간행물은 근본적 성찰의 자리가 되기는 어렵다는 것이다. 특정한 이념적 형식으로 취택되고 구성된 유토피아적 전망만이 근본적 성찰, 즉 근본적인 변화의 가능성을 따지고 가늠하는 궁리를 가능케 하는 것이다. 그런 성찰, 더 나아가 시간의 흐름에 대한 교란을 동반하는 성찰이 적합한 간행물은 지금으로서는 계간지가 더 근접한다. 그렇다면 계간지에서 특정한 이념을 선택하고 실행한다는 것, 그것을 의도에서 효과에까지 이르는 전 국면에서 검토해야 할 것이다. 그 검토는 특정 이념이 유토피아적으로 기능해야 한다는 것, 다시 말해 현존하는 모든 것들의 근본적인 갱신의 방향에서 작동해야 한다는 원칙 위에서 행해져야 할 것이다. 그에 대한 순진한 접근은 종종 이념적 선택을 상업적 효과에 연결시키고 만다.

다른 하나의 고려 사항은 오늘날 시간, 즉 속도의 성격에 관한 것이다. 간행물의 물리적 형식에 대한 모든 논의가 그것이 시간의 흐름에 대한 근본적인 성찰의 장소로서 기능하고 동시에 바람직한 시간줄기를 찾는 안테나의 역할을 하기 위해서라면, 이 모든 실천은 현재의 시간의 흐름에 대한 정밀한 인식과 함께 나아갈 수밖에 없다. 이 현재의 시간의 흐름을 광속(狂速)이라고 말했다면, 이것은 무조건적인 폭주로 상징되는 빠른 속도만을 가리키는 것이 아니다. 광속은 빠르고 느림의 문제가 아니라 속도의 원칙 혹은 시간의 내적 원리가 붕괴했다는 것을 가리킨다. 뜬금없이 질주하고 느닷없이 정지하는 데 도대체 그 변화가 요령부득인 것이다. 그렇다면 이런 제정신이 나간 시간에 대응하기 위해서 문학 간행물 역시 부정기의 형식, 1980년대의 '무크'와 같은 게릴라적 형식으로 재구조화될 필요가 있을까? 그러나 게릴라는 원래 정규군을 교란시키기 위해 창안된 것이다. 그런데 지금의 문제는 지배적 문화 자체가 게릴라적이라는 것이다. 그러니, 이 게릴라적 지배 문화에 대응하기 위해 문학지 자신도 광속해야 할 건지 아니면 그 지배 문화에 대항하기 위해 정속(定速)해야 할 건지는 더 따져봐야 할 문제일 것이다.

명료한 해(解)가 나오지 않는 채로 혼미한 상념이었다. 오늘날 계간지의 행로처럼 행려(行旅)한 듯하다. 그래도 이런 방랑이 문학 국가기구들의 외딴 구석에서 행랑살이한 것보다는 더 상쾌한 한나절을 제공한다.

그것은, 다시 말하지만, 기획의 방식으로 실패를 감행하는 경험을 준다. 『문학·판』은 계간지가 점차로 몰락해가는 시점에 출현하여 생존프로그램을 내재화하고 보완해가면서 시대의 질주에 지속적인 성찰의 장을 제공해온 잡지다. 편집자들의 입장에서는 의욕과 인내가 교차한 5년이었을 것이다. 의욕을 문학적 에너지로 불 지피는 데 든 게 편집자들의 지혜의 총화라는 것은 당연한 말이겠지만, 그들의 인내는 지식과 지혜와 태도의 차원을 넘어선다. 그것이 단순히 편집자들의 오기와 맷집만으로 가능한 게 아니라는 것은 비명횡사한 『포에지』나 『파라 21』의 참혹한 운명을 생각하면 금방 실감을 할 수 있을 것이다. 오늘날처럼 모든 것이 즉석에서 계산되는 세상, 다시 말해 투자와 효과와 손익계산과 재투자가 실시간으로 순환되는 사회에서 잡지의 생존 프로그램은 단순히 편집자의 문제가 아니라 투자자, 편집자, 애호가 그리고 전반적인 문화적 분위기 사이의 협력과 길항 속에서만 활성화된다. 경축해 마땅할 일이리라. 내가 백일몽에 빠져 있었던 위의 잡념들도 그에 덤으로 주어진 선물일 것이다. 이 잡념들이 『문학·판』의 항진에 잠깐이나마 띄울 돛이 되어줄 수 있기를 바란다.[2]

[2006]

---

2) 애재(哀哉)라! 『문학·판』 역시, 이 글이 수록된 5주년 기념호를 끝으로, 사업주에 의해 강제 종간되었다.

한국문학비평의 딥 임팩트를 위하여

—벨맹-노엘의 『충격과 교감』이라는 혜성으로부터 퍼져온 전파의 반향

프랑스의 정신분석비평가인 장 벨맹-노엘 파리 8대학 명예교수가 한국문학작품을 읽고 분석하고 해석한 글들을 모아, 『충격과 교감』(문학과지성사, 2010)[1]이라는 책을 펴냈다. 이 책의 제목에 '충격'이라는 어사가 포함된 것은 한국문학의 예기치 못했던 비상함에 대한 저자의 느낌을 표현한 것인데, 독자는 그 충격을 표현한 이 글들의 모음이 더 큰 충격이었음을 고백할 수밖에 없었다.

실로 이 책은 희귀한 책이다. 우선 외국 비평가가 한국문학작품을 읽고 이렇게 꼼꼼히 분석한 글들을 사실상 거의 처음으로 접하기 때문에 그렇다. 그러나 그것만이 아니다. 우리는 이 책에서 정신분석 비평의 새로운 면모를 본다. 이 면모는 한국문학비평의 정신분석 수용사에서 낯선 것이다. 이 두 가지 희귀함이 맞물려, 이 책은 한국문학에 대한 새로

---

1) 이하 본문 인용은 페이지만 표기한다.

운 느낌과 한국문학비평에 소중한 자문을 제공해줄 참고 문헌의 기능을 해줄 뿐만 아니라, 그 독특성의 자질로써, 한국 비평의 한 원소로 넣어도 될 만하다고 생각할 정도다. 그이의 비평이 한국 비평의 대지에 지질이 매우 풍요한 크레이터를 파놓았다고도 할 수 있으니, 한국의 비평가들이 거기서 다양한 광물질들을 채굴하길 원하기 때문이다. (대신, 저자의 '충격' 자체에 대해서는 오늘은 말을 아끼고자 한다.)

한국문학비평사는 대체로 사회적 문맥에 근거한 판단비평 혹은 해석비평이 주를 이루었다. 정신분석에 대한 관심은 상대적으로 적었는데, 그러나 그에 대한 호사가적인 관심이 풍문의 차원에서 법석인 것도 사실이다. 그로부터, 고전적 정신분석을 거칠게 수용한 정신분석 비평이 출현하게 되었다. 대체로 의사들을 중심으로 수행된 그 정신분석은 작가의 무의식적 고착, 좀더 좁혀 말하면 유년기적 외상과 그에 따른 정신질환적 특징을 밝히는 것이 주를 이루었다. 넓게 보면 샤를 모롱 Charles Mauron이 그 범례를 보여주었던 작가의 정신분석이라고 할 수 있다. 다른 한편, 1990년대 이후 자크 라캉 Jacques Lacan의 정신분석이, 북미와 유럽의 다양한 경로를 통해 도입되기 시작했다. 이 수용면은 대체로 2차 문헌에 의거했는데도 매우 폭넓은 독자들을 확보했는데, 그것은 수용자들이 라캉의 정신분석을 체화하기보다는 라캉이 제공한 개념들을 사회·문화 분석에 활용하고자 하는 의지가 강렬했기 때문이다. 따라서 개념이 사태를 앞지르는 경우가 태반이었고, 문학비평에 적용될 때에도 텍스트의 내용을 개념에 맞추는 경우가 많았다. 라캉이 아무리 시니피앙을 강조했다 해도, 한국의 수용자들에겐 실상 시니피에가 목적인 경우가 태반이었던 것이다. 한국 사회의 '의미'라는 이 거대한 시니피에에 말이다.

벨맹-노엘의 정신분석 비평은 아주 다른 것이다. 저자 스스로 '텍스트 분석textanalyse'이라는 이름을 붙인 그의 정신분석 비평은 작가의 무의식이든 사회의 문화적 의미이든, 비평 대상 외부의 원천이나 준거점을 향해 있는 것이 아니다. 그것은 오히려 텍스트의 살결을 더듬고 텍스트 자체의 목소리에 귀를 기울이는 것이다. 이 텍스트 자체의 무의식에 주파수를 맞춘 '텍스트 분석'의 동기와 방법론에 대해서는, 책 뒤의 번역자 최애영의 해설, 「온 무의식으로 읽기」가 자세하게 다루고 있으니 여기에서 되풀이할 필요는 없을 것이다. 다만, 이 입장은 텍스트를 영혼을 가진 육체로 대하고 그의 목소리를 청취하여 독자에게 매개하는 일을 즐거이 떠맡는다는 점을 새삼 확인하기로 하자. 그 매개의 목적은 '새로운 세계의 창조'가 아닐 수 없다. "분명, 진정한 글쓰기는 그 이름에 걸맞게, '말로 표현될 수 없는 것'이 독자에 의해 싹 틔우고 꽃 피우고 열매 맺을 수 있도록 하는 것을 목적으로 한다"(p. 39)고 저자가 명시하고 있는 것처럼.

이러한 비평적 태도가 한국의 독자들에게 아주 낯선 것은 아니다. 정신분석의 통찰을 상상력 이론으로 재구성한 가스통 바슐라르Gaston Bachelard를 비롯하여, 텍스트의 지속적 주제와 그 변용을 섬세히 짚어낸 제네바 학파의 장 피에르 리샤르Jean-Pierre Richard 등의 글들이 한국어로 번역 소개된 바 있었다. 특히 바슐라르의 문학비평은 1970~80년대에 아주 큰 호응을 얻어, 그 비슷이 섬세한 눈길로 한국문학작품들을 해독하려는 일군의 비평가 집단이 형성되는 데 중요한 역할을 하였다.

하지만 이들의 비평적 태도는 정신분석적이라기보다 현상학적이었다. 다시 말해 그들은 텍스트의 바깥을 찾으려 하지도 않았고, 그 안에 숨은 동굴이 있다고 생각하지도 않았다.

가령, 바슐라르가 '카롱 콤플렉스Complex de Caron'를 풀이하면서, "죽는다는 것, 그것은 진실로 떠나는 것이다"[2]라고 말하면서, 죽음의 몽상이 일으키는 세세한 움직임들을 모두 미지의 세계로 떠나는 운동으로 이해할 때, 혹은 "물질의 바탕에는 어떤 모호한 식물이 자란다. 물질의 밤에는 검은 꽃들이 피어나고 있다. 그것들은 이미 그들의 벨벳이고 그들 향기의 제조식이다"라고 말할 때, 여기에는 역설적인 발견은 있어도 표면과 이면의 배반성은 크게 부각되지 않는다. 그것은 바슐라르가 텍스트의 운동 자체가 텍스트의 풍요를 구성한다고 보았기 때문이다. 텍스트에 대한 다른 감각은 본래 감각 혹은 범상한 감각에 생기를 부여하고 의미의 고도를 위로 끌어올리는 역할을 한다. 그가 인용하고 있는 말라르메의 시구 그대로 그의 비평은, "히드라에게 저의 안개를 걷어버리도록 도와주"(「배회Divagations」)는 것이다.

벨맹-노엘의 '텍스트 분석'적 비평은 그와 유사하면서도 다르다. 비유컨대 그의 텍스트에는 안개라기보다는 장막이 끼어 있는 것이다. 뭔가가 다른 것이 있는데, 그 다른 것은 표면의 형태로는 단박에 예측할 수 없을 뿐만 아니라 오히려 외양적인 의미를 배반하는 것이다. 설혹 장막이 아니라 안개라도 그것은 「미스트Mist」(Frank Darabont, 2007)의 안개 같은 것이리라. 그렇게 벨맹-노엘의 비평은 언제나 텍스트의 표면을 뚫고 무의식의 내밀한 목소리를 엿들으려고 한다. 그가 보기에 모든 텍스트들은 "우리 각자의 내면 깊숙한 곳에 있으면서 우리의 '암흑 저편'을 사는 비밀스러운 한 욕망의 비의지적인 표현"(p. 160)인 것이다.

---

2) 가스통 바슐라르Gaston Bachelard, 『물과 꿈L'eau et les rêves』, Paris: Le livre de poche, 2012(최초 출간년도: 1942), p. 89.

그러나 바슐라르와 벨맹-노엘의 소중한 공통점을 더불어 지적하는 게 좋을 것 같다. 그것은 그들이 공히, 그게 보완적이든 배반적이든, 숨은 욕망 혹은 의지가 스스로 작동하고 있다고 본다는 것이다. 그리고 그 작동이 텍스트의 표면에 암시의 무늬를 아로새긴다는 것이다. 그러니 그들은 항상 텍스트의 표면을 섬세히 짚어나가면서 뫼비우스의 띠 모양의 길을 따라 숨은 이면으로 스며드는 것이다.

한국 비평이 여전히 배워야 할 이 훌륭한 탐색 자세(자세라고? 그렇다. 여기에서 비평의 방법은 일종의 윤리에 해당하는 것이다)를 되새기면서 다시 그들의 차이를 생각해보자. 다행스럽게도 그 차이를 가늠해볼 만한 좋은 예가 있다. 최인훈의 『광장』의 마지막 대목(1976년 개정판 이후에 나타나는)이 그 장소다. 낙동강 전선에서 명준과 은혜가 만나고 밀회 끝에 은혜는 아기를 갖는다. 은혜는 전사하지만, 훗날 명준은 중립국으로 가는 배를 쫓아온 두 마리 갈매기를 은혜와 그의 딸로 인식한다. 그리고 명준은 실종된다.

이에 대해서는 김현의 유명한 해석(「사랑의 재확인」)[3]이 있다. 김현이 바슐라르의 상상력 이론을 누구보다도 깊이 있게 이해했을 뿐만 아니라, 그 못지 않은 섬세한 비평가라는 점을 부인할 사람은 없을 것이기에, 바슐라르와의 비교를, 그와의 비교로 대체해도 무방하리라. 김현은 이 대목에 대해서 '사랑의 승리'라는 해석을 내렸었다.

그는 우선, 둘의 밀회에 '바다' 이미지가 드리워져 있음을 주목하고는,

마지막 밀회를 묘사하고 있는 작가의 필체가 전부 바다의 이미지와 관

---

3) 최인훈, 『광장/구운몽』, 문학과지성사, 2014 참조.

련되어 있는 것도 주목을 요하는데, 바로 그것이야말로 이명준을 편안하게 '은혜=어머니=바다'로 보내기 위한 것이다.[4]

이어서, 그는 이 바다 이미지가 궁극적으로 이데올로기에 대한 사랑의 승리를 뜻한다고 보았다.

바다는 단순한 죽음의 장소가 아니라, 자신이 몸을 던져 뿌리를 내려야 할 우주의 자궁이다. 이 진술은 작가에게 매우 중대한 의미를 갖고 있다. 그 이전의 판본에서 이명준의 죽음은 중립국에서도 별로 보람 있는 삶을 찾을 수 없으리라는 것을 깨달은 자의 죽음이지만, 전집판에서의 이명준의 죽음은 정말로 사랑이라는 것이 무엇인가를 투철하게 깨달은 자의 자기가 사랑한 여자와의 합일, 작자의 표현을 빌리면 "무덤 속에서 몸을 푼 여자의 용기"에 해당하는 행위인 것이다. [……] 이데올로기 대신에 사랑을 택한 것이다.[5]

김현의 해석은 두 가지 현상에 근거해 있다. 첫째, 가정된 사랑의 결실에 근거한 영원성에 대한 깨달음을 작가와 독자가 공유하리라는 믿음이 그것이다. 그는 인류의 보편적 상상력에 기대어 그 믿음을 강화한다. "여자의 배를 바다의 표상으로 보는 것은 인류의 오랜 상상력의 소산이다"[6]나 "바다는 단순히 죽음의 장소가 아니라, 자신이 몸을 던져 뿌리를 내려야 할 우주의 자궁이다"라는 진술, 그리고, "은혜=어머니

---

4) 최인훈, 『광장/구운몽』, p. 343.
5) 같은 책, p. 344.
6) 같은 책, pp. 343~44.

=바다"에서 보이는 연결선들이 그 보편적 상상력의 표상들이다. 이 보편적 상상력에 기대어 사랑의 행위에 보편적 의미를 부여한 다음, 둘째, 비평가는, 일단 그 행위를 극단적인 부정 쪽으로 던진 다음에 절대적인 긍정 쪽으로 세차게 잡아당기는 방식을 통해, 그 의미에 강렬한 밀도를 부여한다. 그 두번째 방식이 수행된 자리가, "무덤 속에서 몸을 푼 여자의 용기"라는 작가의 진술을 인용해내는 대목이다. 비평가는 작가로부터의 인용이라는 가장 확실한 물증을 가지고 그 밀도에 금강의 옷을 입힌다. 왜 김현의 해석이 그렇게 강렬한 설득력을 가지고 있는지 그 비밀의 일단을 암시하는 대목이다.

벨맹-노엘의 분석은 사뭇 다르다. 그는 우선 은혜가 임신했음을 밝히는 대목을 두고, 그녀를 "현실 속에서는 결코 받아들일 수 없었던 어머니"(p. 76)로 만드는 행위로 보았다. 이 어머니는 김현의 해석에서 언급된 그 '어머니', 은혜와 바다 사이에 끼인 어머니가 아니다. 김현 글의 어머니는 일종의 '우주의 자궁을 가진 모신'으로서의 어머니다. 반면 벨맹-노엘이 분석하고 있는 어머니는 구체적인 어머니다. 그 어머니는 『광장』에서 결코 묘사되지 않는 어머니, 그러나 때때로 불현듯이 언급돼 그 존재성을 강렬하게 느끼게 하는 어머니다. 그것을 벨맹-노엘은 어머니에 대한 "원초적 유혹 환상"과 그에 대한 회피 사이의 불안으로 읽는다. 그 불안을 증폭시키는 것은 이명준이 "여인〔융합 — 인용자〕과 자유〔독립〕, 이 두 가지를 모두 갖기를 원"(p. 70)하는 이상주의자라는 사실이고, 그 사실이 강화되면서, "살고 싶은 욕망과 죽이고 싶은 욕망"(p. 77)이 화해 불가능한 채로 서로를 더욱 부추기게 되는 아이러니다. 그 끝에서 그는 문득 둘을 동시에 포기하고 싶었던 것이고(하나만 포기할 수는 결코 없기 때문에), 그것이 은혜의 임신 소식으로부터 명준의 실종

사이에 이어지는 일련의 사건들을 만들어낸다. 벨맹-노엘 분석의 또 하나 흥미로운 점은, 그가 이명준의 실종을 행위의 결말, 즉 『광장』에서 전개된 사건들의 대단원으로 읽지 않는다는 것이다. 그것은 분명 "끝을 맺는 작업"이지만, 그 "끝을 맺는 작업은 영원히 지속될 것이"(p. 79)라는 것이다. 그러한 태도는 무의식의 움직임의 항구성을 암시하는 듯이 보이는데, 그러나 작품의 결말에서 행위의 결말을 읽고 싶어 하는 사람의 불안을 달래주지는 못할 것이다. 그것을 그는 분명 충분히 알고 있었다. 이렇게 메지를 내고 있기 때문이다.

바다로 몸을 내던진 이 남자의 최후의 몸짓이 푸른 하늘 아래, 푸른 파도들 속에서 그 아이와 함께 숨 막히도록 놀기 위한 것이라는 사실, 그것이야말로 우리를 결정적으로 함구하게 만든다. (p. 80)

'함구'라는 어사의 그 기묘한 모호성은 독자를 계속 생각의 맴돌이에 처해놓는다. 게다가 비평가는 곧바로 행위들을 완성하는 대신에, 수집한다. 이미 그는 소품처럼 등장하는 '부채'에 착목했던 것인데, 이제 결정적으로 이 작품이 부채를 펼쳤다 접었다 하는 동작의 끝없는 연속이라고 말하고 있는 것이다. 그 언급의 첫마디가 이렇다: "이 소설은 부채들을 모아놓은 수집품과 같다." 그리고 비평가는 다시 독자에게 소설의 세목들로 돌아가, 그 다양성을 즐기라고 권유한다.

비평가는 텍스트의 전체를 구조화하고 설명하려고 하지 않는다. 대신 자신이 포착한 몇 개의 핵심적 모티프들에 대한 기억과 관찰을 텍스트 전체를 통해 끌고 간다. 이것은 비평가가 독자의 인상에 머무르기 때문이 아니다. 단순히 그랬더라면, 그의 기억과 관찰이 그렇게 끈질기지 않았을 것이다. 독자는 그 끈질긴 기억과 관찰과 궁리로부터, 지금까지의 한국 비평이, 그렇게 많은 『광장』론'을 썼는데도 불구하고 결코 생각지 못했던 짜릿한 지점들이 마치 태어나자마자 말하고 걷는 신생아처럼 출몰하는 걸 본다. 도대체 『광장』에서 '어머니'가 핵심 요소 중의 하나라는 걸 누가 발견한 적이 있던가? '갈매기'가 "뱃사람들의 갈매기"이기 때문에 상징 효과를 가질 수 있다는 것(작품의 문맥상)을 누가 생각해낸 적이 있었던가? 이런 놀라운 발견들이 이 책의 도처에, 그러니까 그가 다룬 이인성, 정영문, 김경욱, 김영하 등의 소설들, 한국의 민담들의 곳곳에, 자리한다. 마치 비평가는 한국문학이 캐내고 캐내도 고갈되지 않는 보물 동산이라고 말하고 싶어 하는 듯하다.

어쩌면 그가 분석 대상으로 삼고 있는 텍스트들이 끝끝내 자신 앞에 드리우고 있는 어둠, 즉 그가 한국말을 모른다는 사실이 총체적인 설명을 주저하게끔 하는 것은 아닐까? 그럴 가능성을 배제할 수는 없을 것이다. 그러나 한국말을 모르는데도 불구하고, 오로지 불역본에 기대어 이렇게 정치한 분석을 할 수 있었던 것은, 비평가가 평소에 정보의 정확성과 논리적 엄정성에 대해 얼마나 철저하게 단련해왔는가를 짐작게 한다. 오직 정확성과 엄정성에 대한 의지만이 번역본이 필연적으로 야기한 공백을 채울 상상력이라는 화살로 하여금 진실의 과녁을 맞힐 수 있도록 해줄 시위와 그 당기는 힘의 역할을 할 수 있는 것이다. 실로 나는 벨맹-노엘 교수와 가졌던 짧지만 빈번했던 사적인 만남들을 통해 그가 그러한 엄격성을 생활화하고 있는 것을 발견하고 놀란 적이 여러 번이었다. 우리가 나눈 대화는 프랑스 문학을 비롯한 문학과 철학에 관한 것들이 대부분이었는데, 그 대화에 제대로 참여하기 위해서는 이야기거리에 대해서 뭔가 제대로 알고 있어야만 했다. 제목만 알아서는 물론

'택도 없'었고 줄거리만 알아서도 안 되었으며, 스스로 겪은 독서 체험과 사유의 굴곡과 그로부터 파생된 나름의 결론들을 꺼내놓아야만 했다. 멋진 표현이라고 외우고 있는 걸 자랑이라고 인용했다가 설명을 위해 원본을 다시 뒤진 적도 있었다.

개인적인 고백이 허용된다면, 나는 이런 엄격성에 대한 훈련을 예전에 한 번 받은 적이 있다. 대학 시절, 같은 하숙집에서 생활하던, 지금 방송통신대학 경제학과 교수로 재직하고 있는 김기원 선배가 그 훈련 조교였다. 그이는 어떤 말에 대해서든 정확한 근거와 그 논리적 타당성을 물었다. 함부로 말하면 안 된다는 것을 나는 그때 배웠고, 제대로 말하기 위해 많은 연습을 할 수밖에 없었다. 그리고 벨맹-노엘 교수에게서 다시 한 번 그 학습을 받게 된 것이다. 마치 재교육을 받듯이. 나는 아직 그이처럼 그러한 엄격성을 생활화하고 있지 못하다는 사실에 계속 뜨끔해하며.

나는 최근 브느아 페테르Benoît Peeters가 쓴 『데리다 전기Derrida』(Flammarion, 2010)를 읽다가 벨맹-노엘 교수가 데리다와 '루이 르 그랑' 학교에서 고등 사범 입시 준비생으로 가장 절친한 친구 사이였다는 사실을 알게 되었다. 그리고 그 시절에 두 사람이 배우고 익히고 나눈 것이 무엇이었는지도. 그들의 지적 염결성은 아마 그때로부터 비롯되었을 것이다. 그걸 생각하니, 한국의 입시 제도와 풍토에 생각이 미치고, 다시 한 번 내 마음이 처연해진다. 청소년 시절에 갖추어놓아야만 하는 걸 우리는 터럭만큼의 엄두도 못 내고 있는 것이다. 어찌할 거나, 어찌할 거나!

[2011]

인문학과 자연과학의 만남의 방식
─ 연동 작용과 반영 관계에 대해

1. 두 이질적 정신 영역의 분열과 조우에 대한 갈증

C. P. 스노Snow 경이 『두 문화와 과학혁명』[1]라는 자극적인 저서에서, 인문학과 자연과학이라는 두 개의 문화의 극단적인 분열을 경고한 것은 오십여 년 전이었다. 그동안 과학기술은 현란한 속도로 발전하였다. 최근의 성과들만 일별한다 하더라도, 생명과학에서의 복제 생명의 탄생과 게놈 지도의 완성, 물리학에서의 힘의 대통일 혹은 양자역학과 상대성이론을 통합하려는 오랜 도전 속에서 초끈이론과 브레인월드와 평행우주에 이르는 이론적 가설의 진전, 거대 강입자가속기LHC 건설의 성과로서의 힉스 입자의 발견 추정과 암흑물질과 암흑에너지의 동시적

---

1) C.P. Snow, *The Two Cultures and The Scientific Revolution*, New York: Cambridge University Press, 1959; 『두 문화와 과학혁명』, 오영환 옮김, 박영사, 1977.

가정, 우주 탐사선으로부터 잇달아 쏟아져 들어오는 태양계 행성에 대한 새로운 정보, 지구와 유사한 조건의 행성 글리제의 발견, 그리고 의식과 마음과 기억에 대한 과학적 해석을 기대케 하는 뇌과학의 급속한 발전 등, 그 발견의 인류학적 의미와 효과를 운산하기도 바쁘게 무수히 많은 정보와 지식 들이 우리의 머리를 통째로 흔들어놓아 인류의 뇌의 급격한 진화를 과학 발전의 중요 항목으로 집어넣어야 할 지경에까지 이르렀다고 해도 지나친 말이 아닐 정도였다.

반면 인문학은 수천 년 된 우물 속에서 자신의 에너지를 한결같이 퍼 오고 있는 것처럼 보인다. 생각의 새로운 패러다임이 전혀 출현하지 않았다고 말할 수는 없지만 새로운 정보가 많지 않은 데다, 인문학의 본질적 특성인 것처럼 보이는 과거의 전범적 사유에 대한 항상적인 참조는, 대부분의 새로운 생각의 틀에, '~로의 회귀'라는 휘장을 걸게 하기가 일쑤였다. 인문학의 영역에서 제출된 대부분의 담론들은, 플라톤과 아리스토텔레스, 공자와 노자로부터 시작해, 칸트, 헤겔, 니체, 마르크스, 소쉬르, 프로이트…… 등 푸코가 '창설주체Sujet fondateur'라고 명명한 소수의 선편적 사유인들의 휘광에 싸여 전개되어왔다.[2] 이러한 인문학적 관행 속에서 인문학은 '현실'을 건너뛰어 몽상 속에서 안식하는 습속을 길들여왔는지도 모른다. 오늘날 인문학의 상황은 '위기'라는 어

---

2) 이에 대해서 푸코는 다음과 같은 설명을 단 바 있다. "'창설주체'라는 테마는 담론으로 하여금 현실을 건너뛰도록 해준다. 실로 창설주체는 언어의 텅 빈 형식들에 즉각 그의 목적들을 채워 살아나게끔 하는 역할을 한다. 텅 빈 사물들의 두꺼움과 밋밋함을 뚫고, 그 안에 놓여 있는 의미를 직관적으로 재포착하게끔 해주는 것이 바로 그 창설주체이다. 〔……〕 그 의미와의 연관 속에서 창설주체는 기호, 표식, 흔적, 문헌 들을 전유한다."—『담론의 질서 L'ordre du discours』, in Michel FOUCAULT, *Philosophie(Anthologie établie et présentée par Arnold I. Davidson et Frederic Gros)*(coll. Folio/Essais No. 443), Paris: Gallimard, 2004, p. 371.

휘 속에 농축되어 있고, 그 위기의 실제적인 양상은 세상의 모든 정신적 정보를 상징적 교환가치로 만드는 지식-상품주의의 전지구적 점령 속에서 현실의 외곽으로 거듭 퇴각하는 형국을 보여주고 있었기 때문이다.

여하튼 스노 경이 걱정한 문화의 분열은 오히려 더욱 심화되었으면 되었지 좁혀지지는 않았다는 게 사실일 것이다. 그 와중에 인문학은 저 '위기' 속에 '상시적으로' 처하는 지위로 전락했다. '상시적으로 처한다'는 말은, 인문학이 오늘날 부활의 조짐을 이루는 다양한 활동성을 보여준다 하더라도, 그것은 지식-상품주의에 써먹히는 경우에 한한다는 것을 직접적으로 가리키고 있다.[3] 오늘날 각종의 공공 기관에서 전개되는 새로운 인문학 바람[4]은 전통적 인문학의 입장에서 보면, 위기의 심화에 다름없다.

아마도 이 현상은 인문학과 자연과학의 만남에 대한 일종의 타산지석으로 작용할 수도 있다. 스노 경이 두 문화의 만남을 주창했을 때, 그가 생각한 것은 인문학과 자연과학의 상당한 이질성의 인정과 상호 보

---

3) 인문학의 상품화의 길을 연 상징적인 존재는 '애플 컴퓨터'의 창시자 스티브 잡스다. 그의 출현 이후, 소위 '창의성'을 내장하는 상품으로서의 인문학은 산업 전반의 강박관념이 되었다. 그러나 동시에 잡스류의 창의성은 곧바로 상품주의 자체에 흡수되곤 했으며, 그것 때문에 그가 거친 분노를 표출해왔다는 사실도 우리는 잘 알고 있다. 그것은 '창의적'인 것의 근본적인 반-상품성을 암시한다. 스티브 잡스는 그 자신의 창의성을 '독점'과 혼동했으며, 그 독점이 상품주의에 적용될 수 있다고 믿었다. 그러나 상품주의는 오직 과점만을 허용한다. 그 양편에 있는 두 가지 사물의 경제적 유통 방식, 즉 독점과 공평 분배는 상품주의와는 무관하다.

4) '거리의 인문학' '창의융합 콘서트' '찾아가는 인문학', 대학의 각종 기구(대학, 학술정보원), 백화점, 구청 등에서 여는 인문 강좌 등, 오늘날 사방에서 폭죽처럼 터지고 있는 이 인문학의 진풍경은 십여 년 전의 인문 강좌들(사설 기관에서 주로 열렸던)과 달리 거의 무료로 입장을 허용하고 있다. 이 때문에 사설 기관들의 인문 강좌가 거의 몰락했다는 것 역시 기억해둘 사실이다. 이 무상의 '도처개유개축제(到處皆有開祝祭)'가 주도하는 주제는 원론적으로는 인문학의 현실화며, 실제적으로는 인문학의 상품 가치 증대 방안이다.

완으로서의 만남의 방식, 그리고 그 만남을 성사시키기 위한 방법적 도구로서의 교육이었다. 그는 문학과 과학, "두 그루우프에 속하는 사람들은 지식 수준이 비슷하고, 같은 인종 출신이고, 출신 성분도 크게 다를 바 없고, 거의 같은 수입을 가지면서도 피차 간에 접촉을 끊고 교양 도덕 심리적인 경향에 있어서도 거의 공통점이 없"[5]다고 생각했고, 양자 간에는 "몰이해, 때로는 적의와 혐오"로 틈이 나 있으며, "그보다 더한 것은 도무지 서로를 이해하려 들지 않는다는 점"이라고 보았다. 그는 이러한 상호 몰이해가 다양한 손실을 야기한다고 보았으며, 특히 '창조'의 기회를 박탈한다고 보았다. "두 주제, 두 규율, 두 문화—두 은하계까지도—의 충돌하는 지점은 반드시 창조의 기회를 마련해줄 것"인데, 왜냐하면, "정신 활동의 역사에 있어서 어떤 돌파구가 열린 것은 바로 이 지점이었"[6]기 때문이라는 것이다.

스노의 글에서 이 창조의 기회를 제공하는 계기로서의 두 문화의 만남은 풀이 없는 전제로 제시되어 있다. 그리고 이 전제는 서로의 이질성을 조건으로 한다. 따라서 여기에는 다음의 논리가 성립한다. 각각의 이질성이 그 자체로서 결함이 있는 것이고(대체로 이 결함은 현실에 대한 무지라는 쪽에 초점이 맞추어져 있다), 둘의 만남이 그 결함을 넘어서는 창조의 계기라면, 결국 두 이질적 문화는 각각의 편에서 상대방을 보완하는 역할을 한다.

그런데 오늘날 두 문화 사이의 만남이 요구된다면, 우리는 이러한 '상호 보완'의 방식으로는 실제로 창조의 계기가 제공되기가 어렵다는 걸

5) C.P. 스노snow, 앞의 책, p. 13.
6) 같은 책, p. 33.

인정해야 할 것이다. 놀라는 분들이 계실지 모르겠으나 필자가 강조하는 점이 바로 상보성의 불가능성이다. 왜냐하면 오늘날 인문학의 상황은 바로 그 점을 시사하고 있다고 판단하기 때문이다.

오늘날 인문학의 재흥의 주체와 장소 들이 줄기차게 말하는 것은 인문학이 한국인의 일상에 창조성을 제공한다는 것이다. 이 말을 IT 분야로 옮겨서 풀이하면 이렇게 된다: 한국의 IT산업은 하드웨어에서 세계최고인데, '아이팟' '아이패드' '아이폰'에 밀렸다. 그것은 소프트웨어가 부족하기 때문이다. 인문학은 바로 그 소프트웨어를 제공할 것이다. 그러니까 이 상호 보완의 목표 지점은 상품성의 극대화다. '아이폰'보다 더 많이 팔릴 수 있는 '~폰' '아이패드'보다 더 많이 팔릴 수 있을 '~노트'를 만드는 게 목표인 것이다. 여기에 IT문화에 대한 근본적인 성찰은 사전에 누락되어 있다. 우리가 IT기기에 빠져 사는 건 바람직한 일인가? 지하철 안에서 무가지(無價紙)마저 사라지고 모두 손바닥만 한 단말기를 들여다보는 이 풍경은 보기 좋은가? 2백 자가 채 못 되는, 생각을 하다만 듯한 문장을 쉴 새 없이 짓고 주고받는 이 문화는 우리의 의식을 일깨우는가, 마비시키는가? 이런 질문 말이다. 이 문제를 우리의 일상으로 옮겨놓으면 이런 질문이 될 것이다. 책장은 물론 책 한 권조차 없는 거실에 분재한 화분들이 등불처럼 걸려 있고 생생한 공연의 현장이 펼쳐지는 스마트 TV를, 과학에 의해 제작된 안락한 소파에 누워 감상하는 것은 아름다운 일인가?

대답을 얻기 전에 우리가 확인할 수 있는 게 있다면, 상호 보완의 방식은 각자의 입장에서는 자신의 곶감만을 빼먹는 행위와 비슷하다는 것이다. 모두가 보고 싶은 것만을 보고 얻고 싶은 것만을 얻을 것이기 때문이다. 바로 자기에게 부족한 것을. 단 '부족'의 정체성에 대해서는 질문이 던져지지 않는 것이다. 그 '부족 부분'은 우리 삶에 정말 필요한 것인가? 이런 질문이 던져지려면, 틀 자체에 대한 의문이 필요하다. '자신에게 넘치는 것/자신에게 없는 것'이라는 구도의 설정은 자신의 사고의 틀 안에서만 이루어진다. 이 사고의 틀 자체가 성찰의 대상이 되어야 한다는 것은, 각자의 입장에서 '자신에게 없는 것'이 아니라, '자신의 사고로는 생각할 수 없는 것'을 상대방을 통해서 발견할 수 있어야 한다는 것을 가리킨다.

2. 인문학과 자연과학이 추구하는 진리는 하나다

그러할 때만 비로소 인문학과 지식-상품주의의 진정한 대면이, 다시 말해 진정한 싸움이 가능해질 것이기 때문이다. 그것은 두 문화를 동시에 근본적 존재 상황 속으로 몰아넣는다. 그 근본적 존재 상황은 두 문화의 길항의 구도 자체를 뛰어넘는 상위 층위, 그래서 두 문화 모두에게, 아니 더 나아가 여타의 모든 생명적 영역들에 공평하게 참조되고 적용되는 보편적 질문들에 비추어져 점검되게 될 것이다. 가령, 산다는 것은 무엇을 뜻하는가? 현재의 인류와 생명들은 제대로 살고 있는가? 그냥 간단하게 삶은 살 만한 것인가? 이런 질문들이 그런 보편적 질문들이다.

이러한 생각이 인문학과 자연과학의 관계에 대해서도 유사하게 응용되리라는 것은 쉽게 이해할 수 있을 것이다. 아니 더 나아가, 상위 층위의 거울을 통해 비추면 지식-상품주의의 관계가 필연코 적대적이 될 수밖에 없을 테지만, 인문학과 자연과학의 관계는 거꾸로 좀더 긴밀한 협력 관계를 맺을 가능성이 더 높을 것이다. 결국 문제는 각자의 이해(利害)가 아니라 공동의 삶의 추구라는 데에 양자가 함께 동의할 것이기 때문이다. 다만 한 가지 사실에 대한 유념을 간직하면서. 즉, 상호 보완의 테제는 근본적인 문제를 은폐할 수 있다,라는 사실 말이다. 인문학은 자연과학을 통해 정확성을 보태고, 자연과학은 인문학에서 아이디어를 빌려온다? 그것의 효과는 결국 인문학의 구도 내에서 인문학의 결핍을 보완하는 일이 되어 과학적 사실이 기껏해야 하나의 비유로서만 취급될 것이다. 마치 사마귀를 잡아다 놓고 당랑권(螳螂拳)을 배우는 무술인이 그렇게 되듯, 그는 곧바로 과학적 발견은 단지 출발점에 불과하다는 것을 알게 될 것이다. 나머지는 인문학적 인간이 다 만들어야 하는 것이다. 다른 한편, 자연과학의 편에서 볼 때 인문학에서 아이디어를 가져온다는 게 가능할 수 있을까? 왜냐하면 자연과학의 아이디어는 오로지 자연과학으로부터 나올 것이기 때문이다. 문학작품과 인문 교양 서적으로부터 과학의 아이디어를 포착해내는 과학자를 필자는 거의 보지 못했다. 정신과 의사로서의 프로이트, 생물학자 에드워드 윌슨·리처드 도킨스, 그리고 물리학자 미치오 카쿠·줄리언 바버 등 몇몇 사람들이 아이디어라기보다는 대개는 비유적 설명을 위해 셰익스피어 등의 고전 작가들을 인용하는 걸 보았을 뿐이다. 오히려 그보다는 힘든 실험 혹은 수술로 인해 피폐해진 몸을 예술에 대한 취향으로 씻어내는 과학자들은 많이 보았다. 아마 이것이 보완의 가장 일반적인 양상에 해당할 것이다. 그러나 그것은 예술이 기술자로 전락한 과학자(그래서 이 예술에 대한 취향은 의사들의 사회에서 특히 두드러진다)의 몸의 피로를 회복시켜주기 위해 동원된 것이지, 자연과학 자체를 보완하는 데 기능하는 것은 아니다.

그러니 인문학과 자연과학의 만남은 저 공동의 목표에 동의하는 한, 그들의 공존은 상호 보완적이라기보다는 차라리 동궤(同軌)적일 것이다. 우리는 그것을 이렇게 요약할 수 있다: 인문학도 자연과학도 진리를 추구하며, 그 둘이 추구하는 진리는 같다. 인문학과 자연과학의 만남은 이 공동의 진리에 기대어서만 추구될 수 있다.

이 점에서 약간 다른 문맥에서이긴 하지만, 장회익의 다음과 같은 발언은 필자의 생각을 뒷받침해주는 중요한 지적이라 생각한다.

한편 우리는 카프라가 말하는 현대 물리학과 동양 사상 사이의 유사성을 조금 다른 차원에서 찾아볼 수 있다. 매우 흥미롭게도 그는 현대 물리학의 관점을 통해 동양 사상이 말하는 신비적 세계를 '체험'할 수 있었다는 점을 거듭거듭 밝히고 있다. 만일 이것이 사실이라면 우리는 이 점에 대해 좀더 주의를 기울여볼 필요가 있다. 어떻게 현대 물리학자가 전통적 동양 사상가들이 체험했다고 하는 바로 그 세계를 함께 체험할 수 있는가? 이는 카프라가 오인하고 있듯이 동양 사상과 현대 물리학 사이의 개념상의 유사성에 기인하는 것이 아니라, 우주 속에 내재하는 그 어떤 포괄적 질서와 전일적 형태의 생명을 서로 다른 이론적 구도를 통해 직관적으로 투시할 수 있었기 때문이라고 보는 것이 옳을 듯하다.[7]

장회익의 진술은 상식적이면서도 아주 섬세한 것이다. 그는 현대 물리학과 동양 사상의 직접적 연관성을 암시한 프리초프 카프라의 주장[8] 및

---

7) 장회익, 『삶과 온생명 — 새 과학 문화의 모색』, 솔, 1998, p. 384.
8) 프리초프 카프라, 『생명의 그물』, 김용정·김동광 옮김, 범양사출판부, 1998.

그에 의해 촉발된 신비주의적 견해들이 사실상 검증되지 않고 있음을 지적하고 있는 것이다. 카프라의 예는 식자들조차도 소박한 통일론에 휘말려들 수 있으며, 그러한 소박한 생각이 보통 사람들에게 끼치는 영향은 매우 심각할 수 있다는 걸 보여주는 증거다. 우리는 이런 식의 통일성은 생명의 세계에서 있을 수 없다는 걸 사유의 원칙으로 삼을 필요가 있다. 생명들은 분화되어 있다는 사실 그 자체만으로도 이미 직접적 연관성을 가지고 있지 않다. 그리고 생명의 진화의 역사는 끝없는 분화의 역사였던 것이다. 우주의 역사가 끝없는 팽창의 역사였듯이. 그러나 이 분화가 무관함의 증거로 이해되어서도 안 된다. 생명들이 서로에 대한 정보를 교환하는 순간 유관성의 맥락은 태어난다. 그 정보는 타자에 대한 정보, 즉 이해되지 않지만 이해될 가능성이 있는 낯선 존재에 대한 정보다. 그게 생명이든, 사물이든, 세계이든, 같기 때문에 유관한 것이 아니라, 다르기 때문에 유관한 것이다. "우리가 남이가"라는 말이 우리를 묶어주는 것이 아니라 우리가 '남'이기 때문에 우리를 연대의 가능성 위에 올려놓는 것이다.

그렇기 때문에 우리는 위의 진술이 가리키듯, "우주 속에 내재하는 그 어떤 포괄적 질서와 전일적 형태의 생명"에 대해 가정을 해야 할 것이다. 다시 말해 서로 다른 이론적 체제들이 각자의 방향에서 추구하는 진리는 결국 '하나'라는 것을. 다만 문제는 그러한 진리에 어떻게 다다를 수 있는가, 하는 것이리라. 그런 질문 앞에서 우리가 경계해야 할 것은, 저 '진리'의 현존성에 대한 가정이 진리의 선험성에 대한 강박관념의 삼천포로 빠지는 것이다. 그래서 모든 우리의 정신적 활동을 저 '진리' 아래에 종속시키는 것이다. 그러한 강박은 두 가지 방향으로 나타난다. 하나는 '진리' 그 자체를 탐구하기 위하여, 현존하는 모든 정신적 분야, 분과 학문, 이론 체제 들을 버리고, 새로운 탐구 분야를 개발하는 것이다. 요컨대 옛날의 철학이 담당했던 일을 하기 위해 새로운 형이상학을 만들어내는 것이다. 그러나 이러한 의도는 원천적으로 불가능하다. 이미 철학의 오랜 역사가 증명하는 것은, 세계의 시간이 진행되어 갈수록, 단번에 유일한 명제로 제시될 수 있는 진리는 점차로 사라져갔다는 것, 실제로 그런 진리는 없다는 것이다. 더 나아가 그런 진리를 고집하는 건, 하나의 주관적 편견을 보편타당한 생각이라고 주장하는 꼴이 되어 자신과 생각이 다른 타인들의 정신을 속박하는 결과를 초래한다. 가령, 버트런드 러셀Bertrand Russel이 가리키듯, 서양의 관습을 맹신한 사람이 태국의 결혼 습속을 비난하는 것은, "지옥을 발명하는 짓"에 다름 아닌 것이다. "진리[에 대한 주장─인용자]란 보통 때에는 버릇없는 생각이지만, 전시에는 죄악이다"[9]라는, 이어지는 말 역시, 나치즘을 머리에 떠올리면 금세 이해할 수 있는 말이다. 그렇기 때문에 그런 문제를 깨달은 '논리실증주의' 이후의 철학이 진리를 발견하는 일을 포기하고, 저마다의 정신 영역의 절차의 적합성을 묻는 일을 자신의 소임으로 삼기 시작했다는 건 주지의 사실이다.

그러나 그럼에도 불구하고 진리의 '가정'을 포기할 수는 없는 일이다. 그것은 간단히 말하면 삶의 이유이며, 복잡하게 말하면, 생명과 우주의 탄생과 그것들의 분화와 팽창 혹은 변전의 원인이다. 그리고 지금까지 우리가 말해왔던 것처럼 전혀 무관한 듯이 보이는 이질적인 삶의 영역들을 이어주는 근거다. 인문학과 자연과학의 만남도 진리에 대한 갈

---

9) Bertrand Russell, *Sceptical Essays*, London: Unwin Books, 1961(초판 출간년도: 1928), p. 12

망이 지펴지 않는 한 불타오를 까닭이 없다. 단, 직전의 검토는 진리의 선험성에 대한 환상, 혹은 진리의 확정성과 불변성에 대한 믿음을 버려야 한다는 것을 알려준다. 도대체 만인에게 보편타당한 진리가 어떻게 '만인'의 가담 없이 '만인' 이전에 있다고 생각할 수 있는가? 또한 '만인'이라는 용어로 지칭된 모든 생명과 우주가 시시각각으로 변화하고 있다고 한다면, 그 변화하는 존재들에 합당한 진리는 결코 확정적일 수도 없고 당연히 불변일 수도 없다. 차라리 진리는 생명과 우주의 진화와 더불어 스스로를 지속적인 변화의 사건으로 드러낸다고 말하는 것이 타당할 것이다. 생명과 우주의 찰나적이고 티끌 같은 움직임 하나는 모두 진리의 작은 틈을 여는 계기들이다.

진리의 심오한 내부에 근접하는 고도의 정신 영역들 역시 진리의 깊은 발견을 가능케 하는 작업들일 것이다. 그때 이 작업들은 모두 진리에 대한 고유한 권리를 갖는다. 즉, 각자의 분야, 분과 학문, 이론 체제들이 저마다의 방식으로 탐색하지 않는 한, 진리는 드러나지 않는다. 그런데 이 각 정신 영역들의 저마다의 자율성은 즉각적으로는 소통될 수 없으며, 그 소통을 방해하는 몰이해의 장벽들이 곳곳에 설치되어 있는 걸 인정할 수밖에 없게 된다. 바로 그런 궁지 속에서 또 하나의 강박이 발생할 수 있는데, 그것은 어떤 우월한 정신적 영역이 그러한 진리의 발견을 전담할 수 있다는 착각이다. 자연과학의 눈부신 발전은 자연과학자들의 장에서 그런 생각을 자연스럽게 조성한 듯하다. 그리고 그런 분위기 속에서 자연과학이 철학을 대신해서, 아니 심지어 신을 대신해서 진리를 발견할 적임자라는 생각이 상당수 과학자들의 마음 안에서 자란 듯하다. 가장 대표적인 발언을 들어보자.

중력이 공간과 시간의 모양을 만들기 때문에, 그것은 시공으로 하여금 국지적으로는 안정되되, 전체적으로는 불안정한 방식으로 존재토록 한다. 우주 전체의 스케일에서 보자면, 물질의 플러스 에너지는 중력의 마이너스 에너지에 의해 균형을 이룰 '수 있다'. 따라서 전체 우주의 창조에서 제한이란 없다. 중력과 같은 법칙이 있기 때문에 우주는 무로부터 자신을 창조할 '수 있으며' 또 그렇게 할 것이다. 자발적 창조는 왜 우주는 존재하는가, 왜 우리는 존재하는가,라는 물음에 대해 이유가 없는 게 아니라 뭔가 이유가 있다고 판단할 수 있는 근거를 제공한다. 도화선에 불을 붙이거나 우주를 운행토록 하기 위해 신에게 빌어야 할 필요는 없다.[10]

이 문단 외에도 스티븐 호킹Stephen Hawking이 이곳저곳에서 공공연하게 언표해온 외적 섭리에 대한 부정 그리고 자연의 질서에 대한 이 불변의 믿음을, 가령, 반세기 전 아인슈타인의 유명한 "신은 주사위 놀음을 하지 않는다"는 발언과 비교해보면, 자연과학자들의 믿음이 어느 정도로까지 깊어졌는지, 아니 차라리 자발적 확신으로 충만하게 되었는지 느낄 수 있을 것이다.

그러나 이러한 주장 자체가 자연과학자들의 자신의 작업에 대한 나르시시즘으로 이해되어서는 곤란할 것이다. 자연과학은 진리를 향하여 일직선 방향으로 투명하게 나아가는 게 아니라 온갖 이설들의 투쟁과 오류들의 진창 속에서, 부단한 시행착오를 거치며, 국지적으로는 분명하나 전반적으로는 불확정적인 방식으로 진리를 향한 난바다 위에

10) Stephen Hawking · Leonard Mlodinow, *The Grand Design*, New York : Bantam Books, 2010, p. 180.

서 요동하고 있기 때문이다. 또한 자연의 질서에 대해 우리의 무지는 너무나 크다는 것을 인정해야 한다. 새로운 과학적 발견들이 시시각각으로 쌓여가고 있긴 하지만, 호킹의 자신만만한 자세가 믿게 할 만큼, 우주의 원인과 향방이 분명한 윤곽을 그리며 우리 앞에 제시되어 있는 게 아니기 때문이다. 우주의 빅뱅에 대한 의심은 끊임없이 분출하고 있으며, 빅뱅 이전에 무엇이 있었는지 아무것도 아는 바가 없는 게 오늘의 과학적 지식의 현실이다. 우주가 가속적으로 팽창한다는 건 최근의 발견이지만 그것이 어떤 결과를 낳으리라고 확실하게 예측할 수 있는 사람은 아직 없다. 최근 우리가 지하 1백 미터에 설치된 둘레 27킬로미터의 거대입자가속기를 통해 마침내 찾았다고 한 것은 '힉스 입자'가 아니라 '힉스 입자로 보이는 입자'일 뿐이다.[11] 그리고 그 입자의 추정적 발견은 "물리학의 완성이 아니라, 새로운 물리학의 시작"[12]을 예고하는 것이다. 또한 우리는 '암흑물질', 그리고 그와 완벽히 반대로 기능하는 '암흑에너지'에 대해 우리는 이제 겨우 그것들의 존재(기능성)의 이유를 찾았을 뿐이다. 그 나머지는 실로 완벽히 암흑 속에 있다. 자연과학이 아직 자연의 질서조차도 암흑 속에서 더듬고 있으니, 어쩌면 그 더듬거림의 기이한 루프일 수도 있는 지적 생명들의 감정과 이성에 관해 자연과학의 눈이 더욱 짙은 까망을 마주하고 있다고 말할 수밖에 없으리라. 원로 철학자의 다음과 같은 발언은 따라서 경청할 만하다. "특정한 현실들(가령 감정, 이상, 자유의 창발성)이 과학의 이해를 벗어난다고 할 때,

---

11) CERN의 공식적인 문장은 이렇다: "CERN experiments observe particle consistent with long-sought Higgs boson." — http://press.web.cern.ch/press-releases/2012/07/cern-experiments-observe-particle-consistent-long-sought-higgs-boson
12) 『뉴턴』 2012년 9월호, p. 29.

자연철학은 그것들을 강제로 과학에 짜 맞추려고 하지 않는다. 자연철학은 감정과 자유와 이성이 자연적인 산물인지 아닌지를 알아내는 문제를 미결정의 상태로 두는 걸 수락한다."[13]

3. 인문학과 자연과학의 연동 작용과 반영 관계

진리는 생명과 우주의 저마다의 활동을 통해서 자신의 모습을 드러낸다는 포괄적 전제를 승인한다면, 그 점을 고도의 정신 영역의 차원으로 좁혀서, 진리의 깊은 구조는 인문학의 단면에서도 자연과학의 단면에서도 곧바로 드러나는 게 아니라, 그 각각의 단면적 활동들의 어떤 합동적 교차를 통해서 '형성'된다고 생각해야 할 것이다. 그러니까 이 자리까지의 우리의 성찰은 진리는 선험적으로 확정되지 않고 성찰 기제들의 협력을 통해서 드러난다는 것인데, 이것은 기본적으로 두 가지 명제를 내포한다. 우선 진리는 어느 하나의 정신 영역으로 환원될 수 없다는 것이다. 진리가 보편타당하다는 것은 누구의 편도 아니며 동시에 모두의 편이라는 걸 가리킨다. 다음, 진리는 이미 있지 않고, 진리 탐구의 활동의 과정 속에서 점차로 드러난다는 것, 즉 진리는 변화한다는 것이다. 진리는 절대적이지만 끊임없이 변화한다! 이것이야말로 인문학과 자연과학의 만남이 우리의 생각 관습에 가할 수 있는 최고의 각성일 것이다.

---

13) Bertrand Saint-Sernin, "Légitimité et existence de la philosophie de la nature?", *Revue de métaphysique et de morale*, No. 43, P.U.F, Septembre 2004, p. 342.

그런데 우리의 의문은 때문에 더욱 깊어진다. 진리가 여러 정신 활동의 협력을 통해서 드러난다면, 그 협력의 '방식'은 무엇인가? 이에 대해 우리는 앞에서 '상호 보완'의 방식의 불충분성을 살펴본 바가 있다. 그것 외에 무엇이 가능한가?

이런 모든 검토를 가능케 한 것, 혹은 우리의 사유가 수렴하는 곳은 모든 정신적 영역들을 포괄하는 상위 차원에서의 질문들이었다. 그 질문들에 대해 인문학과 자연과학이 서로 전혀 다른 대답을 내놓는다면 그 사태 자체가 황당한 일이 될 것이다. 각자의 영역에서 제출된 대답들은 저마다 특유의 용어들과 특유의 진술법과 고유한 내용들로 이루어지겠으나, 그것들은 동시에 상대방의 대답을 수용할 수 있는 구조를 가지고 있어야 한다. 그렇지 않다면 그것은 각자가 탐구한 대상이 서로 다르다고 말할 수밖에 없게 된다. 가령 '대상에 대한 인지'를 두고서 철학은 '인간 이성의 논리적 활동'이라고 이해할 것이며 뇌과학은 '신경 체계의 움직임'으로서 이해할 것이다. 그런데 그 둘의 각자의 이해의 극단에서 그 두 이해는 하나로 연결되어야만 할 것이다. 그렇지 않다면 철학이 탐구한 이성의 자리가 자연과학이 연구한 뇌가 아닌 다른 곳에 있다고 해야 할 것이다.

다만 우리의 현재의 정보와 지식의 수준이 그 둘 사이의 연결 고리를 찾지 못한 상태로 있을 뿐이다. 그 연결 고리를 찾을 수 있다면 '이성'을 구성하는 항목들과 '신경 회로'를 구성하는 항목들은 서로에 대해 호환될 수 있을 것이다. 일군의 인지과학자들은 바로 이러한 호환성의 실현을 두고 "정신 상태들의 자연화naturalisation des états mentaux"라고 부르며, "인지과학의 탐구자들이 떠맡는 문제는 따라서 어떻게 비의미론적(물리적) 자질들이 의미론적 자질들을 생산할 수 있으며, 혹은 거꾸로, 한

재현의 의미론적 내용이 신경망의 물리적 자질들의 항목들로 '자연화'
될 수 있는가를 아는 것"[14]임을 밝히고, 이런 작업을 위해서는 인문학
과 자연과학의 총체적 협력이 필요함을 역설한다. "뇌과학, 심리학, 언
어학, 정보학, 인류학 그리고 철학…… 등의 밀접한 상호 연관만이 인간
정신의 본질에 관한 오래된 물음들에 대해, 경험적 탐구로부터 도출될
새로운 대답을 제공해줄 수 있을 것이다."[15]

　인문학과 자연과학이 같은 진리를 추구하며, 동시에, 그들의 실제적
인 작업의 세목들은 아주 다르다는 것을 우리는 두 문화 혹은 두 정신
작업 사이의 공동성과 자율성이라는 명제로 정리할 수 있을 것이다. 그
러면 곧바로 이 자율성들 사이의 연관이 무엇일 수 있는가,라는 물음이
제기될 수밖에 없는데, 그것을 앞에서 '서로 호환이 가능해야 한다'는
명제로 제시하였다. 이 호환compatibility이 보완과는 근본적으로 성질이
다름을 앞에서 말했다. 그러나 동시에 이 호환이 이중의 층위를 가지고
있음을 유념하고 분별해야 하리라. 그것은 각 정신 영역의 자율성을 제
대로 고려하려면 마주칠 수밖에 없는 문제다. 인문학과 자연과학을 하
나로 일치시키고자 하는 노력이 유발할 수 있는 오해 중의 하나는, 이
미 앞에서 간단히 언급한 바 있듯, 둘 사이에 즉각적인 상동 관계가 성
립할 수 있다는 생각이다. 가령, 특정한 정신적 활동이 특정한 뇌 부위
와 즉각적으로 연결되어 있다는 생각 같은 게 그렇다. 그래서 잔 다르크
나 테레사 수녀의 헌신적인 신앙은 "자아 인식과 신체적 방향감각을 담
당"하는 마루엽의 결손과 연관되어 있다는 연구가 나오고 대중적인 관

---

14) Marc Jeannerod, *La Fabrique des idées*, Paris: Odile Jacob, 2011, p. 139.
15) *ibid.*, p. 140.

심을 촉발하기도 한다. 관련이 아예 없다고 할 수는 없겠지만, 이런 통속적인 생각[16]이 흔히 간과하는 것은 철학의 입장에서 본 정신 활동이든 자연과학의 눈으로 본 두뇌의 부위이든 고립적으로 존재하는 것이 아니라 다른 활동들, 다른 부위들과의 상관관계 속에서 존재한다는 것이다. 그렇다는 것은 그 활동, 부위 들이 고유한 맥락 속에서 움직이고 있다는 것을 가리키는데, 문제는 바로 각각의 영역에서 그 맥락은 아주 고유한 성격과 구조를 가지고 있으며, 바로 그것이 각 영역의 자율성을 이루는 근거가 된다는 것이다. 쉬운 비유를 들자면 그것은, 같은 뜻을 가지고 있는 두 개 언어의 두 문장이 결코 일대일 대응을 이룰 수 없는 것과 같다. 이 각 영역의 맥락의 고유성 때문에 인문학과 자연과학의 호환은 세부적으로는 반영 관계를 이룰 수 없고, 오로지 '연동linkage; corrélation'의 방식으로 이루어진다고 가정할 수밖에 없다. 즉, 각자의 활동이 상대방에게 특정한 자기장 혹은 신호 다발을 통해 영향을 끼침으로써 상대의 활동을 촉발하고, 그 거꾸로의 방향으로도 같은 작용이 이루어져 전체 정신 영역의 상호 작용을 가동시키게 된다. 그것이 연동이다.

그러나 동시에 연동을 이어주는 매개 작용이 따로 있다. 이 매개 작용이 두 정신 영역 사이의 운동을 매개하는 것이라면, 선작동과 후작동, 발신과 수신, 호소와 호응 사이를 이어주는 것이라 할 수 있다. 이

---

16) 이러한 생각이 과학에 도입된 것은 뇌를 "기능별로 나누어져 있는 부분의 집합체"로 간주한, 골상학의 창시자 프란츠 갈Franz Gall에 연원을 두고 있는 듯하다. 그는 그런 관점에 따라, 두개골 최하단 돌출부를 "성적 감정을 불러일으키는 성애 기관"이라 판단했는데, 그 근거는 "미망인이 된 지 얼마 안 되는 '감정적인' 젊은 여성 두 명의 머리를 조사했을 때, 그 부분이 가장 뜨거웠기 때문"이었다고 한다(리타 카터, 『뇌: 맵핑 마인드』, 양영철·이양희 옮김, 말·글빛냄, 2007, pp. 19~20 참조).

매개를 담당하는 것은 양 축의 정신 영역 사이에 동일성을 보장해주는 것이어야 할 것이다. 그러지 않으면 매개가 이루어질 수 없기 때문이다. 역시 언어에서 쉬운 비유를 끌어와보자. 로만 야콥슨Roman Jakobson은 언어의 근본 요소를 '발신자' '메시지' '수신자'로 보는 종래의 태도를 버리고 '발신자' '메시지' '수신자' '맥락' '접촉' '약호 체계code'라는 여섯 가지 요소로 설정하였는데,[17] 이는 실로 언어 이해에 있어서의 코페르니쿠스적 전회에 해당하는 것이라 할 만하였다. 이 자리에서 이 문제를 상론할 수는 없으나, 다만, 이 여섯 가지 요소 중에 언어 소통의 바탕으로서 '약호 체계'를 제시했다는 것은 특기해야 할 것이다. 즉, 메시지가 발신자에게서 수신자에게로 제대로 전달되려면 같은 언어를 공유해야만 한다는 것이다. 이에 비추어 말한다면, 인문학과 자연과학의 연동에도 이러한 '동일 약호 체계'에 해당하는 것이 있어야 한다. 정신 영역에 있어서 그러한 동일 매개체는 '세계를 이해하고 구성하는 틀', 즉 세계관에 해당할 것이다. 이 세계관의 공통성이 둘의 연동을 가능케 한다고 말할 수 있을 것이다. 그런데 이 세계관은 확정된 것이 아니다. 그 확정의 부정성은 원칙적으로도 그렇고 정향적으로도 그렇다. 즉, 공통의 매개자로서의 세계관이 새로운 것이라면, 기존의 세계관으로부터의 이탈과 새로운 세계관의 형성이라는 운동 속에서 존재할 것이고, 그 새로움의 최종적 보장은 그 운동 자체의 불확정성에 놓여 있을 것이다. 따라서 인문학의 세계관과 자연과학의 세계관은 곧바로 일치하는 것이 아니라, 자신을 상대에게 드러내면서 동시에 상대를 참조하는 방식으로 동일성을 지향하는 운동 속에서 형성된다고 할 수 있다. 이렇게 동일성을

---

17) Roman Jakobson, *Essais de linguistique générale*, Paris: Minuit, 1963, pp. 213~22.

미지의 전제로 자신을 드러내면서 동시에 상대를 참조하는 운동을 서로 비추어주는 것, 즉 상호 반사라고 한다면, 인문학과 자연과학은 매개적 차원에서 반영 관계에 놓인다고 말할 수 있을 것이다.

4. 뫼비우스의 띠: 연동과 반영의 생각을 촉발한
반영과 연동에 대해

그리고 이제 우리는 우리의 논지 자체에 작용한 반영 관계에 대해 고백할 시점에 다다른 것을 느낀다. 즉, 인문학과 자연과학의 연동에까지 이른 이러한 일련의 생각이 만일 새로운 세계 이해의 틀을 편린이나마 보여주고 있다면, 혹은 그렇다고 필자를 착각게 한다면, 그것은 자연과학에서의 사고의 발전이 말석의 인문학도에게 가한 충격의 결과라는 것이다. 그러한 충격은 물론 자연과학의 발견들의 거대한 집적으로부터 온 것이라기보다는 그 거대한 광산 안에서 일어난 갱도 구조의 갱신의 계기들로부터 온 것이다. 즉, 자연과학적 사고에 특이점이 발생하여 패러다임의 결정적인 진화를 촉발케 한 계기들이 보편적 세계관의 진동을 낳았고, 그 진동이 인문학적 사고의 심장부에까지 전달되었다는 것이다.

이 자리에서 그 갱신의 계기들에 대해 자세히 말할 여유를 가질 수는 없는 듯하다. 다만, 가장 중요하다고 생각하는 계기들을 '안표(眼標)'함으로써, 이 갱신이 인문학적 사유의 틀을 근본적으로 뒤흔들 수 있는 만큼 더욱 인문학적이라는 암시가 전달되기를 바란다.[18]

첫째, 다윈의 진화론. 케플러에서 다윈에까지 이르는 진리에 대한 상대론적인 생각과 그 생각의 발전으로서의 진리의 끊임없는 요동성의 발견. 다윈의 "악마의 복음"[19]은 생명의 탄생과 번식과 확장은 신의 섭리에 의해서가 아니라 미물들의 자연선택의 과정 속에서 일어난다는 생각의 전환을 가져왔다. 이 생각은 비슷한 시기의 철학의 변화와 맞물려 있는데, 다윈의 사고에 직접적으로 영향을 미친 것이 시인이었던 그의 할아버지 에라스뮈스였다는 것과 연결해서 생각하면, 다윈이라는 계기는 어쩌면 인문학의 요동으로부터 발생했을지도 모른다는 가정을 하게 한다. 여하튼 저 미물들의 생명 과정에 대한 이해는, 칸트가 물 자체에 대한 인식을 포기하듯, 절대론의 포기를 대가로 얻어졌는데, 그러나 그에 대한 보상으로 불완전한 생명체들의 삶의 과정은 결국 결코 도달하지 못할 완성에 강박된 부단한 변화로 이루어지며 또한 그러한 부단한 변화만이 유의미하다는 생각을 낳게 하여, 생명체의 존재론 자체를 끝없는 운동 상태에 놓이게 하였다. 요컨대, "근본적으로 생각하려 한다면 우리는 '존재한다'는 것 자체가 환상이라는 중요한 사실을 간과해서는 안"[20] 되는 것이다.[21]

둘째, 신진화론. 특히 자크 모노Jacques Monod, 일리야 프리고진Ilya

---

18) 필자는 인문학이 자연과학에 어떤 반영 관계를 이루어 조명의 역할을 할 수 있을지에 대해서는 말할 수 없는 위치에 있다. 그것은 자연과학의 영역에서 작업하는 분들이 대답해야 할 것이다.

19) 다윈이 토마스 헨리 헉슬리Thomas Henry Huxley에게 보낸 1860년 8월 8일의 편지에 씌어져 있다. 국내에 번역된 '찰스 다윈 서간집'(전 2권, 김학영 옮김, 살림, 2011)에는 이상하게도 이 편지가 누락되어 있으나, 인터넷에서 흔하게 구할 수 있는 문건이다.

20) 리 스몰린, 『양자 중력의 세 가지 길』, 김낙우 옮김, 사이언스북스, 2007, p. 111.

21) 진화론의 출발과 과정이 이렇다는 것은, 다윈의 동시대에서 다윈과의 생각의 교류 속에서 발전했다고 하나(심지어 다윈에게 개념을 제공하기도 한 게 사실이기는 하지만), '적자생존'에 근거해 사회를 진보의 목적론의 구도 안에 놓은 스펜서의 '사회적 다윈주의'는 실제 진화론과 거의 관련이 없다는 것을 알려준다.

Prigogine, 프랑수아 자코브François Jacob 등 분자생물학 분야의 인식의 진전으로부터 진화의 새로운 이해가 가져온, 삶은 필연적 법칙을 따르는 것이 아니라, 우연적 계기들의 예측불가능하고 혼잡한 결합(bricolage; tinkering)의 연속의 결과[22]로서 삶의 법칙을 형성해간다는 사유의 전환. 이 사유의 전환이 얼마나 새로운 것인가는, 인문학의 차원에서 저 옛날부터 20세기 말까지, 즉 유일신의 신학으로부터 마르크스에 이르기까지 필연주의적 사고가 지배해왔다는 것을 상기하는 것으로 충분하다.

또한 이 생각은 생명의 진화가 '본능'의 수준을 추월한다는 짐작으로 이어지게 된다. 진화의 핵심 기제인 '적응'에 대한 절대적인 생각은, 진화의 계기로서의 변이가 종의 확장이라는 플러스 변이의 방향으로 이루어진다는 생각을 고정시켰는데, 실제로는 오히려 중립적 변이가 다수를 차지한다는 것이 현재 확인된 사실이다.[23] 이것은 생명체의 활동이 본능(자기 보호와 종족 보전)의 수준을 넘어서 삶의 다양성의 구성이라는 차원에서 이루어진다는 것을 암시한다. 본능의 차원에서 사랑은 3년을 넘지 못하지만, 인간의 꿈은 '엔드리스 러브'인 것이니, 그것이 설혹 환상이라 하더라도, 우리로 하여금 무한히 다양한 사랑의 형식을 창출케 하는 것이다. 이 문제를 연장시키면 생물다양성에서부터 문

---

22) François Jacob, "Evolution and Tinkering", *Science, New Series*, Vol. 196, No. 4295. (Jun. 10, 1977), pp. 1161~66; 또한 다음의 진술도 참조하라: "간단히 말해, 지구상에서의 우리의 현존은 우주적 브리콜라주의 결과이다"(François Jacob, "Qu'est-ce que la vie?", in *Qu'est-ce que la vie?*, dirigée par Yves Michaud, Paris: Editions Odile Jacob, 2001, p. 28).

23) 가령, Richard Dawkins, *A Devil's Chaplain — Reflections on Hope, Lies, Science, and Love*, Boston – New York: Houghton Mifflin Company, 2003, p. 73 참조.

화다양성에 이르기까지 다양성을 근본적인 생명적 속성으로 인정할 수 있을 것이다.

셋째, 사회진화론. 에드워드 윌슨Edward Wilson의 '사회생물학'과 그로부터 파생된 다양한 집단 선택의 이론들, 특히, 다수준선택multi-level selection이라는 관점에서 집단의 진화 문제를 모든 삶의 분야의 총체적 관여로 이해하려는 시도들. 궁극적으로 개체 수준 혹은 유전자 수준에서 일어나는 진화와 사회 집단의 변동 사이의 관계에 대한 탐구. 한편으로 그것은 사회적 변화에 대한 과학적 탐구의 길을 열어 보일 것이고, 다른 한편, 개체와 집단 사이의 관계에 대한 새로운 조명을 쬐어줄 수도 있을 것이다. 아직 불확실한 억측이긴 하지만, 진화는 유전자 수준에서 계획되는데, 그것은 개체 수준에서 현상되고, 집단 수준에서 유의미해지는 듯하다. 이렇다 할 때 계획과 현상과 유의미 층위 사이의 관계로부터 생명의 보편적이고 무의식적인 운동 원리에 대한 시사점을 얻어낼 수도 있을 것이며, 다른 한편 종래의 사회와 개인의 관계에 대한 여러 인문학적 이론들과 서로 비교하고 뒤섞으며 좀더 분명한 이해의 길을 열어볼 수도 있을 것이다. 가령, 이러한 진화의 다층위성을, 예전에 알튀세르가 사회 변혁의 문제를 정치와 철학으로 나누어, 정치를 결정적 문제로 철학을 지배적 문제로 구분했던 것에 비추어,[24] 유전자를 원인적 심급으로, 개체를 지배 심급으로, 집단을 결정 심급으로 구분함으로써 이해할 수는 없을까?[25]

[2013]

---

24) Louis Althusser, "La Philosophie comme arme de la révolution", *Positions*, Editions sociales, 1976, pp. 45~46.
25) 필자의 현재의 인식 수준에서 이는 아직 막연한 가정으로 있다.

문화연구 추세를 돌이켜보고 앞날을 가늠하기

　'문화연구Cultural Studies'가 유행하기 시작한 게 이십여 년 전이다. 이 바람은 주로 미국을 통해서 불어왔다. 한국의 지식인 무대에서 이 바람은 서서히 그러나 꾸준히 진행된 참조점의 이동을 확증해준 계기였다. 지적 체계와 생산물을 포함한 서양적 문물이 '모더니티'라는 이름으로 세계에 광범위하게 유포된 건 이미 오래전의 일이었고 그 애초부터 서양의 지식들을 본받아야 할 전범으로 삼아 학습하고 그것을 한국의 정신 현상에 적용하는 게 습관처럼 되어왔다.

　식민지 시기의 학습이 주로 일본의 추세를 본 따는 방식으로 이루어졌다면 해방 이후엔 4·19세대의 등장과 더불어 서양의 추세를 직접 조사하고 그 원전을 읽는 방식으로 바뀌었다. 이들이 참조한 서양은 그들의 전공과 깊은 관련이 있었다. 즉 영문학 전공자들에 의해서 T. S. 엘리엇Eliot과 뉴크리티시즘New Criticism이, 불문학 전공자들에 의해서 보들레르와 상징주의, 사르트르와 실존주의, 롤랑 바르트와 구조주의가,

독문학 전공자들에 의해서 괴테와 독일 낭만주의가 다양하게 유입되었다. 이 유입을 담당한 사람들에는 유학파와 비유학파가 뒤섞여 있었다. 그렇다는 것은 이 유입의 기본 방식이 문헌 독해와 세계관 이해 위주였다는 것을 가리킨다. 이러한 형식은 다음 세대까지 이어졌다. 단 다음 세대에 와서 준거점은 크게 바뀌었다. 그들은 모더니티의 온상으로서의 서양이라는 참조점을 버리고 모더니티 너머의 대안 세계를 제시한 마르크스주의와 그 실제적 구현체로서의 소련의 정치가들에게 몰려들었다. 준거점은 바뀌었으나 전범을 제 것화하는 방식은 크게 다르지 않았다. 한데 이 준거 틀은 1980년대의 막바지에 절정에 올라서자마자 곧바로 급격히 소멸하였다. 세계적 단위에서 보자면 아주 오랫동안 누적된 문제들이 폭발한 결과였으나 한국에서는 납득하기 어려운 아이러니였다.

그러나 이 아이러니를 배신의 충격으로 받아들인 사람들 너머로 한국 사회는 이 아이러니 자체를 지극히 정상적인 삶으로 누리기 시작했다. 1987년 6월 항쟁은 한 세기 이상 끌어온 한국의 묵은 체증을 마침내 가라앉혔다. 자유롭고 자주적이고 독립적인 삶을 살아야 한다는 강박관념이 항쟁의 위액으로 녹아버린 것이다. 그리하여 한국 사회는 교과서를 통해 학습한 바 그대로의 '민주 사회'의 문을 열었다. 그것은 동시에 한국이 마침내 세계 시민 사회 안으로 진입했다는 신호였다. 그러나 놀랍게도 문이 열리자 한국은 곧바로 후기 산업사회로 질주하기 시작했다. 모더니티의 첫 단계가 마침내 정상적인 개문을 했다고 생각했는데 실은 모더니티의 마지막 병풍이 펼쳐진 것이었다. 간단히 요약하면 자기에 대한 욕망의 팽대, 소비 사회의 등장, 디지털에 의한 세계적 네트워크의 구축 등이 그 병풍에 그려진 근본 풍경들이다.

이러한 추세는 학문에도 큰 영향을 끼쳐, 1970, 80년대를 이어온 학문적 태도와 방법론을 뒤흔들기 시작했다.

연구 대상 및 주제에 있어서 이른바 진실, 민중, 혁명 등의 '큰 이야기'가 사라지고 일상, 개인, 권리(구체적인) 등의 개념들이 들락거리는 '작은 이야기'들이 법석이기 시작하였다.

또한 연구 주체의 헤게모니의 차원에서 미국 유학파가 학문 세계를 지배하기 시작했다. 물론 인구수로는 이미 그들이 압도적인 다수가 되었으며 여러 사회적 관계망에서 주도권을 잡은 지가 오래되었다. 그러나 이제는 명분의 차원, 즉 학문이라는 것 자체가 품고 있는 이념에 대해서도 미국적인 것이 압도하게 되었다(학문의 장에서 영국은 유럽과 연관되지 않고 미국과 하나로 통한다. 이 점에 대해서는 별도로 궁리할 짬이 요구될 것이다. 여하튼 이 자리에서 미국적이라는 말은 좀더 정확하게는 영·미적이라는 점을 지적해두기로 하자). 과도기적인 한때에는 미국의 학문 시장에서 성공한 유럽의 학문들이 부각되어 새로운 사상으로 떠받들여졌다. 자크 데리다, 미셸 푸코, 자크 라캉의 텍스트들이 불문학 전공자에 의해서가 아니라 영문학 전공자들에 의해서 영어 텍스트를 통해 먼저 유입되었다. 그러나 곧 유럽 쪽 사상을 흡수하면서 그것을 변형한 미국 쪽 생각 사조들이 봇물처럼 쏟아져 들어오게 되었다. 심지어 미국이라는 광활한 대륙에서 우후죽순으로 솟아나는 별의별 '주의'들을 매호 특집으로 다루는 잡지도 생겨났다. 그로부터 포스트모더니즘, 신역사주의, 탈민족주의, 포스트콜로니얼리즘 등이 중요한 학문적 경향으로 떠오르게 되었다.

덩달아 미국으로부터 유입된 연구 방법론 및 연구 양식이 유럽의 그것들을 대체하기 시작했다. 1970, 80년대 학문의 서양 학습이 주로 문헌 독해와 세계관 취득 위주라고 했다면, 1990년대 이후의 서양 학습에 선 적용 가능성을 중심으로 한 실용적 활용이 중점이 되었다.

'문화연구'는 이러한 흐름의 현재적 위치에서 만나게 되는 최신 제품에 해당한다. 이 최신 제품은 서양으로부터 영미로의 준거점의 이동을 종결짓는 사건으로 받아들여질 만하다. 우선 이 학문이 순수한 영·미 산이라는 믿음 혹은 환상이 이 영역의 배경을 받치고 있었다. 왜냐하면 이는 무엇보다도 리차드 호가트Richard Hoggart로 상징되는 경험주의적 탐구에 근거하고 있기 때문이다.[1] 그리고 이론 구성에서 앞서 있었던 프랑스에서 '문화연구'는 아주 늦게 도입되어서 최근에 들어서야 융성하기 시작한다. 그것을 '프랑스적 예외exception française'라고 한다. 그러나 이러한 판단을 동시에 환상이라고 지칭한 이유는, 문화연구가 소위 '프랑스 이론French Theory'을 들여와서 비약적으로 성장했기 때문이다. 또한 그 때문에 최근의 프랑스에서의 문화연구 바람을 맞이해 '문화연구 Études culturelles'가 본래 프랑스적인 것이었다는 주장까지 나오는 것이다. 프랑스에서는 본래 모든 공부들이 범-학제간적trans-disciplinary이어서 '문화연구'라는 별도의 명칭을 달아야 할 필요를 느끼지 않았을 수도 있기 때문이다. 그러나 앞에서도 말했듯이 문화연구에서 중요한 것은 나중에 도입하게 될 범-학제적인 방법론들이 아니라, 탐구의 경험주의적 태도다(한국에서는 그것을 '팩트에 입각한다'라는 말로 흔히 가리킨다). 그리고 이 점에 집중할 때 우리가 엿볼 수 있는 또 하나의 학문적 특성이 있는데 그것은 이데올로기로부터 벗어나 있다는 것이다. 다시

---

1) 실제로 호가트는 1964년 '현대문화연구소Centre for Contemporary Cultural Studies'를 설립하였다. 이 연구소의 태동을 '문화연구'의 기원으로 보는 견해가 유력하다.

말해 문화연구는 순수한 연구방법론으로 이해되고 그렇게 쓰인다는 것이다. 이는 전통적으로 학문의 방법적 태도와 이념적 입장을 하나로 일치시키고자 했던 방향으로부터 근본적으로 벗어난 것이다. 이것이 이 학문에 실용주의적 특성을 부여할 뿐만 아니라 모든 정신 현상들을 향해 뻗어나갈 수 있는 폭발적 잠재력을 제공한다.

1987년 6월 항쟁을 통해서 쟁취한 민주주의 사회의 마당에 펼쳐진 것이 근대 후기적 근본 풍경들이라고 앞에서 말했다. 그런데 이 풍경들의 뒤로 거대한 역사적 사태 하나가 건널목의 열차처럼 지나가면서 이 풍경들에 걸려 있던 전 시대의 고리들을 끊어버린다. 현실사회주의의 붕괴가 그것이다. 그것은 한편으로 새로운 민주 사회에 이데올로기에 대한 강박관념을 제거하면서 다른 한편으로 이 풍경들 자체의 순수한 발달을 정당화하였다. 문화연구는 이런 추세에 가장 적합한 학문 방법론이었다. 문화연구는 연구자들에게 이데올로기적 강박관념을 벗어던지게 함으로써, 아니 심지어는 이 이데올로기에 대한 혐오감을 자랑스럽게 부추김으로써[2], 모든 장애물을 제치고 발달하기 시작하였다. 문화연구는 전국의 문학연구자들을 감염시키기 시작했다. 문학적 가치를 따지는 일에서 문화적 현상을 해명하는 게 유행이 되었다. 특이한 일은 역사가들에게는 별로 영향을 미치지 않았는데, 문학에 퍼진 문화연구

---

2) 가장 대표적인 예가 '탈민족주의'다. 이것은 아이로니컬한 자기모순을 깔고 있을 수밖에 없는데 왜냐하면 한국의 연구자가 한국의 경제생활권 내에서 한국의 학문 제도를 통해 생존을 도모한다는 것은 불가피하게 존재적으로 민족주의적일 수밖에 없다는 것을 가리키기 때문이다. 그런데 탈민족주의를 외치는 사람들은 이 존재적 조건을 아예 존재하지 않는 것처럼 무시하거나 혹은 흉하게 나온 뱃살처럼 자기 내부의 혐오 물질이라도 본 양 고개를 돌린다. 마치 세상이 그들에게 원하지 않는 대식을 강요했다는 듯이. 진정한 탈민족주의는 오히려 이 존재적 조건을 정면으로 직시하는 데서 나와야 하는 게 아닐까?

는 대체로 문화사의 형식을 띠었다는 것이다. 이러한 현상에는 그 나름의 곡절과 의의, 그리고 한계가 있었다.

주지하다시피 미국에서의 '문화연구'는 문학비평에 대한 반발을 통해서 태어났다. 이런저런 주장들을 대체로 요약하면 기존의 문학비평의 문제점은 다음과 같이 정리될 수 있다.

(1) 문학비평은 문학 나름의 가치를 초월적 자리에 둔다.
(2) 그럼으로써 현실의 모든 현상들에 대해 대립적인 자세를 취하는데서, 문학적 가치를 얻는다.
(3) 현실과 문학을 매개하기 위한 다양한 외적 방법론들(마르크시즘, 정신분석, 구조주의, 신화학, 사회 이론, 주제론 등)이 도입되나, 이 방법론들은 궁극적으로 도구로서만 기능할 뿐이다. 문학적 가치에 대한 질문이 언제나 이 도구들을 활용한다.
(4) 문학적 가치는 별도의 방법론을 통해 해명된다. 상상력 이론, 각종 언어 분석들(뉴크리티시즘에서 문학적 구조주의까지)이 그 방법을 제공한다. 그러나 이 방법론들 역시 궁극적으로는 부차적 도구일 뿐이다. 왜냐하면 문학비평에는 '문학은 창조'라는 관념이 지배하고 있고, '창조'는 인간의 이성으로는 결코 해명되지 않는 신비의 영역을 감추고 있다고 가정될 수밖에 없기 때문이다. 따라서 문학적 가치를 판별하는 일은 저 방법론들이라기보다 차라리 '직관'이 떠맡는 경우가 허다하다.
(5) 결국 문학비평은 현실 그 자체로부터 솟아나는 미학적 가능성에 대해서는 무지하다. 만일 문학이 정말 사람들의 미적 감성 위에

서 피어나고 또한 그 미적 감성을 혁신시키는 장소라면, 문학은 무엇보다도 현실 안에 뿌리를 내려야 할 것이다.

즉, 문학비평은 문학의 초월적 가치 혹은 좀더 강도를 낮추어 일탈적 가치('낯설게 하기'라는 말이 함의하는)에 집중한 나머지 현실로부터 괴리될 수밖에 없었다는 얘기다. 문화연구는 이 괴리의 운명을 끊고 현실과 문학을 다시 이으려 하는 데서 출발한다. 그것을 위해서 가장 먼저 착목해야 할 것이 바로 '문화'였다. 문화란 아도르노식으로 표현하면 '침전된 현실'이기 때문이다. 침전되었다는 것은 현실이 내부적으로 익어, 즉 성찰되고 음미되어 인류의 정신적, 감각적 자양분으로 재탄생했다는 것을 의미한다. 즉 문화란 현실로부터 솟아나 현실에 대해 성찰하고 현실을 상상적인 방식으로 재구성하는 실천 혹은 그 실천의 결과물이다. 현실로부터 솟아나는 문화를 찾기 위해서는 일상의 심미적 표현들을 찾아야 한다. 즉 일반 대중들의 미적 감수성에서부터 시작해서 대중의 일상적 실천들이 피워내는 문화들로부터 시작하는 것이다. 그것이 문화연구가 문학비평과 갈라지는 결정적인 십자로이다.

그리고 이로부터 현실을 분석·해석하는 다양한 방법론들은 도구가 아니라 문화를 해명하는 주도체가 된다. 다양한 방법론들은 따라서 편의적으로 선택되는 것이 아니라 문화의 한 측면을 이해하기 위해서 필수적으로 적용되어야 한다. 따라서 방법론들 사이에는 친화와 대립의 긴장이 형성된다. 마르크스주의적 관점에서의 문화연구는 파시스트적 문화연구와 공존할 수 없고, 포스트콜로니얼 문화연구와는 공존할 수 있다[3]는 것이다. 이러한 방향에서 나아가면 문화의 과학적 해명, 더 나아가 문화의 특별한 현상으로 이해된 문학의 과학적 해명도 가능할 것이다. 왜냐하면 그것은 바로 눈에 빤히 보이는 현실의 세목들을 자료로 활용하기 때문이다.

이쯤 되면 문화연구의 존재 이유를 충분히 납득할 수 있다. 이것은 진정 새로운 태도이자 새로운 인식이라고 할 수도 있다. 우리는 이러한 관점으로부터 산출된 연구의 수작들을 잘 알고 있다. 여하튼 이 새로움은 신선한 자극으로 작용하였다. 그리고 이 방향에서의 연구 성과물이 급증하였다. 그런데 여기에 마냥 긍정적인 현상만이 있는 것일까?

무엇보다도 문화연구가 문학작품들을 특별한 문화적 현상으로 취급하기 시작하는 데서 문제가 발생하였다. 여기에서 '특별한'이란 '일부의'라는 뜻에 지나지 않았다. 즉 그것은 '하나의 일반적인'이라는 얘기다. 대중의 여가 문화, 혹은 유행하는 욕망 현상과 문학이 다를 바가 없는 것이다. 이러한 태도로부터 문학적 가치의 해명이 실질적으로 배제된다. 그리고 이러한 현상 안에는 문학의 고유한 가치, 즉 초월적이거나 현실 이탈적 가치로 지칭된 것들에 대한 부정이 동반된다. 그런데 여기에는 아주 중요한 오해가 있는 듯이 보인다.

우선, 우리가 현실을 긍정하는 것은 현실을 갱신하기 위해서이지 현

---

3) Anthony Easthope, *Literary into Cultural Studies*, London: Routledge, 1991, p. 35. 그러나 나는 '파시스트적 문화연구'라는 게 가능할까, 의심이 간다. 심지어 마르크스주의적 문화연구가 가능한지도 모르겠다. 왜냐하면 "모든 역사는 계급투쟁의 역사이다"라는 전제에서 출발해 '프롤레타리아 독재'를 목표로 삼은 마르크스주의는 현실로부터 출발해 현실을 변혁하는 것을 목적으로 삼았으나, 그 방법은 전제와 목표에 근거한 현실의 개념적 재구성이었기 때문이다. 그것이 궁극적으로 문화연구와 달라지는 포인트이다. 루카치, 레닌과 『영국 노동계급의 형성』을 쓴 에드워드 톰슨Edward Thompson의 차이는 작은 게 아니다. 똑같이 노동계급에 근거하고 있지만, 마르크스의 노동계급은 '생산수단을 소유하지 않은 자'이고 톰슨에게 노동계급은 '노동자의 신분으로 생활하는 자'이다. 만일 마르크스주의적 문화연구라는 게 있다면, 그것은 마르크스주의를 수정하는 문화연구이거나 아니면 자기를 배반하는 문화연구이거나 하지 않을까? 나는 이미 문화연구 자체의 탈-이데올로기라는 특성을 언급했다.

실을 맹신하기 위해서가 아니다. 달리 말해 현실에 근거하되 현실을 넘어설 수 있는 방향으로 현실에 천착하는 것이 지적인 태도의 근본이다. 그것은 연구에 있어서 미적 창조에 있어서나 아니면 행동에 있어서나 다를 바가 없다. 그럴 때 현실에 근거한다는 것은 현실 내부에 잠재되어 있는 자기 혁신의 원천을 길어낸다는 것에 다름 아니다. 그런데 이 잠재된 자기 혁신의 원천은 현실 그 자신이 제공하는 것이 아니다. 그것을 그렇게 바라보고 추구하는 존재들에 의해서 발견되거나 발명되는 것이다. 그렇기 때문에 자기의식과 그에 대응하는 타자의식을 가진 생명만이 그걸 해낼 수 있고 지구상에서 그 생명은 아직까지는 인류가 유일하다. 인류가 다른 생명들과 결정적으로 다른 점은 특별히 머리가 좋다는 데서가 아니라 진화의 기본 원리, 즉 적자생존이라는 순환론적 궤도를 넘어섰다는 데에 있다. 지적 생명으로서 인류는 적자생존의 상태를 넘어 '(돌연)변이'를 의식적으로 추구함으로써 인류의 운명을 항구적 발전의 도정에 들어서게 했으며 세계의 기획자로서의 자신의 모습을 세울 수가 있었다.

현실의 현상 자체만으로 현실 변혁의 움직임을 찾아낸다는 것은 실질적으로 불가능한 일이다. 어쩌면 이에 대해서 반론이 있을 수가 있을 것이다. 문화가 인류의 현상인 한 그 자체로서 이미 지적 생명으로서의 자기-현실 변혁의 실천적 기제 아니겠느냐고. 그러나 역시 이에 대해서도 오해가 개입되어 있는 것 같다. 현실에서 현실 변혁의 원천을 찾아낸다는 것이 그것을 그렇게 의식하는 존재들에 의해서만 가능하다는 말은 그것이 현실적 존재가 스스로를 '부정'하고 '무화'하고자 하는 의식적 노력에 의해서만 이루어진다는 것을 뜻한다. 그런데 이 자기부정 및 무화의 방향과 폭과 가능한 길이에 대해서 현실적 존재는 스스로 알지 못한다. 자기를 부정하는 방법과 결과를 스스로 알고 있다면 그것은 이미 자기의 일부이기 때문에 자기를 부정하는 것이 아닌 것이다. 그렇기 때문에 그 부정과 무화의 도정은 단순한 것에서부터 초월적인 데까지 아주 폭넓게 걸쳐져 있다. 지적 생명으로서의 인류는 그 넓은 스펙트럼에 놓인 자기 갱신의 가능성 하나에 자신의 온몸을 던져 넣음으로써 변혁을 수행하지만 그 결과는 무한대로 넓은 가능성의 폭의 어느 한 점에 지나지 않는다. 가령 나무를 찍어서 집을 짓는 행위와 자신의 얼굴을 고치는 행위와 인류의 공동의 이익을 위해서 해야 할 일을 결정하는 일, 더 나아가 인류의 공동선을 넘어서 모든 생명의 공동의 행복을 달성하기 위해 해야 할 일 사이에는 엄청난 거리가 있다. 인류가 단순히 세계의 기획자로서 군림하고자 하는 욕망의 결과는 인류 자신을 환경의 절멸자로 만들었다는 것이다. 그것이 진화의 일반 원리를 끝까지 밀어붙이는 데서 도달한 인류의 지위라면, 이제 인류는 스스로를 세계의 공생자로 만들기 위해 진화의 일반 원리를 넘어서야 할 당위성 앞에 직면해 있다. 그것은 끊임없는 자기부정의 과정을 통해서만 예측 불가능하게 그러나 끝없는 시행착오의 점검을 통해서 한 걸음 한 걸음씩 나아갈 수 있을 것이다. 예술 및 문학적 창조는 그 행위 자체가 유한자 생명의 한계를 넘어서는 의식적·무의식적 실천이라는 사실 하나만으로 바로 그러한 자기부정 과정의 가장 먼 지점에 위치한다. 그것을 자유연애의 욕망이라든가 성형의 욕망과 동일시할 수는 없는 것이다.

문학의 초월적 가치, 혹은 일탈적 가치는 바로 그 점에서 존재 이유를 갖는다. 문학이 스스로 모르는 것을 추구하는 것은 바로 자기 자신을 항구적인 갱신의 도정에 놓기 때문이다. 보들레르의 저 외침은 그래서 영원한 등대로서 우리의 정신에 작용할 것이다.

오「죽음」이여, 늙은 선장이여, 때가 되었다! 닻을 올리자!
우리는 이 고장이 지겹다, 오「죽음」이여! 떠날 차비를 하자!
하늘과 바다는 비록 먹물처럼 검다 해도,
네가 아는 우리 마음은 빛으로 가득 차 있다!

네 독을 우리에게 쏟아 기운을 북돋워주렴!
이토록 그 불꽃이 우리 머리를 불태우니,
「지옥」이건 「천국」이건 아무려면 어떠랴? 심연 깊숙이
「미지」의 바닥에 잠기리라, *새로운 것을 찾기 위해!*[4]

문화연구가 이 '미지'에 대한 탐구를 포기한다면 그것은 결국 현상에 대한 긍정, 현실 안으로의 자발적 포박에 떨어지고 만다. 바로 이 점에서 오늘날 한국의 문화연구가 갖는 두번째 한계가 나온다. 바로 문화사적 탐구에 그치고 있다는 것. 다시 말해 문화적 현상을 이미 이루어진 과거적 현상으로만 다루고 있다는 것. 문화연구의 본래 취지가 현실 내부의 현실 변혁의 움직임을 포착하는 것이라면 문화연구의 대상은 그 어떤 것이든 현재적 대상으로 수용되어야 할 것이다. 그런데 불행하게도 오늘날 한국에서의 문화연구는 거의 대부분 일제 강점기하의 문학 현상을 다루고 있을 뿐만 아니라, 그것을 지나간 과거적 사실로 다루고 있다.[5]

---

4) 보들레르,「여행」,『악의 꽃』, 윤영애 옮김, 문학과지성사, 2003, pp. 331~32.
5) 문학적 대상에 대한 문화연구는 대부분 이 지적에서 자유롭지 못할 것이다. 놀라운 것은 문화연구의 대상에 더 적합한 것으로 보이는 문화적 창조물들, 가령 '영화'에 대한 연구가 상당

세번째로 문화연구는 '미지'에 대한 탐구를 짐짓 외면한 대가로 사실들에 대한 과학적 해명을 목표로 삼고 있는 듯하다. 그러나 문화사적 탐구는 인간적 현상을 인간적인 방식으로 탐구하는 범주에서 벗어나지 못한다. 다시 말해 예측 불가능한 것을 확신할 수 없는 방법론으로 '가정적으로' 해석하는 것이다. 모든 연구가, 인간의 일인 한은, 이 가설과 검증의 운명을 벗어날 수 없겠지만 과학적 분석에 대한 요구가 강하면 강할수록 문화사적 탐색은 점차로 실제의 자연과학적 탐구의 도전에 직면할 것이다. 이미 인간의 정서적 현상에 대한 연구는 진화 심리학을 넘어서 뇌과학 그 자체로 접근하고 있다. 따라서 문화연구는 궁극적으로 과학연구에 의해 대체될 개연성이 높다.

즉 오늘날 한국의 문화연구는 세 가지 도전에 처해 있다고 해야 할 것이다. 첫째, 현실 갱신의 최첨단의 실천을 보여주는 문학적 가치의 발견에 도전해야 한다는 것. 다시 말해 문학비평의 목표와 다시 접합해야 한다는 것. 둘째, 과거사에서 현재에 대한 탐구로 전환해야 할 필요. 과거를 다룰 때조차 현재를 개혁하는 방식으로 탐구해야 한다는 것. 마지막으로, 과학에 의한 인간정신현상 연구라는 도전을 정당히 수용해야 한다는 것. 이 세 가지 도전에 온정신으로 맞설 때 문화연구는 자신의 본래 취지를 회복하면서 새로운 지평으로 나아갈 수 있을 것이다.

[2015]

부분 일제 강점기의 보잘 것 없는 영화들에게 바쳐져 있는 현상이다. 단순히 역사적 가치가 있다는 이유만으로 그 작품들이 어떤 예술성도 탐색되지 않은 채 대우받는 것은 어처구니없는 일이다. 반면, 오늘날 현재의 현상을 다루고 있는 연구들은 특별히 '한류'에 집중되어 있는데, 이 한류에 대한 연구의 상당수가 비판적인 거리를 유지하고 있지 않다는 것도 놀라운 현상이다(아마도 홍석경의 연구는 여기에 그나마 예외가 될 것이다).

모든 인류 상호 간의 '속 깊은 환대'를 위하여

르 클레지오 선생님의 훌륭한 발표문[1] 잘 읽었습니다. 전적으로 동감하거니와 달리 토론할 거리가 필요 없을 듯합니다. 다만 선생님의 발표문을 읽고 제 나름으로 생각한 두어 가지 의견을 말하고자 합니다.

첫째, 르 클레지오 선생님의 의견에 이견을 달 사람은 없을 것입니다. 다만 문제는 이 당연한 생각이 현실적으로 통용되기는 무척 어려운 상황 속에 전 지구인이 놓여 있다는 것입니다. 우리는 며칠 전 프랑스 파리에서 벌어진 끔찍한 테러를 접했습니다. 너무나 무서운 일입니다. 인

---

1) 이 글은 프랑스의 소설가이자 2008년 노벨문학상 수상자인 르 클레지오가 김옥길 기념강좌에서 발표한 「혼종과 풍요Ensemencement et fertilisation — 세계문학과 문화로 본 이주」(2015년 10월 25일)에 대한 익일의 토론회에서 발표된 것이다. 르 클레지오의 발표문은, 이주 현상이 증대하고 이주자에 대한 적대감과 공격이 강화되고 있는 현실에 직면하여, '이주자가 오히려 본래의 생활과 문화를 풍요롭게 한다'는 의견을 자신의 경험과 관찰을 통해 논증하고 있다. 한국어 번역본(박지회 옮김)을 르 클레지오의 양해를 얻어 필자의 블로그(circeauvol. tistory.com)에 올려놓았으니, 관심 있는 분은 참고하기 바란다.

류의 역사를 통틀어 무차별적이고 맹목적인 집단 학살은 수도 없이 벌어졌습니다. 광신적 신념에 의해서 자행된 일입니다. 이 광신적 신념은 흔히 '근본주의'의 형태를 띤 종교적 교리로 무장되어 있습니다만, 가만히 들여다보면 실은 피해망상과 자기 불안에 사로잡힌 종족보존본능이 극단적으로 곪은 데서 터져 나온다는 것을 알 수 있습니다. 또한 우리는 이러한 집요한 종족보존본능이 전혀 유익하지 않다는 것을 잘 아는 시대에서 살고 있습니다. 이미 20세기 초엽에 단일 종을 배양한 것과 이질 종들을 섞어놓은 상태에서 배양한 것을 비교한 실험이 후자 쪽의 생명체들의 신진대사가 활발했다는 것을 확인해주었습니다. 또한 1930년대의 위대한 분자생물학자들은 생명의 진화가 조직적인 인과율의 연쇄를 통해서가 아니라 아주 우연한 요소들 사이의 다양한 선택과 조합을 통해서 일어난다는 것을 입증하였습니다. 그러한 사실의 확인으로부터 프랑수아 자코브는 그 유명한 '브리콜라주'라는 개념을 도출해내었습니다. 그리고 이 새로운 지식은 점차로 축적되고 발전하여 '생물다양성'의 중요성에 대한 깨달음을 주었고 1992년 리우에서의 '유엔 환경 개발 정상회의UNCED'에서 '생물다양성협약CBD(Convention on Biological Diversity)'을 채택하도록 하였습니다. 지적 생명체인 인간이라고 해서 이 다양성의 원리를 무시할 수 있는 것은 아닐 것입니다. 오히려 지적 생명인 만큼 더욱 고도로 발달한 다양성의 원리들, 즉 종 다양성과 문화다양성의 말 그대로 다양한 양태들을 보전하고 개발하고 조화롭게 관계 지어나가는 사업을 잘 꾸려가야 할 것입니다. 그러나 현실 속의 인간들은 그것을 머리로 납득할 때조차도 감정과 행동에서도 잘 받아들이지 못합니다.

우스갯소리입니다만 저는 자가 수리 재료 상점인 '브리코라마

Bricorama'가 프랑스 전역에 퍼져 있는 걸 보고 저거야 말로 '브리콜라주 정신'의 상징이라고 생각하곤 했었습니다(한국엔 그런 상점이 흔하지 않습니다. 우리는 대체로 완제품을 주문하는 습성이 있지요). 그것은 프랑스만큼 낯선 존재를 진지하게 맞아들이는 나라도 없다고 제가 생각하기 때문입니다. 그리고 이런 제 생각은 프랑스에 대해 쓴 많은 저서들 속에서도 확인될 수 있는 것입니다. 그러나 그럼에도 불구하고 잘 아시다시피 최근의 프랑스에서는 외국인 이주자들에 대한 반대 여론이 점차로 고조되어가고 있었습니다. 그러다가 저 끔찍한 테러를 당했습니다. 많은 프랑스 사람들과 이에 공감한 많은 세계인들은 이 사태를 정신적 성숙과 담대한 정신을 단련시킬 계기로 삼았습니다. 그러나 한편에서는 이번 테러가 프랑스 특유의 환대적 태도가 낳은 자승자박이라는 논리를 꺼내기도 합니다. 그러한 논리가 터무니없다는 것을 증명해내기는 정말 어렵습니다. 우리는 눈앞에 벌어진 사태에 대해 즉각적으로 반응하는 데에는 익숙하지만, 천천히 일어나는 변화와 그 변화의 궁극적인 모습에 대해서 추론하는 일을 할 만큼 여유가 없거나 혹은 그럴 마음의 자세가 되어 있지 않기 때문입니다. 따라서 이 사태에 대해 '본능적으로' 반응할 것인가 아니면 '성찰적으로' 숙고할 자세를 가질 것인가의 여부는 앞으로의 세계인들의 관계 형성에 중요한 시금석으로 작용하리라 생각합니다. 바로 그렇기 때문에 우리는 이 문제에 대해 좀더 많은 사람들이 성찰적으로 반추할 수 있도록 여건을 구축해야 합니다. 그리고 그런 성찰을 위한 실질적인 작업들을 꾸준히 만들어나가야 한다고 생각합니다. 이를 위해서 전 세계인들의 지적 연대 구성체 같은 것이 조직될 필요가 있다는 생각을 해봅니다. '국경 없는 의사회'와 마찬가지의 발상으로 '국경 없는 지식인 연대'와 같은 것이 절실한 시점입니다.

둘째, 우리 자신의 상황에 대해 생각해보겠습니다. 이주자 문제는 십수 년 전부터 한국인의 중요한 관심사가 되었습니다. 경제 환경의 변화에 따라서 외국인 노동자들의 고용이 증대되었습니다. 중국과의 교류가 활발해지면서 중국 내 조선족들이 여러 가지 형식을 통해 한국에 들어오게 되었습니다. 또한 한국 대학에 입학하는 중국인 학생들의 수가 급격하게 늘었습니다. 심지어 한국의 노는 환경이 너무나 좋아서 한국에서 활동을 하는 문화인들이 홍대 거리를 활보하고 있습니다. 가령 프랑스의 젊은 철학자인 알렉상드르 졸리엥Alexandre Jollien은 '이유없는 생'을 이해하기 위해 선을 배우고자 서울에 체류하면서 서울에서의 체험과 사색을 책으로 낸 바도 있습니다.[2] 무엇보다도 삶의 전 부면에서 국민의 정체성으로 사는 것보다 세계인으로서 사는 일이 점점 더 많아졌고 그로 인해서 우리 자신이 떠돌이가 되거나 아니면 외부의 떠돌이를 받아들이는 일들이 빈번해지고 있습니다. 그런데 외부인을 받아들이는 한국인들의 태도는 아주 미묘합니다. 미묘하다는 것은 그 태도가 모순적이라는 것을 뜻합니다. 한편으로 한국인들은 전통적으로 손님을 환대하는 좋은 전통이 있습니다.『논어』에 이미 가장 큰 세 가지 즐거움 중의 하나로 "유붕자원방래(有朋自遠方來)"(멀리서 친구가 찾아오니 이 또한 기쁘지 아니한가)를 꼽은 바 있습니다. 한국의 오래된 옛이야기 중에 가난한 선비 집에 친구가 찾아오니 그 아내가 손에 끼고 있던 금가락지, 결혼 기념을 상징하는 그 반지를 빼 팔아서 술상을 차렸다는 에피소드가 있습니다. 그 정도로 한국인들은 손님에 대한 대접을 각별하

---

2) Alexandre Jollien, *Vivre sans pourquoi — Itinéraire sprituel d'un philosophe en Corée*, Paris: L'Iconoclaste/Seuil, 2015.

게 하는 전통을 가지고 있습니다. 그리고 세계화 시대에 접어들어서 이러한 대접 문화는 친구로부터 이방인으로까지 확대되었습니다. 아주 좋은 현상이라고 생각합니다. 그러나 다른 한편으로 한국인들은 이방인에 대해 아주 배타적인 태도를 끈질기게 지속해왔습니다. 한국인은 '우리'에 대한 집착이 유별나게 강합니다. 그리고 그 '우리'에 속하지 않는 사람들을 따돌리거나 공격하곤 했습니다. 혼혈아에 대한 적대적인 관점과 행위들. 화교를 비롯한 외국인 거주자에 대한 행정적 가혹함 등은 아주 오래전부터 한국인들의 좋지 않은 심성을 가리키는 문제들이었습니다. 이러한 타자에 대한 적대감은 '우리' 내부에까지 파고들어 지역감정이라는 고질적인 문제를 만들어, 일상생활에서부터 정치적 선택에 이르기까지 광범위하게 사람들의 의식을 왜곡해왔습니다. 이런 감정들을 기정사실화해 「특질고」라는 소설로 한국인들의 지역 간의 심성의 차이를 풍자적으로 묘사했다가 독자들의 비난에 직면했던 소설가도 있습니다. 이러한 '우리' 의식, 혹은 '남'에 대한 적대적 감정은 오늘날에도 이주 노동자, 탈북민 들에 대해 다양한 방식으로 작용해 폭력적이고 부정적인 사건들을 빈번히 발생시키고 있습니다.

이 환대와 적대 모두가 한국인의 마음속에 뿌리박고 있습니다. 그리고 그 두 가지 감정의 정도가 아주 강렬해서 한국인들은 타자에 대한 '양극성 장애trouble bipolaire'를 앓고 있는 듯이 보입니다. 이런 모순적 태도가 어떻게 가능할까요? 제가 생각하기에 한국인들에겐 두 가지 기준이 동시에 작동하면서 복잡한 조합을 만들고 있습니다. 하나는 바로 '우리' 의식입니다. '우리'에 포함된 사람들은 무조건 환대하고 '우리'에 포함되지 않는 사람들은 무조건 적대한다는 것입니다. 다른 하나는 타자의 '위치' 혹은 '거리(距離)'에 관한 것입니다. 타인이 순수한 손님일 때 한국인들을 환대합니다. 그런데 그 타인이 자신의 일상생활 안으로 들어올 때, 즉 삶의 문제들을 함께 결정하는 주체로서 낯선 타자가 등장할 때, 한국인들은 격렬하게 반발합니다. 즉 한국인들은 이방인을 방문객으로서는 환대하지만 거주자로서는 적대한다는 것입니다. 나와 그는 선물을 나눌 수는 있으나 생활을 같이하기는 곤란합니다. 증여와 교환의 순간에는 내장까지 꺼내줄 듯하지만, 계약과 협상의 순간에는 의심의 차가운 눈초리만이 번득거립니다.

한국인은 그래서 이방인의 심층에까지 들어가볼 생각을 좀처럼 하지 않습니다. 외관의 관계가 풍성하면 된다고 여기지요. 나와 타자의 관계는 언제나 껍데기의 관계입니다. 예전에 어느 시인은 "껍데기는 가라"라고 외쳤습니다만, 실상 한국인들 스스로가 통상 타자의 껍데기만을 추구해왔습니다. 돼지껍데기처럼 말입니다. 거기에 콜라겐이 좀 많습니까? 그러나 한국 속담에 "열 길 물속은 알아도 한 길 사람 속은 모른다"는 말이 있습니다. 우리가 타인을 이렇게 피상적으로만 이해하는 데서 그 이른바 '우리주의'와 '낯선 것에 대한 적대감'이 서로를 키워왔는지도 모릅니다. 이러한 태도는 르 클레지오 선생이 말한 상황, 즉 이주자가 정착지의 발전에 기여하는 바람직한 상황을 미리 폐기해버리는 태도라 하지 않을 수 없습니다. 21세기 들어 지구상에 일어난 가장 의미심장한 변화는 이제 모든 삶이 지역 독립적 차원에서가 아니라 세계적 규모에서 운행되고 있다는 것입니다. 이런 시대에 진실로 필요한 것은 낯선 존재들과의 적극적인 교섭입니다. 한국은 지금 선진국으로 올라서야 한다고 안간힘을 쓰고 있습니다. 그러나 경제 성장만이 필요조건이 아니라고 생각합니다. 정말 중요한 것은 선진국민이 갖추어야 할 태도와 품격일 것입니다. 그 기준을 우리는 '속 깊은 환대'로 불러도 좋을 것입니다. 그리고 그것은 한국인에게 지금 닥쳐 있는 가장 중대하고도 어려운 숙제라고 저는 생각합니다.

〔2015〕